COLLECTION TERREUR
dirigée par Patrice Duvic

GRAHAM MASTERTON

LES GUERRIERS DE LA NUIT

W0376136

POCKET

Titre original :

NIGHT WARRIORS

Traduit de l'anglais
par François Truchaud

Si vous souhaitez recevoir régulièrement
notre zine « **Rendez-vous ailleurs** », écrivez-nous à :

« Rendez-vous ailleurs »
Service promo Pocket
12, avenue d'Italie
75627 PARIS Cedex 13

PRESSECO

PAPIER RECYCLÉ
NATURE PROTÉGÉE

Le Code de la propriété intellectuelle n'autorisant, aux termes de l'article L. 122-5 (2° et 3° a), d'une part, que les « copies ou reproductions strictement réservées à l'usage privé du copiste et non destinées à une utilisation collective » et, d'autre part, que les analyses et les courtes citations dans un but d'exemple et d'illustration, « toute représentation ou reproduction intégrale ou partielle faite sans le consentement de l'auteur ou de ses ayants droit ou ayants cause est illicite » (art. L. 122-4).
Cette représentation ou reproduction, par quelque procédé que ce soit, constituerait donc une contrefaçon sanctionnée par les articles L. 335-2 et suivants du Code de la propriété intellectuelle.

© Graham Masterton, 1985.
© Pocket, 1995, pour la traduction française.
ISBN : 2.266.06672.2

« Pendant mille ans, des Démons vivront dans les rêves des hommes, et exerceront leur empire sur les sombres royaumes de la nuit. Puis viendra une compagnie dont le nom sera les Guerriers de la Nuit, et ils seront chargés de chasser les Démons et de purger pour toujours les ténèbres de toute influence maléfique. Et ceux qui sont les Guerriers de la Nuit demeureront un secret, et leurs noms ne seront jamais connus. Néanmoins ils seront considérés comme les plus grands héros de tous les temps, et leur souvenir sera conservé dans les chroniques d'Ashapola pour l'éternité. »

Le Grand Livre des Ténèbres,
chapitre IX,
publié par la Camden Society, 1844.

1

Ils étaient trois et ils se dirigèrent vers la forme sur la plage comme si leur rencontre avait été préordonnée. Henry fut le premier à l'atteindre, et il s'accroupit à côté du corps mais ne le toucha pas, tandis que Gil et Susan s'approchaient prudemment et regardaient en silence, leurs orteils nus à demi enfouis dans le sable.

– Elle est morte, cela ne fait aucun doute, déclara Henry de sa voix claire de professeur avant de ramener en arrière ses cheveux blancs agités par le vent.

– En l'apercevant j'ai cru que c'était un chien, dit Gil. Vous savez, un lévrier afghan ou quelque chose comme ça.

Henry se releva.

– Je pense que nous ferions mieux de prévenir la police. Nous ne pouvons plus rien faire.

Susan garda ses bras serrés sur sa poitrine, et elle frissonna.

– Vous voulez bien aller prévenir la police avec ce jeune homme? lui demanda Henry. Je vais rester ici et veiller à ce que personne ne le déplace. (Il hésita, baissa les yeux vers le corps, puis se reprit en disant :) Ne *la* déplace.

Susan acquiesça de la tête, et tous deux s'éloignèrent au petit trot sur la plage. Henry demeura immobile, les mains jointes derrière le dos, grand et voûté dans la brume argentée du matin. Presque invisible, le Pacifique gris grondait, maussade, tandis que la lune l'obligeait à se retirer petit à petit du rivage. Des mouettes poussaient des cris de femmes tourmentées et plongeaient vers la mer pour attraper des poissons. On était en avril, mais il faisait très froid, et la brume recouvrirait probablement le littoral durant la plus grande partie de la journée.

Henry n'avait pas dormi. Il avait passé toute la nuit dans le cabinet de travail de son cottage, sous la lumière de sa lampe de bureau. Il rédigeait son nouvel article pour *Philosophy Today* : « Le concept de la vie après la mort », par le Pr Henry Watkins. Il avait écrit lentement et péniblement, et s'octroyait un grand verre de vodka et jus de tomate chaque fois qu'il terminait une page. C'est pourquoi, à six heures du matin, il était allé se promener sur la plage pour chasser de son esprit non seulement dix siècles de morbidité philosophique, mais aussi les effets cumulés de dix Bloody Mary bien tassés.

Et elle était là, étendue sur le sable, morte, une jeune femme nue. La preuve absolue et incontestable que tout ce qu'il avait écrit cette nuit était un ramassis d'inepties, de phrases creuses et d'élucubrations prétentieuses. Il avait presque l'impression que son destin avait été de la trouver, comme si des dieux sévères avaient guidé ses pas dans cette direction, afin de lui montrer de la façon la plus choquante possible à quel point ses théories étaient ridicules. Personne ne peut ridiculiser les vivants aussi efficacement que les morts.

Elle gisait sur le ventre; sa peau nue était recouverte de sable fin et gris. Ses longs cheveux blonds étaient enrubannés de goémon, déployés sur la plage telle la chevelure d'une sirène. Une main semblait s'agripper au sable comme si la jeune femme avait voulu éviter d'être à nouveau entraînée vers l'océan, comme si se noyer deux fois était plus qu'elle n'en pouvait supporter. Son corps était si blanc dans la brume gris perle qu'il paraissait presque lumineux.

Henry tourna lentement autour d'elle. Seul, il se sentit brusquement tellement désolé pour elle qu'il s'aperçut que sa gorge se serrait et que le vent du large lui faisait venir des larmes aux yeux. Peut-être était-il ivre, mais elle aurait pu être l'une de ses étudiantes en philosophie, elle était si jeune. Bien que son visage fût caché, elle ne devait pas avoir plus de dix-neuf ou vingt ans. Elle avait un long dos bien formé. L'une de ses jambes était ramenée sous elle, et Henry apercevait des poils pubiens blonds et mouillés. Une fine chaînette en argent enserrait sa cheville gauche, mais c'était le seul bijou qu'elle portait. La courbe blanche, veinée de bleu, d'un sein à demi découvert révélait qu'elle avait le genre de silhouette à faire se retourner la plupart des hommes.

L'océan déposa brièvement de l'écume autour de son pied tendu, puis se retira, comme s'il avait décidé avec aigreur qu'il en avait assez fait.

Henry enfonça ses poings dans les poches de son blouson fauve et se détourna délibérément pour contempler les falaises. Il n'avait jamais eu d'enfant à lui. Son mariage avec une océanographe de l'Institut Scripps avait duré quatre ans et s'était avéré stérile dans tous les sens convenables du terme. Il avait appris à boire durant cette période; il avait également appris à être seul. Maintenant il enseignait la philosophie à des vagues successives de jeunes femmes et de jeunes hommes pleins d'entrain, de temps en temps il jouait aux échecs avec son voisin, et c'était suffisant pour qu'il ait le sentiment d'avoir une vie bien remplie.

Du moins, c'était suffisant pour l'empêcher de prendre deux flacons de somnifères et d'aller se coucher avec un exemplaire de *Ainsi parlait Zarathoustra*.

Ses étudiants à l'université de San Diego l'appelaient Bing, à cause de sa légère ressemblance avec Bing Crosby. Il s'était laissé pousser les cheveux, avait essayé de ressembler plus à Timothy Leary qu'à Bing Crosby, mais le surnom lui était resté.

Au bout de cinq ou six minutes, Gil et Susan redescendirent la rampe en béton armé qui menait au parking du front de mer, et traversèrent la plage d'un pas rapide.

– La police est en route, annonça Gil, essoufflé.

– Je vous remercie, dit Henry.

– Je n'avais encore jamais vu un cadavre, avoua Susan.

– Et elle était jeune, fit remarquer Henry. Dix-neuf, vingt ans.

Ils attendirent, mal à l'aise et nerveux. On n'entendait toujours pas de sirènes de police. L'océan continuait de gronder, et les mouettes volaient en silence, affrontant le vent.

– Je faisais mon jogging, vous savez, dit Gil d'une voix blanche. Au début, j'ai vraiment cru que c'était un chien.

Susan ne parvenait pas à détacher ses yeux du corps, des cheveux déployés, de la main crispée, et des épaules scintillantes de sable.

Gil était l'un de ces jeunes Californiens du Sud qui

échappent à toute classification immédiate. Il aurait pu être étudiant, ou garagiste, ou barman, ou n'importe quoi d'autre. Il était très mince, très bronzé, avait un visage étroit et sérieux, et un nez prononcé, couvert de taches de rousseur. Ses cheveux, épais et bruns, étaient ébouriffés par le vent, comme une tignasse d'épouvantail. Il portait un sweat-shirt bleu marine, marqué en blanc du mot *Crucial*, et un short en jean.

Susan, elle, présentait tous les signes caractéristiques de la fille gâtée mais rebelle d'une famille bourgeoise. Ses cheveux blonds étaient coupés court et coiffés en porc-épic, et elle portait un T-shirt blanc, style italien, orné d'éclairs rouge et vert, ainsi qu'un short de sport en satin blanc qui était plus que moulant. Elle avait un visage potelé mais joli. Henry songea que, dans deux ou trois ans, des traits exquis émergeraient de cette rondeur encore adolescente. Ses yeux étaient déjà immenses, bleus et aux paupières rêveuses, comme les yeux de ces filles des bandes dessinées sentimentales.

– Je pense que la police nous demandera de faire une déposition, dit Henry.

Maintenant ils entendaient le hululement d'une sirène de police dans le lointain, suivi de la plainte d'une ambulance.

– Que pouvons-nous dire? demanda Susan. Nous l'avons trouvée ici, c'est tout.

– C'est tout ce que nous aurons à dire, la rassura Henry.

La voiture de patrouille descendit la rampe vers la plage et s'arrêta à cinq ou six mètres d'eux. Elle fut suivie de près par une ambulance du Bureau du coroner. Henry, Gil et Susan attendirent en silence pendant que trois inspecteurs descendaient de leur voiture, et que deux ambulanciers sortaient bruyamment une civière pliante de l'arrière de l'ambulance. Une seconde voiture de patrouille arriva, fit un tête-à-queue sur le sable, et deux policiers en uniforme en descendirent à leur tour.

Les inspecteurs s'approchèrent et contemplèrent le corps, les mains sur les hanches. Deux d'entre eux étaient ventrus et de race blanche, Tweedledum et Tweedledee; le troisième était aussi maigre qu'un loup adolescent, un Hispanique aux yeux noirs et à la moustache tombante. Son costume trois pièces cannelle donnait l'impression d'avoir été choisi par son épouse chez Sears.

– Lieutenant Ortega, se présenta-t-il. Et voici l[...] pecteurs Morris et Warburg.

– Henry Watkins, dit Henry.

– Et ces jeunes gens?

– Nous n'avons pas eu le temps de faire les prése[...] tions.

– Vous ne les connaissez pas?

– Nous nous rencontrons pour la première fois. [...] pense que nous avons aperçu le corps au même momen[...]

– Votre nom, s'il vous plaît, demanda le lieutenan[...] Ortega à Gil.

– Gilbert Miller.

– Et le vôtre, mademoiselle?

– Susan Sczabiecka.

Le lieutenant Ortega dit par-dessus son épaule :

– Vous avez noté ces noms?

– Non, lieutenant, répondit l'inspecteur Warburg.

Le lieutenant Ortega poussa un soupir irrité et s'approcha pour examiner le corps. Il le considéra un très long moment, en fit le tour, puis le regarda de près, les mains posées sur ses genoux fléchis, toujours sans le toucher.

– Est-ce que l'un de vous connaît l'identité de cette jeune femme? demanda-t-il sans les regarder.

– Non, répondirent-ils.

Henry se sentit étrangement coupable de ne pas la connaître, mais il se dit que c'était probablement ce que l'on éprouvait lorsqu'on était interrogé par la police.

– A mon avis, c'est une noyade, intervint l'inspecteur Morris s'éclaircissant la gorge comme s'il s'apprêtait à déclamer un poème. Un peu tôt à cette époque de l'année, mais c'est le topo classique. On se baigne à poil, on a un peu trop bu, et il y a un sacré courant par ici, dès qu'on s'éloigne de la plage. Alors vous êtes entraîné vers le large. En avril il fait froid, et vous mourez d'hypothermie en moins de dix minutes... cela si vous savez nager. Ensuite la marée montante vous ramène ici. (Il consulta sa montre.) Dans les temps, si j'ose dire.

Le lieutenant Ortega se redressa.

– Une heure plutôt matinale pour se promener sur le front de mer, dit-il en montrant vaguement du doigt Susan, Gil et Henry.

– Je faisais mon jogging, déclara Gil. Je me suis blessé à la jambe dans un accident de moto en décembre dernier. Je dois courir deux heures tous les jours pour l'exer-

cer. Le matin de bonne heure, c'est le seul temps libre dont je dispose.

Le lieutenant Ortega regarda Henry en haussant les sourcils.

– Je... euh... j'ai travaillé à un article pour une revue toute la nuit, expliqua Henry. Je vis là-bas... le cottage avec la véranda peinte en blanc. J'ai terminé vers les cinq heures trente. Ensuite j'ai eu envie de faire un tour.

Il espérait que le lieutenant Ortega ne sentait pas son haleine.

Celui-ci se tourna vers Susan.

– Et vous? lui demanda-t-il. Une heure plutôt matinale pour se promener sur le front de mer, vous ne trouvez pas?

– Oui, vous avez sans doute raison, répondit Susan.

– Alors que faisiez-vous ici, d'aussi bonne heure?

– Je marchais, c'est tout. Je réfléchissais.

– Vous vous étiez disputée avec vos parents?

– Mes parents sont morts. Je vis avec mes grands-parents.

– Vous vous étiez disputée avec eux?

– Je me promenais, c'est tout.

Le lieutenant Ortega gratta quelque chose entre ses dents avec l'ongle de son pouce. Puis il dit :

– Très bien. Les inspecteurs ici présents vont prendre votre déposition. Je veux une déposition détaillée : comment vous avez découvert le corps sur cette plage, tout le toutim.

– Une noyade, ça fait pas un pli, répéta l'inspecteur Morris.

A ce moment, deux autres voitures arrivèrent sur la plage, une Buick Regal délabrée et le break olive terne du bureau du coroner.

– Ah, le photographe, dit le lieutenant Ortega en se frottant les mains. Et le médecin légiste, remarquablement rapide, pour une fois!

Le photographe était un jeune homme au visage austère, affligé d'une tonsure de moine et d'un reniflement continuel. Il se mit tout de suite au travail, disposant des repères puis photographiant le corps de la jeune femme sous tous les angles. Le médecin légiste, un homme de petite taille au cou de taureau, portant un veston sport pied-de-poule voyant, sifflota entre ses dents tout en attendant que le photographe ait terminé.

– Une noyade, ça fait pas un pli, hein? lui demanda l'inspecteur Morris.

Le médecin légiste lui jeta un regard appuyé.

– Vous voulez faire l'autopsie, ou vous me laissez m'en charger?

L'inspecteur Morris lui adressa un sourire hésitant.

– Oh! non, non, allez-y.

– Nous pouvons la retourner maintenant? demanda le lieutenant Ortega. J'aimerais voir à quoi elle ressemble.

Le médecin légiste ne lui répondit pas, mais ôta soigneusement le sable des épaules de la morte, puis il promena ses doigts sur le dos nu, tout du long. Il se redressa, fronça les sourcils et parcourut la plage du regard.

– Est-ce que l'un de vous connaît bien cette plage? demanda-t-il d'un air pensif.

– Oui, moi, je la connais comme ma poche, fit l'inspecteur Morris. J'ai vécu ici quasiment toute ma chienne de vie.

– Vous vous êtes déjà occupé de noyades ici?

– Cinq ou six.

– Est-ce que vous vous rappelez à quelle hauteur sur la plage ces cinq ou six corps ont été découverts? lui demanda-t-il.

L'inspecteur Morris eut l'air déconcerté.

– Sur la laisse de la marée haute, il me semble, exactement comme celui-là.

– Regardez ce varech et ces autres débris rejetés par la mer, lui dit le médecin légiste. Vous voyez où ils se trouvent? La plupart sont plus légers qu'un corps, et beaucoup moins volumineux. Pourtant ils se trouvent plus bas sur la plage.

Le lieutenant Ortega s'approcha et regarda le corps d'un air gêné.

– Et quelle conclusion en tirez-vous? demanda-t-il au médecin légiste.

– Je ne sais pas. Je fais une observation, c'est tout, répliqua le médecin légiste.

– Vous observez que le corps se trouve plus haut que le varech, le bois flotté et les autres débris?

– C'est exact.

Le lieutenant Ortega se suçota les dents. Il était clair que ses efforts précédents n'avaient pas réussi à déloger le petit morceau de nourriture qui le turlupinait.

– Vous observez que le corps se trouve plus haut que le

varech et les autres débris, et vous en concluez que cette jeune femme ne s'est pas du tout noyée, mais qu'elle est morte d'une autre façon et qu'on l'a laissée sur la plage, accidentellement ou de propos délibéré, pour faire croire qu'elle s'était noyée?

– C'est vous qui dites ça, pas moi, répliqua le médecin légiste.

Il palpa la jambe droite de la morte et observa les marques qu'il laissait. Il fit claquer ses doigts et l'un des ambulanciers, tout en mastiquant du chewing-gum, lui apporta sa mallette en aluminium, et la lui ouvrit. Il y farfouilla jusqu'à ce qu'il trouve son thermomètre. Il le lubrifia puis l'introduisit sans cérémonie dans l'anus de la morte.

– Si elle a flotté dans l'océan toute la nuit, selon toute probabilité la température de son corps sera beaucoup plus basse que si elle était restée étendue sur la plage. Cela dépend également de l'heure de sa mort, bien sûr, mais cette plage est plutôt bondée jusqu'au coucher du soleil, n'est-ce pas?

– Oui, tout à fait, reconnut l'inspecteur Morris. Et parfois, bien après le coucher du soleil, lorsque les ados font un barbecue.

Le médecin légiste attendit patiemment que la température du corps de la jeune femme agisse sur le mercure. Entre-temps, il considéra tour à tour Henry, Gil et Susan, et demanda :

– Qui sont ces gens? Des curieux?

– Ces gens ont découvert le corps, répondit le lieutenant Ortega.

Le médecin légiste demanda à Henry :

– Vous avez déjà vu un cadavre sur cette plage?

Henry secoua la tête.

– Une chouette façon de commencer sa journée, découvrir un cadavre, fit remarquer le médecin légiste d'un ton désinvolte, comme s'il parlait de la pluie et du beau temps.

Puis il retira le thermomètre et l'examina soigneusement.

– Vingt-neuf degrés.

– Et qu'est-ce que cela veut dire? s'enquit le lieutenant Ortega.

– Cela veut dire que la température interne du corps est de vingt-neuf degrés, répondit le médecin légiste.

– Mais qu'en concluez-vous?

– Ce que j'en conclus? Je n'en conclus rien du tout. C'est à vous de tirer des conclusions. Mais vous pourriez prendre en considération le fait que la température de l'air ici avoisine les vingt-trois ou vingt-quatre degrés, et que la température de l'océan se situe entre dix et seize degrés.

– Alors, si le corps avait flotté dans l'eau toute la nuit, sa température interne aurait été plus basse que vingt-neuf degrés? fit le lieutenant Ortega.

– C'est possible, répliqua le médecin légiste.

Le lieutenant Ortega poussa un autre de ses soupirs irrités.

– D'accord, dit-il. Et maintenant, nous pouvons la retourner?

Le médecin légiste se releva et, avec un soin exagéré, ôta le sable des genoux de son pantalon. Les deux ambulanciers s'approchèrent et se mirent de chaque côté du corps. Alors que Henry les observait, une peur irrationnelle le saisit, et il ressentit le besoin très fort de se retourner et de regarder de l'autre côté. Cependant, pour une raison quelconque, il s'aperçut qu'il en était incapable, qu'il devait regarder. Autrement, la jeune femme demeurerait sans visage pour toujours, et lorsqu'il rêverait d'elle la nuit, ce qu'il ferait inévitablement, il verrait seulement cette chevelure de sirène, ornée de varech, et ce long dos pâle.

– Faites attention, recommanda le médecin légiste aux ambulanciers. Je ne veux pas de marques supplémentaires.

Il s'approcha et se tint aux côtés de Henry, Gil et Susan.

– Vous ne l'avez pas touchée du tout, et vous n'avez pas essayé de la déplacer?

Henry secoua la tête.

– Je ne crois pas que j'en aurais eu le courage.

– Vous croyez que quelqu'un aurait pu la tuer? demanda Susan. Je veux dire, de propos délibéré?

Le médecin légiste fit une grimace.

– Les filles de cet âge courent toujours le risque d'être tuées, de propos délibéré ou accidentellement, ou encore par négligence. Surtout les jolies filles. Elles ont davantage de pouvoir qu'elles n'en ont conscience. Un pouvoir que leur donnent leur jeunesse et leur beauté. L'ennui, c'est qu'elles ne savent jamais comment l'utiliser. Et c'est ça qui crée un danger pour elles.

Avec des précautions exagérées, les deux ambulanciers dégagèrent le corps de la jeune femme, puis la retournèrent sur le dos. Son bras retomba sur le sable humide et produisit un claquement. Puis l'un des ambulanciers s'exclama, d'une voix bizarre :

– Nom de Dieu !

Henry regarda fixement, mais il ne comprit pas tout de suite ce qu'il voyait. Le médecin légiste s'approcha aussitôt et se pencha sur le corps, son visage défait dans une expression qui n'était pas du tout reconnaissable. De la peur ? De l'horreur ? De la fascination ? Les deux ambulanciers firent un pas en arrière. L'un d'eux avait plaqué sa main sur sa bouche, et ses yeux semblaient mouillés de larmes. Le lieutenant Ortega tournait le dos au corps et parlait avec Morris et Warburg. Puis Warburg s'écarta et Henry vit à quoi ressemblait vraiment la jeune femme.

Son visage était presque beau, bien qu'il ait été gonflé par l'eau de mer. Une blonde typique, avec une ossature typiquement américaine, le genre de fille qui aurait pu facilement décrocher un rôle dans *Matt Houston* ou *Drôles de dames* ou même *Dynastie*. Des épaules larges, des seins fermes et pleins, mais au-dessous de la cage thoracique l'horreur commençait. Henry comprit brusquement ce qu'il regardait et chuchota « Oh, Seigneur ! » tandis que Susan se cachait le visage dans les mains.

L'abdomen de la jeune femme avait été éventré, des côtes jusqu'au bassin, et à l'intérieur de la cavité abdominale une dizaine d'anguilles noir-argenté grouillaient et se tordaient, un nid tumultueux de créatures visqueuses qui s'enroulaient et se déroulaient, et se nourrissaient, aveugles, de ce qui restait des organes plus tendres de la jeune femme.

Gil se détourna, tomba à genoux, se pencha vers le sable et vomit. Les policiers en uniforme regardaient avec frayeur et impuissance ; même le photographe se signa. Durant plusieurs minutes, aucun d'eux ne put faire quoi que ce soit, sinon regarder l'enchevêtrement d'anguilles qui s'agitaient, se tordaient et se tortillaient, et le visage blême et indifférent de la jeune femme dont les poissons dévoraient lentement le corps.

Le médecin légiste se tourna vers le lieutenant Ortega, les yeux écarquillés.

– Bon sang, vous avez déjà vu une chose pareille?

Le lieutenant Ortega secoua la tête.

– Moi non plus, fit le médecin légiste.

Puis il se tourna vers les ambulanciers :

– Enlevez ces saloperies.

Les ambulanciers regardèrent le corps d'un air incertain.

– Vous voulez dire?...

– Parfaitement. Quoi qu'elles soient. Ces anguilles, ces serpents. Faites-les sortir de là!

L'un des ambulanciers ramassa un bâton sur le sable et s'approcha prudemment du corps. Il se pencha en avant et poussa les anguilles du bout de son bâton, une seule fois. Immédiatement, celles-ci gigotèrent et se tordirent encore plus furieusement. L'ambulancier fit un bond en arrière et poussa un « aah! » de dégoût irrépressible.

Le médecin légiste lui arracha le bâton des mains et tourna autour du corps. Tandis que tout le monde le regardait avec appréhension, il poussa les anguilles avec son bâton deux ou trois fois, et à chaque fois elles s'agitèrent dans l'estomac de la jeune femme avec la même fureur visqueuse. Cependant, le médecin légiste parvint brusquement à glisser le bout du bâton sous l'une d'elles et à la faire tomber sur le sable.

L'anguille faisait presque un mètre de long. Elle avait une tête plate en forme de burin et de tout petits yeux aveugles. Elle s'agita et se tordit un moment, puis elle enfouit sa tête dans le sable. En quelques secondes, elle avait disparu. Presque tout de suite, les autres anguilles s'extirpèrent du bassin de la jeune femme et se dispersèrent dans toutes les directions pour s'enfouir à leur tour dans le sable.

– Il faut en attraper une! cria le médecin légiste.

L'un des policiers en uniforme saisit la queue de la dernière anguille sur le point de disparaître, et tira dessus violemment.

– Viens m'aider, merde! lança-t-il d'une voix haletante à l'intention de son coéquipier.

Celui-ci le rejoignit en toute hâte et empoigna le corps de l'anguille, plus près du sable. A eux deux, jurant et grognant, ils parvinrent petit à petit à retirer la créature du trou qu'elle s'était creusé.

Dès que sa tête fut dégagée, cependant, l'anguille gigota, s'enroula et se tordit furieusement dans l'air.

Henry vit ses dents briller. Puis elle se détendit comme la lanière d'un fouet, happa le visage de l'un des policiers et referma ses mâchoires sur sa lèvre supérieure et une partie de son nez.

Le policier poussa un hurlement, empoigna la tête de l'anguille et tenta de lui écarter les mâchoires. Henry regardait, horrifié, tandis que l'homme gesticulait sur la plage. L'anguille noir-argent se tortillait, accrochée à son visage comme un nez de carnaval. Du sang rouge vif commença à gicler de tous côtés.

Le lieutenant Ortega bondit, ceintura le policier par-derrière, et lui fit un croche-pied. Tous deux tombèrent lourdement sur le sable. Le policier poussait des cris éperdus, et ses jambes lançaient des ruades telle une marionnette épileptique. Le lieutenant Ortega passa ses mains autour du visage du policier et empoigna l'anguille juste derrière sa tête en forme de burin, serra et comprima les ouïes pour qu'elle ne puisse plus respirer. Puis il leva sa main libre et hurla :

– Un couteau, pour l'amour de Dieu !

Le médecin légiste fouilla précipitamment dans ses poches, en sortit un canif et le lui tendit. Le lieutenant s'en empara. Le policier cria à plusieurs reprises tandis qu'Ortega cisaillait le corps de l'anguille. Le sang de celle-ci jaillit, un sang noir comme de l'encre, et éclaboussa les deux hommes. Sa queue s'agita furieusement d'un côté et de l'autre, cinglant l'air, jusqu'au moment où Ortega lui trancha la colonne vertébrale et lança son corps sur le sable. Le corps sans tête continua de se tordre et de s'agiter, et les ambulanciers s'éloignèrent prudemment.

Le médecin légiste se mit à genoux et examina le policier. L'homme frissonnait et tremblait, et le lieutenant Ortega faisait tout son possible pour le calmer. La tête tranchée de l'anguille était toujours accrochée au visage du policier, et lorsque le médecin légiste essuya rapidement le sang avec du coton imbibé d'eau distillée, il vit que les dents de la créature avaient déjà arraché la moitié des narines du policier et la plus grande partie de sa lèvre supérieure. Les muscles des mâchoires de l'anguille ne montraient aucun signe de relâchement. Il était clair que toute tentative pour détacher sa tête ne ferait qu'aggraver la blessure.

Henry s'approcha. Il tremblait, lui aussi, mais il dit d'une voix aussi ferme que possible :

– Vous savez comment ils faisaient au Viêt-nam pour ôter les sangsues ?

– Oui, dit le médecin légiste. Ils les brûlaient avec des cigarettes allumées. Est-ce que quelqu'un a une cigarette ?

Tout le monde se consulta du regard. Finalement, l'inspecteur Warburg répondit :

– Personne ne fume, désolé.

– Et merde ! grommela le médecin légiste. C'est bien la Californie du Sud !

– Peut-être l'allume-cigare de l'une des voitures, suggéra Henry.

L'inspecteur Morris fonça vers la voiture la plus proche et revint au bout d'une minute ou deux. Sa bedaine tressautait et il brandissait un allume-cigare rougeoyant. Il le tendit au médecin légiste et celui-ci l'appliqua immédiatement sur le cou à vif de l'anguille.

Il y eut un fort grésillement, puis une odeur écœurante de brûlé. Les mâchoires de l'anguille se crispèrent convulsivement et arrachèrent la lèvre supérieure et les narines du policier, puis la tête tomba sur le sable dans un soudain jet de sang. Le policier poussa un hurlement étranglé, ses dents du haut étaient hideusement à nu, et le lieutenant Ortega fut obligé de le plaquer sur le sable.

– Plasma ! cria le médecin légiste. Et vous ! ordonna-t-il au coéquipier du policier blessé. Prenez cette tête, coupez-la en deux, et retirez de sa bouche le nez de votre copain !

Il fallut aux ambulanciers moins de cinq bonnes minutes pour panser le visage du policier et le mettre sous perfusion, afin d'atténuer les effets du choc. Pendant ce temps, le coéquipier du policier prit une paire de coupeboulons dans le coffre de sa voiture de patrouille et retourna la tête de l'anguille sur le sable afin de la placer entre les lames. A deux reprises il essaya de la couper en deux, mais les deux fois la tête glissa. Puis Gil s'approcha et cala la tête contre le bout de sa chaussure, afin qu'elle ne roule pas. Il y eut un fort craquement, et le crâne de l'anguille fut fracassé. Le médecin légiste se baissa et retira le lambeau de chair ensanglanté que la créature avait arraché du visage du policier.

– Mettez cette saloperie dans un sac en plastique, dit-il à l'inspecteur Morris. La tête, la queue, et tout ce que vous pouvez trouver.

Le lieutenant Ortega jeta un coup d'œil à sa montre.

– Il est presque sept heures. Nous allons mettre en place un cordon de police et isoler cette plage. Warburg... demandez des renforts. Je veux une équipe pour creuser. Si ces anguilles ont tué cette fille, je veux qu'on les déterre et qu'on les détruise. Prévenez également les gardes-côtes. La baignade sera probablement interdite temporairement. Morris, accompagnez le médecin légiste. Je veux l'autopsie la plus rapide de tous les temps.

– Est-ce que nous pouvons faire quelque chose? demanda Henry.

Le lieutenant Ortega considéra Henry comme s'il le voyait pour la première fois.

– Vous? Oh, vous pouvez rentrer chez vous. Laissez votre nom et votre adresse à l'inspecteur Morris. Il viendra vous poser quelques questions ultérieurement. Et veuillez ne pas quitter la région, jusqu'à ce que vous ayez fait votre déposition. Et ne dites rien aux journaux ni à la télévision. C'est le genre de situation qui provoque la panique, vous me suivez? J'aimerais que cette affaire ne s'ébruite pas, pour le moment en tout cas.

Henry se tourna vers Gil et Susan.

– Bon, je pense que nous pouvons partir.

Susan était livide.

– Je crois que je vais m'évanouir, murmura-t-elle.

– Asseyez-vous un moment, lui dit Henry. Et mettez votre tête entre vos genoux.

Tandis qu'ils attendaient que Susan se remette, Henry regarda vers le corps de la jeune femme qu'ils avaient découvert. De l'endroit où il se tenait, accroupi aux côtés de Susan, il ne voyait pas la cavité béante de son estomac. La jeune femme aurait pu être étendue, nue et sereine, dans la brume, attendant que le soleil perce les nuages. Elle était vraiment très belle, se dit Henry, et d'une certaine façon cela faisait paraître sa mort encore plus horrible.

– Je me sens mieux maintenant, dit Susan.

Elle essaya de se relever, et Gil lui tendit la main.

Henry vit les ambulanciers soulever le corps de la jeune femme et le mettre dans une housse plastique. Ils se détachaient sur la brume, telles les silhouettes d'un théâtre d'ombres oriental.

– Je n'avais encore jamais vu une chose pareille, dit-il à Gil et Susan. Ces anguilles... vous aviez déjà vu une chose pareille? Et dire que j'ai été marié à une océanographe!

Ils remontèrent la plage ensemble. Lorsqu'ils atteignirent la promenade, Henry leur proposa :

– Venez donc prendre un verre. C'est mon cottage, juste là-bas. Je pense que vous avez besoin d'un remontant.

– Merci, mais je crois que je préfère rentrer chez moi, dit Susan.

Elle se tourna pour contempler la plage, les yeux grands ouverts, au bord des larmes.

– Où habitez-vous? lui demanda Gil doucement. Je peux vous déposer, si vous voulez.

– Vous avez une voiture?

– Bien sûr. Cette Mustang décapotable, de l'autre côté de la rue.

– Bon, d'accord, merci beaucoup.

Gil et Susan s'éloignèrent, et Henry resta seul. Au bout d'un moment, il haussa les épaules et parcourut la soixantaine de mètres qui le séparait de son cottage. Il déverrouilla la porte avec la clé qu'il gardait attachée à son poignet. Il alla dans le séjour, ouvrit le bar et se servit un grand verre de vodka, pure, sans glaçons. Il le but d'un trait.

Il toussa comme la vodka descendait dans sa gorge et lui brûlait l'estomac. Puis il remplit son verre à nouveau et alla jusqu'à la porte-fenêtre coulissante qui donnait sur la véranda. De là, il apercevait les voitures de patrouille, gyrophares allumés, et le lieutenant Ortega dans son costume cannelle. Un peu plus loin sur la plage, vers Del Mar, deux policiers en uniforme traînaient déjà des tréteaux sur le sable, portant l'inscription : CORDON DE POLICE – NE PAS FRANCHIR.

Henry regarda les policiers aller et venir pendant une vingtaine de minutes. Puis il rentra dans le séjour, s'assit sur le canapé de rotin laqué blanc et se regarda dans la porte vitrée du meuble-stéréo, de l'autre côté de la pièce.

La vie après la mort? La seule vie dans cette pauvre fille morte avait été ces anguilles qui se tortillaient, et quelle sorte de vie représentaient-elles?

Il songea aux événements du matin, et il ne voyait qu'une succession d'images fixes terrifiantes. La main de la jeune femme, s'agrippant au sable. La chaînette en argent autour de sa cheville. La blancheur de son dos.

Puis les anguilles, avec leur motif compliqué, tel un casse-tête chinois. Et la tête tranchée de cette anguille capturée, accrochée au visage du policier tel un symbole antique de ténacité malfaisante.

Il finit son troisième verre de vodka, puis se dirigea d'un pas incertain vers le bar pour verser le restant de la bouteille dans son verre.

– Stolichnaya, dit-il en prenant un fort accent russe ; du moins, aimait-il à le penser. Puis : – *Zdarovya.*

Avec des précautions dues à l'ivresse, il alla jusqu'aux rayonnages au fond de la pièce, sous la fenêtre, et promena son index sur le dos des livres consacrés à la mer que son épouse pas-si-chère-que-ça avait laissés lorsqu'elle l'avait quitté. Il tomba finalement sur un gros volume illustré, intitulé *Les Anguillidés : migration et cycles biologiques de l'anguille commune.* Il le prit, l'emporta jusqu'à la table basse et l'ouvrit.

La citation sur la page de titre attira tout de suite son attention. Elle disait simplement : « Autrefois on mangeait de l'anguille parce que les gens croyaient qu'elle procurait une virilité sexuelle exceptionnelle. Dans certaines régions de l'ancienne Scandinavie, les bancs d'anguilles étaient désignés par un mot mystique qui signifiait " le sperme du Diable ". »

Henry tendit la main pour se verser un autre verre, puis il s'immobilisa et relut la citation. Finalement, il tourna la tête vers la véranda, regarda vers la plage, et fronça les sourcils.

2

Gil et Susan échangèrent à peine quelques mots durant le trajet jusqu'à Del Mar Heights Road, où habitait Susan. Gil jetait un regard à Susan de temps à autre, mais il voyait bien qu'elle était toujours bouleversée par ce qui s'était passé sur la plage. Lui-même avait le cœur au bord des lèvres lorsqu'il songeait à ces anguilles noir-argent qui grouillaient dans le corps blanc de cette jeune femme, et à la façon dont le visage de ce policier avait été à moitié arraché d'un coup de dents.

– C'est ici... nous sommes arrivés! s'exclama Susan.

Gil s'engagea sur l'allée en pente et serra le frein à main. Il sauta de sa Mustang jaune sans ouvrir la portière, puis alla ouvrir la portière côté passager pour permettre à Susan de descendre.

– C'est la demeure de vos grands-parents? lui demanda-t-il.

C'était une petite maison de style mexicain avec une véranda donnant sur le jardin et des rangées d'arcades peintes en rose. Trois lézards les observèrent depuis le toit de tuiles, clignant des yeux avec une parcimonie préhistorique. Près de la porte de derrière, il y avait six ou sept azalées récemment arrosées, dans des pots en terre cuite, et des fauteuils à bascule assortis, en rotin peint en blanc.

– Merci de m'avoir raccompagnée, dit Susan. Je me sentais vraiment patraque.

– A votre service, lui dit Gil.

Il hocha la tête et sourit, mais ne manifesta pas l'intention de remonter dans sa voiture.

Susan jeta un regard derrière elle.

– Je vous proposerais bien d'entrer un moment, mais...

ma foi, mes grands-parents sont plutôt vieux jeu. Ils voudraient savoir tout ce qui s'est passé, vous comprenez, et pour le moment je n'ai vraiment pas envie d'en parler.

Gil se dandina d'un pied sur l'autre.

– Vous aurez envie d'en parler tôt ou tard. Il est nécessaire que vous en parliez.

Elle avait posé sa main sur la balustrade en fer forgé de la véranda et le regardait avec l'une de ces expressions caractéristiques de l'adolescence, ennuyée, curieuse, « vas-y, montre-moi », ses yeux dans l'ombre. Provenant de l'intérieur de la maison, ils entendaient un aspirateur qui ruminait de pièce en pièce, et un téléviseur dont le volume était réglé de façon que la personne qui passait l'aspirateur puisse écouter en même temps *La Petite Maison dans la prairie*.

– Je peux vous téléphoner plus tard? demanda Gil.

– Je ne sais pas, répondit Susan. (Elle se tourna vers la maison.) Surtout n'y voyez rien de personnel, mais je veux oublier tout ça.

– Vous savez quoi? fit Gil. Je vais vous laisser mon numéro de téléphone. Comme ça, si vous avez envie d'en parler, vous pourrez m'appeler. Ou même si vous n'avez pas envie d'en parler, cela m'est égal.

Susan réfléchit un moment, puis elle dit :

– Entendu. Mais je dois rentrer maintenant.

– Vous avez un morceau de papier?

Elle ramassa un bout de craie près des plates-bandes.

– Je vais l'écrire avec ceci.

– Très bien. C'est 755-9858.

– Où est-ce?

– A Solana Beach, sur le front de mer. Mon père est le propriétaire du Mini-Market.

– Oh, vraiment? Bon, c'est noté.

A ce moment, la grand-mère de Susan apparut sur le seuil. C'était une femme courtaude et obèse, en survêtement fraise; ses cheveux couleur glace à la fraise étaient ornés de bigoudis.

– Susan? dit-elle d'un ton plaintif. Tu rentres de bonne heure.

– Oh, Gil m'a raccompagnée.

– Gil? fit sa grand-mère, et elle chaussa les lunettes à monture en or qu'elle portait à son cou, au bout d'une longue chaîne dorée.

– Gil Miller, madame, dit Gil en la saluant de la main. Ravi de faire votre connaissance.

– Est-ce que je ne vous ai pas déjà vu ? voulut savoir la grand-mère de Susan.

– C'est possible, madame. Mon père est le propriétaire du Mini-Market à Solana Beach. Parfois, je lui donne un coup de main et je m'occupe du rayon charcuterie.

La grand-mère de Susan ôta ses lunettes et laissa son visage s'affaisser en un blanc-manger tremblotant de désapprobation.

– Susan fréquente un étudiant en médecine, dit-elle à Gil. Un garçon très bien, promis à une brillante carrière. Irlandais, de surcroît.

– Mais c'est magnifique, madame, dit Gil, tout en voyant que Susan était horriblement gênée.

Il agita la main à nouveau, un geste ridicule, « A un de ces quatre », qu'il n'avait pas du tout eu l'intention de faire, puis il remonta dans sa voiture et mit le contact.

– Mamie ! protesta Susan à voix basse. (Puis elle lança :) Encore merci pour la balade, Gil !

– Pas de quoi ! sourit celui-ci, et il effectua une marche arrière.

Susan le regarda faire un demi-tour dans un crissement de pneus puis s'éloigner sur la route. Ensuite elle suivit sa grand-mère dans le vestibule et, de propos délibéré, claqua bruyamment la porte-moustiquaire derrière elle. Dans la cuisine, son grand-père leva les yeux de son *San Diego Tribune* et annonça :

– Ton amie Daffy est là.

– Oui, et j'ai eu honte de la faire entrer dans ta chambre, l'admonesta sa grand-mère. Ce fouillis ! Je n'ai jamais vu une chose pareille ! Tu as des tiroirs pour tes vêtements et des étagères pour tes livres, non ?

– Oh, mamie. Je suis incapable de tout ranger d'une manière impeccable, comme tu le fais.

– C'est un état d'esprit, répliqua sa grand-mère. Si ton esprit est propre et net, alors ta maison est propre et nette. Dieu sait ce que Daffy pense de toi.

– Daffy pense que j'ai beaucoup d'ordre. Tu devrais voir sa chambre. On dirait la Huitième Guerre mondiale !

Sa grand-mère s'attarda près de la porte. Susan comprit qu'elle était partagée entre son désir de retourner à son aspirateur et celui d'aborder la question « Gil Miller ». Elle alla jusqu'au réfrigérateur, se versa un grand verre d'eau Mountain Spring, et ajouta des glaçons. Elle but le verre presque en entier sans reprendre son souffle.

– Ce garçon, dit sa grand-mère, tu n'as pas l'intention de le revoir, n'est-ce pas?

– Et pourquoi ne le reverrais-je pas?

– Eh bien, que dira Carl?

– Mamie, cela ne regarde foutrement pas Carl.

– Suzie, intervint son grand-père en ôtant ses lunettes demi-lune. Dans cette maison, nous n'employons pas des mots comme ça.

– Très bien. Alors, cela ne regarde – censuré – pas Carl. Mamie, nous ne sortons même pas ensemble!

– Tu devrais. Carl est un garçon très bien élevé.

– Je sais, mais il se trouve qu'il ne me plaît pas. Et de toute façon, il n'est pas irlandais. Il est arménien.

– Sa mère est à moitié irlandaise.

Susan ferma les yeux et s'appuya contre le réfrigérateur. Sa grand-mère comprit qu'il était inutile de l'asticoter davantage. Son grand-père haussa les épaules et sourit.

– Elle trouvera quelqu'un de gentil, ne t'en fais donc pas. Le monde est rempli de types très bien.

– Ce sont ces garçons de la plage, c'est tout, gémit la grand-mère de Susan. Ces surfeurs. Un jour, l'un d'eux la mettra enceinte, et ensuite, hein? C'est une responsabilité, élever l'enfant de sa propre fille. Parfois, je pense que c'est une trop grande responsabilité.

Susan ouvrit les yeux.

– Mamie, dit-elle, aucun surfeur ne va me mettre enceinte!

Sa grand-mère secoua la tête et partit finir de passer l'aspirateur. Tous les matins, elle passait l'aspirateur pendant au moins deux heures, et regardait la télévision en même temps. C'étaient ses deux principales obsessions dans la vie : faire le ménage et regarder la télé. Elle estimait que sa maison devait briller comme les maisons dans les spots publicitaires pour Lemon-Kleen, et qu'elle devait mener sa vie conformément au gospel de Richard Simmons. Une fois, elle avait participé au *Juste Prix* et avait gagné trois cents dollars et un arroseur automatique. Cela s'était passé six ans auparavant, mais elle en parlait encore aujourd'hui.

Le grand-père de Susan tendit la main et passa son bras autour de la taille de sa petite-fille.

– Tu trouveras quelqu'un, un peu de patience. Tu es encore jeune, tu n'as même pas terminé tes études.

– Grand-père, je ne panique pas parce que je ne suis pas encore mariée! lui dit Susan.

Brusquement, une image du corps de la jeune femme sur la plage surgit devant ses yeux. Des seins blancs, recouverts de grains de sable. Les anguilles qui se tortillaient. Elle repoussa le bras de son grand-père, alla jusqu'à l'évier pour rincer son verre et resta là un moment afin de se ressaisir.

– Hé, ça va? lui demanda son grand-père.

– Bien sûr que ça va.

– Tu sembles bouleversée. Ta mère avait le même air, quand elle était bouleversée. Un teint terreux, si tu vois ce que je veux dire. Cela n'a aucun rapport avec ce garçon, hein?

– Ce ne sont pas des nausées matinales, si c'est ce que tu essaies d'insinuer.

– Mais pas du tout! fit son grand-père, offusqué.

Il regarda vers le vestibule, où la grand-mère de Susan s'activait avec l'aspirateur, vague après vague de décibels rugissants, puis il se leva et vint vers l'évier. Il posa sa main sur l'épaule de Susan. Il était petit et corpulent, comme la grand-mère de Susan mais, contrairement à celle-ci, il était tout à fait satisfait de porter son âge, à savoir soixante-six ans. Son crâne chauve brillait comme une pomme d'api, à force de rester des heures assis dans son fauteuil à bascule sur la véranda pour regarder passer dans la rue les écolières radieuses et pleines de vie.

– Ta grand-mère ne veut que ton bien, lui dit-il à voix basse.

Susan acquiesça de la tête.

– Oui, je sais.

– Elle essaie seulement de t'éviter de faire une erreur.

– Oui, je sais.

Son grand-père ne trouva pas quoi dire d'autre. Il tripota la manche de son cardigan gris. Puis il haussa les épaules, retourna s'asseoir et reprit son journal, même s'il gardait les yeux fixés sur Susan. Les gros titres du journal annonçaient de nouveaux tremblements de terre dans la région de Tijuana.

Susan traversa le vestibule pour aller dans sa chambre. Sa grand-mère leva les yeux de son aspirateur avec une expression peinée et exaspérée, mais Susan s'efforça de l'ignorer. Ce n'était pas *sa* faute si elle était obligée de vivre ici et dès que cela lui serait possible, elle irait vivre ailleurs. A nouveau elle eut une vision fugitive du visage de la jeune femme sur la plage, et pour quelque raison, il se confondit avec le visage de sa mère, après l'accident. Elle ouvrit la porte de sa chambre du revers de la main.

Daffy était vautrée sur le lit-divan de Susan, les pieds posés sur l'accoudoir, plongée dans la lecture de *Cosmopolitan.*

– Oh, salut, Suze! Tu es matinale. Tu as lu cet article sur les préservatifs?

Susan alla jusqu'au lavabo et se brossa les cheveux, se regardant dans le miroir. Son grand-père avait raison : elle avait un teint terreux.

Daffy se tourna sur le côté et déclara :

– Ils disent que c'est sûr seulement à 70 %.

Susan fronça les sourcils vers son reflet.

– Quoi?

– Les préservatifs, ma chère enfant! Tu te rends compte? A 70 %! Cela veut dire que, quand tu fais l'amour cent fois, tu tombes enceinte trente fois. Seigneur, j'aurai quatre-vingt-dix gosses avant d'avoir dix-huit ans!

Susan s'aperçut qu'elle pleurait. Silencieusement, mais amèrement, de telle sorte que les larmes coulaient sur ses joues et dégouttaient de chaque côté de sa bouche. Daffy ne s'en rendit pas compte et continua de lire l'article, puis Susan se mit à sangloter bruyamment.

Daffy se leva vivement du lit.

– Suze, qu'y a-t-il? Qu'est-il arrivé? (Dans le couloir, l'aspirateur continuait de rugir et de heurter violemment les plinthes.) Ce n'est pas à cause d'*elle*, une fois de plus, hein?

Susan secoua la tête. Elle prit deux mouchoirs en papier dans la boîte à côté du lavabo et se moucha bruyamment. Puis elle en prit un autre et s'essuya les yeux.

– Je ne sais pas ce que c'est. Ce n'est probablement rien, juste mes règles.

– J'étais venue te demander si tu voulais venir chez moi. Nous faisons un barbecue, et j'ai invité certains des garçons d'Escondido.

– Je ne sais pas. Je me sens... bizarre.

– Bizarre? Pourquoi?

– C'est... je ne sais pas. Il s'est passé quelque chose sur la plage. J'essaie de ne pas y penser, mais ça m'obsède!

Elle s'assit au bord du lit et Daffy s'installa à côté d'elle.

– Raconte! fit Daffy avec une curiosité fébrile.

Susan se tamponna les yeux à nouveau.

– Je ne sais pas si je peux te le dire.

– C'était un garçon? On ne t'a pas violée, hein? Tu as la tête d'une fille qui s'est fait violer!

– Ce n'est pas du tout ça.

– Alors quoi, bon Dieu!

Dans le couloir, l'aspirateur se tut après une longue plainte. Ce fut le silence complet, même la télévision était éteinte, et les deux filles tendirent l'oreille, redoutant que la grand-mère de Susan n'ait entendu Daffy prendre le nom du Seigneur en vain. La grand-mère de Susan priait devant le téléviseur tous les dimanches matin avec le Dr Howard C. Estep, et le Dr Howard C. Estep blâmait avec vigueur ceux qui blasphémaient.

– J'ai vu un corps... un cadavre, chuchota Susan.

– Tu me fais marcher!

– Pas du tout. C'était une jeune femme, elle s'est probablement noyée. La police était là, et l'ambulance, et tout le tremblement.

– Mince alors! s'exclama Daffy, atterrée et compatissante, mais toujours impatiente d'apprendre tous les détails. Tu as dû être complètement paralysée! Enfin, comment était-elle? Je n'ai encore jamais vu de cadavre.

– Daffy, dit Susan d'une voix chevrotante, elle avait des anguilles dans son estomac, là où son estomac aurait dû être, et elles la dévoraient.

Daffy la regarda avec effarement.

– Des anguilles? Mais c'est pas vrai! Mon Dieu, c'est tout à fait répugnant! Et qu'est-ce que tu as fait? Tu as vomi?

Susan ne pouvait même pas parler. Elle n'arrêtait pas de penser à ces anguilles qui s'agitaient, se tortillaient et s'enroulaient au-dessous de la cage thoracique de la jeune femme... et au policier qui gesticulait de douleur, l'anguille accrochée à son visage. Elle plaqua ses mains sur ses yeux et se força à pleurer, sa poitrine se soulevant, sa gorge nouée. Elle essaya de faire sortir d'elle la peur et l'horreur, essaya d'exorciser tous les cauchemars qui, elle le savait, viendraient la tourmenter dès la tombée de la nuit.

Elle avait rêvé pendant des mois du visage mutilé de sa

mère. Elle savait qu'elle rêverait de la jeune femme sur la plage à tout jamais.

Daffy la prit dans ses bras et la serra sur sa poitrine. Elle la calma, la berça doucement, comme si elle était un petit enfant. Dans le couloir, l'aspirateur se remit en marche et entreprit de récolter la poussière à proximité de la porte du séjour. Daffy était plus jeune que Susan, de quatre mois et deux jours très exactement, mais elle était beaucoup plus mûre. Grande, svelte, elle avait un teint de brune, des masses et des masses de cheveux bruns frisés, et une bouche à la moue provocante que tous les garçons de son lycée avaient envie d'embrasser. Elle avait voulu écrire à Hugh Hefner [1] pour lui proposer d'être la *playmate* du mois, mais sa mère, bien que large d'esprit, avait dit non. Elle avait élevé Daffy toute seule. Le père de Daffy était parti travailler sur un pipeline en Alaska et ne trouvait jamais le temps de revenir; c'est pourquoi la mère de Daffy n'approuvait guère, en règle générale, l'exploitation des femmes par la gent masculine. Elle avait appris à Daffy à être jolie, méfiante et prudente, à ne pas monter dans la voiture d'inconnus, et à prendre la pilule.

Susan cessa de pleurer aussi soudainement qu'elle avait commencé. Blottie contre Daffy, elle parcourut sa chambre du regard.

– Tu te sens mieux? lui demanda Daffy.

– Oui, je crois. Je ne pleurais pas vraiment. C'était juste le fait de penser à tout ça. Cette pauvre fille, tu sais, dévorée par ces anguilles. Et l'une des anguilles a également mordu un flic, au visage.

– C'était quoi, un genre d'anguille mangeuse d'hommes? Comment les appelle-t-on? Ah! oui, des congres. Il y en avait un dans ce film. Tu sais, ce film avec Nick Nolte. En tout cas, il arrachait la tête d'un type d'un coup de dents. Tu ne trouves pas que Jerry ressemble à Nick Nolte? Enfin, s'il avait une moustache.

Susan se leva et enleva machinalement son T-shirt et son short de sport, de telle sorte qu'elle était nue, excepté ses socquettes. Elle les laissa tomber par terre, où ils rejoignirent la jupe qu'elle avait portée la veille, un numéro de *Rolling Stone* dans lequel elle avait découpé des photos de Bruce Springsteen, sa raquette de badminton, son

1. Célèbre directeur de *Playboy*. *(N.d.T.)*

sèche-cheveux et la pochette du dernier album d'Eurythmics.

– Tu es sûre que ça va? lui demanda Daffy d'une voix soucieuse.

Susan hocha la tête. Ses yeux étaient encore rougis par les pleurs et mouillés de larmes.

– J'ai juste envie de prendre une douche. Ensuite nous irons chez toi.

Daffy attendit pendant que Susan allait dans la salle de bains. Elle fit les cent pas dans la pièce un moment, poussa du pied des vêtements éparpillés sur le parquet et des revues aux pages découpées. Puis elle s'approcha de la fenêtre et regarda au-dehors vers la cour, un petit espace dallé avec des chaises longues et un jet d'eau qui ne marchait pas, ou très rarement. C'était une journée claire et chaude, et des lézards somnolaient à l'ombre des massifs.

De la fenêtre, on apercevait un petit bout de la rue au-delà, et l'attention de Daffy fut attirée par un jeune homme en veston sport et pantalon de tennis blanc, assis sur le muret de la maison des grands-parents de Susan. Il fumait une cigarette et semblait attendre quelqu'un parce que, de temps en temps, il levait son poignet, et Daffy voyait le reflet lumineux sur le cadran de sa montre. Ses yeux étaient dissimulés par des lunettes de soleil.

Elle l'observa pendant presque cinq minutes. Des voitures passèrent dans la rue, dans les deux sens, mais personne ne s'arrêta pour le prendre, et Daffy se dit qu'il ne guettait aucune voiture en particulier. Il restait immobile, ne bougeait jamais la tête, fumait, et de temps à autre regardait l'heure.

Elle se détourna de la fenêtre et réalisa brusquement que Susan mettait une éternité pour prendre sa douche. Elle sortit dans le couloir où, à présent, sa grand-mère époussetait sa collection de statuettes en cuivre de danseurs mexicains, et se dirigea vers la salle de bains.

– Susan va venir à ton barbecue? demanda-t-elle tout en s'activant avec son chiffon à poussière.

– Elle a dit qu'elle viendrait, répondit Daffy. (Elle hésita devant la porte de la salle de bains, puis frappa.) Susan? Tout va bien?

– Elle prend une douche, fit sa grand-mère avec humeur. Bien sûr, je viens juste de nettoyer la salle de bains. Et qu'est-ce que je vais trouver? Du savon partout sur le carrelage et des cheveux dans le tuyau d'écoulement. Sans parler des serviettes mouillées jetées par terre. Susan est vraiment la fille la plus désordonnée qu'on puisse imaginer.

– Susan? répéta Daffy.

– Vas-y, entre, dit la grand-mère de Susan. Elle ne t'entend probablement pas, à cause de l'eau.

Daffy ouvrit la porte et risqua un coup d'œil dans la salle de bains. La douche crépitait bruyamment et la pièce était envahie par la vapeur.

– Susan? appela-t-elle à nouveau, puis elle s'avança.

Pour une raison inconnue, elle commençait à être effrayée, et elle pensa brusquement à l'histoire que Susan lui avait racontée. La jeune femme, morte et dévorée par les anguilles. Le policier, dont le visage avait été à moitié arraché. La porte vitrée de la cabine de douche était embuée, mais Daffy eut l'impression de distinguer une forme rose de l'autre côté de la porte, qui devait être Susan.

La peur lui nouait la gorge. Elle s'approcha lentement de la cabine et frappa timidement à la porte vitrée.

– Susan? Ça va?

A ce moment, elle entendit un gémissement terrifiant. Elle recula vivement et chuchota « Oh merde! ». Puis le gémissement fut suivi de sanglots étouffés et angoissés. Daffy ouvrit à la volée la porte de la cabine et aperçut Susan recroquevillée sur le carrelage, ses jambes ramenées contre sa poitrine, ses mains jointes sur sa tête. Elle frissonnait et sanglotait... le choc à retardement.

Daffy ferma le robinet et saisit une grande serviette de bain qu'elle lui mit sur les épaules.

– Susan, allons. Tu es bouleversée, c'est tout. Susan, c'est Daffy. Viens, ma chérie, ne reste pas là.

Toute tremblante et sans force, Susan laissa Daffy la tirer et la relever, puis la soutenir tandis qu'elles sortaient de la salle de bains. Elles croisèrent la grand-mère de Susan dans le couloir. Durant une fraction de seconde, la vieille dame fut sur le point de se récrier, à cause des pieds mouillés de Susan sur la moquette, puis elle vit à quel point elle était pâle et décomposée, et à quel point l'expression du visage de Daffy était résolue.

– Mais que se passe-t-il?

– Elle s'est évanouie, c'est tout. Ses règles.

Pour quelque raison, Daffy n'avait pas envie de parler

à la grand-mère de Susan du cadavre sur la plage. Elles aidèrent Susan à marcher jusqu'à sa chambre, et l'essuyèrent en toute hâte. La vieille dame chercha parmi les vêtements entassés pêle-mêle dans les tiroirs de la penderie et finit par trouver une chemise de nuit à rayures, que Daffy entreprit de mettre à Susan.

– Je devrais peut-être appeler le Dr Emanuel, dit sa grand-mère d'une voix inquiète.

Susan ouvrit les yeux. Ses pensées fragmentaires commençaient à se remettre en place et à s'assembler, comme le film d'une voiture disloquée et soufflée par une bombe projeté lentement à l'envers. Elle constata qu'elle accommodait à nouveau et que les sons se coagulaient en mots. Elle reconnut Daffy, assise au bout du lit, qui lui souriait. Elle reconnut sa grand-mère, qui la scrutait à travers ses lunettes à monture en or et se tenait prudemment à distance, comme si elle redoutait que ce qui indisposait Susan ne fût contagieux.

– Je me suis évanouie? demanda-t-elle, la bouche sèche. J'ai eu l'impression d'être ailleurs.

Daffy serra sa main.

– Tout va bien maintenant. Tu survivras. Mais tu m'as fait rudement peur, crois-moi. Tu veux un café?

Susan acquiesça.

– Oui, volontiers.

– Je m'en occupe, dit vivement sa grand-mère, ravie d'avoir quelque chose à faire qui n'impliquait pas des soins véritables.

Elle se plaignait sans cesse de ses propres maux, mais elle ne supportait pas que d'autres personnes soient malades. Elle sortit de la chambre en trottinant et laissa la porte ouverte.

– Glisse-toi sous la couverture, dit Daffy à Susan. Tu dois rester au chaud.

– Mais je vais très bien maintenant, je t'assure! fit Susan.

– C'était certainement le choc, tu sais, le fait de voir ce cadavre.

Susan secoua la tête. Ses cheveux étaient emmêlés et mouillés.

– Cela ressemblait à un choc, mais il y avait autre chose, également. Je ne sais pas comment décrire ça. Il m'a semblé entendre la voix de quelqu'un, très fort, une voix qui résonnait. Puis je me déplaçais très vite; c'était comme si j'étais dans un hélicoptère qui rasait l'océan. Cela allait si vite que j'ai perdu l'équilibre, et je suis tombée. Lorsque j'ai repris mes esprits, j'étais de nouveau ici avec toi.

– Le choc, affirma Daffy. Alors, tu te mets au chaud, oui ou non? La Panthère Rose va t'apporter une tasse de café dans un instant.

Il fallut à Susan un peu plus d'une demi-heure pour s'arrêter de frissonner. Ensuite elle s'habilla lentement, un T-shirt vert et un pantalon corsaire blanc, et se donna un coup de peigne.

– Tu es sûre que ça va? n'arrêtait pas de lui demander Daffy. Tu sais, tu n'es pas obligée de venir au barbecue si tu n'en as pas envie. Je ne me vexerai pas.

– Daffy, je *veux* venir, d'accord? Je ne suis pas infirme.

– Fais attention à toi, lui recommanda sa grand-mère.

– Oui, fais attention à toi, renchérit son grand-père.

Elles sortirent de la maison et descendirent l'allée en pente dans la chaude lumière du soleil du milieu de la matinée. Daffy habitait à dix minutes de marche de là, dans l'une des maisons neuves sur Jimmy Durante Boulevard. Habituellement, Daffy empruntait la Seville de sa mère pour ses allées et venues, mais ce matin celle-ci était partie chez son esthéticienne pour se faire remonter le visage de deux ou trois centimètres, selon l'expression de Daffy.

Elles étaient presque arrivées au croisement de la rue principale lorsqu'une voix d'homme, une voix claire, dit derrière elles :

– Excusez-moi! Êtes-vous Susan Sczaniecka?

Susan et Daffy se retournèrent. C'était l'homme que Daffy avait aperçu, assis sur le muret de la maison des grands-parents de Susan. Il était grand, plus grand que Daffy ne l'avait imaginé, et avait des cheveux bruns ondulés. Il ôta ses lunettes de soleil et les deux adolescentes furent obligées de reconnaître en leur for intérieur qu'il était incontestablement beau garçon. Un visage aux traits fins, des yeux marron, et l'une de ces expressions légèrement amusées qui peuvent vous faire vous sentir à la fois excité et détendu... du moins, si vous êtes une adolescente de dix-sept ans.

– Est-ce que je ne vous ai pas vu tout à l'heure, assis sur le muret? dit Daffy d'un ton qui signifiait que l'homme devait montrer ses papiers d'identité avant qu'elle-même ou Susan consente à lui adresser la parole.

– Oui, bien sûr. J'attendais que vous sortiez.

– Pourquoi n'avez-vous pas sonné à la porte? demanda Susan. (Elle était obligée de fermer un œil à cause de l'éclat du soleil.)

– Je ne voulais pas déranger vos grands-parents. Vous savez comment ils sont.

Susan fronça les sourcils.

– Bien sûr que je sais comment ils sont. Mais *vous*, comment le savez-vous?

– C'est mon boulot. Je suis journaliste. Tenez, voici ma carte. Paul Springer, du *San Diego Tribune*.

– Vous êtes vraiment journaliste? lui demanda Daffy en lorgnant la carte de visite.

– Bien sûr. Sinon, pour quelle autre raison aurais-je attendu devant la maison de vos grands-parents, à votre avis?

– Pour nous violer? suggéra Daffy.

– N'y pensez plus, désolé, sourit Paul.

Susan lui rendit sa carte.

– C'est au sujet de ce qui s'est passé sur la plage ce matin?

Paul lui adressa un regard prudent, sur la réserve.

– Plus ou moins. En partie.

– Comment êtes-vous au courant? La police a dit qu'elle ne ferait aucun communiqué aux médias.

Paul continua de sourire et secoua la tête.

– Si la police en avait les moyens, *rien* ne serait communiqué aux médias. Excepté les arrestations de dealers, bien sûr, et les scores de l'équipe de base-ball de la police.

– Je n'ai absolument rien à dire sur cette affaire, déclara Susan. Je n'ai rien vu de plus que les autres.

– C'était plutôt horrible, non? dit Paul.

Daffy intervint sans façon :

– Mon amie n'a pas du tout envie d'en parler, c'est compris? Elle était toute retournée ce matin, à cause de ce qui s'est passé. Maintenant, si vous voulez bien nous excuser, nous sommes pressées. Bonjour chez vous!

Mais Susan dit :

– Oh, allons, Daffy, ne monte pas sur tes grands chevaux. Il ne m'ennuie pas.

– Est-ce que je peux vous accompagner? demanda Paul.

Elles continuèrent vers le nord, le long de Camino del Mar. De temps en temps, elles saluaient de la main les jeunes qu'elles connaissaient et qui flânaient à proximité des bars, des hôtels et des boutiques. Un groupe était rassemblé autour d'une Coccinelle qui venait d'être repeinte – rouge vif métallisé – et était décorée de surfeurs et de héros de western peints à l'aérographe. Il y avait dans l'air une forte odeur de marijuana et de lotion solaire.

Paul semblait incroyablement normal, et pourtant Susan avait le sentiment qu'il y avait quelque chose d'étrange chez lui, quelque chose qui était presque irréel. Lorsqu'il parlait, elle avait l'impression d'être à même de prévoir tout ce qu'il allait dire, et d'une façon singulière, elle avait l'impression de l'avoir déjà rencontré, mais quand, elle l'ignorait. Cela ne semblait pas nécessaire de faire sa connaissance. Depuis le commencement ils se parlaient comme s'ils se connaissaient de longue date.

– Le *Tribune* m'a demandé d'écrire une série d'articles sur les jeunes, expliqua Paul. Chaque article doit présenter un aspect différent de la façon dont les jeunes pensent et réagissent. Ce sera une sorte de psychanalyse de la jeunesse, si vous voulez. D'accord, ça semble plutôt banal, mais je suis sûr que si ces articles sont bien documentés et bien écrits, ce ne sera pas le cas. En fait, je pense que cela pourrait être passionnant.

– Vous voulez écrire un article sur *moi*? demanda Susan, plus curieuse que flattée.

– Hum... inutile de tourner autour du pot... l'un des articles doit traiter de la mort, et de la façon dont les jeunes y font face.

– Je ne comprends pas, avoua Susan.

– Eh bien, la façon dont les jeunes mènent leur vie lorsqu'ils perdent un être cher. Leurs parents, par exemple, comme vous-même...

– Comment savez-vous cela?

– Excusez-moi. Il m'a semblé reconnaître votre nom quand la police m'a transmis la liste des témoins de ce qui s'était passé sur la plage. J'ai consulté les archives du journal. Vos parents ont été tués dans un accident de voiture, n'est-ce pas, près du lac Hodges?

Susan acquiesça de la tête.

– Je ne me rendais pas compte que j'étais aussi célèbre, dit-elle, non sans une certaine amertume, même si elle savait que Paul n'avait pas eu l'intention de la bouleverser.

– Dans votre cas, poursuivit Paul, non seulement vous avez perdu vos parents, mais vous avez vu une personne qui vous était tout à fait inconnue, étendue, morte, sur la plage. Cela m'intéressait de comparer vos réactions à chacun de ces événements : la mort de quelqu'un que vous aimiez, et la mort de quelqu'un que vous ne connaissiez même pas. J'aimerais savoir ce que vous avez vraiment ressenti, et ce que vous ressentez maintenant.

– C'est plutôt morbide, non? fit Daffy.

– Hum, c'est possible, admit Paul, et si Susan n'a pas envie d'en parler, je n'insisterai pas, et nous en resterons là. Mais la mort fait partie de la vie, et cela ne sert à rien de se voiler la face. Je pense que d'autres jeunes, s'ils lisaient un article sur Susan et sur la façon dont elle a surmonté ces tragédies... ma foi, cela les aiderait peut-être à faire face à leur propre expérience de la mort.

Daffy fit une grimace.

– Tout ça, c'est des foutaises, si je puis me permettre!

Mais Susan dit :

– Je ne sais pas. Nous pourrions peut-être en reparler.

– Ce soir, ce serait possible? lui demanda Paul. Et si je vous invitais à dîner, aux frais du journal?

– Bon, d'accord. Où?

– Vous connaissez le Bully's North? Je vous retrouverai là-bas à sept heures.

Susan réfléchit un moment, puis elle fit un signe de tête affirmatif.

– Entendu. Mais je vous préviens, je dois être rentrée chez moi à neuf heures et demie. C'est le règlement de la maison.

– Je sais, dit Paul.

Daffy fronçait les sourcils d'un air féroce... l'air de dire « fais gaffe, merde! ». Mais Susan, sans savoir pourquoi, se sentait en sécurité avec Paul, et rassurée. Elle ne pensa même pas à lui demander comment il savait qu'elle devait être rentrée chez elle à neuf heures et demie.

– J'ai laissé ma voiture sur le parking de l'hôtel Oceanside, dit Paul. A ce soir, sept heures, d'accord?

Il traversa la rue et s'en retourna sur Camino del Mar vers l'hôtel Oceanside. Susan le regarda s'éloigner, tandis que Daffy attendait un peu plus loin, une expression de scepticisme exagéré déjà prête sur le visage.

– Quel baratineur! dit Daffy.

– Je ne crois pas, fit Susan, sans même remarquer la grimace que Daffy arborait à son intention.

– Ne me dis pas que tu as gobé toutes ces conneries sur la mort et le reste! s'exclama Daffy. Allons, Suze, il veut coucher avec toi, c'est tout!

– Oh, ne sois pas ridicule. Il ne me connaît même pas.

– Vraiment? Dis donc, il connaît ton nom, et il sait que tes parents sont morts dans un accident de voiture, et il sait que tu étais sur la plage ce matin, et il sait que tu habites chez tes grands-parents, et il sait à quelle heure tu dois être rentrée, et apparemment il sait également que ton restaurant préféré est le Bully's North. Bon, s'il dit la vérité, il connaît ton nom grâce aux flics qui le lui ont communiqué il y a environ une heure. Mais comment a-t-il appris tout le reste en seulement une heure de temps?

Susan regarda vers l'océan: il scintillait entre les immeubles de l'autre côté de la rue telle de la poussière de diamants.

– Je ne sais pas, dit-elle.

– Et tu t'en fiches? Moi, je trouve ça inquiétant.

– Non, fit Susan, et dans son esprit elle en était tout à fait sûre. Cela n'a rien d'inquiétant. Mais il va se passer quelque chose. Quelque chose est sur le point de changer. Je le sens.

– Mais c'est pas vrai! s'exclama Daffy en secouant la tête. Les flèches de l'Amour t'ont transpercé le cœur!

– Non, répondit Susan catégoriquement. C'est plus important que l'amour.

3

Gil gara sa Mustang sur le parking situé en face du Mini-Market de son père, emballa le moteur, puis coupa le contact. Il resta immobile un moment ou deux, à réfléchir, puis il s'extirpa de son siège et traversa la rue en faisant tinter ses clés de voiture dans sa main.

Le Mini-Market était un magasin à la façade modeste, coincé entre le restaurant chinois Le Mandarin céleste et l'Imprimerie-Photocopie Chez Freddy. C'était le genre de magasin où l'on trouvait absolument tout, depuis des glaces jusqu'aux boîtes de spaghetti à la bolognaise, en passant par des lacets de chaussure, des chapeaux de golf et des cartes de vœux rédigées en hébreu. Il était imprégné d'un arôme merveilleux : un arôme de feta, de salami hongrois, de sucre d'orge et de bandes dessinées de Superman. Le père de Gil était ingénieur qualifié, et il aurait pu gagner quatre fois plus d'argent en établissant des plans de systèmes de freins pour les chariots d'hôpital et de commandes hydrauliques pour les locomotives, mais depuis qu'il était gosse, il avait toujours rêvé de posséder un magasin comme le Mini-Market, et pour rien au monde il n'aurait voulu mener une autre vie.

La mère de Gil disait souvent qu'il avait certainement eu une enfance privée de tout, pour vouloir tenir une épicerie, mais elle voyait à quel point il était heureux, et cela la rendait heureuse, elle aussi. Elle approvisionnait les rayonnages, tenait le magasin propre et faisait même des quiches pour le rayon des plats à emporter. Dans le quartier, on appelait le père et la mère de Gil les « M&M's »... Mr. et Mrs. Miller.

Le père de Gil était derrière la caisse et mettait dans un

sac les achats pour la semaine de la vieille Mrs. Van Buren qui habitait de l'autre côté de la voie ferrée. Il était grand et fortement charpenté, comme Gil, avait des cheveux grisonnants et raides, et un visage rugueux et buriné comme Llyod Bridges. Il portait un tablier bleu à rayures avec son prénom brodé sur la poche, *Phil*.

– Salut, papa, dit Gil.

– Comment ça va? lui demanda son père. Tu rentres de bonne heure.

– Je n'avais pas envie de me baigner, c'est tout.

– Quelqu'un m'a dit qu'ils avaient fermé la plage, poursuivit Phil Miller. Mrs. Van Buren, vous voulez les haricots saveur barbecue, ou les végétariens?

– Ouais, je crois que quelqu'un s'est noyé, fit remarquer Gil.

– Il y avait des ambulances et des voitures de police arrivant de toutes les directions, renchérit Phil, prenant un autre sac en papier et l'ouvrant.

– J'ai entendu dire que c'était une jeune femme, intervint Mrs. Van Buren. Elle s'était noyée et on l'a trouvée sur la plage. Complètement nue, c'est ce que j'ai entendu dire.

– Une droguée, à mon avis, déclara Phil. Ils prennent de la drogue, ils nagent, et ils pensent qu'ils peuvent nager jusqu'au Japon.

– Je crois que nous étions tout aussi fous dans mon jeune temps, déclara Mrs. Van Buren. A cette époque, bien sûr, c'était de l'alcool de contrebande. Nous filions sur la route dans une De Soto CK Six, complètement imbibés du whisky fabrication maison de McNamara, et on voyait quelle distance on pouvait parcourir sans tenir le volant. Le premier qui empoignait le volant était une poule mouillée.

Phil éclata de rire.

– Ça alors! J'ignorais que vous aviez été une délinquante juvénile, Mrs. Van Buren.

– Montrez-moi un jeune qui ne l'est pas, répliqua Mrs. Van Buren, et je vous montrerai une jeune personne qui n'est arrivée nulle part dans la vie, absolument nulle part.

– Ça, je n'en sais rien, dit Gil. Cette fille n'est pas allée plus loin que la plage.

Phil lança un regard interrogateur à son fils. Gil se rendit compte qu'il avait parlé de la jeune femme comme s'il l'avait connue, ou vue. Il changea délibérément de sujet, se frottant les mains avec entrain, et demanda :

– Tu veux que je coupe du jambon en tranches, papa?

– Bien sûr, et peut-être un peu de ce salami italien, le sec.

Gil s'avança entre les rayonnages vers le fond du magasin, jusqu'au comptoir à la paroi vitrée de la charcuterie. Il le contourna, baissa la tête pour éviter les gousses d'ail en plastique qui pendaient du plafond, et entra dans la réserve où il y avait un lavabo et un miroir. Il se lava les mains consciencieusement et les essuya. Dans le miroir, son visage semblait indifférent et impassible, pas du tout le visage de quelqu'un qui vient d'être témoin d'une mort affreuse et d'un accident terrifiant.

De retour au comptoir, il prit un énorme jambon du Maryland, recouvert de chapelure dorée, et le plaça sur le coupe-jambon. Il mit le moteur en marche et commença à débiter la viande aromatique en fines tranches roses. Son père avait fini avec Mrs. Van Buren, et il rejoignit Gil, tout en s'essuyant les mains sur son tablier.

– Ah, j'y pense! dit-il. Une fille est venue et a demandé où tu étais.

– Une fille? Ce n'était pas Gina Chappell, hein?

– Je ne sais pas. J'ignore à quoi ressemble Gina Chappell.

– Blonde, des dents écartées, des seins minuscules.

Son père émit un grognement amusé.

– Non, ce n'était pas Gina Chappell. Celle-là était grande, brune, et je dois dire qu'elle avait de très gros... (Il ne termina pas sa phrase, mais tendit ses mains comme s'il soupesait deux melons de belle taille.)

Gil débrancha la machine et souleva les tranches de jambon avec une spatule.

– Je ne vois pas qui ça peut être.

– Elle semblait très désireuse de te voir. Elle a dit qu'elle allait prendre un café à la librairie, et qu'elle reviendrait un peu plus tard.

Gil sourit à son père et remit la machine en marche.

– C'est peut-être mon jour de chance. Pour la première fois de ma vie, une fille superbe *me* court après.

– C'est probablement un officier de police judiciaire qui essaie de te notifier une citation à comparaître pour toutes ces contraventions impayées.

– Laisse-moi mes illusions, papa!

Phil observa son fils pendant un moment ou deux, puis il demanda :
– Ça va?
Gil leva les yeux.
– Bien sûr que ça va. Pourquoi cette question?
– Je ne sais pas. Tu sembles préoccupé par quelque chose.
– Préoccupé?
– Bah, je ne sais pas. On dirait que quelque chose te turlupine.
Gil secoua la tête.
– Non, je ne vois vraiment pas.
Mais son père ne semblait pas satisfait. Il demeura silencieux quelques instants, puis reprit :
– Cela ne te ressemble pas, de ne pas t'être baigné.
– J'ai fait mon jogging. C'était suffisant.
– Ta jambe ne te fait pas mal?
– Ma jambe est très bien. Hé, c'est un interrogatoire de police ou quoi? Tu veux m'arracher des aveux complets en me tabassant avec un salami hongrois?
Phil éclata à nouveau de rire, mais son rire était dépourvu de joie.
– Je te connais. Je te connais mieux que tu ne te connais toi-même. C'est parce que tu es exactement comme moi. Et lorsque je suis préoccupé par quelque chose, je me comporte exactement comme toi. Je ris, mais c'est un rire faux. Et tu ris de la même façon. J'ai compris que quelque chose n'allait pas à l'instant même où tu es entré dans le magasin.
– Que Dieu me préserve d'un père compréhensif, répliqua Gil. Tu crois qu'il y a assez de tranches de jambon? Il y a environ trois livres et demie ici, en fournées d'une demi-livre.
– Ça suffira pour le moment.
La mère de Gil entra, venant de l'arrière-boutique. Elle portait deux cartons de Coco-Puffs.
– Oh, Gil, je suis contente que tu sois revenu. Tu veux bien me donner un coup de main?
Gil prit les cartons et les porta jusqu'au rayon des céréales. Sa mère le suivit et se tint à ses côtés. C'était une femme de petite taille, toujours jolie à quarante-quatre ans. Phil disait qu'elle lui rappelait une statue, une statue grecque, pas celle qui n'a pas de bras mais l'autre, au visage classique et aux formes classiques. Elle sourit

tandis qu'elle regardait Gil ouvrir les cartons avec un cutter et sortir les boîtes de flocons d'avoine.

– Qui est cette jeune femme? lui demanda-t-elle.

– Tu veux parler de la jeune femme qui est entrée et qui me cherchait?

– Il y en a une autre?

– Hum, papa m'a parlé d'elle, mais j'ignore qui c'est.

– Elle est très jolie, déclara Fay Miller en regardant son fils attentivement pour voir s'il disait la vérité.

– C'est ce que papa a dit.

– Et tu voudrais nous faire croire que tu ignores qui c'est?

Gil plaqua sa main sur son cœur.

– Maman, crois-moi, j'aimerais beaucoup la connaître.

Une dizaine de minutes plus tard, l'ami de Gil, Bradley, arriva. Le père de Bradley tenait une boutique d'articles de pêche à Encinitas, quelques kilomètres plus loin sur la côte. Bradley était grand, maigre et drôle, et portait presque invariablement des chemises hawaiiennes et des bermudas. Gil et lui se connaissaient depuis le lycée. A présent, Bradley suivait des cours pour être analyste-programmeur, tandis que Gil faisait des études commerciales, mais ils se voyaient pratiquement chaque week-end et pendant les grandes vacances. Ils allaient à la pêche, nageaient et se racontaient des blagues absurdes.

Bradley prit le dernier numéro de *Hustler* sur le présentoir et le feuilleta d'un air appréciateur. Le père de Gil tenait à ce que son magasin ait un présentoir de revues pour adultes. Il prenait un certain amusement à observer des adolescents s'armer de suffisamment de courage pour acheter un numéro de *Chic* ou de *Penthouse* : ils payaient, rouges de confusion, puis sortaient du magasin le plus vite possible. Le présentoir des revues pour adultes faisait partie du mystère et des sensations fortes d'une épicerie, au même titre que les flacons étranges d'épices japonaises, les bonbons multicolores et les gadgets bizarres pour la cuisine.

– Comment ça va, Bradley? demanda Gil.

Il prit le *quarter* que lui tendait un petit garçon poil-de-carotte, lequel avait soigneusement compté huit bâtons de réglisse, et lui rendit la monnaie.

– Oh, je m'ennuie comme un rat mort, répondit Bradley. Tu as appris ce qui s'était passé sur la plage?

– Oui, je suis au courant.

– La plage est toujours isolée par un cordon de police. Baignade interdite à cause des méduses, c'est ce qu'ils disent maintenant.

– Vraiment?

Bradley déplia la page centrale de *Hustler*. Il demeura silencieux un long moment. Puis il dit :

– Tu sais quoi? C'est pas juste. C'est foutrement pas juste. On a payé un type pour qu'il prenne cette photo. On l'a *payé*, tu t'imagines? Et je ne réussirai jamais à voir une fille comme celle-là, les jambes écartées, même si je rampais jusqu'au mont Palomar en poussant une merde de rat avec le bout de mon nez!

– Hé, ça explique tout! fit Gil. Les filles comme ça ne tombent pas amoureuses de types qui poussent une merde de rat avec le bout de leur nez. On ne te l'avait jamais dit? Ton prof de sciences humaines?

Bradley tapa sur Gil avec la revue roulée en un tube rigide.

– Fais gaffe avec cette revue! l'avertit Gil. Une pauvre cloche voudra l'acheter.

– Je l'achèterais bien moi-même, mais je ne supporte vraiment pas cette injustice.

Gil secoua la tête.

– Parfois, tu es vraiment barjo, Bradley. Je préfère ne pas penser à l'aspect que doit avoir ton cerveau.

– Écoute, il faut absolument que je te raconte cette blague, dit Bradley. Qu'est-ce que tu obtiens si tu laisses un éléphant traverser ton salon?

– Bon sang, Bradley, je n'ai vraiment pas envie de le savoir!

– Allez, réponds, qu'est-ce que tu obtiens si tu laisses un éléphant traverser ton salon?

Gil poussa un soupir d'exaspération.

– Je n'en sais rien, Bradley. Qu'est-ce que *tu* obtiens si tu laisses un éléphant traverser ton salon?

– Tu obtiens un gros tas sur ton tapis.

– Je devrais te flanquer dehors, tu es trop bête, dit Gil.

Puis il se retourna et elle était là, sur le pas de la porte. La lumière du soleil brillait avec éclat derrière elle et Gil fut obligé de plisser les yeux pour voir à quoi elle ressemblait. Bradley se retourna, lui aussi, et se tut brusquement.

Le père de Gil avait dit la vérité. Elle était grande, presque aussi grande que Gil, et brune. Ses cheveux, brossés, impeccables et soyeux, lui descendaient jusqu'aux épaules. Elle avait des yeux immenses et des cils incroyablement longs. Sa bouche était légèrement entrouverte comme si elle s'apprêtait à dire quelque chose ou à embrasser quelqu'un. Elle portait un T-shirt blanc collant qui moulait ses seins énormes, et il était évident, à la teinte plus foncée de ses mamelons visible à travers le tissu, qu'elle ne portait pas de soutien-gorge. Un short blanc, des sandales blanches, et c'était tout.

– Gil Miller? dit-elle.

– Mon vœu a été exaucé, chuchota Bradley. Elle a bien dit Bradley Donahue, hein?

Gil considéra la jeune femme. Il s'efforçait d'être calme et décontracté, mais il ressentait une étrange oppression dans la poitrine.

– C'est..., commença-t-il d'une voix de fausset. (Puis, d'une voix beaucoup plus grave :) C'est moi.

La jeune femme s'avança dans le magasin et lui sourit.

– Je m'appelle Pauline Springer. J'espère que ma visite à l'improviste ne vous dérange pas.

– Euh, hum, non, balbutia Gil, s'essuyant les mains sur son short en jean. Non, pas du tout. Mes parents m'ont dit que vous étiez passée un peu plus tôt. Je regrette juste de ne pas avoir été là.

– Je sais, vous deviez reconduire Susan Sczaniecka chez elle. Mais cela ne fait rien. J'ai pris un café dans cette librairie d'occasion. C'est un endroit très pittoresque, n'est-ce pas? J'en ai profité pour acheter un livre, *De Sortilegio.*

Gil coula un regard vers Bradley, mais Bradley se contenta de prendre un air abasourdi.

Pauline s'approcha. Gil ne put s'empêcher de remarquer le ballottement fascinant de ses seins sous son T-shirt. De près, il sentait son parfum, qui évoquait des pois de senteur, des roses et autre chose, quelque chose de subtil, excitant et à peine perceptible, comme l'odeur d'un corps chaud et propre.

– J'espérais que vous pourriez m'aider, dit-elle.

– Euh, bien sûr, fit Gil. Tout ce que vous voudrez.

– J'écris un article pour le magazine *San Diego*, un article sur tout ce que la mer rejette sur les plages.

– Vraiment? (Gil était toujours oppressé; en fait, il semblait plus oppressé que jamais.)

– Je sais que cela semble stupide, reprit Pauline, mais

cela fera un papier tout à fait intéressant. C'est incroyable tout ce qui est rejeté sur le rivage. Je veux dire, à part les baleines, le bois flotté et autres débris. J'ai fait la connaissance d'un vieil homme qui habite sur la côte, un peu plus au nord, et il a entièrement meublé son bungalow de chaises, de tables et de lits qui avaient été rejetés sur la plage par l'océan.

Gil pianota sur le dessus de la caisse enregistreuse.

– C'est tout à fait passionnant. Mais je ne vois pas ce que je viens faire là-dedans.

– Ma foi, sourit Pauline, et ses yeux pétillèrent de malice, vous allez à la plage tous les matins, n'est-ce pas? Vous devez faire du jogging, à cause de votre jambe.

– C'est exact, reconnut Gil. Cela fait partie de la thérapie. Mais je ne vois toujours pas ce que...

Elle leva un doigt pour le faire taire. Il ne savait pas pourquoi, mais il demeura silencieux. Elle dit, d'une voix très douce :

– Vous êtes presque toujours la première personne à arriver sur la plage, d'accord? Parfois, vous êtes là-bas dès l'aube. Aussi, si quelque chose est rejeté sur la plage durant la nuit, vous serez la première personne à le trouver.

Gil la regarda attentivement. Puis il détourna les yeux et enfonça ses mains dans les poches de derrière de son short en jean. Il fit une grimace qui signifiait, hé, attendez un peu, mais qu'est-ce qui se passe au juste? Pauline l'observait, continuant de sourire, et Bradley observait Pauline. Le visage de Bradley disait : c'est pas juste, une fille superbe, aussi sublime qu'une page centrale de *Hustler*, entre dans ma vie, et elle veut parler à Gil, pas à moi!

– Avez-vous parlé à quelqu'un? demanda finalement Gil.

– Qu'entendez-vous par là?

– Avez-vous parlé à Susan Sczaniecka? Ou à ce vieux type qui habite près de la plage?

– Qui est cette Susan Sczaniecka? voulut savoir Bradley.

Pauline ne répondit pas aux questions de Gil, mais affirma, le plus simplement du monde :

– Vous avez trouvé deux ou trois choses intéressantes, rejetées sur la plage, n'est-ce pas?

– Une fois, j'ai trouvé une caisse de Johnny Walker.

Mon père m'a obligé à la remettre aux gardes-côtes. Je pense qu'ils ont bu toutes les bouteilles. En fait, je suis foutrement sûr qu'ils les ont bues!

– Et puis, bien sûr, vous avez trouvé ce que vous avez trouvé aujourd'hui.

La bouche de Pauline souriait toujours, mais l'expression dans ses yeux était tout à fait sérieuse.

– Vous avez parlé au lieutenant Ortega? demanda Gil.

– Gil, le cajola Pauline, je veux écrire mon article, c'est tout. Je ne mentionnerai même pas votre nom, c'est promis. Tout ce que vous avez à faire, c'est décrire ce qui vous est arrivé, ce que vous avez ressenti.

Pauline était attirante d'une façon presque irrésistible, sans aucun doute. Si Gil l'avait aperçue au milieu d'autres filles, il l'aurait choisie immédiatement. Elle était exactement le genre de fille qui l'excitait le plus. De longs cheveux bruns, des yeux aux cils fuligineux, et le genre de formes que l'on devait toucher pour y croire. Elle se tint encore plus près de lui, ses seins frôlaient presque son bras, et il voyait les minuscules taches vertes dans l'iris de ses yeux.

Pauline passa furtivement le bout de sa langue sur sa lèvre inférieure. Gil se sentit fondre, un garçon liquéfié et chauffé à blanc. Pauline le déconcertait et l'irritait, parce qu'elle savait tellement de choses sur lui. Elle lui faisait même peur, un tout petit peu. Mais il savait que, quoi qu'elle lui propose, il serait incapable de refuser, parce qu'une fille comme ça n'entrerait plus jamais dans le Mini-Market, à tous les coups, même dans un milliard d'années, et il aurait vraiment l'air d'une andouille s'il l'envoyait promener.

Peu importait ce qu'elle savait! Peu importait ce qu'elle voulait! La gorge de Gil était sèche, son short le serrait de façon gênante, et elle était si foutrement gentille, et sexy, et belle, et si elle entrait dans une librairie d'occasion et achetait des livres avec des titres comme *Des sorties légères*, elle était intelligente, de surcroît.

– Qu'est-ce que je dois faire exactement? demanda Gil, prudemment.

– Répondre à quelques questions, c'est tout, lui dit Pauline. C'est simple comme bonjour.

– Des questions sur... ce que j'ai trouvé sur la plage?

– Hm-hm.

– Vous tenez vraiment à le savoir?

Il y eut un regard dans ses yeux qui l'avertit de ne pas lui poser d'autres questions, pas devant Bradley, en tout cas.

– Nous ne pouvons pas faire cette interview ici, dit-elle. Et si on dînait ensemble ce soir? Nous pourrions discuter tout en mangeant.

– Bien sûr, si c'est ce que vous voulez. Pas de problème, fit-il, s'efforçant de prendre un ton désinvolte.

– Parfait, dit Pauline. Alors, à sept heures, au Bully's North. Vous connaissez le Bully's North?

– Euh, oui, mais je n'ai pas les moyens de vous inviter à dîner là-bas.

– Ne vous en faites pas, sourit Pauline. Le magazine paiera. Les notes de frais, vous savez.

A ce moment, Phil Miller les rejoignit. Il fit un signe de tête à Pauline et dit à Gil :

– Tu ne me présentes pas?

– Excuse-moi, papa. Voici Pauline Springer, du magazine *San Diego.* Elle veut écrire un article sur les choses que les gens trouvent sur la plage. Pauline, voici mon père.

Ils se serrèrent la main.

– Ravie de vous connaître, Mr. Miller, dit Pauline. Et ce problème avec votre assurance?

– Oh, je pense que nous serons finalement indemnisés, répondit Phil. La compagnie d'assurances fait des histoires et prétend qu'une panne de secteur ne constitue pas une panne d'électricité générale, et que, par conséquent, la police ne couvre pas ce genre de perte, les produits dans notre congélateur, mais notre avocat semble avoir bon espoir.

Il se tut brusquement et la regarda en fronçant les sourcils.

– Hé, comment *savez*-vous cela? lui demanda-t-il.

Elle lui sourit, un sourire à moitié complice, à moitié provocant.

– Les nouvelles circulent, dit-elle, et elle lui fit un clin d'œil.

– A propos de pizzas fichues, pour un montant de trois cents dollars?

Pauline n'en dit pas davantage, mais serra la main de Gil et lui dit :

– A ce soir, alors. Soyez exact. A sept heures, au Bully's North.

– Je viendrai, promit Gil.

Tous trois la regardèrent sortir du magasin, et observèrent la façon dont elle bougeait dans son short blanc moulant. Bradley chuchota, d'une voix pleine de respect :

– Pas de petite culotte, vous avez vu ça? Pas le moindre pli de petite culotte en vue! (Il regarda Gil, les yeux écarquillés, serra les poings et s'exclama :) Et merde! J'ai envie de me frapper le visage avec une brique!

– Ça te ferait peut-être du bien, fit remarquer Phil.

Gil se tenait derrière la caisse enregistreuse et fixait la porte ouverte du Mini-Market comme s'il n'arrivait pas à croire que Pauline avait été réellement là.

– Tu la vois ce soir? lui demanda Phil.

Gil acquiesça de la tête.

– Elle m'a invité à dîner.

Phil passa son bras autour des épaules de son fils.

– Tu sais quoi? dit-il. J'ai l'impression que, parfois, tu es un sacré veinard. (Il jeta un coup d'œil derrière lui, mais la mère de Gil était toujours dans la réserve.) Mais n'oublie pas, tu sais, de prendre toutes les précautions nécessaires. C'est peut-être une jeune femme ravissante, mais je ne la connais pas encore assez bien pour lui confier mon premier petit-fils.

Bradley enfonça son chapeau de golf sur sa tête.

– Des précautions! Me dire ça à moi! J'ai envie de me frapper le visage avec deux briques!

Phil éclata de rire et donna un léger coup de poing à Bradley, le touchant à l'estomac. Bradley toussa, suffoqua et fit semblant d'expirer.

– Écoute, lui dit Phil. Je vais te faire une fleur. Je te fais un rabais de 50 % sur ce numéro de *Hustler*.

– Alors que Gil sort avec Miss Super Nibards? Vous vous fichez de moi?

Gil servit les clients au rayon charcuterie jusqu'à l'heure du déjeuner. Puis il se prépara un énorme sandwich au bœuf séché et aux oignons, et partit pour San Pasqual Valley, à proximité du parc animalier de San Diego, où habitait son ami Santos Ramona. Santos était inscrit à la même école de commerce que Gil, mais au bout de deux semestres, son père avait été hospitalisé, atteint d'un emphysème pulmonaire, et Santos avait été obligé d'abandonner ses études et de travailler dans les vignobles de San Pasqual pour subvenir aux besoins de sa famille. Bradley était drôle, mais Santos était l'homme qu'il fallait voir si on se sentait sérieux ou porté à la réflexion. Santos avait essayé le peyotl et le yage, les drogues développant l'esprit que prenaient les indiens Jivaros. Santos affirmait qu'il pouvait voir l'avenir.

Gil mangea son sandwich tout en conduisant d'une main et emprunta la route en lacets qui allait de Solana Beach à Rancho Santa Fe. Au-delà de la paisible agglomération pour retraités, avec ses maisons blanchies à la chaux et ses rues bien tenues, la route sinuait et montait vers une région plus montagneuse, contournait le lac Hodge, et continuait vers la vallée de San Pasqual. Chaude et abritée, avec ses pentes au sol sec et tirant sur le roux, la vallée de San Pasqual était idéale pour la viticulture. Les vignes recouvraient les coteaux en rangs serrés et leurs feuilles vertes s'agitaient au gré de la brise de l'après-midi telles des chemises en lambeaux.

La maison de Santos Ramona était située près de la route, dans un creux à forte pente, si bas que son toit de tuiles était pratiquement au niveau de la chaussée. Gil descendit la pente poudreuse jusqu'à la cour de devant de Santos, et cinq ou six poules se dispersèrent, effrayées par la Mustang. Santos se trouvait derrière la maison. Une clé à mollette dans une main, une boîte de bière mexicaine dans l'autre, il regardait sans beaucoup d'optimisme un tracteur John Deere délabré. De temps en temps, il essuyait la sueur sur son front avec son avant-bras.

Gil se gara et un nuage de poussière roux pâle s'éleva vers les eucalyptus qui ombrageaient l'arrière de la maison. Gil s'extirpa de la Mustang, rejoignit Santos et contempla avec lui le tracteur.

– Un problème? demanda-t-il à Santos.

– Tu as mangé des oignons, fit remarquer Santos.

– Et alors? Quel est le problème avec ce tracteur?

– Il ne démarre pas.

– Tu sais ce qui cloche?

Santos but une gorgée de bière puis cracha dans la poussière.

– Si je le savais, je réparerais vite fait!

– C'est peut-être le gicleur.

– C'est peut-être le gicleur. Et après?

– Eh bien, il est peut-être bouché. Ça arrive souvent avec les tracteurs, quand on travaille dans des conditions pourries.

Santos fixa le tracteur encore un moment ou deux, puis il laissa tomber la clé à mollette sur le sol.

– Allons à l'intérieur, dit-il. Tu veux une bière? Où étais-tu passé ces derniers temps? Je ne t'ai pas vu depuis au moins deux mois.

Ils entrèrent dans la maison. Il y avait plus d'ombre à l'intérieur, mais il ne faisait pas beaucoup plus frais. Dans la cuisine aux carreaux bleu et jaune, la mère de Santos préparait des *empenadas*. De temps à autre, elle chassait des mouches avec la frange de son châle noir brodé.

– Comment allez-vous, Mrs. Ramona? lui demanda Gil.

– Bah! Ne me le demandez pas, répliqua celle-ci. (Elle avait un visage mince et ridé, et ses yeux étaient aussi noirs et brillants que deux scarabées nichés dans les orbites de son crâne.) Mon mari est toujours malade, vous savez. La coopérative diminue la main-d'œuvre. Qui sait ce qui va arriver?

Santos alla jusqu'au réfrigérateur et prit deux autres boîtes de bière. Il en lança une à Gil, qui l'attrapa au vol de la main gauche.

– Viens, lui dit Santos.

Ils traversèrent le couloir et entrèrent dans la chambre de Santos. Il referma la porte du pied, et brusquement Gil se sentit serein, calme et tout à fait protégé.

Quand on voyait Santos, il était presque impossible de deviner qu'il avait une chambre comme celle-là. Il était petit et replet, et sa chemise sortait toujours de son jean. Il avait l'un de ces visages mexicains qui rappelaient à Gil des masques mayas, plat comme une galette, et sans traits bien marqués. Ses cheveux noirs étaient peignés en une crête sur le devant, à la mode des années cinquante, et rebiquaient sur la nuque. Il crachait beaucoup, histoire de ponctuer ses phrases.

Sa chambre, cependant, était quasiment monacale. Elle était peinte en blanc et fraîche. Le lit était soigneusement recouvert d'une couverture bleu clair. Il y avait une armoire en chêne avec des gonds en cuivre et une étagère sur laquelle était disposée une demi-douzaine de livres, tous en espagnol et tous traitant du mysticisme. Accroché au mur entre les deux fenêtres aux volets clos, il y avait un grand crucifix doré, incrusté de rubis en toc rouge foncé et d'éclats de verre. Le Christ sur la croix ressemblait à une poupée peinte en rose, avec une expression de souffrance presque risible sur son visage.

– Alors, quels ennuis t'amènent ici? demanda Santos.

Il ôta ses mocassins imprégnés de sueur et s'assit sur le lit, les jambes croisées. Il ouvrit sa boîte et but à même l'ouverture avant que la bière fasse trop de mousse.

– Pourquoi des ennuis? J'ai peut-être juste eu envie de tailler une bavette avec mon vieil ami Santos.

– Tu ressembles de plus en plus à un mauvais western chaque fois que tu viens ici. Qu'est-ce que tu as? Tu as oublié tous ces moments que nous avons passés ensemble, les bouteilles de vin que nous avons bues, les choses dont nous avons parlé?

Gil secoua la tête. Il n'avait pas encore ouvert sa bière. Il gardait la boîte glacée appuyée contre sa poitrine.

– C'est justement à cause des choses dont nous avons parlé que je suis venu cet après-midi.

– Quelles choses en particulier?

– La magie. Tu sais, les gens qui peuvent pratiquer la magie. Les shamans, les hommes-médecine, les gens comme ça. Les gens qui peuvent se rendre invisibles, et les gens qui savent tout sur toi alors qu'ils te rencontrent pour la première fois.

– Ah ouais? fit Santos.

Il ne semblait pas impressionné, mais Gil voyait bien qu'il avait éveillé sa curiosité.

– Ce matin, je suis allé faire mon jogging sur la plage, dit Gil simplement. J'ai trouvé un cadavre. Enfin, moi, cette fille et ce vieux type, genre professeur, l'avons trouvé ensemble. C'était une jeune femme, nue, et elle était étendue sur le sable, bien au-delà de la laisse de la marée haute.

Prudemment, succinctement, il raconta tout à Santos : le corps de la jeune femme, les anguilles, et ce qui était arrivé au policier. Puis il lui parla de Pauline Springer, Pauline Springer qui semblait tout savoir à son sujet.

– Tu sais quoi? dit-il. J'ai réfléchi à ça en venant ici : elle était *exactement* mon type. C'est pas croyable! Plus je pense à elle, plus ça me saute aux yeux. Elle était la fille de mes rêves, la fille de mes fantasmes les plus fous, devenue réalité. J'ai adoré son visage, j'ai adoré son corps, j'ai adoré la façon dont elle était habillée. J'ai adoré la façon dont elle parlait et j'ai adoré la façon dont elle riait. Et merde! Si jamais je rencontrais une fille comme ça et si je lui plaisais, je l'épouserais demain. Je l'épouserais ce soir.

Santos écouta attentivement. Puis il glissa une main dans sa poche et en sortit une clé. Il déverrouilla son armoire et prit une petite boîte en fer-blanc sur l'une des tablettes du haut. A l'origine, elle avait contenu du tabac écossais. Santos l'ouvrit et examina son contenu. Environ quinze grammes de marijuana, un paquet de papier à cigarettes, et du tabac fort coupé fin.

– Nous devrions fumer, déclara-t-il. Alors nous découvririons peut-être ce que cela signifie.

– Je ne suis pas sûr d'en avoir envie.

– Je ne peux pas t'aider si tu ne fumes pas, lui dit Santos, prosaïquement.

Gil leva les yeux vers le crucifix.

– D'accord. Mais juste quelques bouffées. Je veux être en état de conduire et de voir cette fille ce soir.

– Pas de problème, lui assura Santos.

Gil regarda en silence tandis que Santos roulait un joint. Puis il referma la boîte en fer-blanc et prit des allumettes dans sa poche de chemise. Il alluma le joint sans se presser et exhala de la fumée par les narines.

– C'est de la bonne. Je l'ai achetée à Benès. Tu te souviens de Benès? Il venait de temps en temps à l'école de commerce.

– Bien sûr, dit Gil.

Il attendit pendant que Santos aspirait une profonde et rapide bouffée de marijuana. Puis il fit remarquer :

– Tu dois regretter l'école de commerce.

Santos haussa les épaules; de la fumée s'échappa de sa bouche.

– Pourquoi la regretterais-je? J'ai tout ce qu'il me faut ici. Un tracteur qui ne marche pas, une mère qui n'arrête pas de se plaindre, des vignes, la chaleur, la poussière, et des putains de poules!

Il lui tendit le joint. Gil hésita, puis inhala, aspirant la fumée aromatique dans ses poumons. Il ferma les yeux et attendit, puis laissa la fumée sortir lentement de son corps. Il tira une autre bouffée et rendit le joint à Santos.

Petit à petit, tandis qu'ils fumaient, Gil eut l'impression que la chambre s'agrandissait, s'étendait. Un instant plus tard, la pièce minuscule ressemblait à une immense cathédrale, vide et sonore. Il voyait Santos, mais Santos semblait se trouver très loin de lui, et ratatiné, comme s'il n'était qu'un fœtus à moitié développé, en jean et chemise à carreaux.

Santos dit, lentement et d'une voix forte :

– Il faut que tu me dises ce qu'elle a dit... ce qu'elle a dit exactement.

Gil s'efforça de penser à Pauline. Durant un moment, il fut incapable de former la moindre image d'elle dans son esprit, puis il fit un effort pour se souvenir du premier instant où il l'avait vue, à l'entrée du Mini-Market, se détachant sur la lumière du soleil qui illuminait la rue. Il bredouilla :

– Elle a dit... Gil Miller. Elle a prononcé mon nom.

– Bon. Et ensuite?

– Elle a dit... désolée de venir à l'improviste... elle a dit, j'ai pris un café et j'ai acheté un livre... Elle m'a indiqué le titre du livre. Elle semblait penser que je saurais ce que cela voulait dire, comme si c'était un genre de message secret.

– Quel était le titre du livre? demanda Santos. (Sa voix semblait lointaine et métallique.)

– C'était un titre dans une langue étrangère. Je n'ai pas compris. Je ne m'en souviens pas. *Des* quelque chose.

– Essaie de te souvenir, le pressa Santos. C'est peut-être très important.

Gil ferma les yeux et essaya de se souvenir du titre du livre. Des quelque chose. Des quelque chose. Des souris et des hommes. Des goûts et des couleurs. Des monstres attaquent la ville.

Il entendit une voix, ce n'était pas la voix de Santos, et il rouvrit les yeux. Il fut saisi de voir que le sol de la pièce était d'un bleu lumineux, et strié de traînées blanches, comme des nuages effilochés. Une seconde plus tôt, il était assis et immobile; maintenant il se déplaçait au-dessus du sol, apparemment à 90 ou 100 km à l'heure, et les nuages défilaient sous lui. La voix dit : *« Ne te souviens de rien. Ne te souviens de rien. »* Ensuite il fila encore plus vite, bien qu'il soit toujours assis, les jambes croisées.

Il y eut un instant de vitesse ultime. Puis le mur opposé de la chambre de Santos vint à sa rencontre avec la rapidité de l'éclair et le heurta en plein visage. Il se rendit compte qu'il tombait, qu'il basculait sur le côté. Ensuite il regarda autour de lui : il était étendu par terre, et il y avait du sang partout. Santos était agenouillé près de lui et le regardait avec effroi.

– Hé, tu n'es pas mort? lui demanda Santos d'une voix inquiète. (Apparemment, il ne planait plus.)

Gil se toucha le nez, puis le front. Il regarda ses doigts : ils étaient tachés de sang. Et il avait très mal à la tête.

– Que s'est-il passé? fit-il d'une voix rauque.

– Ce qui s'est passé? J'aimerais bien le savoir! Nous parlions tranquillement, et puis tu t'es levé d'un bond, tu as foncé comme une putain de navette spatiale et tu t'es cogné le visage contre le mur.

– Tu as entendu quelque chose? lui demanda Gil, s'agrippant au bord du lit et se mettant sur son séant.

– Comme une voix, une autre voix. Pas la tienne, ni la mienne.

– Non, mais ce que j'ai entendu était amplement suffisant.

Gil prit son mouchoir et se tamponna délicatement le nez. Il espérait que son visage ne serait pas couvert de bleus pour le rendez-vous du soir.

– Qu'est-ce que tu as entendu? J'ai dit quelque chose, c'est ça?

– Bien sûr, tu as dit le titre du livre.

– Ouais. Des quelque chose, c'est tout ce que je me rappelais, murmura Gil.

– Non, non, tu as dit le titre. Et, crois-moi, c'est tout ce que j'avais besoin d'entendre. *De Sortilegio*.

– Hé, c'est ça! s'exclama Gil. *De Sortilegio*. C'est le livre qu'elle a acheté.

Santos secoua la tête.

– Hors de question qu'elle ait acheté *De Sortilegio* dans une librairie d'occasion de Solana Beach. Tu avais raison, elle t'a transmis un message. Mais tu étais trop bête pour comprendre, dommage!

– Alors, qu'est-ce que c'est, ce *De Sortilegio*? On dirait le titre d'un livre de cuisine italienne.

– *De Sortilegio* a été écrit par un certain Paul Grilland en 1500... quelque chose, répondit Santos. C'est un livre très connu, si tu es branché sur le mysticisme, la magie, ce genre de chose. Mais tu ne le trouveras pas dans une librairie d'occasion. Jamais de la vie, mon pote. Il est très rare, et qui plus est, il est entièrement écrit en latin, parce que ce livre est immonde.

– Qu'entends-tu par là? Cette Pauline voulait me dire des obscénités en latin?

– Tu veux rire? *De Sortilegio* est un livre immonde parce qu'il explique comment le Diable, lequel est un esprit, peut avoir des relations sexuelles avec des femmes.

Enfin, ce livre dit comment il utilise un ectoplasme vivant afin de se pourvoir d'une queue fiable.

Tout meurtri et sonné qu'il était, Gil était encore un peu dans les vapes. Il garda un visage impassible le plus longtemps possible. Puis il éclata de rire. Il commença à se rouler sur le lit, et il riait tellement qu'il pouvait à peine respirer.

– Oh, merde, Santos, alors là, tu m'as sacrément entubé! Oh, merde, je vais éclater! Une queue fiable! Oh, merde, c'est le truc le plus drôle que j'aie jamais entendu!

Mais, tandis que Gil riait aux éclats et martelait le lit de ses poings, Santos ne souriait pas. Il attendit que Gil se calme, les yeux fixés sur le crucifix accroché au mur de sa chambre.

Il ferma les yeux un moment, pria, puis il se signa deux fois.

Gil s'arrêta brusquement de rire et le regarda avec stupeur. Son front était marqué d'une meurtrissure écarlate et sa lèvre supérieure recouverte de sang séché, le sang qui avait coulé de son nez.

– Qu'est-ce que tu fais? demanda-t-il d'une voix qui lui parut caverneuse.

– Je prie pour me protéger, répondit Santos.

Gil se tourna vers le crucifix, puis son regard revint se poser sur Santos.

– Te protéger de quoi? demanda-t-il vivement. Allez, réponds, te protéger de *quoi*?

4

Henry dormait sur le canapé lorsque le lieutenant Ortega lui fit une petite visite. Tout d'abord, il crut que le bourdonnement insistant de la sonnette était un gros moustique, et il agita ses mains en l'air plusieurs fois pour le chasser. Puis il ouvrit les yeux et vit la lumière du soleil, le plafond et la bouteille de vodka à moitié vide sur la table basse, à côté du livre d'Andrea sur les anguilles, et il fut ramené brutalement à la réalité tel un homme arrivant au rez-de-chaussée d'un hôtel miteux dans un ascenseur mal entretenu.

Il alla ouvrir. Le lieutenant Ortega se tenait sur le seuil, tiré à quatre épingles dans son costume cannelle et sa cravate assortie. Les mains jointes derrière le dos, il examinait le thermomètre d'Henry.

– Déjà trente degrés, sourit-il. J'ai l'impression que nous allons avoir un après-midi torride.

Henry se passa la main sur le visage, s'efforçant de rassembler ses traits. Plus il vieillissait, et plus il picolait, plus son visage semblait se dilater, et ses parties constituantes devenir de moins en moins disciplinées. Son front lui faisait l'effet d'être un champ labouré qu'on mettrait des heures à parcourir. Ses joues semblaient pendre comme un rideau de théâtre. Les poches sous ses yeux étaient des hamacs, dans lesquels de la graisse et des matelots indolents se balançaient.

– Vous, hum, dit-il en faisant un geste derrière lui, feriez mieux d'entrer.

Le lieutenant Ortega passa près de lui et pénétra dans le séjour. Son costume était peut-être bon marché, mais sa lotion après-rasage était du Giorgio de Beverley Hills. Il se tint au milieu de la pièce, tira soigneusement sur ses poignets de chemise et regarda autour de lui. Henry referma la porte. Il était foutrement sûr que le lieutenant Ortega avait tout de suite remarqué la bouteille de vodka et l'ouvrage sur les anguilles.

– Ce qui s'est passé ce matin sur la plage était tout à fait désolant, déclara le lieutenant Ortega avec un accent latino léger mais perceptible.

– Ce n'était pas seulement désolant, c'était *anormal*, dit Henry.

Il traversa la pièce, tout en rentrant les pans de sa chemise dans son pantalon, et s'empara de la bouteille de vodka. Il vissa la capsule et rangea la bouteille dans le bar.

– Je parlerai plus tard aux deux jeunes gens qui étaient avec vous, dit le lieutenant. Mais j'ai pensé qu'il valait mieux d'abord discuter de cette affaire avec vous. Après tout, vous êtes un homme de grand savoir, n'est-ce pas?

Henry haussa les épaules et renifla.

– De grand savoir, oui. D'une grande sagesse, je ne sais pas.

Le lieutenant Ortega se pencha vers l'ouvrage sur les anguilles. Henry avait lu le chapitre sur leurs habitudes alimentaires. Henry l'observa un moment puis hasarda :

– Apparemment, on ne rapporte aucun cas d'anguilles attaquant un être humain *en masse*, comme ces anguilles l'ont fait.

– Ma foi, c'est quelque peu mystérieux, admit le lieutenant Ortega. La plage est toujours fermée au public, et nous avons demandé aux scientifiques de Scripps de venir et de chercher les autres anguilles. Nous trouverons peut-être la façon de les neutraliser.

– Ce pourrait être très ennuyeux, non, des anguilles tueuses, juste avant la saison touristique?

Le lieutenant Ortega eut un sourire distrait.

– Je ne crois pas que nous ayons sur les bras une situation genre *Les Dents de la mer*, professeur Watkins. Cette tragédie est probablement un cas isolé. Des anguilles pélagiques qui ont été entraînées par les courants vers la côte. Nous avons eu des marées inhabituelles ces derniers temps. Vous avez pu vous rendre compte par vous-même des caprices du temps.

– Qu'en pense votre médecin légiste? demanda Henry. Il m'a fait l'effet d'être très arrêté dans ses opinions.

– Oh, lui! John Belli. Ne faites pas trop attention à lui. Il mènerait l'enquête à lui tout seul, si nous le lui permettions. Il regarde trop *Perry Mason* à la télévision. Il est compétent, oui, je suis obligé de le reconnaître, mais parfois il ne voit pas la situation dans son ensemble. D'ordinaire, comment et quand quelqu'un est mort est beaucoup moins important que *pourquoi.*

– Que pensez-vous que je puisse faire pour vous? demanda Henry. Désirez-vous un café?

Le lieutenant Ortega hocha la tête.

– Oui, avec plaisir. Noir, s'il vous plaît.

Henry alla dans la cuisine, laquelle était un incroyable fouillis d'assiettes lavées qui n'avaient pas été rangées, de tasses, de verres, de boîtes de céréales et de pages de journaux posées un peu partout. Il rinça la cafetière, la remplit d'eau et déplia un filtre.

– Du moka. Vous aimez le moka, lieutenant?

– Et si vous m'appeliez Salvador? Je ne suis pas du genre cérémonieux.

– Salvador, entendu. Moi, c'est Henry. Mais vous le savez déjà.

Ils se serrèrent la main. Henry parcourut la cuisine du regard et dit :

– Excusez le... hum, j'ai travaillé toute la nuit. Et quand je travaille, c'est plutôt le désordre ici.

– Vous avez réfléchi aux anguilles ce matin, hein? demanda Salvador.

– En effet, j'ai réfléchi aux anguilles.

– Et quelles ont été vos réflexions? Pouvez-vous me le dire?

– Eh bien, commença Henry en fronçant les sourcils, j'ai été frappé par l'agressivité peu commune de ces anguilles. D'accord, l'anguille qui a attaqué votre officier de police essayait seulement de se défendre, mais elle était particulièrement féroce. Autre fait étrange, lorsque sa tête a été coupée, les muscles de ses mâchoires, au lieu de *se détendre*, comme ils auraient dû le faire normalement, se sont en fait *raidis*. Nous avons donc une créature qui attaque, et qui continue d'attaquer, même après avoir été mortellement blessée. On ne voit pas cela très souvent dans la nature, ce genre de... férocité, disons.

– Continuez, dit Salvador, le fixant de ses yeux marron foncé.

– Si vous essayez d'établir ce qui est probablement

arrivé à cette jeune femme, vous aboutissez au même schéma d'agression aveugle.

– Que voulez-vous dire? lui demanda Salvador.

– Eh bien... elle n'est pas restée dans l'eau très longtemps, n'est-ce pas? Elle n'était pas gonflée, ou quelque chose de la sorte. Je ne suis pas expert en la matière, loin de là, mais je me souviens encore aujourd'hui du corps d'un pêcheur que l'on a repêché dans le bassin de San Diego, il y a deux ou trois ans de cela, et il était gonflé comme un petit dirigeable. Votre médecin légiste prouvera peut-être que je me trompe, mais à mon avis elle n'a séjourné dans l'eau que quelques heures tout au plus.

– Vous avez raison, dit Salvador. De l'avis de Mr. Belli, après examen préliminaire, elle n'est pas restée dans l'eau plus de deux ou trois heures, peut-être moins.

– Parfait, voilà qui corrobore ma théorie. On peut lire dans cet ouvrage sur les anguilles qu'elles sont connues pour dévorer la chair de corps de noyés, lorsque ces corps sont pris au piège au fond de la mer, et en état de décomposition avancée. Mais excepté des attaques de temps à autre, qui sont le fait de murènes, elles ne s'en prennent jamais à des êtres vivants qui nagent dans l'eau, ou même à des corps qui flottent à la surface. Ce que ces anguilles ont fait à cette jeune femme était tout à fait en dehors du schéma normal d'alimentation des téléostéens marins. Elles l'ont attaquée alors qu'elle était vivante, ou bien alors qu'elle était morte depuis peu et flottait encore sur l'eau. Ce n'est pas comme si son corps était resté au fond de la mer un certain temps, où les anguilles auraient pu la dévorer, puis était remonté à la surface et avait ensuite dérivé vers la côte.

L'eau finit de s'écouler à travers le filtre. Henry trouva deux gobelets en faïence bleue propres, et les remplit à ras bord. Puis il retourna dans le séjour et prit place sur le canapé. Salvador s'assit en face de lui, tenant son gobelet à deux mains.

– Je dois dire que je souscris à l'idée qu'elle n'a pas dérivé vers la côte, mais qu'on l'a traînée sur la plage, déclara Salvador. Vous vous rappelez ce que Mr. Belli a fait remarquer... à savoir que son corps se trouvait plus en amont de la plage que les autres débris rejetés par la mer?

Henry réfléchit un moment.

– Mais il n'y avait pas d'empreintes de pas, d'accord? dit-il. Si on l'avait traînée sur la plage, au-delà de la laisse de haute mer, il y aurait eu des empreintes de pas. Mais le sable était complètement lisse.

– Oui, bien sûr, fit Salvador. Mais la mer monte jusque-là, à chaque changement de marée, et les empreintes de pas ont très bien pu être effacées. Pour ma part, je suis convaincu qu'on l'a traînée, empreintes de pas ou non, parce que l'eau qui monte jusqu'à cette hauteur, en amont de la plage, n'aurait pas été assez profonde pour que son corps puisse y flotter.

Henry but une gorgée de café, puis se leva, alla jusqu'au bar et prit la bouteille de vodka. Il versa une dose généreuse de vodka dans son gobelet, sans en proposer à Salvador. Salvador ne dit rien. Il avait l'habitude des alcooliques, les civils comme les policiers. Qui était-il pour critiquer ces gens qui étaient incapables de faire passer la journée s'ils n'étaient pas à moitié blindés?

– Et que nous reste-t-il? demanda Henry. Une jeune femme nue, l'estomac dévoré par des anguilles, gisant dans un endroit où on l'a certainement traînée.

– C'est exact, répondit Salvador. Ainsi qu'un million de questions. Par exemple, qui l'a traînée sur la plage, si quelqu'un l'a effectivement traînée? Son assassin, si elle a été assassinée, ou un éventuel sauveteur, qui a estimé ensuite qu'on ne pouvait plus rien faire pour elle, et qui l'a laissée où elle était? Et aussi, a-t-elle été tuée ou assommée ou peut-être droguée avant d'entrer dans l'eau?... Mr. Belli sera en mesure de nous le dire. Qui plus est, les anguilles l'ont-elles attaquée avant qu'elle soit morte ou bien après? Les anguilles elles-mêmes étaient-elles responsables de sa mort, ou bien étaient-elles de simples prédateurs dévorant le corps de quelqu'un qui avait déjà expiré? Enfin, nous ne savons toujours pas qui elle est, ni d'où elle venait, ni pour quelle raison personne n'a signalé sa disparition.

Henry demeura silencieux un long moment. Il finit son café en trois grandes rasades, bien que le café soit brûlant.

– Le meilleur remède pour la gueule de bois que je connaisse, dit-il finalement.

– Je ne devrais peut-être pas vous importuner avec cette affaire, murmura Salvador. Je ferais peut-être mieux de partir.

– Je n'ai pas la moindre réponse, d'aucune sorte, déclara Henry. Mes questions sont les mêmes que les vôtres. (Il marqua un temps, puis demanda :) Qu'allez-vous faire si vous n'apprenez rien de plus?

– Tous les cas d'homicide ont quelque chose qui permet de les saisir, quelque part, comme une poignée, dit Salvador. Il s'agit simplement de la chercher à tâtons, et de la reconnaître lorsque vous l'avez trouvée.

Henry acquiesça. Puis il tourna la tête et regarda par la fenêtre la plage et l'océan au grondement incessant.

– Il faut que je file, dit Salvador. Mais cela a été très intéressant de parler avec vous. J'étais certain que, étant un homme instruit, vous réfléchiriez à ce qui s'est passé. Vous voulez bien continuer de réfléchir à cette tragédie, et m'appeler s'il vous vient une idée? Deux esprits valent mieux qu'un, quand il s'agit de résoudre un problème.

– J'ai bien peur d'être un philosophe et non un policier, fit remarquer Henry.

– Cette tragédie a peut-être un rapport avec la philosophie, répliqua Salvador. Comme la plupart des tragédies qui sont le fait de l'homme, jusqu'à un certain point. Du moins, celles dont j'ai à m'occuper.

– Quel genre de policier s'exprime de cette façon? lui demanda Henry en le regardant vivement.

Salvador boutonna sa veste et sourit.

– Le genre de policier qui est las de chercher non seulement les causes mais aussi les raisons.

– Je ne suis pas sûr qu'il y ait des raisons, fit Henry. Vous savez ce que Kierkegaard a dit. Il n'y a que deux façons : l'une est de souffrir, l'autre est de devenir un professeur s'intéressant à la souffrance des autres. Croyez-moi, soyez un professeur.

Salvador Ortega s'en alla. Henry se tint devant la fenêtre et le regarda s'éloigner dans sa voiture de sport, une Datsun vert vif. Il ignorait pourquoi, mais le policier mexicain l'avait profondément troublé. Peut-être était-ce parce qu'il avait été incapable de faire ce que Henry s'attendait que la police fasse... expliquer de façon rationnelle un événement tout à fait irrationnel. Il s'attendait que la police s'en tienne aux faits, au point d'être bornée. Il voulait qu'elle affirme avec insistance que tout était normal. Violent, oui. Effrayant, oui. Mais *normal*.

Salvador avait beau dire que tout homicide avait une *poignée*, il était évident pour Henry qu'il ne croyait pas beaucoup qu'il serait capable d'en trouver une, pas dans cette affaire. Il y avait trop d'éléments mystérieux, et trop peu de preuves. Et il y avait les anguilles.

Il revint vers la table basse, se servit un grand verre de vodka et feuilleta à nouveau l'ouvrage sur les anguilles. Des pages et des pages d'anguilles luisantes au regard fixe. Puis il tomba sur un passage consacré aux myxines ou Mixinidés, ordre des Cyclostolmes, classe des Agnathes. Les myxines vivent uniquement dans la mer et *ressemblent* aux anguilles, lut-il. Elles n'ont pas de nageoires latérales mais une mince nageoire médiane au bout de leur corps et, contrairement aux anguilles, elles attaquent d'autres poissons, comme l'églefin ou la morue. Elles s'accrochent à eux et arrachent leur chair avec leur langue garnie de dents. Elles ne laissent de leur proie que le squelette. Lorsqu'elles ne recherchent pas de la nourriture, elles s'enfouissent dans la boue au fond de l'océan. Henry lut le paragraphe deux fois. Puis il but une gorgée de vodka, prit son téléphone et pianota le numéro de l'institut océanographique Scripps à La Jolla.

– Docteur Andrea Steinway, demanda-t-il.

– De la part de qui, s'il vous plaît?

– Jacques Cousteau.

– Un instant, je vous prie, Mr. Cousteau.

Après une longue attente, on lui passa le poste d'Andrea, et la voix bourrue, masculine, d'Andrea dit :

– Oui, Henry, qu'est-ce que tu veux encore?

– Andrea, comment vas-tu?

– Pourquoi cette question, Henry? Tu n'as pas du tout envie de le savoir, et je n'ai pas du tout envie de te le dire. Que veux-tu?

– Andrea, c'est au sujet d'un poisson, expliqua Henry, s'efforçant de prendre un ton d'excuse et de donner l'impression qu'il avait désespérément besoin d'un avis autorisé.

– Quel genre de poisson? demanda Andrea vivement. Le seul genre de poisson qui t'ait jamais intéressé était le flet cuit au four.

– Non, non, Andrea... ceci est différent. Il s'agit d'anguilles.

– Des anguilles? répéta-t-elle d'un ton méfiant.

– Oui. J'ai trouvé une anguille sur la plage ce matin. Elle avait probablement été rejetée sur le rivage par la marée. J'ai voulu l'attraper, mais elle m'a mordu. Bien sûr, j'ai nettoyé la plaie avec un antiseptique, mais je me demandais quelle sorte d'anguille c'était, une anguille capable de mordre quelqu'un. Tu comprends, si elle est dangereuse, je devrais peut-être prévenir les gardes-côtes.

– Tu mens, Henry, fit Andrea.

– Qu'est-ce que tu racontes? Je veux seulement savoir quelle sorte d'anguille cela peut être.

– Toi et le Département de la police du comté et à peu près tous les journalistes et les reporters de télévision dans un rayon de trois cents kilomètres. Allons, Henry, je suis au courant. Trois de mes collègues sont sur la plage en ce moment et essaient de déterrer les anguilles du sable. On nous a apporté les restes d'une anguille ce matin, afin que nous les examinions.

– Et...? s'enquit Henry, parce qu'il n'avait pas l'impression qu'Andrea eût terminé.

– Et il m'est formellement défendu d'en parler à quiconque, y compris à mon ex-mari, jusqu'à ce que la police m'y autorise.

– Voyons, Andrea, le lieutenant chargé de l'enquête est venu chez moi ce matin, pour parler de cette affaire. Il a besoin de toute l'aide qu'il peut trouver.

– Et il n'a pas obtenu grand-chose de toi, hein? Peut-être les pensées régurgitées de Bertrand Russell, le pauvre!

– Andrea, dit Henry, faisant de gros efforts pour ne pas perdre patience, j'ai consulté cet ouvrage sur les anguilles, le livre de Kaiser et Cohen, que tu as laissé ici. Et il est question de myxines. Cela m'a donné une idée. Attendu que ces anguilles étaient si agressives, il ne s'agissait peut-être pas du tout d'anguilles, mais de myxines.

– Oui? fit Andrea. Et quoi de plus?

– Hum, c'est tout. Juste une idée qui m'est venue à l'esprit.

– Je vois. Très bien, je te remercie.

– Mais toi, qu'en penses-tu? insista Henry.

– Je pense que tu aurais intérêt à t'en tenir à ce que tu fais le mieux, à savoir boire et cogiter, dans cet ordre. Les myxines, pour ta gouverne, ont quatre tentacules autour de la tête, qu'elles utilisent pour s'accrocher à leur proie. Je n'ai pas encore eu le temps de la voir par moi-même, mais je sais pertinemment que l'anguille que la police nous a demandé d'examiner ne présente pas de tentacules de ce genre.

– Ce pourrait être une sorte de mutation, non?

– Henry, pour l'amour du ciel! Tu ne sais rien de rien dans ce domaine. Maintenant, sois gentil, raccroche, sers-toi une autre vodka, et philosophe.

– La philosophie n'est pas une théorie, c'est une activité, répliqua Henry.

– Ludwig Wittgenstein, le contra Andrea. Tu faisais cette citation chaque fois que tu séchais tes cours pour aller jouer au golf.

– J'ai arrêté le golf.

– C'est bien dommage! fit Andrea. Tu as toujours été beaucoup plus fort en golf que tu ne l'étais en philosophie.

– Andrea, dit Henry, tu veux bien me faire une fleur? Tu m'appelles si tes collègues et toi trouvez quelle sorte de créature est cette anguille, et tu m'en fais part, d'accord? Tu sais que tu peux avoir confiance en moi.

Andrea prit une longue inspiration impatiente. Puis elle répondit :

– J'y réfléchirai. Je te dois bien cela, après tout. Tu m'as laissé la Volkswagen.

– Notre relation se résume à ça? lui demanda Henry. A un troc?

– Toutes les relations sont des trocs, dit Andrea. Si tu avais compris cela depuis le commencement, notre mariage aurait peut-être mieux fonctionné.

Henry fut sur le point de répliquer, mais parvint à contenir son brusque flot d'hostilité. Répète après moi : nous n'étions pas faits l'un pour l'autre, tout simplement. Il n'y avait pas d'animosité entre nous. Nous ne nous sommes jamais lancé de la vaisselle à la figure, nous ne nous sommes jamais injuriés. Elle était branchée sur les océans, et j'étais branché sur la vodka, point final.

– Andrea, dit-il. Peut-être devrions-nous dîner ensemble un de ces quatre.

– Bien sûr, fit-elle. Et peut-être pas.

Il reposa le combiné sur son socle et se renversa dans son fauteuil pivotant en cuir, se balançant d'un côté et de l'autre. Il se représenta la jeune femme sur la plage, ses cheveux déployés, sa main s'agrippant au sable. La fille de quelqu'un, l'amie de quelqu'un, l'amante de quelqu'un. Mais quels événements l'avaient conduite vers Del Mar et la mort? Et pourquoi?

Il s'apprêtait à prendre son verre lorsqu'il aperçut un homme qui fumait la pipe devant son cottage, à côté de la palissade séparant la promenade de la plage en contrebas. Il y avait quelque chose chez cet homme qui attira l'attention d'Henry. Il était d'un certain âge, des mèches blanches dépassaient de sous sa casquette de yachtman, et il arborait une grosse moustache blanche. Il semblait en paix avec lui-même. Les mains enfoncées dans les poches de son caban, il tirait des bouffées de sa pipe et contemplait l'océan. Mais il y avait plus que cela. Il donnait une incroyable impression de confiance, comme s'il était un homme d'une grande certitude morale.

Henry ignorait comment il pouvait savoir que cet homme était digne de confiance, mais, d'une manière ou d'une autre, il le savait.

L'homme ne semblait pas pressé de poursuivre sa promenade sur le front de mer. Il restait devant le cottage d'Henry et fumait avec contentement. Henry l'observa un long moment, puis il se sentit finalement poussé à sortir et à aller lui parler. Il prit ses clés, mit ses sandales, puis descendit l'allée, s'avançant dans la brise qui soufflait du large.

L'homme resta où il était ; il fumait, les mains dans les poches, et regardait les vagues déferlantes. Henry s'approcha de lui et dit, d'une voix qui détonait un peu :

– Quelle belle journée, n'est-ce pas ?

L'homme ôta sa pipe de sa bouche, s'humecta les lèvres et considéra Henry. Celui-ci songea brusquement que l'homme allait peut-être le prendre pour un vieux pédé sur le retour qui lui faisait des avances. L'homme lui-même était peut-être pédé, et dans ce cas, qu'est-ce que Henry allait faire ? Dire « Excusez-moi, réflexion faite, c'est une journée épouvantable », et filer à toutes jambes ?

Mais l'homme sourit et dit :

– Tiens, tiens, Henry Watkins. J'attendais que vous sortiez et que vous veniez me dire bonjour.

– Est-ce que je vous connais ? demanda Henry, déconcerté.

– Ma foi, oui et non. Je venais à vos cours du soir, vos cours de philosophie moderne, ceux que vous donniez à Encinitas. Vous ne vous souvenez probablement pas de moi... Je m'appelle Springer. Mais je me souviens de vous. En fait, il ne se passe guère un seul jour sans que je pense à vous.

– Excusez-moi, fit Henry. J'ai une très mauvaise mémoire des visages. Springer, avez-vous dit ?

L'homme tendit sa main.

– Paul Springer. Vous pouvez m'appeler Paul si vous voulez. J'étais l'un de vos étudiants les plus enthousiastes, je dois le dire.

Ils se serrèrent la main. Puis Paul Springer dit :

– Et si nous marchions un peu, d'accord? C'est tellement vivifiant de se promener sur le front de mer. Vous avez le temps? Nous pourrions peut-être parler un peu, également.

– Je... euh... je suis libre durant la plus grande partie de la journée, dit Henry.

– Ah, c'est agréable d'entendre ça, sourit Paul. Les gens devraient prendre des loisirs régulièrement et ils devraient prendre leurs loisirs très au sérieux. Vous savez qui m'a enseigné cela?

Henry secoua la tête.

– Non, désolé.

– Vous devriez, parce que c'est *vous* qui me l'avez enseigné. Vous avez dit cela durant l'un de vos cours et vous l'avez même écrit. Vous vous souvenez de cet essai que vous avez écrit pour le magazine *Time*, en avril 1978? La philosophie des loisirs. C'était un essai tout à fait remarquable. Je l'ai découpé et je l'ai punaisé sur la porte de ma coquerie.

– Vous êtes yachtman? demanda Henry.

– Un genre de yachtman, on pourrait dire ça, oui.

– Vous vivez dans le coin?

Paul tira sur sa pipe un moment, l'air amusé, puis il dit :

– En quelque sorte. On pourrait dire ça, oui.

– Vous voulez parler de quelque chose en particulier? demanda Henry.

C'était une journée ensoleillée et il faisait chaud à l'abri des cottages, mais le vent qui soufflait du large était très frais, et Henry commença à avoir envie d'une autre vodka, pour le réchauffer et peut-être aussi pour lui donner du courage.

L'homme arriva devant une ouverture dans la palissade, où des marches en bois descendaient vers le sable, et il se tint là un moment, à observer les gardes-côtes et les policiers tandis qu'ils parcouraient la plage et la sondaient systématiquement avec de longs bâtons pointus, cherchant les anguilles.

– On m'a dit que vous aviez été le premier à trouver le corps, fit remarquer Paul.

– Oui, dit Henry d'une voix rauque.

Il s'éclaircit la gorge et ajouta :

– Comment savez-vous cela?

– Oh, c'est dans tous les journaux.

– Comment est-ce possible? Jusqu'à présent, aucun journaliste ne m'a interviewé. La police a dit qu'elle ne voulait pas que cette affaire s'ébruite, pour éviter toute panique.

– La panique? sourit Paul. Je ne crois pas que les gens soient capables de paniquer au jour d'aujourd'hui. La panique est la réaction de foules incultes à la menace soudaine d'un danger mortel. De nos jours, tout le monde sait ce qu'il faut faire dans ce cas : ils ont vu cela tellement de fois à la télévision. *Tremblement de terre, La Tour infernale, L'Aventure du Poséidon.* Les femmes doivent crier sans s'arrêter, les hommes doivent saisir une arme et tirer dans toutes les directions. Ainsi donc, chaque fois qu'un danger menace, c'est exactement ce que font les gens. Du moins, c'est ce que font les gens hystériques de nature. Les autres font ce qu'ils ont toujours fait... s'asseoir, ouvrir de grands yeux et attendre des instructions supplémentaires.

Ils marchèrent encore un peu, puis Paul dit :

– Vous ne pensez pas que cette jeune femme est morte d'une mort naturelle? Enfin, qu'elle s'est noyée?

– Je ne sais pas, répondit Henry. J'aimerais le savoir. La police attend le rapport du médecin légiste.

– Est-ce qu'elle était belle?

Henry s'arrêta de marcher, considéra Paul et se renfrogna.

– Oui, dit-il. En fait, elle était très belle.

– Vous savez quoi? fit Paul, changeant brusquement de sujet. Un jour, durant l'un de vos cours, vous avez dit quelque chose que je n'ai jamais très bien compris. Enfin, j'ai compris, mais je n'ai jamais saisi vraiment toute la portée de vos paroles.

– Qu'est-ce que c'était? demanda Henry.

Pour quelque raison, malgré la désinvolture de l'inconnu, il émanait de lui quelque chose que Henry trouvait très agréable et réconfortant. Il semblait être le genre d'homme qui pouvait facilement devenir un compagnon très proche, avec qui boire un verre le soir, parler philosophie et écouter des ouvertures de Rossini. Le genre d'homme qui ne demandait rien excepté votre avis et votre alcool.

Paul tira furieusement sur sa pipe pendant un moment, pour l'empêcher de s'éteindre, puis il dit :

– Vous avez déclaré que le monde était la somme de nos possibilités vitales.

– C'est exact. En fait, je citais José Ortega y Gasset.

– Eh bien, j'ai beaucoup réfléchi à ça, reprit Paul. (Il se retourna, comme s'il avait entendu quelqu'un crier son nom, et essayait de voir où il était.) Mais ce n'est pas vraiment le moment ni le lieu, d'accord? (Il regarda Henry.) Pour parler philosophie, bien sûr! Il faut un bon repas, une bouteille de vin, et une ambiance agréable. Alors la philosophie devient vraiment amusante, vous ne trouvez pas? Votre esprit peut prendre son essor. Mais pas ici, au milieu de la journée, alors que vous êtes interrompu par le grondement de l'océan et tous ces satanés joggeurs.

– *Mon* esprit n'a pas pris son essor depuis quelques années, vous pouvez me croire, fit Henry avec un sourire forcé.

– Peut-être est-il temps qu'il le fasse, alors, suggéra Paul. Écoutez... je sais que cela paraît quelque peu effronté. Vous n'aimez peut-être pas du tout ma conversation. Vous trouvez peut-être que je suis un raseur, ou un genre d'excentrique parfaitement assommant. Mais j'aimerais beaucoup parler plus longuement d'Ortega y Gasset. Vous étiez tellement éloquent lorsque vous avez exposé ses idées durant ce cours!

Flatté, Henry dit :

– Alors, que proposez-vous?

– Puis-je vous inviter à dîner ce soir? Vous connaissez le Bully's North? Les côtes de bœuf sont excellentes et la carte des vins est des plus acceptables.

– Oui, je connais le Bully's North, bien sûr.

– Parfait. Ce soir, au Bully's North, à sept heures, disons?

Henry réfléchit un instant, puis hocha la tête.

– Entendu.

La perspective de passer une soirée à manger, boire et parler philosophie semblait des plus séduisantes. Paul Springer avait exactement le genre de voix qu'il aimait écouter, et exactement le genre de visage qui lui plaisait. Curieusement, Paul Springer lui rappelait son père. Il avait le même regard, un regard pénétrant et bienveillant.

– Entendu, répéta-t-il. Je serai là-bas à sept heures.

Paul Springer s'éloigna. Lorsqu'il atteignit le premier sentier qui partait de la promenade et montait vers Camino del Mar, il se retourna et agita la main. Henry le salua de la main en retour.

Henry rebroussa chemin et se dirigea lentement vers le nord. Le vent faisait voleter du sable sur la promenade, produisant un léger grésillement, et les mouettes continuaient de décrire des cercles dans le ciel, encore et encore. Quelqu'un a dit un jour que les mouettes sont les âmes en peine de personnes qui se sont noyées en mer, et qu'elles doivent chercher et chercher éternellement les êtres chers qu'elles ont quittés ici-bas. C'est pour cette raison que leurs cris sont si tristes.

Il était presque arrivé aux marches en ciment armé qui montaient vers son cottage lorsqu'il aperçut une jeune femme qui venait dans sa direction. Elle portait un châle de percale écru, drapé sur sa tête de telle sorte qu'il était impossible de voir son visage. Elle passa si près d'Henry qu'il aurait pu la toucher sans tendre la main. Elle était mouillée, et cela lui parut bizarre. Même son châle était mouillé et lui collait aux épaules. Il baissa les yeux et vit qu'elle avait laissé des empreintes de pas humides sur le trottoir.

Il releva lentement la tête et scruta la plage. Le soleil faisait miroiter l'océan, et il fut obligé de mettre sa main en visière. La plage était toujours fermée, il y avait des tréteaux de police à chaque point d'accès, et des gardes-côtes circulaient continuellement à bord de jeeps pour dire aux gens de ne pas s'approcher de la plage. Il apercevait des policiers et un groupe d'hommes en T-shirts et jeans, probablement les biologistes de Scripps. Il distingua un costume cannelle et reconnut Salvador Ortega.

Mais si la plage était fermée, et la baignade interdite, comment se faisait-il que cette jeune femme soit mouillée ?

Henry se retourna et un picotement, comme une décharge électrique de 220 volts, le parcourut depuis le cuir chevelu jusqu'à la plante des pieds. La jeune femme avait disparu, mais ses empreintes de pas humides menaient jusqu'au sentier où Paul Springer l'avait quitté.

Il avait perçu quelque chose de familier chez cette jeune femme. Quelque chose concernant la blancheur de sa peau, quelque chose concernant le sable fin qui adhérait à ses mollets et à ses chevilles. Et il y avait eu autre chose. Une chaînette en argent enserrant sa cheville.

Henry fit demi-tour et se mit à trottiner le long de la promenade. Le vent séchait les empreintes de pas de la jeune femme, les effaçait petit à petit, et elles ressemblaient à des points d'interrogation, imprimés sur le macadam. Henry accéléra le pas et atteignit le sentier, hors d'haleine.

Il leva les yeux vers Camino del Mar. Au loin, en haut du sentier, il vit Paul Springer. Il le reconnut grâce à sa casquette de marin et à ses cheveux blancs. Mais il n'aperçut la jeune fille nulle part. Pourtant ses empreintes de pas s'éloignaient vers le haut du sentier. Deux voitures délabrées étaient garées sur le bas-côté, une Caprice 76 et une Firebird havane à la peinture oxydée. De l'autre côté, il y avait des clôtures constituées de tôles ondulées et de dalles de béton peintes en blanc, des herbes folles et des plantes grimpantes, et une rangée de yuccas rabougris à l'air miteux. Un bull-terrier blanc, occupé à ronger un vieil os de bœuf, dressa les oreilles et lança un regard mauvais à Henry.

Paul Springer avait disparu à présent. Henry demeura immobile un moment, puis il prit lentement la direction de son cottage. Il n'y avait aucune trace des empreintes de pas de la jeune femme, et il commençait à croire qu'il avait eu une hallucination.

Il arriva chez lui, déverrouilla la porte et se dirigea immédiatement vers la bouteille de vodka. Il versa le restant de la bouteille dans son verre et la laissa tomber bruyamment dans la corbeille à papier métallique décorée de galions. Il alla jusqu'à la fenêtre et scruta la promenade dans les deux sens. Lorsqu'il porta le verre à ses lèvres, il s'aperçut qu'il tremblait.

Il posa son verre sur la table basse et alla dans la cuisine. Il avait peut-être besoin de manger un morceau. A force de boire toute cette vodka sans rien manger, pas étonnant qu'il ait des hallucinations! Il examina le contenu de son réfrigérateur : des sachets de cheddar entamés, des restes de cuisses de poulet, des salades pré-emballées qui devenaient marron sur les bords, des yaourts à la fraise qui avaient été « à consommer de préférence avant » la dernière fois où il était allé au cinéma. Il trouva finalement un sachet raisonnablement consommable de mortadelle Oscar Mayer's, et se confectionna un sandwich avec trop de moutarde et un gros pickle pour l'accompagner.

Il sortit de la cuisine, tout en se demandant si les hallucinations étaient un tout petit peu moins gênantes que la dyspepsie. Puis il leva les yeux et dit : «*Aah!*»

La jeune femme se tenait devant la fenêtre. Cette fois, elle avait laissé glisser son châle sur ses épaules, et Henry voyait son visage tout à fait distinctement. Il resta figé sur place, avec son sandwich et son pickle, à la regarder fixement. Ses cheveux mouillés étaient plaqués sur sa tête. Un côté de son visage était piqueté de sable.

– *Est-ce que tu as peur?* lui demanda-t-elle d'une voix légère, transparente.

Henry s'éclaircit la gorge.

– Je pense que oui, dit-il.

Et il avait peur. Son cœur faisait des bonds dans sa poitrine, et il s'entendait haleter.

La jeune femme fit un pas vers lui. Derrière elle, le soleil apparut et illumina sa silhouette, de telle sorte que Henry eut plus de mal à voir son visage.

– Êtes-vous réelle? lui demanda-t-il.

– *Réelle?* chuchota-t-elle. *Je suis aussi réelle que tu désires que je le sois. Ou bien aussi imaginaire.*

– Était-ce vous, sur la plage, ce matin?

– *En un certain sens*, dit-elle.

Henry posa son sandwich et son pickle sur la table basse.

– Vous savez ce que je pense? lui dit-il. Je pense que je suis complètement nase et que j'ai une hallucination.

– *Je sais ce que tu penses*, dit doucement la jeune femme.

Elle s'approcha. Elle semblait capable de s'approcher de lui sans bouger les jambes. Ses yeux étaient étrangement dépourvus d'expression, les yeux d'un mannequin en fibre de verre dans la vitrine d'une boutique de mode, comme si elle lui parlait mais ne pensait pas du tout à lui. Il se souvint qu'Andrea avait eu le même regard, durant les derniers mois de leur mariage.

– Qu'est-ce que cela veut dire? lui demanda Henry.

– *Je ne comprends pas.*

– Eh bien, est-ce que cela veut dire que vous êtes toujours vivante? Est-ce que cela veut dire que vous êtes un fantôme? Ou bien est-ce que cela veut dire que je perds la boule?

Elle sourit. Elle avait un sourire si beau et si triste. Henry songea que c'était le genre de sourire qui aurait pu apparaître sur les lèvres d'Annabel Lee ou de Lenore ou de n'importe quelle autre des héroïnes éthérées d'Edgar Poe.

– *Je suis ta propre création*, dit-elle, et elle le toucha, bien qu'il ne sentît rien. *Je suis ici pour te rappeler ce que tu dois faire. Springer s'en chargera.*

– Vous connaissez Springer ? demanda Henry, déconcerté et toujours terrifié.

La jeune femme mit son châle sur sa tête. Le châle ondula de façon étrange, comme un film projeté à l'envers. Elle dit, aussi doucement qu'auparavant :

– *Maintenant je connais Springer.*

– Vous me faites peur, dit-il.

Elle eut ce même sourire.

– *Alors tu te fais peur à toi-même, c'est tout.*

– Mais vous avez dit que vous étiez ici pour me rappeler ce que je devais faire.

– *En effet, et tu le sauras lorsque Springer en parlera.*

Henry ne sut pas quoi dire d'autre. La jeune femme se dirigea vers la porte, continuant de lui sourire. Puis elle ouvrit la porte. Henry aurait pu jurer par la suite qu'elle l'entrouvrit de deux ou trois centimètres à peine... pourtant elle la franchit et disparut, aussi vite que de la fumée disparaît, emportée par un courant d'air soudain.

Henry regarda vers la fenêtre, puis regarda son verre de vodka.

– Il se passe quelque chose, se dit-il à voix haute. (Puis :) Je suis terrifié. (Puis, après un long silence :) Mon Dieu, aidez-moi.

5

Malgré la chaleur de la journée, la brume venant du large recouvrit les plages nord du comté de San Diego très tôt cet après-midi-là, et à six heures et demie le temps était prématurément sombre et humide d'une façon presque insupportable. Les voitures avançaient lentement sur Camino del Mar, phares allumés, un convoi funèbre sans fin roulant à travers le brouillard. Les limitations de vitesse étaient strictement appliquées sur la I-5, et des gardes-côtes conseillaient aux petits bateaux de ne pas quitter le port jusqu'à nouvel ordre.

Susan se sentait mieux, presque la tête vide. Elle prit une douche, puis elle mit sa robe à taille courte, la blanche avec des taches rouge, jaune et vert, et se sécha les cheveux tout en regardant sa télé portative.

Sa grand-mère frappa à la porte et entra avant que Susan puisse l'en prier. Elle resta là à l'observer pendant trois ou quatre minutes, attendit qu'elle ait débranché son sèche-cheveux, puis dit :

– Tu ne sortirais pas ce soir, si cela ne tenait qu'à moi, déclara-t-elle.

– Mamie, je vais très bien maintenant, dit Susan, modelant ses cheveux avec du gel pour leur donner cet aspect décoiffé à la mode. Je me suis sentie mal ce matin, mais c'est fini. Je ne suis pas malade, je n'ai rien !

– Bon, mais ne rentre pas trop tard. Je suis responsable de toi, ne l'oublie pas. S'il t'arrive quelque chose, c'est moi qui devrai en répondre.

Elle s'interrompit pour ramasser le T-shirt que Susan avait jeté par terre, et l'effort la fit grogner. Puis elle dit :

– Et cet homme! J'aimerais bien en savoir un peu plus sur lui. T'aborder dans la rue de cette façon!

– Mamie, soupira Susan, avec l'impatience d'une adolescente de dix-sept ans poussée à bout. Il travaille pour le *San Diego Tribune*, il est tout à fait charmant, et nous allons dîner au Bully's North, rien de plus. C'est promis, juré, craché. Croix de bois, croix de fer, et j'irai en enfer si je ne suis pas rentrée à neuf heures et demie, vivante, saine et sauve, et non violée!

– Tu ne dois pas dire des choses pareilles, s'indigna sa grand-mère.

– Excuse-moi, murmura Susan. (Elle se tapota les cheveux et s'adressa une moue dans le miroir.) Mais je suis capable de prendre soin de moi-même. Je ne suis plus une enfant.

– Vraiment? répliqua sa grand-mère.

– Mamie, je peux conduire une voiture, je peux presque voter, je peux presque me marier sans en demander l'autorisation à quiconque!

Sa grand-mère prit un air résigné.

– Très bien, vas-y. Ta mère était pareille. Tu es une gentille fille, Susan, je le sais. Désordonnée comme c'est pas permis, mais gentille et honnête. Du moins, je l'espère.

Le téléphone sonna. Elle entendit son grand-père répondre. Il dit « Oui, entendu » trois ou quatre fois, puis il raccrocha.

– Qui était-ce? demanda Susan. (La plupart des appels téléphoniques étaient pour elle.)

– Ton amie Daffy. Elle a dit de ne pas oublier de l'appeler dès que tu serais rentrée ce soir, pour lui raconter ton dîner.

– Hah! Comme si j'allais oublier!

Gil était resté dans sa chambre pendant presque une heure. Il s'était rasé, coiffé et avait essayé de se décider : devait-il se mettre sur son trente et un ou bien opter pour le look Rambo? Il s'habilla et se déshabilla quatre fois... et devenait de plus en plus énervé à chaque fois. Il choisit finalement un pantalon de toile gorge-de-pigeon, une chemise blanche à manches courtes et une veste de coupe italienne gris anthracite. Il s'aspergea d'eau de toilette Signoricci et, par mégarde, s'en envoya une giclée dans l'œil gauche, si bien que, lorsqu'il se rendit au rez-de-chaussée, il pressait un mouchoir tire-bouchonné contre son œil.

– Tu pleures déjà, le taquina son père. Tu ne lui as même pas encore dit *bonsoir*, encore moins au revoir!

Fay le fit taire et demanda à Gil :

– Qu'est-ce que tu as fait?

– Lotion après-rasage, répondit Gil, et il battit furieusement des paupières.

– Est-ce que mon œil est injecté de sang? demanda-t-il à ses parents.

– Injecté de sang? Tu ressembles au fils de Dracula, lança Phil Miller d'un ton enjoué.

– N'écoute pas ton père! s'interposa Fay. Ton œil pleure un peu, c'est tout. Tu l'as nettoyé avec de l'eau froide?

– Non, ça ira, fit Gil. Je survivrai.

– Je vais t'ouvrir la porte, offrit Phil.

Ils traversèrent le magasin plongé dans la pénombre. Phil passa son bras autour de l'épaule de son fils et dit :

– Amuse-toi bien, d'accord? Mais n'oublie pas, tu sais, pour les précautions, si jamais les choses en arrivaient là.

– Entendu, papa.

Phil déverrouilla la porte du magasin et laissa son fils sortir dans la rue. Il se tint sur le trottoir un moment, les mains posées sur les hanches, à humer la brume.

– Conduis prudemment, lui lança-t-il. J'ai l'impression que ce brouillard s'épaissit.

– Oui, papa.

– Et ne conduis pas si tu es ivre. Si tu as bu trop de bières, demande à quelqu'un de te reconduire ici... ou téléphone-moi. Je préfère que ce soit toi qui me téléphones pour me dire que tu n'es pas en état de conduire, plutôt qu'un flic pour m'apprendre que tu es mort.

– Entendu, papa.

Gil traversa la rue vers le parking où sa Mustang attendait. Il rabattit la toile cirée qu'il mettait sur les sièges en cas de pluie puis sauta dans sa voiture. Il mit le contact, alluma les phares et sortit du parking dans un long déparage contrôlé. Il donna un coup de Klaxon, agita la main vers son père, puis disparut dans le brouillard en direction de Del Mar.

Phil le regarda partir puis secoua la tête. Les gosses. Mais il savait que Gil n'était pas cinglé, contrairement à certains des adolescents qui traînaient sur la plage. Certains d'entre eux surfaient quand ils étaient défoncés, ou prenaient leur moto et se livraient à des rodéos sur la plage, au risque de renverser des enfants qui faisaient des pâtés de sable. Certains d'entre eux fonçaient sur Camino del Mar, qui comptait plus d'une douzaine de rues latérales, et ils brûlaient tous les feux rouges depuis Jimmy Durante Boulevard jusqu'à Carmel Valley Road. Cinq garçons avaient été tués l'année dernière, collision frontale.

Phil rentra dans son magasin, referma la porte, et la verrouilla.

Henry marchait le long de Camino del Mar dans la direction du restaurant. Il avait mis un chandail à col roulé qui le faisait paraître plus grisonnant que jamais, et une veste pied-de-poule noir et blanc. Il avait la migraine et sa langue lui donnait l'impression d'être pelotonnée dans sa bouche, aussi velue qu'un chat persan. Il avait emporté un exemplaire du livre de José Ortega y Gasset, *La Révolte des masses*, dont le dos avait disparu, ainsi qu'un exemplaire de son propre opuscule, *Le Mal nécessaire*.

Son hallucination de l'après-midi l'avait secoué, même si maintenant il avait la conviction qu'elle avait été causée par un abus de vodka. Il avait eu l'intention de ne pas aller à son rendez-vous avec Paul Springer et d'appeler le restaurant pour se décommander, en donnant une excuse byzantine. Cependant, vers les cinq heures, il avait commencé à se sentir plus posé, et plus il songeait à ce rendez-vous, plus cette perspective lui souriait. De surcroît, il était suffisamment vaniteux pour avoir envie d'entendre ce qu'une autre personne pensait du *Mal nécessaire*, qu'il avait toujours considéré comme l'un de ses travaux les plus originaux.

Il était passé par la promenade, en partie pour voir si la plage était toujours fermée, et en partie (il était obligé de le reconnaître) pour voir si la jeune femme aux pieds mouillés était dans les parages. Les barrières de police autour de la plage étaient signalées par des feux à éclats ambrés : ils clignotaient à travers le brouillard tels des messages sans espoir. Il n'y avait presque pas de vent, et le ressac avait un grondement assourdi tandis que la marée montait. Il croisa deux joggeurs essoufflés et une femme grassouillette qui promenait son braque de Weimar, mais il ne vit pas la jeune femme.

Je suis ta propre création, lui avait-elle dit. *Si tu as peur, alors tu te fais peur à toi-même, c'est tout.*

Il gravit l'une des petites rues transversales vers Camino del Mar. Dans l'une des maisons au bout de la rue, un homme et une femme se lançaient des injures en espagnol. Dans la pièce voisine, un téléviseur à plein volume était branché sur *Galeria nocturna*. Lorsqu'il atteignit le coin, Henry laissa tomber un *quarter* dans le distributeur automatique de journaux, et prit un numéro du *Tribune*. Il ouvrit le journal en le secouant d'une main et lut les gros titres.

« LES PLAGES NORD ONT ÉTÉ FERMÉES EN RAISON D'UNE PROLIFÉRATION DE MÉDUSES » était le titre principal. Henry parcourut rapidement l'article à la une, et le prit pour ce qu'il était : une dissimulation flagrante de la vérité. Le lieutenant Salvador Ortega avait fait des heures supplémentaires, songea-t-il.

L'article disait : « Aujourd'hui, la police et les gardes-côtes ont interdit l'accès des plages du comté sur plusieurs kilomètres, depuis La Jolla jusqu'à San Elijo Lagoon, après la découverte du corps d'une jeune femme rejeté sur le rivage, à Del Mar.

« La jeune femme, qui a semble-t-il été mortellement piquée par une méduse alors qu'elle prenait un bain de minuit, n'a pas encore été identifiée. La police a déclaré qu'elle était “ blonde, très jolie et bien proportionnée ” et qu'elle portait une chaînette en argent à sa cheville gauche.

» Le lieutenant Salvador Ortega, chargé de l'enquête, a averti qu'il y avait peut-être “ beaucoup d'autres ” méduses au large des plages. Il a fait appel à des scientifiques de l'Institut Scripps pour qu'ils identifient ces créatures mortelles. Il pourrait s'agir de “ guêpes de mer ”, dont le nom scientifique est *chironex fleckeri*, que l'on trouve habituellement au large des côtes d'Australie, mais qui ont peut-être émigré vers les eaux de la Californie du Sud. Ces guêpes de mer peuvent tuer un être humain en huit minutes. Cet après-midi, baigneurs et surfeurs ont été avertis que... »

Henry replia le journal et le jeta dans une poubelle sans ralentir son allure. Ainsi, Salvador avait pleinement réussi à convaincre les médias que les plages avaient été fermées à cause des méduses. Difficile de lui en faire le reproche. Au moins, les méduses étaient une explication plausible. Ce qui n'était pas le cas de ces anguilles.

Alors qu'il arrivait devant le Bully's North, il fut surpris de voir la Mustang jaune de Gil s'engager sur le parking du restaurant. Puis, comme il se dirigeait vers l'entrée, il aperçut Susan Sczaniecka arriver à son tour.

Il attendit devant la porte sans l'ouvrir. Un couple entre deux âges se présenta et la femme le regarda vivement pour qu'il les laisse passer. Depuis l'intérieur du restaurant il entendit des rires et le tintement de verres. Un homme sortit, s'arrêta près d'Henry, et dit d'une voix forte à son compagnon :

– Nous pouvons louer pour moitié prix. Pourquoi veux-tu acheter, alors que nous pouvons louer?

Susan Sczaniecka gravit les marches de l'entrée, et il était clair qu'elle n'avait pas reconnu Henry. Elle avait certainement été bouleversée par ce qu'elle avait vu sur la plage ce matin-là. Vraisemblablement, tout ce qu'elle se rappelait avec quelque netteté, c'était le corps et les anguilles.

Comme elle passait près de lui, Henry dit :

– Susan?

Elle le regarda fixement. Son visage était sans expression. Puis elle comprit brusquement qui il était.

– Oh, bonsoir, dit-elle d'une voix oppressée. Je ne vous avais pas reconnu! Vous êtes tellement plus élégant maintenant! Écoutez, je tiens à vous remercier d'avoir été si gentil avec moi ce matin. J'ai cru que j'allais m'évanouir. En fait, je me suis évanouie, en rentrant chez moi. Bam! d'un seul coup!

– Vous avez une mine superbe maintenant, lui dit-il.

– Euh, merci. J'ai rendez-vous avec quelqu'un.

– Moi aussi, fit Henry. C'est pour cette raison que je vous ai attendue. Et regardez... (Il montra du doigt le parking où le voiturier donnait un ticket à Gil.) Notre ami a également rendez-vous avec quelqu'un ici.

Susan se tourna pour regarder vers Gil, puis se retourna et fixa Henry avec stupeur.

– Est-ce qu'il s'agit d'une coïncidence? lui demanda-t-elle dans un chuchotement effrayé. Enfin, nous nous rencontrons tous les trois sur la plage ce matin, et maintenant nous nous retrouvons ici?

Gil vint dans leur direction, fit halte et les regarda, tout aussi surpris qu'eux.

– Ça alors! s'exclama-t-il. Je ne m'attendais certainement pas à vous trouver ici!

– Et nous ne nous attendions certainement pas à *vous* trouver ici non plus, répliqua Susan.

– Euh... à vrai dire, on m'a invité à dîner ici, dit Gil.

– Moi aussi, dit Susan.

– Moi également, ajouta Henry.

– C'est bizarre! fit Gil. Je ne vous avais jamais vus avant aujourd'hui, et pourtant vous êtes ici tous les deux, à m'attendre. Vous êtes sûrs qu'il ne s'agit pas d'une sorte de farce?

– Si c'est le cas, nous n'en sommes pas les auteurs, répondit Henry. En fait, nous en sommes les victimes tout autant que vous.

– Qui vous a invité? demanda Susan. C'est un journaliste du *Tribune* qui m'a demandé de venir ici.

– Moi, c'est une jeune femme, dit Gil. Elle a dit qu'elle écrivait un article pour le magazine *San Diego*.

Henry montra ses ouvrages de philosophie.

– Voilà qui tranche la question. Il s'agit d'une coïncidence incroyable, c'est tout. L'homme que je dois retrouver ici était l'un de mes étudiants, lorsque je donnais des cours du soir à Encinitas.

Gil secoua la tête.

– Une sacrée coïncidence, non? Enfin, nous nous rencontrons sur la plage, et maintenant nous nous rencontrons ici.

Henry se tourna et jeta un coup d'œil vers la salle.

– J'espère qu'il n'y a rien *d'anormal*, fit-il remarquer.

– Hein? Que voulez-vous dire? demanda Susan.

– J'espère que ce que nous avons vu sur la plage n'était pas quelque chose que nous n'aurions pas dû voir.

– Qu'entendez-vous par là? demanda Gil.

– Supposons que cette jeune femme ne se soit pas noyée accidentellement. Supposons que ces anguilles n'aient pas été entraînées vers la côte par des courants complètement inattendus, ou je ne sais quoi d'autre, comme la police voudrait le faire croire. Supposons que ces anguilles aient été élevées pour tuer... dressées de propos délibéré pour attaquer des baigneurs, ou des plongeurs, ou toute personne entrant dans l'eau. L'Institut Scripps se trouve à deux pas, et il y a la base navale de San Diego. Supposons que les chercheurs de Scripps aient travaillé à un projet du gouvernement, destiné à doter la Marine d'anguilles tueuses. Et supposons que nous ayons vu le résultat. Et maintenant, on nous invite tous les trois ici, pour « nous faire taire ». Vous savez, comme Karen Silkwood [1].

– Houla, quelle imagination débordante ! s'exclama Gil, éclatant de rire. Hé, vous parlez sérieusement ou vous essayez juste de nous faire peur ?

Henry déclara, avec un brin d'emphase :

– Je suis professeur de philosophie, Gil. De ma formation, j'ai l'habitude de réfléchir, de faire des hypothèses, d'examiner les problèmes sous tous les angles possibles. Je dis simplement que l'hypothèse d'anguilles spécialement dressées est un angle possible.

– Mais Karen Silkwood a été tuée, dit Susan avec inquiétude.

– Cela n'a rien à voir avec l'affaire Karen Silkwood, s'insurgea Gil. Nous n'avons pas la moindre preuve. C'est juste une théorie, d'accord ? Et si je m'y connais un tant soit peu en théories, la véritable explication sera sans intérêt. C'est l'une des choses que l'on apprend, concernant la vie... l'explication de toute chose ou presque n'a pas le moindre intérêt.

– Si jeune et déjà cynique, sourit Henry, mais sans prendre un air supérieur.

Il était d'accord avec Gil à quasiment 100 %. Il savait par expérience que les phénomènes les plus incroyables semblaient avoir toujours les solutions les plus banales. Comme Bridey Murphy ou la *Marie-Céleste*. Il montra de la tête la porte du restaurant et dit :

– Bon, nous devons décider si nous courons un quelconque danger dans ce restaurant.

– Je ne vois pas comment ! dit Gil. Cette fille du *San Diego* ne m'a absolument pas menacé. C'était plutôt le contraire, en fait.

– Vous avez peut-être raison, admit Henry. Mon étudiant en philosophie n'avait pas exactement le profil d'un tueur.

1. Karen Silkwood, travaillant dans le laboratoire de l'un des plus grands traiteurs d'uranium des États-Unis, avait décelé un certain nombre de failles dans le système de sécurité. Elle constitua un dossier et contacta un journaliste du *New York Times*. Victime d'une tentative d'empoisonnement, elle demanda au journaliste une entrevue de toute urgence. Le 13 novembre 1974, jour prévu pour la rencontre, on retrouva sa voiture dans un ravin. Karen Silkwood était morte et son dossier avait disparu. Il y avait des traces étranges sur le pare-chocs arrière, comme si un engin motorisé avait poussé sa voiture dans le ravin... *(N.d.T.)*

– Je propose que nous entrions et voyions ce qui se passe, dit Susan. Qui n'ose rien... vous connaissez la suite.

Henry réfléchit un moment, puis haussa les épaules.

– Très bien, entrons.

La salle du Bully's North était bruyante, plongée dans la pénombre et bondée. La télévision retransmettait le match à domicile des Padres. Des gens fumaient, riaient et buvaient de la bière. Tous trois longèrent le bar et s'approchèrent du maître d'hôtel, un fringant jeune homme qui répondait au téléphone et distribuait des menus en même temps.

Au bout d'un moment, le maître d'hôtel raccrocha, arbora un large sourire et dit :

– Bonsoir. Puis-je vous aider? Vous désirez une table pour trois?

– Euh, nous ne sommes pas ensemble, en fait, répondit Henry. Chacun de nous a rendez-vous avec quelqu'un.

Il se tourna vers Susan et lui demanda :

– Quel est le nom de votre journaliste du *Tribune*?

– Springer, dit Susan au maître d'hôtel. Mr. Paul Springer.

Henry regarda Gil, l'air abasourdi.

– C'est le nom de mon étudiant en philosophie.

– Et la fille du *San Diego* s'appelle *Pauline* Springer, déclara Gil.

Le maître d'hôtel les regarda avec stupeur, comme si c'était une histoire de fous.

– Vous n'êtes pas ensemble, chacun de vous a rendez-vous avec quelqu'un, et chacun de ces « quelqu'un » a le même nom?

– On le dirait, fit Henry d'une voix tendue.

Le maître d'hôtel parcourut la liste des réservations sur sa planchette porte-papiers. A mi-chemin de la liste, son stylo-bille s'arrêta brusquement.

– Ah, voilà! Springer. Table 9.

Le stylo-bille continua de descendre, jusqu'au bas de la feuille. Puis le maître d'hôtel secoua la tête.

– Un seul Springer. Je suis désolé.

Susan lança un regard inquiet à Henry.

– Ce que vous avez dit il y a un instant. Vous ne pensez pas que...?

– Je ne sais pas, répondit Henry. Je pense que nous ferions mieux de rester ensemble et de voir quel Springer nous avons ici, le mien, ou le vôtre... ou celui de Gil.

Le maître d'hôtel leur tendit vivement trois menus.

– Vous voulez vous asseoir tous les trois à la même table? leur demanda-t-il.

– S'il n'y a qu'une seule table réservée au nom de Springer, je ne pense pas que nous ayons le choix, rétorqua Henry.

Le maître d'hôtel les précéda entre les tables bondées, où des clients riaient, buvaient du vin et mangeaient des côtes de bœuf. La table 9 se trouvait tout au fond de la salle, près d'un cocotier à larges feuilles dans un panier en osier tressé. Et à la table 9 était assis un seul personnage en costume trois-pièces noir, coiffé d'un chapeau noir genre feutre souple. Le bord du chapeau était rabattu de telle sorte que, tandis qu'ils traversaient la salle, ils étaient incapables de voir le visage du personnage. Mais Henry remarqua immédiatement les mains, posées à plat sur la nappe saumon. Elles étaient très blanches, de la même nuance que des amandes blanchies, et avaient de très longs doigts.

– Et voilà, nous sommes arrivés, dit le maître d'hôtel, et il tira trois des quatre chaises. Mr. Springer? L'une de ces personnes est votre invitée. Enfin, je ne sais pas... elles le sont peut-être toutes les trois.

Henry, Susan et Gil se tinrent autour de la table avec appréhension tandis que le personnage levait très lentement son visage vers eux, de même qu'une fleur à pétales blancs se tourne vers le soleil.

– En effet, dit le personnage, doucement mais distinctement. Elles le sont *toutes les trois*.

Henry se figea sur place. Le visage du personnage était pâle, satiné et androgyne, comme un portrait peint par Modigliani. Cependant, malgré son satiné et malgré son aspect asexué, c'était Paul Springer, sans le moindre doute, le Paul Springer qu'il avait rencontré devant son cottage. Ce n'était pas tellement les détails du visage qui exprimaient son caractère, mais la personnalité qu'il révélait. La différence entre l'homme qu'il avait rencontré sur la plage et celui-ci était la différence qui existe entre un portrait parfaitement achevé et un croquis adroit mais fidèle.

Gil s'assit lentement. Pour Gil, le personnage était Pauline. Une Pauline habillée de façon stricte, aux cheveux tirés, dégageant son visage, mais, incontestablement, la jeune femme qui s'était présentée au Mini-Market et l'avait invité à dîner. Il comprenait qu'elle était différente, mais il aurait eu du mal à dire exactement en quoi elle était différente. Ses yeux étaient toujours les mêmes, ses pommettes étaient toujours les mêmes, sa bouche était tout aussi tentante qu'auparavant. Elle lui plaisait toujours autant; pourtant elle était autre chose, à part Pauline. Elle n'était pas moins qu'auparavant, mais *davantage*.

Susan dit timidement « Bonsoir ». Parce que, pour elle aussi, le personnage était le Paul Springer qu'elle avait rencontré devant la maison de ses grands-parents. Un Paul Springer changé, assurément... plus mystérieux, plus lointain, et beaucoup moins loquace... mais il avait le même air, la même personnalité. Le même regard serein et perçant.

– Je vous en prie, asseyez-vous, leur dit Springer. Vous êtes troublés, je comprends cela, et vous êtes inquiets pour votre sécurité. Mais j'espère être à même de dissiper vos craintes. J'espère également que vous me pardonnerez de vous avoir joué ce petit tour.

Henry tira une chaise et s'assit. Susan hésita un instant ou deux, puis s'assit sur le bord de la chaise voisine.

– Vous êtes une seule et même personne, dit Henry d'une voix rauque et mal assurée. Vous êtes trois personnes différentes, réunies en une seule. Et pas du même sexe, qui plus est. Comment faites-vous ça? Je pense que vous êtes mon ancien étudiant en philosophie, Gil pense que vous êtes une journaliste, et Susan est convaincue que vous travaillez pour le *Tribune*. Comment faites-vous, hein?

Springer – il ou elle – ôta son chapeau. Ses cheveux avaient été coupés très court, et coiffés en arrière. Le style était complètement neutre, complètement asexué, de même que ses vêtements. Il posa son chapeau sur la table et plaça ses longues mains pâles de part et d'autre du chapeau.

– Permettez-moi de vous présenter les choses ainsi, dit-il. Il était nécessaire pour moi d'aborder chacun de vous sous une apparence que vous trouveriez irrésistible. Vous avez été bouleversés ce matin, lorsque vous avez découvert le corps de cette jeune femme. Aucun de vous n'aurait eu envie de dîner avec quelqu'un qui lui était tout à fait inconnu. C'est pourquoi j'ai estimé qu'il serait plus efficace de mettre à profit mon aptitude particulière à revêtir une apparence... comment dire?... pleine de promesses pour tous les hommes. Et pour les femmes, bien sûr, ajouta-t-il en inclinant la tête vers Susan.

– Bon, d'accord, fit Gil d'un ton brusque. Vous êtes parvenu à vos fins. Nous sommes venus. Et maintenant?

Susan se leva.

– Je rentre chez moi. Cela ne me plaît pas du tout.

Springer leva une main, paume tournée en dehors. Il l'approcha du visage de Susan, presque comme s'il avait un miroir caché dans sa main, parce que Susan s'aperçut qu'elle la regardait fixement, comme si elle était hypnotisée. Elle hésita, puis se rassit. Henry posa une main sur son bras et lui demanda :

– Qu'y a-t-il, Susan? Est-ce que ça va?

Mais elle se contenta de hocher la tête et de chuchoter :

– Tout va bien.

Et elle se toucha le front du bout des doigts.

– Que lui avez-vous fait? dit vivement Henry. Qu'est-ce que c'était? Une suggestion hypnotique?

– Rien de la sorte, répondit Springer doucement. Je lui ai simplement assuré qu'elle n'avait rien à craindre. Et vous n'avez rien à craindre, vous non plus.

Un garçon survint et leur demanda ce qu'ils désiraient prendre. Henry commanda une vodka, Gil demanda une bière, et Susan opta pour un punch.

Springer dit :

– Le vin blanc le plus sec que vous ayez.

Gil s'interposa :

– Alors, vous êtes une femme, un homme ou quoi?

Le garçon entendit cela et regarda Springer avec curiosité. Springer attendit qu'il se soit éloigné, puis il dit calmement :

– Je ne suis ni l'un ni l'autre. Je suis un agent, disons. Un messager. Je ne suis ni homme ni femme, ni un être de chair ni un esprit. Je ne suis même pas « Je » dans le sens où vous comprenez normalement ce terme.

– Qu'est-ce que vous êtes, alors? lui demanda Henry. Si vous n'êtes aucun des deux Paul Springer, ni Pauline Springer, ni un homme, ni une femme, ni un être de chair, ni un esprit, au nom du ciel, qu'est-ce que vous *êtes*?

– Est-ce que vous avez faim? demanda Springer.

– Pas vraiment, répondit Henry. Et vous, Gil?

Gil secoua la tête.

– Je serais incapable d'avaler une bouchée même si on me braquait un pistolet sur la tempe.

– Même chose pour moi, dit Susan.

– Parfait, dit Springer. Dans ce cas, allons dans un endroit plus tranquille où nous pourrons parler. J'ai une ou deux choses à vous montrer. Des choses qui vous surprendront, peut-être, mais que vous trouverez tout à fait fascinantes.

Susan avait observé Springer très attentivement. Alors que le garçon apportait leurs apéritifs, elle lui demanda :

– Est-ce que je peux vous toucher? Enfin, est-ce que je peux toucher votre main?

Springer tourna ses yeux vers elle sans bouger la tête.

– Pourquoi me demandez-vous cela?

– Je ne sais pas. Il y a quelque chose chez vous qui me donne envie de vous toucher, c'est tout.

Springer tendit tout doucement sa main et la posa sur la nappe juste devant Susan.

– Allez-y, dit-il.

Précautionneusement, Susan avança sa main jusqu'à ce que le bout de ses doigts se trouve à moins d'un centimètre du dos de la main de Springer.

– N'ayez pas peur, l'encouragea-t-il.

Susan effleura ses doigts. Il n'y eut aucun signe extérieur, pas d'étincelles visibles, mais elle eut l'impression d'avoir touché une prise de courant crépitant d'électricité. La sensation était choquante, mais en même temps curieusement agréable, aussi agréable qu'une friction du cuir chevelu ou que les doigts de quelqu'un passant légèrement sur votre dos nu. Elle regarda Springer avec stupeur, elle le regarda au fond des yeux, et celui-ci dit :

– Touchez-moi encore. Posez votre main sur la mienne et laissez-la là.

Susan tourna la tête vers Henry et Gil, mais ceux-ci ne dirent rien. Lentement, avec hésitation, elle posa sa main sur celle de Springer, le regarda dans les yeux à nouveau, puis attendit et guetta ce qui allait se passer.

Durant un moment, il ne se passa rien. Puis, brusquement, Susan eut l'impression d'être tirée de sa chaise et propulsée à une vitesse incroyable à travers la salle, de franchir la porte, qui s'ouvrit violemment et se referma en claquant derrière elle. Elle franchit une autre porte, qui, elle aussi, s'ouvrit violemment et se referma en claquant, puis une autre, et une autre, et encore une autre. Et au bout de cette succession de portes... elle ôta sa main. Elle s'arrêta. Elle était toujours assise sur sa chaise, en compagnie d'Henry et de Gil, et de ce personnage singulier nommé Springer.

– Que s'est-il passé? demanda-t-elle. J'ai eu l'impression de voler. Je volais, je franchissais toutes ces portes, et elles s'ouvraient et se refermaient pour me laisser passer. Je les entendais même claquer!

Henry prit son verre et but une gorgée de vodka pure, sans quitter Springer des yeux, et sans proposer de porter un toast.

– Vous êtes un hypnotiseur, dit-il à Springer. J'ignore ce que vous essayez de nous faire, et je ne crois pas que je serai particulièrement ravi lorsque je le découvrirai, mais pour ma part j'aimerais avoir un genre d'explication cohérente concernant la petite réunion de ce soir, sinon je finis mon verre et je rentre chez moi.

– Finissez votre verre et venez avec moi, déclara Springer.

– Et où nous emmènerez-vous? demanda Henry. Dans un coin sombre pour nous dévaliser... ou peut-être pire?

Springer secoua la tête.

– Je ne vous ferai aucun mal. Je pense que vous le savez déjà. Le mal rôde autour de nous, et vous êtes menacés, mais pas par moi.

– Alors par qui?

Springer finit son vin blanc et leva sa main vers le garçon. Le garçon se tourna vers eux mais, dès qu'il aperçut Springer, il leur tourna le dos à nouveau.

– Venez, dit Springer.

Il se leva et aida Susan à se lever de sa chaise.

– Vous n'avez pas l'intention de payer? s'étonna Gil.

Springer secoua la tête.

– Je n'ai pas d'argent. Mais il ne s'agit pas d'un vol. Quand ils vérifieront leur stock, il ne manquera absolument rien, ni vin, ni bière, ni même une mesure de Smirnoff.

Henry regarda Springer d'un air interrogateur, mais garda ses questions pour lui. Il préférait s'abstenir et voir comment toute cette histoire allait finir. Mais elle était très troublante, sans aucun doute. Il garda un œil sur le garçon et le maître d'hôtel tandis qu'ils se dirigeaient tous les quatre vers la porte du restaurant, sans avoir payé leurs consommations. Personne ne fit attention à eux. Peut-être étaient-ils invisibles. Henry passa à quelques centimètres seulement du maître d'hôtel. Celui-ci ne se retourna même pas pour lui dire bonsoir ou pour lui demander pourquoi il s'en allait cinq minutes seulement après être arrivé.

– Ceci est bizarre avec un grand B, murmura Gil.

– On dirait qu'ils ne nous voient pas, fit remarquer Susan.

Elle fit halte un moment, puis s'approcha du bar et dévisagea effrontément un homme en veste de cuir qui était assis seul et buvait des piñacoladas. Elle le regarda droit dans les yeux, d'abord à trente centimètres de distance, puis de plus en plus près. Bientôt, son nez touchait presque celui de l'homme. Il demeura complètement immobile, sans ciller, comme s'il ne la voyait pas du tout. Mais, alors que Susan s'apprêtait à s'éloigner pour rejoindre les autres, l'homme, de manière inattendue, l'embrassa sur le bout du nez et éclata de rire.

– Si tu veux un baiser, chérie, il suffit de le demander! dit-il.

Susan, rouge de confusion et furieuse, sortit rapidement du restaurant. Elle passa devant Henry et Gil, et ne regarda même pas Springer. Henry et Gil eurent un petit rire, et même Springer parut s'autoriser un sourire neutre.

– Nous ne sommes pas invisibles, désolé, déclara Springer. Le personnel du restaurant ne garde aucun souvenir de nous, c'est tout.

Ils sortirent. Susan avait un air boudeur, mais elle n'avait pas envie de rentrer chez elle, pas tout de suite, surtout si les autres restaient. Springer leur fit signe de le suivre et ils s'éloignèrent sur Camino del Mar. Il y avait toujours de la brume et la nuit était humide, mais un vent léger se levait. Quelques instants plus tard, Springer fit halte. Coincée entre les bureaux de l'agence immobilière Cord et la boutique de mode Eleganza, il y avait une maison de deux étages à la façade de stuc. Les volets pendaient de guingois sur des gonds rouillés, la peinture rose s'écaillait, rongée par l'humidité, la cour de devant était envahie par des bougainvillées sauvages et la grille était brisée par endroits et rouillée. C'était une maison qui indiquait, silencieusement mais de façon éloquente, l'abandon, le délabrement et les vies perdues.

– Là-dedans? demanda Gil, fronçant le nez de dégoût. Vous vous fichez de nous, mon vieux! Cette baraque est complètement pourrie!

– Suivez-moi, dit Springer.

Ils remontèrent l'allée couverte d'herbes folles. Springer déverrouilla la porte, et tous trois le suivirent à l'intérieur avec hésitation. La porte se referma derrière eux, tout à fait silencieusement. Springer s'avança dans le vestibule, trouva l'interrupteur et l'actionna.

L'intérieur de la maison était complètement vide. Pas de meubles, pas de tapis, seulement des ampoules électriques nues qui pendaient du plafond. Autrefois, cela avait certainement été une demeure somptueuse. L'escalier en acajou descendait vers le vestibule en décrivant une courbe gracieuse, et toutes les portes étaient en chêne massif. Malgré le délabrement de la façade, les pièces semblaient sèches et propres, comme si on avait donné un coup de balai récemment. Leurs chaussures claquaient et crissaient sur le parquet nu, et leurs voix résonnaient comme si la maison était déjà occupée par des esprits furtifs. Il y avait une forte et étrange odeur de lauriers.

– Allons au premier, dit Springer.

Sans la moindre hésitation, il les précéda dans l'escalier. Henry, qui montait derrière lui, remarqua que ses chaussures ressemblaient plus à des mocassins qu'à des chaussures de ville : elles étaient faites d'une seule pièce, en cuir noir.

Ils traversèrent le palier et Springer ouvrit une porte qui donnait sur une pièce spacieuse comportant deux portes-fenêtres sur un côté. A présent, ces fenêtres étaient noires comme de l'encre, mais dans la journée on devait avoir une vue superbe sur les jardins derrière la maison, et au-delà, peut-être jusqu'à la côte. Henry, Gil et Susan apercevaient leurs reflets dans les vitres, les occupants inquiets d'une pièce étrange et vide.

Les murs de la pièce avaient été peints en turquoise, il y avait bien des années de cela. Des marques rectangulaires étaient visibles sur les murs, où des tableaux avaient été accrochés jadis, et il y avait des trous dans le plâtre, là où l'on avait retiré des appliques. Springer referma la porte et se tourna vers Henry, Gil et Susan. Ses yeux jaune paille étaient aussi pâles que le vin blanc qu'il avait bu.

– Bien, dit Henry. Et maintenant, est-ce que vous allez nous dire pourquoi vous nous avez amenés ici?

– Cette maison a été bâtie sur l'un des neuf cents emplacements clés que l'on trouve en Amérique, répondit Springer.

Lorsqu'il se rendit compte qu'ils ne comprenaient pas du tout ce qu'il voulait dire, il expliqua :

– Il y a neuf cents endroits aux États-Unis où l'on peut capter le pouvoir, et cet endroit est l'un d'eux.

– Le pouvoir? fit Henry d'un air méfiant.

– Le pouvoir qui m'a créé, et en fin de compte, le pouvoir qui vous a créés, répondit Springer. (Il pointa son doigt vers le haut, vers le plafond.)

– Sommes-nous en train de parler du pouvoir de Dieu? demanda Gil. Est-ce de cela qu'il s'agit?

Springer sourit. Sa main effleura l'air, comme s'il caressait la fourrure d'un animal invisible.

– Vous pouvez appeler cela le pouvoir de Dieu, si vous le désirez, mais cela supposerait qu'il est entièrement bon. C'est la conception humaine courante de Dieu. Un être divin sans défaut et sans faiblesse. La réalité est quelque peu différente, comme le sont la plupart des réalités : il existe un pouvoir qui est susceptible d'être utilisé contre ceux qui volent, ceux qui assassinent et ceux qui dépravent la jeunesse, mais ce pouvoir n'est que *relativement* bon. Il ne serait pas efficace s'il était entièrement bon... bon sans le moindre compromis... parce que aucune guerre ne peut être menée de façon totale. L'extrémisme au nom de n'importe quelle cause est la plus destructrice de toutes les caractéristiques humaines. C'est également la plus destructrice de toutes les caractéristiques spirituelles. Non, mes amis, ce pouvoir est sage, ce pouvoir est redoutable, et ce pouvoir est immensément créateur, mais ce pouvoir n'est pas parfait.

– Est-ce que ce pouvoir a un nom? demanda Henry avec un scepticisme non dissimulé.

Springer acquiesça de la tête.

– Ce pouvoir s'appelle Ashapola... le mot très ancien qui signifie « vengeur de grandes injustices ».

– Essayez-vous de nous dire que Ashapola est Dieu? demanda Susan d'une petite voix.

– Dieu est tout ce que vous voulez qu'Il soit, expliqua Springer. Mais le vrai pouvoir de création n'est pas « Dieu », ni « Bouddha » ni, « Gitche Manitou ». C'est Ashapola qui renferme toutes ces divinités, et bien d'autres. C'est Ashapola qui a créé l'homme à son image, avec toutes ses forces et toutes ses faiblesses. Contrairement à la divinité que vous vénérez sous le nom de Dieu, lequel punit sans cesse ses enfants parce qu'ils ne sont pas parfaits, Ashapola reconnaît leurs imperfections comme les siennes, et il leur apprend à utiliser leurs faiblesses de façon positive, au lieu de les surmonter.

Henry se frotta le menton d'un air pensif.

– Hum, je crois que j'ai entendu tout ce que j'avais besoin d'entendre, dit-il. A mon avis, vous êtes complètement fêlé, Mr. Springer. Libre à vous d'enseigner votre religion et d'exprimer votre point de vue. Grand bien vous fasse! Mais je chasse régulièrement de ma porte les mormons, ainsi que les adventistes du septième jour. D'accord, vous avez trouvé une façon beaucoup plus originale de retenir mon attention, mais je me soucie d'Ashapola comme de ma première chemise, désolé! Maintenant je m'en vais, et je pense que ces jeunes gens vont faire de même.

Il fit un pas vers la porte, un seul pas. A ce moment, Springer leva son bras droit, au-dessus de sa tête, et la pièce commença à s'obscurcir. Bientôt, Henry ne vit plus rien, excepté le reflet luisant des yeux de Springer, et la blancheur de sa main levée en l'air. Il y eut un léger crépitement, un pétillement, comme des bûches en train de brûler, ou de la cellophane que l'on froisse, et une odeur de laurier envahit la pièce.

– Merde, qu'est-ce que c'est, Henry? s'exclama Gil, et Susan respira bruyamment.

Une forme de haute taille, transparente, était brusquement apparue au milieu de la pièce. D'abord imprécise, elle devint très vite de plus en plus nette. Henry regardait avec horreur. Le crépitement s'accentua et ressembla davantage à des parasites radio, puis il devint encore plus fort, à tel point qu'ils s'entendaient à peine parler.

La forme était blanche et nue. C'était une jeune femme. Elle leur tournait le dos. Ses cheveux blonds se déployaient dans l'air, comme si elle flottait dans l'eau. Springer s'écarta d'elle, mais sa main était toujours levée, et son visage exprimait une concentration intense.

– *Springer! Vous m'entendez, Springer!* hurla Henry. *Nous en avons plein le dos de vos tours à la con, compris? Nous partons! Arrêtez ces conneries et rallumez immédiatement!*

Springer l'ignora et fit un geste de la main gauche. La jeune femme commença à se retourner lentement.

– *Springer, que se passe-t-il, bon sang?* vociféra Henry.

Le crépitement était plus fort que jamais. Petit à petit, la jeune femme se tourna vers eux. Comme auparavant, elle était très belle. Cette fois, ses yeux étaient ouverts, et elle les regardait avec une expression si triste et si douloureuse que Henry fut complètement réduit au silence. Gil tendit vivement la main et saisit l'épaule gauche d'Henry... par peur, par besoin d'un soutien... parce qu'il ne savait pas quoi faire et qu'il pouvait seulement espérer que Henry serait en mesure, d'une manière ou d'une autre, de les guider hors de cette pièce, loin de Springer, loin de cette jeune femme qui les regardait d'un air si pitoyable, bien qu'elle soit morte, morte noyée et dévorée par les anguilles, et qu'il soit impossible qu'elle se trouve ici.

La chevelure de la jeune femme ondoyait dans l'air. Ses traits semblaient changer et se modifier, comme s'ils la regardaient à travers plusieurs centimètres d'eau. Elle ouvrit et ferma la bouche plusieurs fois, donnant à Susan l'impression qu'elle voulait dire quelque chose, qu'elle essayait d'appeler à l'aide.

– *Cela s'est passé ainsi...*, déclara la voix grave de Springer, dominant le crépitement. *Elle était comme ça, au commencement... regardez-la attentivement... voyez comme elle était belle...*

Malgré leur peur, malgré leur colère à l'encontre de Springer, Henry, Gil et Susan regardèrent fixement la jeune femme. Son visage finement modelé était magnifique, le visage d'un mannequin. Ses seins étaient énormes : des globes blancs striés de veines bleutées, aux aréoles du rose le plus pâle. Elle avait une taille fine, un ventre plat : il était évident qu'elle n'avait jamais eu d'enfants. Ses cuisses aussi étaient fines, ses jambes fuselées. Elle portait une chaînette en argent à sa cheville gauche.

– *Nous ne savons rien à son sujet... même pas son nom... mais elle est la première...*, dit Springer. *Observez ce qui lui est arrivé.*

Petit à petit, l'expression de la jeune femme se modifia. Elle esquissa un sourire, légèrement réservé, mais c'était un sourire. Elle tendit les bras, et bien qu'ils ne voient personne, elle donna l'impression d'étreindre quelqu'un et de l'embrasser, quelque amant invisible. Ses cuisses frottaient l'une contre l'autre en un rythme érotique qui s'accéléra lentement, et elle embrassait l'air devant elle de plus en plus violemment, se servant de sa langue et de ses dents.

Elle ouvrit la bouche largement et commença à lécher l'air d'une façon tout à fait lascive et suggestive. Sa langue parcourut une longueur invisible, puis ses lèvres s'écartèrent largement pour accueillir quelque chose de délicat qui oscillait, et qu'elle titilla du bout de la langue. Au bout d'un moment, sa bouche engloutit l'objet et sa langue sonda une fente étroite mais invisible. En même temps, elle pressait ses seins avec ses mains, et ses mamelons se dressèrent et devinrent si durs qu'ils dépassaient entre ses doigts. Et ses hanches ondulaient et remuaient encore et encore et encore.

Puis elle inclina sa tête en arrière et fit glisser ses mains sur son ventre et entre ses cuisses. Elle s'ouvrit avec ses doigts, un tout petit peu au début, des plis roses et luisants. Ensuite elle embrassa et embrassa et embrassa encore, et à chaque baiser elle s'ouvrait de plus en plus largement.

Puis, alors que Henry, Gil et Susan l'observaient avec une horreur fascinée, il se passa quelque chose de singulier. Elle donnait l'impression d'être pénétrée par quelque chose qui était invisible mais énorme, et elle était encore plus distendue afin de le recevoir en elle. Elle ferma les yeux sous l'effet de la douleur et ouvrit la bouche en un cri silencieux mais, chose étrange, il n'y avait absolument rien là... du moins, rien que Henry, Gil et Susan puissent voir. La jeune femme commença à bouger ses hanches en un mouvement de va-et-vient. Elle tendait les bras, ses mains crispées, comme si elle agrippait violemment le dos de quelque fougueux assaillant. Maintenant, ses cuisses étaient très écartées, et elle s'était ouverte au-delà de tout ce que Henry avait jamais vu.

Le mouvement de va-et-vient de la jeune femme atteignit un crescendo frénétique. Elle frissonna, se convulsa, et fut brusquement inondée d'un liquide blanc et visqueux, en de telles quantités qu'il coula sur ses cuisses. Puis elle ferma les yeux, joignit ses mains sur sa poitrine et, durant un long moment, resta immobile, comme si elle dormait.

– *Le temps passe... les jours passent...*, dit la voix de Springer.

La lumière dans la pièce s'allumait et s'éteignait, tout en pivotant d'un côté de la pièce à l'autre. Henry comprit brusquement qu'il regardait un calendrier animé : les jours se succédaient, le soleil se levait à l'est et se couchait à l'ouest, maintes et maintes fois, comme un film projeté en accéléré.

De façon presque imperceptible, le ventre de la jeune femme commença à s'arrondir. Elle s'éveillait et s'endormait, s'éveillait et s'endormait. Son ventre devint de plus en plus gros, comme celui d'une femme enceinte de trois ou quatre mois. Ce fut alors qu'il commença à présenter un mouvement. Non pas le mouvement saccadé, irrégulier, des bras, des jambes et des épaules d'un fœtus, mais un mouvement étrange... comme des convulsions et des contorsions.

Les yeux de la jeune femme s'ouvrirent. Elle eut une expression de souffrance. Son ventre commença à se nouer, à se tordre et à onduler. Ses yeux s'ouvrirent et se fermèrent. Elle serra les dents de douleur. Elle ouvrit les yeux à nouveau. Elle cria, puis elle s'arrêta de crier. Les jours s'écoulaient rapidement, le soleil se levait, le soleil se couchait. Son ventre commença à se soulever et à s'agiter. Ses yeux lui sortaient des orbites. Elle ouvrit la bouche en un long cri qui sembla ne jamais finir.

Henry, Gil et Susan n'entendaient rien, mais ils voyaient son visage, et ils savaient que la souffrance qu'elle endurait était insoutenable. Le hurlement sembla durer une éternité.

Un spasme violent secoua son ventre, un mouvement localisé, tout près du nombril de la jeune femme. Soudain, sa peau se souleva, une protrusion étroite en forme de burin, gris foncé comme un cancer. Mais ce n'était pas un cancer. C'était la tête d'une anguille, apparaissant à travers les dernières couches de peau. Puis la peau éclata et un filet de sang s'écoula sur son ventre. La tête de l'anguille surgit et oscilla. Elle regardait la lumière du jour avec ses yeux fendus jaunes; ses écailles étaient poissées de sang.

– *Cela vous suffit?* demanda Springer, tandis que trois ou quatre autres têtes d'anguille se dressaient hors du ventre de la jeune femme, telles des asperges obscènes. *Ou bien voulez-vous tout?...*

– *Arrêtez ça!* hurla Henry.

Aussi rapidement qu'elle s'était matérialisée, la jeune femme disparut. Les lumières dans la pièce brillèrent à nouveau et tout redevint comme avant.

– Vous êtes un *malade*! cria Susan à l'adresse de Springer. Vous m'entendez? Vous êtes un *malade*!

Elle tremblait violemment et ses larmes faisaient couler son rimmel. Gil s'avança vers Springer et demanda vivement :

Qu'est-ce que vous êtes, un genre de pervers, c'est ça? Quelqu'un qui prend son pied en regardant... c'était quoi... un genre de *snuff film* [1] en relief?

Mais Henry le retint par le bras.

– Quels que soient vos sentiments envers Mr. Springer, Gil, je ne pense pas que vous deviez mal le juger. Ainsi que vous, Susan. Ce qu'il vient de nous montrer était répugnant, mais c'était également vrai. C'était une répétition de ce qui est arrivé à cette jeune femme que nous avons trouvée sur la plage. Je ne sais pas comment Mr. Springer a fait cela, mais il peut certainement nous l'expliquer.

– Une infime quantité d'ADN prélevée sur le cerveau de la jeune femme a été tout à fait suffisante pour me permettre de recréer ses souvenirs, déclara Springer, sans montrer la moindre émotion.

– J'ai l'impression que le Seigneur ton Dieu est un dieu scientifique, commenta Henry d'un ton peu amène.

– La science n'est que la découverte humaine de tout ce que Ashapola a créé, répliqua Springer. J'appelle cela ADN parce que cela vous permet de comprendre. Ashapola lui donne un tout autre nom.

– J'ai lu quelque chose dans un ouvrage sur les anguilles appartenant à mon ex-femme. Dans l'ancienne Scandinavie, on appelait parfois les anguilles « le sperme du Diable ».

Springer acquiesça, presque avec soulagement.

– Ce que vous avez vu... ces images... c'était la recréation exacte de ce qui est arrivé à cette jeune femme durant les derniers mois de sa vie. En février dernier de cette année, elle a eu des rapports sexuels, comme vous l'avez vu d'une manière si saisissante. Elle est tombée enceinte, mais pas d'un enfant. Du moins, pas d'un enfant *humain*. Quel que soit celui avec qui elle a fait l'amour, elle a été fécondée de créatures qui semblaient être des anguilles. Finalement, elles l'ont tuée. Comment est-elle arrivée dans l'océan, je ne l'ai pas encore découvert. Mais

1. Film X comportant une scène de meurtre non simulée. *(N.d.T.)*

je pense qu'on l'a probablement jetée à l'eau pour que sa mort paraisse moins suspecte.

– Vous ne savez pas... qui lui a fait l'amour? chuchota Susan.

Springer secoua la tête.

– Henry a fait allusion au Diable. Mais les adversaires d'Ashapola revêtent de nombreuses formes différentes. Vous en reconnaîtriez certaines... des animaux ou des hommes. Les souvenirs de cette jeune femme ont été effacés... le choc, peut-être, ou bien du fait de l'intervention délibérée de la créature qui a fait l'amour avec elle, ou encore grâce à une variante de la technique spirituelle que j'ai utilisée au restaurant afin que le personnel ne se souvienne pas de moi. Quoi qu'il en soit, elle se souvient de l'acte sexuel, mais elle est incapable de se rappeler qui lui a fait l'amour, un être humain, un animal ou quelque chose de tout à fait différent.

Henry se rendit compte que Susan continuait de trembler, de saisissement et de dégoût. Il passa son bras autour de ses épaules et la serra contre lui. Puis il lança un regard de défi à Springer.

– Bon, d'accord. Vous nous avez montré ce qui est arrivé à cette jeune femme que nous avons trouvée sur la plage. Vous nous avez dit qu'elle avait... hum, qu'elle avait fait l'amour avec quelque chose. Nous en avons vu les conséquences. Je pense que je peux parler pour nous tous et dire que nous vous croyons, même si j'estime qu'il était inutile de nous montrer cela d'une manière aussi saisissante, particulièrement pour cette pauvre Susan.

– Et...? demanda Springer d'un air affable. Quelles sont vos conclusions?

– Je n'en ai pas, excepté que nous vous croyons et que nous voulons partir, maintenant.

– Tout à fait d'accord, intervint Gil. Il y avait peut-être une raison à cette petite séance de cinéma, mais laquelle, je ne vois vraiment pas!

Springer posa ses mains l'une sur l'autre et examina soigneusement ses ongles.

– La raison était simplement la suivante, mon ami. Il était indispensable pour moi de vous amener à me croire, et rien de ce que je vous ai dit n'est facile à accepter. Je ne vous demande pas seulement de croire en Ashapola, je vous demande de comprendre que la bête qui a fécondé cette jeune femme doit être trouvée de toute urgence.

– Pas par nous, mon vieux ! fit Gil d'un ton sarcastique.

Springer leva les yeux.

– Oh si, mes amis, par vous, précisément ! Vous comprenez, il n'y a personne d'autre. Vous avez vu la jeune femme, vous avez vu les anguilles. Vous êtes les seuls à croire vraiment. Vous avez été réunis par la volonté d'Ashapola, croyez-moi. A dessein, et non par hasard. Votre destin a été tracé ce matin, lorsque vous avez trouvé la jeune femme sur la plage. Il faut que vous trouviez la bête, et que vous la trouviez très vite. Il faut que vous la détruisiez.

La lèvre inférieure d'Henry n'arrêtait pas de trembler, mais il parvint à dire :

– Et si nous refusons ? Et si nous vaquons à nos affaires, tout simplement, et refusons ? Et si nous vous envoyons promener ?

Springer secoua lentement la tête.

– Vous n'avez pas le moindre choix, cher monsieur. Parce que, si vous ne trouvez pas la bête, la bête *vous* trouvera, à tous les coups !

6

La Cutlass vieille de onze ans de Nancy était presque arrivée à la bretelle de sortie de La Jolla Drive lorsque la direction se bloqua. Les freins ne répondirent plus et le voyant rouge du niveau d'huile se mit à clignoter. La voiture roula de plus en plus lentement et ce fut seulement en braquant le volant de toutes ses forces vers la droite que Nancy parvint à se ranger sur l'accotement. La voiture s'arrêta, Nancy serra le frein à main et dit : « Merde! »

La soirée la plus merdique de toutes les soirées merdiques! Et maintenant elle était en rade sur l'autoroute à huit heures du soir, toute pimpante dans son plus beau tailleur bleu, chaussures assorties, folle de rage, frustrée et malheureuse.

Cela avait été son second rendez-vous avec John Bream, qui travaillait avec elle au département création de Sutton & Ramirez, la deuxième agence de publicité de San Diego. John était le portrait craché de Richard Gere, version publicitaire. Du moins, c'était ce que Nancy avait pensé au début. Il était athlétique, intelligent, bourré d'idées, et beau comme un dieu, le genre ténébreux. Et lorsqu'il l'avait invitée à dîner, deux semaines plus tôt, elle avait dépensé la moitié de son salaire d'une semaine pour une robe en soie de Capriccio et une séance de trois heures chez son coiffeur.

Le premier rendez-vous avait été merveilleux. Dîner coréen à la Maison de Séoul, boîte disco puis virée jusqu'à la côte pour contempler le ressac. Ils s'étaient embrassés, et John lui avait dit combien elle était vive. « Tu es la fille la plus vive que j'aie jamais rencontrée, sans exception. »

Mais ce soir, quand elle était arrivée chez John, il

n'avait pas réservé de table dans un restaurant et il n'avait pas l'intention d'aller danser. Il portait un peignoir vert et arborait ce qui, selon lui, devait être un sourire ravageur. Lorsqu'elle réagit vivement, il se mit en colère. « Tu sais combien d'argent j'ai déjà dépensé pour toi ? Et maintenant tu me dis que tu ne veux pas coucher avec moi parce que c'est contre tes principes ? Oh, les femmes ! La révolution féministe, quelle rigolade ! Vous êtes indépendantes seulement lorsque cela vous arrange ! »

Sa grossièreté l'avait consternée. Elle avait lu des lettres dans *Cosmopolitan* où il était question d'hommes qui escomptaient une partie de jambes en l'air en remboursement de l'argent qu'ils avaient investi dans des sorties, mais elle n'avait encore jamais connu ça... du moins, pas d'une façon aussi flagrante. Elle avait tourné les talons et était partie. Tandis qu'elle dévalait l'escalier, il lui avait crié : « Espèce de salope au cul serré ! »

Elle tourna la clé de contact encore et encore. Le moteur hennissait et hennissait. Au bout d'un moment, il commença à évoquer un bruit de cheval en train de régurgiter, et finalement, il refusa de faire quoi que ce soit à part cliqueter. Son précédent petit ami, Ned, un insupportable M. Je-sais-tout, lui avait dit plusieurs fois que son alternateur était sur le point de la lâcher. Elle descendit de la voiture et lui lança un regard furibond, les mains sur les hanches, comme si, très gênée, la voiture allait redémarrer brusquement.

Bien que ce soit l'été, un vent frais soufflait sur les collines verdoyantes de La Jolla Village. Le ciel était couleur jacynthe, un bleu virant au violet, et des hirondelles volaient très haut au-dessus de la tête de Nancy. Bon, d'accord, pensa-t-elle en grimaçant, au moins ce ne sont pas des vautours.

Des voitures passaient à sa hauteur à toute vitesse, des lumières orange brillant d'un air suffisant, des intérieurs sombres et privés. Elle releva le capot de la Cutlass et mit ses feux de détresse, mais personne ne s'arrêta. Ces derniers temps, il y avait eu trop de viols et trop d'agressions sur l'autoroute. Trop d'automobilistes s'étaient arrêtés pour aider des jeunes femmes en panne... et avaient été dévalisés par deux ou trois voyous surgissant des fourrés.

Nancy commença à frissonner, et elle se frictionna les bras pour se réchauffer. Il faisait presque nuit maintenant, et elle se dit qu'elle ferait mieux de laisser sa voiture là et de continuer à pied jusqu'à La Jolla Village, pour essayer de trouver un taxi qui la ramènerait chez elle.

Elle prit son sac à main sur la banquette et s'apprêtait à verrouiller la portière lorsqu'une Lincoln blanche ralentit et se rangea sur l'accotement, une vingtaine de mètres plus loin. Le moteur tournait et les lumières des freins brillaient avec éclat, indiquant que le conducteur gardait la voiture en prise. Nancy hésita un instant, puis commença à marcher vers la Lincoln. Elle baissa légèrement la tête pour voir quel genre de personne était au volant.

Elle arriva à la hauteur de la portière côté passager et le conducteur baissa la vitre. Elle jeta un coup d'œil à l'intérieur, s'abritant les yeux de la main pour ne pas être éblouie par les lumières des voitures. Des sièges en cuir blanc, le genre coûteux. Le conducteur portait un blouson design en cuir noir et un pantalon noir. Il avait un visage mince, des joues creuses et un teint basané, presque mexicain. Le blanc de ses yeux luisait dans la pénombre.

– Un problème? lui demanda-t-il.

Nancy entendait les douces sonorités d'un cantique sur la stéréo de la voiture. *O Jésus, j'ai promis...* C'est peut-être un prêtre, pensa Nancy. Mais quelle sorte de prêtre porte un blouson design en cuir noir et conduit une Lincoln blanche dernier modèle?

– Le moteur a calé, dit-elle d'une voix tendue. Je crois que la batterie est morte. En tout cas, ma voiture refuse de démarrer.

– Où allez-vous?

– A La Jolla. Tout au bout de Prospect Street.

– C'est loin?

– Si vous prenez la prochaine sortie, c'est à trois kilomètres environ, dans la direction de l'océan.

– Je peux vous emmener, si vous voulez.

Nancy se mordilla la lèvre. Elle se souvint de son amie Carole. Carole avait accepté qu'on la raccompagne chez elle, après une soirée à Leucadia, en novembre dernier. Et elle avait été dévalisée et violée par trois adolescents. Elle se souvint d'une jeune femme de l'agence, Linda, qui avait été agressée à Balboa Park en plein jour et presque tuée. D'accord, cet homme semblait tout à fait convenable, il était bien habillé et conduisait une voiture luxueuse, mais cela ne voulait absolument rien dire. Il y avait des violeurs de toutes les couleurs, de toutes les tailles et de toutes les conditions possibles et imaginables.

Le jeune homme attendit, avec une patience peu commune, tandis que Nancy essayait de se décider. Finalement, elle dit :

– Entendu. Je vous remercie. C'est très aimable de votre part.

Le jeune homme débloqua le système de verrouillage central, et Nancy ouvrit la portière côté passager et monta dans la voiture. Avant de démarrer, le jeune homme la regarda d'un air appréciateur, ouvertement, et dit :

– Vous êtes très jolie. Vous devriez faire attention, toute seule sur l'autoroute.

Nancy s'efforça de sourire.

– Au début j'ai eu peur que personne ne s'arrête. Ensuite j'ai eu peur que quelqu'un s'arrête.

Le jeune homme regarda dans son rétroviseur puis s'inséra dans le flot de voitures.

– Vous n'avez pas peur de moi, hein?

– Pourquoi? Je devrais? lui demanda Nancy.

Le jeune homme fit une grimace.

– Non, je ne pense pas. Mais qui connaît le mal tapi dans le cœur des hommes?

Il marqua un temps, tenant le volant d'une main, puis il ajouta :

– *The Shadow* est le seul à le connaître, ho, ho, ho [1]!

– Cela vous vieillit, dit Nancy. Mon père connaissait toutes les phrases d'introduction de ces feuilletons radiophoniques.

– Comme « Il n'y a personne, j'espère, j'espère, j'espère? » fit le jeune homme.

– Mais oui! Incroyable!

– C'était Elmer Blurt, dans *Al Pearce et sa bande*.

Nancy secoua la tête, amusée.

– Vous savez, je n'ai jamais rencontré quelqu'un qui connaissait toutes ces phrases, excepté mon père.

Le jeune homme regarda à nouveau dans son rétroviseur.

– Je dois sortir ici, non?

– C'est ça. Au panneau indiquant La Jolla Village Drive.

1. *The Shadow* (l'Ombre) : célèbre personnage de « pulps » des années trente, popularisé par la radio (entre 1937 et 1939, Orson Welles fut la « voix » du *Shadow*), le cinéma et les « comics ». *(N.d.T.)*

Le jeune homme quitta l'autoroute, puis il tourna à gauche et se dirigea vers La Jolla.

– Je devrais me présenter, dit-il à Nancy. Je m'appelle Ronald De Vries.

– Moi, c'est Nancy Busch, dit Nancy.

– Vous avez peut-être deviné que je n'habite pas par ici, reprit Ronald. En fait, j'arrive tout juste du Mexique. J'ai vécu à San Hipolito pendant quelque temps.

– Je ne connais pas San Hipolito, avoua Nancy. C'est un endroit agréable?

Ronald leva une main, comme pour dire : San Hipolito? Je préfère ne pas en parler!

– Vous n'avez pas trop aimé, alors? demanda Nancy.

– C'est parfait, si vous n'êtes pas *obligé* d'y rester. Vous voyez ce que je veux dire?

– J'adore La Jolla, déclara Nancy. Je vis ici depuis onze ans maintenant. La ville a beaucoup changé, mais elle a gardé son charme. Vous pouvez vous asseoir sur les rochers en hiver, quand il n'y a personne dans le coin, et vous avez l'impression d'être le seul être vivant dans tout ce foutu monde!

– Vous allez devoir m'indiquer le chemin, dit Ronald, comme ils arrivaient au bout de La Jolla Drive.

– Tournez à gauche ici. A gauche.

Tandis qu'il tournait le coin, conduisant avec un soin exagéré, Ronald fit remarquer :

– Vous comptiez dîner en ville, non?

– En effet. Mais j'ai eu un léger différend avec mon ami. Enfin, mon ex-ami, désormais.

– Quel dommage, dit Ronald, puis il demeura silencieux.

– Vous êtes prêtre, ou quelque chose comme ça? demanda Nancy.

– Prêtre? s'exclama Ronald en riant.

– Ce sont bien des cantiques sur cette cassette, non?

Ronald tendit la main et arrêta la cassette.

– C'était juste quelque chose que j'écoutais, pour passer le temps.

– Est-ce que vous allez loin?

– J'avais l'intention de me rendre à Santa Barbara.

– Ce n'est pas la porte à côté! J'espère que je ne vous ai pas retardé.

Ronald dépassa un camion-bétonnière qui se traînait, puis se rabattit vers la voie de droite pour laisser passer une Porsche rouge.

– En fait, je songeais à renoncer à Santa Barbara et à vous inviter à dîner.

Nancy secoua la tête avec véhémence.

– Oh non, vous me rendez déjà un grand service en me raccompagnant chez moi. De plus, je dois prendre des dispositions pour que quelqu'un aille récupérer ma voiture. Je n'ai pas envie de me retrouver sans roues ni moteur.

– Écoutez, dit Ronald. Appelez le service de dépannage et demandez-leur d'aller récupérer votre voiture. Ils n'ont pas besoin de vos clés. Ensuite allons dîner.

– Je suis désolée, Ronald, lui dit Nancy. C'est très gentil de votre part, et je suis sincère. Mais je vous connais à peine, et dîner en ville ne me dit vraiment plus rien.

Ronald s'engagea dans Prospect Street, sans que Nancy lui indique la direction, puis se gara sur la pente devant sa maison.

– Comment savez-vous que j'habite ici? lui demanda-t-elle, stupéfaite.

– Vous me l'avez dit. Tout au bout de Prospect Street, c'est ce que vous avez dit. Bon, et ce dîner? Je n'ai vraiment plus envie de faire tout ce trajet jusqu'à Santa Barbara, et il faut bien que je mange quelque part.

– Mais vous vous êtes arrêté ici, juste devant ma maison!

– Simple coïncidence, fit Ronald d'un ton désinvolte. (Puis :) – Alors, Nancy, que décidez-vous? Un *dîner à deux* [1], en amis, sans conditions, sans complications. Tout ce que je désire, c'est une compagnie. J'ai horreur de manger seul.

– Bon, entendu, dit Nancy. Mais je dois d'abord appeler la dépanneuse. Vous voulez entrer?

– J'attendrai dans la voiture, si vous voulez.

– Bien sûr que non. Venez.

La maison où Nancy vivait était très grande et isolée. Elle avait été construite en 1936 dans le style d'une maison de campagne anglaise, mais il était difficile de distinguer la maçonnerie de brique en raison du lierre épais qui recouvrait la façade. Quinze ans auparavant, le propriétaire des lieux était reparti dans l'Est et avait fait diviser la maison en appartements, afin de les louer. Nancy avait sous-loué l'appartement du premier, situé à l'arrière de la maison, à un océanologue qui avait été envoyé en mission à Kyoto pour une durée de quatre ans.

1. En français dans le texte. *(N.d.T.)*

Nancy ouvrit la porte et entra. Le vestibule était sombre et sentait l'encaustique à la lavande et la cuisine chinoise. Une horloge de parquet en bois foncé, placée en face de l'escalier, égrenait son tic-tac avec une lassitude infinie. Son balancier rappelait toujours à Nancy quelque chose qu'avait écrit Edgar Allan Poe.

Elle gravit l'escalier, suivie de Ronald.

– Vous savez qui appeler pour aller chercher votre voiture? demanda Ronald, tandis qu'elle déverrouillait la porte de son appartement.

– Ne vous inquiétez pas, ce n'est pas la première fois que je tombe en panne! répondit-elle en actionnant l'interrupteur.

Ronald entra et parcourut le séjour de Nancy d'un regard approbateur. La pièce était meublée sobrement mais avec goût dans un style moderne sans fioritures : des tables basses au plateau de verre, des lampes italiennes qui ressemblaient à des girafes futuristes, et des couvertures indiennes aux murs. Tandis que Nancy se dirigeait vers le téléphone, Ronald s'approcha de la fenêtre et écarta les rideaux.

– Vous avez une très belle vue des voisins, la félicita-t-il. Hé, j'ai l'impression que ce couple là-bas se dispute! Heureusement, on ne les entend pas!

Un tableau était accroché au mur près du téléphone. C'était un nu, une peinture à l'huile, et dès le premier coup d'œil il était évident que c'était Nancy. Ronald s'approcha et entreprit délibérément de comparer le portrait et le modèle. Il tournait la tête d'un côté et de l'autre comme s'il regardait une partie de tennis. La ressemblance était manifeste : le visage légèrement carré au teint clair, le petit nez droit couvert de taches de rousseur, les cheveux rouge vif, le corps svelte et mince, avec des seins petits mais bien faits.

Nancy l'observa tandis qu'il faisait sa comparaison, tenant l'écouteur contre son oreille.

– L'un de mes amis était aux Beaux-Arts, commenta-t-elle.

– Il était doué, reconnut Ronald.

Elle regarda le portrait.

– Vous êtes le premier homme à dire ça. D'habitude, ils disent qu'ils préfèrent l'original. Vous savez, la flatterie, la jalousie, également, parce qu'un autre homme m'a vue toute nue. Mes amies n'aiment pas ce tableau, elles non plus. Elles trouvent que c'est une forme d'exhibitionnisme de ma part.

Ronald haussa les épaules.

– Je ne suis pas comme les autres hommes. Est-ce que je peux fumer?

– Je vous en prie. Il y a un cendrier Sheraton sur les étagères.

Ronald alla de l'autre côté de la pièce et prit le cendrier. Il en profita pour regarder les livres de Nancy. *L'Art de la publicité, Les Cent Meilleurs Slogans publicitaires, Les Techniques de la persuasion.* Puis il revint, se ficha entre les lèvres une cigarette russe, une *papirosi*, et l'alluma d'une main avec une allumette plate. La technique délicate d'un homme qui pense que les apparences sont de la plus haute importance. Le genre d'homme capable de lancer des cacahuètes en l'air et de les rattraper au vol avec sa bouche.

– Ainsi vous êtes dans la publicité? demanda-t-il, comme Nancy reposait le combiné sur son socle, après avoir parlé au service de dépannage. Le plus vieux métier du monde. Enfin, le second. Vous connaissez le premier!

– Je suis conceptrice, dit Nancy. Je colle des milliers de lettres sur des feuilles de calque, je tire des milliers de traits, et on me paie pour ça.

Elle attendait manifestement que Ronald lui dise ce qu'il faisait, *lui*, mais il demeura silencieux. Les mains dans les poches, il tirait sur sa cigarette et regardait Nancy sans ciller.

– Nous allons dîner? demanda-t-elle.

– Bien sûr. Qu'aimeriez-vous manger?

– Vous n'avez rien contre la cuisine mexicaine? fit Nancy. Chez Manuelo, c'est très bon.

– Entendu pour la cuisine mexicaine, dit Ronald.

Ils allèrent en voiture chez Manuelo, bien que le restaurant se trouve à moins de cinq minutes de marche de la maison de Nancy, sur la partie touristique de Prospect Street, avec ses boutiques à la mode, ses restaurants hors de prix, ses galeries de tableaux et ses agences immobilières. Les trottoirs étaient encombrés de promeneurs du soir et il n'y avait pas un seul emplacement de parking libre. Finalement, Ronald gara la Lincoln devant la galerie d'art La Galeria.

Comme il verrouillait les portières, il montra de la tête la devanture.

– Vous avez vu? demanda-t-il à Nancy.

Ils s'approchèrent. Sur un piédestal recouvert d'une toile de jute bleue, éclairée par un spot, il y avait une statuette en bronze du grand dieu Pan avec ses pieds fourchus et ses cornes de bouc. Il dansait et jouait de sa flûte. Son visage anguleux était sournois et infiniment pervers.

– C'est superbe, dit Nancy. Une œuvre d'art!

Elle était sarcastique. En fait, elle trouvait cette statuette affreuse. Elle ne l'aurait pas achetée même pour lui servir de butoir de porte.

Ronald ne dit rien. Il hocha la tête et resta là à fixer la statuette, les bras le long du corps, comme si, pour quelque raison, elle l'hypnotisait. Nancy attendit patiemment. Elle ne voulait pas le brusquer, puisque c'était lui qui payait.

Finalement, sans expliquer pourquoi la statuette l'avait tellement intéressé, Ronald se détourna de la devanture et offrit son bras à Nancy. Ils s'avancèrent sur le trottoir bruyant et brillamment éclairé, et Nancy s'aperçut qu'elle se sentait de bonne humeur, de manière inattendue. Le destin avait peut-être pris soin d'elle, après tout, lorsqu'elle s'était disputée avec John, et lorsque sa voiture était tombée en panne sur l'autoroute. Elle avait peut-être (*je t'en prie*, destin!) fini par se trouver quelqu'un de spécial, parce que, sans aucun doute, Ronald De Vries était spécial.

Ils prirent en hors-d'œuvre du *guacamole* et des *cuesadillas*, nappés de la sauce épaisse (et à la recette tenue secrète) de Manuelo. Ils mangèrent du *chili* épicé, accompagné d'un vin rouge corsé. Ils parlèrent de tas de choses... publicité, relations professionnelles, voitures qui tombent en panne, problèmes de l'enfance. Ils riaient et se tenaient par la main; leurs yeux brillaient dans la lueur des bougies posées sur la table. Ronald commanda une autre bouteille de vin et Nancy alla aux toilettes pour dames. Elle se regarda dans le miroir et dit, à voix haute :

– J'espère que tu n'es pas en train de tomber amoureuse, ma chérie!

Elle revint vers leur table. Ronald lui avait déjà servi un autre verre de vin. Il dit, avec amusement :

– Vous savez quoi? Vous avez réfléchi à nos prénoms? Ronald et Nancy! Vous vous rendez compte! Un vrai couple présidentiel!

– Vous me parliez de ces vieux sketches radiophoniques de W.C. Fields, lui rappela Nancy.

– Oh, bien sûr. Ils étaient formidables. Il y en avait un où il disait qu'il s'écroulait toujours quand il entendait le mot « travail ». Dans sa famille, on ne le prononçait jamais à voix haute, on disait seulement « T ». Sinon, il s'évanouissait, et le seul remède était une grande cuillerée d'eau-de-vie de cornouille coupée avec du gin pur.

Ronald fit une imitation de W.C. Fields plutôt réussie.

– Je me rappelle que, la première fois que j'ai bu cette mixture... je suis devenu un peu pâle.

Nancy éclata de rire. Elle ne s'était pas sentie aussi incroyablement heureuse depuis des mois. Elle prit à nouveau la main de Ronald et dit :

– Comment connaissez-vous tout ça ?

Il haussa les épaules.

– Je suppose que j'ai toujours adoré la radio.

– Mais il n'y a plus d'émissions de ce genre à la radio de nos jours, n'est-ce pas ?

Ronald eut une expression absente et prit une cigarette.

– Vous avez des enregistrements ? demanda Nancy. Enfin, est-ce que je pourrais les écouter ?

Ronald secoua la tête.

– J'ai entendu ces sketches, c'est tout.

Il était clair que Ronald n'avait plus envie d'en parler, et Nancy changea de sujet.

– Vous ne m'avez pas encore parlé du Mexique, et vous ne m'avez pas dit ce que vous faisiez là-bas.

Il la regarda comme s'il était surpris qu'elle lui ait posé cette question.

– Je ne faisais rien de particulier, répondit-il au bout d'un petit moment.

– Excusez-moi, dit-elle. Je ne voulais pas être indiscrète. Cela m'intéressait, c'est tout.

– Eh bien, vous vous trompez. Cela n'avait rien d'intéressant.

– Bon, excusez-moi, fit Nancy, quelque peu déconcertée.

Elle ne comprenait pas pourquoi le fait de mentionner le Mexique avait troublé Ronald à ce point, tout à coup, et l'avait rendu de si mauvaise humeur. Il avait pris plaisir à ce repas mexicain mais, apparemment, il considérait que le Mexique lui-même était d'un ennui mortel. Il tira de rapides bouffées de sa cigarette, puis l'écrasa dans le cendrier, à moitié fumée.

– Alors, parlons d'autre chose, proposa Nancy. Nous ne sommes pas obligés de parler du Mexique.

Ronald la regarda vivement.

– Vous le faites exprès? J'ai dit que je n'avais pas envie de parler du Mexique. Je croyais vous avoir fait bien comprendre que je n'avais pas envie de parler du Mexique. Et tout ce que j'entends, c'est le Mexique, le Mexique, le Mexique!

– Pour l'amour du ciel! l'interrompit Nancy, essayant de le calmer. Je vous ai posé cette question en toute innocence. J'ignorais que cela allait vous contrarier à ce point. Écoutez, peu m'importe ce que vous avez fait ou n'avez pas fait au Mexique. J'alimentais la conversation, c'est tout, et si vous n'avez pas envie d'en parler...

Le visage de Ronald était fermé, indéchiffrable, aussi inexpressif qu'une pierre tombale.

– Ronald? fit-elle en lui prenant la main.

A ce moment, le garçon s'approcha d'un air affairé.

– Désirez-vous autre chose, *señor*? Tout s'est bien passé, *señorita?*

– Contentez-vous de m'apporter l'addition, dit Ronald sèchement.

Le garçon lança un regard inquiet à Nancy.

– Vous n'êtes pas satisfait, *señor? Señorita?*

– Vous êtes sourd? Apportez-moi cette putain d'addition!

Nancy ne dit rien jusqu'à ce qu'ils soient sortis du restaurant.

– Pourquoi avez-vous parlé au garçon de cette façon? J'étais très gênée.

Ronald lançait ses clés de voiture en l'air et les rattrapait au vol, encore et encore. Il ne répondit pas tout de suite, mais il était clair que son humeur avait changé du tout au tout. Maintenant il était d'une froideur implacable.

– Que s'est-il passé au Mexique, pour que cela vous bouleverse à ce point? insista Nancy. Écoutez, quoi qu'il se soit passé, vous ne devez pas vous en prendre au reste du monde. Ce n'était pas de ma faute! Et ce n'était certainement pas de la faute du garçon!

– Vous croyez? répliqua Ronald. Cela a toujours été de votre faute, de gens comme vous et de gens comme lui.

– Je ne vous comprends vraiment pas, fit Nancy. Il y a une demi-heure, je vous trouvais formidable, vous étiez le garçon le plus gentil et le plus drôle que j'aie jamais rencontré. Il y a une demi-heure, croyez-le ou non, j'ai même pensé que je devenais légèrement folle de vous. Mais en voyant la façon dont vous vous conduisez maintenant, que puis-je dire? Que me reprochez-vous? Quelque chose qui s'est passé au Mexique dont j'ignore absolument tout? Je ne vous avais jamais vu avant ce soir, comment pourrais-je être responsable de ce qui s'est passé? Et en voyant la façon dont vous vous comportez maintenant, je ne pense pas que je veuille jamais vous revoir!

Ronald s'arrêta près de la voiture et regarda Nancy par-dessus le toit en vinyle blanc. Son expression avait changé encore une fois. La froideur avait disparu, remplacée par de la suffisance et de l'arrogance.

– Vous me *reverrez,* que vous le vouliez ou non.

– Cela m'étonnerait, dit Nancy. A présent, je crois que je vais rentrer à pied chez moi, merci beaucoup! Vous voulez que je paie ma quote-part pour le dîner?

Ronald déverrouilla sa portière.

– N'en parlons plus. La condamnée a dîné copieusement.

– Hé, qu'est-ce que cela veut dire? Vous essayez de me faire peur ou quoi?

– Personne ne m'a *jamais* accusé d'essayer de lui faire peur, dit Ronald.

Nancy demeura immobile. Ronald monta dans sa voiture et claqua la portière. Sa dernière réplique resta en suspens dans l'air du soir tel un carillon compliqué de cloches. Il avait appuyé d'une façon étrange et provocatrice sur *jamais* et sur *essayer*. Cela avait donné à Nancy l'impression qu'il avait vraiment voulu dire *jamais*. Pas seulement le temps d'une vie, mais des centaines d'années, des milliers d'années, l'éternité. Et il avait appuyé sur *essayer* comme s'il avait voulu dire qu'il n'avait pas besoin d'essayer : qu'il terrifiait les gens sans le moindre effort de sa part.

Comme il se penchait en avant pour introduire sa clé de contact, Nancy entrevit son visage. Les lumières vives de la rue semblèrent l'éclairer sous un angle inhabituel, de telle sorte qu'il apparut soudainement les traits tirés, vieux et inexplicablement déplaisant. Il releva la tête et l'expression étrange disparut. Mais, en cet instant fugace de... qu'était-ce? une intuition? une révélation?... elle eut le sentiment de l'avoir vu tel qu'il était réellement, et elle en fut tristement contente. Bon, d'accord, le destin ne s'était pas montré bon pour elle, finalement. En l'occurrence, Ronald était un salaud de macho, comme John Bream et tous les autres. Mais au moins il avait révélé sa vraie nature très vite, avant qu'elle s'embarque dans des complications sentimentales. Le destin lui avait peut-être joué un tour, mais il lui avait épargné l'attente interminable et l'espoir déçu qu'elle endurait habituellement.

Elle mit son sac en bandoulière et commença à s'éloigner sur Prospect Street. Dans cinq minutes, elle serait chez elle. Elle n'agita pas la main en signe d'adieu; elle ne se retourna pas. Elle avait rencontré Ronald par hasard, elle le quittait de la même façon. Avec indifférence, comme deux personnes qui ont parlé ensemble durant un vol en avion, puis qui partent chacune de leur côté. Elle entendit le moteur de la Lincoln démarrer, puis le crissement de ses pneus comme Ronald s'éloignait du trottoir, mais elle continua de marcher de la même allure décidée. Ronald effectua un demi-tour au milieu de la chaussée, puis il passa à sa hauteur à toute vitesse, sans même la regarder.

Adieu, songea-t-elle, preux chevalier que tu n'as jamais été! Néanmoins, elle était contente d'être à La Jolla, et non en rade sur l'autoroute. C'était grâce à Ronald, malgré ses complexes, et il l'avait également invitée à dîner. Elle se demanda pourquoi il était aussi incroyablement susceptible à propos du Mexique. Qu'est-ce qui avait bien pu lui arriver là-bas qui soit tellement effroyable qu'il en rendait responsable quasiment le monde entier?

Elle pensa à autre chose, également, tandis qu'elle suivait le tournant de Prospect Street. Elle pensa à Ronald, immobile devant la vitrine de La Galeria, pendant plusieurs minutes, et regardant fixement la statuette de Pan. Réflexion faite, son comportement semblait vraiment étrange, même si cela ne l'avait pas frappée sur le moment. Il avait fixé et fixé la statuette, et elle était à même de se représenter son expression. Du mépris, mais aussi de la fascination, comme s'il était incapable de s'en arracher, bien que cette sculpture soit des plus médiocres.

Nancy arriva devant sa maison et remonta l'allée jusqu'à la porte. Il n'y avait pas de lumières aux fenêtres donnant sur la rue. La plupart des autres locataires étaient sortis pour la soirée. La femme qui occupait l'appartement situé au-dessous de celui de Nancy s'était trouvé un riche pétro-géologue hindou (marié, bien sûr) et il l'avait emmenée à un séminaire sur le pétrole qui se tenait à Phoenix.

Elle prit ses clés dans son sac mais, comme elle s'approchait de la porte, elle s'aperçut avec surprise qu'elle était légèrement entrouverte. Elle hésita un long moment. Aucun des locataires ne laissait jamais la porte d'entrée ouverte. Ce n'était pas qu'ils ne faisaient pas confiance à leurs voisins, ou aux habitants du quartier. En dehors de la saison touristique, La Jolla était une communauté parfaitement paisible, comme n'importe où en Californie du Sud. Mais l'été apportait son lot de larcins, de vols de sacs à main, d'agressions avec coups et blessures, et de viols.

Finalement, Nancy poussa le battant. Le vestibule était obscur et silencieux. Elle distinguait tout juste la partie inférieure de l'escalier, faiblement éclairée par le vitrail à mi-hauteur de l'escalier.

– Ohé? Il y a quelqu'un? appela-t-elle.

Silence. Elle attendit un moment encore, puis elle ouvrit la porte toute grande. Maintenant elle entendait le tic-tac de l'horloge, un tic-tac las, si las, et elle apercevait le reflet intermittent de son balancier. Elle se rappela le curieux avertissement de Ronald : *Vous me* reverrez, *que vous le vouliez ou non...* et elle ressentit une peur irrationnelle. Ronald l'attendait peut-être, caché sous l'escalier, prêt à se jeter sur elle et à la poignarder.

– Ronald? appela-t-elle, bien qu'elle se sente ridicule.

Il n'y eut pas de réponse. Retenant sa respiration, elle s'avança rapidement dans le vestibule et actionna l'interrupteur.

Les lumières clignotèrent et s'allumèrent. Le vestibule était désert. Terne et délabré, et sentant, comme toujours, une odeur de cuisine.

Une enveloppe était posée sur le guéridon. Elle traversa le vestibule et la prit. La lettre lui était adressée, envoyée par l'entreprise de dépannage de Tecolote Road. Griffonnée à la hâte, elle la prévenait que son véhicule avait été remorqué selon ses instructions jusqu'à leur atelier de réparation du centre-ville. Elle pourrait récupérer sa voiture dans quatre jours environ. Elle remit la feuille de papier dans l'enveloppe et jeta un regard circulaire. Les types de la dépanneuse étaient certainement venus ici; ils avaient sonné, quelqu'un était venu leur ouvrir et n'avait pas refermé la porte correctement. Elle entendait, faiblement, *Matt Houston* à la télévision. Cela venait de l'appartement de la vieille Mrs. Oestreicher, l'appartement du rez-de-chaussée situé à l'arrière de la maison. C'était probablement Mrs. Oestreicher qui avait ouvert.

Nancy referma la porte d'entrée et gravit l'escalier jusqu'à son appartement. Elle ouvrit la porte, entra et jeta son sac sur le canapé. Elle ôta ses chaussures puis alla dans la cuisine et sortit une bouteille de vin blanc du frigo. Trois verres à vin soigneusement lavés étaient posés sur l'égouttoir, les seuls verres à vin qu'elle possédait. Elle en prit un, le remplit à ras bord, puis retourna dans le séjour.

Elle n'arrêtait pas de penser à Ronald De Vries, et à la façon dont son humeur avait changé si brusquement. Lui qui avait été tout à fait charmant... et, un instant plus tard, avait paru capable de l'étrangler. D'accord, sa mère l'avait mise en garde bien des fois. « Ne monte jamais dans la voiture d'un inconnu, Nancy. La traite des Blanches est toujours une affaire florissante... et ne laisse personne te dire le contraire. » Nancy but son verre en trois gorgées assoiffées, puis le remplit à nouveau.

Elle essaya de regarder la télévision pendant une vingtaine de minutes, mais elle était fatiguée, énervée et étourdie par le vin. Finalement, elle alla dans la salle de bains, baissa le store en raphia et se déshabilla. Elle mit soigneusement son tailleur bleu sur un cintre et l'accrocha dans la penderie, puis plaça ses chaussures bleues côte à côte au-dessous. Un air lui trottait dans la tête, une chanson de Bob Dylan. *Qu'est-ce qu'une jolie fille comme toi fait dans un taudis pareil?* Elle le fredonna tandis qu'elle se faisait couler un bain, puis elle fit la navette entre la salle de bains et la chambre à coucher, ôta son vernis à ongles, se mit des pinces dans les cheveux, se démaquilla.

Elle passa dix minutes rêveuses dans son bain, à regarder les gouttes d'eau tombant du robinet qui fuyait, et la vapeur qui s'élevait vers le plafond, en une succession de fantômes embryonnaires. Elle s'aperçut qu'elle pensait encore et encore à la statuette de Pan, avec ses sabots, sa barbe et ses yeux fendus au regard pervers. C'était comme si elle avait une image de la statuette fixée dans son esprit, telle l'image scintillante d'un film vidéo sur pause... une image qui refusait de partir, malgré tous ses efforts pour la chasser.

Elle se sécha et s'assit devant sa coiffeuse, nue, se saupoudra de talc parfumé à l'iris et se passa sur le visage de la crème de toilette Clinique. Mais regardez-moi, se dit-elle. Vingt-six ans, dans le vent, mignonne, intelligente. De grands yeux verts, une bouche sensuelle, un corps de mannequin. Qu'est-ce que j'ai donc qui attire irrésistiblement tous les hommes qu'il ne faut pas? Pourquoi vais-je dormir seule cette nuit, pour la cent cinquante-septième fois cette année? Je ne sais même pas pourquoi je me donne la peine de prendre la pilule.

Elle plaqua une main sur son sein gauche. Si tu me touches, ne suis-je pas excitée? Si tu m'embrasses, est-ce que je ne réagis pas? Je suis une femme, une femme normalement constituée et sensible, avec toutes les passions d'une femme normalement constituée et sensible, et davantage. Mais je veux être traitée comme un être humain, pas de la façon dont John Bream a essayé de me traiter. Pas de la façon dont Ronald De Vries a essayé de me traiter, non plus. Pourquoi les hommes m'accablent-ils de reproches? John, parce que j'ai été peu reconnaissante sexuellement envers lui, alors qu'il avait réglé une addition d'un montant de 78,25 dollars, pourboire compris. Ronald, à cause de moments pénibles, inexplicables, qu'il a connus à San Hipolito, Mexique.

Elle noua un foulard autour de sa tête et prit une chemise propre dans la penderie. Elle mettait toujours des chemises d'homme pour dormir, en partie parce qu'elles faisaient un vêtement de nuit très agréable, et en partie parce qu'elle adorait aller au rayon hommes dans les grands magasins et en acheter, comme si elle avait un mari ou un petit ami régulier. Elle se coucha et prit le livre qu'elle lisait depuis les sept derniers mois, n'avançant jamais de plus de deux ou trois pages chaque soir. *Une analyse de la publicité moderne.* Elle remonta son réveil Minnie Mouse, puis tira le cordon qui éteignait le lustre.

« La publicité de 1958 de l'agence Ogilvy pour les Rolls Royce d'importation ne contenait que des faits, sans adjectifs... », commença-t-elle à lire. Puis elle pensa à la statuette de Pan et à la voix de Ronald disant : « Personne ne m'a *jamais* accusé d'essayer de lui faire peur. » *D'essayer* de lui faire peur.

Elle essaya de concentrer son attention sur le livre. « L'agence se heurtait à une difficulté. Pour le grand public, la Rolls Royce était une voiture trop massive, coûtant plus de 20 000 dollars et nécessitant un chauffeur. Afin de faire oublier cette image surannée... »

« Personne ne m'a *jamais...* »

Elle lut une page et demie, puis elle bâilla et posa le livre sur la table de nuit. Elle éteignit la lampe de chevet et se glissa sous les couvertures. Elle resta couchée sur le côté un moment, à observer les motifs lumineux qui dansaient sur le mur. Ils dansaient à cet endroit toutes les nuits : la lumière des réverbères brillant à travers les yuccas dans l'arrière-cour. Les nuits d'orage, les motifs tremblotaient frénétiquement, mais ce soir, la nuit était calme et avec juste un léger vent, et leur danse était moins agitée. Les yeux de Nancy se fermèrent. Elle eut un soubresaut, fronça les sourcils, puis elle s'endormit.

Son sommeil fut sans rêves au début, mais ensuite elle se retrouva quelque part sur une colline balayée par le vent, en pleine campagne. Au loin, elle apercevait les lumières rouge et blanc des voitures qui circulaient sur l'autoroute, mais quelque chose lui dit que ce n'était pas la bonne autoroute, et qu'elle marchait dans la mauvaise direction. Elle s'efforça de ne pas paniquer, mais elle savait qu'elle s'était perdue, et qu'il lui faudrait des heures pour retrouver son chemin et rentrer chez elle.

Elle arriva devant une maison ancienne, solitaire, silencieuse et tombant en ruine. Elle monta rapidement les marches et constata que la porte était ouverte. Tournant la tête vers la véranda délabrée, elle vit qu'un fauteuil à bascule gisait sur le côté, et que des rats déchiquetaient son fond en osier. « Quelqu'un est mort », pensa-t-elle, et une profonde sensation de ténèbres et de claustrophobie la gagna. Elle comprit qu'il lui fallait entrer dans la maison et essayer de trouver un téléphone.

Elle poussa le battant. L'intérieur de la maison était sombre et suffocant. Une grande vitrine trônait près de l'escalier. Sa glace était obscurcie par la graisse, la poussière et la patine de centaines d'années d'abandon. Elle s'approcha doucement du meuble et essaya de regarder à l'intérieur. Elle distinguait des formes foncées et tordues, mais, même lorsqu'elle essuya de la main le verre graisseux, elle ne parvint pas à voir ce qu'étaient ces formes. Pour quelque raison, elle les trouvait effrayantes.

« Personne ne m'a jamais... », chuchota une voix. Une voix aussi froide que le bruit d'un robinet qui goutte, dans une salle de bains abandonnée depuis longtemps. « Personne ne m'a *jamais* accusé d'essayer... »

Elle gravit l'escalier sans même bouger les jambes. Elle

passa devant une niche éclairée, à mi-hauteur de l'escalier, où dansait une statuette en bronze du grand dieu Pan. La statuette demeura immobile, mais elle était certaine qu'elle allait la suivre, dès qu'elle lui aurait tourné le dos. Pour quelque raison, cette statuette semblait malfaisante et vénéneuse, l'essence de la dépravation et de la terreur.

« De lui faire peur... de lui *faire peur...* »

Elle monta jusqu'au palier du premier étage. Elle voulut se retourner pour s'assurer que le grand dieu Pan ne la suivait pas, mais elle s'aperçut qu'il lui était impossible de tourner la tête. Elle avait l'impression que tous ses muscles étaient coincés, et qu'elle ne pouvait s'empêcher de glisser à travers le palier, lentement, mais régulièrement, silencieusement et irrésistiblement... et de se diriger vers la porte de son propre appartement.

La porte se dissipa, telle une brume marron; elle la franchit et entra dans le séjour. Elle songea brusquement au tableau, au nu, près du téléphone. Et si quelqu'un voyait le tableau et était choqué? Et si quelqu'un voyait le tableau et pensait qu'elle menait une vie dissolue et couchait avec tous les hommes qui le lui demandaient? Elle essaya de se retourner pour voir si le tableau était toujours là, mais son cou demeura bloqué en une crampe musculaire douloureuse. Elle oublia qu'elle était à la recherche d'un téléphone.

Elle continua de glisser vers la chambre à coucher. Il faisait sombre dans la pièce, une obscurité impénétrable, et la porte se referma derrière elle, doucement et hermétiquement. Elle plissa les yeux pour voir où se trouvait le lit, mais l'obscurité était totale, et elle fut obligée de s'avancer à tâtons, précautionneusement. Elle finit par trouver le lit et grimpa dedans, mais elle avait maintenant la sensation très étrange que ce n'était plus un rêve, que ce qu'elle éprouvait était réel. Elle promena ses mains sur le lit et sentit les draps froissés. Elle entendait le tic-tac du réveil. Tout ce qui manquait, c'était la lueur des réverbères dansant sur le mur.

Puis elle entendit un bruit. C'était un grattement, un bruissement... très faible, mais suffisant pour la convaincre qu'il y avait quelqu'un d'autre, ou quelque chose, dans la chambre. Elle demeura complètement immobile, les yeux grands ouverts, et tendit l'oreille. Est-ce que quelqu'un respirait, au pied du lit? Ou était-ce seulement l'écho de sa propre respiration?

Elle attendit. Les aiguilles du réveil se déplacèrent lentement vers onze heures et demie.

Le silence, excepté la course précipitée de son sang.

Puis il y eut un autre grattement, plus fort cette fois. Elle retint sa respiration à nouveau et redressa la tête. Elle resta dans cette position, son cou lui faisait mal, mais elle scruta et scruta l'obscurité pour voir ce qui était là.

Je suis en train de rêver, pensa-t-elle. C'est un rêve. Il me suffit de me réveiller, tout simplement.

Mais supposons que je me réveille et que je m'aperçoive que c'est réel, que cela continue, qu'il y a quelqu'un d'autre dans la chambre?

Un vent commença à souffler, très doucement, et écarta l'un des stores en raffia de la fenêtre. La plus faible des lumières pénétra dans la pièce. Elle était si ténue que Nancy ne reconnaissait rien de ce qu'elle voyait. Ou bien la chambre était complètement différente, complètement changée. Elle se redressa prudemment, s'appuyant sur les coudes. Était-ce un miroir, à l'endroit où la porte aurait dû se trouver? Était-ce une chaise, placée dans l'encoignure? Et à côté de la chaise, quelle était cette forme arrondie qui ressemblait au côté d'un grand vase en terre cuite...?

Un grattement, un bruissement.

Nancy tourna vivement la tête vers l'autre côté du lit, le côté où il y avait les ombres. Et soudain il fut là, tout près d'elle, nu, aussi pâle qu'un cadavre. Ses yeux brillaient d'une lueur rouge mat dans l'obscurité, ses dents accrochaient la lumière. Ronald De Vries, ou une créature qui ressemblait à Ronald De Vries.

Le vent tomba, le store se rabattit, la chambre fut à nouveau plongée dans l'obscurité. Nancy se recroquevilla, ramena ses jambes sous elle, ferma les yeux et cria : « *Non!* »

Quelque chose la griffa dans le noir. Elle sentit des ongles lui lacérer la cuisse. Elle essaya de se tourner sur le flanc, de s'écarter, mais deux mains vigoureuses saisirent ses poignets et l'obligèrent à s'allonger sur le dos. Elle sentit un genou pointu se frayer un chemin entre ses cuisses, puis l'une des mains qui agrippaient ses poignets modifia sa prise, si bien que le haut de son bras fut immobilisé contre le lit par un coude, et la main l'empoigna brutalement par les cheveux. La douleur lui fit venir les larmes aux yeux. Elle cria, ou pensa qu'elle criait, mais comment quelqu'un aurait-il pu l'entendre crier, si c'était un rêve?

Sa chemise fut violemment déchirée sur le devant, les boutons arrachés. Puis elle sentit un corps pesant, froid et couvert de poils raides, s'allonger sur elle, comme le corps d'un porc mort. Elle tenta de crier à nouveau, mais elle semblait ne pas avoir le souffle nécessaire, et lorsqu'elle leva son regard dans l'obscurité, elle vit ces deux yeux qui luisaient, telles des torches brillant à travers une épaisse couverture, et elle sentit une haleine avinée et une autre odeur indicible qui lui serra la gorge, lui noua l'estomac et la rendit quasiment incapable de parler.

– *Ne faites pas ça!* supplia-t-elle dans un chuchotement étranglé. *Arrêtez!*

La créature allongée sur elle tira sur ses cheveux encore plus brutalement et dit quelque chose d'une voix caverneuse. Des mots étranges, gutturaux, qu'elle fut incapable de comprendre, mais qui semblaient obscènes. Elle pensa à John Bream, l'injuriant tandis qu'elle dévalait l'escalier. Elle pensa à tous les hommes qui s'étaient retournés pour la suivre du regard, un millier de paires d'yeux, tous calculateurs, tous sans pitié, tous ne voulant qu'une seule chose : soulager en elle l'urgence de leur désir.

– Oh! non, gémit-elle, comme les mains calleuses de la créature lui caressaient brutalement les seins.

Elle tenta une dernière fois de se débattre, se contorsionna violemment d'un côté et de l'autre, lança son corps d'avant en arrière, agrippa tout ce qui était à sa portée. Mais la créature était bien trop lourde, et bien trop robuste. Elle se dressa au-dessus de Nancy, glacée et fétide. Ses yeux se trouvaient à quelques centimètres seulement du visage de Nancy. Elle prononça à nouveau ces mots incompréhensibles, et Nancy les sentit résonner contre sa cage thoracique velue.

– Je vous en prie, faites que je me réveille! cria-t-elle. Je vous en prie, mon Dieu, *je vous en prie*, faites que je me réveille!

Mais la créature se pencha en avant, s'abaissa vers les épaules de Nancy, et elle sentit sa barbe emmêlée gratter contre son cou et sa joue. Elle sentit la créature pousser contre sa vulve, comme si on enfonçait un poing serré entre ses jambes.

– Je vous en prie, c'est trop gros, sanglota-t-elle. Je vous en prie, vous allez me tuer. Je vous en prie!

Elle ressentit une douleur tellement intense qu'elle crut que son bassin s'était brisé. Elle redressa vivement la tête, involontairement et se cambra. Elle avait trop mal pour faire quoi que ce soit, sinon frissonner et suffoquer, et elle fut obligée de s'agripper aux épaules de la créature pour l'empêcher de s'enfoncer trop profondément en elle.

Elle ne pouvait absolument rien faire pour se sauver. Elle n'était même pas capable de se réveiller. Elle pouvait seulement s'agripper à la créature qui lui faisait si mal, et laisser ses jambes écartées, aussi largement que cela lui était possible, et prier, prier, prier.

La créature cria brusquement « *Sabazius!* » et rugit, et Nancy sentit ses muscles se nouer et se tordre comme des serpents enrobés de graisse froide. La créature cria à nouveau, et encore une fois, puis elle se retira immédiatement de Nancy, produisant un bruit qu'elle n'oublierait jamais, un son liquide et visqueux.

Elle resta allongée dans la même position, immobile, tandis que la créature s'extirpait du lit. Elle entendit les ressorts du matelas grincer sous son poids. Elle adressa une prière silencieuse au Tout-Puissant pour que la créature n'ait pas l'idée de la tuer.

Oh mon Dieu, mon Dieu, je vous en supplie, ne la laissez pas me tuer! Je vous en supplie, faites qu'elle s'en aille maintenant! Je vous en supplie, faites que je me réveille! Elle priait et priait telle une religieuse repentante et frappée de démence.

Nancy eut l'impression de rester recroquevillée sur son lit pendant des heures. Elle ouvrait et fermait les yeux; elle ne savait jamais très bien si elle dormait ou si elle était éveillée. Petit à petit, les stores en raffia commencèrent à s'éclairer, et au bout d'un moment le soleil pénétra dans la pièce. Elle se mit sur son séant et se passa les mains dans les cheveux. Est-ce que cela avait été un rêve? Elle s'examina. Sa chemise était déboutonnée, mais pas déchirée, et lorsqu'elle tourna ses mains d'un côté et de l'autre, elle ne vit pas d'égratignures, pas de meurtrissures, aucune trace d'une lutte acharnée avec une bête aux ongles acérés. Elle se leva, alla dans la salle de bains et se regarda dans le miroir. Ses yeux étaient un peu gonflés, comme si elle n'avait pas très bien dormi, mais à part ça, elle avait bonne mine.

Pour être tout à fait sûre, elle glissa une main hésitante entre ses jambes. Elle était humide, comme elle l'était habituellement quand elle faisait des rêves érotiques. Mais il n'y avait aucune trace du flot liquide que la créature avait violemment déversé en elle. Et elle n'avait pas mal.

Elle se regarda fixement dans le miroir.

– Un rêve, dit-elle à voix haute. Ce n'était qu'un rêve. Tu te rends compte!

Elle se glissa dans la baignoire, tira le rideau de douche en vinyle rose, et ouvrit le robinet, réglant le jet sur chaud et fort. Bien qu'il n'y ait aucune preuve que ce qui lui était arrivé ait été autre chose qu'un cauchemar particulièrement impressionnant, elle se lava à fond. Elle se sentait souillée par ce qu'elle avait imaginé au sujet de Ronald De Vries.

Et aussi terrifiée.

Elle s'essuya et s'habilla, optant pour un pantalon beige clair et un chemisier blanc à manches courtes. Elle se brossa les cheveux mais ne les sécha pas avec son sèche-cheveux. Il n'était que sept heures du matin, et lorsqu'elle aurait appelé un taxi pour l'emmener au bureau et bu son café, ils seraient pratiquement secs, de toute façon. Elle alluma la radio et alla dans la cuisine. Elle fredonna *We Are The World.*

Le téléphone sonna. Elle retourna dans le séjour pour répondre.

– Allô? dit-elle.

Elle était une jeune femme qui vivait seule. Elle ne donnait jamais son nom avant de savoir qui appelait.

– Nancy? C'est Nancy? (La voix semblait très lointaine.)

– Qui est à l'appareil? demanda Nancy.

– Vous ne reconnaissez pas ma voix? C'est Ronald, Ronald De Vries.

Nancy sentit un frisson glacé lui parcourir l'échine.

– Ronald? Qu'est-ce que vous voulez?

– Je voulais juste savoir si vous aviez passé un bon moment, Nancy.

Nancy plaqua sa main sur son front.

– Euh, oui, j'ai passé un très bon moment. Enfin, jusqu'à ce que vous décidiez de vous mettre en colère et de m'accuser de toute sorte de choses que je n'ai même pas faites.

– Non, non, Nancy. Je ne parlais pas du dîner. Je voulais dire *après.*

– Après? Mais de quoi parlez-vous? Il n'y a pas eu d'après. Je suis rentrée chez moi, je me suis couchée et j'ai dormi.

– Et vous avez rêvé, Nancy, n'est-ce pas? Vous avez rêvé!

Une sensation de terreur absolue commença à envahir lentement les veines de Nancy et à se propager petit à petit vers son cœur.

– Comment le savez-vous? demanda-t-elle d'une voix mal assurée. Comment savez-vous que j'ai rêvé?

– La plupart des gens rêvent, Nancy!

– Mais comment savez-vous que j'ai rêvé, *moi*?

Ronald demeura silencieux un long moment. Nancy entendait la communication longue distance bourdonner et gazouiller.

– Ronald, répéta-t-elle, terrifiée et impatiente. Comment savez-vous que j'ai rêvé?

Ronald rit. Durant un instant, Nancy aurait juré que son rire s'était changé en un grognement. Puis il dit :

– Je sais que vous avez rêvé, Nancy, parce que vous avez rêvé de moi. Voilà comment je sais que vous avez rêvé.

7

Deux jours plus tard, Henry était assis dans son séjour, écoutant du Beethoven et buvant des vodkatinis glacées, lorsque la sonnette de l'entrée retentit. Il ferma les yeux avec une expression de martyr résigné et laissa sonner cinq ou six fois avant de s'extirper finalement de son fauteuil et de se diriger lentement vers le vestibule.

– Qui est-ce? vociféra-t-il en vacillant dangereusement.

– C'est moi, Gil Miller.

– Ah, le redoutable Gil Miller. Attendez un instant, je vais baisser le pont-levis!

Henry ôta la chaîne de sûreté et ouvrit la porte. Gil hésita une seconde lorsqu'il le vit : pas rasé, vêtu d'un peignoir bleu élimé, un grand verre de vodka à la main. Mais Henry dit :

– Ne faites pas attention à moi. Nous sommes vendredi matin, et je me délasse.

Il regagna le séjour, laissant Gil refermer la porte, et fit un grand geste des bras, renversant de la vodka sur l'un des coussins du canapé.

– Beethoven! Ludwig van Beethoven! annonça-t-il.

Gil montra de la tête le pichet de vodkatinis.

– Vous en avez bu beaucoup? demanda-t-il, mais pas d'un ton de reproche.

– Je ne tiens pas le compte de mes verres, répondit Henry. (Il s'assit brusquement et renversa à nouveau de la vodka sur son peignoir.) Boire ne se mesure pas comme on mesure les jours de la semaine, ou du linoléum, ou des chaussettes. Boire est un fleuve sans fin qui s'écoule majestueusement vers la mer. Depuis les montagnes jusqu'à l'océan, via les reins de millions et de millions d'adeptes. Et lorsque je tomberai, épuisé par mes fonctions des plus agréables, il y aura toujours quelqu'un d'autre pour prendre ma place.

– J'ai réfléchi au sujet de Springer, dit Gil.

– *Ah!* fit Henry avec la sagacité due à l'alcool. Vous avez réfléchi au sujet de Springer! Eh bien, moi aussi, j'ai réfléchi au sujet de Springer! En fait, je n'ai guère été capable de penser à autre chose ou à quelqu'un d'autre... à part ce satané Springer.

Il toucha très légèrement la poitrine de Gil du plat de la main et rota, un rot profondément étouffé, puis dit :

– Asseyez-vous, je vous en prie. Je vous implore de vous asseoir!

– Vous êtes ivre, fit Gil.

– Je sais, répliqua Henry.

– Je ferais peut-être mieux de revenir demain matin, quand vous serez dégrisé.

– Surtout pas! Demain matin, vous ne tireriez rien de sensé de ma part!

Gil gonfla ses joues, réfléchit un instant, puis consentit, à contrecœur, à s'asseoir. Henry s'empara du pichet et l'agita en l'air si violemment que Gil fut certain qu'il allait renverser tout son contenu.

– Désirez-vous... une libation, mon cher garçon?

– Non, merci beaucoup. Je conduis.

– Ah oui, dit Henry. Conduire est une corvée dont je me suis libéré depuis longtemps. Mais j'ai une voiture, vous savez. Une Mercury, le cru de 1971. 12 000 kilomètres au compteur, c'est tout. Elle est dans le garage, recouverte d'une bâche, attendant le jour où je déciderai finalement que j'ai assez bu pour le restant de ma vie.

– Est-ce que Springer est venu vous voir? demanda Gil.

Henry prit un air féroce.

– Springer n'a pas arrêté de venir me voir. Et à chaque foutue fois, il avait un aspect différent. Trois visites en deux jours. D'abord il ressemblait à une religieuse, entièrement vêtu de blanc. Ensuite il ressemblait au dalaï-lama, un jour de congé. Tout en robes jaune safran. Il est revenu ce matin... il y a une heure environ... il portait une sorte de costume noir. Hum, je dis « il », mais il n'est pas vraiment un « il », d'accord? Il est plutôt du genre « ça ». Il pourrait même être un « elle ».

Gil croisa ses jambes nues et bronzées.

– Et à chaque fois qu'il est venu vous voir, il vous a posé la même question?

– C'est exact. Une seule et même question. «*Avez-vous pris une décision?*» Ensuite, lorsque je lui disais non, attendez encore un peu, il partait. Sans discuter, sans chercher à me convaincre. Mais à chaque fois qu'il partait, je me sentais plus coupable que la fois précédente. C'est pourquoi, maintenant, je me sens *très* coupable. Et je m'attends à me sentir encore plus coupable au fil des heures.

– Vous pensez que nous devrions le faire? demanda Gil.

Henry haussa les épaules, but une gorgée de vodka, et fit six ou sept grimaces différentes.

– Comment le saurais-je? Traquer une bête mythique? Cela ne semble pas *sensé*, encore moins logique. Cela ne semble même pas *réel*!

– Alors pourquoi vous sentez-vous coupable lorsque Springer vous demande si vous avez pris une décision?

– Parce que..., commença Henry d'une voix rude, puis il s'interrompit et fit la moue. Parce que... je ne sais pas. Je ne sais pas qui il est, ni ce qu'il représente, ni ce qu'il fait ici, ni pourquoi. Tout simplement, il a le chic pour me donner mauvaise conscience. En fait, il ne faut pas grand-chose pour me donner mauvaise conscience. Mon ex-femme me donne mauvaise conscience. Vous me donnez mauvaise conscience!

Il finit son verre, rota à nouveau, et dit :

– Boire... le fleuve sans fin... qui s'écoule avec une terrible majesté... vers la mer. En faisant un détour, bien sûr, par le rein humain. Voilà ce qu'on appelle... une charmante déviation.

Gil l'observa un moment, tandis que la musique atteignait un crescendo grandiose, puis se mourait. D'un ton tout à fait désinvolte, il dit :

– Springer est venu me voir également. Il m'a posé la même question. Je suppose qu'il a aussi parlé à Susan.

– Je vois, fit Henry. Et que lui avez-vous dit? Vous savez ce que *moi*, je lui ai dit? Je lui ai dit que chacun avait sa propre route à suivre. Que chacun avait sa propre tâche à accomplir. Et que ma route ne passait pas à proximité de bêtes mythiques, ou d'anguilles tueuses, et que ma tâche n'était certainement pas de chercher des violeurs invisibles.

– Je lui ai dit que je le ferais, déclara Gil.

Henry le regarda avec stupeur, les yeux troubles.

– Vous avez dit *quoi*?

– Je lui ai dit que je le ferais, répéta Gil.

Henry ouvrit et referma la bouche, comme s'il était abasourdi. Puis il dit :

– Mon cher garçon... vous ne savez pas à quoi vous vous engagez! Rappelez-vous ce policier, sur la plage, celui qui a perdu la moitié de son visage! Rappelez-vous cette jeune femme! Croyez-moi. Cette bête, quoi qu'elle soit, n'a rien d'un adversaire négligeable. Allons, nous ne chassons pas des lapins! Nous chassons quelque chose qui est, autant que je puisse le déterminer, surnaturel. Comme un *poltergeist*! Ou un vampire! Ou... ou bien, comme le Diable lui-même!

Gil décroisa les jambes et se redressa.

– Vous avez accepté de le faire, vous aussi, hein? C'est pour cette raison que vous êtes ivre, et que vous écoutez toute cette musique.

Henry plissa les yeux.

– Je parie que vous avez accepté de le faire avant que j'accepte. Vous êtes rentré chez vous et vous avez réfléchi à tout ça, comme je l'ai fait, et finalement vous n'avez pas trouvé une seule raison valable de dire non. (Gil parcourut la pièce du regard.) Allons, Henry, qu'avez-vous à perdre?

Henry se leva et posa une main tremblante sur l'épaule de Gil. Il le considéra, les yeux larmoyants. Quelque part au-dessous de ces couches entassées d'alcoolisme qui étouffaient ses émotions, il se sentait véritablement touché par Gil, le fils qu'il aurait dû avoir et n'avait jamais eu. Il avait toujours été trop égoïste pour avoir des enfants, trop absorbé par Marx et Engels et Russell et Kant.

Il cita Kant, comme l'une de ses justifications pour avoir accepté de faire ce que Springer demandait.

– Deux choses emplissent mon esprit d'une crainte et d'un émerveillement sans cesse grandissants... les cieux étoilés au-dessus de moi, et la loi morale en moi.

– Qu'est-ce que c'est? demanda Gil. (Henry avait parlé de façon très indistincte.)

– Ma raison, je suppose, de dire oui. Cela, et le fait que je crois ce que Springer dit, mais ne me demandez pas pourquoi.

– Et ce... Ashapola? Qu'en pensez-vous?

Henry secoua la tête.

– Vous pouvez appeler Dieu comme vous le désirez. Vous pouvez penser à Lui de toutes les façons que vous voulez. Il n'en demeure pas moins Dieu. Nous parlons toujours de la lutte éternelle entre le bien et le mal, Gil. C'est pour cette raison que je lui ai dit oui. Quoi que soit Ashapola, il défend manifestement la lumière et la bonté, et protège l'innocent. Cette jeune femme sur la plage était innocente, et voyez ce qui s'est passé. A tout le moins, d'autres jeunes femmes doivent être protégées, et elle... hum, elle doit être vengée.

Il soupira, puis il ajouta :

– Vous avez raison, bien sûr, mon cher garçon, je n'ai absolument rien à perdre. Quelques livres, dont la plupart ne m'appartiennent pas vraiment. Quelques rames de papier. Un bon stylo, et une quarantaine de bouteilles de vodka. Plus de vie, rien qui vaille la peine de s'inquiéter, en tout cas. Je ne serai jamais capable de me tuer, rassurez-vous, mais désormais je n'ai plus peur de mourir.

– J'ai accepté de le faire parce que je n'aurai plus jamais une pareille occasion. Et à cause de cette jeune femme. Et... et *parce que*, c'est tout.

Henry s'assit à côté de Gil et tous deux demeurèrent silencieux. Puis Henry proposa finalement :

– Nous devrions l'appeler. Nous devrions le rencontrer, maintenant que nous avons pris une décision, tous les deux.

– Et Susan? demanda Gil.

– Non, fit Henry. Elle est trop vulnérable. Elle ne ferait pas une très bonne chasseuse de bête, croyez-moi. Un jour, j'ai participé à une chasse au caribou, vous savez, au Canada, et il y avait deux femmes avec nous. Cela a été infernal, vous ne pouvez pas savoir! Elles n'ont pas arrêté de jacasser et de se plaindre parce qu'elles devaient parcourir des kilomètres.

– Je ne pense pas que chasser cette bête ressemble beaucoup à une chasse au caribou, dit Gil, s'efforçant de ne pas paraître ironique.

Il ne savait pas très bien pourquoi, mais il commençait à trouver Henry sympathique; il avait même envie de le protéger. Il n'avait encore jamais rencontré quelqu'un comme lui, quelqu'un qui était capable de parler philosophie, de réciter des vers et de faire des remarques pertinentes sans la moindre hésitation, et en même temps de se conduire avec un tel manque de respect envers tout et n'importe qui, y compris lui-même. Il n'*admirait* pas forcément Henry, mais il aurait beaucoup aimé le compter parmi ses amis.

– Cela pourrait être très dangereux, vous savez, dit Henry.

– C'est possible. Mais Springer veut que Susan nous aide, n'est-ce pas? Et il a certainement une raison. Il n'aurait pas proposé que Susan nous accompagne s'il ne pensait pas qu'elle soit à la hauteur.

Henry demeura silencieux. Il réfléchissait. De temps en temps, il oscillait d'un côté et de l'autre, comme s'il se trouvait sur le pont d'un transatlantique balancé par une légère houle.

– Avez-vous une idée de ce que Springer est réellement? demanda-t-il brusquement à Gil, changeant de sujet.

– Ma foi, non, je ne sais pas. Un type du genre asexué, c'est tout. Comme un moine bouddhiste, disons.

Henry haussa les sourcils.

– Je pense qu'il est davantage qu'un moine bouddhiste, vous savez. Et je ne pense pas qu'il est asexué. Je pense qu'il est un mélange de tous les sexes, connus et inconnus. Je pense qu'il est un microcosme de tout ce que nous avons toujours désiré, une encyclopédie plutôt qu'un livre.

Henry se tint tout près de Gil et serra son épaule. Gil sentait l'odeur de la vodka dans son haleine, et il distinguait le réseau des capillaires injectés de sang dans ses yeux.

– Je pense que Springer est ce que, au moyen âge, on appelait un ange.

– Vous me faites marcher! dit Gil en se dégageant. (Il se détourna, puis il regarda Henry à nouveau.) C'est une blague, hein?

Henry secoua la tête, lentement et énergiquement.

– Springer est un ange. Cherchez le mot « ange » dans votre dictionnaire, et lisez la définition. Un messager de Dieu. Et c'est exactement ce qu'est Springer. Un messager d'Ashapola, lequel, à tous égards, *est* Dieu. Or donc, mon jeune ami, quand vous parlez à Springer, vous parlez à quelqu'un qui vient juste après l'Être suprême, le Créateur de l'Univers. Vous devriez trembler! C'est comme Moïse et le buisson ardent!

– Vous me faites marcher, répéta Gil.

Henry était tellement théâtral, agitant les bras et vociférant comme Laurence Olivier, que cela aurait été difficile de le croire même s'il avait lu la liste des ingrédients sur le côté d'un paquet de biscottes.

– Bon, pensez ce que vous voulez. La seule façon de le savoir, c'est de nous trouver en face de Springer. (Il posa son verre sur la table basse et parcourut la pièce du regard, tout en tapotant les poches de sa chemise.) Allons bon ! Où sont mes lunettes ?

– Je vais appeler Susan, proposa Gil.

– Vous croyez vraiment que c'est sage ?

– Nous devons l'appeler.

Henry soupira.

– Entendu, accepta-t-il. Mais je dirai à Springer ceci... et je le lui dirai sans ambages... Susan ne vient pas avec nous si cette affaire comporte le moindre risque. Je ne tiens pas à avoir sur la conscience la vie d'une jeune fille. Surtout une jeune fille aussi jolie.

– Vous l'aimez bien, hein ? sourit Gil.

Henry le regarda en fronçant les sourcils.

– Oui, dit-il d'un ton agressif. Et alors, ça vous regarde ?

Tandis que Henry partait à la recherche de ses lunettes, de ses chaussures et de sa veste chiffonnée, Gil téléphona à Susan. Ce fut sa grand-mère qui répondit, et elle voulut savoir qui était à l'appareil.

– Un ami, c'est tout.

– Un garçon ?

– Oui, m'dame, la dernière fois que j'ai regardé.

– Ne faites pas le malin ! Susan est sortie. Elle déjeune chez les Morgenstern. Vous pouvez rappeler plus tard si vous voulez, mais je ne vous garantis pas qu'elle sera rentrée.

– Entendu, m'dame. Merci beaucoup, dit Gil, et il raccrocha.

– Elle n'est pas là ? fit Henry. Ma foi, c'est probablement tout aussi bien. Je ne voudrais pas qu'il lui arrive quelque chose.

Il réfléchit à ce qu'il venait de dire, puis il ajouta :

– Je ne voudrais pas qu'il *m*'arrive quelque chose, non plus, à vrai dire.

Ils se rendirent à Camino del Mar dans la Mustang de Gil et se garèrent devant la maison où Springer leur avait montré les souvenirs recréés de la jeune femme qu'ils avaient découverte sur la plage. Ils descendirent de la voiture et contemplèrent la façade délabrée aux fenêtres obscures. Pour la première fois, ils se demandèrent si Springer serait là. Henry se demanda même si Springer avait réellement existé.

Ils remontèrent l'allée envahie par les mauvaises herbes et sonnèrent. Ils n'entendirent aucun bruit venant de l'intérieur de la maison, pas de sonnerie, pas de carillon. La journée était chaude, lumineuse et humide, mais des cirrocumulus annonçaient un changement de temps imminent. Henry transpirait, et il se tamponna le front avec son mouchoir tirebouchonné. Il desserra sa cravate de l'index.

– Je me demande bien pourquoi vous portez une cravate, fit remarquer Gil.

– Je suis professeur d'université, répondit Henry avec une suffisance feinte. Une cravate est le symbole de ma respectabilité. En outre, si je la suis jusqu'en haut, cela me permet de trouver ma tête.

Ils attendirent et attendirent, mais personne ne venait ouvrir.

– Sonnons à nouveau, suggéra Henry.

Au moment où il s'apprêtait à le faire, la porte s'ouvrit brusquement. Springer se tenait dans le vestibule, le visage très pâle, vêtu de noir.

– Vous êtes en avance, sourit-il.

Henry leva son poignet gauche et le regarda en fronçant les sourcils. Il avait oublié de mettre sa montre.

– Comment pouvons-nous être en avance alors que nous n'avions pas rendez-vous?

– Je ne vous attendais pas si tôt, c'est ce que je voulais dire.

Ils entrèrent. Une odeur poussiéreuse de patchouli flottait dans l'air. La rampe de l'escalier était recouverte de draps, comme si la maison avait été fermée pour l'été.

– Vous saviez que nous allions venir, alors? demanda Henry.

Springer acquiesça de la tête.

– Votre amie est également ici, elle est venue encore plus tôt que vous. Elle vous attend en haut.

Gil et Henry échangèrent un regard surpris. Springer leur sourit, avec tout l'humour mécanique d'un clown, puis les précéda dans l'escalier jusqu'à la pièce spacieuse où il leur avait montré l'agonie de la jeune femme qu'ils avaient découverte sur la plage. Susan se tenait devant la fenêtre et regardait le jardin envahi par les mauvaises herbes. Elle portait un T-shirt blanc et une jupe blanche, et ses cheveux étaient retenus par des rubans. Comme ils entraient, elle se retourna.

– Bonjour! Springer avait dit que vous viendriez.

Henry se frotta les mains avec entrain. Il trouvait sa propre faculté de prédiction quelque peu inquiétante, d'autant plus que, à l'origine, il avait prévu de ne rien faire aujourd'hui, à part s'installer dans un fauteuil, écouter du Beethoven et prendre une cuite monumentale. Susan vint vers eux et embrassa Gil sur la joue, presque cérémonieusement, puis Henry.

– Excusez-moi, je pique, dit Henry en se passant la main sur son menton non rasé.

Springer referma la porte.

– Vous êtes venus parce que tel est votre destin. Vous êtes venus parce qu'il y a quelque chose en chacun de vous qui l'exige. Susan, vous avez perdu vos parents. Votre esprit demande toujours des explications, et vous avez le sentiment très net que si vous vous embarquez dans cette aventure, vous obtiendrez la réponse à nombre de vos questions. A certains égards, c'est fort possible.

Springer s'approcha d'Henry et le regarda d'un air bienveillant.

– Vous, Henry, vous avez peur d'avoir raté votre vie, et que toutes vos connaissances et toute votre intelligence n'aient servi à rien. Dépister cette bête serait un accomplissement. Et indépendamment de ce fait, vous appréciez la compagnie de ces jeunes gens. Vous auriez eu des enfants si votre mariage avait été plus heureux. Susan et Gil sont un substitut tout à fait acceptable.

Henry ne dit rien. En bon philosophe qu'il était, il savait qu'il était inutile de chercher à nier la vérité pure et simple. Springer se tint devant Gil et posa une main sur son épaule.

– Vous semblez avoir une vie beaucoup plus heureuse que Henry et Susan. Vous avez des parents qui vous aiment, un foyer stable, et vous vous appliquez à vos études. Néanmoins, vous êtes insatisfait. Contrairement à votre père, vous ne vous contenterez jamais de quelque chose d'aussi terre à terre et limité qu'un magasin. Vous attendez plus de la vie. Vous voulez des sensations fortes, du danger! Qu'a dit votre père, avant que vous veniez à notre rendez-vous? Que vous a-t-il conseillé de faire?

Gil rougit, très gêné.

– Je pense qu'il n'avait pas réalisé ce que vous étiez vraiment. Moi non plus, à vrai dire!

Springer sourit.

– Votre père vous dit toujours de prendre vos précautions. Pas seulement sexuellement, bien sûr, mais dans tout ce que vous faites. Maintenant vous en avez assez de jouer la sécurité. Vous avez envie de faire vos preuves. Et vous pensez que chasser cette bête sera un test tout à fait valable. (Springer leva ses mains. Son visage était aussi lisse qu'un galet, sans expression mais paisible.) A présent vous comprenez pourquoi vous avez été choisis, pourquoi, l'autre matin, vos pas ont été dirigés vers la plage. A présent vous comprenez pourquoi vous avez tous les trois accepté de m'aider.

Henry mit ses mains dans ses poches et se balança d'avant en arrière sur ses talons.

– Un peu plus tôt ce matin, j'ai émis l'hypothèse que vous étiez, disons, un messager. Un messager *divin.*

Springer le considéra avec intérêt.

– Continuez, dit-il.

– Hum, cela peut paraître absurde. En fait, cela paraît complètement dingue, maintenant que je le dis devant vous. Mais je soupçonne que vous êtes un ange.

Springer sembla prendre cette remarque très au sérieux, et en bonne part. Il réfléchit un moment ou deux, puis il hocha la tête, comme si cela lui convenait tout à fait.

– Peut-être pas un ange dans le sens où *vous* l'entendez. Pas d'ailes, pas de robes, pas de trompettes. Plutôt un ensemble d'informations projetées, un hologramme vivant. Mais si vous préférez employer le mot ange... alors je serai flatté.

– J'aimerais savoir une chose, intervint Susan. Si Ashapola est aussi puissant que ça, pourquoi ne peut-Il pas trouver cette bête Lui-même? Pourquoi devons-nous le faire pour Lui?

– Il est tout-puissant, mais également impuissant, expliqua Springer. Il a créé le monde et toute chose en Lui, mais le plus souvent Il a permis à Sa création d'avoir la liberté de choisir. Si les humains choisissent de croire en Lui, alors Il est content. Mais Il leur a permis de *ne pas* croire en Lui, et de croire en d'autres dieux, s'ils trouvent cela plus réconfortant. Ashapola est un dieu qui n'intervient pas, en règle générale, dans le destin de Ses créatures, et qui *ne peut pas* intervenir, de même qu'un père ou une mère ne peut pas intervenir dans la vie de Ses enfants.

– Apparemment, il est intervenu d'une manière notable dans cette situation particulière, fit remarquer Henry.

– Oui, dit Springer, parce que cette situation est différente. Il n'est pas exagéré de dire que cette situation est une menace directe pour Ashapola Lui-même, et pour l'avenir de ce monde, et de tous ceux qui y vivent. Sans l'intervention d'Ashapola, il y avait un risque considérable que vous ne découvriez pas la nature de cette menace avant qu'il soit bien trop tard. Ashapola ne peut pas affronter directement la bête elle-même, mais par mon intermédiaire il peut vous donner le pouvoir qui vous permettra de le faire, et, avec de la chance, de triompher d'elle.

– La bête, fit Susan doucement. Est-ce que la bête est la même chose que le Diable?

– Il n'y a jamais eu un seul Diable, expliqua Springer. Comme on lit dans la Bible, le Diable est légion. Mais aujourd'hui, la plupart des nombreuses manifestations démoniaques qui infestaient jadis cette terre ont été détruites, ou neutralisées d'une manière ou d'une autre, et jusqu'à ce que le corps de cette infortunée jeune femme ait été découvert, le seul Démon actif dont nous avions connaissance était Asmodée, lequel a causé de grands ravages en Israël et au Moyen-Orient depuis de nombreuses années, malgré les efforts des exorcistes hébreux pour le traquer et le neutraliser.

Le visage de Springer sembla se modifier subtilement et ses traits masculins firent place à des traits féminins. Il marcha avec grâce vers la fenêtre, et lorsqu'il parla, sa voix était beaucoup plus aiguë et précise. Pourtant ni Henry, ni Gil, ni Susan ne trouvèrent ce changement soudain le moins du monde déconcertant. Ils l'avaient accepté pour ce qu'il était, une image vivante, plutôt qu'une personne réelle.

Springer déclara :

– Il semble qu'un Démon que nous appelons habituellement Yaomauitl soit réapparu en Californie du Sud. Chaque Démon a sa façon particulière de répandre son mal. Yaomauitl est l'empereur des cauchemars. Le jour, il est aussi ordinaire que vous ou moi. La nuit, quand les gens dorment, il peut pénétrer dans leurs cauchemars et leur faire ce qu'il désire. Il peut les tuer durant leur sommeil, il peut leur communiquer d'horribles maladies, il peut les frapper de cécité. Il peut également les féconder avec sa semence, et c'est ce qui est arrivé à la jeune femme que vous avez trouvée sur la plage. Ses rejetons dévorent la matrice qui les a nourris, et s'échappent. S'ils réussissent à trouver une cachette, ils grandissent, et au bout de six mois environ, ils sortent de leur cachette, aussi adultes que leur géniteur.

– Et ensuite, que se passe-t-il? demanda Gil.

– Le même processus est répété, cauchemar après cauchemar, jusqu'à ce qu'il y ait suffisamment de Démons pour dominer les rêves de toute une nation. C'est ce qui s'est produit en Iran, c'est ce qui s'est produit dans l'Allemagne hitlérienne. Celui qui contrôle les rêves d'une nation la tient en son pouvoir. C'est pourquoi Yaomauitl est appelé ainsi : son nom signifie Ennemi Redouté.

– Comment pouvons-nous trouver Yaomauitl? demanda Susan. Surtout s'il est tellement ordinaire durant le jour.

– Je n'en ai pas la moindre idée, avoua Springer. Vous devrez mener une enquête, comme des policiers.

– Au moins, vous êtes franc! fit remarquer Gil.

– Et que ferons-nous de lui, une fois que nous l'aurons trouvé? insista Susan. *Si* nous le trouvons?

– Là, je peux vous aider, leur dit Springer. Par mon intermédiaire, vous serez investis des pouvoirs traditionnels des Guerriers de la Nuit.

– Les Guerriers de la Nuit, répéta Henry.

Il trouvait que ce nom sonnait bien. Ce nom contenait une sombre magnificence guerrière, comme des chevaux aux plumets noirs, des boucliers peints en noir, et des chevauchées grondantes à travers des champs au cœur de la nuit.

Springer se détourna de la fenêtre.

– Autrefois, il y avait beaucoup de Guerriers de la Nuit. Ils étaient suffisamment nombreux pour former une société secrète et avoir leurs propres règles, leurs légendes, leur code d'honneur. Bien sûr, lorsque Yaomauitl fut finalement vaincu, ils ne furent plus nécessaires, et bien qu'une grande partie de leur savoir secret ait été transmis de famille en famille, les Guerriers de la Nuit eux-mêmes s'éteignirent.

Elle marqua un temps, puis elle dit :

– C'est une autre raison pour laquelle vous avez été choisis. Tous les trois, vous avez des ancêtres qui étaient des Guerriers de la Nuit. Henry, votre arrière-grand-père paternel était Kasyx, le gardien de la charge, l'un des plus illustres d'entre eux. Gil, votre arrière-arrière-arrière-grand-père du côté maternel était Tebulot, le porteur de la machine. Et Susan, votre arrière-arrière-grand-mère était Samena, décoche-lumière.

Henry éclata de rire, malgré lui, en voyant le visage grave de Springer.

– Je suis désolé, dit-il, je suis désolé. Mais là, vous mettez ma crédulité à rude épreuve! J'ai l'impression que, d'un instant à l'autre, tous mes collègues de l'université vont faire irruption dans cette pièce et crier Poisson d'avril! Non, vraiment, désolé.

– Allons, votre scepticisme est compréhensible, sourit Springer. Votre esprit a été formé à douter de tout. Mais si vous voulez bien faire abstraction de votre incrédulité quelques instants encore, je vais vous faire une démonstration pratique qui vous permettra de juger ce que je dis.

– Une démonstration pratique? demanda Gil.

Jusqu'ici, il n'avait rien dit et avait écouté attentivement, mais à présent il était complètement perdu. Tebulot, le porteur de la machine? Il commençait à penser, comme Henry, que quelqu'un les menait en bateau et leur racontait des bobards de première.

Springer lança un regard amusé à Gil, quasiment comme si elle lisait dans ses pensées, puis elle dit, aucunement ébranlée :

– Kasyx, le gardien de la charge, est le centre de pouvoir du trio. C'est Kasyx qui puise le pouvoir d'Ashapola, dans n'importe laquelle des neuf cents sources de pouvoir, dont cette maison fait partie, et il le tient prêt pour ses compagnons afin qu'ils l'utilisent dans leur bataille contre Yaomauitl. Si vous voulez, Kasyx est la batterie que Tebulot et Samena utilisent pour charger leurs armes.

– Ainsi, Kasyx n'a pas d'armes? demanda Henry.

– Son pouvoir peut être utilisé comme une arme, répondit Springer, mais uniquement en dernier ressort, parce qu'il peut être déchargé seulement en une explosion totale, ce qui vous laisse tous les trois impuissants. Donc, si la décharge n'a pas l'effet désiré, vous vous retrouvez sans aucun moyen de vous défendre. En outre, la libération d'énergie est énorme... et habituellement elle est bien trop forte pour un combat normal. Elle peut démolir un immeuble. Il y a eu plusieurs explosions célèbres dans le passé qui ont été expliquées comme des phénomènes naturels, mais c'étaient des gardiens de la charge qui livraient leur dernière bataille contre le Démon.

– Et Tebulot? demanda Gil.

– Oui, le porteur de la machine. La machine est une arme mais aussi un outil. Elle utilise le pouvoir venant de Kasyx pour découper des portes et des murs, si cela s'avère nécessaire, pour faire des soudures et des réparations, mais aussi pour tirer des rafales contrôlées d'énergie pure. La machine, si vous voulez, est un contrôleur de pouvoir, mais elle ne peut être portée par Kasyx lui-même, parce que toute tentative de sa part pour l'utiliser aurait pour résultat la décharge instantanée de tout son pouvoir.

Gil croisa les bras. Il trouvait que tout ce que Springer leur disait était parfaitement impossible à croire. Sa surexcitation d'il y avait quelques minutes à peine était complètement retombée, et il était prêt à rentrer chez lui, le cœur allègre. Ou à aller faire une partie de bowling avec Bradley.

Susan ne croyait pas un mot de tout ça, elle non plus, mais, contrairement à Gil, elle avait envie de rester et d'entendre la suite. Les histoires de Springer sur Kasyx, Tebulot et Samena, ressemblaient presque à des contes de fées, et elle les trouvait fascinantes. Susan sourit à Springer comme elle s'approchait, et elle continua de sourire quand Springer posa ses mains sur ses épaules.

– Samena a l'œil le plus vif, elle court le plus vite, c'est une athlète. Si vous préférez, Tebulot est un destroyer poids lourd et Samena est un sniper poids léger. Elle aussi tire son énergie de Kasyx. Mais son arme est son index.

Springer tendit les bras devant elle et posa son poignet droit sur son poignet gauche, laissant sa main gauche fermée. Elle pointa son index droit et visa le long de son bras droit.

– Voilà comment Samena utilise son arme, mais une petite démonstration pratique est préférable.

Elle prit Henry par le bras et le conduisit vers le milieu de la pièce. Il se tint à côté d'elle, les mains sur les hanches, l'air gêné.

– Je vous parie un dîner chez Anthony qu'il ne se passe rien, lui dit-il.

Springer revint d'un pas souple vers Gil et Susan, et les fit s'approcher d'Henry, les plaçant de chaque côté de lui.

– Maintenant vous êtes prêts, dit-elle. Bien sûr, vous serez en train de rêver lorsque ceci se produira. Votre corps matériel sera couché, endormi, dans votre lit, tandis que votre manifestation de Guerrier de la Nuit s'en ira vers l'obscurité, à la recherche du Démon. Votre pouvoir sera plus grand lorsque vous aurez quitté votre corps matériel, parce que l'énergie n'aura pas à traverser la résistance de la chair et des os. Mais ceci va vous donner une idée de ce que vous serez à même de faire.

Elle s'avança et toucha le front d'Henry.

– Lorsque je vous aurai entraîné, vous serez capable d'accumuler votre pouvoir tout seul. Pour le moment, je dois le faire pour vous. Cela vous aiderait certainement si vous fermiez les yeux.

Henry hésita, puis il ferma les yeux. D'accord, pensa-t-il, je ferais aussi bien d'en finir avec tout ça. Lorsque je rouvrirai les yeux, tous mes étudiants de première année seront autour de moi et se moqueront de moi. Mais je crois que je suis encore suffisamment ivre pour que cela me soit égal.

Le gardien de la charge, songea-t-il avec un scepticisme grandissant. Les seules choses qui le branchaient étaient la vodka, les jolies femmes et Beethoven, et pas toujours dans cet ordre. Néanmoins, il était venu ici, il avait écouté ce que Springer lui avait dit, et il y avait probablement une partie de son esprit qui restait ouvert à la discussion, même si cette affaire était complètement foldingue.

Les doigts de Springer posés sur son front commencèrent à vibrer et à l'irriter. Il pouvait presque s'imaginer qu'un courant électrique à haute tension passait à travers eux et s'écoulait dans son cerveau. Il était obligé de le reconnaître : Springer était un génie dans le domaine de l'illusion et de l'autosuggestion. Il aurait juré qu'il grandissait, qu'il se redressait, que son corps étincelait de milliers de volts d'énergie accumulée.

Il ouvrit lentement les yeux. Springer retira sa main. Il y avait une odeur de brûlé, une odeur métallique d'éclair, de poudre à canon et de cuivre galvanisé. Gil et Susan le regardaient avec stupeur. Il n'avait jamais vu une telle expression sur leurs visages. Ils avaient l'air complètement abasourdi, comme si on les avait frappés au visage avec une planche.

– Venez, dit Springer.

Elle fit signe à Henry de s'approcher du mur opposé de la pièce. Elle ouvrit un placard blanc, ne contenant aucun vêtement, et lui montra le miroir fixé au dos de la porte.

– C'est vous... Kasyx, le plus grand des Guerriers de la Nuit, lui dit-elle.

Henry se regarda dans le miroir. Lentement, très lentement, il leva la main vers sa tête, et le personnage dans le miroir leva la main, lui aussi. C'était vraiment lui. Henry Watkins, professeur usé d'une philosophie encore plus usée, alcoolique et génie frustré beaucoup trop fréquemment... devenu Kasyx, le Guerrier de la Nuit. Pas plus grand, bien qu'il se tienne beaucoup plus droit, les épaules redressées. Pas plus musclé, bien que son expression soit, d'une certaine façon, beaucoup plus résolue, et il émanait de lui un air de puissance, l'air d'un homme qui est capable de se battre vaillamment. Cependant, le plus extraordinaire à son propos, c'était l'armure semi-transparente qui le recouvrait de la tête aux pieds, y compris un casque. Elle semblait pesante et compliquée, comportait un plastron et des hanches articulées comme des queues de homard, et était munie d'un grand nombre de prises de courant, de fils, de porte-outils et de crochets.

C'était tout juste s'il voyait l'armure, et il ne ressentait aucun poids. Pourtant, lorsqu'il bougea, elle bougea avec lui, comme s'il la portait réellement. Il se tourna vers Springer et dit :

– Cette armure... on dirait qu'elle n'existe pas.

– Elle existe seulement dans les rêves, expliqua Springer. Ce que vous en voyez maintenant n'est que le souvenir que j'en ai, tout comme la jeune femme que je vous ai montrée n'était qu'un souvenir.

Henry se regarda dans le miroir.

– Alors, c'est vrai, dit-il avec une grande simplicité. Les Guerriers de la Nuit ont vraiment existé.

– Oui, Henry, ils ont existé, et ils vont exister de nouveau. Kasyx, Tebulot et Samena.

Springer fit signe à Gil de s'approcher. Gil hésita, puis il se tint aux côtés d'Henry. De temps en temps, il jetait un regard fasciné vers son armure. C'était tout à fait stupéfiant. C'était le pied. Encore mieux que de foncer sur l'autoroute à plus de 160 à l'heure ou de faire du gymkhana dans les collines. C'était le pied!

– Agenouillez-vous à côté de lui, sur un genou, lui dit Springer.

Gil fit ce qu'on lui demandait et regarda Henry, les yeux agrandis par la surexcitation.

– Maintenant, Henry, dit Springer, posez votre main gauche sur l'épaule droite de Gil.

Henry s'exécuta. Gil sentit immédiatement un flot d'énergie passer à travers les doigts d'Henry et se répandre dans son système nerveux avec toute l'impétuosité d'une rivière en crue se déversant dans un réseau compliqué de canaux d'irrigation. La main d'Henry lui fit l'effet d'une décharge électrique. Il ouvrit la bouche et des étincelles bleutées dansèrent autour de ses dents telles des chenilles crépitant d'électricité. Ses cheveux se dressèrent sur sa tête.

– C'est vous : Tebulot, le porteur de la machine, annonça Springer.

Gil se regarda dans le miroir. Il paraissait plus souple et plus robuste, et il y avait une expression décidée, implacable, dans ses yeux qui le fit presque sourire. Il portait un casque semblable à celui d'Henry, mais blanc, avec deux ailettes triangulaires de chaque côté. Son plastron était blanc et orné de triangles stratégiquement placés, mais il ne portait pas de jambières, juste un collant blanc, pour la rapidité de mouvement, et des chaussures à semelles compensées qui semblaient être la paire de Nike la plus sensationnelle que l'on ait jamais conçue.

Il tenait dans ses mains une machine compacte et luisante, qui avait la forme d'une mitrailleuse mais était plus grosse et plus longue; elle était munie sur le dessus d'un levier en forme de T, comme un levier de changement de vitesse, et de toutes sortes de fentes, de cosses, de curseurs et de commutateurs.

Il voulut la soupeser mais, comme l'armure d'Henry, elle ne pesait rien du tout, et était tout juste visible.

– Levez la machine et pointez-la, dit Springer. Elle tirera une charge très faible si vous appuyez sur la détente.

Gil souleva prudemment l'engin et visa soigneusement. Springer se plaça derrière lui et dit :

– Tirez en arrière le levier en forme de T, qui charge la machine. Vous pouvez voir un cadran gradué, sur le côté ici, qui brille d'une lueur dorée. Il vous indique la quantité de charge que vous avez. Très bien... visez le mur là-bas et tirez.

Les mains tremblantes, Gil ramena en arrière le levier

en forme de T, jusqu'à ce qu'il sente qu'il était enclenché. Le cadran luisait faiblement et indiquait seulement un dixième de la graduation, mais c'était suffisant pour une démonstration. Gil appuya sur la détente. Il y eut un léger *zzifffff*! perçant et une balle de lumière jaune vif vola à travers la pièce et explosa contre le mur, creusant jusqu'à la brique un trou de cinq centimètres de diamètre dans le plâtre.

– Dans un rêve, la charge sera infiniment plus puissante, déclara Springer. Vous découvrirez également que la machine a bien d'autres fonctions. Elle a été créée dans un rêve, et c'est pourquoi ses possibilités ne connaissent que les limites du rêve, c'est-à-dire pratiquement aucune.

Gil tourna la machine d'un côté et de l'autre, l'admirant.

– Quelle arme! fit remarquer Henry.

– Incroyable, dit Gil.

A présent Springer fit s'avancer Susan. Susan avait observé les deux autres avec circonspection. Elle percevait la camaraderie qui s'était récemment instaurée entre eux, mais elle n'avait pas encore compris la sollicitude paternelle que Henry éprouvait à son égard, ni le fait que Gil la trouvait gentille et très jolie... et que, si Springer n'était pas apparu pour mettre sens dessus dessous son train-train quotidien, il aurait probablement eu envie de sortir avec elle. Cependant, elle surprit son sourire comme elle venait se placer de l'autre côté d'Henry, et elle réalisa qu'il s'efforçait de lui faire comprendre qu'il tenait à elle.

Sans que Springer ait besoin de le lui dire, Henry posa sa main droite sur l'épaule gauche de Susan. Elle se regarda attentivement dans le miroir tandis que le pouvoir transmis à Henry par Springer commençait à se répandre en elle. Les yeux de Susan étincelèrent comme elle battait des paupières, et une gerbe de petites étincelles blanches tomba en cascade de ses cheveux.

Petit à petit, faiblement, son costume de Samena la décoche-lumière commença à apparaître. Elle était coiffée d'un tricorne orné de plumes d'autruche, de plumes d'aigle et de plumes de paon. Elle portait un pourpoint en cuir moulant, décoré de paillettes, de clous dorés et de morceaux de métal aux formes bizarres, lacé sur la naissance de ses seins avec des lanières de cuir. Elle portait également une culotte en cuir moulante qui lui arrivait à mi-cuisses; tout autour de sa ceinture étaient fixées vingt ou trente sortes différentes de pointes de flèche... munies de crochets, barbelées, triangulaires, évasées, et lisses. Une large gaine était également fixée à sa ceinture et contenait un poignard à deux lames, avec une cordelette de velours attachée à son manche. Ses jambes étaient nues à l'exception de bottines en cuir souple à revers.

– Samena, annonça Springer avec une fierté non dissimulée.

Susan demanda vivement :

– Je peux essayer de tirer? Il reste suffisamment de pouvoir?

Springer toucha le front d'Henry, puis acquiesça.

– Une seule fois. Prenez une pointe de flèche et essayez de toucher le mur là où Gil l'a touché.

Susan décrocha une pointe de flèche. La pointe de flèche était creuse et Susan fut à même de glisser son index à l'intérieur, donnant l'impression d'avoir un ongle métallique très long. Comme Springer le lui avait montré, elle croisa ses poignets et se servit de son bras gauche pour assurer son bras droit. Elle pointa son doigt vers le mur, visa l'endroit où Gil avait fait sauter un fragment de plâtre, et se concentra.

Il ne se passa rien.

– Qu'est-ce que je fais maintenant? demanda-t-elle d'un air déçu. Comment tirer?

Springer sourit.

– Vous devez *penser* le geste, c'est tout. Ce n'est pas difficile, et au bout d'un moment vous le ferez si naturellement que vous serez étonnée que cela vous ait causé un problème au début.

Susan pointa son doigt à nouveau. A nouveau, il ne se passa rien.

Mais Henry appuya brusquement sa main sur son épaule, aussi fort que possible, et cria :

– *Tirez!*

Aussitôt, dans un sifflement strident de fusée de feux d'artifices, la pointe de flèche fila comme l'éclair à travers la pièce, suivie d'un trait de lumière dorée d'un mètre de long. Elle s'enfouit dans le mur à cinq ou six centimètres seulement du trou que Gil avait fait. La lumière disparut instantanément et laissa la pointe de flèche profondément enfoncée dans le plâtre.

– Ouais! s'écria Gil, et il applaudit.

Susan se mit à danser et à sauter de joie.

– J'ai réussi! J'ai réussi!
– Vous n'êtes pas obligée d'utiliser une pointe de flèche, dit Springer. Le trait de lumière à lui seul – cela dépend de la charge que vous placez dedans – tuera ou frappera de stupeur ou fera peur aux gens. Mais vous devez vous entraîner assidûment. Pour être Samena, vous devez être très adroite, très sensitive, et si rapide que personne ne pourra vous attraper. Samena est la plus réceptive de tous les Guerriers de la Nuit, celle dont les nerfs doivent être tendus au point de se rompre. Mais elle est aussi la plus meurtrière.

Henry joignit les mains, comme s'il priait, et ce qui restait de la charge que Springer lui avait donnée commença à s'écouler entre ses doigts et à s'élever vers le plafond, une lueur bleutée qui crépitait et crachotait. Finalement, il ne resta plus rien.

– Springer, dit-il, si j'ai jamais douté de vous, ce que j'ai fait, alors veuillez me pardonner. C'est tout à fait stupéfiant. Cela ressemble à un vœu d'enfant devenu réalité.

– J'ai bien peur que le but ultime n'ait rien d'enfantin, déclara Springer. (Sa voix était redevenue plus grave, et des changements à peine perceptibles sur son visage la faisaient paraître beaucoup plus masculine.) Yaomauitl est de loin le plus malveillant de tous les Démons. Il est le Démon de la folie, de la cupidité et du génocide. Il est arrivé dans le Nouveau Monde avec Cortés en 1519. Selon certains récits, Cortés lui-même était le Démon, parcourant la terre sous l'apparence d'un homme. Une chose est sûre : Cortés a été responsable du massacre de milliers et de milliers d'Aztèques. Et même s'il n'était pas le Démon lui-même, alors il a emmené le Démon avec lui lorsqu'il a découvert la Basse-Californie en 1530.

– Pourquoi est-il réapparu maintenant? demanda Henry.

– Qui sait? répondit Springer. Les voies du Démon sont cachées aux yeux d'Ashapola. C'est pourquoi vous seuls, les Guerriers de la Nuit, pouvez découvrir comment il est revenu, et quelles sont ses intentions néfastes, et c'est pourquoi vous seuls pouvez le détruire.

Henry posa ses mains sur les épaules de Gil et de Susan.

– Vous nous avez confié une terrible responsabilité. J'espère que vous le savez!

– Je suis sûr que je peux compter sur vous, répondit Springer.

– Comment commençons-nous ? demanda Susan. Enfin, que devons-nous faire ? Vous avez dit que nous étions des Guerriers de la Nuit maintenant, et que nous pouvons quitter notre corps quand nous dormons. Mais comment faisons-nous cela ? Et comment pouvons-nous nous retrouver quand nous dormons ?

– Cette maison vous servira de lieu de rendez-vous, répondit Springer. Lorsque vous irez vous coucher chaque soir, vous répéterez le chant de guerre séculaire des Guerriers de la Nuit, et l'influence de ce chant permettra à vos personnalités des rêves de se retrouver à l'endroit de pouvoir sacré le plus proche, c'est-à-dire ici. A partir de maintenant, vous voyagerez à travers les rêves d'autres personnes, pour débusquer Yaomauitl et ceux de ses serviteurs qui ont peut-être été déjà engendrés.

– Je crois que je suis déjà en train de rêver, dit Gil.

Springer sourit.

– Vous vous habituerez très vite aux paysages de la nuit. Vous viendrez ici, chaque nuit au cours des deux prochains mois, et je vous instruirai pour vous donner les aptitudes mentales et physiques des Guerriers de la Nuit. Je vous apprendrai leur histoire, leurs traditions et leur savoir. Je vous raconterai leurs plus grandes victoires, et leurs plus terribles défaites. Quand votre instruction sera terminée, vous aurez le sentiment que votre véritable moi est le moi qui existe dans les rêves, et que votre personnalité à l'état de veille n'est que la parodie, limitée et matérielle, de ce que vous êtes réellement. Votre concept de *éveillé* et *endormi* sera complètement inversé. Lorsque la nuit prendra fin, quand vous devrez regagner votre corps terrestre, afin de prendre du repos, bien des fois vous aurez l'impression que ce repos est une corvée. Il y a tellement plus de choses dans votre esprit que l'intelligence nécessaire pour aider votre corps à traverser le jour. Votre esprit est une centrale d'énergie, une réserve illimitée de dons, de compétence et d'inspiration. Endormis – en tant que Guerriers de la Nuit – vous commencerez à prendre conscience de ce pouvoir. Même si vous n'êtes pas à la hauteur durant le jour, même si d'autres personnes vous regardent avec mépris, peu importe ! Dans vos rêves vous serez des héros et des héroïnes. Comprenez ceci, mes amis : vous êtes les personnages des légendes, comme tout être humain peut l'être, une fois qu'il a compris la force et la majesté qui se trouvent dans sa tête.

– Cette force... ces dons... une fois que nous les aurons, est-ce que cela influera sur notre vie quotidienne? demanda Gil.

– Bien sûr, répondit Springer. Une fois que vous aurez appris à avoir confiance et pouvoir dans le monde des rêves, vos capacités ne seront pas oubliées durant le jour. Votre vie changera infiniment, que vous le vouliez ou non. Mais vous vous apercevrez que votre réussite durant le jour représente peu de choses en comparaison de votre réussite durant la nuit. La plus grande des aventures vous attend, mon ami, dès que le soleil commencera à se coucher.

– La première fois que vous êtes venu me voir, dit Gil à Springer, lorsque vous aviez l'apparence d'une jeune femme... vous avez mentionné ce livre, *De quelque chose...*

– *De Sortilegio*, acquiesça Springer. Oui, en effet. C'était pour activer dans votre esprit les souvenirs que vous avez hérités de votre arrière-arrière-arrière-grand-père. Je ne voulais pas les activer violemment, mais vous êtes allé voir votre ami mexicain Santos, n'est-ce pas, vous avez fumé cette drogue et, bien sûr, elle a intensifié vos souvenirs d'une façon brutale et très violente.

Springer marqua un temps, puis reprit :

– *De Sortilegio* a été écrit par Paul Grilland en 1533, après que certains des soldats qui avaient accompagné Cortés en Basse-Californie furent rentrés en Europe. Son opuscule rapporte les histoires terrifiantes que lui racontèrent ces Espagnols, à propos de sabbats démoniaques qui eurent lieu sur la côte ouest d'Amérique à cette époque. Bien que certains aient refusé de dire ce qui s'était passé exactement, il semble que Cortés ait célébré des messes noires et d'autres rites immondes, et qu'il ait fait apparaître le Démon, ou qu'il soit devenu lui-même le Démon, et que, durant ces sabbats, des femmes indigènes aient été contraintes de faire l'amour avec lui.

» Les théologiens du XVIe siècle avaient toujours soutenu qu'il était impossible qu'un Démon fasse l'amour avec des femmes, des êtres humains. Mais Paul Grilland a affirmé qu'il existait des preuves irréfutables de cela, d'après les récits qu'il avait entendus, et Guillaume de Paris, le confesseur de Philippe le Bel, a confirmé ses dires. Ainsi que les Salmanticenses, les professeurs du séminaire des Carmes déchaussés de Salamanque, dans leur *Theologia Moralis*. Et Dom Dominic Schram a dit qu'il avait connu personnellement plusieurs personnes qui avaient été contraintes de subir les assauts abjects de Satan. (Srpinger sourit tristement.) Saint Augustin lui-même a déclaré que celui qui ne croyait pas que le Démon pouvait apparaître la nuit et avoir des relations charnelles avec une femme se faisait des illusions. Les preuves venant du passé sont accablantes. Lorsque le Démon est libre d'aller et venir à sa guise, aucune femme n'est à l'abri de ses désirs.

– Quand commençons-nous? demanda Susan. Est-ce que nous commençons cette nuit?

– Vous *voulez* commencer cette nuit?

– Oui, répondit Susan.

Elle ne s'était jamais sentie aussi motivée. Elle ne s'était jamais sentie aussi inspirée. On lui avait brusquement montré qu'il y avait quelque chose au-dessus et au-delà de l'éducation telle que la concevaient ses grands-parents, quelque chose qui était infiniment plus gratifiant et passionnant que l'école, ou se promener avec Daffy et s'asseoir sur la plage dans l'espoir d'être remarquées par Tad Summers et Gene Overmeyer. Elle sentait que Springer l'avait emportée dans les airs et lui avait montré une vue lointaine qui s'étendait au-delà des toits de Del Mar, une perspective de montagnes, de nuages et de hauts faits. Cela la grisait, cela lui donnait le vertige. Et dire que Daffy voulait « se réaliser » en faisant de l'aérobic!

Gil acquiesça de la tête.

– Je commencerais maintenant, si je réussissais à m'endormir!

– Henry? demanda Springer, le regard attentif, circonspect.

– Apparemment, je suis en minorité, quoi que je pense.

– Vous ne voulez pas le faire cette nuit? demanda Susan.

Henry s'éclaircit la gorge.

– Si vous voulez savoir la vérité pure et simple, je suis terrifié.

– Moi aussi, Henry, dit Gil. Mais c'est quelque chose que nous devons absolument faire. Ces chances-là n'arrivent qu'une fois dans la vie. Henry... et si on vous disait que vous pouvez aller sur la lune?

– Aller sur la lune? fit Henry. (Il secoua la tête.) Mais je n'ai pas envie d'aller sur la lune! Croyez-moi, Gil, la plus belle vue de la lune, c'est à travers le dessous d'un verre de vodka retourné.

– Mais vous commencerez cette nuit, n'est-ce pas? fit Springer.

Henry fourra ses mains dans ses poches.

– Oui, bien sûr. C'est merveilleux. C'est stupéfiant. Mais n'oubliez pas que je suis terrifié, tout autant qu'impressionné.

Springer lui toucha la main d'une façon étrange, furtive. Pour quelque raison, ce geste le fit penser à l'un des premiers chrétiens, lui remettant discrètement une hostie consacrée.

– Vous n'aurez pas peur cette nuit, mon ami, lui dit Springer. Kasyx le gardien de la charge n'a peur de rien.

– C'est bien ce qui me fait peur, murmura Henry.

8

Henry parvint à déverrouiller la porte de son cottage juste à temps pour répondre au téléphone, lequel sonnait depuis qu'il avait tourné le coin de la maison. Il laissa ses clés sur la porte et joua des pieds et des mains sur le dossier du canapé pour s'emparer du combiné.

– Henry? C'est toi, Henry? J'allais raccrocher.

– Andrea! J'étais sorti. Je rentre à l'instant et je me suis précipité sur le téléphone.

– Tu t'es *précipité*? J'aurais bien voulu voir ça.

– Laisse-moi refermer la porte, lui demanda Henry. Il y a quelqu'un dehors qui se sert d'une tronçonneuse. Je ne t'entends pas très bien.

Il posa le combiné, alla jusqu'à la porte et la ferma, puis il revint dans le séjour, se dirigea vers le bar et prit une bouteille de vodka et un verre moyennement propre. Récupérant le combiné, il ôta la capsule de la bouteille et remplit le verre à moitié, d'une seul main, sans laisser tomber une goutte.

– Tu t'es servi un verre? demanda Andrea d'un ton cassant.

Henry ne releva pas l'allusion perfide.

– Tu as trouvé quelque chose au sujet de l'anguille?

– C'est pour cette raison que je te téléphone. Tu ne crois tout de même pas que je t'appelle pour parler de la pluie et du beau temps, hein?

Henry but une gorgée de vodka et frissonna. Ne la laisse pas t'intimider, pensa-t-il. Cette nuit, lorsqu'elle dormirait (un masque de relaxation noir sur les yeux, ce qui, chaque matin, du temps de leur mariage, avait amené Henry à se regarder avec une stupeur feinte dans le miroir de la salle de bains et à se dire « Qui *était* cette femme masquée? »), il prendrait la forme de Kasyx, le gardien de la charge, la figure centrale des Guerriers de la Nuit ressuscités depuis peu, et tout ce qu'Andrea avait fait pour le blesser n'aurait aucune importance.

– J'avais promis de te tenir au courant pour l'anguille, dit Andrea.

– Oui, admit Henry. Tu avais promis.

Il but une autre gorgée de vodka, puis posa son verre. Il entendit Andrea compulser des papiers.

– Pour commencer, déclara-t-elle, ce *n'était pas* une anguille. Enfin, elle ne faisait pas partie de l'ordre des téléostéens, famille des anguillidés, comme les congres, les murènes ou les anguilles d'eau douce. Ce n'était pas non plus une équille, de l'ordre des *Saccopharyngiformes*, ni un lançon, de l'ordre des *Ammodytidés*, ni un cuchia, de l'ordre des *Symbranchiformes*.

– Est-ce que c'était une myxine? suggéra Henry.

– Non, ce n'était pas une myxine non plus.

– Parfait. Maintenant que tu sais ce que *ce n'était pas*, est-ce que tu as une idée de ce que *c'était*?

– Rien de positif, non. Nous n'avons encore jamais rencontré cette espèce.

Henry attendit qu'elle dise autre chose. Comme elle demeurait silencieuse, il demanda :

– C'est tout? Tu ne sais pas ce que c'est, point final?

– Laisse-moi te présenter les choses ainsi, Henry. Cette créature présente des caractéristiques physiques et évolutives bien connues. Elle a un crâne, avec des mâchoires, et elle possède un squelette interne, et un système digestif. C'est un amphibie, plutôt qu'un poisson, en ce sens qu'elle a des poumons, et des membres rudimentaires qui devaient lui permettre de se déplacer sur la terre ferme, comme un eusthenoptéron.

– Un quoi?

– Oh, Henry, tu es toujours aussi ignare. Un eusthenoptéron, un poisson évolué de la fin du dévonien, il y a environ 360 millions d'années. Ils étaient capables de franchir des bandes de terrain pour aller d'un lac à un autre durant les périodes de sécheresse.

– Et c'est ce que cette « anguille » serait?

– Non, dit Andrea. Il se trouve tout simplement que cette créature a des membres rudimentaires comme un eusthenoptéron. Mais le reste de son corps est tout à fait différent.

Henry demeura silencieux un moment. Bien sûr, *il* savait ce que l'anguille était en réalité. Ou du moins, il savait ce que Springer avait dit qu'elle était. L'un des rejetons du Démon, déjà en partie adulte. Et que leur avait dit Springer? *S'ils réussissent à trouver une cachette, ils grandissent, et au bout de six mois environ, ils sortent de leur cachette, aussi adultes que leur géniteur.*

– Certains de tes collègues creusent un peu partout sur la plage, dit Henry.

– C'est exact, répondit Andrea. Mais jusqu'ici ils n'ont pas trouvé d'autres anguilles. Ils vont continuer de creuser, mais ils n'ont pas grand espoir. Apparemment, les anguilles ont réussi à s'enfouir très profondément dans le sable.

– Je croyais que tu avais dit que ce n'étaient pas du tout des anguilles.

– Ce ne sont pas des anguilles, mais tout le monde les appelle comme ça. Ici, au labo, nous les avons baptisées plourdeostus, parce qu'elles ont un crâne semblable à celui de certains des premiers poissons qui ont été dotés de mâchoires, au silurien.

– Hum, tout ça ressemble au charabia scientifique que tu me sers habituellement, dit Henry avec amabilité. Mais il est vrai que tu m'as toujours devancé, n'est-ce pas, dans le domaine des balivernes appliquées?

– Tu redeviens grossier, fit Andrea. Tu es ivre, c'est ça?

– Pas du tout, répliqua Henry. Pas *assez*, en tout cas. Je viens juste de réaliser que vous autres de l'Institut Scripps ne supportez pas de le reconnaître quand vous ignorez quelque chose. Alors, pour suppléer ce manque, vous lui donnez toujours un nom déroutant. Plourdeostus! Pourquoi ne pas les appeler tout simplement des bêtes qui mordent? Ou bien des foutues salopes, comme toute personne de bon sens les appellerait?

– Au revoir, Henry, l'avertit Andrea.

Henry prit une profonde inspiration.

– Excuse-moi, lui dit-il. Merci d'avoir tenu ta promesse. Et oublie que tu m'as connu un jour.

– C'est fait depuis longtemps, répliqua Andrea, et elle raccrocha.

Henry soupira. Il reposa le combiné sur son socle, s'assit sur le canapé et regarda fixement l'affiche encadrée, une publicité pour les cigarettes Lucky Strike, sur le mur opposé. Il regrettait d'avoir bu autant aujourd'hui. D'un autre côté, cela ne servait à rien d'arrêter maintenant. Il avait atteint cet état d'ébriété plus ou moins avancé où arrêter brutalement serait la garantie d'une migraine affreuse dès six heures du soir. Il était préférable de continuer de boire et de différer la gueule de bois jusqu'au matin. Ce serait bien pire demain, sans aucun doute, mais au moins cela ne le gênerait pas dans son petit travail nocturne.

Pendant ce temps, Gil marchait avec Susan le long de la promenade de Solana Beach. Il l'avait emmenée déjeuner au Taco Loco, et maintenant il voulait la présenter à ses parents. Susan était heureuse, comme elle ne l'avait pas été depuis des mois, et elle n'arrêtait pas de parler. Gil se contentait de l'écouter, disant un mot de temps en temps.

– J'ai hâte d'être à ce soir, répétait-elle constamment. Tu as vu mon costume?

Gil haussa un sourcil.

– Je l'ai trouvé plutôt sexy.

Elle lui donna une bourrade.

– Et alors?

– Sensationnel! plaisanta-t-il. Oh, je ne me plains pas. Plus c'est sexy, mieux c'est!

– Et toi, tu as l'air de quoi avec ce collant? répliqua Susan. Le Rudolph Noureev de Solana Beach!

– Hé, c'est la dernière fois que je te paie des tacos!

Ils continuèrent de se taquiner un moment encore, puis Susan redevint brusquement sérieuse.

– Tu crois que Henry sera à la hauteur?

– Comment ça? lui demanda Gil.

Il y avait de la sauce de chili sur son T-shirt, et il essayait de faire disparaître la tache avec de la salive.

– J'ai l'impression qu'il est ivre tout le temps, pas toi?

– Son divorce s'est mal passé, c'est tout.

Susan écarta ses cheveux de ses yeux.

– Je ne dis pas que je ne l'aime pas, parce que je l'aime bien. Je ne dis pas que je n'ai pas confiance en lui, non plus. Mais tu as entendu ce que Springer a dit. Ce que nous allons faire est très dangereux. Tu crois qu'il tiendra le coup s'il est ivre?

– Je ne sais pas. J'ai l'impression que Springer va le mettre au régime sec durant l'entraînement. En fait, il boit parce qu'il s'ennuie, d'accord, et parce qu'il a le sentiment d'être inutile, et parce qu'il vit seul. Il n'a rien à faire, à part rester chez lui et picoler. Mais maintenant Springer lui a proposé un défi... à lui et à nous deux. Nous avons accepté de traquer ce Démon ou je ne sais quoi, parce que nous attendons de la vie plus que ce que nous avons déjà. Nous voulons des réponses. Nous voulons des questions, également, des questions que nous ne nous sommes jamais posées. Tu n'as jamais réfléchi à toi-même? Tu ne t'es jamais demandé : est-ce à ça que ma vie se résume? Il n'y a rien d'autre? C'est la question que Springer nous a posée, exact? Et c'est la question à laquelle nous voulons répondre.

Susan prit la main de Gil avec désinvolture.

– Tu sais quoi? dit-elle. Depuis que mes parents ont trouvé la mort dans cet accident de voiture, je n'ai pensé qu'à une seule chose : comment être normale. Lorsque tu n'as plus de parents, les gens sont d'une gentillesse excessive avec toi, ou bien ils te traitent comme si tu étais légèrement bizarre, une débile mentale ou un truc comme ça. Dans les deux cas, on te traite constamment comme si tu étais une personne anormale. J'allais souvent avec ma grand-mère à des réunions de personnes âgées, et l'une de ces vieilles dames aux cheveux couleur fraise me présentait toujours à une autre vieille dame aux cheveux couleur fraise en disant, devant moi : « Voici Susan, ses parents ont été tués dans un accident de voiture, pauvre chérie, mais elle a surmonté ce drame avec un tel courage, c'est à ne pas croire. » Devant moi! Comme si j'avais besoin qu'on me rappelle constamment que mes parents étaient morts. Comme si la seule chose dont j'avais besoin n'était pas de me sentir parfaitement *normale*. J'ai lu des livres normaux, porté des vêtements normaux, regardé des programmes de télé normaux, suis sortie avec des amies normales. Je suis tellement normale que je pourrais être un exemple de normalité. Mais maintenant que tout ça s'est produit – Springer et le reste –, maintenant que je suis au courant pour les Guerriers de la Nuit, je ne veux plus être normale! Je veux découvrir ce que je suis capable de faire si je donne mon plein.

– Tu as peut-être essayé d'être normale, mais tu n'y es pas parvenue, c'est sûr, déclara Gil. Je ne trouve pas du tout que tu sois normale.

Elle serra sa main.

– Est-ce un compliment?
Il arbora un large sourire.
– Peut-être. Pas le genre *normal* de compliment!
Ils arrivèrent au Mini-Market. Phil Miller, derrière la caisse, faisait le total des achats pour la semaine de Mrs. Lim, la propriétaire du restaurant chinois Tian Dan situé un peu plus loin. Mrs. Lim observait Phil attentivement, tout en calculant de tête. Elle n'avait pas confiance dans les calculatrices électriques.
– Salut, Gil, lui dit son père, et il regarda tout de suite Susan.
– Salut, papa. Je te présente Susan Sczaniecka.
– Comment allez-vous, Susan?
– Très bien, je vous remercie, monsieur. Gil m'a emmenée manger des tacos.
– Des tacos? s'exclama Phil. Il a déjà des visées?
– Ne fais pas attention, dit Gil à Susan. Mon paternel est comme ça, c'est tout. Il se prend pour le successeur naturel de Bob Hope.
– Les Little Middles, c'est un dollar et soixante-neuf *cents*, dit vivement Mrs. Lim à Phil.
– Oh, désolé, s'excusa Phil. Ça m'apprendra à me concentrer sur ce que je fais. Prends une glace, si tu veux, Gil.
– Merci, papa.
Susan regarda autour d'elle.
– Ça doit être génial de posséder un magasin!
Gil secoua la tête.
– Ne crois pas ça! Tu devrais venir ici un dimanche après-midi, quand nous vérifions le stock.
Ils prirent deux esquimaux à l'orange, puis s'en allèrent. Ils traversèrent l'arrière-cour encombrée de cageots et de cartons, et rejoignirent la ruelle qui descendait vers la plage.
Le soleil brillait avec éclat et il faisait chaud sur le front de mer. Des adolescents faisaient du surf, d'autres étaient allongés sur des serviettes de plage en contrebas des rochers dorés. Ils écoutaient des ghetto-blasters, lançaient des cacahuètes aux écureuils ou prenaient un bain de soleil. Toutes les cinq minutes, Gil apercevait quelqu'un qu'il connaissait. Ayant grandi ici et étant le fils d'un commerçant, il connaissait énormément de monde, et Susan était amusée de le voir constamment saluer de la main, faire des signes de la tête et lancer des bonjours!
– J'ai l'impression que tu es une célébrité locale, dit-elle.

La brise du large fit voleter ses fins cheveux blonds.

– Nous sommes tous des célébrités locales par ici, répondit Gil, tout en léchant consciencieusement son esquimau. Nous avions formé une bande lorsque nous étions plus jeunes. Les Requins de Solana, génial, non? Je pense que la pire chose que nous ayons jamais faite c'est une bataille rangée avec d'autres gosses venus de San Elijo, et on se tapait dessus avec des algues, pas avec des antennes radio de voiture. Note bien, je ne sais pas si on t'a jamais frappée au visage avec des algues, mais ça fait *très mal*, crois-moi!

Ils parcoururent plus de seize cents mètres sur la plage. Le ressac bouillonnait et grondait; de temps à autre, l'eau montait jusqu'à leurs pieds puis se retirait. Ils se tenaient par la main comme ils marchaient, et c'était une sensation agréable, non seulement parce qu'ils s'appréciaient mutuellement, mais aussi parce qu'ils partageaient un secret... un immense secret, excitant et dangereux.

Ils arrivèrent bientôt devant les tréteaux de police qui interdisaient l'accès de la plage de Del Mar. Deux officiers de police portant des lunettes de soleil passaient le temps avec deux lycéennes aux Bikinis minuscules, mais ils avaient l'œil sur Gil et Susan comme ceux-ci s'approchaient.

– Désolé, jeunes gens, la plage est toujours fermée.

– Des méduses, hein? demanda Gil en s'appuyant sur la barrière.

Il connaissait l'une des filles aux Bikinis minuscules et dit : « Salut, Candice. » Susan, sans le vouloir, se tint plus près de Gil. Elle ignorait pourquoi, mais elle se sentait possessive.

Un peu plus loin, trois chercheurs de l'Institut Scripps en blouse blanche sondaient le sable, accompagnés de John Belli, le médecin légiste, de Salvador Ortega et de deux inspecteurs qui avaient l'air de s'ennuyer ferme, leur veste jetée sur l'épaule.

Salvador Ortega aperçut Gil et Susan, et s'abrita les yeux de la main. Puis il s'excusa auprès des autres et vint vers eux.

– Mr. Miller, dit-il en faisant un signe de tête à Gil, et mademoiselle Sczaniecka.

– Vous avez prononcé mon nom correctement, dit Susan. Vous êtes la première personne qui l'ait jamais fait.

– Ma sœur a épousé un Polonais, expliqua Salvador. Maintenant son nom est Carmen Krzysztofowicz. Si je ne prononce pas les noms polonais correctement, elle me passe un savon.

– Et les méduses? demanda Gil en montrant de la tête le petit groupe de chercheurs.

– Nous avons transformé cette plage en gruyère. Nous n'en avons pas encore localisé une seule.

– Vous pensez que vous le ferez?

Salvador secoua la tête.

– Ces saloperies sont increvables, si vous me demandez mon avis. A l'heure qu'il est, elles ont probablement creusé jusqu'au Mexique.

Gil leva les yeux.

– Je ne sais pas, dit-il, d'un air inquiet. J'ai une impression bizarre. Comme si nous n'étions pas venus ici par hasard. Tu as cette sensation, Susan?

– Je ne suis pas sûre, répondit-elle. (Elle appuya le bout de ses doigts sur ses tempes et se concentra.) Il y a quelque chose... j'ignore ce que c'est. Je suis incapable de décrire ça.

Salvador les observait avec intérêt.

– Vous percevez quelque chose? leur demanda-t-il, les regardant tour à tour. Qu'est-ce que c'est, à votre avis?

– Je ne sais pas très bien, répondit Susan. C'est comme si la plage bougeait sous mes pieds. Vous savez, comme l'impression que l'on a durant un tremblement de terre.

– Hum, nous en avons eu suffisamment au cours de ces six derniers mois, rétorqua Salvador. Peut-être en sentez-vous un que je ne sens pas!

A ce moment, ils eurent une autre sensation... une sensation étrange, comme si une porte invisible avait été soudainement ouverte entre ciel et terre, et que quelqu'un l'avait franchie. Tous deux tournèrent la tête et regardèrent vers le haut de la plage, vers la promenade, et là-bas, dans le lointain, ils aperçurent Henry. Il portait une chemise turquoise à col ouvert et un ample bermuda blanc qui claquait au gré du vent. Il ressemblait à un retraité prenant ses vacances annuelles.

– Aviez-vous *convenu* de retrouver le professeur Watkins ici? demanda Salvador, en montrant Henry de la tête, d'un air interrogateur.

– Absolument pas, répondit Gil.

– Vous en êtes sûr?

– Sûr et certain.

Salvador fit signe aux deux policiers en uniforme.

– Vous voulez bien laisser passer ces jeunes gens? Oui... et cet homme là-bas, sur la plage. Professeur Watkins! Henry! Venez par ici, s'il vous plaît!

Les policiers déplacèrent la barrière sur le côté, et Gil et Susan s'avancèrent, suivis de près par Henry.

– Tiens, tiens, quelle surprise! s'exclama Henry. Que faites-vous ici, vous deux?

– Rien de précis, répondit Gil. Nous avons eu l'idée de nous promener sur la plage, c'est tout.

– Moi aussi, fit Henry.

Puis il rejoignit Ortega et lui serra la main.

– Salvador, on dirait que quelque chose nous a fait venir ici. Quelque chose d'imperceptible, comme un sifflet à ultra-sons.

– Venez donc jeter un coup d'œil, les pria Ortega.

Ils le suivirent et s'approchèrent du petit groupe de policiers et de chercheurs. Ces derniers creusaient un grand trou circulaire dans le sable noir et humide. Ils avaient l'air fatigués et las.

– Vous connaissez John Belli, n'est-ce pas? (Le médecin légiste leur fit un sourire pincé, peu amène.) Et ces messieurs travaillent au département de biologie marine de l'Institut Scripps.

Trois visages, un blanc, deux noirs, tous trois portant lunettes, accueillirent Henry, Gil et Susan avec la plus grande indifférence. Henry s'avança et se pencha vers le trou; le vent de l'après-midi lui ébouriffait les cheveux.

– Veuillez ne pas vous tenir trop près du bord, d'accord? fit l'un des chercheurs d'une voix nasillarde. Les côtés ont tendance à s'ébouler!

Henry acquiesça de la tête.

– Bien sûr. Je ne voudrais pas rendre votre travail plus pénible qu'il ne l'est déjà. Alors, aucune trace de plourdeostus?

Les trois chercheurs le regardèrent avec une hostilité immédiate.

– Que savez-vous du plourdeostus?

Henry arbora un sourire radieux.

– Tout ce que je sais du plourdeostus, c'est que c'est un nom foutrement ridicule! Oh, allons, cessez d'avoir l'air aussi abasourdi. Je m'appelle Henry Watkins, département de philosophie à l'université de San Diego. Ma femme... mon *ex*-femme, plutôt... est Andrea Steinway. Oui, *cette* Andrea Steinway. Je lui ai parlé au téléphone, il y a une heure et demie à peine.

– Le Pr Watkins était ici quand le cadavre a été découvert sur le rivage, intervint Salvador, en guise d'explication supplémentaire.

Les trois chercheurs semblèrent un brin rassurés, mais pas particulièrement ravis.

– Nous préférerions que les observateurs non experts soient tenus à l'écart, fit l'un d'eux d'une manière arrogante.

– Oh, voyons, nous sommes *tous* des observateurs non experts, y compris vous-mêmes, déclara Henry avec une immense allégresse. Andrea m'a dit qu'elle n'avait encore jamais vu une créature comme cette anguille, nulle part, et elle en sait plus que quiconque sur les répugnants habitants de l'océan. Nous sommes tous dans le noir le plus complet.

Salvador attendit un moment tandis que les chercheurs continuaient de creuser, puis il prit Henry par le bras et l'entraîna à l'écart.

– Vous avez peut-être raison, Henry. Il se peut que nous soyons tous dans le noir le plus complet. Mais j'ai l'impression que vous trois, qui avez découvert le cadavre, êtes un peu moins dans le noir que nous autres. Dites-moi... qu'est-ce qui vous a conduit à venir ici, à ce moment précis?

Henry lança un regard à Gil et Susan. Ils lui firent un signe de la tête, si infime que personne d'autre ne s'en aperçut.

– Eh bien..., dit Henry lentement, c'était un genre de pressentiment, c'est tout. Ce n'est pas facile à décrire.

– Essayez toujours, insista Salvador.

– Je ne sais pas si j'y arriverai, fit Henry. Disons que j'ai eu le sentiment que je devais me trouver ici.

Salvador dit, doucement :

– Mr. Belli est convaincu, après avoir examiné le corps de cette jeune femme, qu'elle était déjà morte lorsqu'elle est entrée dans l'eau. Il pense que les anguilles n'ont absolument rien à voir avec sa mort. Le problème de Mr. Belli, c'est qu'il est incapable de déterminer une autre cause de la mort. Il n'y a aucun signe de strangulation, on ne lui a pas défoncé le crâne avec un instrument contondant, elle n'a pas été tuée par balles, ni poignardée.

Bien sûr, l'abdomen avait été dévoré en grande partie, et il est possible que la mort ait été causée par un traumatisme très important dans la région abdominale, mais le sang de la jeune femme était resté dans ses veines et ses artères, ce qui indiquerait que son cœur s'est arrêté de battre avant que des blessures lui aient été faites.

Salvador attendit un long moment pour voir l'effet que cette information faisait sur Henry, puis il ajouta, très calmement :

– Mr. Belli est très en colère, et frustré.

A ce moment, l'un des chercheurs de Scripps jeta sa pelle sur le sable et dit :

– Bon, terminé ! Il n'y a rien ici. Ça suffira pour aujourd'hui.

Susan s'avança, une main levée.

– Attendez ! dit-elle d'une voix haute et claire... une voix que tous entendirent, malgré le grondement incessant du ressac. Attendez... ne vous arrêtez pas encore ! Creusez un peu plus profondément.

Le chercheur de Scripps coula un regard vers Salvador, et l'expression sur son visage signifiait clairement « Dites à cette fille de foutre le camp, et vite, d'accord ? ».

Mais Salvador se tourna, les mains jointes derrière son dos, et demanda :

– Gil ? Henry ? Qu'en pensez-vous ? Est-ce qu'ils doivent continuer de creuser ?

– Susan a raison, affirma Gil. Ils doivent continuer de creuser.

– Qui sont ces gens ? voulut savoir le chercheur de Scripps.

– Ils ont trouvé le corps de la jeune femme, répondit Salvador.

– Et cela fait d'eux des experts ? rétorqua le chercheur d'une voix bourrue, se hissant en dehors du trou.

Salvador prit son mouchoir dans sa poche et s'essuya le nez.

– Si vous ne continuez pas de creuser, déclara-t-il, je serai obligé de demander à mes hommes de le faire. Bien sûr, s'il y a quelque chose ici, ils ne seront peut-être pas aussi minutieux dans leur travail que vous le seriez probablement, mais c'est un risque que je devrai prendre. Je m'intéresse à l'aspect biologique de cette affaire, bien sûr, mais j'enquête également sur la mort d'une personne, et pour moi c'est la priorité numéro un.

Le chercheur regarda avec animosité Henry, Gil et Susan, puis il dit :

– Bon, comme vous voulez! On continue de creuser pendant une demi-heure, ensuite on arrête tout.

Ils attendirent sur la plage tandis que le soleil descendait petit à petit sur l'horizon et embrasait l'océan, un or éblouissant. Les chercheurs de Scripps creusaient lentement et méthodiquement; ils s'arrêtaient chaque fois qu'ils heurtaient une pierre ou un morceau de bois. Salvador s'approcha d'Henry et lui demanda :

– Et vous? Vous pensez qu'il y a quelque chose ici?

– Je ne sais pas, répondit Henry d'une voix rauque. Il commençait à sentir la barre douloureuse d'une migraine sur son front, et le reflet aveuglant du soleil sur l'océan n'arrangeait pas les choses. Il aurait dû apporter une flasque de vodka afin de tenir à distance sa gueule de bois, mais il était trop tard maintenant. Les membranes autour de son cerveau commençaient à se raidir et à palpiter, et ses nerfs optiques lui donnaient l'impression d'être de la ficelle mâchonnée.

John Belli consulta sa montre.

– Il n'y a rien ici, Sal, regardons les choses en face! Ces anguilles n'avaient rien à voir avec la cause première de la mort. Je propose que nous arrêtions ces recherches.

– Encore cinq minutes, s'obstina Salvador.

Trois minutes s'écoulèrent, quatre. Puis, sans comprendre pourquoi, Susan s'aperçut qu'elle s'approchait de l'excavation. Lorsqu'elle tourna la tête, elle vit que Henry et Gil l'avaient suivie et se tenaient derrière elle. Salvador remarqua leur petit manège et les observa attentivement.

Dans le sable noir et humide tout au fond du trou, quelque chose bougea. Le chercheur la toucha avec sa pelle, et cela bougea à nouveau.

– J'ai trouvé quelque chose, dit-il, pas très fort, et sa voix se cassa au milieu de la phrase. Ça remue.

Salvador s'avança immédiatement, sortit son P.38 et releva le chien.

– Faites très attention! lança-t-il au chercheur. Lorsque nous avons essayé de capturer la dernière de ces créatures, elle a arraché la moitié du visage à l'un de mes hommes.

– Merci de me prévenir, fit le chercheur d'un ton sarcastique.

L'un de ses collègues se laissa glisser dans le trou, à côté de lui, et ensemble ils commencèrent à dégager le sable de la forme tout au fond.

– C'est vivant, sans aucun doute, déclara le second chercheur. Au toucher, cela ressemble à une créature à sang chaud, et je la sens bouger.

– Est-ce que c'est une anguille? demanda Salvador.

– Jamais de la vie! répondit le premier chercheur. Cette bestiole est grosse, beaucoup plus grosse que l'anguille que vous avez apportée à l'Institut. Je sens... un genre de colonne vertébrale. Une colonne vertébrale couverte de protubérances. Et des côtes.

– Faites attention, répéta Salvador.

Henry pensait, maintes et maintes fois, *s'ils réussissent à trouver une cachette, ils grandissent, et au bout de six mois environ, ils sortent de leur cachette, aussi adultes que leur géniteur.* Il n'avait pas besoin de regarder Gil ou Susan pour savoir qu'ils pensaient la même chose. Ils avaient déjà développé cet étrange rapport mental.

Les deux chercheurs dégagèrent précautionneusement la forme qu'ils avaient trouvée dans le sable. Une colonne vertébrale, cartilagineuse et noire. Une cage thoracique bombée, chaque côte séparée de la suivante par un cartilage foncé, à moitié transparent. Puis une ceinture pelvienne, diminuée et étroite, un long coccyx articulé, qui formait presque une queue, et des jambes osseuses, ramenées sous le corps dans la position d'un fœtus.

Henry voyait le cœur de la créature battre à travers le mince cartilage de sa cage thoracique. Un sentiment de terreur mortelle le gagna, et il s'aperçut qu'il priait à voix basse. Il priait pour que la créature meure lorsqu'on la retirerait du sable. Il priait pour qu'il ne soit pas obligé de la regarder. Il priait pour que ce soit la seule, et pour que toutes les autres soient mortes, étouffées dans le sable.

– *Notre Père qui êtes aux cieux, que Votre nom soit sanctifié...*

Les deux chercheurs, travaillant côte à côte, déblayèrent le sable de l'arrière de la tête de la créature. Celle-ci devait mesurer un mètre environ de la tête aux pieds, si ses jambes étaient allongées.

L'un des chercheurs passa sa main le long de la colonne vertébrale de la créature, puis s'exclama brusquement :

– Hé, regardez ça!

Une enveloppe de peau squameuse, mince comme du

papier, s'était détachée du coccyx. Il la ramassa et la tendit délicatement à son collègue qui était agenouillé au bord du trou. Celui-ci la brandit, et les dernières lueurs du soleil couchant brillèrent à travers la peau. Elle bruissait dans la brise du large, aussi faiblement que du papier de soie.

– Qu'est-ce que c'est? demanda Salvador.

– A mon avis, ça ressemble à la mue d'une anguille, répondit le chercheur.

– Alors, c'est ça? C'est ce que nous cherchions? Elle s'est développée à ce point, en deux jours à peine?

Le chercheur tendit la main derrière lui et prit son sac à dos. Il défit les courroies et sortit un sachet en plastique dans lequel il glissa précautionneusement la peau d'anguille.

– Ça en a tout l'air, non?

– Mais quelle sorte de créature peut faire ça? Et quelle sorte de créature peut être en gestation sous le sable?

Le chercheur lui adressa un sourire sarcastique.

– Nous sommes là pour le découvrir, lieutenant.

Salvador coula un regard vers John Belli, mais celui-ci arbora un air maussade, les mains jointes sur sa poitrine, avança sa lèvre inférieure, et ne dit rien.

– Bon, d'accord, lança Salvador. Vous voulez bien sortir la créature de là? Duncan, allez chercher la civière dans le coffre de ma voiture. Apportez également des couvertures. Keith, il y a des sangles dans la voiture de patrouille. Allez les chercher. Nous devrions réussir à les glisser sous le corps de la créature et à la soulever très doucement pour la sortir du trou.

– Vous *ne pouvez pas* la sortir de ce trou, chuchota Susan.

– Allons, nous ne pouvons pas la laisser là! dit Salvador.

– Maintenant que vous l'avez trouvée, vous devez la tuer, insista Susan. Vous devez apporter des fils électriques, des fils sous haute tension, et l'électrocuter. C'est la seule façon. Il faut l'électrocuter et l'enterrer à nouveau.

Les chercheurs de Scripps secouèrent la tête. L'un d'eux déclara, avec une lassitude feinte :

– D'abord, elle insiste pour que nous continuions de creuser afin de localiser cette créature. Et maintenant elle veut que nous la tuions, et l'enterrions à nouveau. Vous êtes sûr qu'elle n'est pas...? (Il pointa son index sur sa tempe et le fit pivoter, pour suggérer que Susan avait une case en moins.)

– Vous allez faire ce qu'elle dit, exigea Gil d'une voix forte et dure.

– Oh, vraiment? rétorqua le chercheur. Bon, écoutez, c'est notre boulot, et nous le faisons comme bon nous semble, et nous ne recevons pas d'ordres de badauds qui passent dans le coin par hasard. Je me suis bien fait comprendre?

Henry toucha l'épaule de Salvador.

– Ils ont raison, vous savez. Il faut absolument que vous détruisiez cette créature, tout de suite.

– Mais pour quelle raison? demanda Salvador. Je ne dis pas que vous avez tort, mon ami, mais avant d'adopter une quelconque ligne de conduite, je veux savoir *pourquoi*.

– Je ne peux pas vous dire pourquoi. Je ne sais même pas pourquoi, moi-même. Mais c'est extrêmement urgent. Cette créature ne doit pas vivre une seconde de plus!

– Mon cher Henry, dit Salvador calmement, je ne peux pas donner l'ordre de la tuer sans avoir un motif plausible. Elle fait partie d'une enquête approfondie sur un homicide. C'est une créature vivante d'un très grand intérêt scientifique, bien qu'elle ait dévoré le corps d'une jeune femme et qu'une autre ait mutilé l'un de mes hommes. C'est peut-être la seule qui est ici, ou du moins la seule que nous trouverons. Qu'est-ce que je dirai à mes supérieurs, si je l'électrocute et l'enterre à nouveau? Que j'ai agi à l'instigation d'une jeune fille de dix-sept ans, d'un jeune homme de dix-neuf ans, et d'un professeur de philosophie à l'université? Que vous avez insisté tous les trois, disant que c'était extrêmement urgent, et que j'ai alors décidé qu'il était plus sage d'obéir?

Salvador ne dit rien de plus pendant un moment ou deux, mais il pencha la tête d'un côté, d'un air interrogateur, demandant à Henry de comprendre pourquoi il ne pouvait être question de détruire la créature sur-le-champ.

– Est-ce que vous me comprenez? demanda finalement Salvador. Vous voyez ce que je veux dire?

Henry ne se sentait pas bien du tout. Il transpirait, tremblait et était glacé, tout cela en même temps. Il essuya de son bras son front graisseux.

– Je ne sais pas quoi vous dire, Salvador. Le danger est très grand. Si vous ne tuez pas cette créature maintenant, vous le regretterez jusqu'à la fin de vos jours, croyez-moi!

Les yeux de Henry commencèrent à s'assombrir.

– J'espère que ce n'est pas une menace.

– Une menace? s'exclama Henry, stupéfait. Mon cher Salvador, je n'ai pas le pouvoir ni les moyens de menacer quiconque, pas même mon ex-femme, et certainement pas vous. Je parle de ceci, de cette chose au fond de cette excavation. A votre avis, qu'est-ce que c'est, Salvador? Répondez en toute franchise! Vous avez vu ce qu'elle a fait à votre officier de police, alors qu'elle n'était même pas adulte. A votre avis, que peut-elle faire maintenant? Mais regardez-la! Cette créature est le rejeton du Diable, voilà ce qu'elle est! Et vous devez absolument la tuer!

John Belli s'approcha et dit à Henry, d'un ton sec :

– Vous... vous et vos deux petits camarades! Je veux que vous partiez immédiatement! Cette créature est une preuve matérielle, et elle doit être examinée pathologiquement. Je ne veux plus vous voir par ici, c'est compris? Vous êtes une menace possible pour cette créature, à mon avis, et je veux que vous partiez tout de suite. Dégagez!

– Monsieur, nous ne sommes pas une menace pour cette créature, déclara Gil, mais cette créature est une menace pour l'humanité.

– Il a raison, ajouta Susan. Cette créature est le rejeton du Diable.

John Belli soupira et se passa la main sur le menton.

– Salvador, implora-t-il avec une impatience mal dissimulée.

– Il a raison, j'en ai peur, leur dit Salvador. Vous allez devoir partir. C'est la stricte observation du règlement, en fait. Retournez derrière cette barrière, vous verrez très bien de là-bas. Mais je vous conseille de vous tenir tranquilles, sinon je serai obligé de vous faire quitter la plage, ou même de vous emmener au commissariat central pour entrave à l'action de la police.

Henry regarda Salvador dans les yeux.

– Je vous le demande une dernière fois, dit-il, la bouche sèche.

– Désolé, mais c'est non, fit Salvador.

Henry, Gil et Susan s'éloignèrent à contrecœur de l'excavation, et Salvador les accompagna jusqu'à la barrière.

– Ces personnes sont autorisées à rester ici, dit Salvador aux officiers de police. Mais pas plus près, c'est compris?

Tous trois attendirent derrière la barrière tandis que les chercheurs de Scripps continuaient d'enlever précautionneusement le sable noir et humide. John Belli s'en alla au bout d'un moment, puis revint sur la plage à bord de son break, en marche arrière. Il s'arrêta à moins de six mètres de l'excavation. Il descendit du break et abaissa le hayon.

– Prions pour que la créature ne survive pas, une fois qu'ils l'auront dégagée du sable, dit Henry.

– Elle survivra, fit Gil d'une voix tendue.

– Nous pouvons toujours prier, dit Susan.

– Prier qui? demanda Gil. Dieu? Ou Ashapola? Ou le Département de police de San Diego?

John Belli sortit des couvertures de son break et les secoua. Il se pencha et les tendit aux chercheurs. Henry ne pouvait pas voir ce qu'ils faisaient, mais il devina qu'ils enveloppaient la créature dans les couvertures, afin d'être à même de la soulever et de la sortir du trou. Après un moment interminable et une longue discussion inaudible, l'un des officiers de police alla jusqu'à la voiture de Salvador et rapporta un rouleau de sangles en toile, qu'il donna aux chercheurs.

Finalement, au moment où le soleil touchait le bord de l'océan et commençait à s'aplatir sur l'horizon, la créature enveloppée dans les couvertures fut hissée en dehors du trou, grâce aux efforts réunis des trois chercheurs de Scripps, des deux officiers de police, de John Belli et de Salvador Ortega. A en juger par la façon dont ils posèrent immédiatement la créature sur la civière, Henry comprit qu'elle était très lourde, un poids sans commune mesure avec sa taille.

– J'ai l'impression qu'elle pèse sacrément lourd, fit remarquer Gil.

Henry hocha la tête et se mordilla la lèvre.

Il y eut une autre discussion entre les policiers et les chercheurs, puis ils se placèrent autour de la créature et la portèrent jusqu'au break de John Belli, la glissant précautionneusement à l'arrière du véhicule. John Belli referma le hayon. Henry vit que Salvador lui disait quelque chose, tandis qu'il verrouillait le hayon. Henry remarqua également que la suspension arrière du break touchait presque le sable.

Dix autres minutes furent nécessaires à John Belli pour quitter la plage. Ses roues arrière s'enfonçaient si profondément dans le sable que les officiers de police furent obligés de chercher des morceaux de bois flotté pour les caler sous les roues, afin de lui donner une prise. Finalement, dans un jet de sable, le break remonta la plage en grondant et rejoignit la route.

Salvador vint vers la barrière de police, les mains dans les poches.

– Eh bien, mes amis, dit-il, c'est tout ce qu'il y a à voir pour aujourd'hui!

– Où Belli l'emmène-t-il? lui demanda Henry.

– A son labo, bien sûr. Mais les gens de Scripps ne seront pas oubliés. Une fois que Belli l'aura examinée, relativement à la mort de la jeune femme, il la fera transporter à La Jolla. Là-bas, ils pourront l'analyser tout à loisir et nous en dire un peu plus sur son cycle biologique.

Il sourit.

– Je suis désolé de vous avoir demandé de retourner ici, mais John Belli est très susceptible, concernant les ingérences, si vous voyez ce que je veux dire.

– Il n'y a aucune ingérence de notre part, lieutenant, croyez-moi, dit Gil. S'il y a ingérence, elle est le fait de ces types de Scripps et de votre ami Belli. Cette créature n'est pas une plaisanterie. C'est une épidémie vivante.

Salvador lui lança un regard sévère.

– Personne n'a dit que c'était une plaisanterie, mon garçon. Personne n'a envie de plaisanter lorsqu'il s'agit de la mort d'un être humain, croyez-moi.

– Excusez-moi, murmura Gil. Mais vous auriez dû nous écouter. Nous savons de quoi nous parlons.

– Vous ne savez rien du tout, répliqua Salvador. Et n'oubliez pas que vous êtes autorisés à rester ici uniquement grâce à mes bons offices.

– Est-ce que la créature était encore vivante lorsque vous l'avez hissée en dehors du trou? intervint Henry, calmement.

– Autant que je sache, lui répondit Salvador. Son cœur battait toujours.

– Son visage... est-ce que vous avez vu son visage? demanda Susan.

Salvador secoua la tête.

– Elle était complètement emmitouflée dans les couvertures. Ils ont imbibé d'eau les couvertures qui recouvraient son visage, puis ils les ont serrées fortement autour de sa tête. Je pense que c'était pour reproduire l'effet du sable humide.

– Bien, dit Henry d'un air résigné, je suppose que vous avez fait ce que vous estimiez être votre devoir. Mais, je vous en prie, assurez-vous que la créature est gardée en lieu sûr, et qu'il y a toujours quelqu'un pour la surveiller.

Salvador lui lança un regard pénétrant.

– Que *savez-vous*, Henry?

– Je ne sais rien, excepté que c'est une créature destructrice et malfaisante, et qu'elle va grandir très vite pour devenir quelque chose que ni vous ni moi ni personne d'autre ne sera capable de maîtriser.

– Et qui vous a dit cela, pour que vous en soyez aussi certain?

– Je ne peux pas vous le dire. J'ai promis de ne pas le dire. Mais, croyez-moi, cela venait de la plus haute autorité possible.

– Je ne reconnais que deux autorités, Henry, déclara Salvador. Le Département de police de San Diego, et Dieu. Si ce n'était ni l'un ni l'autre, alors cela ne m'intéresse absolument pas.

– Ce n'était pas le Département de police de San Diego, dit Henry.

Salvador éclata de rire. Son chauffeur avait mis en marche le moteur de sa voiture, et les chercheurs de Scripps rangeaient leur matériel.

– Il faut que je parte maintenant, dit-il, et il salua Henry de la main. Mais je suis sûr que je vous rencontrerai à nouveau. Merci pour toutes vos mises en garde terrifiantes! Je suis sûr que vous avez exaspéré John Belli au plus haut point.

Lorsqu'il fut parti, Henry, Gil et Susan remontèrent la plage jusqu'à la promenade.

– Vous voulez boire quelque chose? leur demanda Henry.

– Non, merci, dit Susan. Et vous feriez mieux de vous abstenir, vous aussi. N'oubliez pas que nous serons des Guerriers de la Nuit ce soir.

– Libre à vous de dire ça, protesta Henry, mais j'ai la plus monumentale des gueules de bois qui aient jamais existé!

– Vous ne vous en débarrasserez pas en buvant.

– Je ne m'en débarrasserai pas en *ne buvant pas*, non plus. Alors autant boire, d'accord?

Susan le prit par le bras et ils marchèrent ensemble, se dirigeant vers le cottage d'Henry. Il commençait à faire nuit. L'embrasement du soleil couchant s'estompait petit à petit; les mouettes décrivaient des cercles dans le ciel et cherchaient des insectes pour un dernier casse-croûte.

– Allez, faites-moi plaisir, dit Susan, et promettez-moi de ne pas boire une seule goutte d'alcool jusqu'à ce soir.

Henry fit une grimace.

– Je ne suis pas certain de faire un Guerrier de la Nuit digne de ce nom si je ne bois pas.

– Ne me dites pas que vous êtes un alcoolique à ce point!

– Ai-je jamais dit que j'étais un alcoolique? Bien sûr que je ne suis pas un alcoolique. Je n'ai pas bu du tout mardi dernier, pas un seul verre de toute la journée. Je bois beaucoup, c'est vrai, mais je bois parce que j'aime ça. Je me sens bien quand je bois. Et je n'en fais pas mystère. Je ne cache pas des bouteilles de vodka derrière mon canapé. Et je ne bois pas quelque chose que je n'aime pas. J'ai une bouteille de Malmsey chez moi depuis des mois, et je n'y ai même pas touché. Allons, un véritable alcoolique boit n'importe quoi!

Susan serra son bras.

– L'ennui, Henry, c'est que nous allons dépendre entièrement de vous cette nuit. Vous êtes le pivot de l'équipe, le gardien de la charge. Et si quelque chose tourne mal parce que vous êtes ivre?

– Je serai à la hauteur, je vous le promets, dit Henry. Il y a des gens qui tiennent l'alcool, et il y a des gens qui ne le tiennent pas. Il se trouve que j'appartiens à la première catégorie.

– Vous savez que j'ai perdu mes parents? dit Susan.

Ils étaient arrivés devant le cottage d'Henry. Gil marchait quelques mètres derrière eux, sans chercher à les rejoindre. Il faisait semblant de contempler la mer et d'observer un nuage qui avait la forme d'un point d'interrogation.

Henry ne dit rien, mais regarda Susan, le visage grave.

– Ils sont morts dans un accident de voiture, reprit Susan. Ils revenaient d'une réception à Escondido, et leur voiture a quitté la route à proximité du lac Hodges.

– Je suis sincèrement navré, lui dit Henry.

Susan redressa la tête et regarda Henry dans les yeux.

– Le médecin légiste a dit que mon père avait deux fois plus d'alcool dans le sang que la limite légale.

Henry posa une main sur l'épaule de Susan. Il s'efforça de sourire, mais ce ne fut pas très convaincant.

– Je pense qu'il n'y a rien à répondre à cela, hein? dit-il.

Gil s'approcha et leva son bras gauche, montrant sa montre-bracelet.

– Nous devons convenir d'une heure, dit-il. Dix heures, ça vous va?

– C'est un peu tôt pour moi, fit Henry. Je préférerais onze heures. Autrement, inutile d'espérer que je sois endormi, et vous serez livrés à vous-mêmes.

– Onze heures, c'est parfait pour moi, dit Susan. Mes grands-parents vont se coucher à dix heures et demie, et c'est à ce moment qu'ils éteignent la télévision. Pas question que je m'endorme avant!

– Entendu pour onze heures, alors, acquiesça Henry, et il cita *Macbeth* : Quand nous reverrons-nous tous les trois... en plein orage, parmi les éclairs, ou sous la pluie?

Susan termina la citation.

– Quand le tumulte aura pris fin... lorsque la bataille sera perdue et gagnée.

Henry ôta sa main de l'épaule de Susan.

– J'ai bien peur que vous n'ayez raison.

Il regarda Gil et Susan s'éloigner sur la promenade et s'en retourner vers Solana Beach. Il faisait encore suffisamment jour pour qu'ils puissent passer par la plage, et c'était marée basse. Un paysage romantique, pensa-t-il, par une belle nuit comme celle-là, une nuit pleine d'espérance et de promesses.

Mais aussi une nuit de peur, songea-t-il, comme il ouvrait la porte d'entrée et s'avançait dans son séjour silencieux. Tout ce qui luisait, c'était le verre de l'écran du téléviseur, et la bouteille de vodka à moitié vide sur la table basse. *Ils brillent,* se dit-il, *les deux placebos pour toutes les maladies connues chez l'homme, physiques ou mentales*. Un cinquième de vodka et une demi-heure de *Pyramide*, et l'insensibilité surviendra, infaillible!

Il alluma la lampe près du canapé. Sa montre était posée là où il l'avait laissée la nuit précédente, à côté d'un exemplaire fatigué de *l'Éthique* de Spinoza. Il prit d'abord le livre. Pour une raison qu'il avait oubliée, il avait souligné les mots « Nous sentons intuitivement et savons que nous sommes éternels ». Puis il prit sa montre. Sept heures dix-huit. Presque quatre heures à attendre. Comment allait-il s'occuper pendant quatre heures?

Il pouvait terminer sa thèse. Il pouvait continuer de lire Spinoza. Il pouvait prendre une douche et se laver les cheveux. Il s'assit et délaça lentement ses sneakers. Il leva les yeux. La bouteille de vodka luisait devant lui.

9

Elle poussait son chariot dans l'allée centrale de Ralph's lorsque le jeune homme tourna le coin, poussant son propre chariot, et la heurta violemment.

– Oh, je suis vraiment désolé, lui dit-il.

Il était grand, avait des cheveux frisés, et il lui rappela presque tout de suite Elliot Gould.

– Je crois que je suis un conducteur plutôt déplorable. Vous n'êtes pas blessée?

– Je survivrai, sourit-elle.

Elle continua de pousser son chariot le long du rayon aromates et épices. Elle donnait un petit dîner le lendemain soir...non pas qu'elle soit particulièrement ravie. Paul était à Las Vegas depuis une semaine, négociant un nouveau contrat avec le Desert Hotel Group, et il allait ramener trois de ses clients pour leur montrer toute la gamme de ses appareils les plus récents, à son atelier de constructions mécaniques de Burbank.

Elle détestait ces dîners d'affaires. Les clients étaient petits, gros et juifs, ou bien petits, gros et italiens, ou bien petits, gros et japonais. Ils buvaient trop, fumaient trop et essayaient de la peloter en douce. Ensuite, elle avait toujours l'impression qu'une partouze avait eu lieu dans sa maison. Elle avait supplié Paul d'emmener ses clients au restaurant – « Ils seront beaucoup plus impressionnés si tu les invites au restaurant » –, mais Paul croyait aux vertus de l'ambiance familiale, plus intime. Lorsque des hommes sont en voyage d'affaires, loin de chez eux, affirmait-il, ils voient trop de restaurants. Ils ont envie de se sentir à leur aise et détendus. Ils veulent avoir l'impression d'être des *amis* plutôt que des relations d'affaires.

C'est pourquoi, deux ou trois fois par mois, Jennifer devait préparer un dîner pour quatre ou cinq personnes : carbonnade de bœuf, ou canard rôti avec des primeurs, ou côtelettes d'agneau à la provençale. Elle avait Inez pour l'aider, bien sûr, mais, même si elle avait eu sous ses ordres vingt personnes travaillant à la cuisine, ses sentiments envers les dîners d'affaires n'auraient changé en rien. Il y avait les gros rires, les remarques grossières, les histoires paillardes et un manque d'éducation tout à fait consternant. Chaque fois qu'elle pensait aux dîners d'affaires, elle pensait au président de la Northern Frate, écrasant son cigare dans la sauce madère qu'il avait laissée dans son assiette.

Jennifer estimait qu'elle méritait probablement mieux. Un intérieur plus agréable, un mari plus agréable, une vie plus agréable. Cependant, lorsqu'il ne lui demandait pas de préparer des dîners d'affaires, Paul était amusant et attentionné, et elle pensait qu'il l'aimait toujours, dans la mesure où il était capable d'aimer quelqu'un. Tout simplement, c'était la monotonie inexorable de chaque jour qui la déprimait. La monotonie des travaux domestiques, et puis, une fois les travaux domestiques terminés, la question fatidique, toujours la même : que pouvait-elle bien faire pour occuper le restant de la journée? Elle essayait souvent de faire durer un petit ouvrage de broderie pendant plusieurs jours d'affilée, et le défaisait jusqu'à ce qu'il soit absolument parfait. Elle avait beaucoup d'amies, mais toutes étaient dans la même situation inextricable. Leurs enfants étaient partis à l'école, leurs maris étaient partis au bureau, et autant regarder les choses en face, toutes les femmes n'étaient pas capables d'écrire *Scrupules*, ou d'être le grand patron de la Fox, ou de disputer des championnats de tennis.

Chaque fois qu'elle allait voir sa sœur Nesta à San Francisco, elle regardait par le hublot de l'avion et essayait de compter toutes les piscines bleu turquoise qui constellaient la Vallée, tout en pensant : près de chacune de ces piscines il y a une maison, et dans chacune de ces maisons, il y a une femme qui se morfond et qui n'attend plus rien de la vie.

Jennifer s'arrêta devant l'un des piliers recouverts de glaces et se regarda posément. Brune, yeux marron, bien faite, recherche distractions. S'habille avec goût, conversation intelligente, fait l'amour avec fougue au besoin.

N'est pas intéressée par la broderie ou la restauration à domicile. Préfère chasser le rhinocéros, sillonner des océans inexplorés, danser jusque bien après l'aube, et courir nue dans des champs de pavots agités par le vent.

Elle plissa les yeux. Le jeune homme qui avait tamponné son chariot quelques minutes auparavant se tenait derrière elle et l'observait. Elle rougit soudainement et se retourna, espérant qu'elle n'avait pas fait ses grimaces habituelles.

– Excusez-moi, dit-il. Je pensais simplement que vous étiez très séduisante.

– Quoi? lui demanda-t-elle, comme s'il était fou à lier. (Seigneur, il l'était probablement!)

– Je dois préparer ce dîner pour ce soir, lui dit-il.

Il le dit d'une telle façon qu'elle ne fut pas du tout sûre de ce qu'il avait dit. Sa mémoire devenait catastrophique, tandis que la quarantaine approchait petit à petit. La quarantaine, c'est comme la porte de sortie de Disneyland. Une fois que vous l'avez franchie, vous ne pouvez plus retourner en arrière. Au-delà de cette limite, votre ticket...

– C'est de l'agneau, ajouta-t-il d'un air affolé.

Elle ouvrit de grands yeux.

– Qu'avez-vous dit?

– Ce repas que je dois préparer ce soir. Les parents de ma fiancée sont en ville. Je n'ai pas les moyens de les emmener au restaurant, alors j'ai pensé leur faire à dîner.

– Et vous avez l'intention de leur faire de l'agneau?

– J'ai cette recette, regardez. Je l'ai découpée dans la rubrique cuisine de vendredi dernier.

Il lui tendit une coupure du *Times* soigneusement pliée. Elle prit le papier mais elle fut incapable de le lire parce qu'elle ne portait pas ses lunettes. Elle farfouilla dans son sac et parvint finalement à les trouver.

– Bon, voyons un peu, dit-elle en scrutant le papier. Qu'est-ce que c'est exactement?

Elle parcourut rapidement la recette. C'était de l'agneau en croûte, un gigot d'agneau enrobé de pâté de foie et d'herbes, enveloppé de pâte, puis cuit au four. Elle lui rendit le papier.

– Vous cuisinez beaucoup? demanda-t-elle.

– Seulement des burgers.

– Vous ne pensez pas que de l'agneau en croûte est quelque peu ambitieux pour quelqu'un qui cuisine seulement des burgers!

– Hum, c'est possible. Mais je me suis dit que si je suivais exactement les indications, et utilisais de la pâte surgelée au lieu d'essayer de la faire moi-même... eh bien, je m'en sortirais peut-être.

– Oh, oui, avec énormément de chance! sourit Jennifer.

Le jeune homme l'amusait. Il avait l'air sérieux, était doux et beau garçon, et il lui parlait comme s'il respectait ses conseils en tant que personne. Rien à voir avec l'attitude de Paul, lequel estimait qu'elle avait de la chance parce qu'il la faisait généreusement bénéficier de son incomparable conversation.

Le jeune homme se gratta la nuque et se concentra.

– Ce dîner est très important, vous savez, et si je prépare quelque chose d'ordinaire, qu'est-ce que les parents de ma fiancée vont penser de moi?

– Vous n'êtes pas obligé de préparer un plat aussi compliqué, dit Jennifer. La plupart des gens préfèrent une cuisine très simple, de toute façon. Je donne des dizaines de dîners, et les plus réussis sont toujours les plus simples. Par exemple, un rôti de porc, ou...

– Ils sont juifs, l'interrompit le jeune homme.

– Hum, dans ce cas, vous pouvez préparer quelque chose de simple avec du bœuf ou du poisson.

Le jeune homme contempla tristement la recette qu'il tenait dans sa main.

– Vous avez raison, dit-il. Je ferais peut-être mieux de préparer quelque chose de très simple. Des côtes de bœuf, peut-être.

Jennifer l'observa un moment. Au fond de son chariot, il y avait déjà du pâté de foie, d'exotiques herbes de Provence et de la pâte brisée surgelée, ainsi que des petits pois, de toutes petites carottes et des pommes de terre rouges.

– Je peux vous proposer quelque chose, s'entendit-elle dire. Vous venez chez moi cet après-midi et je prépare l'agneau en croûte pour vous. Il faut faire cuire partiellement l'agneau, de toute façon, avant de l'envelopper dans le pâté de foie, les herbes et la pâte. Je ferai tout ça, et il ne vous restera plus qu'à rentrer chez vous et à le mettre au four.

Le jeune homme la regarda avec stupeur.

– Vous feriez ça?

– Pourquoi pas? Je n'ai rien d'autre à faire cet après-midi. Ce sera très amusant.

– Hé, c'est formidable! dit le jeune homme. Mais vous ne me connaissez même pas. Je pourrais être le Tueur à la Hache de Hollywood, ou quelqu'un comme ça!

– Oh, bien sûr, fit Jennifer avec entrain, poussant son chariot devant elle. Le Tueur à la Hache de Hollywood fait ses courses chez Ralph's et se demande comment préparer de l'agneau en croûte pour ses futurs beaux-parents, juifs de surcroît.

Le jeune homme suivit Jennifer dans l'allée.

– Même Charles Manson faisait ses courses, dit-il timidement.

Jennifer fit halte et leurs chariots se tamponnèrent à nouveau.

– Vous n'êtes pas un ami de Charles Manson, dites-moi? demanda-t-elle, seulement à moitié sérieusement.

Le jeune homme plaqua sa main sur sa poitrine d'un air horrifié.

– Moi? Non, bien sûr que non!

– Écoutez, dit Jennifer, nous ferions mieux d'utiliser un seul chariot, afin d'éviter un très grave accident de la route, d'accord?

Il leur fallut dix minutes pour terminer leurs emplettes, puis le jeune homme poussa le chariot vers la voiture de Jennifer, une Eldorado vert métallisé, vieille de six mois.

– Où est votre voiture? demanda Jennifer.

Le jeune homme montra avec hésitation une Le Sabre délabrée, vieille de douze ans, à la suspension affaissée. Jennifer sourit.

– Vous voulez la laisser ici et monter dans la mienne?

– Non, ça ira. Je vais vous suivre. Pas trop près. Je ne voudrais pas vous embarrasser.

– Il serait temps que je connaisse votre nom, dit Jennifer. Et que vous connaissiez le mien, non? Je m'appelle Jennifer Shepheard.

Ils se serrèrent la main.

– Bernard Muldoon, lui dit le jeune homme. Je fais des études commerciales à l'université de San Diego. Pour devenir un grand capitaine d'industrie!

– Ravie de vous connaître, Bernard.

Ils sortirent du parking et s'engagèrent sur Hollywood Boulevard, se dirigeant vers l'ouest. Jennifer surveillait dans son rétroviseur la voiture de Bernard qui avançait péniblement. Elle ne voulait pas le perdre durant le trajet. Elle n'habitait pas très loin, juste en haut du canyon sur

Paseo del Serra. Mais, à en juger par la fumée bleue qui s'échappait de l'arrière de la voiture de Bernard, elle se dit qu'elle ferait mieux de rouler lentement. Cinq minutes plus tard, cependant, ils se garaient sur l'allée en pente raide devant la maison à paliers, style ranch, de Jennifer, et Bernard l'aida à porter les sacs d'épicerie vers l'arrière de la maison jusqu'à la cuisine.

Il jeta un regard à la ronde tandis que Jennifer lui ouvrait la porte.

– Les voisins ne vont pas jaser, hein? s'enquit-il.

– Vous n'avez pas l'intention de faire quelque chose qui leur donnerait des raisons de jaser, n'est-ce pas? sourit Jennifer.

Bernard devint rouge comme une pivoine.

– Euh, non, bien sûr que non. Mais je connais la mentalité de certaines de ces banlieues. Les gens vivent uniquement de commérages et de bonbons Stouffer's.

– Vous pensez que je suis comme ça? demanda Jennifer.

Elle songea à cet après-midi de la semaine précédente, où elle s'était allongée sur le canapé et avait lu le dernier roman de Jackie Collins, tout en mangeant des crottes de chocolat, toute la boîte! Cela lui arrivait rarement de faire de telles folies. Elle tenait à garder la ligne. Maintenant elle se promit de ne plus jamais se laisser aller de cette façon.

La cuisine était revêtue de carreaux marron clair et décorée de photographies sous verre de pavots de Californie à côté de l'évier (les pavots au milieu desquels elle s'imaginait parfois en train de danser nue). Il y avait un pot à cookies orné de la tête d'un lapin à l'air stupide, un œufrier contenant dix œufs marron, et un calendrier Currier & Ives [1] que Sammi, sa nièce préférée, lui avait offert, une tentative désespérée d'adolescente pour apprendre le bon goût à sa tante. Jennifer posa les sacs d'épicerie sur le plan de travail et se tourna vers Bernard.

– Est-ce que vous désirez un verre de vin? lui demanda-t-elle. Il y a une bouteille de chablis au frigo. Ou bien de la bière, si vous préférez. Les verres sont dans ce placard, à côté de la balance. C'est ça. Vous voulez bien m'en servir un également?

1. Currier & Ives était une maison de lithographie spécialisée dans les tableaux populaires, représentant des scènes de la vie américaine au XIXe siècle. *(N.d.T.)*

Ils passèrent tout l'après-midi dans la cuisine, à préparer l'agneau en croûte et à parler de tout et de rien. Politique, peinture, télévision, la forme incroyable de Raquel Welch malgré son âge, la contraception pour les mineures, l'énergie nucléaire, Greenpeace, le sens de la vie d'autres personnes, le sens de leur propre vie. Jennifer en croyait à peine ses yeux lorsqu'elle regarda la pendule murale, une reproduction de l'époque coloniale, et vit qu'il était cinq heures largement passées. Bernard l'avait continuellement intéressée, l'avait continuellement amusée. *Si seulement...* mais « *si seulement* » était tout ce qu'une femme mariée pouvait se permettre de penser, quand on avait été élevée comme Jennifer, en tout cas. Au-delà de « si seulement », il y avait les sensations fortes et le plaisir, mais aussi l'insécurité et le danger.

– A quelle heure est votre dîner? demanda Jennifer à Bernard, tandis qu'elle glaçait la pâte avec un œuf. Vous devez mettre ceci au four au moins une heure à l'avance, à 220 degrés.

Bernard se tint immobile, les mains enfoncées dans les poches arrière de son pantalon, et contempla l'agneau un long moment, sans répondre. Jennifer lui lança un regard et demanda :

– Quelque chose ne va pas?

– Eh bien..., commença-t-il.

– Eh bien quoi? Il y a quelque chose qui ne va pas avec l'agneau? Vous n'aimez pas son aspect? Ces fleurs dans la pâte sont peut-être trop recherchées. En principe, cet agneau a été préparé par un homme. Il ne faudrait pas que les parents de votre fiancée vous trouvent un brin efféminé, d'accord? Vous savez comment sont les juifs lorsqu'il s'agit de poursuivre le bon vieil arbre généalogique.

– Non, ce n'est pas ça, dit Bernard. Pour dire la vérité, j'ai un aveu à vous faire.

– Un aveu? s'exclama Jennifer. (Elle alla jusqu'à l'évier et se lava les mains. Puis elle ôta son tablier et dit :) Vous ne me devez rien, vous savez. Pas même la vérité.

– La vérité, déclara Bernard avec une grande simplicité, c'est que je n'ai pas de fiancée.

– Oh! fit Jennifer, et elle regarda l'agneau. Mais si vous n'avez pas de fiancée, cela veut dire que les parents de votre fiancée ne viennent pas dîner chez vous.

– C'est exact, admit Bernard.

– Mais si les parents qui n'existent pas de votre fiancée qui n'existe pas ne viennent pas dîner, alors qui est-ce?

– J'espérais que ce serait moi, avec vous.

Jennifer regarda fixement Bernard, bouche bée.

– Vous espériez que... Vous voulez dire que... Je n'en crois pas mes oreilles! Vous m'avez abordée dans ce supermarché et vous m'avez raconté une histoire pour que je vous invite à dîner! En plus, c'est moi qui ai préparé ce dîner! Mais c'est pas vrai!

– Je vous ai dit que vous étiez très belle. Au moins, j'ai été sincère sur ce point.

Jennifer secoua la tête.

– Je n'arrive pas à le croire. J'ai pensé que j'avais mal compris lorsque vous avez dit cela. Je n'arrivais pas à croire que quelqu'un qui m'était parfaitement inconnu... Je n'arrive toujours pas à le croire! Il faut que je boive! Versez-moi un autre verre de vin, avant que je m'évanouisse!

Bernard s'empressa de remplir son verre de chablis et le lui tendit.

– Je suis vraiment désolé, dit-il. C'est la seule façon que j'ai trouvée pour vous aborder. Vous pouvez me jeter dehors si vous voulez. Vous pouvez même garder l'agneau. Je suis désolé. J'ai été attiré par vous, c'est tout. Je vous trouvais si incroyablement belle, et je ne savais pas quoi faire d'autre.

Jennifer se percha sur l'un des tabourets de cuisine. Elle continuait de secouer la tête.

– Je dois reconnaître que vous êtes arrivé à vos fins. Vous m'avez bien eue! Mais comment saviez-vous que je pourrais vous inviter chez moi? Je suppose que vous vous êtes rendu compte que je suis mariée.

– Oh, bien sûr, dit Bernard. J'étais dans ce drugstore hier, vous savez, celui sur Sunset, et je vous ai vue parler avec une amie. Je me suis approché et j'ai entendu que vous lui disiez que votre mari rentrait samedi. Cela m'a décidé, je pense. Il ne me restait qu'un jour, et je devais trouver quelque chose sacrément vite. Et c'est ce que j'ai trouvé.

– Bon, et maintenant, que faisons-nous? lui demanda Jennifer. D'un point de vue moral, je pense que je devrais vous prendre au mot et vous jeter dehors. D'un point de vue immoral, bien sûr, je devrais dire, au diable tout ça!

Et puisque j'ai passé tout l'après-midi à préparer ce satané agneau, autant le mettre au four et vous inviter à le partager avec moi, ce qui n'est pas aussi généreux qu'il y paraît, parce que c'est vous qui avez payé. Par contre, que vont penser les voisins? Ces gens qui se nourrissent de commérages et de bonbons Stouffer's? Par contre encore, qui se soucie de ce qu'ils pensent?

– A vous de choisir, fit Bernard, un peu tristement.

– Je ne sais pas quoi dire, avoua Jennifer. Je ne sais vraiment pas quoi dire. C'est la première fois qu'il m'arrive quelque chose de ce genre, de toute ma vie! Bon, ça va, restez. Nous allons mettre cet agneau au four, continuer de boire du vin, et continuer de parler. Je n'ai pas parlé autant depuis trois ans. Je ne vous demanderai qu'une chose, si cela ne vous ennuie pas, et c'est de prendre votre voiture et de la garer un peu plus loin, sur Orchid Avenue par exemple, vous savez où c'est? De cette façon, les commérages ne dépasseront pas un minimum raisonnable.

– Vous êtes une vraie lady, dit Bernard. Je parle sérieusement. Dès que je vous ai vue, j'ai su que je ne serais pas déçu.

Ils dînèrent dans la salle à manger. Jennifer avait mis une nappe en toile de lin blanche, brodée d'ancolies sur le pourtour. Il y avait beaucoup trop d'agneau pour eux deux, mais Jennifer assura à Bernard que son mari serait ravi de manger de l'agneau au curry la semaine suivante.

– Trois soirs de suite? demanda Bernard.

Ensuite ils prirent place sur le canapé en corbeille, fabriqué sur commande, dans le séjour qui donnait sur le patio de la piscine. Jennifer mit des disques de Frank Sinatra et proposa à Bernard un verre de cognac Courvoisier de Paul. Elle s'assit sur la moquette, tout près de Bernard, et fredonna *My Way*. Bernard sirota son cognac et lui parla de ses études commerciales.

– On doit devenir adulte quand on est dans les affaires. Vous savez ce que Roger Falk a dit.

– Non, sourit Jennifer. Qu'a dit Roger Falk?

– Roger Falk a dit que nombre de directeurs commerciaux pensent qu'ils ont dix ans d'expérience, alors que, en fait, ils ont simplement un an d'expérience multiplié par dix.

– Ma foi, je pense que c'est vrai, fit Jennifer. Prenez Paul, par exemple.

– Sommes-nous obligés de parler de Paul?

Jennifer tourna la tête et leva les yeux vers Bernard.

– Qu'est-ce que cela veut dire? lui demanda-t-elle. (La lumière de la lampe brillait dans ses yeux et elle savait qu'elle était très séduisante.)

Il haussa les épaules.

– Cela veut dire que je n'ai pas particulièrement envie de parler de Paul, c'est tout.

Jennifer posa sa main sur le genou de Bernard.

– Paul est très loin d'ici, murmura-t-elle.

Bernard posa sa main sur celle de Jennifer. Mais, de manière tout à fait inattendue, il dit :

– Il est tard, de toute façon. Je ferais mieux de partir.

Jennifer s'exclama, avec un étonnement non dissimulé :

– Il n'est que onze heures!

– Bien sûr, mais j'ai tout ce trajet jusqu'à Venice.

– Bernard, protesta Jennifer. Onze heures, c'est *très tôt*!

– Oui, je sais, mais j'ai un cours en début de matinée, et vous savez comment c'est.

– Non, je ne sais pas comment c'est! Vous vous êtes donné tout ce mal afin de dîner avec moi, nous sommes seuls, il y a de la musique et du vin, mon mari ne rentre pas avant demain, et vous *partez*?

Bernard finit son cognac et posa le verre sur la table basse à côté du canapé.

– Je suis désolé. J'ai adoré chaque minute de cette soirée. Mais il faut vraiment que je parte.

Jennifer se retourna, de telle sorte qu'elle était à genoux, serrant la main de Bernard.

– Qu'essayez-vous de faire? demanda-t-elle avec humeur. Vous voulez que je vous supplie de rester, c'est ça?

Bernard secoua lentement la tête.

– Il faut que je parte, c'est tout. Je n'avais pas l'intention de vous mettre en colère.

Jennifer prit une longue et profonde inspiration pour se calmer. Puis elle dit :

– Je ne suis pas en colère. Je ne suis absolument pas en colère! Entendu, vous feriez mieux de partir. Et n'oubliez pas de mettre vos sneakers. Je ne tiens pas à ce qu'un voisin vous voie sortir de la maison, vos chaussures à la main. Il s'imaginerait des choses, à coup sûr!

Elle se leva, tout en émoi. Pourquoi se voiler la face?

Bernard l'avait excitée au point qu'elle était tout à fait disposée à coucher avec lui. Elle avait été prête, mentalement et physiquement, à commettre un adultère. Elle se sentait tout à la fois fautive, flouée et indiciblement soulagée.

Bernard sautillait sur un pied et s'efforçait de lacer ses sneakers.

– Je suis désolé, dit-il. Je vous ai bouleversée, et je n'en avais pas l'intention.

– Vous ne m'avez pas du tout bouleversée, lui dit Jennifer d'une voix tendue.

– Vous êtes mariée, murmura-t-il. Je ne pensais pas...

– Je me fiche complètement de ce que vous pensiez ou ne pensiez pas. Allez-vous-en, c'est tout. Vous pouvez emporter le restant d'agneau si vous voulez. Je vais chercher un sac en plastique dans la cuisine.

Arrivé à la porte de la cuisine, serrant son sac en plastique dans sa main, Bernard se retourna et dit :

– Je crois que je ne suis pas très doué, concernant la séduction.

– Je ne vous le fais pas dire! répliqua Jennifer.

– Bon, je m'en vais. Merci pour tout. Merci pour le dîner.

Jennifer commençait à se sentir moins frustrée, moins agressive. Au moins, elle avait passé un après-midi très agréable avec Bernard. Pour la première fois depuis des années, elle avait été à même de penser à autre chose qu'à sa solitude et à son ennui. Elle devait lui en savoir gré.

– Au revoir, Bernard, dit-elle doucement, et elle l'embrassa sur la joue. Et... vous savez, donnez-moi de vos nouvelles.

– Comptez sur moi, répondit-il, et il lui rendit son baiser.

Puis, sans même un geste de la main, il s'en alla. Elle entendit la grille en fer forgé sur le côté de la maison grincer et se refermer derrière lui.

Elle poussa le verrou et mit la chaîne de sûreté. Frank Sinatra continuait de chanter dans le séjour. Elle débarrassa la table, une boule dans la gorge, puis éteignit toutes les lumières et alla dans la chambre à coucher, emportant un verre et ce qui restait du vin. La chambre à coucher était blanche, avec une moquette pelucheuse blanche, un dessus-de-lit froncé blanc et des rideaux de cretonne blancs. Elle alluma la télévision puis alla jusqu'à sa coiffeuse, où un caniche blanc avec une langue en feutre rouge et une fermeture à glissière sur le ventre gardait jalousement sa chemise de nuit.

Elle se déshabilla, tout en s'observant dans le miroir. Combien d'épouses d'hommes d'affaires font-elles la même chose? pensa-t-elle. Dans tout Hollywood, d'un bout à l'autre de ces canyons, dans toute la Vallée, des milliers et des milliers de femmes se déshabillaient, seules et fatiguées, tout en s'observant dans leur miroir.

Elle noua un foulard en mousseline de soie rose autour de sa tête et alla dans la salle de bains. Elle prit une douche. Au début, elle ne pensa à rien du tout. Mais lorsqu'elle se savonna entre les jambes, elle laissa sa main à cet endroit pendant un moment supplémentaire, ferma les yeux et pensa à Bernard. Elle aurait dû savoir, dès l'instant où elle l'avait vu, qu'il n'était pas assez entreprenant pour qu'ils deviennent amants.

Elle se sécha et revint dans la chambre à coucher. Elle éventra le caniche blanc et sortit la chemise de nuit baby-doll transparente et rose, celle que Paul préférait pardessus tout. Ses mamelons étaient visibles à travers le nylon, semblables à des cerises posées sur deux glaces au sirop. Il y avait un caleçon assorti à la chemise de nuit mais elle le mettait rarement.

Elle se coucha et prit les revues posées sur la table de chevet. Elle feuilleta *Western Living, Los Angeles* et *Cosmopolitan*, ses lunettes perchées sur le bout de son nez. Puis elle jeta les revues sur la moquette et regarda la télévision un moment. Il était presque minuit. On passait *Casablanca* sur la 11 et *En quatrième vitesse* sur la 9. Elle regarda les deux films pendant cinq ou dix minutes, zappant de l'un à l'autre, puis zappa à nouveau et regarda les informations.

Elle ne sut pas très bien à quel moment elle s'endormit, ni même si elle s'était vraiment endormie. Elle sentit qu'elle s'assoupissait et que sa tête glissait de côté sur l'oreiller, puis elle se ressaisit, cligna des yeux et essaya d'accommoder sur l'écran de télévision. Un journaliste disait : « ... étant donné la grande diversité d'origine des immigrants asiatiques, il est impossible de faire des généralisations sur... ».

Elle but une gorgée de vin, mais il avait un goût de vinaigre. Elle écouta les informations un moment encore, puis sa tête recommença à glisser. Elle dormit, mais elle ne sut pas combien de temps exactement. Elle rêva qu'elle s'avançait sur un parquet ciré et qu'elle entendait le bruit de ses pas résonner autour d'elle. Des rangées de balcons s'élevaient de tous côtés, des balcons tendus de couvertures aux couleurs vives, de draps et de plantes grimpantes. Elle entendait de la musique, une musique italienne comme son père en jouait quand elle était toute petite.

Elle arriva au bout du parquet ciré et ouvrit une porte. A l'intérieur, toute sa famille avait pris place pour le déjeuner. Elle parcourut la pièce du regard et comprit qu'elle n'était jamais partie, qu'elle était toujours une enfant, et qu'elle n'avait jamais grandi ni quitté le quartier d'Astoria, qu'elle n'était jamais allée sur la côte Ouest et ne s'était jamais mariée. Son père était assis là où il avait coutume de s'asseoir, le dos tourné à la porte. Sa chemise dépassait des triangles formés par ses bretelles entrecroisées : son commencement de tonsure luisait parce qu'il faisait chaud. Les mêmes assiettes jaune et bleu étaient disposées sur le vaisselier, et la Madone en porcelaine était placée là où elle avait toujours été, tenant Jésus enfant dans ses bras.

Sa sœur Grace et son frère Michael étaient là, également, et ils attendaient à leur place. Il ne manquait que maman. Jennifer s'avança dans la pièce et s'entendit demander :

– Où est maman? Maman n'est pas là? C'est l'heure du déjeuner.

Elle regarda leurs assiettes. Elles étaient vides, froides, et les légumiers étaient vides, eux aussi.

– Où est la nourriture? demanda-t-elle.

Son père leva la tête et lui dit d'une voix sonore :

– C'est de l'agneau.

Elle pensa en elle-même : « Mon Dieu, il est gravement malade. J'entends la maladie dans sa gorge. Il ne comprend donc pas qu'il doit manger, sinon il va mourir? »

Elle courut vers la porte. Sa robe noire se soulevait et s'abaissait à chacun de ses pas, produisant un bruit de tonnerre au ralenti. Elle saisit la poignée de la porte, et la porte s'ouvrit toute grande. Elle s'aperçut qu'elle courait le long d'un tunnel étroit, ses chaussures s'enfonçaient dans des flaques d'eau glacée, le bruit de ses pas résonnait et résonnait. Maintenant elle paniquait : quelqu'un la suivait. Elle l'entendait tout près derrière elle, mais elle n'osait pas tourner la tête, dans le cas où il serait vraiment là, plus près qu'elle ne l'avait redouté.

Elle arriva au bout du tunnel. Ses yeux furent aveuglés par une soudaine blancheur éblouissante, et elle fut obligée de les protéger avec ses mains. Elle glissa et partit à la renverse, trébucha sur quelque chose qui était blanc et ressemblait à de la fourrure, comme le corps d'un ours polaire. Elle ouvrit les yeux : elle était allongée sur son lit, dans sa chambre à coucher. Pourtant, elle était certaine qu'elle continuait de rêver, parce que, à l'extérieur de la fenêtre, le paysage était rouge sang. Un ciel rouge sang, un jardin rouge sang, des palmiers rouge sang. Même la piscine était rouge sang.

Quelqu'un a été tué, pensa-t-elle. Quelqu'un a été tué, et son sang a giclé partout et a éclaboussé le ciel, les maisons, l'océan. Quelqu'un est mort et sa mort a coloré le monde en rouge.

Elle se demanda si on parlait de ce meurtre aux informations. Elle tourna lentement la tête vers le téléviseur. L'écran scintillait, gris-bleu, et elle n'entendait que les accents assourdis d'une valse.

Tandis qu'elle fixait le téléviseur, cependant, des taches et des points de lumières colorées commençèrent à jaillir de l'écran, vers la pièce. Petit à petit, ils s'assemblèrent en une forme floue, qui se dressait au milieu de la moquette blanche pelucheuse. Un corps, une cage thoracique, un bassin, une tête, deux jambes musclées, tout cela créé lentement à partir de particules de lumière volant dans la pièce. L'air de valse continuait et continuait, entrecoupé de crachotements, comme un disque des années trente.

Jennifer se mit sur son séant, fascinée et terrifiée. La forme qui se matérialisait lentement devant elle était très grande, au moins 2,80 m. Sa tête touchait presque le plafond. Elle était large d'épaules et, tandis qu'elle devenait plus nette, Jennifer vit qu'elle était mince et musclée. Sa peau était d'un marron violacé, comme si elle avait été maculée de myrtilles. Son visage était pointu et malveillant, ses yeux fendus luisaient du même rouge sang que le paysage au-delà de la fenêtre, et deux cornes s'incurvaient depuis le dessus de sa tête. Ses cuisses étaient recouvertes de fourrure, et entre ses cuisses se dressait un énorme phallus empourpré, sous lequel pendaient deux testicules violacés, aussi gros que des oranges.

La créature puait. Elle puait la sueur, la fourrure graisseuse, l'haleine fétide et le sexe. Une odeur tellement suffocante que Jennifer eut des haut-le-cœur. Elle pensa, en proie à une horreur grandissante, comment puis-je sentir cette puanteur, alors que je suis censée rêver? Comment puis-je voir cette créature si distinctement? Elle est tellement distincte! Je distingue chaque poil de sa barbe, je distingue chaque ride autour de ses yeux! Mon Dieu, cette créature ressemble exactement au Diable des contes de fées, mais elle est sortie du téléviseur et elle est ici devant moi et elle est *réelle.*

Elle entendit une voix dans sa tête la cajoler : *Jennifer. C'est bien ce que tu voulais, n'est-ce pas? C'est bien ce que tu désirais ardemment, ce que tu as attendu impatiemment toute la journée? Tu voulais faire l'amour avec lui, n'est-ce pas, Jennifer? Tu voulais qu'il s'allonge sur toi! Tu voulais la sueur, la souffrance et la sensation du corps d'un autre homme! C'est ce que tu voulais, salope! C'est ce que tu voulais, sale pute!*

Jennifer agrippa les draps et cria. Mais le cri sembla ne pas sortir du tout de sa bouche. Elle avait l'impression qu'un oreiller était pressé sur son visage, et qu'il lui était impossible de respirer ou de dire quelque chose. La créature s'approcha du lit, et elle était tellement grotesque que Jennifer continua à crier, même si aucun son ne sortait de sa bouche.

La créature s'assit au bord du lit. Elle doit être réelle, pensa Jennifer, je sens l'édredon s'affaisser sous elle. Je sens son poids. Puis la créature rabattit lentement les draps, découvrant la jeune femme dans sa chemise de nuit baby-doll.

– Ne me tuez pas! supplia-t-elle.

Elle avait cessé de crier; sa voix était précipitée, lente et hésitante, comme de l'eau se déversant pour la première fois dans le lit d'un ruisseau à sec.

– Je vous en supplie, au nom de la Vierge Marie, ne me tuez pas, je vous en prie!

Les yeux de la créature semblèrent flamboyer légèrement comme Jennifer prononçait le nom de la Sainte Vierge. Elle avança sa main gauche et toucha la joue de Jennifer. La peau sur ses doigts semblait aussi dure et lustrée que la peau sous les pattes d'un chien.

Silence! dit la voix dans sa tête. *Je suis ton Seul Maître. Tu feras tout ce que je dis. Aujourd'hui, je suis venu vers toi sous deux apparences, l'apparence de ton ami et l'apparence du bouc, mais j'ai autant de visages différents que l'océan a de vagues, et chacun change, de même que les vagues changent.*

Durant une fraction de seconde, Jennifer crut voir les traits de Bernard apparaître fugitivement sur le visage de la créature. Puis il redevint étroit, pointu et malveillant, et ses yeux étaient injectés de sang.

Tu vois le Diable auquel tu crois, mon amour, poursuivit la voix. *Est-ce que tu n'as pas souhaité aujourd'hui faire l'amour avec le Diable, plutôt qu'avec ton mari? Eh bien, qu'attends-tu maintenant?*

La créature l'empoigna derrière les genoux, la serrant avec une force brutale, et lui écarta les jambes, si largement que Jennifer entendit les ligaments craquer. Puis la créature se dressa au-dessus d'elle, pesante, énorme et puant le mal, et lui lança un regard étincelant. Son visage était si vieux et tellement pervers que Jennifer s'aperçut qu'elle était incapable de parler, incapable de hurler, incapable de faire quoi que ce soit, sinon rester allongée sur le lit et trembler violemment.

Maintenant tu seras ma petite mère, chuchota la voix, et Jennifer regarda avec une incrédulité glaçante le membre massif de la créature s'enfoncer en elle, jusqu'à la fourrure touffue qui recouvrait son bas-ventre renflé.

Jennifer ferma les yeux. Ceci était la souffrance, une souffrance atroce, une douleur intolérable, mais c'était également autre chose. Profondément au-dessous de la douleur, il y avait un sombre ruisselet de plaisir, un ruisselet qui s'écoulait à travers les recoins les plus secrets de l'esprit de Jennifer, descendait le long de sa colonne vertébrale et se répandait dans ses nerfs.

La créature commença à donner des coups de boutoir, lentement au début, puis de plus en plus vite, et encore plus brutalement, tel un piston mécanique dépourvu d'intelligence. Le sombre ruisselet inonda les chambres inférieures de son cerveau, puis commença à monter et inonda les chambres les unes après les autres, jusqu'à ce que tout son corps et tout son cerveau semblent n'être plus que ténèbres. La créature poussa un cri guttural, indistinct, et se tint immobile un instant, crispée, éjaculant profondément en elle. Jennifer était tout près de l'orgasme, elle le sentait venir, les yeux fermés avec force, le visage crispé, la poitrine empourprée.

Mais la jouissance finale ne vint jamais. Jennifer ouvrit les yeux, et la créature avait disparu. Lentement, petit à petit, tandis que Jennifer regardait autour d'elle, ses muscles commencèrent à se détendre. Mais elle continuait de trembler, et son esprit était toujours contracté, dans l'attente du moment ultime de l'orgasme. Au début, elle fut incapable de comprendre ce qui s'était passé, ni même de savoir s'il s'était vraiment passé quelque chose. La télévision passait *La Rose tatouée.* Son verre était posé sur la table de chevet, non touché. Au-dehors, dans l'obscurité, un chien aboyait, sans fin et sans espoir.

Jennifer promena ses mains sur son corps. Les draps avaient été rabattus, et sa chemise de nuit avait été relevée, découvrant ses seins, mais y avait-il réellement eu quelque chose ici? Une créature? Un Diable, avec des cornes et des poils? Cela semblait impossible. Elle renifla, une ou deux fois, mais la puanteur immonde, si elle avait vraiment existé, avait complètement disparu. Elle se toucha avec hésitation, entre les jambes. Son sexe était humide et légèrement douloureux, mais guère plus humide et guère plus douloureux qu'il ne l'aurait été si elle s'était masturbée frénétiquement.

Elle descendit sa chemise de nuit et se glissa sous les draps. Un rêve, pensa-t-elle, c'était certainement un rêve. *J'ai rêvé.* La maison est verrouillée, personne ne pouvait entrer. Et rien ni personne dans le monde entier ne peut se matérialiser à partir d'un téléviseur. Pas réellement, pas pour de bon.

Elle pensa à la partie du rêve concernant son père. D'une façon ou d'une autre, cela s'était certainement mélangé avec un rêve concernant Bernard. Elle avait eu envie de faire l'amour avec Bernard, alors son inconscient avait certainement créé le Diable à son intention, le Diable velu, en chair et en os, afin d'exprimer ce qu'elle ressentait vraiment au sujet de l'adultère. Agréable, excitant, dangereux, effrayant... et mal. Autrefois, on lapidait les femmes adultères. De nos jours, Dieu leur envoyait des cauchemars et des dépressions nerveuses.

Jennifer alla dans la salle de bains, prit deux Valium, et les fit descendre avec de la Perrier chaude. Puis elle éteignit la télévision, éteignit les lumières et se coucha. Elle resta immobile, la tête posée sur l'oreiller, un long moment. Elle ne dormait pas et écoutait le chien aboyer.

Est-ce que ce Diable avait été vraiment un cauchemar?

Seigneur, cela ne faisait aucun doute ! Même si le Diable existait réellement, et elle savait qu'il n'existait pas, il n'aurait certainement pas eu des cornes, des poils et des yeux rouges qui luisaient dans le noir. A moins qu'il n'apparaisse aux gens sous l'apparence qu'ils s'étaient toujours imaginé qu'il avait. Non, c'était ridicule. Il n'était pas apparu du tout.

Néanmoins, elle ralluma la veilleuse, s'assit sur le lit, et se demanda si elle ne devrait pas appeler le père O'Hara. Elle regarda le réveil. Deux heures vingt-cinq. Trop tard pour téléphoner à quelqu'un et tenter d'expliquer qu'elle pensait avoir été violée par Satan.

Et indépendamment de ce fait, elle se sentait rien de moins que coupable à propos de ce qui s'était passé... ou de ce qu'elle avait rêvé qui s'était passé. C'était une chose d'expliquer au père O'Hara que le Diable était apparu dans sa chambre à coucher et l'avait obligée à faire l'amour avec lui. C'était une tout autre chose de lui dire que, bien qu'elle ait été terrifiée, bien qu'elle ait été choquée, elle en avait retiré un plaisir violent et pervers, un plaisir qui était aussi fort que le besoin d'autodestruction de l'humanité, et aussi profond que le péché lui-même.

Elle éteignit la veilleuse à nouveau. Elle dormit, mais elle ne rêva pas.

10

Susan dit à sa grand-mère qu'elle avait des nausées, et elle alla se coucher de bonne heure. Elle était trop excitée à l'idée de ce qui allait se passer cette nuit pour rester dans le séjour, à regarder la télévision et à écouter les interminables commentaires ironiques de son grand-père sur toutes les émissions qui étaient diffusées. Il était adepte de ce genre d'humour que l'on appelait autrefois « la mise en boîte », les histoires farfelues racontées d'un ton pince-sans-rire dont raffolaient ces vieillards qui se prélassent dans des fauteuils à bascule devant les épiceries de petites villes.

« Ce Jack Lord, tu sais comment il fait pour avoir une chevelure aussi fournie? Il exige, et c'est stipulé dans leur contrat, que tous les artistes qu'il invite à son émission lui donnent une mèche de cheveux, qu'il ajoute à ses implants. »

Susan referma la porte de sa chambre et se demanda si elle devait pousser le verrou. Elle ignorait ce qui pouvait arriver si sa grand-mère venait la voir quand elle dormirait, alors que sa personnalité Samena serait ailleurs, quelque part dans la nuit. Elle savait qu'il était dangereux de réveiller un somnambule, mais elle n'était pas du tout sûre que réveiller un Guerrier de la Nuit revenait au même.

Peut-être ne se réveillerait-elle pas du tout. Alors sa grand-mère paniquerait et demanderait une ambulance. D'un autre côté, si elle mettait le verrou, sa grand-mère, très vraisemblablement, se mettrait à marteler la porte, et si Susan ne venait pas ouvrir, elle essaierait, très vraisemblablement, de l'enfoncer.

Il était donc sans doute préférable de ne pas verrouiller celle-ci, et d'espérer que sa grand-mère n'entrerait pas quand elle dormirait, ou que, si elle venait, cela n'aurait aucun effet sur sa personnalité de Guerrier de la Nuit. Elle ôta son T-shirt et s'apprêtait à retirer son short lorsque sa grand-mère frappa à la porte et entra tout de suite.

– Comment te sens-tu? voulut-elle savoir. Tu veux du Pepto-Bismol? C'est ce genre de nausées? J'espère que tu n'as pas encore mangé ces chili-dogs, ceux qui t'ont rendue si malade la dernière fois?

– Ce n'est pas ça, mamie, dit Susan. Je pense que je vais avoir mes règles, c'est tout.

– Tu devrais voir le docteur, si tu as des nausées.

– Je vais très bien. Ce sont juste mes règles, point final.

– Du moment que ce sont tes règles!

– Je ne suis pas enceinte, sourit Susan.

Sa grand-mère s'énerva.

– Je m'efforce de veiller sur toi de mon mieux!

– Je le sais, mamie, et tu es merveilleuse. Ne t'en fais donc pas.

Sa grand-mère cligna des yeux derrière ses lunettes. Cela faisait longtemps que Susan ne lui avait pas dit qu'elle était merveilleuse. Ravie, désarmée, elle se dirigea vers la porte et fit à Susan un petit signe de la main.

– Je peux t'apporter une tasse de thé plus tard, si tu veux.

– Non, je te remercie, mamie. Je vais dormir.

– Alors, passe une bonne nuit.

Susan finit de se déshabiller, farfouilla dans ses affaires à la recherche d'un T-shirt propre, l'enfila et se coucha. Il était dix heures vingt. Dans une dizaine de minutes, son grand-père se pencherait, poserait sa main sur le genou de sa grand-mère et dirait : « Eh bien, Dolly, je crois que c'est l'heure d'aller étrangler les poulets. » C'était ce qu'il disait toujours, quand il proposait qu'ils éteignent la télévision et aillent se coucher. Susan n'avait jamais trouvé quel rapport il pouvait bien y avoir entre aller se coucher et étrangler des poulets, mais aussi elle n'avait jamais posé la question, au cas où cela aurait trait à quelque chose de personnel, comme le raffut que faisait sa grand-mère, une ou deux fois par mois, quand son grand-père accomplissait son devoir conjugal.

Susan resta allongée sur son lit un moment, la veilleuse

allumée, les mains jointes derrière la tête. Puis elle éteignit, et resta dans le noir. Elle entendait la circulation sur Camino del Mar, le chant des cigales, et le ronronnement continu du climatiseur. Au bout d'un moment, la télévision dans le séjour fut éteinte, et elle entendit sa grand mère et son grand-père passer devant sa porte. Ils murmuraient quelque chose à propos des docteurs, de l'hépatite, et des Hispaniques qui ne se lavaient jamais les mains après avoir été aux toilettes.

– Un hamburger sur dix te rendra malade. Un vieil ami à moi a prouvé cela. Il a mangé neuf hamburgers et il allait tout à fait bien, mais lorsqu'il a voulu manger le dixième hamburger, il a été terriblement malade.

– Toi et tes histoires stupides! gémit la grand-mère de Susan.

Le vieux couple mit un long moment pour se coucher. Il y avait des dentiers à retirer, des cors à limer, des mèches de cheveux à enrouler dans des bigoudis chauffés. Lorsque la chasse d'eau fut tirée pour la toute dernière fois, il était presque onze heures moins le quart, et Susan craignait de plus plus en plus de rater son rendez-vous avec Henry et Gil.

Finalement, cependant, la maison fut silencieuse et plongée dans l'obscurité. Allongée, la tête sur l'oreiller, les yeux levés vers le plafond, Susan répéta les mots que Springer lui avait dit d'apprendre par cœur. C'étaient des mots étranges et très simples. Springer avait dit qu'ils avaient été traduits du latin et emportés vers le Nouveau Monde en 1601 par le premier des Guerriers de la Nuit.

« *Maintenant que la face du monde est cachée dans l'obscurité, faites que nous soyons transportés vers le lieu de notre réunion, armés et cuirassés, et faites que nous soyons nourris du pouvoir consacré à la dispersion des ténèbres, au règlement des noires affaires et à l'extinction de tout mal, ainsi soit-il!* »

Susan répéta les mots trois fois, comme Springer lui avait dit de le faire, puis elle ferma les yeux et resta parfaitement immobile sur son lit. Je n'arriverai jamais à m'endormir à temps, pensa-t-elle. Je vais être en retard, et les autres seront partis sans moi. Les aiguilles lumineuses de son réveil indiquaient dix heures cinquante-quatre. Comment pourrais-je m'endormir en six minutes?

Curieusement, cependant, ses yeux commencèrent à se fermer, et même lorsqu'elle voulut les rouvrir pour regarder le réveil, elle s'aperçut que cela lui était impossible. Son corps commença lentement à se détendre, entièrement, comme s'il était un immeuble dans lequel on éteignait toutes les lumières, étage après étage. Les battements de son cœur ralentirent, sa respiration devint régulière et peu profonde, et elle commença à avoir la sensation de reculer lentement, dans sa propre tête, de reculer vers l'obscurité que chacun porte en soi-même. Elle recula de plus en plus vite, plus profondément vers l'espace intérieur, et elle entendit un chant métallique strident, un chœur inanimé.

Puis elle s'éleva, sombre et invisible, passa à travers le plafond de sa chambre, à travers le grenier, et monta dans la nuit au-dessus de Del Mar. Vers le sud, elle apercevait le léger ressac miroiter, jusqu'à La Jolla, et les lumières de San Diego qui scintillaient au-delà. Vers le nord, elle voyait la longue courbe de Cardiff, San Elijo Lagoon et Encinitas. Les voitures circulaient sur la I-5 telles des flots de lucioles. Au-delà de l'autoroute, les collines étaient enveloppées d'ombres et couronnées d'immeubles résidentiels.

Susan n'avait pas l'impression de voler. Elle avait plutôt la sensation d'être *absorbée* par l'air du soir, comme si elle n'avait guère plus de substance que de l'encre rapidement absorbée par du papier buvard. Il lui semblait que les molécules de sa personnalité se mélangeaient avec les molécules de la nuit qu'elle traversait, comme si personne ne pouvait dire où finissait la nuit et où commençait Susan, une fille d'ombre. Mais elle voyait le paysage au-dessous d'elle tout à fait distinctement et, lorsqu'elle descendit lentement vers la maison sur Camino del Mar, passa à travers les bardeaux du toit et arriva dans la pièce du haut, elle ressentit une extraordinaire friction.

La pièce était éclairée par une seule ampoule électrique nue; elle projetait des ombres prononcées dans toutes les directions, comme si une boîte noire avait explosé au milieu de la pièce. Springer était déjà là, dans sa manifestation masculine, vêtu d'un complet noir. Gil était arrivé, lui aussi, mais pour le moment il n'y avait aucun signe d'Henry.

Susan s'approcha du miroir et se regarda. Elle n'avait pas encore revêtu l'apparence de Samena : elle portait toujours son T-shirt. Mais elle fut ravie, terrifiée et fascinée de voir qu'elle était *transparente*, qu'elle pouvait voir le côté opposé de la pièce à travers le contour de son corps. Il en était de même pour Gil. Suffisamment matériel pour qu'on puisse le reconnaître et lui parler, mais irréel. Un personnage-rêve, un souvenir vivant de lui-même.

Springer dit, avec un petit hochement de tête :

– Je vous fais mes compliments à tous deux. Ce n'est pas facile de quitter son corps, la première fois.

– Est-ce que nous serons en sécurité? demanda Susan. Je veux parler de notre corps matériel. J'étais inquiète à l'idée que ma grand-mère puisse essayer de me réveiller.

Springer sourit.

– Tout ce que vous avez à craindre, c'est que quelqu'un détruise votre corps. Vous n'auriez nulle part où retourner. Mais cela m'étonnerait que votre grand-mère fasse une chose pareille, n'est-ce pas?

– J'ai l'impression de rêver, dit Susan.

– Vous *rêvez*, lui dit Springer. (Il vint derrière elle et posa une main sur son épaule semi-transparente.) Votre esprit est ici, votre âme est ici, mais votre substance matérielle est toujours chez vous, dormant dans votre lit.

– Henry n'est pas encore arrivé, dit Gil.

– Henry viendra, lui assura Springer.

– J'espère qu'il n'a pas continué de... vous savez, fit remarquer Susan, faisant le geste de boire un verre avec sa main.

Springer ne tint pas compte de ce qu'elle venait de dire, et tendit ses mains vers eux.

– Le moment est venu de vous préparer, Tebulot et Samena, pour votre premier entraînement de Guerriers de la Nuit. Approchez et agenouillez-vous devant moi.

Avec quelque hésitation, ils s'agenouillèrent côte à côte. Springer leva ses mains, paumes tournées vers l'extérieur, et psalmodia les mots très anciens des Guerriers de la Nuit.

– Maintenant que la face du monde est recouverte par l'obscurité, faites que nous soyons prêts, ici en ce lieu de notre réunion, armés et cuirassés, et faites que nous soyons nourris du pouvoir consacré à la dispersion des ténèbres, au règlement des noires affaires et à l'extinction du mal, ainsi soit-il.

– Ainsi soit-il, répétèrent Gil et Susan.

– Maintenant vous êtes des Guerriers de la Nuit, dit Springer. Vous faites partie de cette grande et glorieuse armée qui a capturé et enchaîné les 999 manifestations du Diable, et qui a mérité pour l'éternité la gratitude d'Ashapola et du Conseil des Messagers. Vous avez consacré votre personnalité des rêves à l'anéantissement du mal, et en particulier à la poursuite et à la capture de Yaomauitl, l'Ennemi Redouté.

Springer décrivit un cercle dans l'air avec ses mains; au-dessus de leurs têtes, deux cercles de lumière dorée apparurent, puis s'estompèrent lentement.

– Tebulot! Relève-toi! ordonna Springer à Gil.

Gil se mit debout et s'aperçut, ce faisant, qu'il était revêtu de l'armure blanche et brillante du porteur de la machine, et qu'il tenait dans ses bras l'arme énorme avec laquelle il se protégerait de tout mal, et qu'il allait utiliser pour traquer Yaomauitl. Cette fois, l'armure était solide au toucher, bien qu'elle ne soit pas d'un poids excessif : elle était faite d'un alliage épais mais très léger, et vernie. Mais il n'en était pas de même pour la machine. Elle pesait au moins quinze kilos, et même si ses poignées en forme de cornes permettaient de la tenir aisément, ce n'était pas le plus maniable des appareils.

– Celui qui a conçu cette machine aurait pu l'imaginer plus légère, se plaignit Tebulot.

– Son poids est nécessaire, afin de la stabiliser lorsqu'elle tire, expliqua Springer. A pleine puissance, elle peut pulvériser les murailles d'une forteresse.

Puis il se tourna vers Susan et dit :

– Samena! Relève-toi!

Susan se mit debout afin de revêtir l'identité de Samena, la décoche-lumière. Son chapeau orné de plumes brilla dans la lumière de l'ampoule électrique nue, et les pointes de flèche accrochées à sa ceinture tintèrent comme elle se retournait.

Maintenant que son costume s'était matérialisé complètement, elle voyait que le cuir souple avait été taillé à la perfection pour qu'il soit bien ajusté à sa taille, et qu'il était soigneusement orné de pierres semi-précieuses, d'opales, de turquoises et de jais.

– La conception de ces costumes et de ces armures remonte à des centaines d'années. Ils sont la combinaison des rêves de beaucoup d'hommes, et de beaucoup de femmes. On peut voir certaines parties de l'armure de Tebulot sur les dessins de Léonard de Vinci, et certaines des parures de bijoux de Samena sont identiques aux décorations qui ornent les murs du temple Kandariya Mahadeva, à Khajurāho, en Inde, lequel date du XIe siècle.

– Quelle heure est-il maintenant? demanda Tebulot. Henry est en retard.

– Laissons-lui le temps de quitter son corps, dit Springer. N'oubliez pas qu'il est plus vieux que vous, et qu'il a des opinions beaucoup plus arrêtées. C'est très difficile pour un homme de son âge et de sa mentalité de quitter son corps pendant qu'il dort. Il faut d'abord briser de nombreuses chaînes. Les chaînes de l'habitude, les chaînes du doute, les chaînes de l'appréhension. L'esprit raisonne de la façon suivante : pourquoi prendre le risque d'affronter le Démon, alors que je préfère de beaucoup continuer de dormir, dans la sécurité de mon lit?

Springer venait de prononcer ces mots lorsqu'il y eut un léger bruissement, comme si quelqu'un traînait le bord d'une cape de soie sur un parquet ciré, et Henry glissa vers la pièce, traversant le plafond. Il était vêtu d'un pyjama bleu pâle.

– Je ne parvenais pas à m'endormir, leur dit-il sur un ton d'excuse. J'essayais et j'essayais, mais mon cerveau allait en roue libre, si vite que j'ai bien cru que j'allais griller mon cortex. Même après avoir répété l'incantation, je suis resté éveillé. Désolé.

– Ce n'était pas de votre faute, mon ami, déclara Springer. Cette difficulté était tout à fait compréhensible. Mais nous devons nous dépêcher maintenant. Plus vite nous nous préparerons, plus nous aurons de temps pour votre instruction. Veuillez vous agenouiller, Henry, et je vais réciter les mots qui vous transformeront en Kasyx.

Samena toucha le bras d'Henry. Sous son chapeau orné de plumes, ses yeux étaient lumineux et graves.

– Henry? dit-elle. Est-ce que ça va?

Henry secoua la tête.

– Si vous voulez dire est-ce que je suis *ivre*, la réponse est non. J'ai passé toute la soirée à regarder fixement une bouteille de vodka, mais je n'y ai pas touché une seule fois. Je me suis rappelé ce que vous m'aviez dit au sujet de vos parents. Ensuite j'ai regardé autour de moi et je me suis rappelé ce que Gil m'avait dit, lorsque nous avons accepté d'être des Guerriers de la Nuit. Il avait dit que je n'avais rien à perdre, et il avait raison. Alors ce soir j'ai pensé, j'ai vécu pendant presque un demi-siècle, et n'avoir rien à perdre quand on a cinquante ans n'est pas très satisfaisant. En fait, c'est une constatation plutôt pitoyable. C'est pourquoi... même si je n'ai pas vraiment un devoir envers vous deux, ni envers cette jeune femme qui est morte sur la plage... au moins, j'ai un devoir envers moi-même.

Springer attendait patiemment, et Henry dit :

– Bon, j'ai fini mon speech.

Et il s'agenouilla comme Springer le lui avait demandé.

Springer répéta les mots très anciens des Guerriers de la Nuit. Il fit un mouvement circulaire avec sa main et produisit l'auréole dorée au-dessus de la tête d'Henry.

– Relève-toi, Kasyx, dit-il, plus doucement qu'auparavant.

Henry se mit debout, et il portait l'équipement complet du gardien de la charge, la source de l'énergie vertueuse. L'armure de Kasyx était d'un rouge foncé métallique, et des doigts d'énergie électrique virevoltaient sur sa poitrine et autour de ses épaules, des créatures de feu qui crépitaient d'une haute tension terrifiante.

Instinctivement, Kasyx posa sa main gauche sur l'épaule droite de Tebulot, et sa main droite sur l'épaule gauche de Samena. Durant un moment, ils demeurèrent silencieux tandis que les immenses quantités de pouvoir que Kasyx avait reçues d'Ashapola, le dieu des dieux, se répandaient dans leurs corps. Finalement, la charge fut achevée, et tous trois virent qu'ils n'étaient plus transparents, que leur chair et leurs muscles étaient aussi réels que ceux de n'importe quel être humain éveillé.

– Je vais commencer par vous emmener dans un cauchemar, afin que vous puissiez voir, sentir et entendre par vous-mêmes le paysage des rêves, tel qu'il se présente fréquemment, déclara Springer. J'ai sondé les esprits endormis de milliers de personnes à Del Mar... enfants et vieillards, Noirs et Blancs... et je vous ai trouvé un cauchemar qui mettra au défi vos capacités, mais qui ne sera pas trop dangereux.

– Nous allons faire ça maintenant? demanda Samena craintivement. Je pensais que nous allions seulement nous entraîner. Vous savez, apprendre à nous servir de nos armes, par exemple.

– Dans le paysage des rêves, sourit Springer, le seul entraînement utile se fait par la pratique. Je peux vous dire tout ce que vous désirez savoir. Je peux vous parler de cauchemars dans lesquels des monstres terrifiants apparaissent, et refusent absolument de mourir, quoi que vous leur fassiez. Je peux vous parler de cauchemars dans lesquels vous pouvez être déchiquetés, ou dans lesquels vous *pensez* avoir été déchiquetés. Je peux vous parler de supplices, d'araignées, de noyade et de feu. Mais je ne pourrai jamais recréer par des mots ce que vous aurez finalement à affronter dans le véritable monde des rêves.

Springer se déplaça autour d'eux et leur montra comment ils devaient se tenir par la main, afin d'être inséparables, tandis qu'ils iraient d'un rêve à l'autre.

– La nuit est remplie de rêves. Elle ressemble à un immense palais invisible, comportant un million de pièces, une pièce pour chaque rêve. C'est très facile de perdre l'un de vos guerriers tandis que vous allez d'un rêve à l'autre. Parfois, ce peut être dangereux. Parfois, ce peut être fatal. Cela prend du temps pour trouver son chemin dans un rêve en particulier, et lorsque vous revenez à l'endroit où vous avez laissé votre guerrier égaré... ma foi, les rêves se transforment, et nombre de rêves sont plus terrifiants que tout ce que vous pouvez imaginer.

Il se tint devant eux une dernière fois et dit :

– Je vous ai demandé d'accepter la tâche d'être des Guerriers de la Nuit parce que chacun de vous a reçu en héritage quelque chose de ces qualités mystiques qui font de lui un chasseur né de Démons. Mais vous pouvez encore choisir de ne pas revêtir votre identité des rêves ; il vous est encore possible de retourner vers votre corps endormi, à l'instant même, et de ne plus jamais porter cette armure et ces armes. C'est à vous de décider. Nombre de terreurs vous attendent, et nombre de combats. Mais si vous êtes victorieux dans vos aventures, vous connaîtrez l'extase de l'accomplissement suprême, et on chantera vos exploits !

Kasyx releva la visière de son casque et déclara :

– Je continue, merci. Je n'ai pas passé toute la soirée à fixer une bouteille pour me défiler maintenant.

– Je veux continuer, dit Samena.

Il y eut un silence. Tous se tournèrent et regardèrent Tebulot.

– C'est toi qui as le plus à perdre, Tebulot, dit Springer doucement.

– Oui, répliqua Tebulot. Mais j'ai également le plus à gagner. Je viens.

Ils se tinrent coude à coude et se prirent par la main. Seul Springer demeura à l'écart. Il les dévisagea tous les trois, l'un après l'autre. Ses yeux étaient terrifiants et singuliers, aussi sombres que des fenêtres donnant sur l'espace infini. Au-delà de ses yeux, il y avait des galaxies, des constellations tournoyant dans le vide, et des années-lumière de distances incommensurables.

– Suivez-moi, dit Springer simplement. Soyez sur vos gardes, ne vous fiez à rien... car rien ne sera ce qu'il semble être.

Springer commença à s'élever et à s'estomper. Durant un moment, les trois Guerriers de la Nuit hésitèrent, ne sachant pas ce qu'ils devaient faire pour le suivre. Puis Kasyx entendit des mots clairs dans sa tête, des mots aussi clairs et nets que des rondelles de citron fraîchement découpées : *Élève-toi, Kasyx! Sers-toi de ton pouvoir et élève-toi!*

Kasyx ferma les yeux et se concentra sur l'action de s'élever. Sa concentration fut bien plus forte que ce qui était nécessaire : les Guerriers de la Nuit traversèrent le toit de la maison à la vitesse d'une fusée et montèrent très haut dans le ciel, à des centaines de mètres au-dessus de Del Mar. Ils furent déportés vers la droite comme ils montaient, parce que Samena était beaucoup plus légère que les deux autres.

Springer fit un looping pour les rejoindre. Kasyx remarqua que Springer, tandis qu'il fendait l'air, semblait laisser derrière lui une traînée de ténèbres absolues, laquelle mit plusieurs secondes à se dissiper. Il songea brusquement, durant une fraction de seconde éperdue, qu'on ne leur avait fourni aucune preuve que Springer était bien ce qu'il, ou elle, affirmait être. Pour ce qu'ils en savaient, Ashapola pouvait être le Seigneur des Ténèbres, et non le Seigneur de la Lumière. En toute innocence, tous les trois avaient peut-être été recrutés pour aider le Démon, et non pour le combattre.

Mais les mots de Springer pénétrèrent dans son esprit à nouveau. Cette fois, il parlait avec les intonations plus douces d'une femme. Vous vous interrogerez toujours, vous douterez toujours. Ashapola s'attend que vous le fassiez. La foi ne devrait jamais être aveugle, comme c'est le cas pour le christianisme, et pour tellement d'autres religions. La foi devrait résulter des interrogations et du doute, des preuves de l'intellect et des preuves de l'expérience. Les dieux devraient être mis à l'épreuve, tout comme les hommes. Le moment de l'extase religieuse survient lorsque vous avez la certitude que votre Dieu est infaillible.

Ils planaient très haut dans les airs, tels quatre milans noirs. Au-dessous d'eux, la circulation scintillait, le ressac miroitait, et la Californie du Sud s'approchait tout doucement de minuit.

Springer déclara :

– Pour pénétrer dans un rêve, vous devez d'abord rencontrer la personne qui fait ce rêve. Suivez-moi. Je vais descendre vers cet immeuble sur la 101e. Vous le voyez? Celui avec le jardin en terrasse. Au troisième étage de cet immeuble, un homme dort. Il est épuisé. Il a travaillé très dur pour que son entreprise ne fasse pas faillite. Il y a deux ans, sa femme a demandé le divorce parce qu'il avait eu une liaison avec sa secrétaire. Il a un fils, qu'il voit seulement deux fois par mois. Son esprit est continuellement hanté par un sentiment de culpabilité et par des responsabilités qui ne sont même pas les siennes.

Ils descendirent lentement à travers le vent chaud de la nuit. Kasyx constata qu'il était à même de contrôler leurs mouvements à tous les trois très facilement, avec seulement une dépense minime de pouvoir. Ensemble, ils planèrent et décrivirent des cercles, tout en descendant, et disparurent finalement à travers les murs de l'immeuble, pour arriver dans la chambre à coucher de l'homme dont ils allaient explorer les rêves.

Elle était plongée dans l'obscurité. Les fenêtres étaient fermées et le climatiseur était réglé sur 18 degrés, si bien que, après la chaleur de la nuit au-dehors, il faisait nettement frais. L'homme était couché sur le dos sur des draps froissés et tirebouchonnés, vêtu seulement d'un caleçon. Il avait des cheveux bruns, avec un commencement de tonsure qui luisait dans l'obscurité, un corps poilu et une peau brune. A côté du lit, il y avait un numéro du *Reader's Digest*, un flacon de somnifères et un verre d'eau minérale.

Springer se pencha vers l'homme et toucha ses paupières du bout des doigts.

– En ce moment, il fait le pire de ses cauchemars. Vous pouvez voir d'après le mouvement de ses yeux qu'il rêve. C'est ce qu'on appelle le sommeil paradoxal.

– Comment allons-nous entrer dans son cauchemar? demanda Tebulot en déplaçant le poids de son arme.

– Plus important, que ferons-nous, une fois que nous serons entrés? voulut savoir Kasyx.

– Est-ce qu'il saura que nous sommes là-bas? dit Samena. Est-ce qu'il pourra nous voir dans son rêve?

– Il vous verra dans son cauchemar aussi clairement que toute autre chose qu'il peut voir, répondit Springer. Quant à ce que vous pouvez et ne pouvez pas faire, une fois que vous êtes entrés dans son esprit endormi, les règles sont extrêmement simples. Vous pouvez explorer le rêve de la même façon que vous pouvez explorer le monde éveillé. Si vous êtes menacés dans le rêve, vous pouvez vous défendre et riposter. Il n'y a pratiquement pas de limites, excepté une : vous ne pouvez pas et ne devez pas blesser le rêveur lui-même, si jamais il apparaît dans son propre rêve comme une personne distincte. Vous devez faire très attention à cela, car parfois le rêveur apparaîtra dans son propre rêve sous l'apparence d'un enfant, ou de quelqu'un du sexe opposé, ou déguisé d'une façon ou d'une autre.

– Que se passe-t-il si nous blessons le rêveur? demanda Tebulot.

Springer le regarda à travers l'obscurité de la chambre. Durant un moment, Springer ne fut ni « il » ni « elle », mais quelque chose de tout à fait éthéré.

– Si vous blessez ou tuez le rêveur, alors le rêve s'écroulera sur lui-même... avec vous à l'intérieur. Dans les temps les plus reculés, avant que le symbolisme des rêves ait été pleinement compris, beaucoup de Guerriers de la Nuit inexpérimentés ont été perdus de cette façon. Aujourd'hui, bien sûr, même des gens non entraînés comme vous-mêmes savent que beaucoup de choses qui apparaissent dans les rêves et les cauchemars sont métaphoriques.

Ils regardèrent l'homme endormi. Il poussa un grognement, se tourna sur le côté et marmonna.

– Nous y allons? demanda Kasyx.

Springer acquiesça de la tête.

– Kasyx, tu vas utiliser ton pouvoir pour créer un point de jonction entre ton rêve et le sien. Pour ce faire, il te suffit de tracer un octogone dans l'air, avec les deux mains, les mains se séparant en haut de l'octogone et se rejoignant en bas. Ensuite mets-les dos à dos devant toi, et écarte-les lentement.

Kasyx suivit les indications de Springer. Laissant un

courant régulier de pouvoir s'écouler de ses mains, il traça une grande figure géométrique à huit côtés dans l'obscurité. Ses doigts crépitaient et crachaient des étincelles bleu vif, et tandis qu'il traçait l'octogone, celui-ci resta suspendu au milieu de la pièce. Il scintillait, semblable à du fil de fer barbelé illuminé.

Puis il tendit les bras devant lui, enfonça ses mains vers le centre de l'octogone et les écarta petit à petit. Il sentit une résistance étrange, et il fut obligé d'utiliser presque deux fois plus de pouvoir, uniquement pour empêcher que ses mains soient repoussées l'une contre l'autre. Il comprit brusquement ce qu'il était en train de faire. Il écartait la matière du monde éveillé, comme si c'était un rideau lourd mais invisible, car, au-delà de l'octogone, à l'endroit où ses mains avaient écarté les molécules de la réalité, il entrevoyait un paysage lugubre et mouillé par la pluie... un paysage de rochers, de montagnes et d'arbres cinglés par le vent.

– Maintenant, vous devez entrer, dit Springer. Je ne viens pas avec vous, cela m'est interdit. Mais je vous accompagnerai par la pensée, et je vous donnerai des conseils et des instructions chaque fois que ce sera nécessaire. N'oubliez pas... tout ce que vous allez faire, c'est vous familiariser avec le monde des cauchemars. Ne prenez aucun risque et n'utilisez pas vos armes, à moins que vous ne soyez contraints de le faire pour vous protéger.

Kasyx, Tebulot et Samena se tinrent par la main à nouveau et se placèrent devant l'octogone scintillant.

– Par la volonté d'Ashapola, entrez dans le monde des rêves, psalmodia Springer.

L'octogone s'éleva lentement et pivota sur le côté, jusqu'à ce qu'il soit au-dessus de leurs têtes. Puis il descendit petit à petit vers le sol et les entoura, comme si un prestidigitateur avait passé un cerceau autour d'eux pour montrer qu'il n'y avait pas de fils, pas de miroirs, pas le moindre trucage.

A l'instant où l'octogone touchait le sol, le hurlement du vent explosa dans leurs oreilles et ils furent frappés par un mur compact de pluie battante. Continuant de se tenir par la main et baissant la tête, ils regardèrent autour d'eux et essayèrent de s'orienter. La pluie tambourinait sur leurs armures, et le vent agitait furieusement les plumes du chapeau de Samena.

Au-dessus de leurs têtes, le ciel était de la couleur du

fer rouillé, et des nuages le traversaient rapidement. Le sol sous leurs pieds était du granit marron et nu, rendu glissant par la pluie et sillonné de fissures. Dans le lointain, il y avait des blocs de rochers et des montagnes sinistres, ainsi qu'un bâtiment blanchâtre qui ressemblait à une forteresse ou à un monastère, situé sur leur droite, en amont d'une vallée.

– Que faisons-nous? cria Samena en raison du vent.

– Je pense que nous devrions nous diriger vers ce bâtiment! cria Kasyx en retour. Apparemment, c'est le cœur de son rêve.

Ils se lâchèrent la main mais restèrent aussi près les uns des autres qu'ils le pouvaient. Lentement, essayant de s'habituer à marcher à travers le paysage intransigeant du cauchemar d'une autre personne, ils gravirent la pente escarpée des collines de granit et atteignirent bientôt un promontoire balayé par le vent d'où ils dominaient la vallée étendue qui conduisait vers le bâtiment. Ils entendaient distinctement une cloche sonner depuis la tour de la forteresse, un tintement mélancolique qui rappela de façon inquiétante à Kasyx les vers d'Edgar Allan Poe : « Les cloches en bronze / Leur monodie évoque un monde de pensées solennelles / Car chaque son qui s'échappe / De leurs gorges rouillées / Est un gémissement. »

Tebulot toucha l'épaule de Kasyx et cria :

– Regarde, là-bas!

Kasyx essuya la pluie sur sa visière et plissa les yeux afin de scruter le fond de la vallée. Dans les ombres, à travers les nappes de pluie, il distingua une lente procession de personnages. Ils étaient vêtus de longues robes blanches, et encapuchonnés. Au nombre de dix ou onze, ils s'avançaient vers le haut de la vallée. Les deux personnages marchant en tête traînaient derrière eux une grande croix en bois, et un homme nu était attaché sur cette croix.

Kasyx appliqua sa main gauche contre le côté de son casque, et sa vision fut aussitôt modifiée, comme un effet de zoom avant. Maintenant il voyait les personnages encapuchonnés aussi nettement que s'il se trouvait à quelques mètres seulement d'eux. Ils semblaient grands, beaucoup plus grands que des hommes ordinaires, et Kasyx eut beau régler sa vision, il était incapable de voir quoi que ce soit à l'intérieur de leurs capuchons, excepté une obscurité absolue. A un moment, il lui sembla entrevoir quelque chose qui ressemblait à une mèche de cheveux noire et bouclée, ou à un tentacule; il fit rapidement le point, mais cela disparut.

Puis il dirigea son attention vers la croix en bois et l'homme qui était allongé dessus. Les deux personnages marchant en tête traînaient la croix avec son sommet cognant sur le sol, de telle sorte que la tête de l'homme était plus basse que ses pieds. Il avait été cloué sur la croix, les clous enfoncés à travers ses avant-bras et ses pieds, et il y avait des marques en diagonale sur son corps, comme si on l'avait fouetté. Ses yeux étaient agrandis par la souffrance. Chaque cahot sur le sol rocailleux était certainement un châtiment en lui-même. Kasyx reconnut l'homme tout de suite : c'était le rêveur.

– J'ai l'impression qu'ils se dirigent vers ce bâtiment, eux aussi, dit Samena.

– Ils y seront avant nous, fit remarquer Tebulot.

– Sommes-nous censés le délivrer? demanda Samena. Écoutez, je pense que Springer nous a fait entrer dans ce rêve pour voir comment nous réagissons, d'accord?

Kasyx secoua la tête.

– Nous ne sommes pas censés intervenir à moins que notre propre sécurité ne soit menacée.

– Bien sûr, fit Tebulot. Mais à quoi servent les Guerriers de la Nuit? Leur seule raison d'exister n'est-elle pas d'entrer dans des rêves et de sauver des gens?

– Je ne sais pas, dit Kasyx. Cet homme là-bas sur la croix, c'est l'homme qui fait ce rêve. Peut-être a-t-il *besoin* de faire des rêves comme celui-ci, afin d'exprimer son sentiment de culpabilité. S'il ne faisait pas ces rêves, il finirait peut-être dans un hôpital psychiatrique. Regardez ce qui lui arrive là-bas : on est en train de le punir. Vous avez entendu ce que Springer a dit : les choses dans les rêves ne sont pas toujours ce qu'elles semblent être. Peut-être que ces personnages encapuchonnés ne sont rien de plus que ses sentiments de culpabilité.

– Alors nous restons ici et nous les laissons le traîner sur ces rochers? C'est ça?

– Nous ne sommes pas censés intervenir, répéta Kasyx.

– Je continue de penser que la seule raison de notre présence ici est justement d'intervenir! lui dit Tebulot.

– Approchons-nous d'abord de ce bâtiment, proposa Samena. Ensuite nous aviserons et prendrons la décision... de l'aider ou non.

– Ils atteindront le bâtiment bien avant nous, dit Kasyx. Et s'ils ne nous laissent pas entrer?

Tebulot brandit son arme.

– Vous avez entendu ce que Springer a dit. Ce truc peut pulvériser les murailles d'une forteresse. Nous entrerons, qu'ils le veuillent ou non!

Affrontant le vent et la pluie, ils quittèrent le promontoire rocheux et se dirigèrent vers le bâtiment, suivant une étroite arête de granit gris. Sur leur gauche, en contrebas, le cortège avec la croix était presque arrivé en haut de la vallée, et lorsque le vent tombait de temps à autre, les Guerriers de la Nuit entendaient les personnages chanter en latin. La cloche continuait de sonner depuis la tour du bâtiment, un glas lugubre, encore et encore et encore.

Finalement, à plus de deux cent cinquante mètres devant eux, le cortège atteignit les murailles du bâtiment et franchit un extraordinaire pont suspendu pour arriver à la grande porte. En fait, tandis que tous les trois s'approchaient, ils virent que l'ensemble du bâtiment était extraordinaire. Il était construit en granit, le même granit que les montagnes environnantes, mais avec un très grand fini, de telle sorte qu'il luisait sous la pluie. Les murailles étaient lisses et impossibles à escalader jusqu'à une hauteur de vingt-cinq mètres environ, mais ensuite il y avait des centaines d'ouvertures, sur des dizaines de niveaux différents, et ces ouvertures étaient reliées entre elles par des escaliers extérieurs en pierre, sans rampe ni garde-fou. Des hommes et des femmes vêtus de robes en grosse toile, chargés de chaînes et de fers, coiffés de couronnes d'épines, montaient et descendaient ces escaliers en un flot ininterrompu.

Tout en haut des murailles, il y avait des parapets, où d'autres personnages encapuchonnés allaient et venaient. Des drapeaux noirs et mouillés mugissaient et claquaient au vent.

– Je vous l'avais dit! fit Kasyx, tandis qu'ils s'accroupissaient derrière le dernier amas de rochers protecteur. Cet homme est en train de se punir. C'est la signification de ce cauchemar. Nous ne devons absolument pas le sauver. Regardez cet endroit. Le Château du Châtiment! J'ai vu ces symptômes une centaine de fois. Je suis sûr que ce type adore mettre des porte-jarretelles et se faire marcher sur les doigts avec des talons aiguilles.

– Je ne sais pas, dit Samena en fronçant les sourcils. Je pense que ce cauchemar n'est pas seulement cela. Je devine quelque chose, mais j'ignore ce que c'est.

– Crois-moi, Samena, ce type prend son pied, c'est évident! dit Kasyx.

Mais Tebulot intervint :

– Pas si vite, Henry... je veux dire, Kasyx. Rappelle-toi ce que Springer a dit. Samena est la plus réceptive de nous trois. Elle perçoit peut-être quelque chose que nous ne percevons pas.

Kasyx regarda Samena, et Samena sourit. Kasyx était obligé d'admettre qu'elle était tout à fait à son avantage avec ce chapeau orné de plumes, cette culotte moulante et ce pourpoint richement décoré.

– Très bien, accepta-t-il. Je ferais peut-être mieux d'arrêter de me comporter en professeur, et de commencer à écouter un peu plus les autres.

– Je suis incapable de vous décrire cela, dit Samena, mais j'ai le pressentiment qu'il y a une autre présence à l'intérieur de ce bâtiment, à part le rêveur lui-même. Quelque chose qui est plus fort que le rêveur. Quelque chose qui a pris possession de son rêve.

– C'est peut-être pour cette raison que Springer nous a amenés ici, fit Kasyx avec une certaine inquiétude. Yaomauitl se cache peut-être dans ce rêve.

– Il a dit que nous devions d'abord nous entraîner, protesta Tebulot. Il ne nous enverrait pas combattre Yaomauitl dès notre première nuit!

– Hum, je n'en suis pas aussi sûr, répliqua Kasyx. En fait, je me pose beaucoup de questions au sujet de Springer. Nous ne savons pas qui ou ce qu'il est vraiment, d'accord? Et nous nous sommes laissé embarquer dans cette aventure incroyable, sans même vérifier ses papiers d'identité!

Tebulot montra les gantelets de son armure.

– Il peut faire *ça*, il peut quasiment nous transformer en super-héros, et nous devrions vérifier ses papiers d'identité? Allons, Kasyx, pourquoi doutes-tu de lui tout à coup? Est-ce que tu ne te sens pas mieux, est-ce que tu ne sens pas cet accroissement de tes capacités? Est-ce que tu n'as pas la sensation que tu pourrais faire absolument tout ce que tu as envie de faire?

Kasyx releva sa visière. Il soutint le regard de Tebulot, tandis que la pluie tombait goutte à goutte du rebord de son casque.

– Je crois que tu as raison. Je me sens mieux. Je pense que c'est pour ça que j'ai donné mon accord pour être un

Guerrier de la Nuit, sans la moindre hésitation, sans même me demander pourquoi. Est-ce que tu as réalisé avec quel calme nous avons accepté toute cette histoire, alors qu'elle est parfaitement incroyable? Nous sommes sereins parce que nous avons pressenti tous les trois que c'était quelque chose que nous attendions : l'occasion pour nous de nous libérer. (Il marqua un temps, puis il ajouta :) Je pense que je ne cesserai jamais de douter. Je suis ainsi fait, et cela fait partie de mon boulot. Mais, entendu, j'accepte ce que Springer a fait pour moi et je vais poursuivre ce que nous avons entrepris, jusqu'à ce que quelqu'un me prouve que je me suis couvert de ridicule et que je suis un parfait imbécile. Une chose, cependant : ne me demandez jamais de faire le sacrifice de ma vie pour Springer ou pour Ashapola, même si je n'ai pas le choix, parce que ma réponse sera toujours : pas question!

– Personne ne te l'a demandé, dit Tebulot.

– Non, mais il y a des chances pour que quelqu'un puisse le faire, répliqua Kasyx.

Samena porta ses doigts à son front.

– Cette sensation... c'est quelque chose de très puissant. C'est également très méchant.

– Méchant? Que veux-tu dire? demanda Kasyx.

– Je veux dire que c'est terrifiant. C'est très froid, et c'est très vicieux. Tu sais, tu marches sur un trottoir et tu t'aperçois brusquement que tu dois passer tout près d'un chien qui a l'air enragé. Tu es terrifié, mais tu es incapable de t'enfuir.

– Bon, dit Kasyx, la question est très simple : que faisons-nous?

– Springer a bien dit qu'il resterait en contact avec nous, non? fit Tebulot. Nous devrions peut-être essayer de le lui demander.

Kasyx ferma les yeux et s'efforça de se concentrer pour communiquer avec Springer. Mais, même au bout de deux ou trois minutes, il n'entendit rien à part le silence, un silence aussi vide que le regard qu'il avait vu dans les yeux de Springer, juste avant qu'ils se séparent.

– Il n'est pas là, dit Kasyx. Du moins, je n'arrive pas à le contacter.

– Dans ce cas, je propose que nous entrions dans le bâtiment pour voir ce qui se passe, déclara Tebulot. Écoutez, nous n'avons peut-être plus beaucoup de temps devant nous. Ce type peut se réveiller dans quelques minutes, ou bien changer de position et se mettre à rêver de danseuses orientales.

Kasyx releva la tête et plissa les yeux en raison du vent.

– Je pense que je suis plutôt pour.

Néanmoins, Kasyx posa ses mains sur leurs épaules et leur donna autant de sa charge qu'il sentait pouvoir le faire sans danger. L'électricité nue dansa sur sa poitrine et grésilla sous la pluie battante. Tebulot vérifia le cadran gradué et vit qu'il indiquait que son arme était chargée à 100 %. Samena décrocha une pointe de flèche de sa ceinture, une simple pointe triangulaire, et l'ajusta au bout de l'index de sa main droite.

– Bon, allons voir ce que nous pouvons découvrir en manière d'émanations maléfiques, dit Kasyx.

Ils sortirent de derrière les rochers et s'avancèrent en diagonale vers l'étrange pont suspendu devant le bâtiment. Ils couraient très vite, tête baissée, mais c'était tout ce qu'ils pouvaient faire pour éviter d'être repérés. Kasyx était bien content que la pluie tombe encore plus dru qu'auparavant, en nappes grondantes, même s'il glissa une ou deux fois sur les rochers.

Ils atteignirent le pont sans être vus, du moins à leur connaissance. Ils le franchirent rapidement, sans la moindre hésitation; leurs pieds claquèrent sur la pierre humide. Le pont enjambait un profond ravin creusé artificiellement, au fond duquel il y avait de l'eau stagnante, noire de vase. Les gouttes de pluie formaient des ronds dans l'eau, et de temps en temps la surface était parcourue de rides, comme si quelque chose nageait dans les profondeurs.

Les Guerriers de la Nuit virent qu'ils s'approchaient d'une porte étroite, incurvée. Kasyx était au fait du symbolisme freudien des portes dans les rêves, et nota pour lui-même que la forme de celle-ci ressemblait de façon remarquable à une vulve, mais il ne dit rien, et la franchit le premier, pénétrant dans un long couloir sombre. Tout au bout de ce couloir, ils apercevaient une cour intérieure, pavée de galets et couverte de flaques d'eau, ainsi que deux ou trois des personnages encapuchonnés. Apparemment, ceux-ci montaient la garde.

– Que faisons-nous maintenant? demanda Tebulot, levant son arme nerveusement.

– Nous nous approchons d'eux, c'est tout. Mais soyez prêts à tirer. Au moindre geste hostile, on leur règle leur compte.

– La bonne vieille mentalité américaine, hein? fit remarquer Samena avec une certaine âpreté.

– Tu as une autre idée? Tu veux qu'on aille leur serrer la main? Autant que nous le sachions, ces plaisantins ont crucifié l'homme qui fait ce rêve et, qui sait, ils seraient peut-être ravis de nous faire la même chose!

Ils parcoururent prudemment les derniers mètres dans le tunnel et arrivèrent dans la cour mouillée par la pluie. Tebulot leva les yeux. Sur les murs qui entouraient la cour, il y avait vingt ou trente petits balcons, et sur chacun de ces balcons était posté un personnage encapuchonné avec une arme qui ressemblait à une arbalète.

– Je pense que c'est ce qu'on appelle un traquenard, dit-il en donnant un coup de coude à Kasyx.

– Tu as probablement raison, fit Kasyx.

Mais à présent ils se trouvaient à moins de quatre mètres des deux personnages encapuchonnés qui se tenaient au milieu de la cour, et faire demi-tour semblait infiniment plus dangereux que continuer d'avancer.

Kasyx fit halte et leva la main.

– Ce ne sont pas des Peaux-Rouges! protesta Tebulot.

– Bon sang, c'est un geste de salut universellement reconnu, fit Kasyx d'un ton sec.

Les personnages encapuchonnés regardaient les trois Guerriers de la Nuit depuis le vide noir de leurs capuchons, sans révéler leurs visages et sans faire le moindre bruit. Le vent s'engouffrait en spirale dans la cour, faisait voleter des feuilles et des détritus, et agitait le bord de leurs robes de pèlerin. Kasyx dit, d'une voix forte :

– Nous désirons voir le rêveur. Nous voulons nous assurer qu'il est sain et sauf.

Les personnages encapuchonnés ne disaient toujours rien. Mais l'un d'eux leva l'une de ses manches et leur fit signe de s'approcher; puis tous deux se retournèrent et commencèrent à traverser la cour, se dirigeant vers un autre tunnel, du côté opposé.

– On les suit? demanda Kasyx.

Samena leva les yeux vers les personnages encapuchonnés avec leurs arbalètes, tout autour d'eux.

– Je pense que nous devrions les suivre, proposa-t-elle.

Tebulot acquiesça de la tête.

– Springer avait parlé de pratique, non? C'est l'occasion ou jamais de nous faire la main!

– Protège nos arrières, dit Kasyx. Je ne tiens pas à ce qu'on se retrouve entre deux feux.

Les personnages encapuchonnés marchaient de plus en plus vite, et ils disparurent dans le tunnel. Kasyx toucha l'épaule de Tebulot et dit :

– Tiens-toi prêt avec ton arme. C'est peut-être une embuscade.

Ils hésitèrent à l'entrée du tunnel, puis, sans se consulter à nouveau, ils s'avancèrent. Ils savaient que, quel que soit leur destin, celui-ci se trouvait quelque part devant eux, et qu'ils devaient s'y conformer, malgré leurs peurs.

11

Les parois du tunnel étaient douces et visqueuses, et dégageaient un arôme particulier qui rappela à Kasyx, plus fortement que jamais, un vagin de femme. Quelles que soient les obsessions du rêveur, elles étaient manifestement sexuelles aussi bien que financières. En fait, plus ils s'avançaient dans le rêve, plus l'ambiance érotique devenait consistante. Quelque part au sein du bâtiment, il y avait des battements rythmés qui ressemblaient davantage à ceux d'un cœur humain qu'à ceux d'une mécanique, et Kasyx comprit que le bâtiment s'était petit à petit transformé en un corps gigantesque.

Au bout du tunnel, ils arrivèrent dans une vaste galerie fermée, avec une voûte en forme de dôme qui était recouverte d'un réseau de tuyaux ressemblant à des veines et à des artères. Une machine compliquée, en bois et en métal, dominait la salle. Haute de dix-huit ou vingt mètres, elle comportait des leviers, des engrenages, des roues dentées, des poulies et des treuils. D'énormes pistons, noirs et graisseux, s'activaient en un mouvement de va-et-vient sur des arbres excentrés. L'engin produisait un grondement sourd, en partie couvert par le cri strident de l'acier lubrifié glissant sur de l'acier.

– Où sont passés nos plaisantins encapuchonnés? demanda Tebulot, gardant son arme levée.

– Là-bas, dit Samena.

Elle montra du doigt le côté opposé de la salle. Sur un balcon soutenu par des escaliers fuselés en fer et en cuivre, les deux personnages les observaient impassiblement.

– Où est le rêveur, voilà ce que j'aimerais savoir, dit Tebulot en jetant un regard à la ronde.

Kasyx releva la tête et scruta la machine.

– Je le vois, dit-il finalement.

Tebulot et Samena suivirent son regard. Au sommet de la machine, il y avait un tapis roulant en bois qui cliquetait sur des rangées de roues en mouvement. La croix en bois du rêveur était fixée sur ce tapis roulant, comme un essieu d'automobile sur une chaîne de fabrication, et le rêveur était toujours cloué sur la croix, autant qu'ils pouvaient le voir depuis le sol de la galerie. Petit à petit, la croix et son fardeau humain furent transportés jusqu'au bout du tapis roulant en bois. Là, la croix fut soulevée, de telle sorte qu'elle se dressa à la verticale, puis entraînée vers le bas sur une courroie dentée sans fin, vers le cœur de la machine.

Tandis qu'il était transporté à travers l'énorme mécanisme par des tapis roulants, des poulies et des engrenages, le rêveur subissait un châtiment ininterrompu. La croix traversa un tunnel de fouets en cuir qui étaient attachés à des roues qui tournaient sans fin, et le cinglaient violemment. Puis il fut frappé à coups répétés par des bras articulés qui ressemblaient à des brosses à cheveux, si ce n'est qu'elles étaient garnies de pointes de fer au lieu de soies.

Kasyx regarda la croix descendre à travers le gigantesque mécanisme, niveau après niveau. Puis il se tourna vers Tebulot et Samena, et dit :

– Bon, c'est suffisant. Ce type n'a pas besoin d'être sauvé. Pas par nous, en tout cas. Un psy lui ferait le plus grand bien, à mon avis.

– Alors, que faisons-nous, on s'en va ? demanda Tebulot, presque déçu de constater que le rêve ne nécessitait pas une mission de sauvetage.

Mais Samena dit :

– Il y a toujours quelque chose de maléfique ici. Je perçois cette présence. Elle est plus proche, maintenant. Beaucoup plus proche. Elle n'est peut-être pas dans ce rêve... mais elle en est très proche.

– Je propose que nous en restions là pour le moment, déclara Kasyx. Écoutez, nous manquons d'expérience. Si jamais Yaomauitl s'amène dans ce rêve, qu'est-ce que nous ferons, hein ?

Samena pressa le bout de ses doigts sur son front et

ferma les yeux. Elle percevait le mal presque aussi distinctement que les battements de cœur qui résonnaient dans le bâtiment. Cela ressemblait à une intense froideur noire dans la partie antérieure de son cerveau : la noirceur de la peau gangrénée, le froid de la mort. Elle voyait presque des visages grotesques, juste à la limite de son champ visuel ; des visages qui chuchotaient et conféraient entre eux, parlant de blasphèmes, de tortures et de cruautés qui dépassaient l'imagination humaine.

Et pourtant... il y avait quelque chose d'étrangement *séduisant* dans cette obscurité, dans ce mal. Il promettait des sensations de plaisir intense, de jouissance égoïste, de nudité, de passion et de danger. Les voix continuaient de chuchoter, parlant de la « petite mort » et de moments d'humiliation si extrêmes que les centres du plaisir du cerveau réclamaient l'anéantissement, afin que l'humiliation soit totale.

Kasyx prit Samena par le bras et l'attira vers lui.

– Qu'y a-t-il ? lui demanda-t-il. C'est vraiment fort ?

Elle acquiesça de la tête.

– Je ne sais pas si c'est bon ou mauvais. Au début, il m'a semblé que c'était le mal... mais maintenant, je ne sais plus.

– Nous devrions peut-être aller jeter un coup d'œil, proposa Tebulot.

Kasyx secoua la tête.

– Ça suffit pour cette nuit, d'accord ? Retournons auprès de Springer. Je veux savoir pourquoi il n'est pas resté en contact avec nous.

Ils se dirigèrent vers le tunnel. A ce moment, les deux personnages encapuchonnés en surgirent et leur barrèrent la route. Comment avaient-ils réussi à se glisser derrière les Guerriers de la Nuit sans que ceux-ci s'en aperçoivent, aucun d'eux n'était à même de le comprendre. Mais ceci était un rêve, après tout... et tout pouvait arriver dans un rêve.

Les Guerriers de la Nuit s'approchèrent prudemment des personnages encapuchonnés, puis firent halte. Il était clair que ceux-ci n'avaient pas l'intention de s'écarter.

– Laissez-nous passer, d'accord ? leur demanda Kasyx.

L'un des personnages encapuchonnés leva son bras et désigna le côté opposé de la salle. Là-bas, il y avait une autre entrée de tunnel, un peu plus étroite, mais tout aussi sombre.

– *Vous allez par là,* ordonna-t-il.
– Désolé, mon vieux, répliqua Kasyx. Nous repartons par où nous sommes arrivés.
– *Vous irez là où on vous le dit,* insista le personnage.
– Et si nous refusons? demanda Tebulot.

Les deux personnages encapuchonnés, déjà de haute taille, commencèrent à s'étirer et à grandir de plus en plus, et les ouvertures sombres de leurs capuchons s'élargirent. Bientôt ils se dressaient au-dessus des Guerriers de la Nuit, tels des vers aveugles mangeurs d'hommes. Ils s'approchèrent en oscillant, et Kasyx entrevit à nouveau ces tentacules noirs qui se tordaient, là où leurs visages auraient dû se trouver.

Tebulot n'attendit pas que Kasyx lui en donne l'ordre. Il actionna le levier en forme de T sur sa machine, l'épaula et tira sur le plus proche des deux personnages. Il y eut un *zziffff!* léger et vif, et un trait d'énergie pure, d'un blanc éclatant, fut avalé par l'obscurité à l'intérieur du capuchon du personnage.

Durant un moment, Tebulot pensa que le personnage avait absorbé le trait d'énergie sans le moindre préjudice. Puis, brusquement, le grand manteau à capuchon commença à basculer et à s'affaisser. Il tomba vers le sol comme s'il était complètement vide, tel pour un tour de prestidigitation. Mais, à la toute dernière seconde, il y eut un tortillement répugnant sous les robes, et quelque chose en surgit, une chose cartilagineuse, noire et informe. Tebulot actionna le levier en forme de T de son arme et tira à nouveau. Un autre trait d'énergie jaillit et toucha la chose de plein fouet. Il y eut un crépitement, une odeur nauséabonde de graisse brûlée, et un cri perçant agressa les oreilles des Guerriers de la Nuit, comme du métal grattant sur du verre.

Le second personnage n'avait pas réagi lorsque son compagnon avait été touché, mais maintenant il se penchait vers Samena d'une façon menaçante, et des dizaines de tentacules gluants commencèrent à se dérouler du devant de son capuchon, comme s'il vomissait des serpents. Samena poussa un hurlement, mais leva les bras, croisa ses poignets fermement, et pointa l'index de sa main droite vers le nœud des tentacules.

Elle envoya presque toute l'énergie que Kasyx lui avait donnée... beaucoup plus que ce n'était nécessaire... mais elle était inexpérimentée et terrifiée, et la créature était quasiment sur elle. Il y eut une explosion de pouvoir depuis le bout de son doigt, et la pointe de flèche transperça le corps de la créature, suivie d'un trait de lumière pure aveuglante long de deux mètres.

La pointe de flèche perfora la chair de la créature et ouvrit le chemin à l'énergie concentrée qui suivait. L'énergie disparut, s'enfouit sous la surface de la peau de la créature, et explosa immédiatement. Avec un craquement assourdissant, des morceaux de tentacules déchiquetés volèrent dans toutes les directions. Certains heurtèrent le casque de Kasyx, produisant un claquement de peau de chamois mouillée.

– On s'arrache! cria Tebulot, et tous trois coururent vers le tunnel.

Il y faisait très sombre, et il semblait plus étroit et plus moite qu'auparavant. Leurs pieds glissaient sur le sol ridé et vivant; à plusieurs reprises ils furent obligés de s'appuyer sur les parois pour ne pas perdre l'équilibre. Kasyx voyait seulement un mélange confus d'ombres et de lumière, et l'arrière du casque de Tebulot qui avançait péniblement devant lui.

Ils atteignirent finalement le bout du tunnel et aperçurent la cour intérieure. Il pleuvait toujours, une pluie torrentielle qui remplissait la cour d'embruns. Kasyx tendit le bras et agrippa l'épaule de Tebulot pour l'avertir de ne pas aller plus loin. Puis il plaqua sa main sur le devant de son casque. De cette façon, sa vision passa en infrarouge, afin de détecter des ennemis éventuels par la chaleur plutôt que par la lumière.

Kasyx scruta minutieusement la cour aux couleurs vives, jaune et vert. Il n'y avait à proximité aucune source d'énergie calorifique, mais Kasyx était conscient du fait que les personnages encapuchonnés pouvaient très bien n'émettre aucune chaleur corporelle, puisqu'ils n'étaient que des monstres dans un rêve. Auquel cas, ils les attendaient peut-être dans la cour, sous la pluie, prêts à les dévorer.

– Je ne détecte aucune de ces créatures à tentacules, dit-il à Tebulot et Samena. Mais nous devons être prêts à tout, lorsque nous sortirons du tunnel. Vous n'avez pas oublié ces personnages postés sur les balcons? Ils essaieront peut-être de nous tirer dessus, ou bien de s'allonger vers le sol pour nous attraper. C'est pourquoi nous devons traverser cette cour en fonçant comme des putains d'autruches, si vous voyez ce que je veux dire, et préparer toute la puissance de tir dont nous disposons.

Tebulot arma sa machine et fronça les sourcils tandis qu'il la réglait soigneusement sur tir rapide. Il n'y avait aucune indication sur les commutateurs et les leviers, mais Tebulot semblait savoir intuitivement comment la faire fonctionner. L'arme était en partie mécanique et en partie imaginaire; elle était capable de faire tout ce que son porteur pouvait imaginer. Si Tebulot avait voulu que ses traits d'énergie partent vers l'avant puis effectuent un demi-tour et touchent une cible quelque part derrière lui, l'arme était tout à fait capable d'exécuter son ordre.

Samena, qui avait protégé leurs arrières avec vigilance tandis qu'ils s'avançaient dans le tunnel, ajusta à son index une pointe de flèche multiple : celle-ci exploserait durant sa trajectoire et enverrait une douzaine de traits acérés en un jet hémisphérique mortel.

– Bien, dit Kasyx d'une voix tendue. Maintenant, *allons-y*!

Ils s'élancèrent vers la pluie battante et furent immédiatement accueillis par une véritable forêt d'épaisses flèches noires, décochées depuis les balcons au-dessus de leurs têtes. Les flèches volaient à travers la pluie à une telle vitesse qu'elles étaient invisibles jusqu'à ce qu'elles approchent leurs cibles, et chacune émettait un cri strident tout à fait terrifiant. Trente ou quarante de ces flèches volant ensemble produisaient un hurlement insoutenable, comme si toutes les banshees de l'enfer étaient lâchées en même temps. Et elles étaient si puissantes qu'elles traversaient les pavés de la cour, jusqu'à un mètre de profondeur.

La machine de Tebulot était défensive aussi bien qu'offensive. Il se laissa tomber sur un genou, la leva et envoya une giclée de traits d'énergie qui interceptèrent presque toute la volée suivante de flèches. Celles-ci s'écrasèrent bruyamment sur le sol, inoffensives. Pour la première fois, Samena fit montre de sa vitesse et de son adresse : elle courut en zigzag, esquivant les flèches qui volaient vers elle, arriva au milieu de la cour, leva ses bras et décocha un jet multiple de pointes de flèche vers les balcons en surplomb.

Il y eut des cris et des hurlements de douleur, et quatre robes vides descendirent vers le sol, flottant à travers la pluie, pour se déposer sur les pavés. Tebulot régla son arme et lâcha une giclée d'énergie, brève mais puissante, vers chacune d'elles. Il y eut des grésillements stridents, et des cris résonnant sans fin. Une seule des créatures à tentacules parvint à lui échapper. Elle se traîna à travers la cour, semblable à une pieuvre difforme et torturée, et disparut au sein des ombres.

Kasyx détourna deux ou trois flèches en levant le bras devant son visage et en libérant de l'énergie. Dans un claquement violent d'électricité statique, les flèches perdirent leur intégrité atomique et se volatilisèrent. Mais la perte d'énergie était trop élevée pour qu'il puisse se protéger encore très longtemps, et il profita de la rafale suivante de pointes de flèche décochées par Samena pour courir vers le tunnel qui les mènerait hors du bâtiment.

Une fois à l'abri, il se retourna. Tebulot l'avait presque rejoint. Il s'arrêtait de temps en temps pour envoyer une terrifiante giclée d'énergie vers les personnages encapuchonnés qui étaient massés sur les balcons. Samena était un peu plus loin, mais elle était si légère et si agile que Kasyx était certain qu'elle pourrait atteindre le tunnel sans la moindre difficulté.

La cour étincelait, crépitait et scintillait de lumières aveuglantes. Les gouttes de pluie étaient illuminées par les éclairs, comme par une lumière stroboscopique, et Tebulot et Samena semblaient se trouver dans une cage d'aiguilles en argent. Il flottait dans l'air une forte odeur de toile de lin calcinée, et cette puanteur innommable d'escargots brûlés que dégageaient les créatures à tentacules lorsque Tebulot les touchait.

D'autres flèches s'abattaient vers la cour avec un bruit strident. D'autres robes basculaient et tombaient des balcons. Mais Tebulot vérifia son cadran gradué et vit qu'il luisait très faiblement, ce qui voulait dire qu'il avait utilisé pratiquement toute l'énergie que Kasyx lui avait donnée avant qu'ils ne pénètrent dans le rêve. Il lâcha une dernière giclée d'énergie, puis courut vers Kasyx, la tête baissée et le bras levé pour se protéger des flèches qui s'abattaient autour de lui. Une flèche le frôla et se planta dans les pavés près de son pied droit, mais il parvint à plonger, tel un joueur de base-ball, vers le tunnel et se retrouva à l'abri. Son arme heurta bruyamment le sol à côté de lui.

– Donne-moi de l'énergie ! dit-il à Kasyx, hors d'haleine. Je suis à court d'énergie !

– Impossible, répondit Kasyx. Il ne m'en reste plus beaucoup. Et j'en ai besoin pour nous sortir de ce rêve. Je ne veux pas l'utiliser maintenant.

Tous deux regardèrent Samena avec inquiétude. Elle était presque arrivée au milieu de la cour. Elle bondissait, courait en zigzag et esquivait chacune des nuées de flèches qui pleuvaient sur elle. Elle semblait exécuter une danse compliquée. Ses muscles à la coordination parfaite réagissaient avec rapidité, puissance, et toujours avec grâce. Elle ne pouvait pas voir les flèches qui lui étaient destinées, mais sa réceptivité était telle qu'elle captait les minuscules flots d'émotion qui provenaient des personnages encapuchonnés lorsqu'ils décochaient leurs traits, telles de minuscules particules de glace lancées des balcons, et elle percevait également le déplacement des molécules de l'air devant les flèches volant à plus de 400 km/h.

Durant un moment, Kasyx et Tebulot furent hypnotisés par ce ballet étourdissant. Puis Kasyx se rendit compte que Samena ne décochait plus ses pointes de flèche. Comme Tebulot, elle était certainement à court d'énergie.

– Samena ! cria-t-il. Samena ! Sauve-toi !

Samena lui lança un regard rapide, et son visage était crispé. Il comprit qu'elle estimait dans ce même mouvement rapide de l'œil la distance qui la séparait du tunnel, et essayait de trouver la meilleure façon de s'échapper.

– Maintenant ! hurla Kasyx. *Maintenant !*

A ce moment, cependant, la cour commença à changer... et à changer de façon spectaculaire. Les balcons rentrèrent dans les murs, comme des paupières se fermant, et les personnages encapuchonnés disparurent avec eux. Le sommet des murs se mit à s'incliner vers la cour, puis ils se rejoignirent pour former une voûte. Sous leurs pieds, le grondement des battements de cœur s'accentua, devint plus insistant, tandis que la cour devenait de plus en plus sombre. Bientôt, Kasyx et Tebulot distinguèrent tout juste la blancheur des bras et des jambes de Samena, tandis qu'elle venait vers eux, lentement et péniblement.

– Samena ! lança Kasyx. Un dernier effort !

Mais le sol de la cour commença à s'abaisser et à s'incurver, et Samena devait maintenant grimper une côte pour atteindre l'entrée du tunnel. Les pavés se fripèrent et formèrent des plis mous et charnus, rendus glissants par des mucosités. Après seulement deux ou trois pas,

Samena perdit prise et glissa vers le bas. Kasyx se pencha et regarda vers les formes arrondies de la cour, mais Samena avait disparu.

– Donne-moi de la charge! cria Tebulot à Kasyx. Juste un peu! Il faut que j'aille la chercher!

Kasyx releva la visière de son casque.

– Et si nous n'avons plus assez de charge pour nous sortir de ce rêve? Que ferons-nous, hein?

– Il faut que j'aille chercher Samena! hurla Tebulot. Donne-moi de la charge, bordel de merde!

Kasyx hésita, mais Tebulot dit avec véhémence :

– Nous sommes solidaires dans cette aventure, Kasyx, comme les Trois Mousquetaires. Un pour tous et tous pour un! Si nous n'emmenons pas Samena avec nous, alors nous ne partons pas. Nous sommes des Guerriers de la Nuit, tu ne comprends donc pas cela? Nous ne sommes pas trois personnes en train de jouer! Ceci est réel, c'est nous! Les Guerriers de la Nuit!

Kasyx acquiesça de la tête et tendit sa main. Tebulot la saisit et l'appliqua sur son plastron.

– Maintenant, dit Tebulot.

Kasyx laissa un flot réduit d'énergie quitter son corps et s'écouler dans le système du porteur de la machine.

– *Encore!* le pressa Tebulot.

Kasyx poussa une exclamation mais obtempéra, même s'il sentait la puissance diminuer dans son propre corps à chaque seconde qui s'écoulait.

Tebulot vérifia le cadran gradué sur son arme. Il rougeoyait jusqu'à la marque du milieu. Il lâcha la main de Kasyx.

– C'est suffisant. Maintenant je vais la chercher.

Les murs et la voûte du bâtiment se refermaient sur eux, lourds, étouffants et sombres. Kasyx toucha son front, et un rayon de lumière vive brilla depuis le rebord de sa visière, un rayon étroit qui couvrait 180 degrés. Il éclaira du rouge, de l'humidité, et des stries de chair molle.

A présent la cour était complètement transformée. Entre Kasyx et Tebulot et l'endroit où Samena avait disparu, le tunnel se rétrécissait de plus en plus et se contractait, comme un sphincter. Alors que Tebulot avançait péniblement et s'enfonçait jusqu'aux genoux dans une chair écarlate, le tunnel continua de rétrécir. Bientôt, l'ouverture ne faisait plus que soixante-dix centimètres de large.

– Le tunnel se referme! lui cria Kasyx.

Tebulot actionna le levier en forme de T de son arme d'une main moite. Il envoya une giclée d'énergie vers le sphincter. Un instant, celui-ci se détendit et frissonna, comme s'il était vivant. Puis il se tendit à nouveau et se contracta jusqu'à ce que le tunnel soit complètement fermé.

– Une autre giclée! lança Kasyx.

Tebulot tira à nouveau. Le sphincter se crispa mais demeura hermétiquement fermé.

Kasyx s'élança, respirant bruyamment. Il était saisi de panique à l'idée que Samena soit perdue pour toujours. Il était le gardien de la charge, elle était placée sous sa responsabilité. Et qu'arriverait-il à son corps matériel si son âme était irrémédiablement perdue dans le cauchemar d'un inconnu?

Il lui restait suffisamment de pouvoir pour que Tebulot et lui-même puissent sortir du rêve, mais il allait l'utiliser autrement. Il allait libérer tout le pouvoir, en une seule fois... en espérant que cela ouvrirait et élargirait le tunnel, suffisamment pour leur permettre d'aller au secours de Samena. Ensuite... ma foi, il ignorait ce qui se passerait ensuite. Mais il avait compris ce que Tebulot avait dit sur le sens profond des Guerriers de la Nuit. La loyauté était plus importante que la survie. La cause était plus grande que ceux qui se battaient pour elle. Ils étaient des champions, et ils devaient non seulement vivre en champions, mais aussi mourir en champions.

Il n'avait jamais été aussi surexcité de toute sa vie. Il n'avait jamais été aussi effrayé. Il atteignit le nœud de muscles durcis et s'appuya contre la chair visqueuse qui l'entourait, afin de pouvoir poser ses deux mains dessus.

– Qu'est-ce que tu fais? *Kasyx!* cria Tebulot.

Mais Kasyx était trop terrifié et trop exalté pour répondre. Il allait décharger toute son énergie en une seule et formidable explosion : non seulement l'énergie que Ashapola lui avait donnée, mais aussi l'énergie de sa propre personnalité. S'il devait faire le grand saut, il comptait le faire d'une manière spectaculaire! Il ne resterait de lui que les semelles fumantes de ses chaussures.

Il ferma les yeux et dit une prière à voix basse. Mais, alors qu'il commençait à rassembler tout le pouvoir en lui, il sentit le sphincter se relâcher et s'ouvrir.

Tebulot le rejoignit péniblement; ensemble, ils regardèrent la caverne qui s'élargissait et se découvrait à eux petit à petit. Elle était rouge foncé, presque noire, et il y faisait si chaud que de la vapeur sortait des sillons de peau aux formes compliquées. Tandis qu'ils regardaient, cependant, la caverne commença à se transformer de nouveau. Les parois sombres et oppressantes s'estompèrent et firent place à un ciel nocturne, avec des millions d'étoiles scintillantes. Un vent froid emporta la vapeur et recouvrit les replis de chair de poussière et de sable, puis il les pétrifia, de telle sorte qu'ils ressemblaient à des coquilles de palourdes fossilisées. C'était la nuit, au milieu d'un désert inconnu, le fond d'un océan préhistorique d'où l'eau s'était retirée depuis longtemps, laissant ses plantes et ses mollusques se dessécher au soleil.

Samena était agenouillée sur le sol inégal et rugueux du désert, dans le lointain. Kasyx posa sa main sur le côté de son casque et modifia sa vision. Maintenant il la voyait de près. Elle était attachée avec des cordes, les mains derrière le dos, et un nœud coulant était passé autour de son cou.

Derrière elle, l'air commença à ondoyer et à s'épaissir, et prit petit à petit la forme de quelqu'un qui se tenait debout. Kasyx régla sa vision à nouveau et constata que c'était un jeune garçon, âgé de douze ou treize ans, vêtu de gris. Le visage du garçon était étrangement inachevé, comme si un sculpteur n'avait pas encore décidé quelle expression il allait imprimer dans l'argile, ni quel sens il allait donner à sa création. Cependant, au moins une chose était évidente : le garçon tenait dans sa main gauche le bout de la corde qui était passée en un nœud coulant autour du cou de Samena.

– Bon sang, qu'est-ce que c'est? s'exclama Tebulot.

– Une sorte de garçon, répliqua Kasyx.

– D'accord, mais *quelle* sorte de garçon? fit Tebulot en scrutant la nuit.

– Allons là-bas pour le savoir, proposa Kasyx, et ils commencèrent à marcher vers lui.

Le garçon les regarda s'approcher avec le plus grand calme. Mais, quand ils furent arrivés à moins de dix mètres de lui, il leva une main et tira en même temps sur la corde passée autour du cou de Samena. Ce geste était sans équivoque, et Kasyx et Tebulot firent halte immédiatement.

– Samena! appela Kasyx. Tu n'es pas blessée?

Samena demeura immobile, la tête baissée, silencieuse. Le garçon dit, d'une voix étrangement bourrue :

– Elle n'a rien, pour le moment, mais elle ne peut pas parler. Elle ne peut pas entendre non plus, ni voir.

– Qu'est-ce que tu lui as fait? demanda Kasyx d'un ton sec.

– Tu veux te faire exploser la tête, c'est ça? intervint Tebulot avec une agressivité non dissimulée, brandissant son arme.

Le garçon sourit; c'était presque un sourire de regret.

– Ce devait être une époque exaltante, lorsque les rêves de nations entières étaient protégés par des Guerriers de la Nuit, lorsque les démons étaient libres, et que de puissantes batailles étaient livrées à travers tous les paysages de l'imagination humaine. Dommage que je n'aie que trois adversaires, et tous les trois inexpérimentés et faibles!

– Inexpérimentés, peut-être, répliqua Kasyx, mais faibles, certainement pas.

Le garçon secoua la tête.

– Je sais qu'il te reste très peu de pouvoir. Tu en as juste assez pour retourner vers le monde éveillé. Même si tu le libérais en une seule fois, tout de suite, je le détournerais aussi facilement que tu as détourné les flèches des Moines de la Mortification.

Il tira sur la corde de Samena, puis il ajouta :

– Tu serais impuissant et je pourrais te moucher comme une chandelle.

– Qui es-tu? lui demanda Kasyx. Qu'as-tu l'intention de faire de Samena?

– Tu me connais très bien, répondit le garçon. Tu m'as vu sur la plage de Del Mar. Pas tel que je t'apparais maintenant, mais comme ceci.

Durant un instant fugace, ils virent ce que le garçon était vraiment. Ils virent le visage d'une créature démoniaque aux yeux flamboyants; ils virent une cage thoracique squelettique, avec un cœur à demi développé qui battait contre la peau translucide tel un embryon de poulet palpitant dans l'albumine; ils virent des mains griffues et des fémurs torses. Puis l'image du garçon recouvrit tout cela, la créature démoniaque disparut, et ils se tenaient au milieu de ce désert du rêve. Le vent sifflait doucement, aussi tristement qu'un chant funèbre, et ils se demandaient s'ils étaient allés en enfer, ou bien si c'était l'enfer qui était venu à eux.

– Tu es l'un des rejetons de Yaomauitl, fit Kasyx d'une voix rauque.

– Tiens, tiens, mon ami inexpérimenté, tu es mieux informé que je ne le pensais, répliqua le garçon. Dans ce cas, le combat entre nous sera plus âpre, et beaucoup plus passionnant. Il n'y a aucun plaisir à détruire les imbéciles ou les ignorants.

– Que fais-tu ici? lança Tebulot au garçon. Que fais-tu dans ce rêve?

– Vous ne le savez vraiment pas? Vous ignorez qui est le rêveur? Ah, vous êtes naïfs! Et si vous interrogiez votre ami Springer? Demandez donc à votre ami Springer qui fait ce rêve!

– Tu vas nous le dire, *toi*! grogna Tebulot.

Le garçon secoua la tête.

– Cela gâterait le plaisir.

– Que vas-tu faire de Samena? demanda Kasyx.

– Je compte la garder un moment, jusqu'à ce que je sois devenu adulte. Je la garde en otage, disons, le temps de terminer ma gestation et d'arriver au faîte de mes pouvoirs.

– Alors tu n'es pas aussi puissant que tu le prétends, dit Kasyx lentement.

Les yeux de la créature démoniaque brillèrent au sein du visage impassible du garçon.

– Je pourrais néanmoins te détruire, vieillard!

– C'est possible, mais tu n'es pas assez puissant pour nous détruire tous les trois. Si tu l'étais, tu le ferais. Nous nous trouvons sur ton chemin, tout simplement. C'est pourquoi tu as besoin de prendre l'un de nous en otage, afin de tenir les deux autres en respect.

– Non seulement tu es bien informé, mais tu es également perspicace! fit remarquer le garçon.

– Je veux que tu lâches cette corde immédiatement, et que tu libères Samena, dit Kasyx. Sinon je t'envoie une décharge d'énergie dont tu te souviendras longtemps, tu peux me croire!

Le garçon leva les yeux vers le ciel nocturne. Les étoiles commençaient à tourbillonner et à s'éloigner, comme si elles étaient des graines de pissenlit emportées par le vent. Le désert se mit à bouger et à tanguer sous leurs pieds.

– Vous sentez? demanda le garçon. Le rêveur est en train de se réveiller. Son sommeil le plus profond est presque terminé.

– Je vais néanmoins te faire cramer, dit Kasyx, et il fit deux ou trois pas en avant.

Mais ce fut Tebulot qui dit :

– Non, Kasyx. Pas maintenant.

Kasyx se tourna vers lui.

– C'est bien toi qui as dit que nous étions les Trois Mousquetaires, non? Un pour tous et tous pour un!

– C'est précisément pour cette raison que tu ne peux pas utiliser ton rayon d'énergie maintenant, lui dit Tebulot. S'il le détourne, comme il affirme être en mesure de le faire... il te tuera et il réussira probablement à me tuer, moi aussi. Mais que fera-t-il à Samena?

Kasyx releva lentement la visière de son casque et se retourna un moment pour considérer Samena et le garçon démoniaque.

– C'est trop risqué, insista Tebulot. C'est trop imprévisible.

– Mais Samena est entre ses mains! vociféra Kasyx.

– Je sais... mais tant qu'il la retient en otage, elle est en sécurité. Nous pouvons toujours essayer de la récupérer la nuit prochaine, dans un autre rêve. Allons, Kasyx, c'est trop dangereux. Tu vois bien que c'est trop dangereux. Recule. On ne peut pas savoir ce qui se passerait.

Kasyx recula lentement.

– Cela ne te ressemble pas, Tebulot, déclara-t-il.

Tebulot ne le regarda pas.

– Peut-être, répondit-il doucement. Mais avant, j'ai cru que Samena était morte. Maintenant, je vois qu'elle est vivante, et tant qu'elle est vivante, elle a une chance de s'en sortir.

Kasyx acquiesça de la tête. Il comprenait. Les passions des jeunes gens étaient souvent impétueuses et violentes, mais elles étaient fortes, et il admirait la force, même dans la poursuite de choses inaccessibles. Il n'avait jamais eu beaucoup de force lui-même, et il n'avait jamais essayé de s'attaquer à l'impossible. Pas avant cette nuit, en tout cas.

Kasyx dit, d'une voix claire :

– Nous sommes obligés de te laisser ici, Samena. Pour ta sécurité, aussi bien que pour la nôtre, nous allons repartir vers le monde éveillé sans toi. Mais je te fais la promesse suivante, et je fais la même promesse aux mondes des rêves et de la veille, et à tous les habitants de ces mondes : je reviendrai, et Tebulot sera à mes côtés, et nous te délivrerons du bâtard immonde de Yaomauitl, *au nom secret et sacré des Guerriers de la Nuit*!

Le garçon applaudit mollement, tapotant les doigts de sa main droite sur la paume de sa main gauche, celle avec laquelle il tenait la corde.

– Crois-moi, elle n'a pas entendu un seul mot de tout cela, mon pauvre vieux. Néanmoins, c'était un beau discours!

Puis, continuant de sourire, il joignit ses mains sur sa poitrine. Immédiatement, Samena et lui commencèrent à s'éloigner rapidement. Ils s'éloignèrent et leurs silhouettes rapetissèrent de plus en plus vite, jusqu'à atteindre la limite du désert, puis ils disparurent.

Kasyx contempla l'horizon un long moment, puis il se tourna vers Tebulot.

– Je l'ai perdue, dit-il, et il était affligé.

– Pas toi, Kasyx, fit Tebulot. *Nous* l'avons perdue. Mais nous allons tout mettre en œuvre pour la récupérer. Tu peux en faire la promesse!

Le sol du désert commença à se rider et à ondoyer, comme l'océan.

– Il est temps pour nous de partir, dit Kasyx. J'espère seulement que ce Démon ne fera aucun mal à Samena.

– Je ne pense pas qu'il lui fera du mal, fit Tebulot. Pas jusqu'à ce qu'il soit devenu adulte, et pas tant que toi et moi serons dans les parages. A mon avis, nous l'inquiétons infiniment plus qu'il n'a essayé de nous le faire croire.

Kasyx traça l'octogone dans l'air, utilisant ses ultimes réserves d'énergie. L'octogone flotta dans l'air, telle une image eidétique, puis il s'éleva au-dessus de leurs têtes, et les entoura. Dès qu'il toucha le sol, le désert disparut, le ciel disparut, et ils furent à nouveau dans la chambre du rêveur. Le rêveur lui-même s'était tourné et retourné dans son lit. Maintenant il dormait sur le côté gauche, la bouche ouverte. Ses paupières papillotaient du fait des derniers rêves vivaces de la nuit. De l'autre côté de la fenêtre, le ciel commençait à s'éclaircir.

– Partons avant qu'il ne se réveille, dit Tebulot.

– Non, fit Kasyx. Nous devons d'abord découvrir son identité.

– Mais il va se réveiller dans une minute. Et s'il nous trouve ici?

– Alors nous pouvons nous volatiliser, répliqua Kasyx avec une certaine impatience.

Il alla jusqu'à la penderie et entreprit d'examiner les vêtements du rêveur.

– Il n'y a rien ici, pas de marques avec un nom, annonça-t-il.

Il referma la porte de la penderie et se dirigea vers la commode. Il ouvrit les tiroirs les uns après les autres, farfouilla parmi des chaussettes, des caleçons et des T-shirts. Sur le lit, le rêveur se mit à renifler et à ronfler, à agripper son oreiller.

– Dépêche-toi, Kasyx, bon sang! le pressa Tebulot.

– Tu pourrais m'aider! rétorqua Kasyx.

Il ouvrit le tiroir du haut et trouva ce qu'il cherchait.

– Eurêka! C'est gagné! Porte-cartes, carte d'identité, carte de la Sécurité sociale, cartes de crédit, tout!

Il sortit la carte d'identité du porte-cartes et l'examina. Tebulot vit ses lèvres bouger tandis qu'il lisait les mots imprimés dessus. Puis, très lentement, il la remit dans son étui en plastique, referma le porte-cartes et le rangea dans le tiroir. Lorsqu'il regarda Tebulot, son visage était très grave.

– Qui est-ce? demanda Tebulot.

– Il s'appelle Lemuel F. Shapiro, et d'après cette carte d'identité, il est médecin légiste au Bureau du coroner du comté de San Diego.

– Quoi? chuchota Tebulot. Mais Springer a dit que c'était un homme d'affaires, au bord de la faillite...

– C'est ce que Springer a dit, bien sûr. Mais Springer nous a bourré le mou, d'accord? Ce qui m'amène à m'interroger sur tout ce qu'il nous a raconté. Tu vois ce qu'il a fait, n'est-ce pas? Il nous a conduits dans le rêve de l'une des rares personnes qui feraient probablement des cauchemars à propos de cet embryon de démon qu'ils ont déterré de la plage aujourd'hui. Springer savait que nous allions forcément le rencontrer tôt ou tard, et il se foutait complètement de ce qui pouvait nous arriver. Il ne nous a pas avertis et il ne nous a pas donné suffisamment de pouvoir pour riposter!

Lemuel F. Shapiro ouvrit un œil, demeura immobile sur son lit, et écouta, tel un homme qui se demande s'il entend des voix. Immédiatement, Kasyx fit signe à Tebulot de saisir sa main. Ensemble, ils s'élevèrent et traversèrent le plafond, tandis que leur structure moléculaire se désagrégeait, puis ils survolèrent, presque invisibles, les rues de Del Mar. C'était l'aube et le ciel était de la couleur du thé glacé. L'océan battait paresseusement contre le rivage; sa surface était ridée comme la peau d'une très vieille femme.

Kasyx et Tebulot descendirent, dérangeant à peine l'air du matin, et disparurent à travers le toit de la maison de Springer sur Camino del Mar. Ils traversèrent le plafond de la pièce du haut et se matérialisèrent côte à côte, les bras levés.

Springer n'était pas là. Ils cherchèrent dans toute la maison, disparaissant à travers les plafonds, les murs et les portes, pour réapparaître dans chaque pièce. La maison était déserte. Une mince couche de poussière recouvrait les parquets, comme pour leur fournir la preuve qu'aucun être humain n'était passé par là.

– Nous ferions mieux de regagner nos lits respectifs, dit Kasyx. Mais, dès que tu le pourras, je veux que tu ailles chez Susan, pour voir ce qu'il est advenu de son corps. S'il y a le moindre problème, téléphone-moi. Ses grands-parents vont peut-être penser qu'elle est tombée dans un genre de coma, si elle ne se réveille pas. Il ne faut surtout pas qu'ils pensent qu'elle est morte, et décident de la faire incinérer! Tu as entendu ce que Springer a dit... elle ne court aucun danger, à moins qu'on ne détruise son corps matériel.

– Est-ce que nous pouvons croire un seul mot de ce que Springer nous a dit? demanda Tebulot.

Il ôta son casque et se passa la main dans les cheveux d'un geste las.

– Je n'en sais rien, répondit Kasyx. Mais j'ai bien l'intention de lui poser quelques questions! Bon, n'oublie pas de me téléphoner pour me donner des nouvelles de Susan, d'accord? En fait, téléphone-moi, de toute façon.

Tebulot leva sa main jusqu'à ce qu'elle soit à la hauteur de ses yeux, le dessus de sa main tourné vers Kasyx. Kasyx n'avait encore jamais vu un tel geste; pourtant il sut ce que c'était. Le salut d'adieu des Guerriers de la Nuit, le salut qui est toujours donné lorsque le jour se lève et que les aventures de la nuit prennent fin. Ce salut signifiait : puisses-tu traverser sain et sauf les heures ensoleillées, afin de garder tes forces pour les heures éclairées par la lune!

Kasyx fit le même geste, puis les deux Guerriers de la Nuit s'élevèrent vers le plafond et traversèrent le toit de la maison. Ils décrivirent des cercles dans le ciel un moment, puis chacun s'en retourna vers son lit respectif. Kasyx se glissa dans son corps matériel tout à la fois avec soulagement et regret, à l'instant même où son réveil se mettait à sonner. Il tendit une main redevenue brusquement lourde et maladroite, et arrêta la sonnerie.

12

Henry se redressa sur son lit et s'humecta les lèvres parce qu'elles étaient sèches. Le soleil dessinait des motifs en zigzag sur l'édredon froissé et sur la lithographie encadrée de Christine Nasser, *Le Parfum de l'Amour*. Il se passa les mains sur le visage, surpris de constater à quel point sa peau semblait épaisse et rêche, comme s'il portait un masque en latex de lui-même sur son véritable visage.

Il alla dans la salle de bains et se regarda dans le miroir. Il était toujours le Henry d'hier soir, le même homme qui était resté assis, fixant une bouteille de vodka et se mettant au défi de ne pas la prendre pour dévisser la capsule et se donner tout le courage et toute la confiance qui étaient distillés à l'intérieur. Mais au cours de la nuit, il avait trouvé une autre forme de courage et une autre forme de confiance. Au cours de la nuit, il avait pénétré dans les cauchemars de Lemuel F. Shapiro et avait combattu le pire que son imagination pouvait lui offrir. Au cours de la nuit, il avait affronté le Démon.

Il prit une douche et se savonna lentement et consciencieusement. Puis, une serviette de bain ceinte autour des reins, il alla dans la cuisine pour se faire du café. Au moment où il mettait le filtre en papier, la sonnette de l'entrée retentit, telle une guêpe hésitante. Il alla dans le vestibule et demanda :

– Qui est-ce?

– Lieutenant Ortega. Je peux entrer?

Henry ôta la chaîne de sûreté et ouvrit la porte. Le lieutenant Ortega paraissait plus estival aujourd'hui : veste en coton gaufré bleu pâle, pantalon infroissable bleu foncé, lunettes de soleil aux verres miroir et mouchoir plié en deux dans sa poche de poitrine. Les lunettes de soleil et le mouchoir étaient des signes révélateurs de son âge.

– Je passais à proximité. Je me suis dit que je pouvais en profiter pour venir voir comment vous alliez.

– Vraiment? fit Henry, un brin méfiant. (Il laissa Salvador passer près de lui et entrer dans le séjour, puis il referma la porte.) Ma tenue n'est guère décente, veuillez m'excuser.

Salvador parcourut la pièce du regard, comme s'il cherchait des indices qui lui apprendraient de quelle façon Henry avait passé sa soirée.

– Je faisais du café, déclara Henry. Ça vous dit?

– Bien sûr, avec plaisir.

Henry retourna dans sa chambre et s'habilla rapidement, optant pour une chemise à manches courtes et un pantalon jaune banane. Il revint dans le séjour tout en se peignant.

– Est-ce que le coroner a jeté un coup d'œil à la créature que vous avez déterrée hier sur la plage? demanda-t-il.

– Ils vont procéder à des examens ce matin, ai-je cru comprendre.

– Est-ce qu'ils ont une idée de ce que c'est?

Salvador releva légèrement la tête.

– Pourquoi avez-vous demandé cela de cette façon?

– Pourquoi ai-je demandé cela de *quelle* façon?

– Vous m'avez demandé, est-ce qu'ils ont une idée de ce que c'est, comme si vous-même le *saviez*.

Henry fit une grimace.

– Ah oui? Je ne l'ai pas fait exprès.

– Il y avait une certaine intonation dans votre voix, s'obstina Salvador.

Henry fit halte près de la porte de la cuisine. Il ne dit rien. Mais Salvador s'assit sur le canapé d'où il pouvait l'observer en train de préparer le café, et Henry comprit, en voyant l'expression sur son visage, qu'il attendait toujours une réponse.

Il apporta le café et s'assit en face du policier.

– Quoi que soit cette créature, j'ai l'impression qu'elle est la mue de l'une de ces anguilles, dit Henry, s'efforçant de prendre un ton désinvolte.

Salvador hocha la tête.

– John Belli en est convaincu, lui aussi. De toute évidence, l'anguille s'est enfouie dans le sable, profondément, là où il était humide, puis elle a mué. Bien sûr, le problème pour John Belli maintenant est de trouver quelle sorte de créature a un cycle biologique de ce genre. Il commence à se demander si les anguilles n'ont pas fait leur chemin dans le corps de la jeune femme en attaquant sa chair, non pas du dehors comme des prédateurs, mais du dedans comme des civelles en train de se développer. Des enfants qui avaient une faim insatiable de leur mère, dirons-nous !

– C'est impossible, dit Henry. Une femme ne peut pas porter en elle des anguilles !

– Néanmoins, certains indices relevés sur les restes de la jeune femme montrent qu'elle a été dévorée depuis l'intérieur de son abdomen vers l'extérieur, plutôt que l'inverse. Le motif des marques laissées par les dents, par exemple, et... si votre estomac peut supporter ce détail à cette heure de la matinée... les déjections que les anguilles ont excrétées *à l'intérieur* de la cavité abdominale, plutôt qu'à l'extérieur.

– Pourquoi me dites-vous tout cela ? demanda Henry.

– Je vous dis tout cela parce que votre intérêt pour ce qui s'est passé là-bas est tout à fait étrange. Je n'arrête pas de me demander : pourquoi le professeur Watkins a-t-il tenu à venir sur la plage afin d'examiner les preuves matérielles par lui-même ? Que sait donc le professeur Watkins au sujet de ces créatures, qu'il refuse de communiquer à un lieutenant de police pourtant éminemment sympathique ?

– J'ai été marié avec une océanologue, c'est tout, répondit Henry. Je suppose que j'ai une prédilection pour la biologie marine.

Salvador posa sa tasse de café sur la table basse.

– Je ne suis pas stupide, Henry. Je veux savoir pourquoi vous et vos deux jeunes amis vous intéressez tellement à cette enquête.

Henry tira sur les cheveux mouillés sur sa nuque.

– Cette créature... qu'allez-vous en faire, une fois que vous aurez fini de l'examiner ?

– Comme je vous l'ai dit, nous la remettrons aux laboratoires Scripps pour qu'ils procèdent à des examens biologiques complets.

– Est-ce que vous allez la tuer ?

Salvador battit des paupières.

– Comment savez-vous qu'elle est encore en vie ?

– Simple supposition de ma part. Vous ne m'avez pas dit qu'elle était morte.

– Mais vous aimeriez la voir morte?

Henry demeura silencieux. Salvador se pencha en avant et répéta :

– Vous aimeriez la voir morte. Sur la plage, vous m'avez supplié de la détruire. Détruisez-la, détruisez-la, c'est ce que vous avez dit. Cette créature est le rejeton du Diable. Allons, vous me devez des explications à ce sujet, vous ne croyez pas? Le rejeton du Diable?

– J'étais..., commença Henry. Je n'étais pas dans mon état normal. Vous savez, trop de vodkatinis. J'étais... hum, je me suis laissé emporter par mon imagination.

Salvador secoua la tête très lentement d'un côté et de l'autre. Henry remarqua à quel point ses ongles étaient impeccablement coupés.

– Je ne pense pas que vous étiez ivre, Henry, déclara Salvador. Et je ne pense certainement pas que Mlle Sczaniecka était ivre. Pourtant elle a dit la même chose. Détruisez-la. C'est le rejeton du Diable. Alors, qu'entendiez-vous par là, tous les deux?

– Oh, c'était juste une façon de parler. Je pense que tous deux nous sentions ce que cette créature avait fait à cette malheureuse jeune femme... hum, vous savez. Je pense que tous deux nous étions révoltés. Nous voulions la voir détruire, de la même façon que n'importe qui voudrait qu'on abatte un chien enragé, s'il avait tué un enfant.

Salvador se renversa dans le canapé et joignit ses mains derrière sa tête.

– Tout cela n'est pas très convaincant, Henry! Vous êtes le genre d'homme qui dit toujours ce qu'il pense. Si vous dites rejeton du Diable, vous pensez rejeton du Diable. Ce que j'attends de vous à présent, c'est une explication claire de ce que cela voulait dire. Vous l'avez dit à voix haute. Vous l'avez *crié*. Pourquoi refusez-vous d'en parler maintenant?

– Si je vous le disais, Salvador, vous ne me croiriez pas.

– Essayez toujours.

Henry se leva et alla jusqu'à la fenêtre. Il ouvrit les rideaux et contempla l'océan. Maintenant il scintillait à nouveau; il avait perdu les rides de vieillesse qu'il avait laissé voir à l'aube.

– Il y a une légende à propos du Diable, dit Henry.

Elle remonte à des centaines d'années. Apparemment, si le Diable a envie de se reproduire, il apparaît à des jeunes femmes la nuit et il les met enceintes. Le sperme du Diable croît sous la forme d'anguilles. Elles dévorent la mère, puis elles s'échappent vers le monde extérieur, où elles trouvent un terrier ou une cachette, et ensuite elles se développent.

– Et vous croyez que ce que nous avons découvert sur la plage, c'est un Démon... un Démon en cours de gestation?

Henry ne répondit pas et continua de contempler l'océan.

– Qui vous a raconté cette légende? demanda Salvador.

– Je l'ai lue dans un ouvrage, répondit Henry. Cela m'intéressait de trouver quelque chose sur ces anguilles, c'est tout.

– Et vous y croyez? répéta Salvador.

– Je n'ai pas dit que j'y croyais, et je n'ai pas dit que je n'y croyais pas. Mais jusqu'ici, c'est la seule explication indépendante que j'aie trouvée qui cadre avec tous les faits circonstanciés.

– Allons, des Démons...? fit Salvador avec un sourire d'incrédulité.

– Quoi d'autre? demanda Henry. Seuls Mr. Belli et les biologistes de Scripps peuvent nous fournir une meilleure explication.

Salvador se leva et épousseta son pantalon de la main.

– Bien, dit-il. Il semble que vous m'ayez donné matière à réflexion, à tout le moins. Puis-je voir cet ouvrage où vous avez trouvé la légende sur le Diable?

– Désolé, je l'ai consulté à la bibliothèque de l'université, mentit Henry.

– Alors indiquez-moi le titre.

Henry s'approcha et tapota l'épaule de Salvador d'une manière amicale, paternelle.

– Cela m'échappe pour le moment. Mais je regarderai aujourd'hui, et je demanderai à quelqu'un de vous téléphoner.

– Encore mieux, la bibliothèque de l'université pourrait peut-être me faire une photocopie du passage en question, suggéra Salvador.

– Un dollar cinquante la page, dit Henry en lui ouvrant la porte.

– Je pense que cela ne grèvera pas le budget de nos services.

Salvador hésita sur le pas de la porte. Puis il dit :

– Nous avons réussi à identifier la jeune femme, vous savez.

– Vraiment ?

– Elle s'appelait Sylvia Stoner. Elle était âgée de vingt-deux ans et était mannequin, pour des photos de mode. Elle était originaire de Houston, Texas.

– Est-ce que vous savez ce qu'elle faisait en Californie du Sud ?

– Tout à fait. Elle était en vacances et séjournait chez des amis à San Diego.

Salvador sortit son carnet maintenu par un élastique et humecta le bout de son index afin de tourner rapidement les pages. Puis il déclara :

– Elle est restée chez eux deux mois, puis elle a disparu. Ils n'ont pas prévenu la police parce qu'ils pensaient qu'elle était partie en vadrouille un jour ou deux. D'après eux, c'était une fille très drôle.

– La façon dont elle a fini n'a rien de drôle, fit Henry.

Comme Salvador baissait son carnet, il entrevit un nom, Esbjerg, et une partie d'une adresse qui commençait par Market. Salvador referma vivement son carnet pour que Henry ne puisse en lire davantage.

– Vous allez communiquer tout ça aux médias ? demanda Henry.

– Pas pour le moment. D'abord, nous voulons savoir ce que cette créature est vraiment. Si nous rendons public ce que nous avons appris jusqu'ici, nous allons passer pour une bande de rigolos. Et nous préférons éviter ça, surtout après l'affaire Ramirez, voilà un mois.

– Oh, je me rappelle, sourit Henry. Le fiasco du bordel !

– Pas un mot de plus ! Je désire oublier cette lamentable affaire, dit Salvador.

Puis, sur un dernier salut de la main, il partit. Henry referma la porte et retourna dans le séjour pour prendre son annuaire du téléphone de San Diego. Il l'emporta dans la cuisine et se fit du café. Du bout de l'index il remonta toute une colonne de Espinosa et de Esmeralda, et trouva en haut de la page ce qu'il cherchait : Esbjerg, K., 603 Market St. Il y avait deux autres Esbjerg, mais l'un habitait dans la 44e Rue près du cimetière de la

Sainte Croix, et l'autre dans la 39e Rue, à hauteur de Gamma.

Il prit son téléphone et composa le numéro de Gil Miller, au Mini-Market de Solana.

Lorsque Gil réintégra son corps, sa mère le secouait et demandait d'une voix inquiète :

– Gil? Gil? Est-ce que ça va?

Il ouvrit les yeux, battit des paupières et bâilla.

– Oui, bien sûr que ça va! Que se passe-t-il?

– J'essaie de te réveiller depuis une éternité. Ton père voudrait que tu l'aides à décharger la camionnette. J'ai cru que tu étais malade!

Gil se mit sur son séant. Il avait une migraine atroce, comme il n'en avait encore jamais eu. Il avait l'impression que quelqu'un lui tenait la tête entre ses mains et la serrait violemment. Il fronça les sourcils vers sa montre et vit qu'elle s'était arrêtée.

– Quelle heure est-il? demanda-t-il à sa mère, tandis qu'elle ouvrait les rideaux.

– Six heures et quart. Je vais te préparer ton petit déjeuner, pendant que tu aides ton père.

Gil rabattit les draps et se leva. Sa chambre était exiguë mais bien éclairée, avec une grande fenêtre orientée au sud et une fenêtre beaucoup plus petite orientée à l'est. Les murs étaient peints en jaune pâle, et un grand panneau en liège faisait toute la longueur du lit, décoré de fanions d'école, de photographies de Lamborghini et de Maserati, de cartes postales envoyées par des amis, ainsi que d'un poster de Karen Velez, la Playmate 1984 de *Playboy*.

Mrs. Miller redescendit au rez-de-chaussée, pendant que Gil mettait un caleçon propre, le jean coupé aux genoux de la veille, et un T-shirt des Padres marron et orange. Puis il descendit, alla dans la cuisine, se versa un verre de jus de pamplemousse, le but en trois longues gorgées, et sortit. Son père était dans l'arrière-cour, occupé à empiler des cageots de légumes.

– Tu as bien dormi? demanda-t-il à Gil. Il y a encore dix cageots de laitues dans la camionnette.

Gil grimpa à l'arrière de la camionnette et entreprit de déplacer des cageots. Il n'arrêtait pas de penser au cauchemar dont il venait d'émerger, et à Susan, qui était toujours prise au piège dans ce cauchemar, d'une manière ou d'une autre. Dans la lumière du matin, à l'arrière de la camionnette de son père, tout cela paraissait si lointain, et tellement bizarre, qu'il aurait pu se convaincre très facilement que rien ne s'était jamais produit.

– Tu es bien silencieux, fit remarquer son père au bout d'un moment.

– Quelque chose me turlupine, c'est tout, répondit Gil en lui tendant un carton rempli de radis.

Phil Miller regarda son fils attentivement.

– Quelque chose qu'un père devrait savoir?

Gil secoua la tête. Comment aurait-il pu expliquer à son père que, deux heures plus tôt, il avait été Tebulot, le porteur de la machine, et qu'il avait tué des créatures sous une pluie torrentielle, dans un château qui n'existait pas? Comment pouvait-il lui dire qu'il était inquiet au sujet d'une jeune fille dont la personnalité des rêves était retenue en otage par un embryon de Démon? L'imagination de son père était en mesure de comprendre des changements de prix, de nouveaux articles d'épicerie, les résultats d'équipes de base-ball, et de temps en temps un épisode de *V*, mais cela n'allait pas plus loin en matière de choses étranges.

– Tu n'es pas malade, hein? lui demanda son père.

– Non, non, je vais très bien. Écoute... est-ce que tu as besoin de moi au magasin aujourd'hui?

– J'espérais que tu pourrais t'occuper du rayon charcuterie.

– Et si je demande à Lisa de s'en occuper?

– Dans ce cas, pas de problème.

Lisa Dalwick était une camarade de lycée de Gil, et son père était l'un des agents immobiliers les plus prospères de la région. Le père de Lisa n'approuvait guère cette fréquentation, mais Lisa trouvait que Gil était beau comme un dieu; c'est pourquoi Dalwick *père* [1] ne pouvait pas faire grand-chose à ce sujet. Après avoir petit déjeuné, Gil prit sa voiture et se rendit chez Lisa. Il lui promit de passer tout un après-midi à la plage avec elle si elle le remplaçait au Mini-Market. Lisa accepta. Elle était jolie, menue et svelte, et sa silhouette faisait tourner les têtes, mais pour le moment elle portait un appareil dentaire dont l'armature était encore plus compliquée que celle du pont de Coronado Bay.

Une fois ce problème réglé, Gil se rendit à Del Mar

1. En français dans le texte *(N.d.T.)*.

Heights et se gara devant la maison de Susan. Il remonta rapidement l'allée en pente et sonna.

Après une longue attente, le grand-père de Susan vint ouvrir.

– Est-ce que Susan est là? demanda Gil.

Le vieil homme secoua la tête. Il tenait dans sa main un numéro du *National Enquirer*.

– Elle est à l'hôpital, dit-il. On l'a transportée là-bas il y a une heure environ.

Gil sentit une terreur glacée se répandre en lui, comme s'il avait avalé une cuillerée de mercure.

– A l'hôpital? s'exclama-t-il. Mais pourquoi? Elle est malade?

– Ils ne savent pas, répondit le vieil homme. Ils ne comprennent pas ce qu'elle a. Elle ne s'est pas réveillée ce matin, c'est tout. Elle respire tout à fait normalement. Sa tension artérielle et tout le reste, ça va. Mais c'est comme si elle était tombée dans un genre de coma, pendant qu'elle dormait.

– Mon Dieu, c'est affreux, dit Gil, tout en pensant en lui-même : si seulement ce pauvre vieux savait *à quel point* c'est affreux.

– Ils, euh, l'ont transportée à la clinique de Soledad Park, dit le grand-père de Susan. (Il ôta ses lunettes et posa sur Gil un regard de myope attristé.) Ils ont dit que ses amis pouvaient lui rendre visite. En fait, ils seront les bienvenus. Vous savez... une voix familière la réveillera peut-être de son coma.

– Bien sûr, fit Gil. (Il toucha le bras du vieil homme.) Je vais appeler pour demander les heures de visite. Je suis vraiment désolé que cela soit arrivé. Est-ce que je peux rester en contact avec vous? Vous téléphoner de temps en temps, pour savoir comment elle va?

Le grand-père de Susan acquiesça de la tête.

– Je vous en prie! Vous pouvez me rappeler votre nom?

– Gil, dit Gil. Gil Miller.

Il avait failli dire Tebulot.

Il était presque onze heures lorsqu'il arriva chez Henry et sonna. Henry vint ouvrir et fut soulagé en voyant que c'était lui.

– J'ai essayé de te joindre. Ta mère m'a répondu que tu étais sorti.

– Je suis allé chez Susan.

– Et?

Gil leva les mains en un geste de résignation.

– On l'a déjà transportée à l'hôpital. Ses grands-parents n'ont pas réussi à la réveiller ce matin, et ils ont appelé un docteur. Elle va bien, pour autant que je le sache. Elle est encore en vie, et tous ses signes vitaux sont normaux. Mais elle est... comment dit-on?... dans un état comateux. Sa personnalité n'est pas revenue, ce qui veut dire que le Démon la retient toujours en otage.

Henry demeura silencieux un moment. Puis il hocha lentement la tête, s'assit, et dit à Gil de la plus affligée des voix :

– Espérons qu'il la retiendra en otage jusqu'à la tombée de la nuit!

– J'aimerais savoir une chose, fit Gil. Où la garde-t-il prisonnière? Il l'a emmenée hors de ce rêve du désert, mais ensuite, où est-il allé?

– Dans un autre rêve, peut-être, suggéra Henry. Il y a toujours quelqu'un qui dort, quelque part, même durant la journée. Des équipes de nuit, le personnel de boîtes de nuit, des prostituées.

– Une autre question : comment trouverons-nous dans quel rêve elle est retenue prisonnière, même lorsqu'il commencera à faire nuit? lui demanda Gil.

– Je n'en sais rien, répondit Henry. Mais il y a certainement un moyen. Je suis sûr que les Guerriers de la Nuit de jadis disposaient d'un système leur permettant de détecter où se trouvaient les Démons. Réfléchis, combien de millions de rêves y a-t-il durant une seule nuit, à ton avis? Cela te demanderait toute une vie pour les parcourir tous, même si tu étais réceptif, comme l'est Susan.

– Je suis content que tu parles de Susan au présent, et non au passé, fit remarquer Gil.

– Il faut absolument que nous voyions Springer, non? dit Henry. Je propose que nous allions à la maison pour voir s'il est là-bas. Mais il y a une autre piste que j'aimerais suivre, également. Le lieutenant Ortega était ici ce matin, furetant et fourrant son nez partout, comme à son habitude. Mais cette fois, je pense avoir tiré plus de choses de lui qu'il n'en a tiré de moi. Il a trouvé qui était la jeune femme, la jeune femme que nous avons découverte sur la plage. Et j'ai trouvé où habitent ses amis, là-bas à San Diego. Lorsque nous aurons parlé à Springer, nous pourrions peut-être y aller. J'ai le sentiment que nous en apprendrons un peu plus, en les interrogeant, que la police ne l'a fait, de toute évidence. Après tout, toi et moi savons exactement de quoi il retourne, n'est-ce pas?

– Parle pour toi, fit Gil tristement. En ce qui me concerne, je suis complètement paumé!

Henry alla à son bureau, prit son portefeuille dans le tiroir du haut, et compta l'argent qu'il contenait. Puis il le mit dans la poche de son pantalon.

– Je suis très inquiet au sujet de Susan, dit-il. J'ai l'impression d'avoir mal conduit toute cette affaire. Nous n'aurions jamais dû entrer dans ce bâtiment, pour commencer.

– Mais pas du tout! protesta Gil. Tu n'as aucun reproche à te faire. Tu es plus âgé et tu es professeur, alors tu te sens responsable de tout ce que nous faisons. Mais ceci est différent. Tout ce que nous décidons, nous le décidons ensemble, et cela nous rend tous responsables de ce qui s'est passé, y compris Susan elle-même.

– Hum, tu as probablement raison, lui dit Henry. Mais cela ne me remonte pas le moral pour autant!

Ils prirent la Mustang de Gil et se rendirent à Camino del Mar. Ils se garèrent devant la maison de Springer, puis remontèrent l'allée et frappèrent à la porte. Ils attendirent et attendirent, frappèrent à nouveau, mais personne ne vint ouvrir. Ils essayèrent de tourner la poignée, mais la porte était solidement verrouillée. Des voitures passaient bruyamment dans la rue.

– J'ai l'impression que Springer nous laisse nous débrouiller tout seuls, dit Gil.

– C'était peut-être son intention dès le commencement, fit Henry. Il ne voulait pas du tout nous entraîner, mais nous jeter tout de suite dans le grand bain. Nage ou coule!

Ils repartirent et empruntèrent la I-5 pour aller à San Diego. Comme d'habitude, il y avait une circulation intense sur l'autoroute.

Alors qu'ils passaient à la hauteur des sorties de Mission Bay, Gil demanda :

– Tu as arrêté de boire?

Henry haussa les épaules.

– Je n'ai pris aucune décision consciente à ce sujet. Mais, non, je n'ai pas bu une seule goutte d'alcool.

– Tu devrais continuer, lui dit Gil. Je trouve que tu es mieux quand tu n'as pas bu.

– Je me trouve sinistre quand je n'ai pas bu, répliqua Henry. Je me demande comment je vais pouvoir enseigner la philosophie sans ce bon vieux lubrifiant verbal! Seigneur, être obligé d'expliquer *Les Individus* de Strawson et les imperfections de la philosophie linguistique à deux douzaines d'étudiants demeurés! Tu ne te rends pas compte, c'est un vrai supplice! Même quand tu es bourré comme un œuf!

– Quelles *sont* les imperfections de la philosophie linguistique? demanda Gil en dépassant un énorme semi-remorque.

– Eh bien, les principales critiques sont qu'elle est incapable de prendre en compte les problèmes sérieux et traditionnels de la philosophie classique, répondit Henry. En fait, certaines des questions auxquelles elle tente de répondre sont non seulement insignifiantes mais également tout à fait factices.

Il s'interrompit brusquement et regarda fixement Gil.

– Tu as vraiment envie de savoir tout ça?

Gil sourit et secoua la tête.

– J'adore écouter les gens faire de grands laïus sur leur sujet favori, même lorsque je ne comprends pas un traître mot. Tu devrais entendre mon père parler des prix de détail imposés et du code-barres. Tu n'y comprendrais rien, pas plus que je ne comprends quelque chose à la philosophie. Mais ça le passionne... et ça le rend fou furieux!

Henry sourit.

– Tu t'entends bien avec tes parents?

– Bien sûr. Mais je ne tiendrai pas une épicerie quand j'aurai terminé mes études.

– Après ce que nous avons déjà traversé, je pense que notre vie ne sera plus jamais la même, déclara Henry. On ne peut pas buter des moines cauchemardesques la nuit, et vendre des beignets le jour!

Ils quittèrent l'autoroute à la sortie de Tecolote Road et continuèrent vers San Diego. Il faisait très chaud, et les rues étaient poussiéreuses et sordides. Un Noir à la chemise hawaiienne crasseuse se tenait sur le bas-côté de la route et faisait du stop, sans trop y croire. Henry fit remarquer :

– Étant donné tous les facteurs sociologiques, la proportion des Noirs et des Blancs, les annales du crime dans ce pays, les opinions politiques, et j'en passe, je me demande vraiment quelle est la probabilité mathématique pour que quelqu'un prenne en stop ce pauvre bougre!

– Henry, dit Gil, tu as l'esprit tordu!

Ils arrivèrent au port, passèrent devant l'Embarcadero et le voilier *Star of India*. Ils tournèrent à gauche, juste avant Seaport Village, et remontèrent Market Street. Le bloc 600 était au coin de Kettner. Le numéro 603 était un immeuble étroit à la façade délabrée, avec un magasin de pièces détachées pour voitures au rez-de-chaussée : un vestige tombant en ruine du San Diego d'autrefois. Gil effectua un demi-tour et se gara devant l'immeuble.

Le magasin empestait la graisse, les gaz d'échappement et la sueur. Un jeune homme efflanqué aux cheveux blonds hérissés était assis derrière le comptoir, vêtu d'un jean graisseux et d'un T-shirt non moins graisseux. Il écoutait Bruce Springsteen à la radio et lisait Aquaman. Il était entouré, tel un voleur arabe, de toutes ses richesses : différentiels, boîtes de vitesses et blocs-moteur. Des volants et des pots d'échappement pendaient du plafond, et une vitrine crasseuse était remplie de rétroviseurs latéraux et d'enjoliveurs.

– J' peux vous aider, messieurs? demanda le jeune homme en lançant sa bande dessinée sur le comptoir.

– Je l'espère, dit Henry. Nous cherchons quelqu'un du nom d'Esbjerg.

– Tommi ou Ericka? voulut-il savoir.

– L'un ou l'autre. Les deux. Nous étions des amis de Sylvia.

– Ah! fit le jeune homme en hochant la tête. Requiescat in pax!

– Oui, dit Henry. Nous avons été très affectés, nous aussi.

Il parcourut le magasin du regard, et le jeune homme suivit son regard avec un intérêt à peine dissimulé.

– Cette Mustang là dehors, elle est à vous? demanda-t-il. J'ai un jeu quasiment neuf de quatre roues noir métallisé surbaissées. Votre Mustang en jetterait plein la vue. Et elle tiendrait mieux la route. Ces roues adhèrent comme de la colle forte.

Henry secoua la tête.

– Je désire parler aux Esbjerg, c'est tout.

– Ben, y'sont pas là. Ils ont décampé la nuit dernière, après la visite des flics. Ils ont emporté leur matériel de camping, tout le barda. Y'z'ont pas dit où ils allaient, ni quand ils reviendraient. Yosemite, à mon avis, ou peut-être même Mazama, là-haut à Crater Lake.

– Oh, c'est bien dommage, fit Henry. J'espérais leur parler de Sylvia.
– Oui, et alors?
– Hum... nous ne l'avions pas vue depuis quelque temps. Les flics ne nous ont rien dit. Nous nous demandions ce qui s'était passé au juste. Elle part en vacances, et nous apprenons brusquement qu'elle est morte.
Le jeune type renifla et souleva son postérieur de la chaise en plastique afin de pouvoir extirper deux Juicy Fruit de la poche de son jean.
– Est-ce qu'elle était ici, la veille de sa mort? demanda Henry.
Le jeune type secoua la tête, la bouche pleine.
– Pouvez-vous nous dire où elle était? insista Henry.
Le jeune type acquiesça de la tête. Puis il dit :
– J' le peux, bien sûr. Mais j' le dirai pas.
– Pourquoi donc? Nous étions des amis de Sylvia.
– Ah ouais? D'où ça?
– De Houston.
– De Houston, hein? Alors, bien sûr, vous savez à quel lycée elle allait, à Houston? Et, bien sûr, vous savez dans quelle rue elle habitait, et le métier de son paternel?
Henry demeura silencieux. Le jeune type éclata de rire, mastiqua bruyamment, et déclara :
– J'ai pigé qui vous étiez, dès que vous êtes entrés ici.
– Nous ne sommes pas de la police, si c'est ce que vous pensez. Nous ne sommes pas non plus des détectives privés. Mais nous tenons absolument à découvrir ce qui est arrivé à Sylvia. Vous comprenez... nous avons tout lieu de croire que l'une de nos amies est menacée par la même personne qui a tué Sylvia.
Le jeune type mastiqua d'un air pensif. Puis il dit :
– Ces roues valent combien, à votre avis? Allez, dites un chiffre!
Henry n'était pas stupide.
– Cent dollars? proposa-t-il.
Le jeune type secoua la tête.
– Elles valent 250 dollars, au grand minimum!
– 200, contra Henry.
– 250.
Henry sortit son portefeuille et compta un billet de 100 dollars, deux de 50, trois de 10 et un de 1 dollar. Il compléta la différence avec une poignée de *quarters* et de *dimes*. Le jeune type fit glisser les pièces sur le comptoir,

les disposa soigneusement en pile, et défroissa les billets du tranchant de la main.

– Sylvia est arrivée ici y'a trois mois environ, venant de Houston. Elle a dit qu'elle s'était engueulée avec ses parents à propos du lycée, de la coke qu'elle sniffait, et de je ne sais plus quoi. Tommi et Ericka ont toujours été cool, et ils lui ont proposé de rester chez eux. De toute façon, Tommi en pinçait plus ou moins pour Sylvia. C'était un chouette petit lot, vous savez.

– Oui, nous le savons, intervint Gil.

Le jeune type marqua un temps, comme s'il n'aimait pas être interrompu. Puis il continua, tout en comptant les pièces de monnaie.

– Bon, peu de temps après être arrivée ici, Sylvia a fait la connaissance d'un mec pendant l'un de ces concerts de rock qu'ils organisent au Planetarium, et tous les deux... Sylvia et ce mec... y'sont allés au Mexique pour le week-end. J' sais pas ce qui lui est arrivé au Mexique, pa'ce qu'elle l'a pas dit, mais j'ai jamais revu le type en question, et ensuite elle était foutrement bizarre, comme quelqu'un qu'a eu un genre de, comment dit-on?, un genre de rénovation religieuse.

– Révélation, dit Henry.

– Ouais, c'est ça, révélation.

– C'est tout? demanda Henry. Elle est allée au Mexique pour le week-end, et quand elle est revenue, elle avait un comportement bizarre?

– Dis donc, ça ne vaut pas 250 dollars, dit Gil d'un ton menaçant, comme il ne s'était jamais entendu le faire auparavant.

Le jeune type eut un regard sournois, puis il déclara :

– Tout c' que j' sais à propos du Mexique, c'est qu'elle est allée dans un bled qui s'appelle San Hipolito. Et apparemment, ce qui s'est passé là-bas, c'est qu'elle a fait la connaissance d'un autre type, pas le type avec qui elle était partie, et j' pense qu'y a eu un genre de dispute. Sylvia a jamais été très claire là-dessus. La plupart du temps, elle était complètement dans les vapes, et on pouvait jamais savoir quand elle disait la vérité et quand elle débloquait à pleins tubes. Elle racontait toutes sortes d'histoires, comme quoi son père travaillait pour la CIA, ce genre de trucs.

– C'est tout ce que vous savez? demanda Henry. Écoutez, il faut tout me raconter, absolument tout... même si ça ressemble à des divagations de droguée.

Le jeune type haussa les épaules.

– Elle est restée ici pendant, quoi, deux mois, mais elle n'arrêtait pas de parler de retourner au Mexique. Elle disait qu'elle faisait des cauchemars affreux tout le temps, comme quoi elle était enceinte. Elle avait constamment des crampes d'estomac, mais lorsque Ericka lui a dit d'aller voir un docteur, elle a refusé, parce qu'elle était défoncée tout le temps. Elle avait peur que le docteur l'oblige à décrocher.

– Est-ce qu'elle est retournée au Mexique? demanda Gil.

– Pas qu' je sache, répondit le jeune type. Mais elle s'est tirée d'ici peut-être deux ou trois jours avant qu'on la trouve, morte, et elle aurait pu aller n'importe où pendant ces deux ou trois jours. Mexique, L.A., qui sait? Elle était du genre à partir en vadrouille, pour un oui ou pour un non.

– Et la police? demanda Henry. Est-ce que vous avez raconté tout ça à la police? Vous leur avez dit que Sylvia était allée au Mexique et qu'elle faisait ces cauchemars?

– Non, répondit le jeune type. J'ai juste dit qu'elle séjournait ici. J' dis jamais rien aux gens, pas gratis, en tout cas. Y'faut bien que j' gagne ma croûte!

– Oh, bien sûr, fit Henry. Dommage que vous n'acceptiez pas la carte Visa. J'aurais acheté ces roues, juste histoire de rire!

Ils sortirent du magasin et remontèrent dans la Mustang de Gil.

– Alors, qu'en penses-tu? demanda Gil à Henry. J'ai la nette impression que Sylvia est tombée enceinte de ces anguilles durant son séjour au Mexique.

– J'ai la même impression, fit Henry. (Il consulta sa montre.) Il est un peu plus de midi. S'il n'y a pas trop de monde à la frontière, nous devrions mettre cinq heures environ pour aller jusqu'à San Hipolito et en revenir. C'est seulement à une centaine de kilomètres au sud-est de Tijuana, juste après Ojos Negros.

– Je veux être certain que nous serons rentrés à temps pour partir à la recherche de Susan, ce soir, dit Gil.

– Je ne pense pas que l'endroit où nous nous trouvons ait la moindre importance, Gil. Nos personnalités des rêves peuvent voyager infiniment plus vite que nos corps matériels. Même si nous sommes bloqués à Tijuana ce soir, nous pourrons toujours nous rendre à la maison de

Springer. Et quand nous volons, nous ne sommes pas obligés de remplir des formulaires à la frontière.

– Entendu, fit Gil. Rentrons. Il faut que je prévienne mes parents. Ensuite nous prendrons tout ce qui nous est nécessaire, passeports et le reste, et direction le Mexique!

Durant le trajet de retour, alors qu'il regardait défiler rapidement les collines desséchées par l'été, Henry songea qu'il n'avait jamais travaillé aussi efficacement avec quelqu'un de toute sa vie, comme il le faisait avec Gil, comme il l'avait fait avec Susan. La différence d'âge, plus de trente ans, n'avait aucune importance. Ils travaillaient comme une seule et même personne, leurs esprits et leurs actes étroitement soudés, et ils avaient à peine besoin de se concerter.

Toutes ces années passées à enseigner la philosophie lui avaient donné une idée tellement étroite et déformée sur la façon dont les jeunes pensaient et se comportaient, et il n'avait jamais vu une démonstration aussi pratique de leur vivacité et de leur ouverture d'esprit. Jusqu'à présent, les seules fois où il avait été en contact avec des gens ayant moins de quarante ans, c'était lorsqu'ils s'efforçaient de comprendre Heidegger et Kierkegaard. Confrontés à des problèmes moins théoriques, cependant, ils étaient rapides, créatifs et décidés.

– J'aurais dû avoir des enfants, tu sais, dit-il à Gil, comme ils rejoignaient l'autoroute.

– Ah oui? fit Gil en lui lançant un regard. Qu'est-ce qui te fait dire cela?

– L'approche de la vieillesse, je suppose, répondit Henry.

– La nuit, tu n'es pas vieux, d'accord? dit Gil.

– Vieux? Si je dois connaître beaucoup d'autres nuits comme la nuit dernière, je finirai mort, pas vieux.

Gil serra son épaule un moment.

– Tu es Kasyx, le gardien de la charge, ne l'oublie pas.

– Comment le pourrais-je? murmura Henry.

13

– Nous avons eu beaucoup de tremblements de terre cette année, leur dit le prêtre d'une voix monotone. (Son vocabulaire était parfait, mais il s'exprimait trop rarement en anglais pour être à même d'appuyer sur les mots qu'il fallait.) La terre s'est ouverte ici, et ici. L'un des murs de l'église s'est effondré. Et là-bas, regardez, nous avons perdu toute une rangée de maisons. Quatre personnes ont été blessées. Une autre a été tuée. Désirez-vous voir sa tombe?

Henry s'éventait avec son panama. A ses côtés, Gil, torse nu, plissait les yeux en raison de la lumière éblouissantes du milieu de l'après-midi, et son front était constellé de gouttes de sueur.

Ils étaient arrivés à San Hipolito par la route sinueuse et poussiéreuse qui montait vers la Sierra de Juarez. Le ciel était bleu foncé, comme une solution concentrée de sulfate de soude, et sans le moindre nuage. On aurait pu traverser San Hipolito sans même se rendre compte que c'était un village : deux rangées de maisons en adobe, une petite église couleur poussière, un portail de ferme et une série de bidons de lait rouillés. Une cloche sonnait tristement au loin, dans les collines, et rappelait désagréablement à Henry la cloche qui avait sonné dans le rêve de la nuit dernière.

Ils avaient été surpris de constater que le sol autour de San Hipolito était sillonné de profondes crevasses. Sur le côté nord-ouest du village, la moitié d'un coteau s'était fissurée et écroulée. La route présentait de nombreuses lézardes; par endroits, l'asphalte était tellement craquelé qu'il ressemblait à une photographie prise par satellite du delta du Mississippi. Comme le prêtre l'avait expliqué, l'un des murs de l'église s'était effondré. Une brouette gisait à côté des moellons, attendant avec confiance la fin de la *siesta*, afin qu'on l'utilise à nouveau au service du Seigneur.

Le prêtre était de petite taille, un mètre soixante-dix, mais fortement charpenté, et il avait une tête massive et des yeux perçants. Ses ouailles, déclara-t-il, se trouvaient à Ojos Negros, mais il était né à San Hipolito, et les habitants du village le connaissaient depuis toujours.

– Nous sommes à la recherche d'une amie à nous, une jeune Américaine du nom de Sylvia Stoner, dit Henry. Nous avons appris qu'elle était peut-être venue ici. Il y a un mois environ, peut-être plus.

– Venez, dit le prêtre.

Ils traversèrent le petit cimetière, où des croix en pierre et des anges aux yeux aveugles cuisaient au soleil par une température de plus de quarante degrés, franchirent la porte en chêne massive et pénétrèrent dans l'église. Le soleil entrait par le mur à demi effondré et dessinait un grand losange lumineux à travers la nef, mais il faisait beaucoup plus frais à l'intérieur de l'église, et ils s'assirent avec soulagement sur l'un des bancs en bois.

– Je me demandais quand quelqu'un viendrait pour découvrir ce qui s'était passé, dit le prêtre.

– Vraiment? fit Gil, tout en regardant l'unique vitrail, l'autel très simple et le confessionnal silencieux.

– Comprenez-moi bien, dit vivement le prêtre. (Il toussa et s'éclaircit la gorge.) Tout a été signalé comme il le fallait, aux autorités ecclésiastiques, et à la police d'Ensenada.

– Qu'est-ce qui a été signalé comme il le fallait aux autorités ecclésiastiques et à la police d'Ensenada? s'enquit Henry.

– Vous êtes venus à cause de la jeune fille, n'est-ce pas? répliqua le prêtre.

Ses sourcils épais se rejoignirent dans une expression de perplexité.

– C'est exact. Sylvia Stoner. Une fille très jolie, cheveux blonds. Elle portait une chaînette en argent autour de l'une de ses chevilles.

– Et vous ne savez pas ce qui s'est passé ici? leur demanda le prêtre.

Henry secoua la tête.

– Je pense que vous feriez mieux de nous le dire.

– Eh bien..., hésita le prêtre, s'humectant les lèvres d'un air inquiet. Si vous ne savez pas encore...

– Mon Père, l'interrompit Henry, ces renseignements sont d'une importance vitale. L'une de nos amies court un danger très grave. Il se pourrait que cela ait un rapport avec ce qui s'est passé ici, à San Hipolito.

– Je suppose que cela ne nuira à personne, si je vous le dis, fit le prêtre, l'air toujours aussi soucieux.

– Cela ne fera certainement aucun bien à quiconque si vous vous taisez, fit remarquer Gil.

– Très bien, venez avec moi, dit le prêtre.

Il se leva et leur fit signe de la main. Ils le suivirent dans la nef jusqu'au fond de l'église où le mur s'était écroulé. Ils virent que le sol s'était ouvert sur une largeur de presque cinq mètres, et une crevasse de vingt mètres de long zigzaguait depuis le milieu du cimetière jusqu'à la première rangée de bancs. Apparemment, une partie de la crevasse avait été jadis un genre de caveau : les parois, sur une hauteur de deux mètres environ, étaient recouvertes de carreaux en terre cuite, émaillés, d'un noir brillant.

– Bien sûr, vous savez que les tremblements de terre ont été très forts, dit le prêtre, se tenant au bord de la crevasse. Vous les avez probablement sentis à San Diego.

– Je ne pensais pas qu'ils avaient été aussi forts, murmura Henry.

– En fait, ils ont été moins fréquents ces derniers temps, et pas aussi puissants. Mais la nuit où ce mur s'est effondré, il y a eu une secousse d'une très grande intensité, et beaucoup de maisons et de granges ont été détruites, dans toute la région. Lorsque j'ai senti la secousse dans ma maison, à Ojos Negros, j'ai eu le pressentiment étrange qu'une chose affreuse était arrivée, et, bien sûr, on m'a téléphoné pour que je vienne tout de suite ici.

– Les dégâts ne sont pas trop importants, commenta Henry, s'abritant les yeux de la main pour regarder à l'extérieur de l'église. Deux ou trois camions remplis de ciment armé devraient suffire pour tout remettre en état.

Le prêtre se frotta les mains, lentement et nerveusement.

– J'ai bien peur que quelque chose ne se soit passé ici, que tout le ciment armé du monde ne pourrait remettre en état. Dans ce caveau, il y avait un coffre, un grand coffre en bois, sculpté et scellé. J'ai toujours ce coffre, mais je l'ai fait transporter chez moi, à Ojos Negros, pour le mettre en lieu sûr. Jusqu'à la nuit de la secousse, le coffre était caché sous le sol, protégé par une trappe en fer de dix centimètres d'épaisseur, et recouvert de carreaux, comme le reste du sol de l'église. Mais, *crack!* lorsque la terre a tremblé, la trappe en fer a été brisée en deux, et le coffre en bois a été exposé à l'air libre. Mon bedeau, Miguel Estovar, a couru vers l'église le plus vite possible, mais il est arrivé trop tard. La trappe avait été brisée, les sceaux avaient été endommagés, et le coffre en bois était vide.

Henry demanda doucement :

– Dites-moi, mon Père, qu'y avait-il *à l'intérieur* de ce coffre?

Le prêtre cessa de se tordre les mains et entreprit de frotter le bout de ses doigts sur sa manche d'un air angoissé.

Encore plus doucement, Henry demanda :

– Est-ce que c'était Yaomauitl?

Le prêtre le regarda d'un air hébété.

– Vous savez pour Yaomauitl?

Henry acquiesça de la tête.

– Nous sommes les Guerriers de la Nuit. Au coucher du soleil, je suis Kasyx, et voici Tebulot.

Immédiatement, sans poser d'autres questions, et sans plus de cérémonie, le prêtre fléchit le genou et serra les mains d'Henry. Puis il serra les mains de Gil et les embrassa. Aussi doucement et aussi rapidement que s'il récitait son rosaire, il dit :

– La légende disait que les Guerriers de la Nuit viendraient, si jamais Yaomauitl était libéré, mais je n'y avais jamais cru.

Il leva les yeux vers Henry et Gil, le soleil brillait autour de leurs têtes, telles des auréoles, et il déclara, très ému :

– Vous m'avez redonné la foi. C'est comme un miracle!

– Nous ne sommes pas miraculeux à ce point! fit Gil. Nous avons commencé notre entraînement seulement la nuit dernière.

Le prêtre se releva et les saisit tous deux par l'épaule.

– Je sais que vous nous protégerez, Dieu soit loué!

– Parlez-nous de Yaomauitl, dit Henry. Était-il enterré ici depuis très longtemps?

– Il a été enterré ici en 1687, répondit le prêtre. Cela s'est passé après une bataille dans le monde des rêves, au cours de laquelle, dit-on, soixante des meilleurs Guerriers de la Nuit ont trouvé la mort. Il a été placé dans un coffre en bois d'orme, que les manifestations mauvaises ne peuvent traverser, et le coffre a été scellé avec les neuf sceaux sacrés de Dieu. Ensuite la trappe en fer a été abaissée sur sa tombe, et la trappe en fer a été bénie par neuf prêtres, et le signe de croix a été fait quatre-vingt-dix-neuf fois avec de l'eau bénite. L'église de San Hipolito a été bâtie sur l'emplacement de la tombe, afin de sanctifier encore plus ce lieu. Yaomauitl est resté enterré ici depuis lors... jusqu'à ce qu'il soit libéré par le tremblement de terre.

– Savez-vous à quoi il ressemble? demanda Henry.

– Venez avec moi, répondit le prêtre. J'ai dans mon bureau une gravure sur bois de l'époque représentant l'ensevelissement de Yaomauitl. Elle montre le Démon très clairement. Elle montre également les neuf sceaux, et les Guerriers de la Nuit qui finirent par prendre Yaomauitl au piège.

Ils sortirent de l'église, traversèrent la cour lumineuse à l'arrière de l'édifice et arrivèrent devant une petite maison en adobe ombragée par des arbustes rabougris. Une Mexicaine se tenait sur la véranda, occupée à nettoyer des lampes à pétrole avec du white-spirit. Elle regarda Henry et Gil d'un œil méfiant, sans rien dire, tandis que le prêtre les faisait entrer dans la maison.

– Maria est comme la plupart des habitants de San Hipolito, expliqua le prêtre. Elle n'accepte pas les étrangers très facilement.

– Vous ne nous avez pas encore expliqué ce que toute cette histoire a à voir avec Sylvia, dit Gil.

– En effet, fit le prêtre en les conduisant vers le séjour. C'est parce que vous devez connaître le contexte historique de ce qui s'est passé avant que vous arriviez à la même conclusion que moi. Ces faits ne sont pas faciles à expliquer. Il n'y a pas de témoins sûrs, non plus. Mais tout indique que mon hypothèse est exacte. Et je dois dire que Monseñor Del Parral à Ensenada partage mon opinion.

Le séjour était frais et sentait le renfermé. Le mobilier était très simple : chaises paillées et canapé en bois uni. Les murs étaient peints en blanc et décorés de peintures naïves aux couleurs vives représentant des scènes bibliques – Joseph et son manteau aux nombreuses couleurs, Moïse dans son berceau d'osier, la Pietà. Le sol était recouvert de carreaux brun foncé, et un panier contenant des rondins d'eucalyptus était placé à côté de l'âtre.

Henry et Gil attendirent une minute ou deux tandis que le prêtre allait dans son bureau. Il revint avec une chemise en carton rouge, qu'il posa sur la table basse au milieu de la pièce, et ouvrit. A l'intérieur, il y avait une feuille de papier à dessin épais, jaunie sur les bords, aux couleurs fanées, mais la gravure comportait un luxe de détails, comme Henry en avait rarement vu. Elle était dans le style de *L'Apocalypse* de Dürer, et bien qu'elle fût loin d'être aussi achevée qu'une œuvre de Dürer, elle représentait très clairement le Démon Yaomauitl, emprisonné dans son coffre en bois d'orme.

– Cette gravure est très ancienne? demanda Gil doucement.

– C'est un tirage, et il est relativement récent, sans doute 1880. Mais la gravure sur bois originale, qui se trouve maintenant au Musée d'Art Religieux à Mexico, portait la date de 1687. L'artiste était Paolo Placido, de la Société de Jésus.

Henry et Gil examinèrent la gravure avec une peur sans cesse grandissante. Elle représentait un long coffre en forme de cercueil, richement et incroyablement sculpté – lierre, gui et d'autres plantes sacrées, ainsi que des visages d'anges et de saints – tandis qu'on le descendait à l'aide de treuils au fond d'une crevasse dans le sol tapissé de carreaux. Vingt ou trente personnages se tenaient autour du coffre; certains portaient des armures compliquées et des casques ailés. Henry et Gil reconnurent une forme très ancienne de l'armure de Tebulot, et une arme qui était primitive en comparaison de l'arme que Tebulot portait maintenant, mais qui, à l'époque, avait été certainement la machine la plus puissante dont on puisse rêver.

Cependant, ce fut Yaomauitl qui les troubla le plus. Il était grand et avait des yeux fendus qui, même trois siècles après, semblaient les fixer avec une méchanceté indicible. Son corps était cartilagineux, avec des côtes saillantes et une ceinture pelvienne grotesque, d'où partait un pénis long et vigoureux. Ses mains et ses pieds ressemblaient à des griffes, pourvus d'ongles recourbés, affilés comme des rasoirs... le genre d'ongles qui pouvaient vous arracher les yeux d'un seul coup.

Henry et Gil reconnurent le Démon immédiatement. Il était plus âgé, et portait les cicatrices de nombreuses batailles, mais il était indiscutablement le géniteur de la créature qui avait pris Susan en otage : le « garçon » qui, durant une fraction de seconde, leur avait laissé voir la véritable forme de son corps et la véritable perversité de son âme.

– Oui, fit doucement Henry, en tendant la gravure.

– Vous le reconnaissez, alors? leur demanda le prêtre.

Gil acquiesça de la tête.

– Nous avons vu l'un de ses enfants, si on peut les appeler ainsi.

Le prêtre regarda la gravure avec une expression de crainte solennelle.

– Alors cela a déjà commencé, la propagation de sa semence.

– Oui, mon Père, dit Henry. Voilà comment Sylvia Stoner est morte.

Le prêtre leva les yeux vers lui.

– *Les Guerriers de la Nuit*, chuchota-t-il avec respect. Peut-être ne le croirez-vous pas, mais j'ai rêvé que vous alliez venir. Il est dit dans le *De Daemonialitate* que les Guerriers de la Nuit prennent toujours les armes lorsque le Diable réapparaît, sous l'une de ses nombreuses formes. Et vous voilà. Pardonnez-moi si je ne suis pas surpris de vous voir.

– Il est préférable que vous ne soyez pas surpris, sourit Henry.

Il serra l'épaule du prêtre. Peut-être y avait-il encore un vestige du pouvoir d'Ashapola dans la main d'Henry, car le prêtre la regarda vivement, puis il sourit du sourire de celui qui est rassuré.

– Bon, dit le prêtre. Vous désirez savoir quel lien s'est formé entre Yaomauitl et votre amie Sylvia Stoner. Je vais vous raconter ce qui s'est passé, du moins tout ce que je sais. Ensuite je vous emmènerai voir Ludovico, qui est la seule personne du village à avoir rencontré Yaomauitl... et à l'avoir reconnu... après que le coffre se fut brisé. Mais voulez-vous un verre de vin? Nous cultivons nos propres vignes, vous savez. Il n'est peut-être pas aussi moelleux que les vins de Napa Valley, mais il est très rafraîchissant.

Il leur servit du pinot rouge foncé, fruité et aromatique, puis il s'assit et déclara :

– Votre amie Sylvia et son compagnon sont arrivés ici la dernière semaine de février. Je m'en souviens très bien. Ils avaient un véhicule... vous savez, une voiture à quatre roues motrices... et ils ont dit qu'ils étaient en vacances et visitaient la Basse Californie. Ils m'ont demandé si je connaissais un endroit où ils pourraient rester un jour ou deux, et je leur ai indiqué la maison de Señora Rosario. Ses deux garçons sont partis travailler aux États-Unis, son mari est mort, et elle a de nombreuses chambres disponibles.

– Est-ce que vous pouvez nous décrire le compagnon de Sylvia? demanda Henry.

– On pourrait dire qu'il ressemblait à un joueur de tennis qui ne s'entraîne plus depuis longtemps, répondit le prêtre. Des cheveux frisés, pas trop grand, beau garçon mais une tenue très débraillée. Pas rasé, des vêtements froissés.

– Vous connaissez son nom?

Le prêtre secoua la tête.

– Elle l'appelait tout le temps « chéri ». Ils étaient venus pour prendre des photos de l'église et du village, mais ils ne consacraient pas beaucoup de temps à leurs photos, et ils disaient un peu trop fort ce qu'ils comptaient faire durant leurs vacances.

– Qu'essayez-vous d'insinuer? lui demanda Henry.

– Simplement qu'ils ne passaient pas des vacances ici. Ils étaient venus, comme d'autres *Americanos* étaient venus avant eux, parce qu'ils avaient entendu dire que certains des villageois faisaient une autre culture, à part celle de la vigne.

– Vous voulez dire...?

– Oui, mes amis. La marijuana. La variété odorante connue des connaisseurs sous le nom de Paradis de San Juarez Numéro Un. Très difficile à trouver, très chère. Et très peu d'Américains savent qu'elle pousse dans les collines autour de San Hipolito.

Ni Henry ni Gil ne dirent un mot sur l'apparente approbation du prêtre concernant la culture de la marijuana, mais celui-ci but une gorgée de vin et les regarda en souriant.

– Je vois que vous êtes étonnés que je pardonne la vente de stupéfiants. Eh bien, je ne la pardonne pas, je ferme les yeux, c'est tout! Il n'y a pas d'argent à San Hipolito, mes amis. Le sol par ici est rocailleux et aride, et les cultures traditionnelles donnent peu de satisfactions. Sans la vente du Paradis de San Juarez Numéro Un, ce village mourrait. Les gens qui vivent ici seraient expropriés, et l'église tomberait en ruine. Je suis obligé de choisir entre un commerce qui transgresse les lois des hommes et un état de pauvreté et de souffrances qui transgresserait les lois de Dieu.

– Alors Sylvia et son compagnon étaient venus ici pour acheter de l'herbe? demanda Henry.

– Bien sûr. Il n'y a rien d'autre ici qui persuaderait un touriste américain, même un touriste américain excentrique, de rester à San Hipolito ne serait-ce que quelques minutes.

– Que s'est-il passé ensuite? demanda Gil.

Le prêtre écarta les mains.

– Ils sont restés deux jours, peut-être trois, et mon petit doigt m'a dit qu'ils étaient en train de traiter avec la famille Perez pour acheter de la marijuana de première qualité, pour un montant de deux mille dollars. Bien sûr, Perez exigeait un prix plus élevé, et Sylvia et son compagnon téléphonaient constamment aux États-Unis pour essayer de trouver d'autres « clients » sûrs.

Il s'interrompit un moment, puis il reprit, sur un ton beaucoup plus solennel :

– Alors est arrivé le jour du tremblement de terre. Le sol s'est ouvert et tous les habitants du village ont couru vers les champs environnants, de peur d'être écrasés par leurs maisons. Lorsqu'ils sont revenus, ils ont découvert que le mur de l'église s'était écroulé, et que Yaomauitl s'était échappé de son coffre en bois d'orme. Armés de fusils de chasse, ils ont organisé des battues, mais il n'y avait aucune trace du Démon, ni de son passage.

– Sylvia et son compagnon étaient toujours dans le village?

Le prêtre acquiesça de la tête.

– Ils sont restés une autre nuit et un autre jour. Mais certaines choses à leur sujet étaient étranges. La nuit après que Yaomauitl se fut échappé, Señora Rosario les a entendus dans leur chambre au premier. Ils semblaient se disputer, ou du moins, la jeune femme, Sylvia, semblait crier. Señora Rosario n'a pas reconnu l'autre voix. C'était une voix d'homme, mais elle était très rauque et forte, et elle semblait venir de partout à la fois. Elle a dit que cette voix l'avait terrifiée. Cependant, cela n'a pas duré très longtemps, parce que la dispute a pris fin avec une grande brusquerie, et ensuite Señora Rosario... ma foi, elle n'écoute pas de telles choses, d'habitude... mais elle a entendu Sylvia et son compagnon sur le lit. Elle a dit que cela semblait très brutal, comme un viol. Elle a entendu Sylvia crier, d'une voix étouffée, comme si on appuyait une main ou un oreiller sur sa bouche. Elle a entendu l'homme l'injurier, de la même voix rauque. Et, bien sûr, elle entendait le châlit grincer et craquer, comme s'ils voulaient le mettre en pièces. Le lendemain matin, elle est allée dans leur chambre et leur a dit qu'ils devaient partir.

– L'ami de Sylvia était toujours avec elle? demanda Henry. Malgré son comportement étrange de la veille au soir?

– Ah, vous comprenez vite, Mr. Watkins, dit le prêtre. Oui, son compagnon était toujours avec elle... mais, lorsqu'ils ont pris congé de Señora Rosario pour rentrer aux États-Unis, ils ont commis une erreur. Une erreur grossière.

– Laquelle, mon Père?

– Venez, dit le prêtre. Allons parler à Ludovico.

Ils finirent leur vin, puis sortirent de la maison et se dirigèrent vers la route. Le prêtre leur montra la maison de Señora Rosario, une grande bâtisse en adobe située tout au bout de l'une des deux rangées de maisons qui formaient le village. Bien que l'heure de la *siesta* soit largement passée maintenant, il n'y avait personne dans la rue, excepté un petit garçon, le derrière à l'air, qui jouait dans la poussière, et un chien efflanqué qui aboyait et rôdait à proximité de l'une des maisons. Le prêtre chassa une mouche de la main, puis montra une autre maison, proche de l'endroit où Gil avait garé sa Mustang.

Un vieil homme était assis sur une chaise, dans le renfoncement d'une porte ombragée. Son visage était desséché, et ses yeux aussi blancs et inexpressifs que des œufs durs. Il portait un costume de toile beige clair récemment repassé, et ses chaussures avaient été soigneusement cirées, même si elles étaient à présent recouvertes d'une fine pellicule de poussière. Ses mains étaient posées sur le pommeau en cuivre d'une canne.

– Voici Ludovico, annonça le prêtre. Ludovico, ces deux messieurs sont des amis intimes à moi. Ils sont venus d'El Norte. J'aimerais te les présenter.

L'aveugle donna une poignée de main à Henry et à Gil, puis il demanda :

– Et que recherchent-ils, ces amis intimes à vous, mon Père?

– Ils m'ont demandé des nouvelles de la jeune femme qui est venue ici, l'Américaine. La jeune femme qui était ici lorsque le tremblement de terre a endommagé l'église.

Ludovico se passa la langue sur ses lèvres parcheminées, puis déclara :

– Vous aviez dit que quelqu'un viendrait un jour pour poser des questions à son sujet, n'est-ce pas, mon Père?

– En effet, Ludovico.

– Est-ce que vous leur faites confiance, mon Père? Je perçois quelque chose d'anormal chez eux. Je perçois quelque chose qui a un rapport avec l'électricité.

Henry sourit.

– Vous avez raison, Ludovico. Y a-t-il autre chose que vous percevez?

Le vieil homme toucha son propre visage, comme pour vérifier qu'il était toujours là.

– Je perçois bien des choses étranges. Des tâches étranges, des ambitions étranges. Je perçois du danger.

– Avez-vous senti quelque chose le jour où le tremblement de terre a endommagé l'église? demanda Henry.

– Pas sur le moment, répondit Ludovico. Mais le lendemain, lorsqu'ils sont partis, j'ai senti quelque chose, oui. Vous comprenez, ils étaient passés près de moi à de nombreuses reprises durant leur séjour au village, et j'en étais venu à très bien les connaître. Leurs voix, le bruit de leurs pas, le bruissement de leurs vêtements.

– Et? demanda Gil, lorsque le vieil homme sembla hésiter.

– Et ils ont commis l'erreur de passer près de moi lorsqu'ils ont quitté le village définitivement. Je les ai entendus, tous les deux, tout à fait distinctement, et j'ai perçu quelque chose que je souhaite ne plus jamais percevoir. C'était la même jeune femme, aucun doute là-dessus. Peut-être pas son âme, mais son corps. Par contre, l'homme avait complètement changé. D'autres personnes ont dit qu'il avait le même aspect. Mais lorsqu'il est passé près de moi, j'ai entendu le frottement d'une peau sur une peau dure; j'ai entendu le cliquetis de griffes sur la chaussée. J'ai entendu une respiration sifflante, et un horrible bruissement qui m'a rempli de terreur. Le pire de tout, j'ai senti un froid intense, comme si on avait ouvert un réfrigérateur juste devant mon visage, pour le refermer aussitôt. Cela ne fait aucun doute. Cet après-midi-là, malgré ce que les autres habitants du village ont vu avec leurs yeux, j'ai compris qu'un Démon était passé près de moi.

Henry se tourna vers Gil. Ils n'avaient guère besoin de se parler. Les pièces du puzzle commençaient à s'assembler, et ils venaient d'apprendre quelque chose de nouveau à propos de l'Ennemi Redouté... quelque chose que Springer avait négligé de leur dire, ou bien que Springer ignorait. Après tout, il avait reconnu que même Ashapola n'était pas toujours à même de prévoir les voies des Démons.

Ce « quelque chose » était le fait que Yaomauitl pouvait revêtir la forme d'un être humain, si efficacement, semblait-il, que tous ceux qui le voyaient étaient abusés. Seuls ceux qui ne pouvaient pas le voir n'étaient pas dupes. Seul un aveugle pouvait détecter les bruits caractéristiques d'un Démon surgi de l'enfer.

– Ainsi donc, Yaomauitl s'est enfui de San Hipolito sous l'apparence de l'ami de Sylvia, dit Henry. Et le seul crime de Sylvia a été de venir ici pour acheter de l'herbe de qualité supérieure.

– Au mauvais moment, hélas, fit remarquer le prêtre. Mais si elle n'avait pas été là, cela aurait été quelqu'un d'autre. Yaomauitl n'est guère exigeant en fait de « familiers ».

– Avez-vous découvert ce qui est arrivé au compagnon de Sylvia? demanda Gil.

– C'est la seule chose dont nous n'avons pas parlé à la police, répondit le prêtre. Et je vous demanderai de ne pas communiquer cette information aux autorités, parce que cela ne ferait qu'éveiller des soupçons et causer de l'affliction. Cela pourrait même conduire à l'arrestation d'un innocent. Vous comprenez, Victor Perez a eu de nombreuses disputes avec le compagnon de Sylvia, au sujet du prix de sa marijuana, et cela pourrait facilement être interprété, à tort, comme un mobile pour son meurtre.

– Vous l'avez trouvé mort, alors?

– Oui, nous l'avons trouvé mort, dit le prêtre.

– Et vous êtes certain que c'est Yaomauitl qui a fait ça?

– Aucun être humain n'aurait pu tuer un homme de cette façon, mes amis.

Henry ne dit rien, mais il était clair qu'il voulait savoir comment le Démon avait tué le compagnon de Sylvia. Le prêtre remercia Ludovico pour son témoignage, et tous lui serrèrent la main. Puis le prêtre fit signe à Henry et à Gil de le suivre. Ils s'éloignèrent dans la rue et atteignirent bientôt un petit chemin de terre qui descendait vers un champ de vigne. Ils longèrent les vignes sous un soleil de plomb. Le sol desséché craquait sous leurs pieds et des insectes bourdonnaient autour d'eux.

– Nous ne l'avons pas encore déplacé, dit le prêtre en tournant la tête vers eux. Les habitants du village ne veulent pas toucher à ses restes parce qu'ils croient qu'ils contiennent un mal immonde. De toute façon, je trouvais que c'était plus sage. Si jamais quelqu'un venait poser des questions à son sujet, je voulais être en mesure de lui montrer que Victor Perez, ou n'importe qui d'autre, n'avait pas pu l'assassiner.

Ils arrivèrent au bout du vignoble. Sur environ sept cents mètres, la limite du champ avait été jalonnée à l'aide de piquets d'une hauteur de deux mètres environ, espacés de cinq ou six mètres. A mi-hauteur du dernier piquet, il y avait une sorte de motte desséchée, une excroissance mince comme du papier qui ressemblait à un nid de guêpes. Ils s'en approchèrent avec un mélange de perplexité et de frayeur. Pourtant, même en l'examinant de près, ils furent incapables de comprendre ce qu'ils voyaient exactement. C'était un genre de tissu desséché, entortillé et enchevêtré de tendons, et il y avait des protubérances marron foncé sur le côté, mais cela ne ressemblait à rien que Henry ou Gil aient jamais vu auparavant.

Henry regarda le prêtre avec stupeur. Mais celui-ci lui fit signe de venir de l'autre côté du piquet, et pointa son doigt.

Bien que ce soit écrasé et déformé, Henry distingua le visage d'un homme au milieu de toute cette chair desséchée. Les yeux étaient fermés avec force, comme ceux d'un nouveau-né, le nez était aplati en une masse informe, et la bouche était tirée de côté par l'intrusion de cinq nodules recroquevillés qui devaient avoir été des doigts.

Le prêtre se signa et dit :

– On l'a découvert ici trois jours après que Sylvia et son compagnon eurent quitté San Hipolito. Yaomauitl aurait pu dissimuler ses restes, bien sûr, mais je pense qu'il les a laissés ici en guise d'avertissement. (Il détourna les yeux et contempla les montagnes.) Maintenant vous savez à quoi ressemble un homme lorsque toute l'humidité a été retirée de son corps. Nous sommes peu de chose, n'est-ce pas, malgré tout notre orgueil?

Ils rebroussèrent chemin vers le faîte de la colline. Gil fut le seul à se retourner pour regarder une dernière fois. Cette nuit, ils allaient devoir affronter le rejeton de la créature qui était capable de faire une chose pareille à un homme, et il voulait graver cette image dans son esprit. Cela l'empêcherait d'hésiter, lorsqu'il aurait à appuyer sur la détente de sa machine.

Le prêtre leur proposa de boire un autre verre de vin, mais il commençait à se faire tard, et ils voulaient rentrer à San Diego le plus tôt possible.

– Je prierai pour vous, leur dit le prêtre.

Gil se glissa derrière le volant de sa Mustang et mit le contact. Henry dit :

– Merci, mon Père. Vos prières nous seront précieuses.

– Il y a une dernière chose, ajouta le prêtre. Attendez ici, je reviens tout de suite.

Il s'éloigna précipitamment vers sa maison. Gil et Henry demeurèrent silencieux, attendant qu'il revienne. Tous deux pensaient aux restes desséchés du compagnon de Sylvia. Et tous deux pensaient à Yaomauitl, l'Ennemi Redouté, et à la façon dont il les avait fixés, depuis cette gravure sur bois datant de plusieurs siècles. Cette gravure à elle seule était la preuve de la longévité du mal absolu. On pouvait emprisonner le mal, on pouvait chasser le mal, mais le mal ne pouvait jamais être détruit.

Le prêtre revint, en sueur et essoufflé. Il tendit à Henry une petite sacoche en feutre marron, fermée sur le devant par une cordelette usée.

– Prenez ceci, dit-il. Ce sont les neuf sceaux que les Guerriers de la Nuit avaient placés sur le coffre en bois d'orme, afin d'empêcher Yaomauitl de s'échapper. Ils ont été apportés au Mexique par des Jésuites qui avaient appris les ravages que le Démon faisait dans le Nouveau Monde. Ils sont d'une valeur inestimable, mes amis, aussi prenez-en le plus grand soin.

Henry défit la cordelette et regarda à l'intérieur de la sacoche. Il y avait plusieurs petits paquets en papier de soie. Il en prit un et l'ouvrit précautionneusement. Le prêtre l'observa d'un air inquiet comme il posait le sceau sur la paume de sa main.

Cela ressemblait à un simple pâté de cire à cacheter, noire et craquelée, collé sur un très vieux morceau de tissu chiffonné.

– Ils ont été trouvés à Jérusalem, en l'an 900, déclara le prêtre. On a dit que c'étaient des morceaux des robes de neuf des douze apôtres, un morceau découpé sur le bord de chaque robe, le soir de la Cène. Il manque trois morceaux de robe : celle de Judas, celle de Pierre, et celle de Jean.

Henry effleura le sceau du bout du doigt, puis le retourna.

– Qu'est-il advenu des trois autres?

– Personne ne le sait, répondit le prêtre. Mais on affirme que si quelqu'un parvenait à réunir les douze morceaux de robe, il serait à même d'exiler le Diable pour toujours.

– C'est peut-être Dieu qui a les trois autres, dit Henry. Peut-être ne désire-t-il pas que nous exilions le Diable pour toujours. Peut-être avons-nous besoin, de temps à autre, qu'on nous remémore le mal absolu, afin que nous puissions apprécier le bien absolu.

– Vous auriez dû prendre la soutane, sourit le prêtre.

Henry enveloppa le sceau dans le papier de soie et le remit dans la sacoche.

– Je crois que c'est ce que j'ai fait, d'une façon plutôt singulière.

Ils partirent et traversèrent à nouveau les montagnes de San Juarez, leurs pare-soleil baissés en raison du soleil rasant. Ils rejoignirent l'autoroute 1 à Ensenada et prirent la direction du nord, vers Tijuana. Il faisait nuit lorsqu'ils arrivèrent à la frontière. Là, ils furent obligés d'attendre une heure avant de pouvoir passer. Mais ils retrouvèrent finalement la I-5 et se dirigèrent vers Del Mar et Solana Beach.

– Ces sceaux, demanda Gil, qu'en penses-tu?

– Du bidon, probablement, répondit Henry. Tu es déjà tombé sur une relique religieuse qui était authentique? Si on mettait bout à bout tous les morceaux de la prétendue Vraie Croix, on obtiendrait une croix aussi haute que le Sears Building. Quant aux morceaux de tissu provenant de la tunique de Jésus, on pourrait penser que Jésus était le propriétaire d'un entrepôt de robes sans couture!

– Mais tu crois à l'existence de Yaomauitl, n'est-ce pas?

– Vraiment? Je ne sais pas quoi penser. Je sais que quelque chose de terrifiant rôde autour de nous, et que quelque chose a tué Sylvia et le compagnon de Sylvia. Mais ne soyons pas trop naïfs dans cette affaire et évitons de tirer des conclusions hâtives. Springer nous a monté le coup une fois, et il pourrait bien recommencer.

– Tu n'as confiance en personne, hein? lui demanda Gil.

– Pas du tout! J'ai confiance en toi, et j'ai confiance en Susan, et il se trouve que j'ai également confiance en moi-même. Mais cela ne va pas plus loin. Ne crois surtout pas que je joue les cyniques. Plus je vois de choses, plus ma conviction devient forte. Je crois aux Guerriers de la Nuit, et à la tâche que les Guerriers de la Nuit doivent accomplir. J'ai une foi aveugle en eux. Mais si j'ai la preuve, sans équivoque possible, de tellement de faits surnaturels, pourquoi accepterais-je tout autre fait surnaturel qui n'est pas prouvé aussi nettement? Cela nous faciliterait certainement les choses si tout ce que le prêtre nous a dit était vrai à cent pour cent... mais supposons que ce ne soit pas le cas? Supposons qu'il ait omis un ou deux faits absolument cruciaux? Supposons qu'il ait menti, afin de protéger le véritable meurtrier? Et si rien de tout cela ne s'était jamais passé, et que toi et moi ayons été menés en bateau, du commencement jusqu'à la fin?

– Henry, dit Gil, nous sommes bien obligés d'accepter deux ou trois choses dans cette affaire sans chercher à les vérifier, autrement nous n'arriverons à rien!

– Oui, tu as raison, reconnut Henry. Mais n'acceptons pas tout les yeux fermés, d'accord? En particulier des prêtres, et des hommes qui se prétendent les messagers de Dieu.

Ils arrivèrent chez Henry et Gil se gara.

– J'ai une idée, dit Henry. Et si tu téléphonais à tes parents pour leur dire que tu passes la nuit chez des amis? J'ai rarement de la visite, aussi il y a peu de risques pour que quelqu'un s'amène à l'improviste, nous trouve et pense que nous sommes dans le coma.

– Ce n'est pas une si mauvaise idée, fit Gil.

Henry ouvrit la porte du cottage et tendit la main pour actionner l'interrupteur.

– Le téléphone est derrière le canapé. Lorsque tu auras fini, on pourrait peut-être aller manger un morceau. Tu n'as rien contre la cuisine chinoise?

Les lumières clignotèrent et s'allumèrent... et il était là, ou plutôt *elle*, parce que, ce soir, elle portait un costume blanc qui ressemblait plus à une robe qu'à un complet, et son visage avait des traits plus délicats que d'habitude. Elle était assise dans le fauteuil préféré d'Henry, les jambes croisées, veillant et attendant comme si elle avait veillé et attendu pendant des heures.

– Tiens, tiens, dit-elle. Le retour des Guerriers de la Nuit.

Henry fut pris au dépourvu.

– Springer, murmura-t-il. Je pensais que nous ne vous reverrions plus jamais.

– Vraiment? Qu'est-ce qui vous fait penser cela?

– A votre avis, qu'est-ce qui me fait penser cela? répliqua Henry. Vous nous avez abandonnés la nuit dernière, vous nous avez laissé tomber, englués dans un putain de cauchemar, sans pouvoir et sans moyen de s'échapper... et, grâce à vous, Samena a été capturée et retenue en otage par ce Démon qu'ils ont déterré sur la plage. Vous *saviez*, n'est-ce pas? Vous saviez, depuis le commencement, que nous allions nous trouver face à face avec ce Démon. Enfin, vous nous avez menti, vous avez déniché l'un des médecins légistes qui avaient examiné la créature, et bien sûr il ne manquerait pas d'en rêver... et maintenant, regardez ce qui s'est passé! Et merde!

Springer l'écouta patiemment, les mains jointes, comme si elle priait.

– C'est tout ce que vous vouliez me dire? demanda-t-elle finalement à Henry.

– Cela dépend, fit Henry d'un ton cassant. Cela dépend de la valeur de vos explications.

– Mes explications sont très simples, déclara Springer.

Elle se leva de son fauteuil et vint vers Henry et Gil d'une démarche aisée.

– Gil, dit-elle, appelez donc vos parents. Ils seront ravis de savoir que vous allez bien, et il serait préférable que vous passiez la nuit ici.

– Alors? demanda Henry avec véhémence.

Springer sourit. A sa façon tout à fait asexuée, elle était très attirante. Elle possédait une beauté qu'aucun être humain ne pourrait jamais atteindre. Sans défaut, pâle, et parfaite.

– J'avoue que je vous ai trompés et que je vous ai conduits dans le rêve de Mr. Shapiro en sachant parfaitement que vous alliez rencontrer la créature de la plage. Je ne vous l'ai pas dit parce que je voulais éviter de vous inquiéter. J'étais certain, vous comprenez, que vous viendriez très facilement à bout d'un Démon qui n'est encore qu'un embryon... ou, comment appelle-t-on le petit du kangourou?... un *joey*.

– Nous en serions peut-être venus à bout si vous nous aviez prévenus, et en nous donnant un peu plus de pouvoir! protesta Henry.

– Il nous a complètement baisés, dit Gil violemment. Nous ne pouvions absolument rien faire. Nous avons été obligés de choisir... nous faire tuer pour rien, ou bien revenir ici, sains et saufs, en abandonnant Susan. Un putain de choix, non?

– Je regrette ce qui s'est passé, dit Springer. Mais même *moi*, je ne peux pas être en deux endroits en même temps, bien que je porte de nombreux visages différents. J'ai dû vous quitter parce qu'il me fallait localiser le descendant d'un autre Guerrier de la Nuit, et il était indispensable que je le recrute le plus vite possible. Il vous rejoindra cette nuit. Son nom est Xaxxa, le surf-boxeur.

– A quoi bon recruter un autre Guerrier alors que cela vous coûte celui que vous aviez déjà? demanda Henry d'un ton amer.

Springer dit, avec une pointe de dureté :

– Je suis votre instructeur, Kasyx, pas votre nounou. J'étais sûr que vous seriez capables de vous occuper de ce cauchemar... et de vaincre la créature.

– Ce qui est sûr, Springer, c'est que je ne vous fais plus confiance, lui dit Henry.

– Moi non plus, fit Gil.

Springer réfléchit un moment, puis demanda :

– Considérez-vous qu'il est essentiel pour votre tâche que vous me fassiez confiance?

– Ce n'est pas essentiel, non, répondit Henry. Je n'ai été un Guerrier de la Nuit qu'une seule nuit, mais j'ai le sentiment que cette affaire est beaucoup plus importante que nous deux.

Springer acquiesça de la tête.

– Dans ce cas, vous allez me donner une chance de vous prouver que je suis digne de confiance! Cette nuit, vous sortirez, avec Xaxxa, et vous irez délivrer Samena, retenue en otage par le rejeton du Démon. Je vous guiderai vers le rêve approprié, et cette fois je vous indiquerai l'identité réelle du rêveur.

– J'espère que ce ne sera pas à nouveau notre ami Lemuel Shapiro, l'amateur de cuirs et de fouets? demanda Henry.

– Non, répondit Springer. La créature n'est plus dans le laboratoire du coroner. On l'a transportée aujourd'hui à l'Institut Scripps. Votre rêveur sera l'une des personnes qui l'examinent là-bas. Très probablement le Dr Steinway.

Henry lança un regard incrédule à Springer.

– Le Dr Andrea Steinway?

– Vous la connaissez? demanda Springer, modérément surpris par la réaction d'Henry.

– Un peu, oui! Elle a été ma femme pendant quatre ans. Et maintenant vous voulez que j'aille dans l'un de ses cauchemars?

Gil lui donna une tape dans le dos.

– Hé, qui sait, Henry, tu vas peut-être te trouver face à face avec le monstre qu'elle pense que tu es!

14

Ils se couchèrent à dix heures et demie, après un rapide repas chinois que Gil avait rapporté de chez Chung King Loh. Henry prit le lit et Gil s'installa sur le canapé. Gil était content de rester chez Henry : il se sentait plus détendu même s'il soupçonnait que Henry lui avait proposé de dormir ici en partie pour qu'il lui serve de chien de garde, si jamais Henry était tenté de boire un verre. Henry luttait de toutes ses forces contre son alcoolisme : il regrettait même d'avoir accepté l'offre de vin rouge faite par le prêtre. Ainsi qu'il l'avait dit à Gil : « Une fois que tu as bu ce premier verre, c'est dix fois plus difficile de dire non au suivant. »

Springer les avait quittés en leur promettant seulement de les retrouver à la maison sur Camino del Mar à onze heures. Elle n'avait rien dit de plus sur leur mission de cette nuit, ni sur leur nouveau Guerrier de la Nuit, Xaxxa. Elle ne leur avait même pas expliqué ce qu'était un « surf-boxeur ». « Lorsque vous viendrez ce soir, vous verrez par vous-mêmes. »

Dans l'obscurité de leurs chambres respectives, Henry et Gil dirent les mots qui permettraient à leurs personnalités du monde des rêves de quitter leurs corps matériels.

– Maintenant que la face du monde est cachée dans l'obscurité, faites que nous soyons transportés vers le lieu de notre réunion, armés et cuirassés, et faites que nous soyons nourris du pouvoir consacré à la dispersion des ténèbres, au règlement des noires affaires et à l'extinction de tout mal, ainsi soit-il !

Ils fermèrent les yeux et sentirent les vagues du sommeil les recouvrir doucement. Ils s'élevèrent, aussi silencieux et transparents que des fantômes, laissant leurs corps endormis dans le cottage, et montèrent dans le ciel au-dessus de Del Mar, plus sombre cette nuit en raison de la couverture nuageuse. Puis ils suivirent le réseau lumineux des voitures jusqu'à la maison où Springer les attendait.

Ils traversèrent le toit de la maison et descendirent vers la pièce du haut.

Springer, comme promis, était déjà là, et paraissait encore plus féminine qu'elle ne l'avait été cet après-midi. Elle avait relevé et peigné ses cheveux en d'incroyables ondulations, et elle portait une veste d'un blanc éblouissant qui lui descendait jusqu'aux genoux, avec de larges épaules et une ceinture nouée négligemment. Elle ne portait rien au-dessous, à part un porte-jarretelles blanc et des bas assortis.

– Vous êtes en avance, dit-elle avec plaisir. Cela vous donnera plus de temps pour faire la connaissance de votre nouveau guerrier, Xaxxa.

Elle se retourna et leur présenta un jeune Noir, grand et bien musclé, vêtu en tout et pour tout d'un short bleu clair. Ses cheveux étaient coupés court, ce qui faisait ressortir l'épaisseur de son cou. Il avait un visage plat, un petit nez, l'un de ces visages éminemment photogéniques, comme celui de Mohammed Ali. Mais bien qu'il soit manifestement athlétique et en excellente condition physique, il y avait une prudente expression d'humour quelque part autour de sa bouche, une expression qui contredisait l'idée que quelqu'un avec ce genre de physique était obligatoirement lourd et sérieux.

– Xaxxa, dit Springer en hochant la tête. Xaxxa... voici Kasyx, le gardien de la charge, et Tebulot, le porteur de la machine.

– Vous ne m'aviez pas dit que c'étaient des Blancs, fit Xaxxa d'un air méfiant.

– Je ne t'avais pas dit non plus que c'étaient des Noirs.

– Allons, les Guerriers de la Nuit, j'ai pensé que c'étaient tous des Noirs!

– Les Cavaliers de la Nuit [1] étaient des Blancs, déclara Henry, et il regretta immédiatement d'avoir dit cela.

– C'est vraiment important... le fait que nous soyons blancs? demanda Gil.

1. Les hommes du Ku Klux Klan *(N.d.T.)*.

– Ça dépend, répondit Xaxxa. Enfin, disons que ça dépend entièrement de ton attitude. Par exemple, si tu penses que, parce que tu es blanc, tu peux me donner des ordres, alors tu te mets le doigt dans l'œil! Et je laisse tomber cette histoire de Guerriers de la Nuit! Mon père était au Viêt-nam, et crois-moi, mec, pendant trois ans il a eu que des merdes de la part des Blancs, et il m'a toujours dit de ne jamais me lancer dans un truc qui est dirigé par un Blanc, parce que tu te retrouves à nettoyer les chiottes même si tu es un génie.

– Es-tu un génie? demanda Henry, d'une manière pertinente.

– Non, mais c'est si je l'étais, répondit Xaxxa.

– Est-ce que tu as un nom, à part ton nom de Guerrier de la Nuit?

– Bien sûr. Je m'appelle Lloyd Curran.

– Je suis Henry, dit Henry, et voici Gil. Je suis professeur, Gil est étudiant, et nous ne sommes pas des génies, nous non plus. La seule autre chose que je puis dire, c'est que les Guerriers de la Nuit n'ont rien à voir avec l'armée. Nous n'avons pas d'officiers et nous n'avons pas d'hommes de troupe. Nous travaillons ensemble, quel que soit notre âge et quelle que soit notre expérience, et... maintenant que tu nous as rejoints... quelle que soit notre couleur de peau. Que fais-tu dans la vie, Lloyd?

– Photographe stagiaire, répondit Lloyd, toujours méfiant.

Henry ne savait pas ce que Springer lui avait raconté pour le convaincre d'embrasser la cause d'Ashapola, mais il était évident que Lloyd s'était attendu à quelque chose de complètement différent. Certainement pas à trouver le fils efflanqué d'un commerçant de Solana Beach et un professeur de philosophie au teint couperosé, vêtu d'un pyjama chiffonné.

– Springer a dit que tu étais un surf-boxeur, intervint Gil. Tu as déjà essayé? Le costume? La surf-boxe?

– Plus ou moins, répondit Lloyd.

– Tu peux nous faire une démonstration? demanda Henry. Nous ne savons même pas ce qu'est la surf-boxe.

Springer s'approcha et toucha le bras d'Henry.

– Si tu te charges, Henry, chacun de vous sera à même de montrer ce qu'il peut faire.

Henry s'agenouilla, et Gil et Lloyd s'agenouillèrent à ses côtés. Springer se plaça devant eux et dit les mots qui allaient les transformer en Guerriers de la Nuit. Trois auréoles dorées brillèrent autour de leurs têtes, puis s'estompèrent. Finalement, ils se relevèrent.

L'armure écarlate de Kasyx crépitait d'énergie statique, encore plus qu'elle ne l'avait fait auparavant. Springer déclara :

– Je t'ai donné la charge maximum, cette fois. Tu as deux combattants vigoureux à alimenter, et tu en auras besoin. Je t'en ai moins donné la dernière fois parce que je ne pensais pas que vous auriez à vous battre avec une telle violence, et aussi parce qu'il y a toujours le risque d'une décharge accidentelle avec un gardien de la charge inexpérimenté, décharge qui peut vous tuer, toi et tes guerriers, mais qui peut également tuer le rêveur.

Kasyx posa sa main sur l'épaule de Tebulot et l'arme de Tebulot bourdonna immédiatement de sa charge maximum; son cadran doré brillait avec éclat. Puis ils se tournèrent vers Xaxxa, le surf-boxeur.

Xaxxa paraissait encore plus musclé et charpenté qu'auparavant. Sa poitrine saillait et luisait; son ventre était plat et dur. Il portait un casque arrondi, blanc, qui brillait et scintillait de lumière argentée, comme s'il était incrusté de paillettes de chrome. Une barre blanche recourbée faisait le tour du bord de son casque, et des dizaines de petites lumières colorées dansaient autour de cette barre.

Les épaules de Xaxxa étaient protégées par des épaulières blanches, superposées, comme les écailles d'un dragon. Son torse était nu, et il portait autour des reins une coquille de boxeur, blanche, de la même matière scintillante que son casque. Cette coquille était maintenue en place par une mince ceinture en cuir et par une mince courroie en cuir qui s'enfonçait profondément entre ses fesses musclées. Il portait des bottes blanches qui lui couvraient les mollets, et les côtés étaient recouverts d'incrustations compliquées en argent et en cuivre, formant des motifs qui rappelèrent à Kasyx des circuits imprimés.

– Les bottes sont la clé de l'aptitude particulière de Xaxxa, dit Springer. Si tu veux bien le charger, Kasyx, il vous montrera ce qu'il peut faire.

Kasyx posa sa main sur l'épaule de Xaxxa. Xaxxa l'observa attentivement tandis que le pouvoir d'Ashapola s'écoulait impétueusement dans son corps.

– Je dépendrai toujours de toi pour l'énergie? demanda-t-il à Kasyx.

Kasyx acquiesça de la tête.

– De même que je dépends du dieu des dieux de Springer, Ashapola. Chez les Guerriers de la Nuit, mon garçon, nous dépendons tous les uns des autres.

Tandis que le corps de Xaxxa se chargeait d'énergie, les motifs métalliques sur ses bottes se mirent à scintiller et à briller. Finalement, Springer dit : « C'est suffisant », et Kasyx s'écarta. Springer s'avança et abaissa la barre blanche du casque de Xaxxa jusqu'au niveau de son menton. Une visière incurvée d'énergie absolue recouvrit son visage : de l'extérieur, elle formait un miroir parfait. Chaque fois qu'un adversaire se tiendrait devant Xaxxa, il ne verrait que son propre visage.

– Maintenant, regardez bien, dit Springer. Je vais faire semblant d'attaquer Xaxxa. Xaxxa se défendra, puis il m'attaquera à son tour.

Springer se mit dans une position d'attaque, genoux fléchis, mains levées. Xaxxa fit de même et s'éloigna petit à petit de Springer, de biais. Ses mains décrivaient rapidement des cercles dans l'air.

Il y eut un instant de tension totale. Puis Springer bondit vers Xaxxa ; ses bras décrivaient des moulinets dans un style qui ressemblait à du kung-fu hyper-compliqué. Mais il y eut un *woouufffff!* strident et Xaxxa glissa aussitôt d'un côté, sur une bande brillante, de soixante-dix centimètres de large, d'énergie pure et dorée. Puis, dans un sifflement plus long, la bande s'incurva et s'élança vers le haut, traversa la pièce, puis se recourba et forma une boucle. Xaxxa glissa le long, à grande vitesse, tel un surfeur lancé à plus de 300 km/h. De fait, il se retrouva la tête en bas lorsqu'il arriva en haut de la boucle, puis revint comme un bolide vers Springer, filant sur la bande d'énergie qui l'amena juste derrière elle, et il fut à même de lui donner un coup de pied dans le dos, avant qu'elle n'ait eu le temps de se ressaisir et de se retourner. Bien sûr, il ne la frappa pas.

Il laissa la traînée d'énergie disparaître, et s'immobilisa. Puis il releva sa visière et arbora un large sourire.

– La surf-boxe, annonça-t-il. *Ouaou!*

– C'est quelque chose! dit Kasyx, et il était impressionné.

Tebulot était presque anxieux.

– Hé, je dois me coltiner cette machine foutrement encombrante, tandis qu'il file comme l'éclair!

Springer toucha le front de chacun d'eux.

– Chaque Guerrier de la Nuit a son rôle à remplir. Vous êtes plusieurs, mais vous ne faites qu'un.

– Bon, d'accord, dit Kasyx. Il est temps que nous partions à la recherche de Samena, non?

– En effet, répondit Springer.

– Le rêve de qui? demanda Kasyx en regardant Springer de façon significative.

– Celui de votre ex-femme, j'en ai peur. De tous les chercheurs de Scripps qui ont examiné la créature, c'est elle qui a réagi le plus vivement. Elle était très fatiguée ce soir. Elle s'est couchée à neuf heures et demie, et elle dort déjà.

– Nous allons pénétrer dans le cauchemar de son ex-femme? s'exclama Xaxxa.

Springer acquiesça de la tête.

– Vous aviez dit que nous irions dans les rêves de Noirs, aussi bien que dans les rêves de Blancs. Comment se fait-il que le tout premier rêve où je vais soit un rêve de Blanc? protesta Xaxxa.

– Tu vas prendre ton pied, fit Tebulot. Les Blancs rêvent d'autres Blancs. Tu pourras les cogner à plaisir!

– Tu te crois drôle? gronda Xaxxa.

– Que comptes-tu faire? le défia Tebulot. Faire un looping et me frapper derrière la tête? Je te préviens, cette arme tire en arrière!

– Trou-du-cul, répliqua Xaxxa.

– Et merde, Xaxxa, arrête de te prendre pour Mr. T! fit Kasyx.

– Mr. T? glapit Xaxxa. Mais d'où il sort, ce type?

– Ce type est professeur de philosophie, déclara Tebulot. Enfin, le jour. Mais la nuit, il est Kasyx, ton gardien de la charge, et tu as besoin de lui, de même que tu as besoin de moi et que j'ai besoin de toi. Bon, allons chercher Samena.

Xaxxa n'émit pas d'autres griefs. Tebulot se rendait compte qu'il jouait le rôle du Noir agressif uniquement parce qu'il était nerveux, surexcité et manquait de confiance en lui-même... tout comme Tebulot l'avait été, pas plus tard qu'hier, et comme il l'était encore, dans une certaine mesure. Il voyait de la force chez Xaxxa, du ressort et de l'humour. Toutes ces qualités feraient de lui quelqu'un sur qui on pouvait compter, en cas de pépin.

Les trois Guerriers de la Nuit se tinrent côte à côte et

se prirent par la main. Il n'y avait aucune animosité sur le visage de Xaxxa tandis qu'il serrait les mains de Kasyx et de Tebulot... seulement l'attente, la surexcitation et une petite dose de ce sentiment appelé peur. Ils s'élevèrent, passèrent à travers le plafond de la pièce, à travers les chevrons du grenier, à travers les bardeaux du toit, puis ils furent dehors, dans la nuit, à plus de trente mètres de hauteur, et ils se dirigèrent vers le sud. Cette fois, Springer n'avait pas besoin de les guider vers la maison de leur rêveur. L'adresse d'Andrea était gravée sur le solde débiteur d'Henry.

– Je continue de penser que ceci ne peut pas être réel, chuchota Xaxxa.

– Moi aussi, dit Tebulot.

– Enfin, c'est Peter Pan, d'accord? Nous volons vraiment. Dommage que je n'aie pas pris mon Pentax. Les photos que je pourrais faire, tu piges? C'est dingue!

Ils suivirent la courbe du littoral vers le sud, jusqu'à La Jolla, et le promontoire qui dominait la baie. Ils virèrent alors vers l'intérieur des terres et survolèrent les terrasses illuminées des restaurants à la mode, depuis Prospect Street jusqu'à Pearl Street. Là, ils descendirent en spirale vers une petite maison pimpante blanchie à la chaux avec des arches de style espagnol et un toit de tuiles rouges. La Volkswagen d'Andrea était garée au milieu de l'allée impeccablement balayée.

Tous trois disparurent à travers le toit de tuiles rouges et arrivèrent dans la chambre à coucher. Andrea était couchée sur le dos dans le grand lit sculpté de style espagnol, des bigoudis dans les cheveux, sa chemise de nuit vert pâle tirebouchonnée autour de ses cuisses. Un livre de poche, *Le Monde du Plancton*, de Hardy, était posé sur la table de nuit, à côté d'un pot de cold-cream et d'un petit réveil Cartier qui avait appartenu à Henry. La chambre était imprégnée du parfum d'Estée Lauder, et cela procura à Henry un choc familier. Ainsi que le fait de voir Andrea en chemise de nuit. Depuis leur divorce, elle avait toujours été entièrement habillée, élégante, tirée à quatre épingles, et stricte. La voir ainsi lui rappelait désagréablement les quatre années de leur mariage.

– C'est ton ex? chuchota Xaxxa. Pas mal du tout, si je puis me permettre!

Kasyx la regarda avec curiosité. Il supposait qu'elle n'était pas mal du tout, effectivement. L'image qu'il avait de son visage avait été déformée par la rancœur et par la pension alimentaire, à tel point que si on lui avait demandé de faire le portrait d'Andrea, elle aurait été encore plus laide que Yaomauitl.

– Entrons dans le rêve, proposa-t-il. Ça va, Xaxxa? Tu es prêt?

– En piste, mec! répliqua Xaxxa.

Kasyx leva les mains et traça l'octogone de lumière bleue à travers l'obscurité de la chambre. Puis il avança ses mains et écarta l'obscurité à l'intérieur, comme s'il écartait un rideau. Lentement, une scène de rue illuminée par le soleil apparut, bien que la lumière du soleil ne pénètre pas dans la chambre. Kasyx fit signe à Tebulot et à Xaxxa de se tenir à ses côtés, puis il fit s'élever l'octogone au-dessus de leurs têtes. Ils se tinrent par la main tandis que la lumière descendait autour d'eux et pénétrèrent petit à petit dans le rêve d'Andrea.

– Mince alors! s'exclama Xaxxa.

A l'instant où l'octogone toucha le sol, les trois Guerriers de la Nuit se retrouvèrent sur une place poussiéreuse, chaude et très ensoleillée, dans ce qui semblait être une ville d'Afrique du Nord comme Tanger ou Marrakech. Une fontaine en mosaïque murmurait dans le vent brûlant et des palmiers bruissaient au-dessus des toits blancs des maisons. Ils entendaient le trémolo rauque et guttural d'une *chebaba* en bambou, et la clameur d'un marché en plein air non loin de là. Des personnages en djellabas traversaient rapidement la place; tous portaient des lunettes de soleil semblables à des masques. Il y avait dans l'air une odeur de chaleur, d'égouts et de viande rôtie.

Xaxxa regarda autour de lui avec crainte.

– C'est un rêve? Ceci est vraiment un rêve?

– Tout à fait, dit Kasyx. Et nous sommes à l'intérieur de ce rêve.

– Et nous allons trouver cette créature démoniaque à l'intérieur de ce rêve?

– C'est ce que Springer a dit.

– *Ouaou!* fit Xaxxa.

Tebulot montra brusquement du doigt un passage voûté, de l'autre côté de la place.

– Là-bas, dit-il. C'est ta femme, non?

Kasyx appuya sa main sur le côté gauche de son casque pour modifier sa vision. Il entrevit le dos d'une femme tandis qu'elle se perdait dans la foule du souk; une femme coiffée d'un casque colonial et portant une saharienne blanche. Il ne vit pas son visage, mais il aperçut la plume verte glissée dans le ruban de son casque. La couleur préférée d'Andrea avait toujours été le vert.

– Tu as probablement raison, dit-il à Tebulot. Je pense que nous ferions mieux de la suivre, pour voir où elle va. Mais, s'il te plaît, n'oublie pas qu'Andrea est mon *ex*-femme!

Tebulot sourit et fit signe à Xaxxa. Ensemble, marchant de front, ils traversèrent la place et franchirent le passage voûté, jouant des coudes et s'ouvrant un chemin à travers la foule des Arabes. La musique plaintive de la *chebaba* devint plus forte, bientôt accompagnée par les accents frémissants de flûtes. Les flûtes de Pan des montagnes de l'Atlas, les flûtes magiques dont la musique pouvait transporter celui qui l'écoutait vers des rêves au-delà des rêves. La foule se pressait autour d'eux, et les Guerriers de la Nuit se retrouvèrent dans une ruelle étroite du marché, abritée du soleil de midi par des bannes à rayures et bordée de chaque côté par des échoppes où l'on vendait des plateaux en bronze et des brocs en cuivre, des broderies garnies de perles aux motifs étranges, des babouches en cuir et des harnais de chameaux, des oiseaux dans des cages qui sifflaient et gazouillaient, et des pâtisseries constellées d'amandes et de grosses mouches.

Tout au bout de la ruelle, ils aperçurent la femme blanche entrant dans une boutique. Ils se dirigèrent vers la boutique, écartant des enfants à la peau brune qui dansaient autour d'eux et demandaient des pièces de monnaie. Il y avait une inscription en arabe au-dessus de la porte; de l'intérieur, leur parvenaient les sons d'une radio passant de la musique arabe, et l'arôme de la résine de *kif*, brûlant dans une pipe.

Ils se promenèrent dans la boutique mais ne virent pas la femme blanche. Tebulot prit une clochette en cuivre jaune sur l'une des étagères et l'agita. Presque tout de suite, une porte s'ouvrit au fond, et deux Arabes apparurent, tous deux affublés de lunettes de soleil. Ils étaient vêtus de djellabas à rayures vertes, et l'un d'eux portait un fez.

– Nous cherchons une femme blanche qui est entrée ici, dit Kasyx.

L'Arabe au fez secoua la tête.
– Aucune femme blanche n'est entrée ici, seigneur.
– Il y avait une femme blanche. Je l'ai vue de mes propres yeux.
– Pas de femme blanche, seigneur. Mais il y a beaucoup de femmes blanches à l'*Hôtel Délirium*.
– Une femme blanche très spéciale, celle qui fait ce rêve, insista Kasyx.
– Non, seigneur.
– Tebulot, Xaxxa, jetez un coup d'œil dans l'arrière-boutique, dit Kasyx.
– Non, seigneur! Vous ne pouvez pas regarder là-bas! s'écria l'Arabe au fez en levant vivement les mains.
– Pourquoi donc? demanda Kasyx.
– *Mektoub*, c'est écrit.
Tebulot prit son arme à deux mains et tira en arrière le levier en forme de T.
– Désolé, mon pote, mais rien n'est écrit! Suis-moi, Xaxxa, allons jeter un coup d'œil.
– Qu'est-ce qu'on fait? On entre? demanda Xaxxa.
Tebulot mit son arme en bandoulière.
– A mon avis, nous n'avons pas le choix. Qu'en penses-tu, Kasyx?
Kasyx haussa les épaules.
– Nous devons être prudents, c'est tout. Qui sait ce que mon ex-femme pourrait me faire, si elle s'aperçoit que je lui file le train, dans son propre rêve!
– Du moment qu'elle ne se réveille pas, dit Xaxxa.
Kasyx entra et appela à voix haute :
– Il y a quelqu'un?
La boutique était sombre, il y régnait une chaleur étouffante, et l'odeur du *kif* était encore plus prononcée. Les murs étaient recouverts de dizaines et de dizaines de tiroirs en acajou, comme ceux d'une pharmacie de jadis, et chaque tiroir comportait une étiquette rédigée en arabe. Un long papier tue-mouches pendait du plafond, au milieu de la boutique, et des dizaines de mouches bourdonnaient et se débattaient frénétiquement, collées dessus. Certaines des mouches avaient une tête blanche, et Kasyx se rendit compte que c'étaient des êtres humains qui avaient été assemblés génétiquement avec des insectes, de la même façon que ce scientifique dans *La Mouche*. Il se souvint qu'Andrea et lui avaient commencé à regarder *La Mouche* à la télévision, un soir, très tard,

après avoir dîné chez des amis, et Andrea avait éteint la télévision, déclarant que ce film était répugnant et puéril. Le film était peut-être répugnant et puéril, mais il avait à l'évidence marqué Andrea.

L'Arabe les regarda avec animosité.

– *Eshkoon?* Qui êtes-vous?

– Celle qui fait ce rêve sait qui nous sommes, répliqua Kasyx.

Tebulot et Xaxxa ouvrirent la porte au fond de la boutique et s'avancèrent dans le couloir au-delà.

– Restez où vous êtes, dit Kasyx aux Arabes, et il les rejoignit.

Tebulot était déjà arrivé à l'entrée d'une vaste pièce, sans fenêtres, éclairée seulement par des lampes *kinki* qui étaient suspendues au plafond à différentes hauteurs. Sur un côté de la pièce, presque dans l'obscurité, il y avait un lit, recouvert d'une couverture en laine écrue. Sur le lit, toujours entièrement habillée, mais son saroual déboutonné sur le côté, la femme blanche était allongée, les yeux clos. Une jeune Arabe était accroupie entre ses jambes, une fille publique, une prostituée, et elle lapait délicatement, comme un chat lape du lait. Le casque colonial de la femme blanche était posé sur une table basse en bois, au milieu de la pièce, où il y avait également des plats contenant de l'agneau rôti épicé, des dattes et du couscous.

Un jeune garçon décharné était assis de l'autre côté de la pièce sur un coussin bleu turquoise. Il jouait de ce luth arabe renflé, appelé *gimbri*. La musique était hypnotique et pleine de répétitions, le même glissando encore et encore, accompagnant les coups de langue à peine audibles. Autour des yeux du garçon, se nourrissant de l'humidité qui en suintait, des mouches s'activaient, tel du mascara vivant.

Maintenant Kasyx comprenait pourquoi les Arabes avaient essayé de l'empêcher de venir dans cette pièce. Ils étaient les gardiens du secret le plus intime d'Andrea. Ce n'était pas étonnant que son mariage ait été si stérile; pas étonnant qu'il ait enduré quatre années de froideur et de solitude. Andrea avait vécu au Maroc pendant deux ans, avant d'être nommée à son poste chez Scripps. Au Maroc elle avait certainement découvert le plaisir interdit et la satisfaction secrète qu'elle recherchait, et elle ne l'avait jamais oublié.

– Que faisons-nous? demanda Tebulot d'un air gêné.

Mais Kasyx n'eut pas le temps de répondre. La femme blanche sur le lit avait ouvert les yeux et les regardait avec stupeur. En un instant, la pièce, le lit, le jeune garçon et la prostituée se replièrent, comme les personnages dépliants d'un livre pour enfants; ils rapetissèrent et disparurent, un rectangle d'obscurité emporté par le vent. Au lieu de se tenir dans le couloir à l'arrière d'une boutique, ils se trouvaient maintenant au milieu du désert, sous un soleil aveuglant, et il n'y avait que du sable autour d'eux, partout où ils regardaient.

– Que s'est-il passé? demanda Xaxxa.

– Ma femme a brusquement réalisé que nous étions là, répondit Kasyx.

– Ton *ex*-femme, le reprit Tebulot.

– Oui, mon ex-femme, fit Kasyx. Et à en juger par ce que je viens de voir, ma femme qui ne l'a jamais été vraiment.

– Inutile de prendre ça mal, mec! lui dit Xaxxa.

– Oh, non! Je me sens gêné, c'est tout.

Ils se protégèrent les yeux de l'éclat douloureux du désert, se demandant dans quelle direction ils devaient aller. Ils ne voyaient que des dunes et des dunes, ridées par le vent, sur des kilomètres à la ronde. Et il y avait ce bruit étrange que faisait le désert, comme si, dans le lointain, un énorme générateur bourdonnait à maintes et maintes reprises. Le bruit de la chaleur, de la distance et du vent soufflant à travers les *foggara*, ces mystérieuses voies navigables souterraines qui avaient été construites par les habitants du Sahara des siècles avant l'arrivée des impérialistes blancs.

Puis, un à un, vingt ou trente cavaliers apparurent sur une crête au loin. A travers l'air surchauffé, leurs silhouettes ressemblaient à une frise découpée dans du papier de soie noir. Ils firent halte pendant une minute ou deux; Kasyx en profita pour appuyer sa main contre son casque et les examiner de près.

– Je ne distingue pas leurs visages, dit-il. Ils portent des voiles de mousseline.

– Est-ce qu'ils sont armés? demanda Tebulot.

– Des mousquets, on dirait, répondit Kasyx. Mais c'est difficile de savoir quelle est leur portée. Et Andrea a toujours eu horreur des armes à feu. Ces mousquets sont peut-être simplement décoratifs.

D'une façon extraordinaire, les dunes entre les cavaliers et les trois Guerriers de la Nuit commencèrent à bouger, un mouvement de montée et de descente, comme des chevaux de bois, et la crête sur laquelle les cavaliers se trouvaient fut transportée de plus en plus près, sans que les cavaliers aient besoin de faire avancer leurs chevaux. En un rien de temps, les cavaliers se tinrent à moins de six mètres d'eux, silencieux, immobiles, leurs mains posées sur le pommeau de leur selle, leurs têtes complètement enveloppées dans des *tegelmousts*.

– *Allah akbar!* proclama le plus grand des cavaliers. Il n'y a pas d'autre Dieu qu'Allah et Mahomet est son prophète!

Kasyx s'avança vers les cavaliers, suivi de près par Tebulot et Xaxxa.

– Nous cherchons une jeune fille blanche, dit-il.

Dans l'air desséché du désert... un air qui pouvait transformer les narines et la gorge d'un homme en papier de verre... son armure écarlate crépitait d'électricité statique, plus bruyamment que jamais.

– Vous êtes des incroyants, répliqua le cavalier. Nous sommes venus vous escorter et vous conduire hors de ce désert, et hors de ce pays.

– Pas question, mon pote! dit Tebulot. Nous sommes venus chercher notre amie Samena, et nous ne partirons pas avant de l'avoir trouvée!

Sans autre avertissement, le cavalier glissa la main dans les replis de sa djellaba et en sortit un long sabre.

– *Bismillah!* cria-t-il, d'une voix aussi rauque que celle d'un aigle.

Et il éperonna son cheval. Derrière lui, retentit le grincement strident de l'acier contre de l'acier, tandis que vingt autres sabres étaient tirés de leurs fourreaux. Les lames étincelèrent dans le soleil du désert tels des morceaux de verre.

Tebulot leva sa machine et envoya une puissante giclée d'énergie. Il y eut une détonation qui résonna et résonna dans le désert; le cavalier s'enflamma brusquement, changé en une boule de feu, et ne laissa dans l'air qu'une tache de fumée noire. Son cheval se cabra et poussa un hennissement, puis se brisa en un millier de briques minuscules qui s'éparpillèrent sur le sable.

– *Allah akbar! Allah akbar!* hurlèrent les cavaliers, et ils cravachèrent leurs chevaux pour fondre sur les Guerriers de la Nuit.

Aussitôt, Tebulot régla sa machine pour envoyer une giclée multiple. Dans un crépitement assourdissant d'énergie pure, une douzaine de cavaliers s'enflammèrent brusquement, et leurs chevaux tombèrent en morceaux sous eux. Tandis que Tebulot rechargeait son arme, Xaxxa s'élança et se dirigea vers la gauche des cavaliers, glissant sur sa bande luisante d'énergie, tout en abaissant sa visière de protection. Il s'éleva et décrivit une courbe à dix mètres au-dessus du sol, puis redescendit vers les Arabes, genoux fléchis comme un champion de surf, corps parfaitement en équilibre. Tandis qu'il passait près d'eux à grande vitesse, il donna des coups de poing et des coups de pied en une averse si rapide que sept cavaliers furent jetés à bas de leurs montures avant même qu'ils puissent essayer de le taillader avec leurs sabres.

– *Les Guerriers de la Nuit!* chanta-t-il.

Il continua de glisser sur sa bande d'énergie, s'éleva à nouveau et décrivit un looping, très haut dans le ciel. Il ne restait plus que trois cavaliers, et ils tiraient déjà sur leurs rênes et faisaient volter leurs chevaux pour prendre la fuite. Xaxxa fondit sur eux dans un sifflement de chasseur à réaction et donna un coup de pied au plus proche des trois. L'homme fut projeté violemment vers ses deux compagnons, et tous trois chutèrent vers le sable dans un enchevêtrement de djellabas et de membres qui s'agitaient frénétiquement.

Tebulot tira méthodiquement une courte rafale sur chacun des cavaliers désarçonnés. Leurs robes prirent feu l'une après l'autre, et ils disparurent. De petits nuages de fumée furent emportés par le vent à travers le désert. Kasyx s'approcha, poussant du pied de temps à autre l'une des briques qui avaient été des chevaux, quelques instants plus tôt. A une centaine de mètres de distance, Xaxxa revenait lentement vers eux. Il se déplaçait à dix centimètres au-dessus du sol et levait les mains au-dessus de sa tête, comme un champion de boxe.

– Qui étaient ces types? demanda Xaxxa comme il les rejoignait et s'arrêtait à côté de Tebulot. Ne me dis pas que c'est ta femme qui les a envoyés!

– Mon *ex*-femme, grommela Kasyx. Puis il déclara : Non, je ne pense pas que c'était elle. *Sa* réaction, lorsqu'elle a découvert notre présence dans son rêve intime, a été de se cacher, de s'enfuir. Ces cavaliers étaient agressifs, et prêts à nous trancher la tête. A mon avis, ils ont été envoyés par le Démon. Il a peut-être employé la langue arabe du rêve de mon ex-femme, mais je suis joliment sûr qu'ils étaient *ses* créatures.

– Alors il est ici, quelque part, dit Tebulot. Mais où?

– Je pense qu'il est retourné dans cette ville, répondit Kasyx. C'est la cité du péché pour mon ex-femme, le genre d'endroit qui devrait plaire à un démon.

– D'accord, mais où est cette ville? demanda Xaxxa. Elle a très bien pu cesser de rêver de cette ville, auquel cas elle n'existe même plus, qui sait!

Mais, étrangement, ils se retournèrent et la ville se trouvait à moins de cinq cents mètres derrière eux. Le fait de penser à la ville l'avait certainement fait se rapprocher; ce qui amena Kasyx à réaliser que, même si quelque chose semblait tout à fait réel dans un rêve, c'était seulement une création de l'imagination du rêveur, et de ce fait, tout pouvait être bougé, déplacé, projeté ou interrompu, aussi facilement que l'image d'une caméra. Tebulot lui lança un regard étonné, mais Kasyx dit :

– Allons-y, pendant que nous en avons encore la possibilité.

Ils entrèrent dans la ville par une grande porte, aux abords de laquelle une foule de mendiants pouilleux étaient assis et agitaient leurs écuelles en bois, demandant des dirhams. Ils suivirent à nouveau des ruelles tortueuses et se frayèrent un chemin à travers une foule d'enfants, de marchands, et de créatures bossues vêtues de longues djellabas, qui n'étaient peut-être même pas des êtres humains. Ils étaient sur le point d'abandonner lorsqu'une voix haute et claire appela :

– Seigneurs! Est-ce que vous cherchez quelqu'un?

Ils regardèrent vers leur gauche. Il y avait une ruelle étroite entre deux maisons, jonchée de poteries brisées et d'ordures. Au fond, un escalier en pierre conduisait à une porte peinte en vert, et devant se tenait un jeune garçon au teint pâle, très beau, vêtu d'une robe blanche et coiffé d'un turban blanc. Il leur faisait signe d'approcher.

Kasyx s'avança vers lui.

– Nous cherchons une jeune fille blanche appelée Samena.

– Elle est ici, déclara le jeune garçon.

Il se tourna, jeta un coup d'œil par la porte entrouverte, et leur fit signe de le suivre.

– C'est peut-être un piège, murmura Tebulot.

– Je ne pense pas que nous ayons le choix, fit remarquer Kasyx.

– Allons, mec, s'ils nous causent des emmerdes, on tire dans le tas, d'accord? fit Xaxxa avec enthousiasme.

– Pas de doute, ce type se croit vraiment dans *Agence Tous Risques*! gémit Tebulot.

Marchant en file indienne, ils remontèrent la ruelle et gravirent les marches. Le garçon leur tint la porte et ils sentirent le parfum bon marché, très fort, dont étaient inondés ses cheveux et ses vêtements, un parfum très répandu au Sahara, *Bint es Sudan*. La maison était mal aérée et sombre. Les volets sculptés avaient été fermés sur les fenêtres, et la lumière du soleil dessinait de fins motifs floraux sur le dallage en mosaïque bleu et jaune, et sur les personnes qui étaient assises sur des coussins poussiéreux près des murs.

Ils reconnurent immédiatement l'une de ces personnes, et Kasyx ressentit un flot de soulagement intense. C'était Samena... un bandeau sur les yeux, bâillonnée, les mains attachées derrière le dos, mais apparemment saine et sauve. Les trois autres personnes lui étaient inconnues. Un Européen adipeux, non rasé, au costume blanc crasseux; un jeune homme au visage dissimulé par un *tegelmoust*; et un homme plus âgé, svelte et élégant, qui pouvait être un Marocain ou un Européen, portant une veste Savile Row grise, faite sur mesure, et un saroual. Il fumait une fine *sebsi* en terre, une pipe à *kif*, et la vacuité glacée de son regard révélait qu'il s'était déjà retiré dans le rêve à l'intérieur d'un rêve.

Kasyx s'avança dans la pièce et fit face aux trois hommes.

– Je suis Kasyx, dit-il. Je suis venu demander la libération de mon compagnon d'armes, Samena. Lequel d'entre vous est le rejeton de Yaomauitl?

L'Européen adipeux se racla la gorge et adressa à Kasyx un sourire mielleux.

– Vous faites montre d'une bravade extraordinaire, mon ami Kasyx. Vous ne savez donc pas que tout enfant de Yaomauitl est toujours jalousement protégé par son père, et que tout ce que vous faites à l'enfant, le père vous le fera payer au centuple, et même davantage?

– Nous sommes des Guerriers de la Nuit, répondit Kasyx. Nous n'avons pas peur de Yaomauitl, ni de ce que Yaomauitl peut nous faire.

– Alors cela m'apprend que vous êtes des Guerriers de la Nuit tout à fait *novices*, mon ami Kasyx. Un Guerrier de la Nuit qui connaît bien Yaomauitl prendrait infiniment plus de précautions que vous. Retournez-vous et voyez par vous-même.

– *Kasyx*, murmura Tebulot.

Kasyx se retourna. La porte par où ils étaient entrés avait été fermée et verrouillée. L'adolescent au beau visage se tenait à côté et faisait tinter les clés dans sa main. Mais il y avait pire... entre les Guerriers de la Nuit et la porte se tenaient à présent quatre créatures de haute taille, en robes et capuchons noirs. Leurs yeux luisaient, jaunes et malveillants, tels des yeux de panthères.

– Les Êtres Noirs, les Afrites du désert, expliqua l'Européen adipeux d'un ton désinvolte. Ils sont la substance des cauchemars arabes, les êtres qui réveillent même les Marocains les plus occidentalisés en pleine nuit, couverts de sueur et tremblants.

L'homme élancé à la pipe de *kif* se mit à répéter maintes et maintes fois une *zikr*, une phrase magique qui, lorsqu'elle est psalmodiée sans fin, met le fumeur de *kif* dans un état de transe magique. Derrière eux, les Afrites commencèrent à s'avancer; leurs pieds ne faisaient aucun bruit sur le dallage en mosaïque. L'Européen adipeux sourit et se mit à remuer son pied, accompagnant la *zikr*.

– Les Afrites tuent leurs victimes en leur tordant la tête encore et encore, jusqu'à ce qu'elles regardent derrière elles. On reconnaît toujours la victime d'un Afrite quand on en voit une, parce que sa tête est tournée du mauvais côté.

– Tebulot, chuchota Kasyx. Tiens-toi prêt à tirer, et n'hésite pas une seule seconde!

– Donne-moi un peu plus d'énergie, dit Tebulot.

Kasyx saisit l'épaule du porteur de la machine et la tint fermement pendant quelques instants. L'énergie profonde d'Ashapola s'écoula à travers ses doigts et se répandit dans le corps de Tebulot. Le cadran gradué sur la machine de Tebulot brilla d'une lueur dorée, et il tira lentement en arrière le levier en forme de T jusqu'à ce que celui-ci s'enclenche dans la position armée avec un claquement sec.

– Quel dommage que la nouvelle génération des Guerriers de la Nuit doive mourir de la sorte! sourit l'Européen adipeux. (Il prit une cigarette dans un paquet en papier froissé et craqua une allumette sur la semelle de sa chaussure, de telle sorte que l'allumette s'enflamma bruyamment.) Cependant, ce sont toujours ceux qui ont le moins de principes qui survivent.

– *Kaluakaluakalua!* cria brusquement l'homme élancé, d'une voix haute et mordante.

Les Afrites bondirent silencieusement, comme s'ils étaient les ombres de créatures invisibles dans la pièce voisine. Tebulot pivota sur lui-même et lâcha une giclée d'énergie aveuglante, une gerbe d'étincelles détonantes et de feu perforant. L'un des Afrites poussa un cri strident et s'écroula, le corps déchiqueté, réduit en cendres et en lambeaux d'étoffe. Xaxxa décolla du sol, fit glisser ses pieds vers le haut, jusqu'à ce qu'ils soient au même niveau que sa tête, puis il se mit à tourner sur lui-même, comme une hélice. Ses pieds frappèrent un deuxième Afrite à l'arrière de la tête et lui brisèrent la nuque dans un craquement audible. La créature aux yeux jaunes se contorsionna et s'effondra brusquement sur le sol, telle une marionnette dont les fils ont été coupés.

Un troisième Afrite se jeta sur Kasyx et lui agrippa le haut des bras. Ses mains ressemblaient à des tenailles. Kasyx entendit son armure se gauchir et sentit la pression surnaturelle des doigts de l'Afrite sur ses muscles. Puis il envoya une giclée d'énergie contrôlée, et son armure fut soudainement parcourue de serpents bleutés d'électricité. L'Afrite eut un soubresaut, trembla violemment et tomba à genoux; ses mains brûlées fumaient. Tebulot se retourna et, tenant sa lourde machine contre sa hanche, lui fit exploser la tête dans un jet de cendres : le cou béant ressemblait à un tronc d'arbre frappé par la foudre.

– Il n'en reste plus qu'un! Descendez-le! cria Kasyx.

Xaxxa vira sur une spirale d'énergie luisante et Tebulot fit pivoter son arme, mais le dernier survivant bondit derrière Samena et saisit la tête de celle-ci à deux mains.

– *Non!* rugit Kasyx, comme l'Afrite commençait à tordre la tête de Samena d'un côté.

L'homme élancé dit très vite quelque chose en arabe, et l'Afrite arrêta son geste. Ses yeux luisaient comme des lampes.

L'Européen adipeux tira tranquillement sur sa cigarette, puis exhala lentement la fumée : elle sortit de sa bouche et remonta pour disparaître dans ses narines.

– Je vois que vous n'êtes pas prêts à sacrifier la vie

d'un seul de vos compagnons d'armes, déclara-t-il. Ce qui vous rend très vulnérables, non?

– Tebulot, ordonna Kasyx, pointe ton arme sur le type du milieu, celui au visage voilé.

Tebulot s'exécuta.

– Pleine charge? demanda Kasyx.

– A 90 %, répondit Tebulot. Assez pour détruire tout ce qui se trouve dans ma ligne de tir sur une distance de trois kilomètres. Y compris, bien sûr, notre copain!

– Xaxxa, fit Kasyx, et il montra l'Européen adipeux et l'homme à la pipe de *kif*.

Xaxxa se tint prêt à s'élancer et dit :

– Je peux les liquider avant que tu aies le temps de cligner des yeux, mec!

Puis Kasyx s'approcha du jeune Arabe au *tegelmoust*.

– Est-ce que je peux te parler directement, rejeton de Yaomauitl? demanda-t-il. Ou bien vas-tu continuer à utiliser ces deux interprètes?

Le jeune homme releva légèrement la tête. Derrière les voiles de mousseline, Kasyx discerna les yeux fendus, terrifiants, du Démon lui-même.

– Nous sommes allés à San Hipolito, et nous avons vu la tombe de ton père, dit Kasyx d'une voix mal assurée. Nous savons qui et ce que tu es, et nous savons également comment te vaincre. Avant qu'une autre semaine soit écoulée, nous aurons également acculé ton père, Yaomauitl. Et, crois-moi, il retournera dans ce coffre et dans ce caveau. Et cette fois, il y restera pour toujours.

– Sois maudit, dit le jeune Arabe de la plus glaciale des voix. (Son haleine fumait à travers la mousseline comme si la pièce était réfrigérée.) Tu es un chien d'Ashapola, et mon père et mes nombreux frères se vengeront sur toi.

– Tu peux faire toutes les promesses que tu veux, déclara Kasyx. (Il s'efforçait de parler avec assurance, mais ce n'était pas facile, parce qu'il était terrifié, et il savait que Tebulot et Xaxxa l'étaient également, en dépit de leur apparente désinvolture.) Mais si tu ne relâches pas Samena tout de suite, nous allons te pulvériser, et c'est une promesse que je tiendrai!

– Très bien, mon ami, dit le jeune Arabe. La décoche-lumière sera relâchée. Mais je te préviens, tu as commis une grave erreur. Ce n'est pas sans raison que l'on appelle Yaomauitl l'Ennemi Redouté. Nous aurons notre vengeance, crois-moi, et les souffrances que tu endureras seront dix mille fois plus grandes que le plaisir que tu éprouves en ce moment parce que tu as réussi à la faire libérer. Je te fais cette promesse, Kasyx, par tous les tourments de l'enfer !

– Relâche-la, exigea Kasyx.

Tebulot tira en arrière le levier en forme de T de son arme, et l'épaula, afin de pouvoir viser avec plus de précision.

Le jeune Arabe fit un geste de la main. Aussitôt, l'Afrite lâcha la tête de Samena et recula, telle une ombre maléfique. Puis le jeune homme parla rapidement en arabe à l'Européen adipeux, et celui-ci parla à son tour à l'homme à la pipe de *kif*.

– La jeune fille doit être relâchée, *Inch' Allah* ! Et l'Afrite doit s'en retourner vers le monde au-delà des rêves.

Sa cigarette fichée au coin de sa bouche, l'Européen adipeux se mit debout péniblement et s'approcha de Samena. Il sortit de sa poche un couteau à cran d'arrêt et l'ouvrit. Il fermait un œil à cause de la fumée qui s'élevait de sa cigarette. Pendant ce temps, Tebulot continuait de tenir en joue le jeune Arabe, et Xaxxa était prêt à s'élancer et à frapper, si nécessaire, l'homme à la pipe de *kif*. L'Européen adipeux trancha méthodiquement les cordes qui enserraient les poignets de Samena, puis il lui ôta son bandeau et son bâillon. Elle ouvrit les yeux et regarda Kasyx et Tebulot avec un soulagement mêlé d'angoisse.

– Oh, Dieu merci ! s'exclama-t-elle.

– A présent, nous nous débarrassons de cet Afrite, d'accord? dit Kasyx au jeune Arabe.

Le jeune Arabe fit un signe de tête à l'homme à la pipe de *kif*, et celui-ci récita à nouveau sa *zikr*. L'Afrite se tordit et se dissipa telle de la fumée, comme s'il n'avait jamais existé.

Kasyx vint vers Samena et l'aida à se relever. Puis il fit demi-tour et se plaça derrière Tebulot et Xaxxa, son bras passé d'un geste protecteur autour des épaules de Samena.

A ce moment, il sentit le sol bouger et s'agiter sous ses pieds. Il comprit ce qui se passait. Le matin approchait, et Andrea commençait à se réveiller. Le rêve nord-africain allait bientôt se déplier et se défaire, tel un *origami* imaginaire, et serait oublié pour toujours dans l'éclatante lumière du jour de la Californie du Sud.

– Il est temps que nous partions, j'en ai peur, dit-il au jeune Arabe.

Le jeune Arabe leva les mains.

– La vengeance sera mienne. *Mektoub*, c'est écrit.

Tebulot murmura à Kasyx :

– Tu veux que je lui explose la tête ?

Kasyx acquiesça et, tout aussi doucement, dit :

– Je vais tracer l'octogone. Attends qu'il soit exactement au-dessus de nos têtes, ensuite règle-lui son compte. De cette façon, s'il essaie un coup fourré... s'il le *peut*... nous serons sortis du rêve avant qu'il ait le temps de riposter.

Kasyx leva les bras et commença à dessiner l'octogone bleu électrique dans la pénombre de la pièce. L'octogone se réfléchit sur le masque de protection argenté du casque de Xaxxa et éclaira Tebulot et Samena d'une étrange lumière surnaturelle.

– Tu es prêt ? demanda Kasyx à Tebulot.

– *Encore une chose !* lança brusquement le jeune Arabe.

Kasyx s'apprêtait à faire s'élever l'octogone au-dessus de leurs têtes. Il restait très peu de temps maintenant. La ville rêvée commençait à se désagréger. Des souvenirs confus d'autres moments de la vie d'Andrea commençaient à envahir le rêve et à menacer l'équilibre du bâtiment : des images fugitives de promenades sur l'Embarcadero de San Francisco, des visions scintillantes de Paris, de cours à l'université de San Diego. Des visages, des voix, des fragments de musique. Le sol se mit à ondoyer comme de l'eau. Quelque part, la plainte de flûtes de Pan s'éleva à nouveau, pour les avertir : le matin était arrivé et dans tous les fuseaux horaires de l'Occident, dans les esprits de millions de personnes qui dormaient, des paysages imaginaires entiers s'effritaient et disparaissaient, des métropoles entières s'écroulaient. L'Atlantide de la nuit s'enfonçait à nouveau vers les abîmes de l'inconscient collectif.

Tebulot leva son arme et visa la tête du jeune Arabe.

– Tire lorsque je te le dirai, murmura Kasyx.

Mais le jeune Arabe déclara, d'une voix étrange et puissante :

– Tu n'as pas l'intention d'enfreindre le code des Guerriers de la Nuit, n'est-ce pas, *effendi* ? Le code des Guerriers de la Nuit honore un marché conclu, et le marché que tu as conclu est de me laisser la vie en échange de ton archer-doigt.

Il se tourna vers la porte de la pièce et appela quelqu'un de la main. Le jeune garçon qui les avait fait entrer apparut. Il poussait devant lui la femme au casque colonial blanc, la personnalité des rêves d'Andrea elle-même. Le garçon tenait un cimeterre dans une main, et il souriait.

– Si tu essaies de me tuer, alors cette femme mourra, elle aussi, dit le jeune Arabe.

Kasyx se tourna vers Tebulot, puis se retourna vers l'Arabe.

– Si tu la touches, ne serait-ce qu'un seul de ses cheveux, l'avertit Kasyx, ce rêve va s'écrouler, avec toi dedans!

– Oui, bien sûr, mais je ne partirai pas seul!

– Il nous tient par les couilles, mec! fit Xaxxa.

– Ton ami noir dit la vérité, fit le jeune Arabe à Kasyx. Tu as obtenu ce que tu étais venu chercher, l'archer-doigt, Samena. Contente-toi de cela.

– Si jamais tu *touches* à cette femme... gronda Kasyx.

Maintenant le rêve se disloquait de tous les côtés. Kasyx saisit en toute hâte les mains de ses compagnons, et entama la lente descente de l'octogone, afin de les faire sortir du rêve et les ramener vers le monde réel. Derrière le jeune Arabe, le mur de la pièce avait complètement disparu. A la place, il y avait une plage, une côte balayée par le vent, un endroit où Andrea avait vécu dans son enfance.

Une fraction de seconde avant que l'octogone descende devant ses yeux et l'empêche de voir le jeune Arabe, Kasyx vit qu'il défaisait les voiles qui recouvraient son visage, et durant un bref instant terrifiant, il entrevit le visage hideux du fils embryonnaire de Yaomauitl tel qu'il était vraiment. Des yeux globuleux au regard malveillant, des pommettes, du cartilage et une peau semi-transparente, et une bouche distendue qui laissait apparaître deux rangées de dents pointues.

Tebulot se laissa tomber sur un genou, prêt à envoyer une dernière giclée si Kasyx lui en donnait l'ordre. Puis ils entendirent un cri ténu, strident, et Kasyx hurla :

– Non, Tebulot, ne tire pas!

– *Henry!* glapit Andrea. *Henry, pour l'amour du ciel, ne m'abandonne pas!*

Puis l'octogone toucha le sol et ils se retrouvèrent dans la chambre à coucher d'Andrea, tous les quatre. Ils échangèrent des regards atterrés et impuissants.

– Kasyx, tu ne pouvais absolument rien faire, dit Tebulot. Crois-moi, tu as fait tout ton possible.

Mais Kasyx se tourna immédiatement vers le lit. Andrea dormait toujours, mais elle marmonnait, se tournait et se retournait dans son lit, remuait ses jambes.

– Quel salaud! murmura Kasyx. Quel *salaud!*

– Attends, dit Samena. Elle se réveille.

– Tu as raison, fit Tebulot. Regarde, elle ouvre les yeux. Elle n'a rien. Yaomauitl ne l'a pas gardée en otage, tout compte fait.

Kasyx se pencha vers Andrea et l'observa tandis qu'elle se réveillait petit à petit. Pour Andrea, les Guerriers de la Nuit ressemblaient aux plus pâles des fantômes, à des silhouettes imprécises se déplaçant dans l'air. Elle fronça les sourcils vers Kasyx et tenta d'accommoder. Kasyx se retourna et saisit les mains de ses compagnons d'armes. Ensemble, ils s'élevèrent et traversèrent le plafond de la chambre, semblables à des souvenirs enfuis.

Il faisait déjà jour lorsqu'ils descendirent à travers le toit de la maison sur Camino del Mar. Springer les attendait, jambes croisées, l'air méditatif. A présent, sa tête était entièrement rasée, révélant toutes les protubérances de son crâne anguleux, et il portait une robe blanche en toile de coton. Il ressemblait à un moine.

– Ah, vous avez ramené Samena, fit-il en se levant. Tu n'es pas blessée, Samena?

– J'étais terrifiée, mais ils ne m'ont fait aucun mal, répondit Samena d'une voix mal assurée. Je ne sais pas très bien où ils m'ont gardée prisonnière. Ils m'ont emmenée hors de ce désert du premier rêve et ils m'ont enfermée dans une sorte de pièce qui semblait faite de brume. Je suis restée assise là pendant des heures et des heures. Puis ils sont venus me chercher, et ils m'ont emmenée dans cette pièce, quelque part en Arabie.

– Je pense que, durant la journée, tu as été emprisonnée dans le rêve de quelqu'un atteint de lésions cérébrales, ou bien qui était dans le coma, déclara Springer. Mais tu es libre à présent, et les Guerriers de la Nuit sont à nouveau quatre.

– Ils ont tenté de capturer mon ex-femme, Andrea, dit Kasyx, mais je ne crois pas qu'ils aient réussi. Nous l'avons vue se réveiller normalement.

Springer le regarda en fronçant les sourcils.
– Vous avez vu le Démon la faire prisonnière?
Kasyx hocha la tête.
– Oui, mais s'il l'avait gardée en otage, elle ne se serait pas réveillée, exact? Elle aurait continué de dormir, comme l'a fait Samena.
– Non, fit Springer catégoriquement. Il y a une grande différence entre capturer la personnalité-rêve de quelqu'un lorsqu'il se trouve à l'intérieur de son propre rêve, et capturer ce quelqu'un lorsqu'il se trouve à l'intérieur du rêve d'une autre personne. Lorsqu'il se trouve à l'intérieur du rêve d'une autre personne... comme c'était le cas pour Samena... sa personnalité-rêve reste dans le monde des rêves, parce qu'il est incapable de retourner vers son corps matériel. Mais lorsqu'il se trouve à l'intérieur de son propre rêve, il donne l'impression de se réveiller normalement, et de se comporter normalement. La seule différence, c'est que, lorsqu'il se rendort à la fin de la journée, sa personnalité-rêve est toujours entre les mains de celui qui l'a capturée la nuit précédente. Ton ex-femme est à la merci du Démon, tout comme l'était Samena.
– Et il a dit qu'il se vengerait sur toi, lui rappela Xaxxa.
Kasyx lança un regard inquiet à Springer.
– Existe-t-il un moyen me permettant de savoir avec certitude que sa personnalité-rêve est retenue en otage... même si elle est parfaitement réveillée?
– Il y a des moyens, oui. Est-ce qu'il t'est possible de parler à ton ex-femme ce matin?
– Je peux toujours essayer.
– Si le Démon a menacé de se venger sur toi, alors il faut absolument que tu lui parles, dit Springer. Yaomauitl a toujours été connu pour son manque de pitié et sa cruauté. Et ses enfants sont tout aussi cruels. Lorsqu'elle dormira ce soir, crois-moi, il va torturer ou tuer la personnalité-rêve de ton ex-femme, et cela aura pour effet de détruire complètement son esprit. Son corps vivra, mais son imagination sera anéantie.
– Comment puis-je savoir si elle a été capturée ou non?
– Va la voir. Trouve n'importe quel prétexte. Raconte-lui ce que tu voudras. Mais au milieu de la conversation, pose-lui la question suivante : *Que sont les sept épreuves d'Abrahel*?
– A quoi bon? demanda Kasyx.

Springer posa une main sur son épaule.

– C'est la première question de l'Interrogatoire du Malin qui a été conçu par les inquisiteurs de l'Église catholique afin d'établir qui était possédé de Satan et qui ne l'était pas. Si sa personnalité-rêve a été retenue en otage par le rejeton de Yaomauitl, elle répondra : *Les sept épreuves d'Abrahel lui appartiennent, et à lui seul.* Et elle refusera d'en dire plus.

– Et si elle répond autre chose?

– Alors tu sauras que le rejeton de Yaomauitl n'a pas réussi à la capturer. L'Interrogatoire du Malin comporte douze questions, et toute personne dont l'âme est possédée est *obligée* de répondre à ces questions.

– Et si sa réponse prouve qu'elle est retenue en otage? Qu'est-ce que je fais?

– Tu as plusieurs possibilités. Ou bien tu la laisses au pouvoir du Démon, auquel cas elle sera tuée, c'est plus que probable. Ou bien tu attends la tombée de la nuit et tu vas la délivrer, comme tu l'as fait pour Samena. Ou bien tu tues le rejeton du Démon lui-même, durant le jour, afin qu'il ne puisse plus rêver qu'il l'a capturée.

– Le Démon est gardé par la police à l'Institut Scripps, intervint Tebulot. Comment nous serait-il possible de le tuer?

– Je l'ignore, répondit Kasyx. Mais nous pouvons toujours essayer, d'accord? Bon, Tebulot est chez moi pour le moment. Il peut venir avec moi à l'Institut Scripps, et voir s'il nous est possible d'arriver jusqu'au Démon. Samena... tu devrais essayer de te reposer. Une dure journée t'attend : une fois que tu auras regagné ton corps, il te faudra convaincre tes grands-parents et les docteurs que tu vas très bien. Xaxxa, je passerai peut-être chez toi, si j'ai besoin de toi.

– A ta disposition, mec! fit Xaxxa.

Les quatre Guerriers de la Nuit discutèrent un moment encore, puis Xaxxa et Tebulot s'en allèrent, s'élevant vers le plafond de la pièce et s'envolant vers la lumière du jour. Kasyx et Samena furent les derniers à partir, à l'exception, bien sûr, de Springer, lequel marchait de long en large et réfléchissait profondément.

– Je n'ai pas encore eu l'occasion de te remercier, dit Samena.

– Me remercier de quoi? demanda Kasyx.

– De m'avoir sauvé la vie. Le Démon menaçait de me manger vivante. *Littéralement*, petit à petit.

– Il ne faut pas toujours croire ce que disent les Démons, d'accord?

Samena prit la main de Kasyx et la serra.

– J'étais terrifiée, Kasyx. J'étais certaine qu'ils allaient me faire quelque chose d'abominable.

– Est-ce qu'ils t'ont parlé?

– Ils parlaient entre eux tout le temps, mais ils m'adressaient rarement la parole. Ils étaient toujours au moins trois... l'homme adipeux au costume crasseux, l'homme élancé à la pipe, et l'Arabe. Parfois, ils étaient plus nombreux, mais je ne pouvais pas voir qui ils étaient. Leurs visages étaient dissimulés par ces voiles. Le jeune Arabe leur parlait dans des langues étranges. Enfin, ce n'était pas du français, ni de l'allemand ni de l'italien!

– Aucun d'eux ne t'a touchée? demanda Kasyx.

C'était une question que n'importe quel père aurait posée à sa fille après une agression, et tous deux le savaient.

Samena secoua la tête.

– Certains m'ont injuriée. Et l'un d'eux a voulu me toucher, mais le jeune Arabe le lui a déconseillé.

Kasyx réfléchit un moment.

– Il avait besoin de toi, c'est pour cette raison. Il n'est pas encore prêt à nous affronter. Il n'est pas assez fort. (Il se passa la main sur la joue, puis demanda :) Ils étaient combien, d'après toi?

– Au moins dix, répondit Samena. Toujours les mêmes, le visage caché par ces voiles.

Springer s'approcha et déclara :

– Cela veut dire qu'au moins dix de ces anguilles d'origine ont réussi à s'enfouir dans le sable de cette plage et à survivre. Elles doivent être toujours là-bas, en gestation.

– Dans ce cas, nous ferions mieux de les chercher et de les déterrer, fit Kasyx.

– Il est très difficile de les tuer, dit Springer. Ces créatures survivent depuis plus de dix mille ans. Elles sont restées en vie alors que toutes les chances étaient contre elles.

– Je trouverai un moyen, affirma Kasyx. Croyez-moi, Springer, je trouverai un moyen.

15

Samena envoya à Kasyx un baiser d'adieu spectral comme ils se quittaient au-dessus des toits de Del Mar. Maintenant elle allait regagner son corps matériel et se remettre de son épreuve, quand elle était l'otage du Démon. Kasyx allait regagner *son* corps matériel et essayer de découvrir si Andrea avait été capturée par le Démon.

Samena prit la direction de La Jolla et vola, telle une apparition fugace, vers l'Université. L'hôpital des Sœurs de la Charité était un grand bâtiment blanc, situé sur la colline qui dominait l'autoroute et entouré de cèdres du Liban. Ses fenêtres reflétaient les collines environnantes, la circulation et le ciel du matin. Samena sentait la traction exercée par son corps matériel, quelque part dans l'hôpital, et elle laissa cette traction la guider à travers le toit du bâtiment, à travers les étages en béton armé, à travers les circuits électriques et les gaines d'aération. Finalement, elle localisa la chambre particulière au troisième étage, où son corps était étendu, dans le coma, son corps au visage blême, sous perfusion, relié par de nombreux fils à des moniteurs qui enregistraient ses pulsations cardiaques, sa respiration, sa tension artérielle, et les impulsions électriques de son cerveau.

Il n'était que six heures et demie du matin, mais sa grand-mère était là, assise près du lit, la regardant. Une tasse de café à moitié vide était posée sur la table de chevet, ce qui apprit à Samena que sa grand-mère l'avait certainement veillée toute la nuit. Cette femme tatillonne et exaspérante qui avait bâti toute sa vie autour des feuilletons télévisés, était restée auprès d'elle et avait prié pour elle, depuis qu'elle n'avait pas repris connaissance hier matin!

Samena hésita un instant; la scène était tellement poignante. Sa grand-mère ne disait rien, immobile, les mains jointes, les yeux rougis par la fatigue et les pleurs.

Lentement, silencieusement, invisiblement, Samena se glissa dans le corps de Susan. Le crâne de Susan accueillit son esprit; la chair de Susan enroba ses membres. Elle attendit, les yeux clos, sentit ses muscles, sentit ses nerfs, sentit le sang qui circulait dans ses veines et dans ses artères, sentit les battements étouffés de son cœur. La sensation de revenir dans un corps matériel après être restée si longtemps une personnalité-rêve était tout à fait étrange. Elle avait l'impression de porter cinq manteaux, six paires de gants, des bottes fourrées, et un passe-montagne en laine. Toute l'agilité et toute la sensibilité qui caractérisaient sa vie en tant que Samena étaient enfouies dans sa chair; toute cette légèreté immatérielle était maintenant assujettie à la pesanteur et à la pression de l'atmosphère.

Elle ouvrit les yeux. Sa grand-mère avait baissé la tête et chuchotait quelque chose qui ressemblait au Notre Père. Susan l'observa un petit moment, puis elle tendit la main.

– Mamie?

La grand-mère redressa lentement la tête. Tout d'abord, elle ne parvint pas à croire que sa petite-fille avait parlé. Puis elle dit « Susan? », saisit sa main et fondit en larmes.

– Susan, tu es réveillée, Dieu merci! Infirmière, elle s'est réveillée! Oh, Susan, merci, mon Dieu! Merci, mon Dieu!

Susan et sa grand-mère s'étreignirent autant que cela leur était possible. Malgré elle, Susan se mit à sangloter à son tour, évacuant enfin toute la terreur qu'elle avait ressentie durant sa longue journée de captivité, à la merci du bâtard de Yaomauitl. Elle ne pouvait pas s'arrêter de pleurer. Puis le docteur arriva, lui administra un sédatif, et elle se calma petit à petit.

Le docteur resta auprès d'elle et la surveilla jusqu'à ce qu'elle eût cessé de pleurer.

– Vous nous avez fait très peur, jeune fille, fit-il remarquer. Nous pensions que nous vous avions perdue pour de bon!

– J'ai eu aussi peur que vous, dit Susan.

Le docteur lui adressa un sourire incertain.

– Je ne suis pas sûr de comprendre ce que vous voulez dire.

– Je veux simplement dire que j'ai eu peur, moi aussi.

– Vous étiez *sans connaissance*, mon enfant. On ne peut pas avoir peur quand on est sans connaissance.

Susan réalisa qu'elle compliquait dangereusement la situation.

– Je rêvais, c'est tout, dit-elle au docteur. Je rêvais, et j'étais terrifiée dans mon rêve.

– Je vois. Comme Dorothy, dans *Le Magicien d'Oz.*

– Oui, dit Susan. (Elle pensa : si seulement vous saviez à quel point vous avez raison, docteur!) Exactement comme Dorothy dans *Le Magicien d'Oz.*

Kasyx regagna son corps endormi juste à temps pour être tiré de son sommeil par la sonnerie du réveil. Il se mit sur son séant. Il y avait dans l'air une bonne odeur de café frais, et il se rappela brusquement que Gil avait passé la nuit dans son cottage, au lieu de rentrer chez lui. Henry s'étira, puis repoussa l'édredon et se leva. Il alla dans le séjour et aperçut Gil, assis devant la table basse, en train de manger un grand bol de céréales et de lire le journal.

– Ah, tu es revenu, dit Gil. Il y a du café dans la cuisine. Je viens de le faire.

Henry alla dans la cuisine, se versa une tasse de café, puis revint. Il s'assit de l'autre côté de la table basse et demeura silencieux un moment, regardant Gil lire.

– Quelque chose d'intéressant dans le journal? demanda-t-il finalement.

– Les Padres ont écrasé les Braves.

– Et on dit qu'il ne se passe jamais rien!

Gil replia le journal et le jeta sur le canapé.

– Il y a eu de nouvelles secousses en Basse-Californie. Deux clodos ont été trouvés morts dans Balboa Park. Shamu l'épaulard souffre de flatulence.

– Merci pour ce résumé.

– Je suis vraiment content que nous ayons ramené Samena, dit Gil. Mais je suis désolé pour ton ex-femme.

Henry haussa les épaules.

– Il a fallu que ça tombe sur elle! Néanmoins, je file à l'Institut Scripps dès que je me serai habillé. Elle n'a peut-être pas été capturée par ce Démon, qui sait? Il s'est passé pas mal de choses durant la toute dernière seconde de ce rêve, non?

– Le truc de lui poser cette question, dit Gil. Tu crois vraiment que ça marche?

– Je n'en ai pas la moindre idée. Mais qu'est-ce que je peux faire d'autre?

Gil demeura silencieux un long moment, puis il dit :

– Henry, tu sais quoi? Toute cette affaire est dingue. Toute cette affaire est complètement dingue! Nous voilà, toi, moi, Susan... et maintenant Lloyd Curran... en train de risquer notre peau, notre vie et notre raison, pour combattre une créature insensée qui apparaît uniquement dans les rêves d'autres personnes. Et merde, pourquoi faisons-nous cela?

– Tu veux laisser tomber? demanda Henry sans détour.

– Je n'ai pas dit ça!

– Eh bien, *moi*, je n'ai pas l'intention d'abandonner la partie, dit Henry. Cette créature que nous avons affrontée la nuit dernière, cet être démoniaque, il y en a dix autres comme lui, peut-être une douzaine. Et il n'est pas encore parvenu au terme de sa croissance, en plus! Imagine un peu le pouvoir dont il disposera quand il sera adulte. Il entrera dans l'esprit des gens pendant qu'ils dorment, et il leur fera penser et éprouver absolument tout ce qu'il veut qu'ils pensent et ressentent. Réfléchis, Gil, nous passons un tiers de notre vie à dormir. Cet être et tous ses frères seront à même de contrôler un tiers de notre existence... ainsi que les deux autres tiers, probablement. (Henry regarda Gil dans les yeux.) Quelque part, Gil, quelque part, pas très loin... Yaomauitl *lui-même* rôde en toute impunité... et il féconde d'autres femmes, tous les jours. Dieu sait combien de femmes il a déjà réussi à engrosser. Réfléchis à la chose suivante : chaque femme porte une douzaine d'anguilles, chaque anguille devient un Démon adulte en l'espace de deux mois à peine... combien de temps s'écoulera-t-il, mathématiquement, avant que nous ayons des *milliers* de Démons, et que ces Démons dominent les esprits de pratiquement tous les habitants de ce pays? Je vais te dire une chose, Gil, ceci n'est rien de moins qu'une invasion!

– Mais pourquoi *nous*? demanda Gil. C'est ce que j'aimerais savoir! Pourquoi devons-nous, *nous* et personne d'autre, tenter de stopper ça?

Henry finit son café. Il dévisagea Gil, puis tourna la tête et regarda par la fenêtre vers l'océan. C'était une matinée claire et ensoleillée.

– Je pense que c'est parce qu'il était écrit depuis toujours que ce devait être nous. Qu'est-ce que ces Arabes ont dit la nuit dernière? *Mektoub*, c'est écrit.

– Tu crois vraiment à ça? Je ne pensais pas que les philosophes croyaient à ça.

– Je ne pense pas que tu aies envie d'un exposé approfondi sur le déterminisme et le caractère inéluctable des événements, hein? sourit Henry.

Gil secoua la tête.

– Bon, que ce soit écrit ou non, qu'allons-nous faire maintenant? Et merde, qu'est-ce que nous *pouvons* faire?

– Ça ne t'ennuie pas de m'emmener à La Jolla? demanda Henry. Nous pouvons commencer en essayant de découvrir si cette créature a une sorte de prise sur Andrea.

Gil consulta sa montre.

– Laisse-moi d'abord téléphoner à mes parents. Ensuite, pas de problème, je t'emmène là-bas. Si c'est écrit, alors je suppose que c'est écrit, et nous ne pouvons rien changer.

Ils arrivèrent à l'Institut océanographique Scripps peu après huit heures. Trois voitures de patrouille étaient garées sur le parking, ce que Henry considéra comme un mauvais présage. Arriver jusqu'à l'embryon de Démon serait peut-être plus difficile qu'ils ne l'avaient espéré. Gil gara la Mustang et s'en extirpa sans ouvrir la portière. Henry resta assis sur le siège du passager un moment, puis il sortit de la voiture de la même façon, tant bien que mal : ce faisant, il laissa apparaître ses socquettes marron.

– Hé, tu as des chaussettes super! le complimenta Gil.

Ils entrèrent dans le bâtiment où se trouvait le département de biologie marine. Le vaste hall d'accueil était frais, avec l'air conditionné, et presque silencieux. Tout au fond, un garde de la sécurité, un Mexicain, parlait à la réceptionniste qui venait d'arriver. La jeune femme n'arrêtait pas de dire :

– Ils ne *songent* même pas à modifier l'heure de battement pour le déjeuner, je le sais. Ils n'y *songent* même pas. J'ai essayé, j'ai essayé de leur poser la question, bon sang, j'ai essayé de leur poser la question, mais ils n'y *songent* même pas!

Henry et Gil attendirent une minute ou deux, puis Henry se racla la gorge bruyamment.

– Oui ? demanda la réceptionniste, manifestement irritée par cette interruption.

– Nous aimerions voir le Dr Andrea Steinway, s'il vous plaît, dit Henry.

– Qui dois-je annoncer ?

– Son mari, si cela ne vous dérange pas.

– Son *ex*-mari, intervint Gil, et Henry lui donna un grand coup de coude dans les côtes.

Presque dix minutes s'écoulèrent avant que Andrea ne vienne. Elle portait une blouse de labo blanche, avec une rangée de stylo-billes dans la poche de poitrine, et ses cheveux étaient coiffés en arrière et maintenus par un ruban vert.

– Henry, dit-elle d'une voix bizarre.

– Bonjour, Andrea.

– Qu'est-ce que tu fais ici ? C'est très étrange.

– Qu'est-ce que cela a de si étrange ? demanda Henry.

– Je..., commença Andrea, puis elle s'interrompit.

Mais Henry voyait dans son regard qu'elle était déconcertée. La nuit dernière, elle avait rêvé, et dans ses rêves elle avait vu Henry, portant une armure extraordinaire, accompagné d'un jeune homme qu'elle ne connaissait pas... lequel se tenait à présent près de lui, dans la réalité, devant les plantes qui ornaient le hall d'accueil de l'Institut Scripps.

– Je voulais savoir comment le travail se présentait, dit Henry.

– Le travail ? fit Andrea, toujours quelque peu abasourdie.

– Tes examens... tu sais, la créature qu'ils ont déterrée sur la plage.

– Oh, ça... oui, nous avons commencé. Étude du fonctionnement de l'appareil digestif, une électroencéphalographie complète, et des analyses de la peau et du sang.

Henry mit ses mains dans ses poches et s'efforça de paraître affable.

– Je me demandais si tu avais déjà une idée de départ... une hypothèse, disons, concernant cette créature.

– Henry, tu sais très bien que je ne travaille pas de cette façon et... mais pourquoi es-tu ici à huit heures du matin, à me poser des questions aussi bizarres ? Et qui est-ce ?

Henry se retourna et regarda Gil comme s'il le voyait pour la première fois de sa vie.

– *Lui?*

– Oui, Henry, je... (Elle se pencha légèrement en avant et dévisagea Gil.) Excusez-moi de vous poser cette question, c'est très impoli, je sais, dit-elle à Gil, mais est-ce que je vous ai déjà rencontré quelque part?

– Je m'appelle Gil Miller, répondit Gil. Votre mari, votre ex-mari et moi, nous sommes les personnes qui ont trouvé le corps de cette jeune femme sur la plage.

Il tendit la main et Andrea la serra d'un air affolé. Henry demanda d'un ton désinvolte :

– Est-ce qu'il nous serait possible de voir la créature?

– Voir la créature? s'exclama Andrea. Non, je regrette, il n'en est pas question. Elle est gardée par la police. Des policiers sont ici depuis qu'on l'a amenée du laboratoire du coroner.

– Allons, juste un coup d'œil... cela ne ferait du tort à personne.

– Désolée, Henry, mais c'est non. La police ne le permettrait pas.

– Bon, tant pis, fit Henry. J'ai l'impression que je suis venu ici pour rien.

– Oui, en effet, reconnut Andrea, toujours déconcertée.

– Tu... euh... est-ce que tu sais quand la police communiquera des informations?

– Henry, je ne comprends pas pourquoi tu me poses toutes ces questions bizarres?

– Tu as raison, elles *sont* bizarres, lui dit Henry en souriant brusquement. J'en ai une autre... *que sont les sept épreuves d'Abrahel*?

Andrea regarda fixement Henry pendant plusieurs minutes d'affilée, lui sembla-t-il. Il sentait presque le monde tourner sous ses pieds. Andrea ne cilla pas pendant tout ce temps; ses yeux restaient fixés sur Henry comme si elle essayait de le faire s'enflammer à l'aide d'une vision aux rayons X. Il soutenait son regard, mais ce n'était pas facile. Il y avait une telle force dans ses yeux... ou dans ce qui se cachait derrière ses yeux... qu'il avait le plus grand mal à s'empêcher de détourner la tête, pour ensuite faire demi-tour et sortir de ce bâtiment aussi vite qu'il le pouvait.

Gil perçut la formidable tension entre eux, et il recula

de quelques pas, une réaction, réalisa-t-il brusquement, que Tebulot aurait eue, plutôt que le Gil qu'il avait été jusqu'ici.

Gil percevait également le mal, et le froid grandissant, et que Andrea réponde ou non à la question d'Henry, la question provenant de l'Interrogatoire du Malin, il sut que le Démon était ici et que le Démon avait pris possession d'Andrea.

– Je... commença Andrea. (Sa voix était grave, épaisse et rauque, comme si sa gorge était remplie de neige à moitié fondue.) Les...

Henry essaya de sourire, mais son visage était trop crispé.

– Les sept épreuves d'Abrahel, Andrea ? Que sont ces épreuves ? C'est tout ce que je veux savoir.

– Tu... veux savoir... dit Andrea d'une voix enrouée. Si...

– Si quoi, Andrea ? Allons, tu peux me le dire. N'aie pas peur. Nous avons été mari et femme, tu n'as pas oublié ? Il ne doit pas y avoir de secrets entre nous, même maintenant.

Bien qu'il soit terrifié, Henry s'approcha, jusqu'à ce qu'il ne soit plus qu'à trente centimètres d'Andrea. Elle avait toujours les yeux fixés sur lui ; maintenant ils étaient sombres et luisants comme ceux d'un prédateur. Il sentait le froid qui émanait d'elle, ce froid dont se souviennent toujours ceux qui se sont approchés de Démons, *un froid intense, comme de la glace.*

Andrea dit, rapidement et doucement :

– Les sept épreuves d'Abrahel lui appartiennent, et à lui seul. Maintenant, partez, vous deux, et je ne veux plus vous revoir ici, compris ?

Henry posa sa main sur l'épaule d'Andrea. Elle tourna lentement la tête de côté pour la regarder fixement, mais elle n'essaya pas de la repousser.

– Andrea, dit Henry. Je sais pour ton rêve de la nuit dernière. Je sais ce qui t'est arrivé. Je suis venu t'aider.

Son regard se posa à nouveau sur Henry.

– Tu sais... comment peux-tu savoir ?

Henry sourit. Il restait suffisamment d'énergie dans son corps pour lui permettre de la réchauffer et de dissiper la froideur du rejeton immonde de Yaomauitl. Le Démon avait peut-être capturé sa personnalité-rêve, mais il n'avait pas encore capturé son corps matériel, ni son âme chrétienne.

– C'est difficile à expliquer, répondit Henry, continuant de sourire. Mais tout ce que tu as besoin de savoir, c'est que je comprends ce qui t'est arrivé, et que je peux t'aider.

– Tu mens, dit-elle. Tu es *fou*.

– Tu te souviens du Maroc? demanda Henry. Tu te souviens de la pièce au fond du magasin?

Andrea se raidit. Elle saisit la main d'Henry et l'ôta de son épaule comme si c'était quelque chose d'inanimé qu'elle avait porté là... un chapeau, ou un oiseau mort. Henry se rendait compte qu'il y avait deux forces distinctes en elles, deux forces qui s'agitaient, tempêtaient et s'affrontaient violemment. L'indécision d'Andrea était pitoyable. Elle tourna les talons et commença à s'éloigner, puis elle se retourna et amorça un mouvement vers lui.

– Tu ne peux pas..., dit-elle. Tu ne peux pas... c'est *impossible*...

Puis le lieutenant Salvador Ortega apparut, venant de la direction du laboratoire d'Andrea. Aujourd'hui, il portait un veston sport écossais, vert et jaune, un pantalon vert et un nœud papillon vert. Il s'approcha d'Andrea d'une allure désinvolte, sans remarquer son agitation intense, et prit son bras.

– Docteur, je vais commencer à être jaloux! Nous devions examiner les résultats des premières analyses, n'est-ce pas? Et qu'est-ce que je trouve? Vous êtes ici, en train de flirter avec votre ex!

Andrea se crispa, puis dégagea son bras. Salvador comprit que quelque chose clochait.

– Docteur Steinway? demanda-t-il.

Mais Andrea s'éloigna rapidement vers son labo, laissant Salvador avec Henry et Gil, et avec sa propre perplexité.

– Qu'est-ce que j'ai dit? demanda Salvador à Henry.

– Ce n'est pas ce que vous avez dit, répondit Henry.

– Alors, qu'est-ce que *vous* avez dit? Elle était très bien quand elle est arrivée tout à l'heure. Et maintenant regardez-la!

– Salvador, déclara Henry, je vous en prie, pour une fois dans votre carrière, oubliez la logique et la procédure. Vous devez absolument croire que ce que vous avez là-bas... cette créature... a déjà eu un effet très grave sur l'esprit de mon ex-femme, et que, si vous ne la détruisez pas... et je veux dire tout de suite, *maintenant*... elle pourrait très bien tuer Andrea.

Salvador se tourna et regarda dans la direction du laboratoire. Puis il dit :

– Vous avez des preuves de ce que vous avancez, Henry?

– Quelle sorte de preuves voulez-vous?

– Des preuves en béton, Henry. Quelque chose écrit noir sur blanc que je pourrai montrer à mes supérieurs.

– Vous savez que c'est impossible.

Salvador croisa fermement ses bras sur sa poitrine et adressa à Henry et à Gil un petit sourire résigné.

– John Belli est ici, également. Nous allons procéder à un examen médical complet, et essayer de trouver des explications concernant l'apparition de cette créature qui satisferont les médias et le grand public... et, le plus important, *nous-mêmes*.

– Salvador, je vous supplie de tuer cette créature avant la tombée de la nuit. Vous entendez? Je vous supplie de la tuer! Autrement, Andrea va certainement mourir.

– Il dit la vérité, lieutenant, ajouta Gil.

– Je vous crois, dit Salvador. Vous comprenez cela? Je vous *crois*. J'ignore pourquoi, mais je vous crois. Néanmoins, je ne peux rien faire si je n'ai pas des preuves concluantes. J'ai les mains liées.

Henry se passa la main dans les cheveux.

– C'est votre dernier mot?

– Oui, c'est mon dernier mot, je suis désolé. Mais je n'ai pas le choix.

– Très bien, dit Henry, et il prit Gil par le bras. Partons, Gil. Nous avons d'autres problèmes.

Salvador les regarda s'éloigner, les bras toujours croisés.

– Je suis désolé, vous savez? leur lança-t-il comme ils atteignaient la porte d'entrée.

Henry hocha la tête, sans répondre, et tous deux sortirent vers la lumière du soleil.

– Qu'allons-nous faire? demanda Gil.

– Pour le moment, rien. Du moins, en ce qui concerne *ce* Démon. (Il consulta sa montre.) Mais j'ai l'intention de revenir ici avant qu'ils ferment à six heures. Nous détruirons cette créature ce soir, toi et moi, point final!

– Tu vas t'introduire par effraction dans le laboratoire?

– Si j'y suis obligé, oui.

– Okay, d'accord, dit Gil. Je marche avec toi. Je suis peut-être cinglé, mais je marche avec toi.

– Allons à Prospect Street, dit Henry. Tu connais cette petite boutique où l'on vend des coquillages, près de la petite baie? J'aimerais parler à quelqu'un là-bas.

Ils remontèrent dans la Mustang, sans ouvrir les portières, et Gil quitta rapidement le parking et prit la direction de Torrey Pines Road. La matinée était claire et deux étudiants faisaient voler des cerfs-volants japonais. Les queues des cerfs-volants tournoyaient et décrivaient des spirales dans l'air chaud et venteux... des messages indéchiffrables de sérénité orientale.

Henry trouva l'homme qu'il cherchait devant la boutique *Aux Coquillages de La Jolla*, occupé à suspendre une rangée de conques d'un rose luisant à la banne de la devanture. Un tourniquet de cartes postales tournoyait au gré du vent en grinçant. L'homme était maigre et élancé, avait un gros nez et des yeux rapprochés, et un cou qui avait autant de plis qu'un concertina de matelot. Il portait une vareuse de pêcheur à rayures et une casquette de yachtman informe.

– Bonjour, Laurence, dit Henry en s'extirpant de la Mustang.

– Bonjour, Henry, fit Laurence, comme si Henry venait le voir chaque matin.

– Comment vont les affaires? lui demanda Henry.

– Comme si comme ça, répondit Laurence. Jeudi dernier, j'ai eu un car de pasteurs épiscopaliens, et je leur ai vendu tout mon stock de *sand dollars*.

Les *sand dollars* étaient de petits coquillages d'un blanc crayeux qui étaient censés porter des symboles représentant les Apôtres et la vie du Christ.

– Laurence, dit Henry, je *réfléchissais* ce matin, et je me suis rappelé quelque chose que tu m'as dit un jour, à propos des palourdes.

Laurence plissa les yeux et regarda Henry avec circonspection.

– Les palourdes? demanda-t-il.

Il attacha la dernière de ses conques et posa ses mains sur ses hanches anguleuses.

– Tu as dit que tu pouvais détecter des palourdes sous le sable en sondant la plage d'une certaine façon.

– C'est exact. J'appelle ça « battre le rappel des palourdes ». Mais c'est pas seulement pour les palourdes. Tu peux détecter n'importe quelle bestiole sous le sable de la même façon. Palourdes, crabes, moules, couteaux, et j'en passe.

– Tu me prendrais combien pour une journée de travail?

Laurence haussa les épaules.

– Cent, peut-être, cent cinquante.

– Bon, entendu, dit Henry. Aujourd'hui, c'est possible?

– *Aujourd'hui?* Mais qu'est-ce que tu veux chercher aujourd'hui?

– Tu es disposé à m'aider?

Laurence regarda attentivement Henry, puis Gil, puis son regard revint se poser sur Henry.

– Qu'as-tu l'intention de déterrer, Henry? Explique!

– Je te le dirai quand nous le ferons, Laurence. Autrement, tu ne me croirais pas.

– Tu ne cherches pas un trésor enterré, hein? Moi, je fais que les créatures vivantes. Il te faut un détecteur de métaux pour un trésor enterré.

– Nous cherchons des créatures vivantes, Laurence, répondit Henry. Cent cinquante, marché conclu. Et j'ajouterai deux bouteilles de Chivas Regal.

Laurence prit une longue inspiration pensive, puis il finit par hocher la tête.

– Entendu, dit-il. Je vais chercher mon attirail. Janie peut tenir la boutique aujourd'hui. Elle fait toujours rentrer plus d'argent que moi, de toute façon. Elle est dure en affaires. Elle ne se laisse pas attendrir et ne fait jamais de rabais aux gosses qui n'ont pas assez de *cents* pour s'acheter un hippocampe.

Laurence rapporta de l'arrière-boutique un gros sac marin informe, ainsi qu'un pack de six bières Michelob, auquel manquait déjà une canette, et un salami.

– Les provisions, fit-il remarquer laconiquement.

Il se vautra sur la banquette arrière de la Mustang tandis que Gil quittait Prospect Street et repartait vers Del Mar.

– Ça fait un bail qu'on a pas été pêcher ensemble, toi et moi, dit Laurence, comme ils descendaient à vive allure la longue colline vers la plage.

– J'étais occupé, répondit Henry.

Laurence fit une grimace. Il savait ce que Henry voulait dire par « occupé ». « Ivre », voilà ce qu'il voulait dire par « occupé ». Maintenant sa casquette d'une main, Laurence se pencha en avant et déclara :

– Pêcher à bord d'un petit bateau avec un ressac bien fort, j'connais pas de meilleur remède pour la gueule de bois!

Ils arrivèrent à la plage où ils avaient trouvé le corps de Sylvia Stoner, et se garèrent. Presque une semaine s'était écoulée maintenant, aucune autre anguille n'avait été découverte dans l'océan, et on avait enlevé les barrières de police. Il y avait un ou deux joggeurs, et un petit groupe de surfeurs enragés, mais il était encore trop tôt pour l'affluence « mère-et-enfants », sans parler du déferlement des écoliers à l'heure du déjeuner.

Ils s'avancèrent sur la plage, laissant des empreintes sur sa surface lisse et immaculée. C'était marée basse, et l'eau continuait de descendre. Les nuages se réfléchissaient sur le sable humide, tels les fragments d'un puzzle.

– Ça m'aiderait de savoir quelle sorte de créature tu recherches, dit Laurence. C'est gros, petit? C'est un crustacé, ou un ver?

Henry mit ses mains en visière pour se protéger du vent et du soleil, puis parcourut la plage du regard. Il essayait de se rappeler l'endroit où les anguilles s'étaient enfouies.

– C'est gros, répondit-il. Ça ressemble plutôt à un genre de lézard, si on veut.

Laurence fronça le nez.

– Dans ce cas, tu perds ton temps. Y'a pas de lézards sur ces plages.

– Vous allez être étonné, fit Gil.

– Des *lézards*! s'exclama Laurence. Tu me fais marcher!

Henry montra le sable devant lui et dit :

– Commence à chercher ici.

Laurence posa son sac par terre.

– Si ça t'amuse! C'est toi qui casques, d'accord? Mais je peux te promettre une chose. Si tu cherches des lézards, tu vas être sacrément déçu. J'ai jamais vu un seul lézard sur ces plages, pas la queue d'un, en quarante ans de ma chienne de vie!

Il se mit à croupetons et commença à taper sur le sable avec la paume de ses mains. Gil coula un regard vers Henry et haussa un sourcil interrogateur, mais Henry lui lança un regard qui signifiait, cela peut paraître ridicule, mais attends un peu et ouvre bien les yeux!

– J'ai déjà réveillé quelques palourdes, fit remarquer Laurence, montrant de la tête de petites rides sur la surface du sable. Tu comprends, ce tambourinage imite le bruit de la marée qui monte, et les palourdes sont toutes excitées et se préparent à remonter vers la surface. Du moins, c'est la théorie. Certains disent que cela ne fait que les agacer, de même qu'un charmeur de serpents, en martelant le sol du pied, agace le serpent et l'amène à sortir de son panier. Le serpent est sourd comme un pot, itou pour les palourdes. J'ai jamais vu une palourde avec des oreilles, en tout cas.

Il poursuivit ce long commentaire railleur tandis qu'il se déplaçait et décrivait un large demi-cercle, en crabe, sa jambe gauche montrant le chemin, ses mains tapotant le sable selon un rythme léger et soutenu.

– C'est pas donné au premier venu! C'est ce qu'on appelle un talent acquis. Tu te souviens de Gene Krupa, le célèbre batteur? Eh bien, il est venu à San Diego une fois, et il voulait savoir comment on fait ça, mais il a pas réussi à attraper le tempo, pourtant il a foutrement essayé!

Soudain, Gil toucha le bras d'Henry.

– Regarde, dit-il. Là-bas.

A six mètres seulement d'eux, au milieu de la plage en pente, le sable commençait à se rider et à se craqueler. Quoi que ce fût qui causait cette vibration, cela faisait au moins un mètre de long, peut-être davantage, et cela se déplaçait profondément sous le sable par à-coups, un mouvement nerveux et spasmodique.

Laurence repéra le mouvement et s'exclama :

– Mince alors! J'ai encore jamais vu un truc pareil!

Il alla jusqu'à la parcelle de sable déplacé et la poussa doucement du bout du pied.

– Merde, ça me dépasse!

Il sortit de son sac une petite pelle métallique qu'il utilisait habituellement pour déterrer des palourdes. Rapidement et méthodiquement, il commença à creuser une tranchée étroite et profonde.

– Qu'est-ce que tu as dit que c'était? Un genre de lézard? Il s'est enfoui foutrement profond, pas de doute!

Henry et Gil attendirent près de Laurence; tous deux frissonnaient légèrement en raison de la brise du large. Leurs corps avaient peut-être dormi paisiblement durant leurs exploits en Afrique du Nord, mais leurs esprits étaient las. Et Gil aurait fait n'importe quoi pour regagner son lit et dormir pour le restant de l'après-midi. Mais il était résolu à demeurer aux côtés d'Henry. A eux deux, ils étaient le cœur des Guerriers de la Nuit, et s'ils ne restaient pas solidaires, alors ils feraient aussi bien de renoncer à leur lutte contre Yaomauitl, et contre sa progéniture enfouie dans le sable.

Au bout d'une vingtaine de minutes, Laurence dit brusquement :

– J'ai trouvé quelque chose. Il y a quelque chose ici, ça fait pas un pli !

– Laurence, fais attention, l'avertit Henry.

– On dirait que c'est couvert de protubérances, dit Laurence. Ouais, c'est bien ça. Bon Dieu, Henry, tu avais raison ! On dirait le dos d'un genre de lézard !

Il se hissa hors du trou puis le contempla.

– Et merde, tu vois ça ? D'accord, on en voit pas grand-chose, mais cet enculé est foutrement *gros*. Qu'est-ce que c'est, Henry ? Bon Dieu, ça m'a foutu les jetons quand je me suis rendu compte de sa taille !

– C'est un genre de lézard, rien de plus, déclara Henry sans beaucoup de conviction. Maintenant, tu veux bien reboucher ce trou ? Je voulais juste m'assurer qu'il était bien là.

Gil regarda Henry avec surprise, mais Henry leva la main pour lui faire comprendre qu'il savait ce qu'il faisait. Laurence renifla, s'essuya le nez avec le dessus de son bras, et dit :

– Tu veux que je rebouche ce trou ? Mais pourquoi ? Ce lézard doit être une rareté. Ils achètent très cher ce genre de bestioles chez Scripps, et au zoo de San Diego.

– Laurence, fais ce que je te dis, insista Henry.

– Y' paieraient mille dollars pour un spécimen aussi rare que ça ! s'insurgea Laurence.

– *Rebouche ce trou,* répéta Henry.

Laurence bougonna, mais il récupéra sa pelle et obtempéra, à contrecœur.

Gil prit Henry à part.

– Pourquoi l'enterrer à nouveau ? Je croyais que tu voulais les déterrer et les tuer.

Henry acquiesça de la tête.

– Je *veux* les tuer, mais nous n'allons pas les déterrer. Je viens d'avoir une meilleure idée. Tu restes ici pendant que je vais voir un vieil ami au département de chimie à l'Université. Ça ne t'ennuie pas que je t'emprunte ta Mustang, hein ?

Gil sembla indécis, mais Henry dit :

– Tu m'as vu boire un seul verre ce matin ?

– Non, je ne crois pas, répondit Gil, et il lui tendit les clés.

– Surveille notre ami Laurence, lui dit Henry. Dès qu'il aura fini d'enterrer ce Démon, dis-lui de continuer ses recherches. Sondez toute la plage jusqu'aux falaises. Chaque fois que vous trouverez l'un de ces Démons, marquez l'emplacement avec des pierres ou ce que tu veux. Vous devriez être à même d'en localiser au moins dix. Il y en avait une dizaine, si j'ai bonne mémoire, et cela correspond à ce que Susan a dit au sujet des créatures dans son rêve.

Henry remonta la plage au petit trot. Gil fourra ses mains dans ses poches et se tourna vers Laurence.

– C'est quoi, ces foutues bestioles? lui demanda Laurence. Tu le sais?

– Je n'en ai pas la moindre idée, répondit Gil. Je suis le chauffeur, c'est tout!

– Un type étrange, ce Henry Watkins, fit observer Laurence. Un bon coéquipier pour la pêche, parce qu'il pêche, boit et ne cause pas. J'apprécie vraiment pas un coéquipier qui parle tout le temps. Mais Henry est très intelligent. Je veux dire, au moins aussi intelligent qu'un type comme Einstein, à mon avis. Je pense qu'il aurait pu devenir célèbre, s'il picolait pas. Il aurait pu recevoir un prix Nobel, ou un truc comme ça.

Il finit de combler le trou, laissa tomber sa pelle sur le sable et alla jusqu'à son sac marin pour prendre une canette de bière. Il n'en proposa pas à Gil et en but la moitié en une longue gorgée.

– Vous voulez bien en réveiller d'autres? lui demanda Gil, après qu'il eut fini sa bière, appuyé sa main sur son ventre, et roté bruyamment.

– C'est votre argent! dit Laurence.

Gil resta à proximité et regarda, les mains dans les poches, tandis que Laurence tambourinait sur le sable et décrivait des demi-cercles de plus en plus larges. Gil était peut-être fatigué, tout simplement, mais il lui semblait que le monde-rêve de la nuit et le monde éveillé du jour commençaient à se chevaucher. C'était presque aussi bizarre de poursuivre les Démons ici sur cette plage, dans la lumière du soleil et dans le vent, que de les poursuivre à travers les labyrinthes des cauchemars. C'était également plus effrayant, d'une certaine façon, parce que les traquer en plein jour signifiait qu'ils étaient réels, en chair et en os, et non simplement les fragments épars de l'imagination de quelqu'un d'autre.

De plus, il n'était pas armé et n'avait pas son armure, et si jamais l'un de ces Démons décidait qu'il en avait assez d'être dérangé par le tambourinage de Laurence, il ne pourrait absolument rien faire pour se défendre, excepté prendre les jambes à son cou.

– Il y en a un autre ici... et encore un autre! dit Laurence brusquement.

Gil s'approcha. Il y avait deux autres dépressions dans le sable dérangé, très proches l'une de l'autre. Elles étaient identiques, sans le moindre doute, à la première qu'ils avaient localisée. Gil plaça des pierres sur chacune d'elles, les disposant en forme de crucifix, comme s'il traquait des vampires.

– Vous pourriez au moins me dire ce que sont ces foutues bestioles, grommela Laurence. C'est un monde tout de même! Pas savoir le genre de créature qu'on cherche!

Gil ne dit rien et se força à sourire. Il continuait de sourire lorsque Bradley apparut, juché sur son vélo, filant sur la plage. Il siffla quand il aperçut Gil, et poussa un cri de joie.

– Gil, ça fait des jours que je ne t'ai pas vu, *compadre*! Où étais-tu passé?

– Salut, Bradley. Comment ça va?

– Oh, très bien, je pense. Tu n'es pas venu à la petite fête de Donna, hier soir. Tout le monde m'a demandé où tu étais. Et devine qui était là? Shirleen! Tu te souviens de Shirleen, elle était dans la même classe que les frères Kaiser. Elle a des nichons vraiment énormes. Elle est partie avec Jay McDonald, ce baratineur de mes deux! Je suis sûr qu'il avait mis dans son pantalon des chaussettes enroulées, pour s'avantager!

Bradley se tut un moment, puis regarda Laurence et fronça les sourcils.

– Ce type est avec toi?

– Plus ou moins.

Bradley se pencha vers Gil. Son haleine sentait le Bubble-Yum parfumé à l'orange.

– Qu'est-ce qu'il fait, si ce n'est pas indiscret de te le demander?

– Il cherche des palourdes. Il tambourine sur le sable, tu vois, et les palourdes remontent à la surface.

– Ce n'est pas la saison des palourdes, hein? demanda Bradley.

– Pas vraiment, mais nous nous entraînons.

– Je vois, dit Bradley, même s'il était évident qu'il ne voyait absolument rien.

Il observa Laurence un moment encore, puis il dit :

– Alors, où étais-tu? Ton père m'a dit que tu restais dormir chez quelqu'un. Pas avec une femme de mauvaise vie, j'espère?

– Je potasse mes cours, c'est tout, répondit Gil, mal à l'aise.

Il se rendait compte à quel point il s'était éloigné de Bradley depuis qu'il était devenu un Guerrier de la Nuit. Il pensa brusquement à ce moment où il avait tiré sur ces Moines de la Mortification, et à la façon dont ils étaient tombés, voletant à travers la pluie. Il pensa à ces cavaliers arabes, s'enflammant comme du magnésium.

– Hé, fit Bradley, tu connais celle du type qui téléphone chez lui depuis son bureau?

– Non, Bradley, je ne connais pas celle du type qui téléphone chez lui depuis son bureau.

Imperturbable, Bradley poursuivit :

– Le type téléphone chez lui depuis son bureau, et une voix inconnue, la voix d'une femme, répond, alors il demande, qui est-ce? Et la femme dit, c'est la domestique, mais il rétorque, quelle domestique, nous n'avons pas de domestique, mais la femme explique, votre femme m'a engagée ce matin. Alors le type demande, où est ma femme, et la domestique répond, elle est au premier avec son petit ami, au lit. Alors le type devient fou furieux, et il dit à la domestique, allez dans mon bureau, ouvrez le placard, et prenez mon fusil de chasse. Ensuite explosez la tête de ma salope de femme et celle de son petit ami. Alors la domestique pose le téléphone et deux minutes plus tard le type entend deux détonations, ensuite la domestique revient et dit, c'est fait, ils sont morts, qu'est-ce que je fais des corps? Et le type dit, jetez-les dans la piscine. Et la domestique dit, *quelle* piscine? Et le type dit, c'est *bien* le 689-2281?

Gil regarda Bradley, Bradley regarda Gil, et éclata de rire.

– Tu ne changes pas, Bradley, hein? dit Gil.

– Tu n'as pas trouvé que c'était drôle?

– Si, c'était très drôle.

– Hé, tu viens au barbecue de Ken et Lilian, ce soir? voulut savoir Bradley.

Mais Gil ne répondit pas. Sa Mustang jaune était de retour, et Henry descendait la plage dans leur direction. Il portait une grosse bonbonne et un tube en verre brillant.

Bradley s'aperçut que Gil ne le regardait pas du tout, mais observait Henry, et il se renfrogna brusquement.

– Gil? Qu'est-ce qui se passe ici, Gil?

Gil donna à Bradley une tape dans le dos et s'efforça de prendre un ton enjoué.

– Une petite expérience, c'est tout.

Bradley regarda dans la direction de Laurence, qui continuait de tambouriner sur le sable.

– Une expérience? Quel genre d'expérience?

– Désolé, mais je ne peux pas te le dire. C'est secret.

– Je peux regarder?

Henry les rejoignit et posa la bonbonne sur le sable, essoufflé.

– Houlà! s'exclama-t-il. C'est rudement lourd. Il y en a deux autres dans le coffre.

– Henry, voici mon ami Bradley, dit Gil.

– Ravi de faire votre connaissance, monsieur, dit Bradley en tendant sa main.

– Eh bien, moi de même, répliqua Henry d'un ton cassant. Mais est-ce que vous pourriez prendre le large? Ce que nous faisons ici est plutôt... hum, vous savez, peu orthodoxe.

– Vous voulez que je parte? demanda Bradley, un brin vexé.

– Tu sais quoi, Bradley? intervint Gil. Tu retournes au Mini-Market et tu prends la revue de ton choix. Dis à papa que je suis d'accord, et que je paierai la revue. Il n'aura qu'à la déduire de mon argent de poche.

– Tu veux dire *n'importe quelle* revue? *Hustler*, par exemple?

– Tout à fait.

Bradley enfourcha son vélo, agita les bras, poussa un cri de joie, et se mit à pédaler comme un dératé. Henry dit à Gil :

– Nous devons nous dépêcher. Il ne faudrait pas qu'une patrouille de gardes-côtes s'amène et nous demande ce que nous fabriquons! Combien d'embryons avez-vous localisés?

– Six jusqu'ici. Laurence continue de chercher.

– Bon, parfait. Donne-moi un coup de main, dit Henry. Cette bonbonne contient de l'acide sulfurique concentré.

Je l'ai empruntée, un emprunt permanent et non officiel, au département de chimie à l'Université, en échange d'un service que j'ai rendu un jour à l'un des maîtres-assistants. Un type épouvantable du nom de Kinsky.

– Que comptes-tu en faire? demanda Gil.

– C'est très simple. Aux endroits où Laurence a localisé un embryon, je vais enfoncer ce tube en verre jusqu'à ce qu'il touche le Démon au-dessus. Ensuite, à l'aide de cet entonnoir, je verserai une bonne dose d'acide. Bon, nous pourrions commencer ici, où nous avons déterré le premier.

– Tu penses vraiment que ça va marcher? demanda Gil avec appréhension.

– Mon cher garçon, cet acide peut ronger et traverser le tronc d'un séquoia géant, de part en part. Aucune créature vivante ne pourrait y résister.

Henry tendit le tube en verre à Gil, et celui-ci le plaça avec hésitation au-dessus de l'emplacement où ils avaient trouvé le premier des rejetons du Démon. Il l'enfonça lentement dans le sable mou, petit à petit, jusqu'à ce qu'il sente brusquement la résistance de quelque chose qui ressemblait à un corps. Le sable bougea et se craquela, et il comprit qu'il avait localisé le Démon.

– Ça y est? demanda Henry.

Gil déglutit et acquiesça de la tête.

– Parfait, dit Henry.

Il remplit précautionneusement un vase à bec, d'une contenance d'un demi-litre, de l'acide jaune paille qui fumait. Gil l'observa tandis qu'il fixait un entonnoir en verre sur l'orifice du tube en verre, et s'apprêtait à verser l'acide dans le tube.

– Tu es vraiment sûr que c'est une bonne idée? demanda-t-il à Henry.

– C'est la façon la plus rapide et la plus efficace que j'aie trouvée, répondit Henry, le visage crispé.

– Bon, d'accord, dit Gil. Alors vas-y!

Réprimant tant bien que mal le tremblement de ses mains, Henry vida lentement le vase à bec dans l'entonnoir. L'entonnoir resta rempli jusqu'au bord un moment, puis se vida petit à petit, tandis que l'acide s'écoulait dans le tube et vers la cavité où était caché l'embryon de Démon.

Tout l'acide finit par disparaître, et Henry dit :

– Bien. Maintenant, retire le tube.

Il était livide du fait de la tension nerveuse, et il laissa échapper le vase à bec, qui tomba sur le sable.

– J'en ai trouvé un autre! leur cria Laurence, depuis l'autre côté de la plage.

– Merci, Laurence, répondit Henry. Nous venons tout de suite.

Gil observait la bande de sable fraîchement creusée.

– Est-ce que ça marche? demanda-t-il à Henry. Que ferons-nous si ça ne marche pas?

Mais la réponse à sa question vint du sable lui-même. Soudainement et de façon terrifiante, il commença à se soulever, à bouillonner et à gicler de tous côtés. Henry et Gil reculèrent et observèrent l'agitation du sable avec un effroi grandissant, mais la créature n'émergea pas de sa cachette. Elle se contorsionna et se débattit profondément sous la surface, invisible, et il n'y eut aucun signe de son agonie, excepté le sable qui se soulevait, ondulait et se creusait de sillons.

Tout à la fin, cependant, alors que l'agitation commençait à diminuer d'intensité, Henry et Gil entendirent un cri qui ne ressemblait à rien qu'ils aient jamais entendu auparavant. C'était un cri purement mental, dans leurs têtes, mais cela agaça les dents de Gil, comme s'il avait mordu dans des citrons, et cela traversa l'esprit d'Henry, tel un couperet affilé tranchant du foie de veau. Tous deux fermèrent les yeux avec force tandis que le cri continuait et continuait, et durant ces instants de cécité, ils virent l'enfer lui-même, le véritable enfer de l'avilissement, de la déception, de la souffrance et du désespoir, l'enfer du cancer, du feu et de l'amour perdu. Durant l'instant qui précéda la mort de la créature, il y eut autre chose, cependant, quelque chose qui les terrifia encore plus, quelque chose qui baigna leur front d'une sueur glacée. C'était une sensation de moquerie, de sarcasme sanguinaire... le sentiment de n'avoir absolument rien accompli en tuant l'enfant du Démon, sinon attirer sur leurs têtes la vengeance terrifiante de Satan et de ses 998 acolytes malfaisants. Les enfants du Démon étaient également les enfants de la mort, aussi s'en retournaient-ils avec joie vers le charnier de l'enfer. On pouvait les torturer, on pouvait les emprisonner, on pouvait les brûler avec de l'acide sulfurique concentré et ronger leur chair, mais on ne pouvait jamais les détruire complètement.

Lorsque le cri eut finalement cessé, diminuant et se

lovant dans un recoin de leurs lobes occipitaux, Gil se passa les mains sur le visage et regarda Henry avec une peur non dissimulée et un profond respect.

– Bon sang! Yaomauitl va vraiment nous chercher des crosses maintenant, hein? demanda-t-il.

– On le dirait, répondit Henry, si tu as ressenti les mêmes impressions que moi. Mais je me doutais que cela se produirait. Ces embryons ne sont pas de véritables embryons... en ce sens que chacun d'eux n'est pas un individu indépendant. Du moins, c'est ce que je pense. Ils sont plutôt des répliques, des copies à l'infini de Yaomauitl, étroitement reliés par leurs esprits inconscients au maître lui-même, à leur père. Si l'un d'eux meurt, si l'un d'eux est blessé, alors Yaomauitl en est aussitôt informé, aussi sûrement que si cela lui était arrivé.

Gil regarda dans la direction de Laurence, qui attendait patiemment près d'une nouvelle perturbation dans le sable.

– Ça en fait huit! leur cria-t-il.

– Est-ce que nous allons tous les tuer? demanda Gil.

– Oui, répondit Henry. Aide-moi.

16

Ils quittèrent la plage avec la marée haute. Ils avaient vidé deux bonbonnes et demie d'acide sulfurique concentré et brûlé onze embryons sous le sable. Il était quatre heures et demie lorsqu'ils remontèrent dans la Mustang de Gil et repartirent vers La Jolla afin de déposer Laurence devant sa boutique. Le ciel s'était couvert de nuages, et un vent plus froid soufflait du large.

A deux reprises ils avaient été obligés d'interrompre leur travail lorsque des patrouilles de gardes-côtes étaient passées à proximité, et une autre fois, à l'heure du déjeuner, lorsqu'une bande d'écoliers avait décidé de camper sur la plage et de s'amuser précisément aux endroits où se trouvaient les embryons du Démon, enfouis dans le sable. Mais Henry avait été patient. A quatre heures, ils avaient réussi à détruire tous les embryons qu'ils avaient localisés, et Laurence avait tambouriné et sondé toute la plage une seconde fois, afin de s'assurer qu'ils n'en avaient pas oublié.

Henry se retourna sur son siège et donna à Laurence l'argent promis.

– Je t'apporterai le Chivas Regal demain, dit-il.

– Pas de problème, fit Laurence.

Il se lécha le pouce et compta les billets, les défroissant et les retournant lorsqu'ils étaient à l'envers.

– Content de t'avoir rendu service, sourit-il.

– Une dernière chose, ajouta Henry comme ils arrivaient dans Prospect Street. Tu ne dois parler à personne de cc que nous avons fait aujourd'hui. Ce n'était pas vraiment illégal, mais cela ne plairait pas à la police si jamais elle l'apprenait. Ce que la police ignore, la police n'en fait pas une histoire, si tu vois ce que je veux dire.

– Oh, tout à fait, acquiesça Laurence. Du reste... pour te dire la vérité... je n'ai toujours pas la moindre foutue idée de ce que vous avez fait exactement.

– Parfait, et il est préférable qu'il en reste ainsi, dit Henry.

Gil se gara devant la boutique de Laurence. Il descendit pour permettre à Laurence de s'extirper de la banquette arrière, son sac marin en bandoulière.

– *Hasta la vista*, dit Laurence, et il disparut à l'intérieur de sa boutique, sur un dernier geste de la main.

– Qu'en penses-tu? demanda Gil, comme ils repartaient vers Del Mar. Tu penses qu'on peut lui faire confiance?

– Laurence? demanda Henry. Non, je ne le pense pas. Mais trouve-moi quelqu'un d'autre qui aurait pu faire ce qu'il a fait aujourd'hui.

– Il y a encore une chose, dit Gil. C'est toi qui as eu l'idée de l'acide. Tu as décidé ça tout seul.

Henry le regarda.

– Je sais ce que tu vas dire, répondit-il. Tu vas dire que j'aurais dû t'en parler, lorsque j'y ai pensé. Tu vas dire que deux avis valent mieux qu'un. Tu vas également dire que, parce que je suis plus âgé, j'ai apparemment pris le commandement des Guerriers de la Nuit, et que je m'attends que vous fassiez tout ce que je vous dis.

Gil réfléchit un moment, puis il hocha la tête.

– Ouais, c'est à peu près ça.

– Ma foi, reprit Henry, j'y ai réfléchi tout autant que toi, et tout ce que je puis dire, c'est que je suis désolé. J'aurais dû te consulter, t'en parler. J'aurais dû en parler avec *vous tous*. Étant professeur, je suis habitué à tout diriger, et je m'attends plus ou moins que les choses se fassent à ma façon, automatiquement, sans même y réfléchir. Mais dorénavant, j'essaierai de vous faire profiter de mon expérience sans l'autoritarisme qui semble aller de pair!

– Henry, lui dit Gil, j'ai beaucoup de sympathie pour toi. Ne te méprends pas sur mes paroles.

– Ravi de l'apprendre, parce que j'ai également beaucoup de sympathie pour toi.

Ils arrivèrent chez Henry. Tandis que Henry allait dans la cuisine pour confectionner des sandwiches à la mortadelle, avec des pickles, Gil téléphona chez Susan pour savoir si elle était rentrée de l'hôpital.

– Elle est rentrée, déclara la grand-mère de Susan, mais le docteur a dit qu'elle devait se reposer pendant au moins une semaine, et dans trois jours elle doit aller au dispensaire pour passer d'autres examens.

– Je suis vraiment content qu'elle se soit rétablie, dit Gil.

– Merci, Gil, dit la grand-mère de Susan, et Gil se rendit compte que sa voix était plus douce. Nous prions le Seigneur pour qu'elle soit en parfaite santé de nouveau.

– Est-ce que je pourrais lui parler, juste une minute?

– Je regrette. Peut-être demain.

– Oui, je comprends. Pourriez-vous simplement lui dire... *onze*.

– Onze?

– Une petite plaisanterie entre nous, c'est tout.

– Bon, entendu. Je le lui dirai, onze, quoi que cela signifie!

Henry apporta les sandwiches au moment où Gil reposait le combiné sur son socle.

– Alors? demanda-t-il. Comment va-t-elle?

– Très bien. Elle doit se reposer, mais je pense qu'elle pourra nous rejoindre cette nuit.

– Excellent, dit Henry.

Il mordit dans son sandwich et tendit l'assiette à Gil, en disant : « Sers-toi », la bouche pleine.

Lorsqu'il eut mangé deux sandwiches et bu un grand verre de lait, Henry consulta sa montre.

– Je voudrais retourner à l'Institut Scripps avant qu'il ne ferme. Nous serons obligés d'y aller au pifomètre, j'en ai peur, puisque nous ne savons pas où ils ont mis la créature, ni si elle est bien gardée.

– Tu as une arme? demanda Gil.

Henry secoua la tête.

– Autrefois j'avais un sabre de samouraï que mon frère avait rapporté de Tinian.

– Mon père a un revolver, derrière le comptoir du Mini-Market. Un Python .357.

Henry réfléchit un instant, puis il secoua à nouveau lentement la tête.

– C'est trop risqué... emporter un pistolet. Beaucoup trop risqué.

– Dans ce cas, comment allons-nous tuer cette créature? Lui trancher la tête? Une hache est beaucoup moins discrète qu'un pistolet!

– Tu as peut-être raison, admit Henry. Mais comment comptes-tu prendre ce pistolet?

– Quel jour sommes-nous? Jeudi, exact? Parfait. Tous les jeudis soir, mon père quitte le magasin de bonne heure, pour aller à la réunion de son association sportive. Je peux aller là-bas, faucher le flingue, et personne ne s'en apercevra.

Henry récupéra une rondelle de pickles qui était tombée de l'un de ses sandwiches et se la fourra dans la bouche.

– Entendu.. bien que cela ne me plaise pas beaucoup.

– Encore une chose, dit Gil. Et si nous mettions Lloyd dans le coup? Il a l'air sacrément athlétique, et très futé. Je pense qu'il devrait venir avec nous.

– Savons-nous où il habite? demanda Henry.

– Pas très loin, quelque part sur Lomas Santa Fe Drive. Il me semble que c'est ce qu'il a dit. Je vais regarder dans l'annuaire du téléphone.

Ainsi donc, peu après cinq heures, ils quittèrent le cottage d'Henry et se rendirent au Mini-Market de Solana Reach, où Gil confia sa Mustang à Henry, puis entra dans le magasin. Henry se rendit seul à Lomas Santa Fe Drive et se gara juste après le poste d'incendie devant une petite maison bien tenue, peinte en blanc, avec un toit vert et des volets verts. Il vérifia que personne ne regardait puis s'extirpa de la Mustang sans ouvrir la portière.

Il remonta la petite allée en pente et sonna. Il attendit deux ou trois minutes, puis une Noire portant une robe violet et blanc vint ouvrir et le regarda d'un air méfiant.

– Vous désirez? lui demanda-t-elle.

– Vous êtes Mrs. Curran? sourit-il en arrangeant sa cravate.

– C'est exact. Qu'est-ce qu'vous voulez?

– Je voudrais voir Lloyd Curran. Je m'appelle Henry Watkins. Je suis professeur à l'université de San Diego.

– Pourquoi qu'vous voulez voir Lloyd? demanda Mrs. Curran d'un ton sec.

– Je lui ai parlé hier. Nous avons discuté de son avenir, de ses études, de choses de ce genre. J'ai les renseignements qu'il m'avait demandés, pour s'inscrire à l'université.

Mrs. Curran dévisagea Henry pendant un long moment, sans dire un mot. Puis elle se retourna et appela :

– Lloyd! Y'a un professeur qui te demande!

Lloyd apparut dans le vestibule. Il portait un T-shirt rouge vif et tapait du poing dans un gant de base-ball. Il ne reconnut pas Henry, mais Henry leva la main et fit le salut très particulier des Guerriers de la Nuit, main levée, paume tournée vers lui, et Lloyd comprit brusquement qu'il recevait la visite de Kasyx, le gardien de la charge.

– Oh, entrez, dit-il.

Mais Henry entendait la télévision, de la musique rock et des enfants en train de se disputer dans le séjour, et il secoua la tête.

– Allons plutôt dans la voiture. Nous pourrons parler tranquillement.

– Bon, d'accord, accepta Lloyd à contrecœur.

Ils descendirent l'allée et montèrent dans la Mustang de Gil. Lloyd promena ses doigts sur le tableau de bord en aluminium brillant et sur le volant de sport, et il dit :

– C'est *ta* bagnole, mec?

Henry secoua la tête.

– Je n'ai pas conduit ma voiture depuis des années. Jusqu'au moment où j'ai été admis au sein des Guerriers de la Nuit... hum, j'avais un petit problème avec l'alcool.

Lloyd fut visiblement impressionné par la franchise d'Henry.

– Je fume un joint de temps en temps, dit-il, mais, tu sais... pas de drogues dures.

– Quand tu es un Guerrier de la Nuit, tu n'as besoin d'aucune drogue. L'euphorie vient du pouvoir. Ta surf-boxe, c'est vraiment quelque chose!

– Je peux te faire un aveu? dit Lloyd.

– Je t'écoute.

– La nuit dernière, dans ce rêve, j'ai eu la trouille. Je veux dire, j'ai vraiment eu les chocottes!

– C'est tout à fait compréhensible, dit Henry.

– Ouais, je sais, mec, mais le truc bizarre, c'est que, lorsque je me suis réveillé ce matin, je me suis senti déçu. J'avais envie de retourner là-bas, où il y avait de l'action. J'arrivais pas à y croire, mais c'est ce que je ressentais. J'avais eu les jetons, mais j'adorais ça. J'avais eu l'impression d'être vraiment quelqu'un, et d'accomplir quelque chose.

Henry sourit et hocha la tête.

– C'était le cas, dit-il.

– Et ton ex-femme? demanda Lloyd. Tu vas essayer de la délivrer cette nuit?

– Je vais essayer de la délivrer maintenant, lui dit Henry. Dans une minute, Gil et moi allons à l'Institut Scripps pour tuer cette créature que nous avons affrontée dans ce rêve la nuit dernière. Nous nous demandions si ça te dirait de nous accompagner.

– Tu veux dire... sans être un Guerrier de la Nuit? Juste en étant moi? Pas d'armure, pas de surf-boxe?

– Exactement, répondit Henry. La seule arme que nous emporterons, c'est un pistolet, et si nous l'emportons, c'est pour exécuter la créature, rien d'autre.

Lloyd gonfla ses joues et battit le rappel sur son genou.

– En ce moment, tu parles d'enfreindre la loi, mec!

– Oui, dit Henry. Mais d'un autre côté, non. Nous... toi, moi, Gil et Susan... nous sommes les seules personnes à comprendre vraiment le danger de ce qui se passe ici. Pour cette raison, nous devons considérer que *nous* sommes la loi. Nous sommes une milice, disons, dont le devoir est de protéger le monde du Démon.

– Nous emportons un flingue? demanda Lloyd.

– C'est exact.

– Et nous n'aurons pas nos armures, ni nos aptitudes particulières?

Henry secoua la tête.

– Bon, d'accord, fit Lloyd. Tu peux compter sur moi. Laisse-moi juste aller dire à ma mère que je ne rentrerai pas de bonne heure.

Henry attendit dans la voiture. Il y eut une discussion animée entre Lloyd et sa mère, mais il finit par revenir et remonta dans la voiture.

– Tout va bien? demanda Henry en mettant le contact.

– Ma mère pense que je suis toujours un gosse. De plus, elle n'aime pas beaucoup les barjos.

Henry effectua un demi-tour et repartit vers Solana Beach.

– Je crois que c'est la première fois qu'on me traite de barjo, déclara-t-il avec un étrange sentiment de satisfaction.

Gil les attendait près de la voie ferrée. Il portait un sac en papier marron rempli d'articles d'épicerie. Il leur fit signe et traversa la rue en courant pour les rejoindre.

– Tu as le pistolet? demanda Henry, en se déplaçant maladroitement vers le siège du passager.

Gil sortit du sac une boîte de Cheerios.

– Il est là-dedans, sourit-il d'un air de triomphe. J'ai dit à ma mère que je restais chez toi une autre nuit pour réviser mes cours de littérature anglaise, et qu'il nous fallait des provisions.

– Elle ne s'est pas opposée à ce que tu restes chez moi?

– Pas du tout, dit Gil en démarrant. Dès l'instant où je l'ai convaincue que tu n'étais pas un vieux pédé sur le retour.

– Merci tout de même! fit Henry.

Un quart d'heure plus tard, ils arrivaient à l'Institut Scripps. L'une des voitures de patrouille était toujours garée sur le parking, mais à part ça, les bâtiments et les jardins étaient pratiquement déserts. Henry dit à Gil de garer la Mustang tout au bout du parking, à l'ombre d'un cyprès, où on ne la verrait pas depuis l'entrée principale du département de biologie marine.

– Je vais entrer et demander à parler à ma femme, dit Henry.

– A ton *ex*-femme, le reprit Gil.

– C'est exact, soupira Henry. Ensuite je me dirigerai vers le laboratoire de biologie marine. En passant, j'ouvrirai cette sortie de secours là-bas... la porte marron, vous la voyez?... de l'intérieur. Dès que vous entendrez le déclic de la porte, vous rappliquez à toute allure et vous entrez, mais ne refermez pas la porte derrière vous. Je retournerai au bureau d'accueil, dirai que j'ai fini de parler à mon... *ex*-femme, et je signerai le registre. Ensuite je ferai le tour du bâtiment jusqu'à la sortie de secours et j'entrerai discrètement.

– Qu'est-ce qu'on fait, une fois à l'intérieur? demanda Lloyd avec appréhension.

– Il y a un placard à balais dans le couloir, sur la droite, à une dizaine de mètres de l'entrée. Restez cachés dedans jusqu'à ce que je vous rejoigne.

– Cette sortie de secours... elle n'est pas équipée d'un système d'alarme, hein? fit Gil.

– Il n'y en avait pas, la dernière fois que je l'ai empruntée. Peu après notre divorce, je me suis introduit dans le laboratoire pour récupérer mon stylo en or. Andrea n'a jamais su que c'était moi qui l'avais pris. Elle s'est plainte de la malhonnêteté du personnel du labo!

– Et le pistolet? demanda Gil.

– C'est ton rayon, prends-le. Glisse-le dans ta ceinture, dans le dos, et évite de t'asseoir trop brusquement. Je ne tiens pas du tout à avoir un Guerrier de la Nuit sans postérieur.

Il était six heures moins sept, presque l'heure de la fermeture du département de biologie marine. Henry se dirigea vers le bâtiment et entra ; Gil et Lloyd l'observèrent par la vitre tandis qu'il parlait à la réceptionniste. Au début, la réceptionniste parut peu disposée à le laisser passer, puis ils virent qu'il signait le registre des visiteurs et se dirigeait vers le laboratoire. Ils coururent jusqu'à la sortie de secours et attendirent que Henry ouvre la porte.

– Et s'il se fait prendre sur le fait ? voulut savoir Lloyd.

Gil se retourna et le regarda.

– Dans ce cas, mon vieux, nous serons bel et bien baisés !

Mais, une minute plus tard, la porte marron s'ouvrit brusquement. Gil et Lloyd jetèrent un regard à la ronde, puis se glissèrent à l'intérieur et tirèrent la porte derrière eux, sans la refermer complètement. Le couloir était blanc, éclairé par des tubes au néon, et sentait le détergent industriel. Il y avait sur les murs des photographies encadrées de dauphins, de narvals et de calmars.

Leurs sneakers couinèrent sur le linoléum tandis qu'ils se dirigeaient rapidement vers le placard à balais et se faufilaient à l'intérieur. Gil trébucha sur un seau, et un balai-éponge glissa de côté le long du mur et heurta bruyamment le sol. Ils retinrent leur respiration pendant des minutes interminables, leur sembla-t-il, mais personne ne vint voir ce que signifiait ce raffut.

– La prochaine fois, tu n'as qu'à crier : « On est là ! », chuchota Lloyd.

– Je ne l'ai pas fait exprès, merde !

Ils attendirent seulement quelques minutes, puis la porte du placard s'ouvrit brusquement de nouveau, et Henry entra rapidement, suffoquant et hors d'haleine. Il faillit trébucher sur le balai-éponge, mais Gil parvint à le rattraper avant qu'il ne tombe.

– Un garde de la sécurité faisait sa ronde, dit Henry en haletant. J'ai été obligé de faire le tour du bâtiment en courant et d'entrer à toute vitesse !

– T'es pas en forme, mec, fit remarquer Lloyd.

– On n'a pas besoin d'être un athlète olympique pour enseigner Kant, répliqua Henry, avec un léger accès de mauvaise humeur. (Tout effort physique le rendait toujours de mauvaise humeur.)

Ils restèrent dans le placard à balais pendant presque une demi-heure. Ils entendirent des portes claquer, des pas dans le couloir, et des gens se dire bonsoir. Finalement, les néons pâlirent dans le couloir, et Henry entrouvrit la porte tout doucement et risqua un coup d'œil au-dehors.

– J'ai l'impression que tout le monde est parti. La voie est libre.

Ils s'avancèrent dans le couloir aussi silencieusement que possible et atteignirent un petit escalier sur leur gauche où un écriteau indiquait *Laboratoire de biologie marine – Amphithéâtre.*

– Allons là-haut, dit Henry.

Il se rappela que Gil lui avait dit qu'il prenait toujours la direction des opérations, aussi ajouta-t-il :

– Si vous trouvez que c'est une bonne idée, bien sûr. Il y a un balcon là-haut, qui donne sur le laboratoire principal. Cela devrait nous permettre de voir exactement où a été placée la créature, et où se trouvent les policiers chargés de la surveiller. Ensuite nous pourrons délibérer sur la façon de liquider la créature.

– Ça me paraît okay, dit Gil.

– A moi aussi, fit Lloyd.

Ils montèrent les marches sans bruit, jusqu'à ce qu'ils atteignent la porte battante qui donnait sur le balcon. Ils regardèrent par les petits panneaux de verre et virent que le laboratoire était toujours brillamment éclairé. Henry poussa tout doucement l'un des battants, afin de voir le laboratoire dans son ensemble, et Gil et Lloyd restèrent derrière lui.

En contrebas du balcon, le laboratoire faisait environ quinze mètre carrés; il était peint en blanc, carrelé et brillant. Il comportait trois longues paillasses, munies d'éprouvettes, de produits chimiques, de pipettes et de becs Bunsen à la flamme tremblotante. Tout au fond de la salle, un terminal d'ordinateur IBM scintillait et luisait, à côté d'un système de recherche documentaire sur microfiches. Sur la droite, disposées contre le mur, il y avait des rangées d'étagères métalliques où étaient placés des aquariums, une trentaine au moins. La plupart étaient vides, mais dans certains, des poissons tropicaux évoluaient, semblables à des gerbes d'aiguilles aux couleurs vives, et des tortues plongeaient dans l'eau, à la recherche de nourriture.

Au milieu de la salle se dressait une grande table de dissection, brillamment éclairée par de puissants spots fixés au plafond. Sur cette table, allongée sur le ventre, gisait une créature noire et musculeuse. Son visage était tourné vers Henry, Gil et Lloyd, ses yeux étaient fermés, son corps squameux luisait dans la lueur des spots. Andrea se tenait près de la créature et examinait une radiographie. Elle portait ses lunettes, et paraissait lasse et les traits tirés. Un peu plus loin, Salvador Ortega était assis sur un tabouret de labo et parlait à voix basse avec un policier en uniforme du Département de police de San Diego.

Henry referma le battant, très précautionneusement. Puis il se tourna vers Gil et Lloyd, et demanda :

– Alors ? Qu'en pensez-vous ?

Lloyd secoua la tête.

– C'est râpé, vu la façon dont les choses se présentent. Si nous entrons dans le labo en brandissant un flingue, ces flics nous descendront avant que nous puissions nous approcher suffisamment pour liquider cette saloperie.

– Je suis du même avis, dit Gil. Nous ne pouvons pas nous servir du pistolet tant que ces policiers sont dans le labo, c'est trop dangereux.

– Il faudrait opérer une diversion, dit Henry. Quelque chose pour les attirer hors du labo, assez longtemps pour que l'un de nous entre là-bas et explose la tête de cette créature.

– Désolé de soulever cette question en un moment pareil, mec, dit Lloyd, mais que se passera-t-il, une fois que nous aurons liquidé cette créature ? Ces flics rappliqueront et nous arrêteront, d'accord ? Enfin, si nous tuons cette chose, c'est un meurtre, d'accord ?

– Non, ce n'est pas un meurtre, affirma Henry. Cette créature n'est pas humaine. Au pire, ils peuvent nous arrêter pour possession illégale d'une arme à feu, et pour destruction de preuves matérielles.

– Mais ce sont des délits, exact ? Ils peuvent nous coffrer ?

– Hum, oui, reconnut Henry, mal à l'aise. Je pense que oui.

– Dans ce cas, j'arrête les frais, déclara Lloyd. J'ignore ce qu'il en est pour vous deux, mais moi, je n'ai pas envie d'aller en taule pour qui que ce soit, et surtout pas pour l'ex-femme de quelqu'un que je connais à peine !

– Henry, je crois qu'il parle avec raison. Ce n'est peut-être pas la bonne façon de procéder.

Henry les regarda tour à tour, d'un air pensif.

– Il faut que nous détruisions cette créature, d'une façon ou d'une autre, dit-il finalement.

– Hé, j'ai une idée! s'exclama Lloyd. Si tu réussis à faire sortir tout le monde de ce labo, pendant une minute ou deux... ton ex-femme, les flics, tout le monde... je pourrais peut-être sauter de ce balcon et taper sur la créature avec quelque chose, lui flanquer un bon coup sur le crâne!

– Et si on la faisait cramer? proposa Gil. Il y a des becs Bunsen là-bas, et des flacons d'alcool à brûler. Nous pourrions peut-être nous arranger pour que cela ressemble à un accident.

Henry s'approcha à nouveau du panneau vitré et pencha la tête de manière à scruter la salle.

– Ce n'est pas une si mauvaise idée, Gil, fit-il remarquer. Il y a deux flacons d'alcool absolu sur la table de dissection elle-même. Il te suffirait de renverser l'un de ces flacons, d'asperger d'alcool la créature, et d'y mettre le feu. Cela ne ressemblerait peut-être pas à un accident très *vraisemblable*, mais il y a de fortes chances pour que la police ne puisse jamais prouver que c'était un acte volontaire.

Il se retourna vers eux.

– Ce ne sera pas aussi rapide ni aussi efficace qu'un pistolet.

Gil baissa la tête.

– Ouais, je sais, mais je crois que je n'avais pas très envie de me servir du pistolet, de toute façon. Je sais que c'était mon idée, mais si jamais mon père s'apercevait que je l'ai subtilisé... eh bien, il ne me ferait plus jamais confiance pour quoi que ce soit. Surtout si je m'en étais servi pour abattre quelqu'un, ou quelque chose.

Henry hocha la tête.

– Je comprends. Bon, essayons de la faire cramer.

Cinq minutes plus tard, Henry frappait à la porte du laboratoire.

– *Andrea!* cria-t-il. Andrea, tu es là? *Andrea!*

La porte fut immédiatement ouverte par Salvador Ortega.

– Professeur Watkins! Que faites-vous ici? Ce bâtiment est fermé pour la nuit.

Henry le tira par la manche.

– Il faut que je voie Andrea... pour la mettre en garde...

– Allons, Henry, un peu de tenue, le calma Salvador.
Henry saisit Salvador par les revers de sa veste et le regarda d'un air éperdu.
– Salvador, écoutez-moi. Il faut que vous m'écoutiez! Andrea va mourir! Andrea va mourir, vous comprenez ce que je dis? Vous devez lui interdire de toucher à cette créature! La créature va la tuer!
– Qui est là? lança Andrea. Henry, c'est toi?
– Oh, Andrea, bredouilla Henry. Andrea! Andrea! Je t'ai toujours aimée, tu ne le sais donc pas? Tu ne dois plus toucher à cette créature! Tu dois quitter ce labo, t'enfuir! Je t'aimais lorsque je t'ai épousée, Andrea, et je t'aime toujours!
– Tu es ivre, fit Andrea d'un ton glacial.
– Moi? Pas du tout! Je n'ai rien bu! Pas une seule goutte d'alcool! Je suis sobre comme un chameau! Sens mon haleine! Vas-y, sens mon haleine! Allez! *Haahhhhhhhhh!* Tu as senti? *Haaaaahhhhh!* Et voilà, juste de l'ail, parce que j'ai mangé deux sandwiches à la mortadelle.
Andrea sortit dans le couloir avec Salvador.
– Henry, écoute-moi, dit-elle. Je me fiche complètement que tu sois ivre ou non. Je suis très occupée, et j'ai quatre analyses de la peau à terminer ce soir, avant de rentrer chez moi. Alors sois gentil, rentre chez toi et noie tes sens dans la marque de gnôle qui a ta faveur ces derniers temps!
Henry agrippa la blouse de labo d'Andrea et la regarda au fond des yeux.
– Andrea, je t'aime! Je te l'ai toujours dit, non? Tu ne dois plus toucher à cette créature! Promets-le-moi! Promets!
Salvador ouvrit la porte du laboratoire et appela :
– Officier, vous voulez bien raccompagner ce monsieur jusqu'à l'entrée du bâtiment? Je pense qu'il souffre de stress, sans parler d'une consommation abusive de vodkatinis.
Le policier en uniforme sortit du laboratoire et arbora un large sourire, ses pouces passés dans son ceinturon.
– Compris, lieutenant, dit-il à Salvador, puis à Henry : Amène-toi, mon pote, j'ai l'impression qu'on ne veut plus de toi ici!
Henry lui lança un regard furibond.
– Pote? Je ne suis pas ton pote, espèce de gros tas en uniforme! Vous avez entendu ça, Salvador? Ce policier a

dit qu'il était mon pote... ou du moins que j'étais son pote. Est-ce que vous savez que c'est un délit très grave? Se comporter avec un civil d'une façon excessivement amicale afin qu'il coopère et renonce à ses droits constitutionnels!

Salvador passa son bras autour de l'épaule d'Henry.

– Allons, Henry, j'ignore à quoi rime cette petite comédie, mais vous feriez mieux de partir. Ne m'obligez pas à vous emmener au commissariat, d'accord? Cela ne ferait pas bon effet dans les journaux. « ARRESTATION D'UN PROFESSEUR DE PHILOSOPHIE BIEN CONNU. »

Henry plaqua une main sur son cœur, de façon mélodramatique. Il rejeta sa tête en arrière et roula les yeux.

– Aaagh! s'écria-t-il. Aaagh!

– Henry, qu'y a-t-il? lui demanda Andrea avec inquiétude. Henry!

Henry fléchit les genoux et se mit à tourner dans le couloir, les jambes pliées. Comme il passait de nouveau devant la porte, il entrevit des flammes orange qui jaillissaient dans le laboratoire, et il comprit que sa manœuvre de diversion avait marché. Lloyd avait réussi à sauter du balcon et à asperger la créature d'alcool.

– Henry..., dit Andrea.

Mais avant qu'elle puisse dire autre chose, elle fut interrompue par un cri perçant, à crever le tympan. Elle se retourna vivement, imitée par Salvador, et le policier en uniforme poussa immédiatement le battant.

– Oh, mon Dieu! s'écria Andrea. Oh, mon Dieu, cette pauvre créature est en feu!

Ils entrèrent en trombe dans le laboratoire. A sa grande horreur, Henry vit que la créature-Démon s'était assise sur la table de dissection et qu'elle était enveloppée de flammes, tel un moine bouddhiste s'immolant par le feu. Ses yeux fendus étaient d'un écarlate ardent, ses deux rangées de dents découvertes par un rictus de souffrance, et elle agitait frénétiquement les bras, de telle sorte que les flammes produisaient un grondement terrifiant. Henry leva les yeux vers le balcon, mais Lloyd et Gil avaient disparu.

– Un extincteur, bon Dieu! hurla Salvador.

Il ôta vivement sa veste et s'approcha de la créature en feu, tel un matador.

La créature criait et criait. Dans chacun de ses cris,

Henry entendait le tumulte de l'enfer, la fureur du feu, la douleur de la torture. Les cris étaient tellement perçants qu'il n'était même pas sûr de les entendre vraiment; il savait seulement qu'ils ébranlaient ses nerfs avec la folie méthodique d'un aliéné tailladant un câble de téléphone.

Salvador gesticulait et essayait de s'approcher, mais la chaleur dégagée par la créature en flammes était déjà insoutenable. C'était même étonnant qu'elle soit encore vivante et capable de crier. Sa chair noire se ratatinait et se craquelait comme de la peinture sous un chalumeau. Des flammes jaillissaient de son menton et lui faisaient une barbe de feu. De la matière cervicale grisâtre commença à bouillonner et à suinter de ses oreilles; son sang grésillait bruyamment tandis que le feu dévorait sa peau.

– Cet extincteur, ça vient, oui ou merde? vociféra Salvador.

Il essaya d'arriver jusqu'à la créature, brandissant sa veste, et ils sentirent, se mêlant à la puanteur de la chair carbonisée, l'odeur de la laine roussie.

Mais avant que le policier en uniforme puisse revenir vers la table de dissection avec l'extincteur, tous les néons du laboratoire explosèrent brusquement et des éclats de verre volèrent partout. De petites lueurs bleutées dansèrent un instant sur le plafond, puis le laboratoire fut plongé dans l'obscurité... à l'exception du Démon embrasé. Il se mit debout, noirci, sur la table de dissection, et se dressa sur ses pattes de derrière, comme un bouc ou un singe. Ses yeux avaient brûlé, ses os mis à nu luisaient à travers sa chair calcinée; pourtant il se dressait là devant eux, continuant de flamber, continuant de les narguer, continuant de les défier de s'approcher.

Dans une série de craquements assourdissants, tous les aquariums disposés le long du mur du laboratoire se brisèrent. Henry entendit l'eau se déverser violemment sur le carrelage, et les soubresauts éperdus des poissons en train d'agoniser. Puis, l'un après l'autre, les becs Bunsen s'enflammèrent, gorgés de gaz, et explosèrent. Un instant plus tard, toutes les éprouvettes, toutes les pipettes et toutes les bouteilles de produits chimiques se fracassèrent en des milliers de petits morceaux de verre, projetés dans toutes les directions.

– Sortez! hurla Salvador. Foutez le camp!

Henry poussa maladroitement Andrea vers la porte.

Mais, comme elle saisissait la poignée, elle se retourna vers lui et cria :

– La porte est coincée ! Je ne peux pas sortir ! Henry, la porte est coincée !

Henry jeta un regard affolé autour de lui, cherchant quelque chose pour enfoncer la porte. Il saisit un tabouret, le tint par les pieds et l'abattit sur le panneau en bois une, deux, trois fois. Au troisième coup, le siège se brisa et Henry se retrouva avec une poignée de bâtons.

Salvador, continuant de brandir sa veste devant lui, essaya une dernière fois d'étouffer les flammes qui dévoraient la créature. Le policier en uniforme s'était approché avec l'extincteur, mais le mécanisme était apparemment bloqué, et il tapait dessus avec la crosse de son arme de service.

Dans le laboratoire plongé dans l'obscurité, la scène ressemblait à un grotesque spectacle de marionnettes. Un petit personnage debout sur une estrade, qui criait et vomissait des flammes, et les personnes présentes ne pouvaient rien faire, sinon regarder en spectateurs impuissants. Une épaisse fumée noire avait envahi la salle ; elle agressait leurs narines et leurs gorges de l'odeur nauséabonde d'os se consumant.

Salvador se tourna vers Henry, l'air horrifié, et cria :

– Vous n'arrivez pas à ouvrir cette porte ?

– Elle est coincée ! lui cria Henry en retour. J'ai essayé de briser le panneau, mais il est trop solide !

– Essayons de grimper jusqu'au balcon ! dit Salvador.

Mais, alors qu'il baissait sa veste et reculait d'un pas vers eux, il y eut un soudain déplacement de flammes grondantes, et le Démon en feu sauta de la table de dissection et s'agrippa à lui, tel un enfant s'agrippant à son père.

– *Madre mía !* hurla Salvador.

Il essaya frénétiquement de se dégager. Mais le Démon embrasé le tenait fermement et enfonçait ses griffes dans son corps. Sa chemise en toile de coton roussit et s'enflamma brusquement. Salvador recula en chancelant, fit trois ou quatre pas hystériques, tandis que le Démon continuait de l'étreindre.

– *Aidez-moi !* cria Salvador. *Aidez-moi, pour l'amour de Dieu, venez à mon secours !*

Le policier en uniforme tourna prudemment autour de Salvador. Henry entrevit son visage terrifié à la lueur de la chemise enflammée de Salvador. Puis la créature frappa avec l'une de ses griffes, un geste si rapide que Henry ne vit qu'une traînée de feu semi-circulaire. Les griffes accrochèrent la peau du visage du policier et arrachèrent tout au-dessous de ses yeux, s'enfonçant jusqu'aux os de son crâne, avec un bruit de sac que l'on déchire. Les mains du policier se portèrent à son visage dans un réflexe de douleur et d'horreur absolue, puis il s'affaissa dans l'obscurité.

Salvador luttait avec le Démon. Il avait cessé de crier, plongé dans des abîmes de souffrances insoutenables. Mais plus il se contorsionnait, plus il se débattait, et plus le Démon s'agrippait à lui et l'étreignait. Les cheveux de Salvador prirent feu, et Henry regarda avec une fascination morbide tandis qu'ils grésillaient et se ratatinaient. Le cuir chevelu de Salvador se couvrit de plaques rouges. Il ne hurlait pas; pourtant les fémurs du Démon avaient certainement brûlé et traversé sa ceinture pelvienne, et ses griffes s'étaient manifestement enfoncées dans son dos.

A ce moment, la porte du laboratoire s'ouvrit, et Gil et Lloyd apparurent. Gil brandissait le pistolet de son père, et il s'exclama :

– Dieu Tout-Puissant!

Henry se tourna vers lui et cria :

– Donne-moi ça!

Sa voix était presque hystérique. Gil lui tendit le pistolet sans chercher à discuter. Henry le prit, releva le chien et s'avança vers Salvador et le Démon, aussi près qu'il l'osait.

Par-dessus l'omoplate arrondie et noircie du Démon, le policier aperçut Henry qui levait le pistolet. Il hocha la tête mutilée de haut en bas, en une supplication silencieuse. Tuez-moi, *por favor*. Henry tint le lourd pistolet à deux mains, eut un instant d'hésitation, puis tira. Le recul fut terrifiant; la détonation fut assourdissante, répercutée par les murs du laboratoire. Le dessus de la tête de Salvador sauta, comme une marmite de poivrons rouges qui a brusquement débordé. Salvador partit à la renverse et heurta l'une des paillasses, puis il s'effondra vers le sol, le Démon toujours agrippé à sa poitrine.

Le Démon en flammes tourna la tête, frustré de l'âme du policier, leva les yeux vers Henry et cria à nouveau, un horrible cri de corneille noire qui glaça Henry depuis la racine des cheveux jusqu'aux orteils. Ses griffes lâchèrent le cadavre, et Henry les entendit crisser sur le carrelage.

Il tira. Ses oreilles bourdonnèrent. La poitrine du Démon éclata, telle une cage d'oiseau défoncée, et des débris embrasés volèrent tous azimuts. Il tira à nouveau, fracassant et réduisant en bouillie le crâne du Démon. Il tira deux fois encore, et finalement il ne resta plus de la créature que des fragments d'os en train de brûler.

Un vent commença à se lever. Doucement d'abord, agitant les cendres de ce qui avait été l'enfant immonde de Yaomauitl. Puis beaucoup plus fort, et beaucoup plus bruyamment, en un cri caverneux et plaintif, comme celui du mistral ou du sirocco.

Henry releva la tête, ses cheveux grisonnants agités par le vent, ses yeux emplis de larmes du fait de la chaleur intense et de l'émotion.

– Yaomauitl ! cria-t-il. Yaomauitl !

Mais le vent tomba et chuchota dans les recoins de la salle, et Henry comprit que Yaomauitl était parti. Il se retourna et regarda Gil, Lloyd et Andrea. Il entendait une course précipitée dans le couloir et la plainte de sirènes de police à l'extérieur du bâtiment.

Il posa sa main sur l'épaule de Gil. Celui-ci le regarda fixement, bouleversé.

– Ce n'était pas ta faute, lui dit Henry d'une voix rauque. Personne n'aurait pu prévoir ce que cette créature allait faire.

Gil appuya le dos de sa main sur son front.

– Elle brûlait, dit-il. Elle brûlait et elle ne mourait pas.

Le policier dont le visage avait été arraché par les griffes de la créature se mit à gémir et à suffoquer, quelque part dans l'ombre.

– Oh, mon Dieu ! dit Lloyd. C'était un vrai Démon, hein ? Enfin, un Démon tout à fait réel !

– Oui, répondit Henry.

Il se rendit compte qu'Andrea le regardait fixement, tenant ses lunettes contre sa poitrine.

– Henry, dit-elle d'une voix mal assurée. Henry, que s'est-il passé ?

– Tu as examiné cette créature, dit Henry. Tu sais certainement ce qu'elle était.

– Je n'en ai pas la moindre idée, Henry. Les examens que nous avons menés indiquent qu'elle n'était rien de plus qu'un genre d'amphibie... un genre d'urodèle, comme une salamandre ou une sirène. Extrêmement développée, bien sûr, mais...

– Un Démon, l'interrompit Henry.

– Quoi? demanda Andrea, déconcertée.

– Que sont les sept épreuves d'Abrahel? lui demanda Henry, d'une voix tendue.

– Les quoi? Henry, tu m'as déjà posé cette question. Je ne sais pas. Mais de quoi parles-tu?

– Tu es sauvée, Andrea, dit Henry. Tu ne le sais pas, mais tu es sauvée.

A ce moment, une lampe à arc éclaira brusquement le laboratoire, et Henry s'aperçut que l'endroit grouillait de policiers, d'ambulanciers et de pompiers. Un officier de police vint vers Henry et lui retira le pistolet de la main en disant :

– Tout va bien, monsieur. Je me charge de ceci.

17

Ce soir, Springer était une femme. Elle portait une robe compliquée de taffetas et de soie blanche, avec un col haut ruché et un corsage triangulaire en dentelle plissée, brodé de perles. La robe semblait avoir été créée par le couturier de la reine Élisabeth Ire, conjointement avec les Emanuel.

Lorsqu'ils furent tous arrivés et changés en Guerriers de la Nuit, elle dit :

– Vous avez agi sans réfléchir.

– Nous avons tué tous les rejetons de Yaomauitl, répliqua Kasyx d'un air de défi.

– Vous avez tué tous les rejetons qui étaient sortis du corps de Sylvia Stoner. Mais il y en aura d'autres, aussi longtemps que Yaomauitl sera libre.

– Nous le savons, dit Gil. C'est en partie pour cette raison que nous l'avons fait.

– Nous aurions pu passer des années à chercher Yaomauitl, sans jamais le trouver, intervint Xaxxa. Vous le savez. Rêve après rêve, sans le moindre résultat. Vous avez trouvé ce fils du Démon, la nuit dernière, uniquement parce que vous saviez où regarder.

– De même que la nuit précédente, fit Samena. La nuit où vous nous avez envoyés dans le cauchemar de Lemuel Shapiro, sans même nous avertir.

– Aussi, en faisant ce que nous venons de faire, nous avons rendu Yaomauitl furieux, dit Xaxxa. Nous l'avons rendu *tellement* furieux qu'il va venir nous chercher, au lieu que ce soit l'inverse.

– Nous avons l'intention d'attirer Yaomauitl dans un guet-apens, ajouta Kasyx.

Springer tourna lentement autour des Guerriers de la Nuit, et ses yeux sombres et impénétrables se posèrent sur l'armure écarlate de Kasyx, le plastron blanc de Tebulot, le tricorne orné de plumes de Samena, et le baudrier de Xaxxa. Lorsqu'elle eut décrit un cercle complet autour d'elle, elle déclara, de la plus cinglante des voix :

– Tiens, tiens... nous parlons différemment ce soir. Nous parlons avec indépendance. Nous parlons d'une seule voix.

– Peut-être apprenons-nous qui nous sommes, et ce que nous sommes capables de faire, répliqua Kasyx.

– Vous avez tué un homme et vous en avez grièvement défiguré un autre, depuis votre récente profession d'indépendance.

– Non, dit Kasyx, vous vous trompez complètement. Nous n'avons rien fait à ces hommes, c'est Yaomauitl ! Il s'agit d'une guerre, Springer, pas d'un simple divertissement pour quatre personnes qui ont envie de faire quelque chose de plus passionnant la nuit. Il s'agit d'une invasion. Croyez-moi, je déplore la mort de ce policier plus que quiconque. Il était le premier policier que j'aie jamais appelé par son prénom. Mais dans des guerres, dans des invasions, des gens se font tuer. On ne peut pas remporter la victoire si on ne prend pas ce risque.

Springer demeura sans expression durant un moment, puis elle sourit.

– Tu as parlé judicieusement, Kasyx, dit-elle. Tu as compris la gravité de ce que Yaomauitl cherche à faire. Tu as commencé à agir de ta propre initiative, également. Ton attaque menée contre ces Démons enfouis dans le sable était précipitée et mal préparée, mais tu as eu de la chance, et cela a marché. Tu les as détruits. Que cela soit dû à la chance ou non, il me serait difficile de critiquer ce succès.

– Avez-vous l'intention de nous envoyer dans un rêve en particulier, cette nuit ? demanda Samena.

Springer secoua la tête.

– Vous devez sortir seuls désormais, et choisir le rêve que vous voudrez. Vous n'êtes pas encore des Guerriers de la Nuit parfaitement expérimentés, mais vous êtes prêts à sélectionner un rêve tout seuls. Ma tâche est presque achevée.

– Vous nous quittez ? demanda Samena.

Brusquement, elle trouvait la perspective d'agir sans

Springer tout à fait angoissante, comme de conduire pour la première fois sans un moniteur. Samena avait passé toute une journée dans les limbes, lorsqu'elle était l'otage du rejeton de Yaomauitl, et elle avait une certaine appréhension à l'idée de retourner dans des rêves. Jusqu'ici, elle avait été incapable d'expliquer aux autres la peur absolue qu'elle avait ressentie... le désespoir affreux de rester seule durant des heures et des heures dans une pièce dont les murs étaient aussi intangibles que de la brume, et pourtant aussi impénétrables que de l'acier trempé. Il n'y avait eu aucun son dans cette pièce, aucune émotion, aucune vibration. Personne n'était venu la voir. Et tout laissait penser qu'elle allait rester là pour l'éternité.

Springer sortit un éventail blanc paon de sa manche et commença à s'éventer le visage.

– Je ne suis pas exactement ce que vous pensez que je suis, de même que Ashapola n'est pas exactement ce que vous pensez qu'*Il* est. Nous sommes plus grands et en même temps infimes... plus grands, cependant, à cause de notre insignifiance.

Kasyx, rompu à la philosophie comme il l'était, fut à la hauteur de cette énigme.

– Je vois, déclara-t-il. Ashapola est le Dieu des Possibilités Humaines, et vous êtes son messager.

– Tu fais un gardien de la charge avisé, Kasyx, dit Springer. Un jour, dans les années à venir, on se souviendra de ton nom avec une grande admiration.

Kasyx se tourna vers Tebulot, Samena et Xaxxa.

– J'ai appris autre chose, dit-il à Springer. J'ai appris qu'un gardien de la charge ne saurait être plus grand que les Guerriers qu'il sert, de par sa fonction. Nous ne faisons qu'un. Nous sommes des Guerriers de la Nuit.

Springer prit la main de Kasyx et s'inclina devant lui.

– Je vous souhaite bonne chance dans votre combat contre Yaomauitl. Je suivrai vos exploits.

Alors, se tenant par la main, les quatre amis s'élevèrent à travers le toit de la maison et volèrent vers la nuit. Il n'y avait pas de lune. Ils montèrent dans le ciel et scrutèrent le paysage scintillant, à la recherche du moindre signe de la présence de Yaomauitl. Ils écoutaient et regardaient, se servant également de leurs pouvoirs médiumniques. Ils se dirigèrent vers le nord, suivant la ligne lumineuse de la côte, quatre ombres foncées dans un ciel sombre. Ils percevaient au-dessous d'eux les rêves et les cauchemars des milliers de personnes qui dormaient déjà. Collectivement, leurs rêves ressemblaient à des palais et à des immeubles d'habitation, à l'intérieur desquels les événements les plus étranges se déroulaient, dans le noir et en plein jour, dans la peur et dans le bonheur, dans l'extase et dans l'angoisse. Des aiguilles de pendule tournoyaient, des nuages traversaient impétueusement des cieux inconcevables, des champs de blé ondoyaient tel un incendie. Il y avait des voix, des sanglots et tellement de musique que cela donnait l'impression qu'un grand orchestre invisible accordait ses instruments, des violoncelles, des piccolos et des violons tourmentés. Des cris. Des rires. Des murmures et des pleurs.

Dans les rêves et les cauchemars, tout était possible. Les morts pouvaient marcher et parler comme s'ils n'étaient jamais partis. Les enfants à naître pouvaient ouvrir leurs yeux et regarder leurs mères qui n'existaient pas encore. L'amour pouvait être consommé entre des inconnus durant des instants éphémères. Des fortunes pouvaient être gagnées par les plus pauvres, et les riches pouvaient connaître ruine et humiliation.

Les Guerriers de la Nuit passaient au-dessus de ces rêves et de ces cauchemars, traînant leurs ombres derrière eux. Chaque rêveur qui percevait leur passage fronçait les sourcils dans son sommeil et, le matin venu, il aurait la sensation que quelque chose d'inhabituel lui était arrivé durant la nuit.

Samena fut la première à percevoir la présence de Yaomauitl. Ils étaient presque arrivés à Beverly Hills, et s'apprêtaient à se diriger vers l'est pour continuer vers Glendale et Pasadena. Mais Samena redressa brusquement la tête, leva les mains, et dit :

– Il est ici. Je sens sa présence. Il est tout près.

Les Guerriers de la Nuit ralentirent leur vol fantomatique à travers l'obscurité. Samena ferma les yeux et descendit vers l'ouest. Elle se laissait guider par ses émotions plutôt que par ses yeux. Les trois autres se rapprochèrent et volèrent à ses côtés. Ils regardaient autour d'eux tandis qu'ils descendaient, prêts à déceler le moindre signe d'un traquenard. Ils avaient vu à quel point la progéniture de Yaomauitl pouvait être féroce. Yaomauitl lui-même, l'Ennemi Redouté, était adulte, et âgé de plusieurs siècles. Ils avaient toutes les raisons d'avoir peur de lui.

– A gauche, à gauche, murmura Samena.

Ils descendirent en spirale vers une vaste demeure de stuc vert pâle sur Lago Vista Drive, dans Coldwater Canyon. Il y avait une grande piscine à l'arrière de la maison, un jardin d'orchidées, et une Bentley était garée dans l'allée. Des lumières étaient allumées partout, et les Guerriers de la Nuit entendaient de la musique et des rires.

– Tu es sûre que c'est ici? demanda Kasyx à Samena. Cela m'étonnerait que quelqu'un puisse dormir avec un tel raffut!

– Suivez-moi, dit doucement Samena.

Elle les précéda, descendit à travers le toit de tuiles vertes, traversa le vaste studio aménagé au grenier, le plafond, et arriva dans une chambre d'enfant.

C'était une chambre à coucher ravissante, décorée de rideaux à fleurs et d'une moquette bleu glacier. Au milieu d'un grand lit en cuivre, étendu sur des draps qui étaient assortis aux rideaux, dormait un garçon de huit ans environ. Il était blond et bronzé, mais avait des traits délicats, et des poignets et des chevilles fragiles. Il portait un pyjama bleu clair, aux jambes de pantalon tirebouchonnées. Posé sur l'oreiller à côté de lui, un ours en peluche bleu regardait fixement le plafond, comme s'il avait été assommé avec un merlin. Le lit était surmonté d'une image religieuse naïve représentant les quatre évangélistes rassemblés autour du berceau d'un petit enfant endormi, avec les mots « *Matthieu, Marc, Luc et Jean, bénissez le lit dans lequel je dors* ».

Les Guerriers de la Nuit s'approchèrent du lit et contemplèrent le jeune garçon.

– Le Démon est ici? demanda Xaxxa. Dans le rêve de ce gamin?

– Tu ne sens pas sa présence? demanda Samena.

Ils demeurèrent silencieux un moment. Ils entendaient les adultes de la maison rire et parler au rez-de-chaussée. A en juger par les bribes de conversation qu'ils saisissaient, la maison appartenait à un producteur de cinéma qui fêtait le succès triomphal de l'un de ses films sorti récemment. Une femme à la voix criarde n'arrêtait pas de dire : « Charlton était *prodigieux*... Je n'ai jamais été l'une de ses admiratrices, mais il était absolument *prodigieux* ! »

– Bien, dit Kasyx. Plus nous attendons, plus cela laisse de temps au Démon pour se préparer.

Il leva les bras et traça dans l'air l'octogone bleu fluorescent, tandis que ses trois compagnons s'approchaient de lui.

Kasyx sépara la nuit à l'intérieur de l'octogone, et les Guerriers entrevirent une obscurité et des ombres sinistres. Tebulot tenait son arme à deux mains, prêt à tirer si jamais ils étaient attaqués au moment de pénétrer dans le rêve. Kasyx fit s'élever l'octogone au-dessus de leurs têtes, puis lui intima de descendre autour d'eux.

A l'instant où l'octogone toucha le sol, les Guerriers de la Nuit se retrouvèrent dans un cauchemar glauque et tourbillonnant. Ils étaient apparemment dans une cathédrale, ou une église, avec une voûte en forme de dôme et un sol immense de dalles noires et blanches. La cathédrale retentissait d'un hurlement continuel, comme le bruit d'un train s'engouffrant dans un tunnel. Des ombres et des objets se déplaçaient rapidement dans l'air, en un défi démentiel aux lois de la pesanteur.

Alors qu'ils regardaient autour d'eux, un gigantesque cheval à bascule apparut, de la taille d'une maison : sa bouche était tordue par un rictus, ses dents mises à nu, et ses yeux hagards aveugles. Il passa au-dessus de leurs têtes dans un grondement de tonnerre, et lorsqu'ils levèrent les yeux vers ses flancs, ils aperçurent d'énormes ressorts graisseux, des engrenages qui gémissaient, et un grand nombre de jeunes enfants qui s'agrippaient désespérément aux étriers.

– Un sacré cauchemar! dit Tebulot. Je parie que les parents de ce pauvre gosse l'obligent à faire de l'équitation.

– Dans quelle direction allons-nous? demanda Kasyx à Samena.

Samena appuya le bout de ses doigts sur son front et ferma les yeux.

– Il se trouve quelque part au-dehors. Je ne sais pas exactement où. Il ne bouge pas, et il ne dit rien. Il sait probablement que nous sommes ici, et il se cache.

– Bon, très bien, dit Kasyx. Dirigeons-nous vers la porte, d'accord? Mais restons sur nos gardes.

Un diable à ressort aux cris stridents passa rapidement près d'eux, sa bouche distendue par une terreur mécanique, poursuivi par les ombres de chiens féroces. Puis une table surgit, tournant sur elle-même, et quatre chaises, et une averse de couverts, une voix d'adulte aboyait et criait autour d'eux, aussi furieusement que les chiens. « *Regarde ce que tu as fait! Regarde ce que tu as fait! Regarde ce que tu as fait!* »

Ils atteignirent le portail et se retournèrent pour regarder l'intérieur de la cathédrale. Des objets volaient de tous côtés, certains rasaient la voûte : des clés, des chandeliers, des fauteuils, des ciseaux, des jouets, des chaussures. Les murs retentissaient du vacarme de centaines de voix furieuses... des voix d'adultes, qui criaient, hurlaient, rudoyaient et grondaient.

« *Regarde ce que tu as fait! Tu ne pourrais pas être plus...? Combien de fois faut-il que je...? Regarde le désordre que tu as... Si tu ne ranges pas ta...! Ne sois pas aussi...! Si tu me réponds encore une fois, je vais te...!* »

Ils se regardèrent, et chacun d'entre eux reconnut l'impuissance pitoyable de l'enfance. Aucun ne dit un mot. C'était la première fois qu'on leur rappelait les véritables émotions de l'enfance depuis qu'ils avaient franchi le cap de l'adolescence. Pour Kasyx, cela faisait presque quarante ans; pour Tebulot, Samena et Xaxxa, cela faisait seulement cinq ou six ans. Mais jusqu'à maintenant, ils avaient complètement refoulé la peur, l'anxiété et ce sentiment de dépendre entièrement d'adultes dont l'humeur pouvait changer de façon imprévisible... amicale, soudain sarcastique, parfois violente jusqu'au cauchemar... pour des raisons qu'un enfant était parfaitement incapable de comprendre. Tout cela était ici, cependant, à l'intérieur de ce rêve : le chaos et le tumulte de l'incertitude de l'enfance.

Les Guerriers de la Nuit sortirent de la cathédrale et refermèrent les portes derrière eux. Un cimetière laissé à l'abandon s'étendait tout autour. C'était le jour, mais le ciel était gris ardoise et orageux, et un vent ridait l'herbe desséchée entre les pierres tombales, telle une main décharnée. Les tombes étaient monumentales, d'énormes édifices de pierre érigés à la gloire de la mort, sculptés d'anges, de masques et de faux; et de livres en pierre ouverts sur lesquels des mots étaient écrits dans des langues étranges, indéchiffrables. Quelque part, une branche ou une barrière battait au gré du vent, *tac-tac, tac-tac*, et tous sentirent que Yaomauitl, l'Ennemi Redouté, se trouvait à proximité.

Comme ils traversaient le cimetière et se dirigeaient vers le porche d'entrée croulant, ils entendirent le grincement caverneux de la pierre sur de la pierre. Xaxxa fermait la marche, et il jeta un regard autour de lui et murmura :

– Bordel de merde!

Kasyx fit halte et se retourna. Tebulot leva son arme. Mais Xaxxa était figé sur place et regardait fixement la pierre tombale à côté de lui. La dalle avait glissé sur un côté, laissant une étroite ouverture triangulaire, et à l'intérieur de leur ouverture triangulaire, ils aperçurent un cadavre jaunâtre dans un linceul, une vieille femme qui leur lançait un regard furieux. Ses yeux globuleux étaient injectés de sang.

– Cela fait partie du cauchemar, c'est tout, dit Kasyx à Xaxxa. N'y fais pas attention.

Xaxxa s'éloigna lentement, sans quitter des yeux la tombe ouverte. Cependant, alors qu'il passait devant la tombe suivante, il y eut un autre raclement, et la dalle glissa sur le côté, révélant un homme à moitié décomposé en complet-veston. Puis une autre tombe s'ouvrit, et une autre, et une autre. Bientôt, le déplacement des dalles sur le dessus des tombes fit un bruit de grincement de dents. Plus de deux cents corps gisaient, exposés au ciel d'orage, immobiles mais incontestablement vivants, avec les atours en lambeaux dans lesquels ils avaient été inhumés : robes de mariée et costumes trois-pièces, robes du soir et smokings, une assemblée distinguée aux yeux fixes et à la chair putréfiée.

La branche continuait de faire *tac-tac, tac-tac*, et les Guerriers de la Nuit s'avancèrent prudemment dans le cimetière. Ils jetaient des regards inquiets d'un côté et de l'autre, prêts à tout.

Soudain, un éclair claqua depuis les nuages, un arbre d'électricité compacte, qui s'abattit sur un coteau au loin. Le vent se mit à souffler violemment, et des feuilles crissaient et tourbillonnaient autour d'eux. Il y avait dans l'air une odeur d'ozone, d'ozone et de mort. La fraîcheur allotropique de l'oxygène, mêlée à l'odeur douceâtre de la décomposition des corps.

Les morts se redressèrent dans leurs tombes. Avaient-ils été ramenés à la vie par cette formidable décharge d'électricité, galvanisés tel le monstre de Frankenstein, ou bien par rien de plus qu'une idée fantasque qui avait surgi dans l'esprit du petit garçon endormi, les Guerriers de la Nuit l'ignoraient. Tout était possible dans un cauchemar. Néanmoins, les morts se mirent sur leur séant avec raideur, leur peau desséchée craqua de façon audible, leur chair s'écailla et tomba de leurs visages, et ils se tournèrent vers les intrus et crièrent après eux.

Ce n'était pas un cri ordinaire. C'était une clameur infernale, discordante, qui fit se dresser les cheveux sur leur nuque et glaça leur vessie, leur donnant une envie soudaine et primitive d'uriner, et puis de s'enfuir. Kasyx n'avait jamais rien entendu de tel... Même cet après-midi, de la part du Démon en flammes. C'était un cri de désespoir absolu, poussé par ceux dont la vie a déjà été vécue, et a pris fin. C'était la terreur humaine la plus élémentaire de toutes, exprimée dans un effroyable vacarme. La peur de mourir, l'horreur d'être mort.

– Venez, foutons le camp d'ici! cria Kasyx.

Les Guerriers de la Nuit sortirent du cimetière en toute hâte, tandis que les morts continuaient de crier. Au-delà du cimetière, il y avait une prairie... mais l'herbe était cramoisie, et les arbres tout autour jaune citron, comme une photographie qui a été tirée dans les mauvais bains. Ils traversèrent la prairie au petit trot, regardant derrière eux de temps à autre pour s'assurer que les morts du cimetière ne les suivaient pas.

Au bout de quelques minutes, le cri s'affaiblit dans le lointain. La prairie commença à monter, et ils arrivèrent finalement sur une crête dominant une ville étrange. Tous les bâtiments étaient très hauts et noirs, ils scintillaient de lumières, et des passages couverts reliaient les étages supérieurs entre eux. Des drapeaux noirs battaient au gré du vent, et de petits avions pullulaient autour de la ville tels des frelons. La ville tictaquait, un tic-tac régulier, tendu.

Tebulot se tourna vers ses compagnons et dit :

– Un mécanisme à ressort. Vous entendez ça? C'est une ville mécanique!

A ce moment, Samena se retourna et toucha le bras de Xaxxa. Il se retourna à son tour et prévint Kasyx.

– Ils nous ont suivis, dit-il.

Kasyx regarda vers la prairie à l'herbe écarlate balayée par le vent. Les morts s'avançaient, disposés en une ligne qui s'étendait d'un horizon à l'autre. Ils étaient silencieux à présent, et ils marchaient la tête levée d'un air de défi putréfié. Leurs robes longues et leurs tenues de soirée en lambeaux traînaient sur le sol.

– Tebulot, dit Kasyx. Ceci n'est pas le produit de

l'imagination du jeune garçon; c'est l'œuvre de Yaomauitl. Tu es chargé à plein?

Tebulot vérifia le cadran gradué de son arme et hocha la tête. Samena décrocha de sa ceinture une pointe de flèche multiple et l'ajusta à son index. Xaxxa se mit légèrement de côté et fléchit les genoux, prêt à attaquer.

Le tonnerre commença à gronder dans le lointain; des éclairs zébraient l'horizon et survenaient rapidement, tel l'homme-ciseau aux longues jambes de la légende. Tandis que les morts s'approchaient, il commença à pleuvoir, des gouttes grasses, largement espacées, qui faisaient bruisser l'herbe. Kasyx entendit un cliquetis aigu derrière et au-dessus de lui, et presque tout de suite, quatre petits avions mécaniques, venus de la ville mécanique, surgirent et décrivirent une courbe dans le ciel. Leurs hélices luisaient dans la pluie, leurs ailes noires et trapues étaient secouées par le vent.

Il y avait un autre bruit, également. D'herbe déchirée. Ils baissèrent les yeux et virent que des poignées d'herbe écarlate étaient arrachées d'en dessous par des doigts squelettiques qui cherchaient à atteindre le monde d'en haut. A cinq mètres seulement d'eux, une main se fraya brusquement un passage parmi les mottes, puis une autre, puis la tête putréfiée d'un cadavre surgit du sol. Elle arborait le rictus de ceux qui sont morts depuis longtemps. Ses dents, ses oreilles et ses orbites étaient souillées de terre. Finalement, le cadavre tira sur le côté les mottes de gazon, comme s'il ouvrait la fermeture à glissière d'un sac de couchage, et il se mit debout, aveugle et chancelant, la tête dressée pour flairer l'odeur de la chair vivante. Une autre main surgit du sol, juste à côté du pied de Samena, puis une autre. Bientôt, toute la crête grouillait de mains putréfiées, tandis que les morts se démenaient pour s'extirper de leur tertre funéraire.

– C'est bien ça! dit Kasyx. C'est l'armée de Yaomauitl. Les morts! Mais regardez-les!

Xaxxa fronça le nez.

– Mince, ils sentent pas la rose!

Tebulot leva son arme et se prépara à tirer.

– Vous êtes prêts? demanda Kasyx. Ils vont nous mettre en pièces s'ils arrivent jusqu'à nous!

Samena levait les bras, se mettant en position de tir, lorsqu'elle se raidit brusquement, comme si elle avait entendu quelque chose, puis elle se retourna.

– Qu'y a-t-il? lui demanda Kasyx.

Puis il se retourna à son tour, et il vit.

La ville mécanique était en train de s'assembler différemment : elle se modifiait, s'enboîtait, comme un gigantesque jouet d'enfant. Dans un cliquetis et un tintement amplifiés, elle s'éleva vers le ciel d'orage, immeuble après immeuble, cheminée après cheminée. Des voies ferrées se tournaient sur le côté et s'emboîtaient pour former des ponts; des immeubles de bureaux en forme de pyramide grinçaient sur leur axe et rentraient dans des fentes diagonales disposées sur le côté de parkings. La ville s'élevait, et elle assombrissait un ciel qui était déjà sombre. Une construction gigantesque d'immeubles, d'artères et de ponts : elle scintillait toujours de lumières, elle fourmillait toujours d'une circulation intense, mais c'était un humanoïde à présent, une ville qui avait la forme d'un homme.

Les Guerriers de la Nuit regardaient avec stupeur la masse prodigieuse de la ville mécanique, et pour la première fois depuis que Springer les avait investis du pouvoir d'Ashapola et de l'armure très ancienne qui avait protégé leurs ancêtres, ils se sentirent désemparés.

Lentement, deux yeux d'un jaune luisant s'ouvrirent dans la tête de la ville mécanique, et une voix gronda vers eux, comme une succession de camions précipités du haut d'une falaise.

– Vous avez osé défier Yaomauitl, l'Ennemi Redouté, le Fléau de l'Église! Vous avez osé détruire mes enfants bien-aimés! Pour cet acte, il n'y a pas de pardon, pas de pitié! Pour cet acte, il n'y a que le châtiment éternel, et les tourments de l'enfer!

Dans une nouvelle clameur stridente, les morts en lambeaux gravirent en courant la colline écarlate pour se jeter sur les Guerriers de la Nuit. Ils étaient armés de crochets d'acier, de faux et d'éclats de verre incurvés. Ils les faisaient tinter au-dessus de leurs têtes en hurlant.

– *Feu à volonté!* hurla Kasyx.

Tebulot se laissa tomber sur un genou et envoya une salve aveuglante de pouvoir, giclée après giclée, en un quart de cercle resserré. L'un après l'autre, des cadavres poussèrent des cris perçants, explosèrent et s'enflammèrent brusquement. L'un d'eux éclata : ses mains et ses pieds volèrent d'un côté, son crâne culbuta dans l'air derrière lui. Un autre, enveloppé de flammes, se roula sur l'herbe, tel un crucifix ardent.

Samena esquivait et se glissait entre les mains avides qui continuaient de surgir du sol sous leurs pieds et essayaient frénétiquement de saisir leurs chevilles. Elle croisa ses bras et décocha sa pointe de flèche multiple vers une douzaine de cadavres qui s'étaient mis à courir comme des épileptiques et grimpaient la pente vers Kasyx. La pointe de flèche siffla sur un trait de pouvoir doré jusqu'à ce qu'elle soit à trois mètres de Samena, puis elle se fragmenta comme une étoile qui explose, afin que chaque partie individuelle de la pointe de flèche puisse rechercher sa cible. Les cadavres touchés en pleine course trébuchèrent, s'affaissèrent et tombèrent sur le sol.

A ce moment, Xaxxa décolla à la vitesse de l'éclair et s'éleva au-dessus de la prairie, se déplaçant sur sa bande d'énergie brillante. Il vira sur la droite et monta très haut dans le ciel, comme Kasyx ne l'avait encore jamais vu faire, à la manière d'un avion à réaction au cours d'une fête aéronautique. Puis il revint dans un sifflement, fendant le ciel d'orage, genoux fléchis en un équilibre parfait, l'ultime surfeur, son visage dissimulé derrière son masque-miroir. Kasyx tourna la tête pour regarder Xaxxa tandis qu'il survolait rapidement la ligne de cadavres, juste au-dessus de leurs têtes, puis virait à nouveau pour fondre sur eux et leur balancer tout ce qu'il pouvait.

Cette fois, il fut si rapide que ses compagnons parvinrent à peine à le voir. Il fila le long des rangées de morts, donna des coups de pied et des coups de poing en une averse ininterrompue de bras et de jambes qui tournoyaient. Les cadavres s'affaissaient sur le sol, telles des tiges de blé fauchées, trente ou quarante, les uns après les autres. Puis Xaxxa remonta dans le ciel, fit un looping et piqua à nouveau pour en assommer d'autres.

Son dernier passage fut brusquement suivi d'un bang supersonique qui s'enfla, claqua puis s'estompa. Il s'était certainement déplacé à plus de 1 000 k/h.

Tebulot commença à envoyer de rapides giclées, coup par coup, faisant exploser un cadavre à chaque fois avec une précision dévastatrice. Samena utilisait à présent des flèches à tête-fléau : elles s'ouvraient durant leur course et lâchaient des fils métalliques lestés de plombs à chaque extrémité, comme des *bolas*, qui tournoyaient, traversaient en sifflant les cous des cadavres et faisaient voler leurs têtes semblables à des citrouilles grisâtres.

Kasyx jeta un coup d'œil derrière lui. La ville mécanique se démontait à nouveau, lentement et bruyamment, et reprenait sa forme originelle, rue après rue, immeuble après immeuble, mais cela avait été une démonstration déconcertante du pouvoir de Yaomauitl. Ils étaient sur son territoire maintenant, et se battaient dans le cauchemar qu'*il* avait choisi, et Kasyx commençait à se rendre compte qu'ils étaient déjà submergés par le nombre, déjà surpassés en finesse, et qu'ils étaient aussi peu efficaces qu'une mouche, prise au piège sur une toile d'araignée. Elle se débattait, oui; elle luttait, oui; et elle était toujours vivante. Mais elle n'avait pas la moindre chance de s'en tirer indemne.

De plus en plus de cadavres surgissaient du sol, le visage blême et grouillant d'asticots, les cheveux maculés de terre... plus que Tebulot ne pouvait en détruire, plus que Samena ne pouvait en abattre avec ses pointes de flèche, plus que Xaxxa ne pouvait en mettre K.-O.

– Replions-nous! cria Kasyx. Fichons le camp! Ils sont trop nombreux!

Ils envoyèrent deux ou trois autres giclées de pouvoir. Des cadavres s'enflammèrent, hurlèrent et s'effondrèrent sur le sol; ils coulaient et grésillaient comme des bougies consumées. Mais d'autres cadavres se dressèrent derrière eux, pâles et hurlant, une multitude qui se bousculait et arrivait sur les Guerriers de la Nuit. Tous les quatre atteignirent le sommet de la colline et commencèrent à dévaler le versant opposé, se dirigeant vers la ville mécanique. Derrière eux, les morts recouvrirent la crête criant vers le ciel leur rage et leur angoisse.

Les Guerriers de la Nuit se trouvaient seulement à mi-pente lorsque d'autres cadavres surgirent de chaque côté d'eux. Tebulot trébucha, fit une embardée, puis s'arrêta et lâcha une puissante rafale multiple d'énergie, d'abord vers la gauche, puis vers la droite. Des cadavres prirent feu. Un bras sectionné vola dans l'air, comme s'il s'agitait vers l'oubli. L'herbe s'embrasa par endroits, mais les cadavres continuaient de traverser les flammes en hurlant; certains couraient alors que leurs robes et leurs smokings brûlaient.

Les Guerriers de la Nuit, eux aussi, couraient à toutes jambes. La pente diminua petit à petit pour rejoindre une plaine immense, grise et lugubre, un endroit de cendres et de fléoles des prés, qui s'étendait entre la colline et la ville mécanique. Au loin, à cinq cents mètres environ, un chemin de fer mécanique fonçait sur des rails en fer-blanc; les fenêtres des wagons de voyageurs étaient éclairées. Très haut derrière le train, une grue mécanique s'éleva et tictaqua comme elle pivotait.

Les cendres craquaient sous leurs pieds tandis qu'ils couraient et se rapprochaient de plus en plus de la silhouette massive de la cité. Mais Kasyx regarda derrière lui et se rendit compte qu'ils avaient très peu de chances de l'atteindre. L'armée des morts était arrivée au bas de la colline; ils avaient déjà débordé les Guerriers de la Nuit sur la gauche, et les rattrapaient rapidement sur la droite.

Kasyx s'arrêta brusquement de courir. Les trois autres continuèrent de courir un moment, puis ils firent halte à leur tour et se retournèrent.

– Qu'y a-t-il? demanda Samena. Kasyx? Ça va?

– Nous sommes parfaitement stupides! dit Kasyx. Mais regardez-nous, nous fuyons! Nous faisons exactement ce que Yaomauitl veut que nous fassions!

– Que pouvons-nous faire d'autre, mec? s'exclama Xaxxa. C'est une *armée*!

– Oui, Xaxxa, mais *nous* aussi! A condition de combattre ensemble, et pas séparément.

– Que veux-tu dire? demanda Tebulot.

– Tu l'as dit toi-même aujourd'hui. Nous devons combattre ensemble, égaux et solidaires. Alors faisons-le!

Les cadavres qui précédaient l'armée de leurs congénères se trouvaient à une vingtaine de mètres seulement de distance. Tebulot leva son arme et envoya une giclée de pouvoir explosif qui abattit sept d'entre eux.

– Voici ce que nous allons faire, dit Kasyx rapidement. Je vais envoyer un champ d'énergie afin de les rapprocher tous. Xaxxa, tu voles derrière eux et tu te postes là-bas. Ensuite Tebulot tire des charges vers toi, que tu dévies avec ta bande-pouvoir vers l'arrière de leurs rangs. Pendant ce temps, Samena s'occupe de ceux qui se trouvent sur le devant.

Tebulot eut l'air indécis, mais Kasyx dit :

– Désolé, je me montre peut-être autoritaire à nouveau. Mais cela devrait marcher, si nous agissons vite.

– J'en suis! dit Xaxxa.

– J'en ai assez de me sauver, je préfère me battre, fit Samena. Et cet endroit ne me dit rien du tout. (Elle montra de la tête la ville mécanique.)

– Parfait! Alors on leur rentre dans le lard avant qu'ils nous fassent la même chose, déclara Kasyx.

– Seigneur! gémit Samena. Tu regardes trop *Hill Street Blues* [1]!

Kasyx fronça les sourcils.

– *Hill Street Blues*? Mais qu'est-ce que c'est?

Xaxxa adopta sa position surf-boxe et s'élança. Il passa comme un éclair au-dessus des cadavres qui s'approchaient rapidement. Tebulot demanda à Kasyx une charge supplémentaire d'énergie, puis il mit un genou en terre et épaula son arme, prêt à tirer. Samena arma son doigt d'autres flèches à tête-fléau.

Kasyx se plaça derrière eux et écarta les bras. Il ferma les yeux et se concentra de toutes ses forces. Son armure commença à fourmiller de charges électriques qui crépitaient. Samena, qui se trouvait le plus près de Kasyx, entendit un bourdonnement grave de générateur, ce qui signifiait que Kasyx était en train d'accumuler en lui un maximum d'énergie.

Kasyx se raidit de plus en plus. Finalement, il écarta les doigts, et une nappe vibrante d'électricité pure ruissela de chaque côté de lui, tel un incroyable manteau. Elle s'éloigna et s'élargit de plus en plus, jusqu'à ce qu'elle atteigne les cadavres qui avaient essayé de les déborder, tant sur la droite que sur la gauche. Les premiers cadavres le heurtèrent de plein fouet, crièrent, pirouettèrent et explosèrent en des débris enflammés. Derrière eux, les autres hésitèrent, puis battirent en retraite. Ils couraient, se bousculaient, saisis de panique, et criaient encore plus fort.

Certains tentèrent de rebrousser chemin vers la colline, mais Tebulot envoya une giclée d'énergie vers Xaxxa, et Xaxxa s'élança, fendit l'air et intercepta l'énergie avec sa bande-pouvoir : l'énergie ricocha en une gerbe d'étincelles et transperça les cadavres telles des dagues portées au rouge s'enfonçant dans du fromage à point. Des corps s'enflammèrent, basculèrent et tombèrent en morceaux.

Alors Kasyx ramena lentement ses bras l'un vers l'autre, et la barrière électrique qui irradiait de ses doigts commença à se refermer sur les cadavres, de chaque côté. Il utilisait un plein pouvoir, et il savait qu'il ne serait pas à même de continuer ainsi indéfiniment, mais c'était la

1. *Capitaine Furillo.*

seule façon qu'il avait trouvée pour anéantir l'armée de cadavres de Yaomauitl, rapidement et complètement.

Bientôt, les cadavres avaient été rassemblés par les barrières de Kasyx dans un étroit couloir, large de trois ou quatre mètres seulement. Autour d'eux, les corps calcinés de leurs compagnons gisaient sur les cendres de la plaine. Ils se mirent à gémir, à pleurer, à tourner en rond, en désespoir de cause. Ils étaient déjà morts, mais s'ils ne satisfaisaient pas Yaomauitl, celui-ci les priverait de leurs âmes immortelles, sans autre forme de procès. A présent ils étaient doublement terrifiés... parce qu'ils étaient morts, et parce que Yaomauitl allait les envoyer vers le néant éternel. Et pour les humains la peur du néant éternel est la plus grande peur de toutes. Elle est l'unique peur que toutes les religions du monde tentent d'apaiser. Elle est la peur de disparaître complètement.

Tebulot tirait encore et encore. Xaxxa bondissait, fendait l'air et faisait des loopings, déviant du pied les traits d'énergie pour qu'ils transpercent les cadavres tels des éclairs. Samena se tenait face à eux avec assurance et les abattait en des tas déchiquetés avec des volées de pointes de flèches bizarres... fils métalliques qui tournoyaient, barbelures multiples et flèches qui explosaient dans un corps, transperçaient le suivant, explosaient une seconde fois, puis en transperçaient un troisième.

Un cadavre... plus grand, plus vigoureux et moins putréfié que les autres, même si la moitié de sa mâchoire mise à nu grimaçait sur le côté de son visage... se détacha des rangs embrasés de l'armée de Yaomauitl et s'avança vers Samena en titubant, les mains levées. Samena ajusta à son doigt une pointe de flèche simple, tendit ses bras et la décocha. *Tchac!* La pointe de flèche l'atteignit entre les deux yeux.

Le cadavre chancela mais continua d'avancer. Samena voulut recharger, mais elle laissa échapper la pointe de flèche qui tomba dans les cendres.

– Samena! lui cria Kasyx.

Poussant un cri rauque, le cadavre se jeta sur la jeune femme et referma sur elle ses bras putréfiés. Puis il la souleva, la serra et la secoua pour lui briser l'échine. Samena poussa un cri de douleur et martela à coups de poing les bras du cadavre. De gros morceaux de chair putréfiée se détachèrent et tombèrent sur le sol, mais le cadavre continua de l'étreindre et de la serrer encore plus violemment. Kasyx sentait la puanteur du cadavre à trois mètres de distance, et il vit avec dégoût et horreur que, chaque fois qu'il serrait Samena plus fortement, il exsudait de ses propres viscères un flot liquide de putrescence jaune et gris.

– Tebulot! cria Kasyx.

Tebulot se retourna et vit ce qui se passait. Mais il ne pouvait pas tirer : le risque d'atteindre Samena, s'il envoyait une giclée d'énergie, était bien trop grand. A ce moment, Xaxxa, qui survolait les vestiges de l'armée de cadavres, tourna la tête afin de voir pour quelle raison Tubelot avait cessé de l'alimenter en traits de feu, et il comprit immédiatement la situation. Il décrivit un cercle, s'immobilisa, puis surfa à grande vitesse au-dessus du champ de bataille, les pieds en avant, penché en arrière à presque 45 degrés.

Durant un moment, Kasyx pensa que Xaxxa tentait l'impossible. Le cadavre serrait Samena encore plus fort; il appuyait son front lépreux contre sa gorge et lui broyait le dos. Bientôt, elle fut parcourue de spasmes de douleur. Kasyx fut tenté de crier à Xaxxa d'arrêter, de ne pas intervenir, de ne pas prendre ce risque. Mais Xaxxa fendit l'air inexorablement, fonça vers Samena et le cadavre, et fit voler d'un coup de pied la tête du cadavre, l'envoyant trente mètres plus loin : la tête roula et rebondit parmi les cendres et les fléoles des prés.

Un liquide jaune et gris jaillit du cou du cadavre, puis celui-ci pivota sur lui-même, fléchit les genoux et s'affaissa, lâchant enfin Samena. Il eut un dernier soubresaut puis demeura immobile, étendu sur le sol.

Samena se releva. Elle était blême et frissonnait violemment, mais elle parvint à adresser à Kasyx un petit sourire de soulagement. Elle avait été capturée par le Démon, et elle savait ce que le mal absolu était capable de faire. Rien... même un cadavre déchaîné... ne pourrait jamais égaler la terreur de cela.

Kasyx laissa ses barrières de pouvoir s'estomper, et tous les quatre parcoururent les monceaux de cadavres; de temps à autre, ils tiraient sur ceux qui bougeaient encore. L'arme de Tebulot était brûlante dans ses mains, et elle était quasiment vide. Il contempla la plaine de cendres, jonchée de cadavres, il y en avait plus de trois cents, et il comprit que les Guerriers de la Nuit venaient de remporter une grande victoire sur les forces des ténèbres.

Le vent recouvrait les corps de cendres et agitait leurs habits de deuil. Dans un jour ou deux, ils seraient enterrés pour la seconde fois, cette fois pour toujours.

– Je crois que nous devrions prier pour eux, déclara Kasyx. Après tout, c'étaient des gens ordinaires, comme nous.

Tebulot vint vers Kasyx en enjambant les cadavres et dit :

– Et maintenant, on part à la recherche du Grand Manitou lui-même, d'accord? Yaomauitl?

Kasyx se tourna et regarda la ville mécanique. Elle avait pris la forme d'un immense corps étendu, mais elle se transformait continuellement, se démontait continuellement et s'assemblait différemment, ce qui indiquait que le jeune garçon qui rêvait d'elle était agité et effrayé. Des artères des passages supérieurs se détachaient d'un croisement et se rattachaient à un autre. Des clochers et des horloges s'élevaient et s'abaissaient comme les têtes de bobines de machines à coudre d'autrefois. Des trains éclairés entraient et sortaient de tunnels en vrombrissant, des mécanismes à ressort cliquetaient, des coups de sifflet retentissaient.

Samena rejoignit ses compagnons; le vent agitait les plumes de son chapeau.

– Yaomauitl est là-bas, dit-elle en levant la main vers la ville. Cette ville est faite des choses les plus terrifiantes auxquelles le garçon puisse penser. Yaomauitl les a toutes rassemblées, et il en a pris possession. Vous avez vu la façon dont la ville s'est dressée, comme un Transformeur. La ville est Yaomauitl, et Yaomauitl est la ville.

Tebulot s'approcha et se plaça à la droite de Kasyx, et Kasyx posa sa main sur l'épaule du porteur de la machine afin de le recharger.

– Que faisons-nous? demanda Tebulot. On essaie de faire sauter toute la ville?

– Est-ce que cela n'aurait pas des conséquences graves sur le garçon, psychologiquement... si nous faisons sauter toutes ses peurs les plus secrètes? demanda Samena.

– Je l'ignore, répondit Kasyx. Du reste, je pense que la question est purement abstraite. Nous n'avons pas assez de pouvoir pour détruire toute une ville.

– Mais Yaomauitl a un *cœur*, comme tout le monde, exact? intervint Xaxxa.

Kasyx acquiesça.

– Je pense que nous pouvons considérer que c'est le cas, puisque sa progéniture a une anatomie similaire à celle d'un urodèle.

– Un quoi?

– C'est une espèce de créature amphibie, comme une salamandre, ou une sirène, un genre de lézard qui n'a pas de jambes.

– Okay, d'accord, fit Xaxxa. Si le Démon possède un cœur, alors nous pouvons pénétrer dans la ville et le trouver, d'accord? Et le frapper là où ça fait mal!

Tebulot vérifia le cadran gradué de son arme.

– Je trouve que ça se tient. Si nous n'avons pas le pouvoir nécessaire pour détruire toute la ville, je ne vois pas d'autre solution.

Samena haussa les épaules.

– Cela me semble logique. Et il ne nous reste plus beaucoup de temps, exact?

– Mais est-ce que nous *pourrons* trouver le cœur? demanda Kasyx.

Samena arma son index d'une pointe de flèche conçue pour s'enfouir profondément dans un bâtiment ou dans un corps, et pour exploser ensuite, comme un harpon pour la chasse à la baleine.

– Je le trouverai, affirma-t-elle. Depuis que le rejeton du Démon m'a retenue en otage... je crois que cela m'a donné du flair pour repérer Yaomauitl et sa progéniture!

Ils quittèrent la plaine de cendres où ils avaient vaincu l'armée des morts et se dirigèrent vers la ville mécanique. Très haut au-dessus de leurs têtes, le ciel était encore plus orageux, et des éclairs s'élançaient de nuage en nuage. Lorsqu'ils atteignirent les premiers bâtiments, il commença à pleuvoir, une légère bruine qui scintillait sur les trottoirs en fer-blanc, et couvrait de perles les murs en fer-blanc. Les Guerriers de la Nuit s'avancèrent prudemment dans une rue étroite et sombre, prêts à tirer. Ils arrivèrent sous un pont de chemin de fer, et un train passa avec fracas au-dessus de leurs têtes, ses lumières éclairant les toits.

Samena appuya le bout de ses doigts sur son front et ferma les yeux.

– Par là, dit-elle en se dirigeant vers la gauche.

Ils la suivirent dans une ruelle encore plus étroite, entre des immeubles qui étaient remplis de roues dentées, de ressorts et d'engrenages qui cliquetaient. Il y avait dans l'air une forte odeur aromatique d'huile, ainsi qu'une étrange odeur de fer-blanc.

– Vous sentez ça? dit Kasyx. Quand j'étais gosse, j'avais une voiture de course à ressort qui avait exactement cette odeur. Bon sang, j'ai l'impression d'avoir de nouveau six ans!

Jusqu'ici, ils n'avaient pas rencontré un seul des habitants de la ville mécanique, mais la ruelle prit fin brusquement, et ils se retrouvèrent dans une rue commerçante en fer-blanc, faiblement éclairée, mais animée de tramways mécaniques, d'autobus mécaniques et de voitures mécaniques, tous grandeur nature. Le vacarme des ressorts et des roues dentées était épouvantable, et il y avait le crissement incessant de roues en métal peint sur une chaussée en métal peint. Les autobus et les tramways étaient bondés, mais seulement de gens au sourire absent qui avaient été peints sur les vitres en fer-blanc. Les conducteurs des autobus avaient été peints de profil sur les vitres latérales des autobus, et de face sur les pare-brise.

– C'est foutrement bizarre, dit Xaxxa.

Ils passèrent devant des boucheries à l'intérieur desquelles la viande était simplement imprimée sur le mur du fond derrière le comptoir, et devant des épiceries comportant des réclames imprimées pour des céréales, du riz et des détergents. La bruine miroitait dans la lumière des réverbères et formait un léger halo autour de chacun d'eux. Tandis qu'il s'avançait sur le trottoir mouillé, Kasyx commença à comprendre qu'ils cheminaient à travers une enfance archétypale, disparue et partie pour toujours dans le monde réel, mais qui continuait de bourdonner, de cliqueter et de vivre sa vie sur les franges des rêves de tout enfant.

Cette ville était la création de l'enfant rêveur uniquement dans la mesure où chaque partie individuelle de celle-ci représentait l'un de ses cauchemars. C'était Yaomauitl qui avait rassemblé ses cauchemars pour en faire une ville. L'Ennemi Redouté pouvait revêtir toutes les formes qu'il désirait, et c'était ce que Samena avait voulu dire en déclarant que Yaomauitl *était* la ville.

Les Guerriers de la Nuit suivirent Samena dans d'innombrables rues, franchirent des ponts étroits et de mystérieux passages couverts, traversèrent des places silencieuses et des gares de bruyants trolleybus. Ils marchaient sous la pluie depuis une vingtaine de minutes lorsqu'elle leva la main et dit :

– Écoutez! Maintenant vous pouvez l'entendre!

Ils tendirent l'oreille, et elle avait raison. Au-dessous du bourdonnement, du grésillement, du tintement et du fracas de la circulation, ils percevaient une autre sorte de bruit mécanique : le *kachag* caverneux, silence, *kachag*, silence, d'une gigantesque horloge à ancre, munie d'un balancier. Cette horloge était le cœur de la ville : une horloge de cauchemar, le genre d'horloge qui carillonnait et résonnait dans des couloirs, dont le balancier oscillait d'avant en arrière et d'arrière en avant, décrivant un arc de cercle sombre et impétueux, d'un mur à l'autre.

Ils franchirent un pont étroit qui les emmena très haut au-dessus de la rue principale de la ville. A des dizaines de mètres au-dessous d'eux, ils apercevaient les phares des voitures et des autobus mécaniques, et le scintillement des réverbères. Le cadran blême d'une horloge sur un clocher leur apprit qu'il était déjà presque quatre heures et demie du matin, et que ce cauchemar ne continuerait pas très longtemps encore. Avec la venue de l'aube, lorsque le rêveur commencerait à remuer, son esprit allait s'élever petit à petit à travers les fragments plus légers de rêves assoupis, et cette ville mécanique malfaisante serait enterrée dans l'obscurité pour toujours.

– Là-bas! s'exclama Samena, et elle tendit le doigt.

Le pont les amena à un tunnel voûté qui traversait entièrement le soixante-sixième étage d'un gratte-ciel gris fer, et au bout du tunnel il y avait un balcon avec une balustrade en fer-blanc. Ils s'avancèrent rapidement dans le tunnel et sortirent de l'autre côté, puis s'approchèrent de la balustrade.

Devant eux... surgissant du gouffre noir de la ville... il y avait une charpente métallique monumentale, et à l'intérieur de cette charpente, un mécanisme à ressort égrenait les minutes de la nuit, régulièrement et inexorablement. Un balancier oscillait au centre du mécanisme, un balancier qui faisait plus de trente mètres de long, et qui comportait sur son poids en forme de disque le masque mortuaire d'un homme à la barbe de bouc, en bronze oxydé.

– Le cœur de Yaomauitl, déclara Samena.

Tebulot essuya la pluie sur la visière de son casque.

– Tu penses que nous avons suffisamment de pouvoir pour le détruire? demanda-t-il à Kasyx.

Kasyx acquiesça de la tête.

– Une giclée à pleine puissance devrait faire l'affaire. Vise l'ancre.

L'ancre était la pièce métallique en forme de griffe qui oscillait d'un côté et de l'autre à chaque mouvement du balancier, et libérait la roue dentée une dent à la fois. Si l'ancre était endommagée, la roue dentée tournerait librement et libérerait la roue d'échappement à laquelle était suspendue une palette en fonte de cent tonnes, soixante mètres en contrebas.

Tebulot épaula sa machine, tandis que Kasyx se plaçait derrière lui et posait une main sur chacune de ses épaules, afin de lui transmettre autant du pouvoir d'Ashapola que cela lui était possible. Le cadran gradué sur le côté de l'arme brillait d'un éclat blanc, indiquant une énergie maximum et davantage. Elle bourdonnait bruyamment, impatiente d'être libérée. Samena et Xaxxa se postèrent de chaque côté du balcon, sur le qui-vive, si jamais quelqu'un ou quelque chose essayait de les stopper.

– Prêt? demanda Kasyx à Tebulot. Alors tue-le... *au nom secret et sacré des Guerriers de la Nuit*!

Tebulot tira. Il y eut un *zzzhhh-woouuup!* à crever le tympan, et un trait d'énergie, long de cinq mètres, jaillit du canon de sa machine. Mais ils n'avaient pas tenu compte de la force, de la ruse et de la vivacité diaboliques de Yaomauitl, l'Ennemi Mortel. En effet, tandis que le trait d'énergie filait vers le gigantesque mécanisme à ressort, il y eut un claquement métallique, et une volée de plaques de métal incurvées fut catapultée dans l'air, comme des pigeons d'argile ou des frisbees, devant la charpente monumentale. Le trait d'énergie tiré par Tebulot heurta la première plaque dans une gerbe d'étincelles spectaculaire, et la plaque fut projetée sur le côté. Mais elle avait été suffisante pour dévier le trait d'énergie de deux ou trois degrés, et lorsqu'il toucha la plaque suivante, dans une nouvelle explosion d'étincelles, il fut dévié de deux autres degrés, avant d'en rencontrer une autre, et encore une autre : une série étincelante et explosive de ricochets de feu d'artifice qui produisit un sifflement et un crépitement ne ressemblant à rien qu'ils aient jamais entendu auparavant.

Le trait d'énergie heurta la toute dernière plaque puis monta rapidement dans le ciel, inoffensif, et disparut dans les nuages. Les plaques, roussies et fumantes, chutèrent vers les profondeurs de la ville mécanique; elles heurtèrent et rebondirent sur des poutrelles, des échafaudages et des voies ferrées, dans un terrible fracas.

Les Guerriers de la Nuit étaient abasourdis par ce qui venait de se passer. Ils se tenaient sur le balcon, regardant le gigantesque mécanisme à ressort qui continuait comme auparavant, *kachag*, silence, *kachag*, silence, et ils comprirent que, cette fois, ils avaient échoué.

– Terminé! fit Kasyx. Nous sommes pratiquement à court d'énergie. Sortons de ce rêve le plus vite possible!

Mais, juste à ce moment, le gratte-ciel sur lequel ils se trouvaient commença à s'abaisser, tandis que d'autres tours commençaient à s'élever. Ils regardèrent en contrebas et virent que l'édifice glissait sans à-coups et rapidement vers le sol, ses fenêtres éclairées avalées étage après étage, tandis qu'à côté d'eux une flèche de clocher, haute et fine, commençait à grimper vers le ciel à la même vitesse implacable. Tour autour, les ponts et les échangeurs se recourbaient et se raccordaient entre eux, sans même provoquer un arrêt dans le flot des trains et des voitures mécaniques. Un éclair zigzagua entre les immeubles et illumina ce chaos d'assemblage et de remontage avec un relief saisissant.

Comme le soixante-sixième étage de leur gratte-ciel se rapprochait du sol, les Guerriers de la Nuit reculèrent vers l'abri protecteur du tunnel. Mais le balcon se rétracta de lui-même, avant que le bâtiment glisse sans la moindre hésitation dans une gaine de plaques d'acier. Ils virent un mur de métal graisseux monter rapidement devant eux, comme s'ils se trouvaient dans un ascenseur. Puis le bâtiment ralentit sa descente, siffla et s'immobilisa en vibrant, et à nouveau, le balcon s'ouvrit sur une série de marches.

Ici, c'était le silence. Ils se trouvaient à l'intérieur d'une caverne métallique, à peine plus haute que leurs têtes. Ils descendirent prudemment l'escalier et regardèrent autour d'eux. Kasyx se servit de son casque pour éclairer la partie la plus reculée de la caverne. Ils entrevoyaient des passages voûtés obscurs, des piliers massifs, et des câbles électriques, noirs et luisants, qui pendaient de la voûte comme des boas constricteurs.

Kasyx regarda d'un côté et de l'autre, puis déclara :

– Il n'y a rien ici. Nous nous trouvons très loin au-dessous de la surface. Au niveau du générateur et de la chaufferie, à mon avis.

– On arrête les frais pour cette nuit, proposa Samena d'une voix inquiète.

– Je le pense, répondit Kasyx, Tebulot? Xaxxa?

Xaxxa hocha la tête.

– Voyons les choses comme elles sont, mec. Cette fois, il a été plus malin que nous, mais la prochaine nous serons prêts. La prochaine fois, nous frapperons très fort et cet enculé connaîtra sa douleur!

Tebulot leva la main pour indiquer qu'il était d'accord. Il s'était durement battu, sa machine était très lourde, et il avait l'air épuisé. En conséquence, Kasyx fit un pas en arrière et écarta les bras afin de tracer l'octogone dans l'air.

– Nous reviendrons et combattrons Yaomauitl à nouveau, dit-il.

Samena, Tebulot et Xaxxa lui firent vaillamment le salut des Guerriers de la Nuit.

A ce moment, cependant, ils entendirent un grincement et un tintement. Cela provenait des recoins plus sombres de la caverne métallique. Kasyx regarda dans cette direction et son faisceau lumineux horizontal balaya rapidement les ombres. Tebulot, malgré sa fatigue, leva sa machine à nouveau, et Samena décrocha une pointe de flèche de sa ceinture.

– Merde, qu'est-ce que c'est que ce bruit? demanda Tebulot, nerveux.

Il obtint immédiatement une réponse à sa question, car dix ou onze gigantesques machines à ressort surgirent de l'obscurité, de tous côtés. Elles s'avancèrent vers eux en ronronnant, de ce mouvement rapide qui caractérise tous les appareils mécaniques. Chaque machine était différente, mais toutes ressemblaient à d'énormes assemblages montés sur roues d'engrenages qui grinçaient, de ressorts qui tictaquaient, de foliots qui oscillaient et de roues dentées qui tournaient rapidement. Des engins démoniaques dont la seule fonction était de déchiqueter ou d'écraser quiconque se trouvait sur leur passage.

Xaxxa s'éloigna aussitôt des autres Guerriers de la Nuit, sur une bande d'énergie qui illumina toute la caverne. Il effectua un virage et revint, baissa la tête pour ne pas se cogner contre la voûte puis fila comme l'éclair et donna un coup de pied dans le flanc de l'une des machines. Son premier coup de pied ne fit que déséquilibrer la machine un instant, mais il décrivit un cercle et revint à la charge, ramassé sur lui-même. Il frappa à nouveau, avec ses deux pieds, et heurta la partie supérieure.

L'engin chancela sur ses roues et, durant une seconde, Kasyx crut qu'il allait recouvrer son équilibre et continuer d'avancer. Mais la vitesse acquise de ses roues dentées le fit basculer sur le côté, et il se brisa sur le sol de la caverne dans une explosion sonore de roues d'engrenage et d'arbres à cane qui culbutèrent et volèrent dans toutes les directions.

Samena bondit, fit un roulé-boulé entre deux machines et décocha une flèche à pointe double. Chaque pointe de flèche entraînait après elle un long et mince câble d'acier tressé. Les câbles volèrent vers les mécanismes à ressort, s'enroulèrent autour d'eux et les bloquèrent instantanément. Les deux machines crissèrent, grincèrent et tirèrent sur leurs ressorts. Finalement, elles s'immobilisèrent, leurs rouages complètement coincés.

Tebulot envoya quatre ou cinq giclées d'énergie. Il détruisit une machine et en endommagea une autre qui se mit à tourner en des cercles éperdus, perdant écrous, boulons et morceaux de tôle.

– Repliez-vous! Repliez-vous! cria Kasyx. Tirons-nous d'ici!

Il leva les bras à nouveau pour tracer l'octogone, mais Samena lui cria au même moment :

– *Derrière toi, Kasyx! Derrière toi!*

Kasyx entendit la machine avant de la voir. Ses oreilles furent emplies du ronronnement de volants d'entraînement, juste derrière lui. Il fit volte-face et vit qu'elle était pratiquement sur lui. Il essaya de s'écarter d'un bond, mais les engrenages happèrent sa cheville, et la moitié de sa jambe fut brusquement coincée et tirée entre les roues et les ressorts. Il poussa un hurlement de douleur, sautilla sur sa jambe libre, et poussa éperdument contre la carcasse de la machine pour se dégager.

S'il n'avait pas porté une armure, sa jambe aurait été déchiquetée. De fait, les engrenages avaient écrasé sa jambière au-dessous du genou, et faussé l'alliage de son soleret. La machine grinça bruyamment tandis que ses roues dentées essayaient de l'entraîner plus profondément à l'intérieur, et que les engrenages cliquetaient contre sa genouillère. Il banda ses muscles et poussa plus fort contre la machine. Il sentit ses muscles craquer, et la sueur lui couler sur le côté du visage, à l'intérieur de son casque. Il avait l'impression que sa jambe prisonnière était en feu, et il savait que s'il se relâchait dans ses efforts, ne serait-ce qu'un instant, il serait entraîné à l'intérieur de la machine et mortellement broyé.

Il aurait pu utiliser le restant de son pouvoir pour mettre la machine hors de service. Mais s'il faisait cela, il n'aurait plus assez d'énergie pour reconduire les Guerriers de la Nuit vers le monde réel. Ils seraient emprisonnés dans la ville mécanique aussi longtemps que la ville mécanique existerait, puis engloutis pour l'éternité lorsque le rêveur-garçon se réveillerait.

– Kasyx! cria Samena, et elle courut vers lui pour l'aider.

– Arrête-toi! haleta-t-il. Ne viens pas trop près.

Xaxxa et Tebulot s'approchèrent, malgré les protestations de Kasyx. Ils le saisirent sous les aisselles et l'aidèrent à maintenir sa poussée contre la machine qui cherchait à le dévorer.

– Lâchez-moi! leur ordonna Kasyx. Je peux... tracer l'octogone... alors vous pourrez... Et merde, lâchez-moi!

– Nous n'avons pas besoin de martyrs, mon vieux, dit Tebulot. Tiens bon. Samena, essaie de bloquer cette machine avec l'un de tes fils métalliques!

Samena s'approcha et tira à bout portant une pointe de flèche munie d'un filin. Le filin jaillit et s'enroula autour des roues dentées, aussi fortement et aussi rapidement qu'un ressort de fusée; les engrenages tressautèrent, grognèrent et finirent par s'immobiliser.

– Bon, dit Tebulot. Xaxxa... essaie de démolir ces roues dentées à coups de pied.

Xaxxa prit appui sur l'armature de la machine et donna des coups de pied sur les roues à maintes et maintes reprises. Finalement, l'un des axes sauta de son emboîtement; trois roues dentées tombèrent et heurtèrent bruyamment le sol. Xaxxa donna un autre coup de pied, et la jambe de Kasyx fut libérée.

Tous trois portèrent le gardien de la charge quelques mètres plus loin. Sa jambe était tordue et formait un angle bizarre, et il était livide sous l'effet de la douleur.

– Posons-le un moment, dit Tebulot.

Mais Kasyx secoua violemment la tête et dit :

– Non... non! Partons! Groupez-vous autour de moi et partons!

Ils firent ce qu'il leur disait. Ils se tinrent à ses côtés; cette fois, ils le soutenaient au lieu de lui tenir simplement la main. Il traça l'octogone bleu étincelant dans l'air devant eux. Comme il le faisait s'élever au-dessus de leurs têtes, ils entendirent d'autres automates qui venaient vers eux en grinçant, mais Yaomauitl avait laissé passer sa chance. L'octogone descendit autour d'eux, et lorsqu'il toucha le sol, ils étaient revenus dans la chambre du jeune garçon endormi.

La maison était silencieuse maintenant, et les lumières éteintes. Le soleil commençait à éclaircir le ciel au-dessus des montagnes de Santa Monica. Le garçon s'était enfoui sous ses couvertures à un moment ou à un autre au cours de la nuit, et il avait trop chaud, les cheveux ébouriffés, un bras pendant hors du lit.

Kasyx grimaça de douleur et faillit s'effondrer.

– Bon sang, ça fait mal! grogna-t-il, les dents serrées.

– Allons-y, je te raccompagne chez toi. Je pense que ça ira, une fois que tu auras regagné ton corps.

Samena serra sa main et dit :

– Fais attention à toi, Kasyx. Je t'appelle dès que je le pourrai.

Xaxxa passa son bras autour de sa taille, regarda Kasyx au fond des yeux et lui fit un petit signe de tête énergique qui était plus éloquent que des mots : nous sommes frères, nous sommes amis, nous avons combattu ensemble, nous avons eu peur ensemble. Peu importe que je sois jeune et noir et que tu sois vieux et blanc. Nous sommes des Guerriers de la Nuit, et lorsque nous combattons le Démon, nous sommes solidaires.

Samena et Xaxxa s'élevèrent et disparurent à travers le plafond de la maison. Tebulot soutint Kasyx avec son bras et l'aida à s'élever lentement dans l'air et à voler au-dessus des canyons de Beverly Hills en ce début de matinée.

Ils avaient un long trajet à faire, pour retourner à Del Mar, mais le vent était chaud, la matinée ensoleillée, et Tebulot avait suffisamment de force pour eux deux. Ils survolèrent San Juan Capistrano, San Clemente et Cardiff. Tebulot soutenait Kasyx délicatement, avec toute la sollicitude d'un fils.

Personne n'aurait pu les voir tandis qu'ils passaient dans le ciel. Le soleil était trop éclatant et leurs images trop immatérielles. Mais ils étaient aussi gracieux que les ailes transparentes de libellules, aussi silencieux qu'une pensée bienveillante, et ils représentaient le dernier espoir de renvoyer Yaomauitl, l'Ennemi Redouté, dans sa prison en bois d'orme au Mexique.

18

Jennifer se réveilla brusquement en pleine nuit et elle était trempée de sueur. Elle avait fait à nouveau ce rêve, ce rêve dans lequel le Démon était allongé sur elle, lui écartait les jambes de force, et lui chuchotait à l'oreille : « *Maintenant tu seras ma petite mère.* » Elle le faisait deux ou trois fois par semaine, depuis sa rencontre avec Bernard au supermarché, et il était toujours le même. Le poids de son corps, la sensation de ses poils, la puanteur de son haleine.

Mais cette nuit, c'était différent. Cette nuit, lorsqu'elle se réveilla, agrippant les draps tirebouchonnés, transpirant et frissonnant... cette nuit, elle sentait toujours quelque chose. Cette nuit, il y avait un mouvement étrange dans son ventre, comme si quelque chose se tortillait, et elle avait une envie de vomir persistante qui refusait de disparaître. Tandis qu'elle restait immobile dans l'obscurité, Paul dormant d'un sommeil de plomb à côté d'elle, avec les yeux verts de son réveil à affichage digital pour seule compagnie, elle réfléchit et essaya de trouver ce qu'elle avait mangé la veille qui aurait pu l'indisposer à ce point. Le jus de pamplemousse, au petit déjeuner? L'omelette aux fines herbes et aux tomates qu'elle avait mangée chez Sandra, au déjeuner? Les rouelles de veau qu'elle avait préparées pour Paul, au dîner?

D'habitude, quand elle avait mal au cœur, il lui suffisait de réfléchir à ce qu'elle avait mangé pour être à même d'identifier le plat coupable. Mais cette nausée était tout à fait différente : cette nausée n'arrêtait pas de se tourner et de se retourner dans son estomac comme si elle essayait encore de digérer quelque chose qui était seulement à moitié mâché. Cette nausée avait un mouvement qui lui était propre.

Elle resta couchée, en nage, pendant une autre demi-heure. Le ciel au-delà des rideaux hermétiquement fermés commença à s'éclaircir. Elle avait très envie de se lever, d'ouvrir les rideaux et de se faire un thé au citron fort et brûlant. Mais Paul avait le sommeil léger, le moindre bruit le réveillait, et il avait besoin d'une bonne nuit de repos après cinq jours passés à Denver pour décrocher le contrat Trianon. C'est pourquoi elle resta couchée, crispée, agrippant et lâchant les draps, transpirant, s'efforçant de réprimer cette sensation de roulement et de tortillement, s'efforçant de ne pas se sentir aussi abattue.

Elle déplaça lentement une main jusqu'à ce qu'elle soit posée sur son ventre nu. Ses muscles tressautaient, sans aucun doute, elle les sentait. Pourtant ce ne pouvait être les muscles de son ventre, ils étaient placés bien trop bas, et cette impression de lente rotation ne ressemblait absolument pas à des gaz.

Brusquement, elle sut exactement à qui ressemblait cette sensation. Elle ne l'avait pas éprouvée depuis de longues années, depuis l'époque où Paul et elle avaient moins d'argent, mais étaient plus heureux, et habitaient dans cet appartement au deuxième étage, sur Santa Monica Boulevard, à côté du restaurant mexicain. A cette époque, ils avaient *voulu* fonder une famille, mais c'était avant que Paul commence à être obsédé par ses perspectives d'avenir, sa promotion sociale, et son statut dans l'industrie de la climatisation.

Elle se rappela son bonheur. Elle se rappela la lumière du soleil. Elle se rappela le jour où elle était rentrée, après avoir vu le docteur, et avait annoncé à Paul qu'il allait être papa.

Elle se rappela également le jour où tout cela avait pris fin. Les douleurs, les contractions, les visages flous à l'hôpital. Elle l'avait entendu crier, juste une fois. Trop jeune, trop faible pour survivre. Paul lui avait tenu la main. Sa mère lui avait apporté une boîte de chocolats pralinés.

Mais maintenant, cette nuit... cette sensation. Cette poussée, ce mouvement intermittent. C'était la même chose, ou presque la même chose. Elle ignorait comment cela était possible... elle prenait sa pilule religieusement... et Paul était absent si souvent et pendant si longtemps qu'ils ne faisaient pratiquement plus l'amour. *Mais c'était la même chose!* Il lui était impossible de le nier, malgré tous ses efforts pour se convaincre que c'était bien l'omelette ou les rouelles de veau ou une flatulence tout à fait banale.

Elle avait l'impression d'être enceinte.

Elle contempla le plafond. Parfaitement ridicule! Elle n'était pas enceinte, bien sûr! Indépendamment du fait qu'elle avait pris sa pilule tous les jours, elle n'avait pas eu de nausées matinales, elle n'avait pas eu de brusques changements d'humeur, pas de gonflement de ses seins. Elle n'avait pas eu ses règles depuis plusieurs mois, d'accord, mais aussi elle prenait sa pilule régulièrement, la plupart du temps, et même lorsqu'elle avait ses règles... Lorsqu'elle se vidait de ses impuretés, comme elle aimait à le penser... ses pertes étaient toujours infimes.

Elle ne pouvait pas être enceinte. Et pourtant... quelle explication? C'était en elle, et cela bougeait tout seul. Elle était sûre que cela se déplaçait tout seul, se tournait et se retournait continuellement, comme si cela était incapable de rester tranquille un instant.

Elle coula un regard vers Paul. A présent il y avait suffisamment de lumière pour que Jennifer puisse distinguer son visage. Ses yeux étaient clos, sa bouche légèrement entrouverte. Il ne ronflait pas, il ne ronflait jamais. Il donnait toujours l'impression d'être mort. Mais il suffisait qu'une porte vibre légèrement sous l'effet du vent, ou qu'un robinet goutte, ou qu'un pied fasse craquer une latte de parquet, et il était immédiatement et irrévocablement éveillé.

– *Paul*, chuchota Jennifer.

Il s'ensuivit un moment de silence. Elle savait qu'il s'était réveillé instantanément et qu'il se demandait simplement, derrière ses paupières fermées, s'il devait se mettre sur son séant et être en colère, ou bien garder ses yeux clos et faire semblant d'être toujours endormi, ou encore d'écouter les bêtises que Jennifer allait lui dire.

– Paul, répéta Jennifer.

Il ouvrit les yeux. Des iris noisette, trop pâles pour être vraiment séduisants. Il la regarda fixement, sans rien dire. Peut-être n'avait-il pas encore décidé quelle allait être son humeur.

– Paul, je suis désolée de te réveiller, chéri, mais je crois que j'ai mal au cœur.

– Mal au cœur? Que veux-tu dire? Tu as des nausées?
– Euh, oui, enfin, pas exactement.

Il se redressa, s'appuyant sur un coude.

– Pas exactement? Qu'est-ce que cela veut dire exactement... pas exactement?

– J'ai l'impression que mon estomac tourne sans cesse. Il n'arrête pas de tourner. J'ai l'impression que j'ai envie de vomir, mais je ne peux pas!

Paul laissa retomber sa tête sur l'oreiller.

– Jennie, dit-il avec lassitude, est-ce que tu te rends compte? Me réveiller à la pointe du jour parce que tu as des crampes d'estomac! Écoute, j'ai une longue et dure journée qui m'attend. J'ai besoin de me reposer. Et si tu allais dans la salle de bains pour prendre du Pepto-Bismol ou de l'Alka-Seltzer? Ensuite tu reviens te coucher et tu te rendors, d'accord?

– Paul, ce n'est pas cette sorte de nausée.

– Combien de sortes différentes de nausées y a-t-il?

– Paul, il y a une quantité de sortes différentes de nausées. Celle-ci ressemble davantage... je ne sais pas... elle ressemble davantage à la nausée occasionnée par les règles.

– Et merde, Jennie! Si c'est des nausées occasionnées par les règles, alors prends ce que tu prends pour la nausée occasionnée par les règles!

– Mais je ne *vais* même pas avoir mes règles, Paul! protesta Jennifer. En plus, je n'ai pas eu mes règles depuis six mois.

– Alors il serait peut-être temps que tu en aies. C'est peut-être ça, cette douleur. C'est ton corps, il te dit d'arrêter de déconner avec lui, et de le traiter comme un corps doit être traité!

– Paul...

– Bordel de Dieu, Jennie, que faut-il que je fasse pour réussir à dormir un peu? Si tu as mal au cœur, va te faire du thé et lis un bouquin ou je ne sais quoi! Moi, je ne peux absolument rien faire, d'accord? Enfin, sérieusement, qu'est-ce que je peux faire? C'est ton estomac. Alors sors de ce lit et occupe-toi de lui, d'accord?

– Paul, je t'en prie...

– Jennie, dit Paul d'un ton sec.

Jennifer comprit que si elle insistait, Paul allait vraiment se mettre en colère. Quand il disait « Jennie » de cette façon, il traçait un trait à la craie dans l'air, et ce trait signifiait : jusqu'ici, mais pas au-delà, c'est compris?

A un autre moment, en d'autres circonstances, elle aurait peut-être estimé que cela valait la peine de discuter. Mais ce matin, elle se sentait trop mal et trop abattue. Elle s'extirpa du lit, lentement et maladroitement, chaussa ses mules roses, et chercha à tâtons son peignoir posé sur le dossier du fauteuil. Paul fit tout un cirque à se retourner, à tapoter l'oreiller et à le changer de place, décidé à profiter du court restant de sommeil qui lui était accordé. En fait, il ne *dormirait* pas, songea Jennifer, avec une dose surprenante de rancœur, comme elle se retournait et le regardait depuis l'entrée de la pièce. Il allait rester allongé là et ruminer en un martyre éveillé, et il ne bougerait pas jusqu'à la sonnerie du réveil, et même à ce moment il appuierait sur le bouton « petit somme » afin de s'octroyer cinq minutes supplémentaires d'attendrissement sur lui-même.

Elle alla dans la cuisine aux carreaux marron. Audehors, il faisait déjà clair, et trois cailles de Californie étaient dans le patio, occupées à picoter les crackers rassis qu'elle avait mis sur les dalles à leur intention. Elle remplit d'eau la cafetière électrique et alla dans l'office. Elle avait faim, mais elle savait que si elle essayait de manger quelque chose, elle allait probablement vomir. Finalement, elle s'assit sur l'un des tabourets de cuisine, se prit la tête dans les mains, et s'efforça de réprimer le mouvement glacé dans son estomac, tandis que la cafetière faisait *gloup, blip, bilip, blip*.

Le café était presque prêt lorsqu'elle ressentit la première douleur aiguë. Une douleur tellement inattendue, mais tellement atroce, que Jennifer se leva d'un bond et poussa un hurlement. Le tabouret se renversa et heurta bruyamment le carrelage derrière elle. Jennifer tomba à genoux, se tenant le ventre à deux mains.

– Oh mon Dieu ! s'écria-t-elle. Oh, Paul ! Oh, mon Dieu ! Paul ! *Paul !*

La douleur venait de l'intérieur de son utérus, si vive qu'elle ne croyait pas qu'elle pourrait la supporter. C'est comme si son ventre était déchiré, ou lardé de coups de couteau, ou pressé et tordu comme un torchon à vaisselle. Durant un moment, elle fut en état de choc, et son cœur battit aussi lentement qu'un piano à queue tombant d'une falaise, *bam*, chute, *bam*, chute. Ses yeux se révulsèrent et elle se mit à frissonner et à grincer des dents.

Paul surgit dans la cuisine, nu, exaspéré. Poitrine blanchâtre et poils pubiens fournis.

– Jennie! Et merde, qu'est-ce que... hurla-t-il.

Puis il vit ses yeux révulsés et la façon dont elle frissonnait. Sans dire autre chose, il bondit vers le téléphone mural et pianota un numéro.

– Une ambulance... je veux une ambulance, vite! 1440 Paseo del Serra. Oui, c'est ma femme.

Puis il s'agenouilla à côté de Jennifer, la prit dans ses bras, et dit :

– Chérie?

Ses pupilles réapparurent lentement, mais elle avait toujours un regard vitreux.

– Chérie? répéta Paul. Écoute, chérie, j'ai demandé une ambulance.

– Paul, chuchota-t-elle.

Elle remuait à peine les lèvres, comme si elle essayait de faire un numéro de ventriloque, comme si elle voulait parler à Paul sans que son corps s'aperçoive de ce qu'elle faisait.

– Paul... ça me fait tellement mal... c'est horrible!

Il voulut l'aider à se relever.

– Viens, Jennie. Tu vas t'étendre sur le lit.

– Ne me bouge pas, chuchota-t-elle.

– Jennie... tu ne peux pas rester ici, sur le carrelage de la cuisine...

– *Ne me bouge pas! Pour l'amour du ciel, Paul, ne me bouge pas!*

Paul la considéra attentivement.

– Jennie, ma chérie, tu ne peux pas rester ici, sur le carrelage.

Jennifer commença à tressauter et à trembler violemment, et un long filament de salive pendait de sa lèvre inférieure.

– Oh mon Dieu, Paul, j'ai si mal. C'est comme si quelque chose me mordait. C'est comme s'il y avait quelque chose dans mon corps et que cela me mordait.

– Chérie, c'est probablement une intoxication alimentaire. Ça ne peut être qu'un symptôme d'intoxication alimentaire, une douleur aussi vive. Certainement le veau. Il faut faire très attention avec le veau. C'était du veau frais que tu as acheté, ou bien du surgelé? Je vais poursuivre en justice ce supermarché, crois-moi!

Jennifer entendait à peine ce qu'il disait. La douleur dans son utérus devenait de plus en plus aiguë, tandis que les nerfs étaient arrachés, les uns après les autres. Le tortillement s'accentuait, également, et lorsque Paul entrouvrit délicatement le peignoir de Jennifer pour regarder son ventre, il vit les mouvements convulsifs de ses propres yeux, tout à fait distinctement : les muscles se tordaient et se contractaient en des ondes péristaltiques exagérées de façon grotesque. En fait, sa peau ondoyait et se soulevait, comme si quelque chose la poussait de l'intérieur.

Jennifer rejeta sa tête en arrière, de telle sorte que les veines de son cou ressortirent tels des vers bleu foncé, et elle cria. C'était le cri le plus horrible que Paul ait jamais entendu de toute sa vie, encore pire que la femme qu'il avait entendue crier sur l'autoroute de Ventura, le bras sectionné après un accident de voiture. Ce cri était tellement angoissé, tellement désespéré, que Paul s'aperçut qu'il criait également, qu'il hurlait à pleine gorge, la suppliant d'arrêter ça.

– *Arrête ça! Bon Dieu, arrête ça!*

Soudainement, de manière inattendue, elle cessa de crier. Elle regarda Paul d'un air hébété comme si elle ne savait pas qui il était, puis elle baissa lentement les yeux et fixa son ventre. Un sifflement étrange sortait de son arrière-gorge, le sifflement bas et rauque de quelqu'un qui avait du mal à respirer.

– Jennie? demanda Paul craintivement. Jennie, qu'y a-t-il? Pour l'amour du ciel, Jennie, réponds-moi!

Ses yeux suivirent le regard de Jennifer, vers son ventre. Le tortillement continuait, mais à présent une bosse noirâtre était apparue sous la peau, comme une meurtrissure très grave, ou une hernie étranglée. Jennifer regardait la bosse avec une fascination horrifiée. Elle endurait une douleur infiniment plus affreuse que tout ce qu'elle avait jamais connu jusqu'ici, pourtant elle demeurait silencieuse et exprimait sa souffrance par des sifflements, et en serrant les poings, et en priant encore et encore dans sa tête pour que tout cela soit un cauchemar, pour que ce ne soit pas du tout réel. Alors elle n'aurait qu'à dire « Paul... réveille-moi », et ce serait terminé.

Mais elle ne demanda pas à Paul de la réveiller, parce qu'elle savait que ce n'était pas un cauchemar et que, si elle le lui *demandait*, cela ne changerait absolument rien. Elle était éveillée, et la douleur qui rongeait l'intérieur de son corps était bien réelle. Oh Seigneur, sauvez-moi. Oh Seigneur, je vous en prie, ne me laissez pas mourir. Oh Seigneur, quoi que vous me demandiez, je le ferai. *Je vous en prie, Seigneur. Je vous en prie, Seigneur. Je vous en prie !*

Paul entendit la plainte de la sirène d'une ambulance dans le lointain, et il serra la main de Jennifer.

– Tu entends ça, ma chérie? fit-il d'une voix rassurante. Les ambulanciers seront là dans quelques minutes!

Jennifer redressa la tête et dit d'une voix rauque :

– *Trop tard.*

– Voyons, Jennie, il ne faut pas dire des choses pareilles. Écoute, dans dix minutes ils vont t'emmener à l'hôpital, et ensuite tout ira bien. Je te le promets, ma chérie.

Jennifer répéta, d'une voix encore plus rauque que précédemment :

– Trop... *tard*. Trop...

Puis elle enfouit ses mains dans ses cheveux et les serra si fort que Paul entendit le cuir chevelu se déchirer et se détacher du crâne. Elle ouvrit la bouche largement, et cette fois elle cria et cria et ne s'arrêta plus. Elle criait si fort que Paul n'entendit pas l'ambulance tourner dans Paseo del Serra, n'entendit pas les ambulanciers sonner à la porte.

– *Jennie! Arrête ça! Jennie!* vociféra-t-il.

Leurs visages se trouvaient à quelques centimètres seulement l'un de l'autre : elle criait, le visage blême, en proie à des douleurs atroces, et il criait, le visage empourpré, fou de rage.

Brusquement, le cri de Jennifer se changea en un gémissement rauque de dégoût et de terreur. Elle baissa à nouveau les yeux vers son ventre; ses mains tiraient toujours sur ses cheveux. La bosse était plus grosse que jamais, et elle bougeait. Paul la regardait fixement, lui aussi, incapable d'imaginer ce que c'était. Toutes sortes d'idées bizarres et horribles lui traversèrent l'esprit. Une sorte de mouche à viande, peut-être, qui avait enterré toute une colonie d'œufs sous la peau de Jennifer, et les œufs étaient en train d'éclore brusquement. Un gros morceau de viande non digéré qui, d'une manière ou d'une autre, avait traversé la paroi stomacale, et que son corps essayait de repousser.

Mais la réalité de ce qui se passait était encore plus épouvantable que tout ce que Paul était à même d'imaginer. Car, tandis que Jennifer criait et que les infirmiers donnaient de grands coups à la porte, la bosse sur son ventre se distendit jusqu'à ce que la peau qui la recouvrait soit presque transparente, puis l'objet foncé qui se contorsionnait à l'intérieur mordit la peau. Du sang rouge vif gicla... éclaboussant le peignoir de Jennifer, les cuisses de Jennifer... et une tête aplatie apparut, comme la tête d'une anguille, argentée et striée de sang, au regard fixe et sans expression. La tête s'agita et se tourna d'un côté et de l'autre, et Paul put seulement la regarder fixement, saisi d'une peur absolue et d'un dégoût absolu. Il était tellement bouleversé qu'il avait oublié que Jennifer continuait de crier, et il n'entendit pas le fracas du verre tandis que les ambulanciers défonçaient la porte de la cuisine avec une hache à incendie.

– *Paul!* hurla Jennifer. *Oh, Paul! Oh, Seigneur!*

Paul, éperdu, voulut saisir la tête de l'anguille. La première fois, trop effrayé, il la manqua; mais la seconde fois, il la frôla, et l'anguille eut un mouvement rapide et happa le côté de sa main entre des mâchoires qui lui firent aussi mal qu'une fourchette de barbecue chauffée au rouge.

Automatiquement, Paul retira sa main d'un mouvement brusque. L'anguille continua de s'accrocher, et il tira tout le corps de l'anguille, plus d'un mètre de long, hors du trou dans le ventre de Jennifer. Jennifer tomba à la renverse sur le carrelage et Paul entendit sa tête craquer. Mais il ne pouvait penser qu'à une seule chose : à l'anguille qui avait refermé ses mâchoires sur son doigt, et qui ne le lâchait pas.

Il frappa l'anguille contre le mur, mais elle maintint sa prise. Il la frappa encore, saisi d'une panique grandissante, mais il avait beau frapper de toutes ses forces, elle refusait de le lâcher. Il était tellement hébété, tellement terrifié que, lorsque deux ambulanciers apparurent brusquement dans la cuisine, il fut seulement à même de brandir l'anguille comme un trophée de pêche.

– *Serpent!* cria l'un des ambulanciers, et il tira immédiatement un coutelas du dos de sa ceinture. Occupe-toi de la femme... je me charge de cette bestiole!

L'ambulancier s'approcha, bondit et attrapa précautionneusement l'anguille par le milieu de son corps. L'anguille se débattit et se contorsionna violemment, mais l'ambulancier parvint à la maintenir et à l'emporter jusqu'à la table de cuisine, puis il l'appuya sur la planche à découper.

– Vous préférez ne pas regarder? demanda l'ambulancier à Paul.

Il avait un visage jeune et sérieux, de grands yeux marron et une grosse moustache brune. Paul déglutit, ferma les yeux et dit d'une voix qui ne ressemblait pas du tout à la sienne :

– Faites ce que vous devez faire, d'accord? Mais dépêchez-vous, parce que ça fait foutrement mal!

L'ambulancier plaça le tranchant de la lame près de la tête de l'anguille. L'autre ambulancier s'était agenouillé à côté de Jennifer, et il s'exclama avec effroi :

– Bordel de merde! Tony, cette femme a un trou dans le ventre de la taille d'un ballon de base-ball!

– Okay, Levi, attends une minute, dit Tony.

Et il trancha le corps de l'anguille d'un mouvement rapide, comme s'il était doué pour désosser des poissons. Mais l'anguille n'était pas une anguille ordinaire. Alors que l'ambulancier lui sectionnait la tête, les muscles de ses mâchoires se crispèrent brusquement, et elle arracha d'un coup de dents le petit doigt de Paul, ainsi que la plus grande partie de la jointure et un morceau de la paume. Paul ouvrit les yeux et leva sa main d'un air incrédule. Du sang en jaillissait comme un jet d'eau.

– Nom de Dieu! s'écria Tony.

Levi tourna la tête et s'exclama :

– Que diable...?

Paul voulut saisir son poignet, dans l'espoir hébété de parvenir à arrêter l'hémorragie en comprimant son artère. Puis il bascula en avant et s'affaissa sur le carrelage de la cuisine. Le sang continua de gicler et dessina des graffiti écarlates sur les carreaux, sur les jambes frissonnantes de Jennifer, sur les chaussures vert et blanc de Tony. Immédiatement, les deux ambulanciers s'agenouillèrent à ses côtés.

– La femme est morte, dit Levi d'une voix tendue. Lésions très étendues dans la région abdominale, causées probablement par ce serpent. Commotion, perte de sang par suite d'une hémorragie interne catastrophique, syncope, crâne fracturé.

Tony ouvrit sa mallette en silence et entreprit de poser un garrot autour du poignet de Paul. Puis il nettoya et banda la jointure du doigt déchiquetée, et fit à Paul une piqûre antitétanique, ainsi qu'une injection de pénicilline. Il essaya d'écarter les mâchoires de l'anguille afin de récupérer le doigt sectionné de Paul, mais les muscles de l'anguille restèrent fermement crispés. Il enveloppa la tête dans un torchon, puis il dit :

– Je vais conduire ce type à l'hôpital. Nous pourrons peut-être sauver son doigt. Pendant ce temps, tu ferais mieux de prévenir le coroner.

Paul commençait à reprendre connaissance. Il ouvrit les yeux, regarda fixement Tony et Levi, puis demanda :

– Jennie.. Jennie va bien?

Tony s'agenouilla à côté de lui.

– Ne vous inquiétez pas, monsieur. Tout va très bien. Pour le moment, le plus important, c'est de vous emmener à l'hôpital au plus vite.

Au-dehors, le soleil brillait avec éclat. Tony démarra, afin de conduire Paul à l'hôpital d'Hollywood Ouest sur La Brea, au moment où une voiture de patrouille arrivait. Tony fit aux flics un petit salut de la tête, puis il mit sa sirène en marche et fila vers l'est. Paul était allongé sur la couchette, à demi conscient, à l'arrière de l'ambulance; son doigt était posé sur le siège du passager, enveloppé dans le torchon, toujours pris au piège des mâchoires de l'anguille.

Levi finissait de parler au médecin légiste lorsque les deux officiers de police entrèrent dans la cuisine aspergée de sang et jetèrent un regard circonspect autour d'eux. Levi raccrocha et dit :

– Comment ça va?

– Au poil, je pense, répondit l'un des flics. Que s'est-il passé ici?

– Un serpent a attaqué deux personnes, déclara Levi. L'une est morte, l'autre a eu l'auriculaire de la main droite arraché d'un coup de dents.

– Un *serpent*? fit l'autre flic en fronçant le nez. Hé, tu te fiches de nous!

Levi montra le corps sans tête de l'anguille qui gisait, roulé en boule, sur le carrelage.

– Voilà le serpent... du moins, ce qu'il en reste. Mon coéquipier a été obligé d'emporter la tête à l'hôpital.

Le premier flic se mit à croupetons à côté du corps de l'anguille et le poussa du bout du doigt.

– C'est pas un serpent, dit-il au bout d'un moment.

Levi le regarda avec stupeur, puis il détourna les yeux et posa sa main sur sa hanche.

Le flic se releva.

– Sûr et certain que c'est pas un serpent, mon vieux, répéta-t-il.

– C'est pas un serpent? dit Levi. Alors qu'est-ce que c'est, si c'est pas un serpent? Une cravate, peut-être? Quelque chose qui est tombé d'un bonnet à la Davy Crockett?

– C'est une anguille, affirma le flic catégoriquement. Il passa ses pouces dans son ceinturon et arbora l'un de ces regards de défi crispé que presque tous les flics adoptent dès qu'ils commencent à subodorer que votre attitude à l'égard de leur toute-puissance n'est pas exactement ce qu'elle devrait être. Si vous vous obstinez à les contredire, vous risquez fort d'être arrêté pour « attitude irrespectueuse ».

Mais Levi ne fit pas montre d'une « attitude irrespectueuse ». Il savait par expérience comment se comporter avec les flics. Il émit un petit sifflement admiratif et dit :

– Une anguille, hein? Je n'aurais jamais pensé à une anguille. Ici, si loin de l'océan?

– Pourtant, c'est une anguille, insista le flic.

– Hum, oui... et comment le sais-tu? demanda Levi. Comment peux-tu en être aussi sûr?

– Je pêche, fit le flic.

Son coéquipier ôta sa casquette et l'agita autour de lui en guise d'explication.

– Josh pêche absolument tout. Thon, tortue alligator, tout ce qu'on peut imaginer. Il a remporté le championnat de Santa Monica trois années de suite.

Levi regarda le corps de Jennifer, à présent complètement recouvert d'une housse verte.

– Apparemment, il l'a mordue. Enfin, *elle* l'a mordue, l'anguille.

– Certaines anguilles sont parfois agressives, fit remarquer le flic prénommé Josh.

Il continuait de regarder autour de lui; son cou saillait d'abord d'un côté de son col de chemise, puis de l'autre. Il avait l'un de ces visages belliqueux et narquois qui rappelaient toujours à Levi Marlon Brando jeune, quand il aurait pu être boxeur professionnel.

– Dans ta cuisine? demanda Levi.

– Plaît-il? répliqua Josh. (Des mots polis prononcés d'un ton menaçant.)

– Des anguilles peuvent être agressives dans ta cuisine?

– Bien sûr que des anguilles peuvent être agressives dans ta cuisine. Des anguilles peuvent être agressives n'importe où. Un jour, un ami à moi a jeté une anguille dans la cuvette des chiottes et a tiré la chasse d'eau. Dix minutes plus tard, l'anguille est remontée et a mordu le cul de sa femme.

Josh trouva manifestement cette anecdote hilarante, parce qu'il cria brusquement « *Ha!* » et se donna une tape sur la cuisse. Il regarda autour de lui à nouveau, puis montra de la tête le corps sous la housse verte.

– Où est-ce qu'elle l'a mordue? demanda-t-il.

– Au ventre, répondit Levi. Juste à droite du nombril. Une sacrée morsure, je veux! Un trou de la taille d'un ballon de base-ball.

– Que s'est-il passé, à ton avis? demanda le coéquipier du flic. Enfin... comment cette anguille est-elle arrivée ici?

– C'est quoi, cette question, William? rétorqua Josh. Une anguille vit dans l'eau, d'accord? Et une anguille de cette grosseur est une anguille qui vit dans l'océan, d'accord?

William acquiesça d'un air dubitatif.

– Alors comment est-elle arrivée ici, à ton avis? Elle n'a pas *marché* jusqu'ici, exact? Elle n'a pas fait du stop depuis la plage! Elle a certainement été apportée ici... ou bien par la défunte parce qu'elle voulait la préparer et la manger, ou bien par le mari parce qu'il était allé à la pêche et qu'il a été assez stupide pour rapporter à la maison cette foutue bestiole.

Levi regarda le corps de l'anguille d'un air dégoûté.

– Quelqu'un aurait envie de manger *ça*?

– Bien sûr! fit Josh. Fumée, en matelote, en gelée, tu peux préparer une anguille d'un tas de façons. Peut-être que la défunte a essayé cette recette chinoise... tu sais, tu jettes les anguilles vivantes dans une marmite d'eau bouillante, et tu dois maintenir le couvercle jusqu'à ce qu'elles aient cessé de se débattre.

– *Chao shanhu*, dit William.

Josh tourna la tête et le regarda fixement. William haussa les épaules et eut l'air un brin embarrassé.

– Ce type mange uniquement de la bouffe chinoise, expliqua Josh.

Levi consulta sa montre.

– Le médecin légiste ne devrait pas tarder. Et vos collègues?

– Ça, j'en sais foutrement rien, fit Josh en s'essuyant le nez du dos de la main. Il y a eu une fusillade au Burger King sur Highland, tout le monde est sur les dents.

Tous trois se tenaient les bras croisés et s'efforçaient de ne pas marcher sur les motifs de sang qui formaient des boucles et des gribouillis sur le carrelage de la cuisine de Jennifer. Au bout d'un moment, Josh déclara :

– Un sacré accident, non? Tu t'apprêtes à manger ton dîner, et c'est ton dîner qui te mange?

William eut un sourire affecté parce que c'était ce que Josh attendait de sa part, et baissa les yeux vers le corps de Jennifer sous la housse verte. Il fronça les sourcils et regarda plus attentivement, puis il donna un coup de coude à Levi et pointa son index.

– Regarde, dit-il, elle *bouge*!

Josh se retourna.

– Elle bouge? s'exclama-t-il avec un amusement morbide. Tu n'es pas en train de dire qu'elle est toujours *vivante*! Tu sais ce qui va t'arriver si elle est toujours vivante? Bravo pour le diagnostic! Un ambulancier laisse la victime, grièvement blessée, d'un grave accident domestique, causé par une anguille, sur le carrelage glacé de sa cuisine pendant dix minutes d'affilée, tandis qu'il taille une bavette avec deux officiers de police! Tu seras rétrogradé, au mieux. Viré, plus vraisemblablement.

Levi voyait que William avait tout à fait raison. La housse verte se soulevait par endroits et bougeait d'un côté et de l'autre, comme si Jennifer essayait de se redresser.

– *Bordel de merde!* s'écria Levi.

Il traversa rapidement la cuisine et releva la housse, tout en se laissant tomber sur un genou.

Les anguilles grouillaient partout. Levi cria, un cri rauque et terrifié, et l'une des anguilles lui sauta au visage et s'accrocha au côté de sa mâchoire. Une autre lui mordit la cheville, et une troisième lui happa le mollet. Il y en avait neuf ou dix autres; elles rampèrent sur le carrelage, leurs queues dessinant des motifs dans le sang qui avait été versé là, et cherchèrent à s'enfuir.

Levi hurlait de douleur. Il chancela et fit un pas en arrière, puis un autre, tandis que l'anguille s'agitait furieusement, accrochée à son visage. Josh ouvrit éperdument deux ou trois tiroirs du buffet de cuisine, faisant tomber des râpes à fromage, des coupe-œufs et des passoires. Il finit par trouver un tiroir rempli de couteaux. Il s'empara d'un couteau à découper et revint vers Levi, tandis que William essayait de chasser les autres anguilles avec sa matraque.

– *Ne la coupe pas*! cria Levi. *Ne la coupe pas, pour l'amour du ciel! Elle m'arracherait le visage!*

– Reste tranquille! vociféra Josh. Reste tranquille une minute, d'accord?

Levi s'efforça de ne pas bouger, tremblant de douleur, tandis que Josh s'approchait lentement de lui. De temps à autre, il regardait rapidement vers le carrelage pour s'assurer qu'il n'y avait pas d'anguilles trop près, et il leur donnait des coups de pied lorsqu'elles s'approchaient. Levi le regardait fixement, les yeux grands ouverts; la longue anguille argentée se tortillait accrochée à sa mâchoire, les dents plantées avec force dans sa chair. Chaque fois que Levi parlait, l'anguille gigotait de plus belle, déclenchant une douleur aiguë. Mais il devait parler.

– Le type... qui était ici avant... mon copain... a tranché la tête de l'anguille... et elle lui a arraché le doigt d'un coup de dents... Les muscles de ses mâchoires... elles se sont *refermées*... au lieu de s'ouvrir...

– Entendu, dit Josh doucement. Si c'est la façon dont elles jouent le jeu... c'est la façon dont *nous* allons le jouer.

Il fit signe à son coéquipier de s'approcher et lui montra qu'il devait tenir Levi par-derrière, sous les aisselles, afin de le soutenir, et le maintenir relativement immobile. Puis, se rapprochant, il saisit la queue de l'anguille, la toucha avec toute l'habileté et la prudence d'un pêcheur chevronné, et déplaça petit à petit sa main vers le haut, jusqu'à ce qu'il la tienne juste derrière la tête. Les yeux de l'anguille étaient dépourvus de toute émotion ou de toute expression. Les yeux d'une créature qui n'éprouve aucun sentiment et qui vit uniquement pour survivre.

Puis Josh leva le couteau à découper et glissa doucement la longue lame fine entre les mâchoires partiellement ouvertes de l'anguille, le tranchant tourné vers lui.

– Tu vois ce que je vais faire? demanda-t-il à Levi. Je vais tenir le corps de l'anguille, ensuite je vais trancher vers moi, afin que le couteau sectionne les muscles de ses mâchoires. Elle ne pourra pas te mordre, je t'en donne ma parole!

Levi acquiesça de la tête. A présent, l'anguille lui faisait bien trop mal pour qu'il ait envie de parler. Les anguilles sur sa cheville et son mollet lui causaient des douleurs encore plus atroces. La jambe droite de son pantalon était maculée de sang.

Josh saisit prudemment le corps de l'anguille et la caressa, afin que son système nerveux s'habitue à la sensation d'être maintenue, et ne l'identifie pas comme une menace.

– Bien, dit-il. Maintenant, je vais compter jusqu'à dix, et lorsque je dirai dix, je veux que tu te raidisses, parce que c'est à ce moment que je découperai la tête de cette saloperie. Tu as pigé?

Levi poussa un grognement pour dire qu'il avait pigé.

– Un, dit Josh, et les yeux de Levi s'agrandirent.

– Deux, dit Josh, sans remarquer qu'une autre anguille avait rampé vers sa chaussure.

– Trois.

L'anguille à côté de sa chaussure releva la tête et ses yeux lumineux étincelèrent d'une lueur jaune dans la lumière du soleil qui formait des stries sur le carrelage de la cuisine.

– Quatre.

L'anguille poussa de côté le revers du pantalon de Josh et commença à dresser sa tête au-delà de la chaussette de Josh.

– Cinq. Tu es prêt, mon vieux? Attention, nous allons le faire!

– Six.

L'anguille se glissa à l'intérieur de sa jambe de pantalon.

– Sept... qu'est-ce que... *ahhhh*! Merde! Merde, fous le camp! *Gaahh*, saloperie!

Josh secoua violemment sa jambe et lâcha le couteau afin d'attraper l'anguille qui montait rapidement à l'intérieur de son pantalon. Il tourna sur lui-même, fit des bonds et frappa à plusieurs reprises sa jambe contre le côté de la banquette du coin petit déjeuner. Mais l'anguille coriace et visqueuse continua de monter jusqu'à sa cuisse, et même lorsque Josh comprit ce qu'elle cherchait, et se protégea frénétiquement avec ses deux mains, l'anguille glissa sa tête étroite sous les mains de Josh et le mordit.

Josh hurla comme un fou furieux, et tomba à la renverse sur le carrelage. Il se contorsionnait, se tordait et lançait des ruades. Il parvint à déboucler son ceinturon et à baisser son pantalon. Son caleçon était taché de sang. Le corps argenté de l'anguille dépassait d'un côté du caleçon, enroulé autour de sa cuisse, tel l'un des serpents mythiques de Laocoon.

– *Le couteau!* rugit-il, le visage écarlate. *Donne-moi ce putain de couteau!*

William se mit à quatre pattes pour récupérer le couteau. Levi, en désespoir de cause, essaya d'ôter l'anguille qui était accrochée à sa mâchoire. Ses dents claquèrent distinctement, et elle arracha un gros morceau du visage de Levi, jusqu'à l'os, suffisamment pour remplir une petite tasse à café de sang et de chair. Levi poussa un hurlement de douleur, d'horreur et d'horrible soulagement, puis il s'affaissa vers le côté opposé de la cuisine, laissant une large tache de sang sur le côté des éléments de cuisine en chêne.

William trouva le couteau et, les doigts tremblants, le tendit à son coéquipier. Le visage de Josh était étrange et crispé. Il se mordait la chair à l'intérieur de sa bouche pour s'arrêter de crier, et du sang coulait abondamment de chaque côté de son menton. Il souleva ses fesses du carrelage, petit à petit, et baissa lentement son caleçon. L'anguille avait avalé son pénis presque en entier, et bien que ses dents aient percé la peau, elle n'avait pas encore refermé ses mâchoires. Ses yeux fixaient Josh avec un calme de prédateur.

– Je ne peux pas..., dit Josh, la bouche remplie de sang. Je ne peux pas glisser le couteau entre ses mâchoires.

Son coéquipier examina l'anguille avec peur et incrédulité.

– Qu'est-ce que tu vas faire? demanda-t-il d'une voix blanche.

Josh se mordit encore plus fort l'intérieur de la bouche, et ses yeux se remplirent de larmes.

– Il va falloir que tu... saisisses ses mâchoires... et que tu essaies de les maintenir ouvertes... assez longtemps pour la détacher de moi...

– Ces saloperies sont foutrement vigoureuses, dit William d'une voix inquiète. Et si je n'arrive pas à maintenir ses mâchoires ouvertes assez longtemps?

– Et merde, qu'est-ce que je peux faire d'autre? fit Josh d'une voix sifflante, et ses lèvres crachèrent des bulles de sang.

Un hurlement retentit de l'autre côté de la cuisine. C'était Levi; il venait d'arracher une autre anguille et un autre gros morceau de chair. Mais les flics n'y prêtèrent pas la moindre attention.

– Écoute, j'ai une idée, dit William. Cet ambulancier... il a certainement des sédatifs, d'accord? Des sédatifs foutrement énergiques. Je pourrais injecter à cette saloperie d'anguille une forte dose de sédatif, assez pour l'assommer. Ensuite elle te lâchera, d'accord? Elle s'endort et elle te lâche... comme ça, tu ne seras pas... hum...

Josh devint blême, en état de choc, et par suite de la tension d'être assis sur le carrelage, avec l'anguille qui tenait sa virilité et même sa vie, entre des dents aussi pointues que celles d'un piège à loup.

– Entendu, dit-il d'une voix étouffée. Essayons ça. Ça marchera peut-être. Demande-lui de te préparer une seringue.

William traversa la cuisine à petits bonds et parla en toute hâte à Levi. L'ambulancier était en état de choc, lui aussi. Il avait arraché les trois anguilles et maintenant, allongé à côté de sa mallette, il pansait ses horribles blessures et s'apprêtait à se faire une piqûre antitétanique. Il comprenait à peine ce que William lui disait, mais il hocha finalement la tête et, réprimant tant bien que mal le tremblement de ses mains maculées de sang, prépara une dose de thiopental.

– Avec ça... on pourrait mettre K.-O. une baleine... d'accord?

William revint rapidement vers Josh, brandissant la seringue.

– Il a dit de l'injecter juste derrière la tête.

Josh acquiesça; son menton ruisselait de sang. William le regarda et dit :

– Tu veux vraiment que je fasse ça?

– Bordel de Dieu, fais-le, c'est tout, le pressa Josh, les dents serrées.

Avec des précautions infinies, William leva la seringue et plaça la pointe de l'aiguille juste derrière la tête luisante de l'anguille. Il s'humecta les lèvres, renifla, puis il abaissa l'aiguille jusqu'à ce que la pointe perce la peau de l'anguille.

Les deux flics se regardèrent. Ils faisaient équipe depuis trois ans, plus de mille jours de violence, de routine, de danger et de blessures. Mais ceci était différent.

Cette nuit, ils se trouvaient en présence du Démon lui-même, même s'ils ne le savaient pas.

Josh hocha la tête. William enfonça l'aiguille dans le corps de l'anguille. Il y eut un léger *pop!* de peau transpercée. L'anguille ne manifesta en aucune façon qu'elle avait senti la piqûre de l'aiguille... et elle ne bougea pas lorsque William appuya petit à petit sur le piston de la seringue et injecta l'anesthésique dans son système nerveux.

Les flics attendirent, nerveusement. Le soleil sortit de derrière un nuage et illumina brusquement la cuisine. Ils regardèrent autour d'eux. Les autres anguilles avaient disparu, abandonnant le corps de la femme qui leur avait donné le jour... et gisait sur le carrelage, ensanglantée et déchiquetée. Levi s'était injecté un analgésique; il était allongé, immobile, trop commotionné et trop assommé par l'analgésique pour faire quoi que ce soit, sinon tenir jusqu'au retour de Tony.

Josh baissa les yeux vers l'anguille.

– Qu'en penses-tu? demanda-t-il. Tu penses qu'elle s'est endormie?

William regarda l'anguille attentivement.

– Est-ce que les anguilles ont des paupières? dit-il. Tu sais, lorsqu'elles s'endorment, est-ce qu'elles ferment les yeux?

Cinq minutes s'écoulèrent. Josh commençait à trembler de fatigue.

– Cette saloperie doit dormir maintenant, dit-il d'une voix rauque.

– Tu veux que j'essaie de la retirer? lui demanda William.

Josh hocha la tête, mais avant que William puisse empoigner l'anguille, il leva la main.

– Attends, dit-il.

Il tendit prudemment la main vers son étui, ouvrit le rabat et sortit son P.38.

– Pourquoi tu fais ça? demanda William, effrayé.

– Au cas où, répondit Josh.

Il releva le chien de son arme de service et appuya le canon contre sa tempe droite.

– Josh! protesta William.

Mais Josh dit d'un ton sec:

– Allez! Fais-le!

William tendit les bras jusqu'à ce que ses mains soient

placées de part et d'autre des mâchoires de l'anguille. Il avait l'intention de saisir chaque mâchoire entre son pouce et l'index, et de les maintenir écartées, tandis qu'il retirerait la créature du corps de son coéquipier. Il pria le ciel pour que l'anesthésique ait fait son effet, et pour que les réflexes de l'anguille soient à présent totalement émoussés. Il n'y avait aucun signe extérieur permettant de savoir si c'était le cas ou non. Le corps de l'anguille était toujours enroulé autour de la cuisse de Josh, et ses yeux étaient toujours grands ouverts.

– C'est parti, dit-il, davantage pour lui-même que pour son coéquipier.

Il saisit les mâchoires de l'anguille, sentant leur structure osseuse à travers la peau visqueuse, et dégagea lentement les dents pointues de la peau du pénis de Josh. Il s'arrêta un moment, en sueur, et retint sa respiration. Les yeux de l'anguille le fixaient avec froideur, d'un air moqueur, comme les yeux d'un poisson mort dans le congélateur d'un supermarché, ou comme les yeux d'un homme qui est déterminé à vous voir mort.

Les muscles des mâchoires étaient bien plus vigoureux que William ne s'y était attendu, et il avait le plus grand mal à les maintenir écartées.

Josh murmura :

– Retire-la, William. Lentement, très lentement, mais retire-la, bordel de Dieu !

William déglutit. Il commença à tirer doucement l'anguille vers le bas. A ce moment, la porte fracassée de la cuisine s'ouvrit violemment, et deux inspecteurs entrèrent.

– Merde, qu'est-ce que c'est ? s'exclama l'un d'eux. Mais que se passe-t-il ici ?

William leva les yeux, et comme il levait les yeux, ses doigts glissèrent.

Josh cria, tandis que les dents de l'anguille transperçaient sa peau à nouveau, et il essaya, saisi de panique, d'arracher la créature.

Les muscles des mâchoires de l'anguille se refermèrent brusquement et produisirent un craquement cartilagineux.

Josh poussa un hurlement de kamikaze et appuya sur la détente de son P. 38. Dans une détonation assourdissante, sa tête explosa et se répandit dans toute la cuisine.

Il s'affaissa sur le côté. L'anguille se déroula aussitôt,

vive et argentée, rampa vers le côté opposé de la cuisine, et disparut. William ne la regardait pas, de toute façon. Il était agenouillé devant Josh, le visage éclaboussé de sang, les mains toujours levées, comme elles l'avaient été quand il avait laissé échapper les mâchoires de l'anguille.

Les deux inspecteurs avaient sorti leur arme de service lorsque Josh avait tiré. Ils étaient accroupis de l'autre côté de la cuisine, perplexes, se demandant sur qui ils devaient tirer.

– Vous voulez bien me dire ce qui s'est passé ici? demanda l'un d'eux.

Il remit son pistolet dans son étui et, d'un air dégoûté, s'avança par petits bonds entre les flaques de sang.

William haussa les épaules.

– J'ai essayé, dit-il, avec des larmes dans la voix. J'ai essayé... j'ai fait tout mon possible.

Au-dehors, deux sirènes retentirent dans la lumière du soleil. Levi, l'ambulancier, redressa la tête pour voir ce qui se passait.

Pendant ce temps, les neuf anguilles s'étaient glissées hors de la maison, cherchant un endroit où se cacher. Trois d'entre elles s'enfouirent dans la terre desséchée et brûlée par le soleil du jardin de Jennifer, à côté de ses rosiers. Une autre se lova dans l'obscurité au dos de l'appentis qui abritait la pompe de la piscine. Deux autres parvinrent à se faufiler dans le jardin d'à côté : l'une d'elles se glissa dans un trou d'écureuil, et l'autre se trouva une cachette dans les W.-C. désaffectés au fond du jardin. Deux autres s'écoulèrent tel du mercure liquide dans une grille d'égout à proximité, et elles continueraient leur gestation dans un passage voûté qui était régulièrement envahi par les eaux. La dernière voulut traverser Paseo del Serra, juste au moment où l'arroseuse-balayeuse passait; elle fut soulevée par les brosses et emportée, toujours vivante, vers la décharge municipale où elle fut ensevelie sous des tonnes de journaux, de gravier, de boîtes de Coke, de feuilles de yucca et d'excréments.

Elle resta là, les yeux grands ouverts; ses ouïes s'ouvraient et se refermaient. Elle attendait de devenir adulte.

19

Sept semaines avaient passé et les Guerriers de la Nuit n'avaient trouvé aucune trace de Yaomauitl. Après leur échec dans la ville mécanique, où ils n'avaient pas réussi à détruire le Démon, ils étaient sortis nuit après nuit et avaient sillonné le paysage nocturne de la Californie du Sud, recherchant le moindre battement de cœur qui leur indiquerait que Yaomauitl se cachait à proximité. Ils étaient entrés dans nombre de rêves. Des rêves de fêtes, des rêves de liaisons amoureuses, des rêves de noyades. Ils avaient entrevu nombre de créatures malfaisantes et nombre d'angoisses secrètes, ils avaient perçu la fuite précipitée de nombre de personnages à la mauvaise conscience, et entendu chuchoter nombre de noms maléfiques. Cependant, ils n'avaient pas réussi à trouver le Démon qu'ils recherchaient.

– Nous l'avons peut-être fait fuir, suggéra Tebulot une nuit, alors qu'ils survolaient silencieusement l'aire de loisirs de Sepulveda Dam, dans la clarté lunaire.

Kasyx eut une expression sévère.

– Je ne veux pas le faire fuir. Je veux qu'il retourne dans ce coffre à San Hipolito et qu'il y reste pour toujours.

Après la troisième semaine, ils avaient décidé de se répartir les patrouilles de nuit, afin que seulement deux d'entre eux sortent en même temps. Même si leurs corps matériels dormaient paisiblement dans leurs lits respectifs, leurs esprits étaient de plus en plus harassés par ces nuits de recherches. Après la cinquième semaine, ils avaient renoncé à aller en patrouille chaque nuit. Ils se contentèrent de deux sorties par semaine et étendirent leurs explorations jusqu'à San Luis Obispo au nord, et Palm Springs à l'est. Kasyx avait le sentiment qu'il était peu probable que Yaomauitl soit retourné au Mexique.

Ces derniers temps, ils ne voyaient presque plus Springer. Parfois, elle était là lorsqu'ils allaient à la maison sur Camino del Mar, mais elle demeurait silencieuse et renfermée, et ses vêtements devenaient de plus en plus somptueux et extravagants, comme pour leur montrer que, tandis que le Démon restait en liberté jour après jour, le monde devenait un peu plus décadent.

Les Guerriers de la Nuit continuaient de se voir dans la journée. Le cottage d'Henry était devenu plus ou moins leur quartier général, où ils venaient chaque fois qu'ils éprouvaient le besoin de parler. Lloyd resta dormir là-bas plusieurs nuits, malgré les protestations de sa mère, et Gil était un visiteur régulier. De temps en temps, Susan passait aussi, lorsqu'elle allait à la plage pour se baigner, et ils s'installaient tous sur la véranda, buvaient des Coke et parlaient de la bataille qu'ils avaient livrée sur la plaine de cendres, et de ce qu'ils feraient, la prochaine fois qu'ils se trouveraient en présence de Yaomauitl.

Ils n'avaient personne d'autre avec qui ils pouvaient parler de leurs aventures, personne d'autre à qui confier leurs peurs. Ils avaient tous été terrifiés cette nuit-là dans la ville mécanique, mais à qui auraient-ils pu le dire?

– Si je disais à mon analyste quoi que ce soit à ce sujet, il me ferait enfermer dans un asile de fous avant le coucher du soleil! avait fait remarquer Henry.

Il avait de plus en plus de mal à résister à la bouteille de vodka. Tandis que chaque nuit prenait fin sans la moindre trace de Yaomauitl, son sentiment d'échec et de frustration commençait à irriter de nouveau ses terminaisons nerveuses, et il aurait fait n'importe quoi pour les anesthésier avec de la Smirnoff. Il s'approchait du bar deux ou trois fois par jour, regardait fixement la bouteille de vodka posée sur la tablette, puis refermait le battant. Il avait le sentiment d'avoir passé un accord solennel avec ses trois compagnons et de s'être engagé à ne plus boire. Après tout, ils étaient jeunes, et leurs vies dépendaient de lui.

Néanmoins, au fur et à mesure que les nuits passaient, et que l'Ennemi Redouté demeurait introuvable, le besoin d'alcool devenait de plus en plus fort. Un verre, se disait-il. Juste un verre. Juste pour me donner cette sensation de douce chaleur, juste pour me donner cette confiance supplémentaire. Juste pour détendre mon esprit surmené, en proie au vertige, et pour me donner un peu de paix.

La mort de Salvador n'avait guère arrangé les choses. Bien que la police ait finalement conclu que la présence d'Henry, de Gil et de Lloyd dans le laboratoire de l'Institut Scripps n'avait été pour rien dans l'accident mortel survenu au lieutenant Ortega... en grande partie grâce à la déposition d'Andrea... l'Institut lui-même envisageait de les poursuivre en justice pour violation de propriété et dommages matériels, et la police ne manquait pas de se présenter chez Henry à n'importe quel moment de la journée, comme s'il faisait l'objet d'une enquête.

Et que la police soit convaincue ou non de ce qui s'était passé cette nuit-là, Henry, Gil et Lloyd savaient que, même s'ils avaient sauvé Andrea, ils avaient certainement été responsables pour une grande part de ce qui était arrivé à Salvador. Cela ne servait à rien de chercher des excuses et de parler de « pertes au combat ». Henry avait rendu visite à la veuve de Salvador, apportant un bouquet de fleurs et une grande roue mécanique Fisher-Price pour ses enfants. Ceux-ci s'étaient assis sur la banquette verte dans le séjour et la grande roue avait joué *In The Good Old Summertime*. Ensuite Henry était remonté dans la Mustang de Gil, et des larmes coulaient sur ses joues.

Daffy, l'amie de Susan, n'arrêtait pas de se plaindre que Susan était « à des éons de distance » et qu'elle n'était plus du tout *amusante*. Susan s'excusait aussi souvent que Daffy se plaignait, mais il lui était tout à fait impossible d'expliquer ce qu'elle ressentait. Même si elle avait pu parler à Daffy de ce jour où le Démon l'avait retenue en otage, même si Daffy avait *cru* ce que Susan disait, elle aurait été incapable de comprendre. D'ailleurs Henry, Gil et Lloyd en étaient tout aussi incapables. Parce que, bien que Susan ait été seule, elle avait été terrifiée ce jour-là comme elle ne l'avait jamais été auparavant. Ce jour-là, elle avait compris exactement ce qu'elle était, un assemblage d'os, de peau et de muscles parcourus de contractions violentes, et elle avait compris que la différence entre la vie et la mort n'était rien de plus qu'un spasme fragile.

Cette compréhension l'avait rapprochée de ses grands-parents. A présent, elle supportait même les plaisanteries éculées de son grand-père. Mais cela l'éloignait encore plus de sa propre génération, pour qui la mort demeurait fort heureusement lointaine.

Daffy avait raison, Susan n'était plus amusante. Mais elle était beaucoup plus attentive aux autres et beaucoup plus compatissante, et elle savait que, lorsqu'ils finiraient par vaincre Yaomauitl, son sens de l'humour reviendrait très vite. Si seulement elle avait pu dire à Daffy à quel point il était difficile de rire pendant une guerre.

Ses aventures avaient également éloigné Gil de ses amis... et de ses parents. Tout à fait indépendamment de l'affaire du pistolet « emprunté », qui lui avait coûté deux semaines d'argent de poche et un mois de travail tous les matins au Mini-Market, il constata qu'il était totalement incapable de se confier à son père et à sa mère comme il le faisait autrefois. Phil Miller essaya à plusieurs reprises d'avoir une conversation avec lui, afin de découvrir ce qui n'allait pas. « Tu n'es pas malade, dis-moi? Tu n'es pas amoureux? » Mais Gil se trouvait dans l'impossibilité de donner à son père le moindre début d'explication qui aurait décrit ce qu'il ressentait, même imparfaitement. Il se sentait comme Tebulot, et comment pouvait-il dire cela à son père? Il se sentait fort, posé, agressif, doté d'un sens moral, et voué à une cause. Il ressentait le besoin de remplir sa destinée de Guerrier de la Nuit en trouvant et en détruisant Yaomauitl, l'Ennemi Redouté. Comment pouvait-il traduire cela par des mots que son père soit à même d'accepter... son père, qu'il aimait de tout son cœur, mais dont l'horizon était limité par des salamis au poivre et des cartons de Cap'n Crunch?

Les changements survenus dans la vie de Lloyd étaient moins apparents. Il avait toujours été réfléchi, et s'impliquait à fond dans tout ce qu'il faisait, que ce soit ses études ou l'athlétisme ou les rapports d'amitié. Son père était un homme sérieux, un homme d'une telle honnêteté que, à sa façon modeste, il était presque un saint. Lloyd avait hérité de cette honnêteté, ainsi que de l'enthousiasme passionné de sa mère, et c'est pourquoi, lorsqu'il avait commencé à s'isoler du reste de sa famille afin de réfléchir à ses aventures de Guerrier de la Nuit, personne n'avait remarqué quoi que ce soit de vraiment anormal.

Cette fois, cependant, Lloyd avait commencé à percevoir qu'un grand accomplissement l'attendait. Non pas l'accomplissement qui consiste à gagner une course sur cinq cents mètres, non pas l'accomplissement qui consiste à avoir d'excellentes notes en anglais. Non pas l'accomplissement qui consiste à être noir et à réussir dans un monde de Blancs. Lloyd avait commencé à sentir la grandeur dans le vent, l'arôme piquant qui stimule les hommes ordinaires et fait d'eux des héros.

Un soir, durant la sixième semaine de leurs vaines recherches de Yaomauitl, le père de Lloyd entra dans sa chambre et se tint immobile un long moment, ses lunettes dans une main et son journal du soir dans l'autre. Finalement, il dit :

– Lloyd, je veux que tu me dises la vérité.

– Papa ?

– Lloyd, est-ce que tu sniffes quelque chose ? Dis-moi la vérité !

De fait, Lloyd avait souri.

– Non, papa, avait-il dit à son père calmement, son visage à demi caché par la lumière de sa lampe de bureau. Non, je ne sniffe rien du tout.

Le troisième matin de la septième semaine, le ciel le long du littoral californien était gris et brumeux, mais d'après les prévisions météo, le soleil dissiperait la brume avant dix heures du matin. Le bulletin météo fut suivi des informations régionales, et Henry était assis dans la cuisine devant un bol de céréales, lorsqu'on annonça que le corps d'une jeune femme avait été trouvé dans une maison sur Prospect Street, La Jolla, présentant des blessures très étendues à l'abdomen.

Le journaliste déclara :

« La police s'est refusée à dire la nuit dernière si le meurtre était l'œuvre d'un tueur rituel, ou bien si la mort de la jeune femme était la conséquence d'un accident tout à fait insolite. »

Henry posa lentement sa cuillère sur la table. Des blessures très étendues à l'abdomen. Il se demanda s'il avait finalement trouvé l'explication du long silence de Yaomauitl. Abandonnant son petit déjeuner, il alla dans le séjour et chercha dans l'annuaire du téléphone jusqu'à ce qu'il trouve le numéro du Bureau du coroner de San Diego. Il pianota le numéro et se passa la main à plusieurs reprises dans ses cheveux ébouriffés, en attendant que quelqu'un décroche.

– Mr. John Belli, dit-il, lorsqu'il eut finalement la communication.

John Belli semblait fatigué et de mauvaise humeur.

– Qui est à l'appareil? demanda-t-il en se raclant la gorge.

– Mr. Belli, ici Henry Watkins, professeur Henry Watkins. Je suis l'une des trois personnes qui ont découvert le corps de Sylvia Stoner, vous vous rappelez?

– Et alors? fit John Belli d'un ton méfiant.

– Je suis désolé de vous importuner, mais je viens d'apprendre qu'une autre jeune femme avait été trouvée morte. Sur Prospect Street, à La Jolla.

– Oui. (Une voix terne, cette fois. Circonspecte.)

– Est-ce que je peux vous poser une question au sujet de cette jeune femme?

– Vous pouvez. Mais je ne vous garantis pas que je vous donnerai une réponse.

– Oh, fit Henry, vous n'avez pas besoin de dire oui, si ce que je vais vous demander est vrai. Mais si ce n'est pas vrai, alors je vous serai très reconnaissant de dire non.

Il y eut un silence. Puis John Belli grommela :

– Allez-y. Posez votre question.

– Les preuves dont vous disposez permettent-elles de dire que la jeune femme découverte à La Jolla a été tuée de la même façon que Sylvia Stoner?

Il y eut un autre silence. Puis John Belli raccrocha. Henry garda le combiné dans sa main un moment et écouta le bourdonnement sans fin de la tonalité. Puis il le reposa lentement sur son socle, et se leva. C'était donc ça. Yaomauitl avait attendu l'éclosion de sa nouvelle progéniture. Une jeune femme était morte à La Jolla, et qui savait combien d'autres femmes avaient été fécondées par ce Démon qui pouvait revêtir toutes les apparences qu'il voulait. Il y avait peut-être des centaines d'anguilles, en train de dévorer avidement des chairs pour sortir du ventre de dizaines de femmes. Et même si elles n'étaient pas encore adultes... même si elles n'étaient que des embryons... elles pouvaient commencer à rêver, et une fois qu'elles pourraient commencer à rêver, elles pourraient rejoindre leur père et maître, Yaomauitl, et lui servir de renforts.

Yaomauitl s'apprêtait à anéantir les Guerriers de la Nuit et à poursuivre son invasion à travers les rêves de chaque Américain vivant. Il n'était peut-être pas capable d'exercer la moindre influence durant le jour, lorsque les gens étaient sensés, éveillés et vigilants, et ne croyaient pas à l'existence de Démons. Mais la nuit, quand ils dormaient, son influence malfaisante pouvait les enjôler, les tenter et changer leur esprit. Ses ombres surgiraient dans leurs cauchemars et prêcheraient l'intolérance, la cruauté et l'égoïsme. Et tous les progrès de l'espèce humaine... progrès accomplis après des siècles de guerres, d'efforts et de souffrances... seraient balayés et détruits. Un nouvel Age des Ténèbres commencerait à se propager depuis les cauchemars de toute une nation, tachant la carte du monde comme de l'encre noire.

Henry téléphona à Gil.

– Gil? Ici Henry. Tu as entendu les informations ce matin?

– Je coupais du bœuf salé en tranches.

– Écoute, Gil, cela s'est produit à nouveau. On a trouvé une jeune femme à La Jolla, morte, le ventre déchiqueté. Pas d'anguilles... du moins, on n'en a pas parlé aux informations... aussi il est probable qu'elles ont réussi à s'enfuir et à se terrer quelque part.

– Qu'est-ce que cela signifie? demanda Gil. Je ne suis pas sûr de comprendre.

– J'interprète cela de la façon suivante, répondit Henry. Yaomauitl a attendu la naissance de nouveaux embryons de Démons, afin de nous surpasser en nombre et de nous liquider complètement.

– Quand? Où? Tu as une idée?

– Pas encore. Mais je pense que nous devrions sortir cette nuit, tous les quatre, et voir si nous pouvons le débusquer.

– Entendu, ça marche. Onze heures?

– Onze heures, c'est parfait.

Henry appela Susan, puis Lloyd. Lloyd n'était pas là, mais, soupçonneuse, sa mère prit quand même le message. Susan semblait très grave au téléphone, et elle demanda à Henry s'il pensait que c'était l'ultime règlement de comptes.

– Hé, nous ne sommes pas à O.K. Corral! plaisanta Henry.

– Mais il veut nous tuer, d'accord? demanda Susan, toujours d'un ton très grave.

Henry hésita, puis il dit :

– Oui, c'est exact.

– Et s'il nous tue alors que nous sommes des Guerriers de la Nuit?

Henry se frictionna la jambe qui avait été meurtrie au cours de leur dernière bataille dans les profondeurs de la ville mécanique.

– Tu sais ce que Springer a dit. S'il nous tue en tant que Guerriers de la Nuit, nos corps matériels ne se réveilleront jamais.

– Onze heures? fit Susan.

– Tu n'es pas obligée de venir si tu n'en as pas envie, répondit Henry.

– Vous avez besoin de moi, déclara Susan. Comment ferez-vous pour trouver Yaomauitl sans le sixième sens de Samena?

– Néanmoins, tu n'es pas obligée de venir. Nous le trouverons, d'une manière ou d'une autre.

– Henry, dit Susan, la pire chose qui puisse m'arriver, c'est d'aller rejoindre mes parents.

Henry ne sut pas quoi répondre à cela. C'était à la fois mature et mystique... un constat de résignation adulte et un constat de foi enfantine. Il dit, la gorge nouée :

– Bon, entendu. Onze heures. Je te verrai avec plaisir.

La journée sembla mettre une éternité à s'écouler. Henry s'approcha du bar encore plus souvent que d'habitude. Une fois, il alla même jusqu'à dévisser la capsule de la bouteille de vodka. Il la huma et laissa les vapeurs d'alcool imprégner ses narines. Un verre, juste pour aiguiser son esprit. Un seul verre, un seul, juste pour le préparer à la bataille que la nuit lui réservait, il le savait très bien.

Il revissa soigneusement la capsule et rangea la bouteille dans le bar. Puis il sortit pour faire un tour sur la promenade et respirer la brise du large. Il avait pensé que le plus mauvais moment était passé, surtout après sept semaines d'abstinence. Son organisme était certainement désintoxiqué à présent. Pourtant le besoin d'alcool semblait pire que jamais, et il se demanda s'il s'en débarrasserait un jour. Son esprit lui soufflait déjà des excuses toutes faites. Tu n'as pas bu une seule goutte d'alcool pendant sept semaines, tu mérites bien un verre, non? *Un* verre ne te fera aucun mal, tu seras à même de te prouver à toi-même que tu n'es absolument pas un alcoolique, si tu ne bois qu'un verre. Si tu bois un seul verre, tu boiras comme le font les gens normaux. Tu seras guéri. Après tout... comment peux-tu savoir que tu es guéri si tu ne bois plus du tout d'alcool? S'abstenir complètement de boissons alcoolisées revient à admettre que l'on est toujours malade.

Il rencontra par hasard l'un de ses vieux amis, John Lund, un vénérable professeur d'histoire ancienne portant toujours des panamas et des veste en toile de lin élimées donnant l'impression d'avoir précédemment servi de sacs postaux. John était de petite taille, portait des lunettes, et était volubile. Et il ne buvait pas d'alcool. En conséquence, Henry lui proposa de déjeuner ensemble. Ils se donnèrent le bras et allèrent dans un restaurant végétarien situé un peu plus loin sur le front de mer. Henry parvint à calmer son envie de vodka avec un bol glacé de yaourt maison et un melon découpé en tranches. Tout en mangeant, il écouta la dernière interprétation de la Guerre de l'Indépendance par John, à savoir que les Anglais n'avaient pas eu envie de la gagner, de toute façon.

Tandis que John parlait, un homme assis en face d'eux, et qui mangeait seul, ouvrit son numéro du *Los Angeles Times*. Tout d'abord, Henry jeta un coup d'œil distrait aux gros titres, puis il les regarda plus attentivement, et les lut avec un sentiment d'effroi grandissant. « DES ANGUILLES TUEUSES MASSACRENT UNE FEMME, ET ATTAQUENT SON MARI ET DES POLICIERS ». « UN OFFICIER DE POLICE, ÉMASCULÉ, SE TIRE UNE BALLE DANS LA TÊTE ». « LE MARI ET UN AMBULANCIER SOUFFRENT DE MORSURES MULTIPLES ».

– Et après Valley Forge..., était en train de dire John, d'un air pénétré, tout en découpant son melon en petits morceaux.

– John, excuse-moi, dit Henry, et il se leva et s'approcha de l'homme au journal.

– Est-ce que je pourrais vous emprunter la première page de votre journal, juste une minute? lui demanda-t-il.

L'homme haussa les épaules, détacha la première page de son journal et la lui tendit.

John Lund observa Henry à travers les verres graisseux de ses lunettes tandis que celui-ci lisait rapidement l'article sur les anguilles qui avaient attaqué un couple d'âge mûr, ainsi que des ambulanciers et des policiers, sur Paseo del Serra à Hollywood. Le corps de la femme, énonçait l'article, « a été atrocement mutilé... des blessures au ventre qui, selon le sergent Garcia, étaient pires que tout ce que Jack l'Éventreur a jamais imaginé ». Seul un examen approfondi du corps permettrait de dire ce qui s'était exactement passé.

– Qu'y a-t-il? demanda John. Tu as l'air préoccupé.

– Je le suis, répondit Henry. En fait, je suis plus que préoccupé. Je suis terrifié.

– Toi? Terrifié? Mais de quoi un professeur de philosophie aurait-il peur?

Henry rendit la première page du journal à l'homme assis à la table d'en face. Puis il dit à John, les mains jointes devant lui :

– Et si on te disait que tu dois affronter l'un de ces lutteurs de sumo japonais?

John pouffa de rire.

– Je perdrais, répondit-il. Aucun doute là-dessus.

– Et si on te disait que, si tu perds, la race humaine est condamnée à disparaître?

John se renfrogna.

– Qu'est-ce que c'est, l'une de tes devinettes orientales complètement farfelues?

Henry secoua la tête.

– Que ferais-tu? Quels seraient tes sentiments? Est-ce que tu te battrais, ou bien est-ce que tu te dégonflerais?

John remua son café, très lentement, puis il s'octroya une autre cuillerée de sucre de canne.

– Je me battrais, dit-il. Mais je serais terrifié.

– Exactement, fit Henry.

– Tu veux dire que...? demanda John, ne comprenant pas où Henry voulait en venir.

– Moi, dit Henry. Moi et le lutteur de sumo et la race humaine. Seulement, ce n'est pas un lutteur de sumo.

– Puis-je demander ce que c'est? fit John, déconcerté.

Il avait entendu Henry divaguer quand il n'avait pas bu, et il avait entendu Henry divaguer quand il avait bu, mais il n'avait encore jamais entendu Henry parler de la sorte.

Henry se pencha en avant et le saisit par l'épaule de sa veste.

– C'est le Diable, chuchota-t-il.

Naturellement, John sourit, s'appuya sur le dossier de sa chaise, secoua la tête et croisa les jambes d'un air suffisant : il ne croyait pas Henry une seule seconde.

Ils arrivèrent tous les quatre bien avant onze heures, graves et impatients. Springer était également là; un homme, cette fois, vêtu d'un étrange costume gris et noir qui bruissait comme du papier de soie lorsqu'il marchait. Il toucha les mains de chacun d'eux, et les regarda dans les yeux, l'un après l'autre. Ses yeux ressemblaient à des fenêtres donnant sur l'espace intersidéral. Le vide absolu, des étoiles lointaines, et des significations dont on pouvait seulement rêver.

– Je savais que vous seriez ici cette nuit, dit Springer. Vous avez parfaitement compris la tactique de Yaomauitl.

Kasyx leva un gantelet écarlate et écarta lentement ses doigts. Une électricité bleue étincelante bondit du bout d'un doigt vers le suivant. Il n'avait encore jamais absorbé une telle quantité d'énergie d'Ashapola, et il savait qu'une décharge accidentelle serait catastrophique. Mais cette nuit, si jamais ils devaient affronter Yaomauitl encore une fois, ils auraient besoin de tout le pouvoir qu'il leur était possible de stocker.

– Cette nuit sera votre plus grande aventure, déclara Springer. Cette nuit, vous allez connaître le véritable pouvoir des Guerriers de la Nuit. Au nom d'Ashapola et de tous les Guerriers sacrés des temps anciens, puissiez-vous être protégés du mal, et puisse votre lumière disperser les ténèbres pour la libération du monde des hommes.

Ces paroles étaient de toute évidence des paroles que Springer avait prononcées maintes et maintes fois, au cours des siècles passés. Des paroles provenant des jours glorieux des Guerriers de la Nuit, lorsque des dizaines de Démons arpentaient encore la terre, et que ceux qui les combattaient dans les rêves et les cauchemars se comptaient par milliers. Une société secrète qui avait apporté les vertus de paix et de compréhension aux quatre coins du monde, même si cette paix et cette compréhension avaient été troublées.

Les Guerriers de la Nuit s'élevèrent dans l'air du soir. Springer avait dit à Samena qu'il percevait des vibrations glacées quelque part à l'est. En conséquence, ils survolèrent les terrains de golf et les immeubles à proximité du ranch Fairbanks, et se dirigèrent vers les collines, où l'air de la nuit était imprégné de l'odeur des eucalyptus, et où des lumières scintillaient depuis des demeures somptueuses de style espagnol, dissimulées parmi les citronniers et les yuccas.

– Quelque chose? demanda Kasyx à Samena.

Ils passaient en silence au-dessus de Rancho Santa Fe, où la lumière émanant des fenêtres de l'Hostellerie peinte en blanc dessinait des motifs vert vif sur les terrains de croquet qui l'entouraient. Puis ils volèrent à nouveau dans l'obscurité et scrutèrent les collines, à la recherche de la moindre sensation qui les avertirait de la proximité de Yaomauitl.

– On se trompe peut-être, mec, dit Xaxxa. Peut-être n'est-il pas encore prêt à se battre.

– Il est prêt, affirma Kasyx. Il n'aurait pas permis que ses embryons naissent au grand jour, s'il n'était pas prêt à se battre. Il sait que nous sommes au courant, et il sait que nous le cherchons en ce moment même.

– Quand tu veux, mec, quand tu veux, fit Xaxxa.

Tebulot ne dit rien. Il était trop plongé dans ses pensées concernant les problèmes qu'il avait avec ses parents, et les dangers que lui et ses compagnons allaient affronter cette nuit. Il n'avait pas peur. Loin de là. Mais il voulait que le combat commence, et qu'il commence très vite, afin d'être délivré temporairement des angoisses qui le tourmentaient sans cesse. Il adorait son père et sa mère. Il ne voulait pas les tenir à l'écart. Mais tant qu'ils n'auraient pas trouvé et vaincu Yaomauitl, il ne pouvait absolument rien leur dire qui les ferait se rapprocher.

Ils étaient sur le point de rebrousser chemin vers la côte lorsque Samena dit doucement :

– Il est ici. Tout près. Je perçois sa présence.

Les trois autres Guerriers de la Nuit se rapprochèrent de Samena et ils volèrent entre les collines en une formation spectrale. Ils suivaient chaque virage et chaque piqué qu'elle faisait, telle une équipe acrobatique s'apprêtant à atterrir dans une obscurité complète, et se servaient uniquement du sixième sens de Samena pour les guider vers leur cible.

– Légèrement à droite, dit Samena.

Ils virèrent vers la droite, survolèrent un épais bosquet de palmiers et descendirent vers une demeure imposante, peinte en ocre et entourée d'un grand jardin.

– Nous sommes arrivés, il est ici, dit Samena.

Sans la moindre hésitation, elle traversa le toit de tuiles et pénétra dans l'une des chambres à coucher.

Un homme aux traits orientaux dormait, couché près de sa femme dans un grand lit en cuivre tendu de draps en satin noir. La moquette était blanche, le mobilier était blanc, et il y avait sur l'un des murs un grand tableau abstrait de Sotaro Yasui. Les Guerriers de la Nuit se tinrent au pied du lit et regardèrent avec circonspection le couple endormi.

– Lequel est-ce? L'homme ou la femme? demanda Tebulot.

– L'homme, répondit Samena. La sensation est très forte. Elle n'a jamais été aussi forte.

– Êtes-vous prêts? demanda Kasyx.

Ils acquiescèrent de la tête. Kasyx leva les mains et traça l'octogone. De l'autre côté, il vit de la blancheur, et de la neige qui tombait.

– J'ai l'impression qu'il va faire très froid dans ce rêve, dit-il.

Mais, sans la moindre hésitation, il fit s'élever l'octogone au-dessus de leurs têtes. Tandis que celui-ci s'abaissait lentement autour d'eux, il saisit les mains de chacun tour à tour, pour les encourager et leur donner une force supplémentaire.

– Cette fois, nous allons gagner, leur assura-t-il. Cette fois, nous allons renvoyer Yaomauitl au Mexique, et d'une façon définitive.

L'octogone toucha le sol. Immédiatement, ils furent plongés dans un silence absolu, un silence si complet qu'aucun d'eux ne bougea, ni ne parla. Ils se contentèrent de redresser la tête et d'écouter attentivement.

Ils étaient enfoncés jusqu'aux genoux dans la plus molle des neiges, une neige qui continuait de tomber dru autour d'eux, sans même un chuchotement. Il n'y avait pas le moindre souffle de vent, aussi l'air était-il curieusement chaud. Ils regardèrent autour d'eux, mais il n'y avait que de la neige dans toutes les directions, à perte de vue.

Tebulot s'approcha de Kasyx, sa machine jetée sur son épaule.

– Je n'ai jamais vu une neige comme celle-là, fit-il remarquer, tout en jetant des regards inquiets d'un côté et de l'autre.

– C'est peut-être de la neige nipponne, dit Kasyx. Samena? Tu as une idée de l'endroit où se trouve notre Démon?

Samena plaqua ses mains sur son visage et demeura silencieuse pendant presque une minute. La neige se déposait silencieusement sur les plumes de son chapeau. Pendant ce temps, Xaxxa allait et venait, tournant en rond ; il tendait ses mains et regardait les flocons fondre dans ses paumes.

– Vous savez quoi ? fit-il avec un large sourire. C'est la première fois que je vois de la neige, la première fois ! C'est bizarre, non ?

Finalement, Samena pointa son doigt vers la droite.

– Dans cette direction, je pense. Difficile à dire. Je perçois quelque chose, mais c'est plutôt vague.

– Bon, essayons toujours, dit Kasyx.

Tous les quatre commencèrent à cheminer péniblement dans la direction indiquée par Samena. Ils laissaient des traces larges et profondes sur l'étendue blanche et duveteuse.

– Je me demande si ceci est un cauchemar ou un rêve ? fit Tebulot, continuant de regarder autour de lui d'un air méfiant.

– Je pense que c'est un cauchemar, déclara Samena. Il y a quelque chose d'anormal dans ce paysage. D'accord, il semble paisible, mais ce n'est qu'une apparence. Je n'arrête pas d'avoir le sentiment que quelqu'un est mort, et qu'un enterrement a lieu en ce moment, tout près.

– Pour beaucoup d'Orientaux, le blanc est la couleur du deuil, dit Kasyx. Il se peut que tout ce rêve soit un genre d'enterrement.

Ils continuèrent de progresser lentement dans la neige. Là où le sol descendait, elle s'était amassée, et ils avaient de la neige jusqu'à mi-corps. Mais en dessous le sol semblait solide et tassé, et ils avançaient sans trop de difficultés. La neige continuait de tomber autour d'eux, dense et silencieuse, le ciel était rouge foncé, et il n'y avait toujours aucun signe de Yaomauitl.

– Vous ne croyez pas que nous faisons fausse route ? demanda Tebulot comme ils marquaient une halte pour se reposer un moment.

Samena secoua la tête.

– Non, il est ici, quelque part. Mais il essaie probablement de nous désorienter et de nous épuiser de fatigue.

– Et il y réussit plutôt bien ! fit Tebulot.

– Il faut plus que de la neige pour me décourager, mec, répliqua Xaxxa.

Kasyx posa sa main sur son front et examina le paysage environnant avec sa vision infrarouge, cherchant à déceler des traces de chaleur... démoniaque ou humaine. Il ne vit que les corps luisants, jaune et bleu, de Tebulot, Samena et Xaxxa, et la pulsation dorée de la machine de Tebulot à son maximum de charge.

– Tu continues de penser que nous allons dans la bonne direction? demanda-t-il à Samena.

– Pour autant que je le sache, répondit Samena. C'est plus fort qu'auparavant, mais cela n'arrête pas de se fragmenter et de se séparer, et parfois c'est difficile de savoir avec exactitude où cela se trouve.

– Bon, nous allons continuer et parcourir trois autres kilomètres, dit Kasyx. Si nous n'avons rien localisé d'ici là, nous quitterons ce rêve et verrons si nous ne pouvons pas trouver Yaomauitl ailleurs.

– Il est ici, Kasyx, crois-moi, affirma Samena.

– Allons-y, dit Kasyx.

Ils recommencèrent à s'avancer lentement parmi les congères, quatre minuscules silhouettes dans un immense paysage de blancs tourbillons. Tandis qu'il marchait, Tebulot songea que c'était tout à fait stupéfiant : ce monde existait à l'intérieur de l'esprit endormi d'un homme, et il suffisait que cet homme se retourne dans son lit pour qu'il se mette à rêver d'un autre monde, complètement différent, mais tout aussi vaste. C'était une chose que son expérience de Guerrier de la Nuit lui avait apprise. Cet espace intérieur était tout aussi infini que l'espace intersidéral, mais infiniment plus complexe, parce qu'il n'obéissait à aucune des lois du monde matériel. Dans cet espace intérieur, un immeuble pouvait voler dans le ciel, un animal pouvait parler, un époux défunt pouvait revenir à la vie. Dans cet espace intérieur, la neige pouvait tomber durant le mois le plus chaud de l'été, et des Démons pouvaient s'y cacher tels des loups de l'Arctique.

A ce moment, ils entendirent une soudaine et terrifiante clameur. La neige qui tombait frissonna, et commença à virevolter en de violents tourbillons. Ils entendirent des hululements, des cris, et le tintement de dizaines de clochettes. Puis un immense traîneau surgit de la tempête de neige. Il était tiré par une centaine d'ours polaires. Le traîneau passa à une trentaine de mètres d'eux; ses patins en bois glissaient sur la neige en produisant un sifflement effrayant. Il était entièrement construit en bois d'if, et articulé en son milieu, de telle sorte qu'il pouvait tourner très vite. La partie avant comportait trois niveaux, où étaient entassées des centaines de fourrures d'animaux. La partie arrière était encombrée de soldats masqués portant des cuirasses et des casques ailés qui rappelèrent aux Guerriers de la Nuit les hordes de Genghis Khan, et chaque soldat était armé d'un étrange fusil à canon large. Tout à l'arrière du traîneau, il y avait une tourelle en bois, haute de vingt ou vingt-cinq mètres, dont les flancs étaient surchargés de clochettes en argent et de rubans, ainsi que de carcasses de loups et de lapins des neiges, et, flottant au gré du vent, de scalps noirs d'êtres humains.

Tout en haut de la tourelle, revêtu d'une armure couleur anthracite, semblable à la carapace d'un scarabée, se tenait un être dont les yeux brillaient d'une lueur jaune et malveillante : le seigneur des ténèbres, Yaomauitl.

– *Couchez-vous !* hurla Tebulot.

Les quatre Guerriers de la Nuit se jetèrent à plat ventre sur la neige. Le traîneau décrivit un large cercle autour d'eux, et ils entendirent les vociférations rauques des soldats Tartares qui criaient à travers la tempête telles des corneilles que l'on étrangle. Immédiatement, autour d'eux, la neige explosa en des centaines d'aigrettes blanches poudreuses. Kasyx baissa la tête, lança un regard à Samena et dit :

– Je crois que nous te devons des excuses. Tu les as trouvés, pas de doute !

Tebulot arma sa machine.

– Si j'arrive à toucher Yaomauitl lui-même, nous pourrons peut-être régler cette affaire une bonne fois pour toutes.

Ils entendirent le traîneau terrifiant se rapprocher. Les pattes de la centaine d'ours faisaient vibrer la neige comme si un tremblement de terre était imminent. Tebulot fit un cercle confiant avec son pouce et l'index et adressa à Kasyx un clin d'œil, de derrière son masque de protection.

– En piste ! dit-il, et il se redressa vivement.

Aussitôt, il y eut un tir de barrage assourdissant de la part des soldats postés à l'arrière du traîneau. Chaque coup de feu produisait un sifflement perçant et rapide, comme une pompe à bicyclette aspirant de l'air, mais vingt fois plus fort. Tandis que le traîneau passait près d'eux dans un bruit de tonnerre, surplombant leur abri de fortune, Kasyx vit trois soldats se pencher depuis les plats-bords et tirer sur eux. A ce moment, il comprit ce que signifiait ce sifflement.

Les fusils des Tartares ne tiraient pas des projectiles, mais aspiraient ce qu'ils visaient, sur une distance d'une centaine de mètres. Lorsqu'ils rataient leur cible et visaient le sol, la neige était arrachée et filait comme l'éclair vers le canon de l'arme. Il était facile d'imaginer ce qui se passerait s'ils réussissaient à viser correctement un être humain !

Alors que le traîneau les avait presque dépassés, Tebulot se laissa tomber sur le dos et envoya une giclée aveuglante d'énergie concentrée vers la tourelle en bois. Le trait d'énergie s'engouffra en hurlant dans l'une des fenêtres de la tourelle. Durant un moment, il ne se passa rien. Puis la tourelle explosa, en une gerbe de bois fracassé et de peaux de loup roussies, et une boule de feu orange s'éleva au-dessus du traîneau, puis disparut.

Deux patins s'affaissèrent à l'arrière, et le traîneau gigantesque s'arrêta dans un grincement sinistre, projetant de la glace. Immédiatement, les soldats Tartares commencèrent à sauter des plats-bords et à se disperser sur la neige, afin de gêner le tir des Guerriers de la Nuit. L'un des Tartares contourna rapidement le traîneau, trancha les harnais des ours, et agita une torche rouge vif vers eux pour les faire fuir. Samena l'observa pendant un moment, puis elle décrocha une pointe de flèche de sa ceinture. Elle se mit en position et tira le long du flanc du traîneau. La pointe de flèche transperça la main du soldat, et celui-ci lâcha sa torche. Immédiatement, deux des cours se retournèrent et se dirigèrent vers lui, grognant et montrant les dents. Le Tartare poussa un cri terrifié et se mit à courir, mais les ours couraient beaucoup plus vite. Ils arrivèrent sur lui, telles deux locomotives blanches lancées à toute allure, et le jetèrent à terre dans un jet de sang. L'un d'eux lui saisit la tête entre ses mâchoires et, à soixante mètres de distance, les Guerriers de la Nuit entendirent distinctement le crâne craquer.

La torche était tombée parmi les fourrures, et l'avant commença à brûler. En moins de trois ou quatre minutes, tout le traîneau était enveloppé de flammes grondantes, d'un bout à l'autre.

Kasyx guettait Yaomauitl, mais celui-ci restait invisible. Il dit à Xaxxa :

– Et si tu faisais un rapide passage au-dessus du traîneau? Tu crois que c'est possible, sans être touché? J'aimerais savoir où se cache Yaomauitl.

– C'est parti, mec! répondit Xaxxa.

Il s'allongea sur le dos dans la neige. Puis il abaissa son casque-miroir sur son visage et fit un double saut périlleux en arrière pour quitter la dépression où ils s'étaient mis à couvert. Il s'éleva vers le ciel neigeux, glissant sur une bande dorée et brillante.

Durant un moment, Xaxxa disparut complètement, et ils attendirent son retour avec inquiétude. Le traîneau en bois crépitait et grésillait, et il y avait dans l'air une odeur nauséabonde de fourrures en train de brûler. Les Tartares baissaient soigneusement la tête, d'autant plus que Tebulot les attendait, avec sa machine, prêt à tirer une rafale multiple à l'horizontale.

– Tu crois que Xaxxa s'est perdu? demanda Samena à Kasyx.

Mais avant que Kasyx puisse répondre, ils entendirent ce sifflement familier d'avion à réaction, et Xaxxa réapparut à la vitesse de l'éclair. Il volait au ras du sol, les genoux fléchis, en équilibre parfait sur sa bande étincelante, tel le plus grand surfeur qui ait jamais existé.

L'un des Tartares se redressa et pointa sur Xaxxa son fusil à canon large. Mais Xaxxa zigzagua, se baissa et frappa le Tartare à la mâchoire d'un coup de pied qui avait certainement une vitesse d'impact de plus de 400 km/h. Le Tartare fut soulevé et projeté violemment sur la neige; son fusil tomba et tira sur l'un de ses compagnons qui avait été accroupi près de lui. Ce fut alors que les Guerriers de la Nuit virent ce que ces armes pouvaient faire. Un morceau de chair vivante d'une dizaine de centimètres de long fut arrachée de la cuisse du soldat dans un flot de sang et fut aspiré vers le canon évasé du fusil. Le soldat poussa un hurlement et s'écroula dans la neige, se tenant la jambe à deux mains.

Xaxxa effectua un autre passage rapide au-dessus des Tartares, puis décrivit un cercle et rejoignit les trois autres Guerriers de la Nuit.

– Un coup de pied superbe! le félicita Kasyx. Tu as repéré Yaomauitl?

– Je ne crois pas que la créature que nous avons vue était Yaomauitl lui-même, répondit Xaxxa, essoufflé. J'ai vu son armure dans la neige, vide, et quelque chose gisait à côté. Cela ressemblait à ce Démon que nous avons fait cramer à l'Institut Scripps, mais c'était plus petit et plus rouge. En tout cas, c'était de la viande froide!

– L'un des nouveaux rejetons de Yaomauitl, soupira Kasyx. Lorsqu'ils rêvent, ils peuvent revêtir leur apparence adulte, mais quand on les détruit dans leur rêve, ils redeviennent ce qu'ils sont réellement. Des embryons, des créatures démoniaques en cours de gestation. Comment Springer les a-t-il appelés? Des *joeys*.

– Bon, et les autres soldats? demanda Samena. A ton avis, nous sommes en mesure de les battre?

– Je ne sais pas trop, répondit Xaxxa. Ils se sont solidement retranchés. Cela va demander beaucoup d'énergie pour les déloger.

– L'énergie est une chose que je ne tiens pas à gaspiller, fit Kasyx.

Mais Tebulot leva la main et dit d'un ton enjoué :

– J'ai une idée! Écoutez-moi. J'ai lu ça dans un livre sur l'Ouest un jour. C'était une tactique employée par les Cheyennes, afin de détourner l'attention de leurs ennemis.

– J'espère que tu n'as pas oublié que les Cheyennes ont finalement été vaincus! fit remarquer Xaxxa.

– Disons que c'est une *variante* de ce que les Cheyennes faisaient, expliqua Tebulot. Nous pourrions tenter la chose suivante : Nous enlevons ce soldat Tartare, celui qui a été blessé à la jambe, et nous lui faisons survoler les lignes Tartares, tout du long, en les aspergeant de sang. Ensuite nous rassemblons tous ces ours et nous les ramenons ici. Dès qu'ils sentiront l'odeur de ce sang... ils vont devenir complètement fous, d'accord?

– Lorsque tu dis *nous*, tu veux dire *moi*, si je t'ai bien suivi? lui demanda Xaxxa. Enfin, vu que je suis le seul à pouvoir voler!

– Nous te couvrirons, affirma Tebulot.

Xaxxa regarda Kasyx et celui-ci dit :

– C'est une bonne idée, mais tu n'es pas obligé de le faire si tu n'en as pas envie.

– Pas de problème, je le ferai, déclara Xaxxa. Je voulais juste m'assurer que personne ici ne considère que je suis à sa botte!

– Tu plaisantes? sourit Samena.

Sans plus attendre, Xaxxa décolla à travers la neige qui tombait toujours aussi dru, et disparut à nouveau. Cette fois, à son retour, il se déplaçait si vite qu'ils le virent seulement lorsqu'il piqua, surgissant du blizzard, et saisit le Tartare blessé telle une buse fondant sur un rongeur blessé. Les autres Tartares levèrent leurs armes et tirèrent une salve stridente vers lui, mais il parvint à passer sans être touché au-dessus des lignes Tartares, tenant à bout de bras sa victime qui perdait son sang.

Il laissa tomber l'infortuné Tartare vers une profonde congère, puis remonta dans le ciel pour aller rassembler les ours polaires.

Kasyx attendit avec impatience tandis que les minutes passaient. La neige continuait de tomber dru et recouvrait son armure écarlate comme de la laine blanche. Samena s'assit près de lui, le visage calme. De temps à autre, elle tournait la tête pour s'assurer que les Tartares n'avaient pas encore décidé de les attaquer. Tebulot se tenait prêt à tirer, son arme bourdonnait, mais il savait qu'il ne pouvait rien faire pour le moment.

– J'espère que Xaxxa ne s'est pas perdu, dit Samena. Il n'a pas mon sens de l'orientation. Pas avec ce genre de temps, en tout cas.

– Il s'en sortira, affirma Kasyx, même s'il n'en était pas tout à fait convaincu.

Xaxxa était un peu trop rapide et avait un peu trop de panache. S'il était tombé par hasard sur un autre de ces traîneaux des neiges, il avait très bien pu être tué sans qu'aucun d'eux ne le sache.

Dix minutes s'écoulèrent. Puis Samena s'écria :

– Ils avancent, regarde!

Kasyx leva la tête et modifia sa vision. Samena avait raison. Les Tartares quittaient leurs positions; leurs casques ailés noirs se détachaient sur la tempête de neige, leurs visages masqués étaient sans expression. Un coup de feu siffla et frôla la tête de Kasyx. Ce n'était pas une balle, mais une mince colonne d'air, aspirée vers le fusil à deux fois la vitesse du son. Il se laissa retomber dans la neige et dit :

– Ils sont au moins une trentaine. Vous pensez être en mesure de les abattre tous, à vous deux?

– Nous allons essayer, répondit Tebulot. Nous avons abattu dix fois plus de morts vivants quand nous les avons affrontés sur la plaine de cendres.

– Oui, bien sûr, fit Kasyx. Mais ces cadavres n'étaient pas armés de fusils aspirants, comme ces joyeux drilles!

– Nous devons risquer le coup, dit Samena calmement. Xaxxa l'a bien fait.

– Je sais, répondit Kasyx. Mais vous êtes... euh...

– Jeunes? sourit Samena. Oui, nous sommes jeunes. Mais des guerriers doivent toujours être jeunes. C'est ce qui fait la grandeur de leur sacrifice.

Tebulot leva la tête. Les soldats Tartares s'étaient déployés et avaient adopté un mouvement en tenailles. Ils s'avançaient vers eux, sombres et sinistres, leurs fusils levés. Tebulot épaula sa machine et tira trois traits d'énergie qui explosèrent comme des shrapnels... des charges électriques incontrôlées capables de transpercer des cuirasses. Il y eut un fort crépitement, six ou sept Tartares s'écroulèrent, et de la fumée s'éleva à travers la neige qui tombait.

Samena en abattit deux autres avec des pointes de flèche munies de fils métalliques, des tirs impeccables qui les tuèrent avec une dépense d'énergie infime. Mais les autres Tartares commencèrent à tirer sur eux, de trois côtés, et ils furent obligés de se jeter à plat ventre sur la neige.

– Bon sang, où est Xaxxa? demanda Tebulot, s'adressant davantage à la neige devant lui qu'à quiconque.

Mais Tebulot n'avait aucune raison d'être inquiet. En effet, le sifflement des fusils aspirants se tut brusquement, et les trois Guerriers de la Nuit entendirent des cris éperdus, puis des hurlements de terreur. Ils levèrent la tête prudemment, et ils aperçurent Xaxxa. Il volait dans leur direction, à six mètres au-dessus du sol, les bras écartés, son visage caché par le miroir impénétrable et terrifiant, même pour eux.

Devant lui, grognant et grondant, couraient au petit trot soixante ou soixante-dix ours polaires, ce qui restait de l'attelage du traîneau. Tout d'abord, ils avaient couru dans cette direction parce que Xaxxa leur avait fait peur, effectuant des loopings d'un côté et de l'autre en des huit scintillants. Mais à présent, ils sentaient l'odeur du sang frais dont il avait aspergé les soldats Tartares, et la faim faisait se mouvoir leurs pattes tels des pistons surchauffés.

Kasyx se releva, et Samena et Tebulot l'imitèrent. Le spectacle était extraordinaire. Chacun des ours polaires devait peser près d'une tonne; pourtant ils couraient tous à plus de 30 kilomètres/heure, leurs babines noires retroussées laissaient apparaître leurs dents, et leurs yeux jaunes brillaient d'une faim sauvage. Les Tartares ouvrirent le feu sur eux. Des filaments de chair ensanglantés furent arrachés des flancs de quatre ours, et trois d'entre eux s'écroulèrent dans la neige, mais les autres se mirent à courir encore plus vite. Leur haleine fumait et leurs griffes laissaient des sillons dans le sol glacé. Les Tartares eurent un moment d'hésitation, puis ils lâchèrent leurs fusils et commencèrent à courir.

Dans une dernière ruée irrésistible, les ours se jetèrent sur les soldats avec une fureur sanguinaire. Les quatre Guerriers de la Nuit regardèrent avec un mélange d'horreur et de soulagement tandis que leurs ennemis étaient rattrapés les uns après les autres, renversés et projetés dans la neige, où leurs corps étaient éventrés, leurs casques éparpillés, et leurs entrailles, gris-bleu et fumantes, traînées sur plusieurs mètres. Les ours tournaient et tournaient autour de leur proie, leur fourrure jaunâtre striée de rouge, leurs museaux sombres et luisants, leurs mâchoires ornées de lambeaux de chair.

Un peu plus loin, presque caché par la neige qui tombait dru, le traîneau avait entièrement brûlé et n'était plus qu'un amas de cendres. Le vent se leva et commença à emporter les dernières flammèches.

Les Guerriers de la Nuit s'éloignèrent prudemment du lieu de la bataille, afin de ne pas déranger les ours. Se fiant au sixième sens de Samena, ils reprirent leur pénible marche au milieu de la tempête. Quelques minutes plus tard, lorsqu'ils regardèrent derrière eux, toute trace du traîneau, des ours et des corps des Tartares avait disparu.

Durant plus d'une heure, ils marchèrent à travers les bourrasques de neige. A plusieurs reprises, Kasyx demanda à Samena si elle était sûre que Yaomauitl se trouvait à proximité, et à chaque fois elle répondit par l'affirmative.

– Je sens sa présence, Kasyx, il est ici. Cette fois, il veut nous combattre jusqu'au bout. Il n'essaiera pas de s'enfuir.

– Cela ne me dérangerait pas du tout qu'il vienne à notre rencontre, gémit Xaxxa. Au moins, cela nous éviterait de marcher!

Chose étrange, bien qu'elle réduise la visibilité à quelques mètres à peine, la neige n'était ni humide ni particulièrement froide. Elle ressemblait plus à des plumes tombant en couches épaisses... comme la neige devrait être, dans les rêves, et non comme elle est dans la réalité.

Les vêtements de Xaxxa et de Samena étaient des plus succincts, pourtant ni l'un ni l'autre n'était affecté par la tempête de neige. En fait, la température de leur corps était la même que celle du rêveur lui-même, tandis qu'il était couché dans son lit aux draps de satin noir.

Quelque temps après, les Guerriers de la Nuit constatèrent qu'ils descendaient vers une large vallée, et que la neige commençait à diminuer. Cependant, le ciel demeurait rouge foncé, presque marron, et les nuages qui défilaient, lentement et majestueusement, étaient teintés de rose. Comme la neige se dissipait complètement, ils levèrent les yeux et virent que des flamants roses volaient à proximité des nuages. Leurs ailes battaient paresseusement sur des courants d'air invisibles, et sur certains des nuages, il y avait même des colonies de nids.

La neige commença également à diminuer sous leurs pieds. Bientôt, ils s'avancèrent parmi des fougères arborescentes, entremêlées de fleurs sauvages, et le soleil se mit à briller. Au-dessous d'eux, la vallée s'élargissait et une rivière argentée aux berges verdoyantes parsemées de saules pleureurs sinuait à travers des prairies scintillantes.

Il était difficile de dire où se trouvait cet endroit exactement... était-ce en Occident ou en Orient, ou bien tout à fait autre part? Ils savaient que le rêveur était japonais, ou à moitié japonais, pourtant ce paysage ne ressemblait guère au Japon. Et il ne ressemblait pas non plus à la Californie. Il était paisible, accueillant et plein de regrets, un paysage d'amours et de souvenirs disparus, mais avait également quelque chose de vaguement menaçant, une instabilité indéfinissable.

Les Guerriers de la Nuit atteignirent la rivière et la traversèrent à gué, avec de l'eau jusqu'aux cuisses. Elle scintillait dans la lumière du soleil, et regorgeait de poissons. Ils montèrent le talus boueux sur la rive opposée et s'assirent près de l'un des saules aux feuilles frémissantes, afin de se reposer quelques instants et de contempler ce monde étrange où ils se trouvaient. Les flamants roses continuaient de décrire des cercles paresseux dans le ciel, et les nuages voguaient avec toute la dignité de galions espagnols quittant la Cadix du temps jadis.

– N'est-ce pas l'endroit le plus serein que vous ayez jamais vu? s'exclama Samena.

Xaxxa était allongé sur le dos dans l'herbe et mâchonnait la tige d'une fleur sauvage, les mains jointes derrière la tête.

– Si ce n'était pas le rêve de quelqu'un d'autre, j'y resterais volontiers, pas de problème! fit-il.

Tebulot posa sa machine, ôta son casque et se passa la main dans les cheveux.

– Je pense que Yaomauitl a pris la poudre d'escampette, s'il a jamais été ici. Il n'y a rien de démoniaque dans les parages, croyez-moi.

Néanmoins, Kasyx était mal à l'aise. Il huma l'air qui embaumait l'eau fraîche et les fleurs sauvages, puis il cueillit un brin d'herbe et commença à l'enrouler autour de ses doigts, mais il sentait des ennuis en perspective. Non pas de la façon dont Samena sentait la présence de Yaomauitl et de sa progéniture, par l'intermédiaire d'émotions perturbées et de subtils courants de peur, mais par l'intermédiaire d'une simple logique analytique. Yaomauitl devait absolument éliminer les Guerriers de la Nuit avant de poursuivre son invasion des rêves de l'Amérique. C'était à la fois une question de bon sens et une question d'orgueil. Kasyx avait du mal à croire qu'il ne tenterait pas de les détruire à la première occasion. Plus longtemps vit votre ennemi, plus il devient fort.

– Et maintenant, où allons-nous? demanda-t-il à Samena.

Samena s'abrita les yeux de la main.

– Je pense que nous pourrions continuer plus avant dans la vallée.

– Tu veux dire que tu ne sais pas?

– Je n'en suis pas bien sûre. J'ai l'impression d'avoir perdu la trace.

Kasyx se leva. Maintenant, il était préoccupé. Xaxxa l'observait depuis l'endroit où il était allongé dans l'herbe, faisant tourner la tige de fleur entre ses dents.

– Qu'y a-t-il, mec? On dirait que quelque chose te chiffonne.

– Je ne sais pas, je ne sais pas, tout cela est anormal, répondit Kasyx. Écoutez... je propose que nous quittions ce rêve, maintenant que nous avons perdu la trace. Nous reviendrons et nous essaierons de nouveau, depuis le commencement. Nous avons réussi à tuer l'un des rejetons de Yaomauitl. Cette nuit, nous avons marqué un point. Restons-en là pour le moment. Nous nous occuperons des autres demain soir.

Tebulot était descendu jusqu'au bord de l'eau et essayait d'attraper un poisson avec sa main.

– Je pense que nous devrions rester ici un moment et savourer cette paix. Allons, Kasyx, détends-toi! Combien de fois sommes-nous entrés dans un rêve comme celui-ci? C'est le paradis!

– Je vous en prie, partons, fit Kasyx avec inquiétude. Il y a quelque chose d'anormal ici, croyez-moi. Je le sens.

– Si tu le sens, comment se fait-il que Samena ne sente absolument rien? voulut savoir Tebulot.

Mais Kasyx ne répondit pas. Il regardait fixement la surface scintillante de la rivière. Quelque chose avait troublé la surface de l'eau, produisant des rides. Cela se reproduisit, et une petite pointe triangulaire se dressa hors de l'eau, puis une autre, et une autre. Non, pas des pointes. Des lances.

Dans un silence complet, avec une majesté terrifiante, toute une armée surgit de l'eau; une multitude des soldats aux cuirasses noires montés sur des destriers noirs qui ressemblaient à des chevaux mais avaient une peau de reptile. Les soldats portaient d'énormes casques surmontés de cornes, et des épaulières qui se dressaient de chaque côté de leur tête telles des ailes de vautour. Leurs yeux luisaient, jaunes et venimeux, et ils étaient armés de longues lances qui commencèrent à bourdonner sur une note grave et vibrante, comme la note la plus basse d'un orgue. Les soldats se mirent à bourdonner à leur tour... un bourdonnement grave et discordant, un bourdonnement triomphal de victoire et de mort.

Le chef de l'armée fit avancer sa monture et s'approcha des Guerriers de la Nuit tel un noir cauchemar. Durant un long moment, il les regarda fixement sans rien dire, puis il s'adressa à eux, mais ils entendaient ses paroles seulement dans leur esprit.

– *Je vous avais dit de ne pas intervenir dans mes affaires. Vous m'avez causé une grande affliction, et pour cela vous allez mourir. Vous ne verrez pas d'autres matins, Guerriers de la Nuit. Regardez bien ce rêve, car c'est ici que vous allez trouver la mort, et c'est ici que je vais vous enterrer pour toujours.*

Un vent glacé commença à souffler; il fit s'envoler les feuilles mortes des arbres et assécha complètement la rivière, où les poissons s'agitaient maintenant et suffoquaient. Il souleva le manteau de Yaomauitl et l'agita, produisant un grondement de tonnerre. Les yeux du Démon flamboyèrent, et sa monture rugit et griffa l'air.

Kasyx s'avança.

– *Au nom secret et sacré des Guerriers de la Nuit, nous allons t'enchaîner pour toujours!* cria-t-il.

Tebulot roula sur le flanc pour se dégager, tira en arrière le levier en forme de T de son arme, et envoya une demi-douzaine de traits d'énergie. Trois ou quatre d'entre eux touchèrent les boucliers noirs de soldats de Yaomauitl et furent déviés dans une gerbe d'étincelles incandescentes, mais deux d'entre eux transpercèrent leur cible, et deux soldats explosèrent, telles des marmites volant en éclats. Ils basculèrent de leurs montures, tandis que l'énergie non dépensée continuait de danser sur leur cuirasse.

Xaxxa s'élança et fila au-dessus de la vallée, poursuivi par une volée de lances au bourdonnement sinistre. Il fit des zigzags et se baissa, mais, alors qu'il décrivait un cercle dans le ciel pour revenir à vive allure vers les soldats, il jeta un regard par-dessus son épaule et vit que les lances le suivaient toujours, avec la ténacité mortelle de missiles à détecteurs thermiques.

Xaxxa continua de monter en flèche, ses pieds glissaient sur la bande verticale d'énergie comme sur des rails. Les lances montèrent dans le ciel derrière lui. Il fit un looping et les lances continuèrent de le poursuivre, se rapprochant de plus en plus.

Il s'éleva à nouveau, aussi haut qu'il l'osait, puis s'arrêta, pirouetta dans l'air et piqua droit vers le sol. Même les soldats de Yaomauitl se tournèrent sur leurs selles pour le regarder, tandis qu'il plongeait à la verticale, tel un météore doré au sein du ciel orageux. Il disparut derrière les collines et les lances le suivirent.

Kasyx feinta d'un côté, puis de l'autre, puis il saisit Samena par le bras et commença à courir. Il n'y avait rien d'autre à faire. Sans Xaxxa, il leur était impossible de combattre Yaomauitl et son armée de rejetons comme ils avaient combattu l'armée de cadavres. Tebulot lâcha une giclée d'énergie à l'horizontale, un tir de couverture, qui fit basculer deux autres soldats de Yaomauitl de leurs montures, puis il courut pour les rejoindre.

Une nuée de lances bourdonnantes les poursuivit, mais Kasyx leva vivement son bras et les arrêta à l'aide d'une décharge d'énergie grésillante qui les dispersa et les fit s'éloigner, inoffensives. Deux ou trois autres lances arrivèrent en bourdonnant, mais lorsqu'elles furent également neutralisées, Yaomauitl lança un ordre rauque qui glaça le cœur de Kasyx tandis qu'il montait vers le haut de la colline en courant. L'ordre avait été donné dans une langue inconnue, mais Kasyx comprit intuitivement ce qu'il signifiait. Il entendit le tintement métallique de faux que l'on tirait de fourreaux, et les cris des soldats du Démon qui lançaient leurs montures au galop. Il entendit des harnais tinter, des cuirasses grincer, et des sabots griffus marteler le sol.

Kasyx, Samena et Tebulot grimpaient aussi vite qu'ils le pouvaient, mais la pente de la colline devint de plus en plus raide, et ils comprirent qu'ils ne parviendraient pas à distancer les chevaux-reptiles de Yaomauitl. Dans quelques secondes...

Kasyx s'arrêta de courir, puis Samena s'arrêta à son tour, et finalement Tebulot fit halte, courbé en deux, hors d'haleine. Les soldats les encerclèrent, aussi noirs et menaçants que des ombres; leurs montures piaffaient et s'ébrouaient, leurs faux brillaient dans la lumière de l'orage, leurs yeux étaient aussi terrifiants que les feux de l'enfer entrevus à travers une grille secrète.

Yaomauitl s'avança à nouveau et mit pied à terre. Il était incroyablement grand; il semblait s'étendre au-dessus d'eux, comme une ombre s'allonge quand elle se projette sur un cimetière au coucher du soleil. Il exsudait une odeur singulière et répugnante, comme une odeur de bouc, de musc et de poulets putréfiés. C'était davantage que la puanteur de la mort, c'était la puanteur de la corruption physique et morale absolue.

– *Vous allez vous mettre à genoux devant moi, serviteurs d'Ashapola, et vous allez embrasser mes pieds, ensuite vous mourrez. Durant des centaines d'années, j'ai été emprisonné par vos aïeux, et vous avez cru que vous pourriez prendre leurs armes et m'emprisonner à nouveau. Eh bien, mes amis, cela n'a pas été, et cela ne le sera jamais, jusqu'à la fin des siècles, ainsi soit-il!*

Yaomauitl saisit les pans de son manteau et le releva. Au-dessous de sa cuirasse, il fit voir les jambes velues et les sabots fourchus de Pan, les poils emmêlés et collés par la graisse et la saleté, souillés de déjections.

– *A genoux!* ordonna-t-il. *Le pur devant l'impur! Le bien devant le mal! A genoux, et embrassez mes pieds!*

Kasyx dit à Tebulot, à voix basse :

– Il nous reste une dernière chance.

Tebulot tourna la tête et le regarda sans comprendre.

– Parfaitement! dit Kasyx. Je peux libérer toute mon énergie d'un seul coup, et nous pouvons tous les envoyer ad patres.

– Tu peux vraiment faire ça? demanda Samena, les yeux écarquillés.

– *A genoux!* vociféra Yaomauitl, et tous trois s'agenouillèrent.

– Je peux le faire, bien sûr, dit Kasyx. Le seul ennui, c'est que l'explosion va probablement *nous* détruire, également. Et si cela ne se produit pas, nous n'aurons plus assez d'énergie pour quitter ce rêve. Yaomauitl a raison. C'est ici que nous allons trouver la mort.

– Fais-le, dit Tebulot, d'un ton décidé.

– Samena? demanda doucement Kasyx.

– Fais-le, chuchota-t-elle, sans la moindre hésitation.

Les rejetons de Yaomauitl avaient mis pied à terre et s'étaient rassemblés autour des Guerriers de la Nuit afin d'assister à leur humiliation finale et à leur exécution. Leurs robes bruissaient dans le vent qui se levait, tels les rideaux de confessionnaux dans des cathédrales impies. Le tonnerre claquait et grondait dans le lointain, et des faucons affublés de visages humains décrivaient des cercles au-dessus des arbres dénudés.

Kasyx releva la tête et dit à Yaomauitl :

– Je n'embrasserai pas tes pieds.

– *Alors je vais te faire trancher la tête, et tes lèvres mortes embrasseront ma croupe*, répliqua Yaomauitl, de la plus grossière des voix.

– Non, tu m'as mal compris, fit Kasyx. Maintenant je reconnais que tu es plus grand qu'Ashapola et que l'on m'a trompé depuis le commencement. Je désire faire plus qu'embrasser tes pieds. Je désire t'étreindre. Je désire te serrer dans mes bras et sentir que toi et moi ne faisons qu'un.

Yaomauitl observa un silence soupçonneux pendant un moment. Puis il dit à Kasyx :

– *Debout!*

Kasyx se releva et se tint devant l'Ennemi Redouté, face à face.

– *Dois-je te croire?* lui demanda Yaomauitl.

– Quel mal pourrais-je te faire? répliqua Kasyx. Tu m'as vaincu, non? Je suis à ta merci.

Très lentement, la neige recommença à tomber, la

neige qui avait suivi le froid de Yaomauitl depuis les régions arctiques où les Guerriers de la Nuit s'étaient trouvés lorsqu'ils étaient entrés dans le rêve. Le tonnerre, les éclairs et la neige. C'était le climat de la folie.

Brusquement, Yaomauitl éclata de rire. La neige semblait lui avoir donné une confiance éclatante. Il était capable de cristalliser l'air lui-même, au beau milieu d'un orage! Il était capable de faire tout ce qu'il désirait! Il pouvait parcourir les rêves des hommes tel un vengeur impétueux, et créer l'anarchie et le chaos partout où il allait! Il avait vaincu les Guerriers de la Nuit que Ashapola avait envoyés contre lui! Bien plus, il avait également vaincu leur esprit, et maintenant ils étaient agenouillés devant lui et reconnaissaient qu'*il* était le maître des ténèbres, et que Ashapola n'était rien de plus que la poussière de vingt millions de Bibles jamais ouvertes!

– *Étreins-moi, alors!* gronda-t-il à l'adresse de Kasyx.

Kasyx écarta les bras et s'avança vers l'immense ombre noire du manteau de Yaomauitl.

Durant une fraction de seconde, Kasyx pensa qu'il avait réussi, qu'il allait serrer Yaomauitl dans ses bras le plus fort possible, puis libérer toute l'énergie qui était accumulée en lui. Yaomauitl exploserait et serait réduit en miettes, rendant impossible toute résurrection. Même si ses compagnons et lui-même mouraient dans ce rêve hanté, incapables de s'en retourner vers le monde réel... au moins, ils auraient fait leur devoir.

Mais, de façon inattendue, l'un des rejetons de Yaomauitl s'avança brusquement et se tint entre Kasyx et Yaomauitl.

– *Jusqu'ici tu n'as montré aucun amour envers mon père*, grinça-t-il, sa voix résonnant dans la tête de Kasyx. *Prouve que tu es sincère, dans ton changement d'affections. Étreins-moi d'abord!*

Kasyx tenta de passer près de l'embryon-Démon, mais la créature à demi née le saisit par le bras. Kasyx le repoussa avec une vive décharge de pouvoir. Le Démon cria. Kasyx l'écarta violemment et se jeta sur Yaomauitl, tout en prononçant mentalement la formule qui allait libérer toute son énergie.

Mais Yaomauitl fut encore plus rapide que lui. Il fit tournoyer son manteau et frappa Kasyx, le projetant au milieu de ses rejetons.

– *Kasyx!* hurla Tebulot.

Puis il y eut une formidable explosion qui inonda le monde d'une blancheur aveuglante et craquela les atomes contenus dans l'air. Lorsque Tebulot fut à même de rouvrir les yeux, Kasyx se tenait immobile, les bras levés en l'air. Ses mains luisaient d'un bleu électrique, tandis que des nappes vibrantes d'énergie pure scintillaient autour de lui, dansaient et se répandaient sur le sol, se déchargeaient en de violents crachotements et crépitements.

Samena vit que Yaomauitl s'était figé sur place; il avait levé son immense manteau pour se protéger les yeux. Elle décrocha une pointe de flèche de sa ceinture, l'ajusta à son index et visa Yaomauitl. Mais, à la seconde même où elle tirait une lance de lumière, le manteau de Yaomauitl s'affaissa brusquement vers le sol, vide. Le Démon s'était volatilisé. La pointe de flèche fila comme un éclair à travers le ciel qui s'assombrissait, puis disparut sans exploser.

Les violentes décharges d'énergie se calmèrent petit à petit. Tebulot et Samena s'approchèrent lentement de Kasyx. Il se tenait sur le versant de la colline, au milieu des cuirasses abandonnées de tous ses ennemis, et des cadavres de quarante ou cinquante embryons-Démons. Ils étaient recroquevillés, rouges et luisants, semblables à des oisillons tombés de leurs nids. Des mouches à viande commencèrent à bourdonner autour d'eux, malgré la neige.

– Kasyx? demanda Tebulot doucement.

Kasyx baissa ses bras et contempla ses mains.

– Je vais très bien, dit-il finalement. J'ai utilisé toute mon énergie, mais je suis sain et sauf.

Samena passa ses bras autour de sa taille et l'étreignit.

– Kasyx, dit-elle d'une voix si douce qu'il l'entendit à peine.

– Je suis désolé, mais c'était la seule solution, dit-il en promenant ses regards sur le carnage.

– Yaomauitl s'est enfui, dit Samena. J'ai essayé de l'abattre, mais il a disparu.

– Il est reparti vers le monde réel, déclara Kasyx.

Il n'avait pas besoin d'ajouter qu'ils ne retourneraient jamais là-bas, que leurs vies dureraient seulement le temps de ce rêve, et que ce rêve serait la dernière chose qu'il leur serait donné de voir.

– Il ne te reste plus du tout de pouvoir? lui demanda Tebulot.

– Je suis à plat, répondit Kasyx en grimaçant un sourire. Je ne suis pas exactement la pile Duracell des Guerriers de la Nuit, hein?

– Il me reste encore *un peu* d'énergie, dit Tebulot. (Il leva son arme pour lui montrer que le cadran gradué luisait encore.)

– Moi aussi, fit Samena.

Kasyx secoua lentement la tête.

– Je ne pense pas que cela suffira, même avec vous deux. Mais essayons toujours.

Il leur fit signe de se mettre de chaque côté de lui et plaça leurs mains sur ses épaules. Il ferma les yeux et sentit leurs maigres réserves d'énergie se répandre dans son organisme.

– Alors? demanda Tebulot avec inquiétude.

Kasyx appuya le bout de ses doigts sur son front. Puis il dit :

– Je regrette. Un peu plus, peut-être, et nous pourrions tenter le coup. Mais avec cette quantité, je ne suis même pas en mesure de tracer l'octogone.

Tebulot laissa tomber sa machine sur le sol.

– Bon, dit-il. Nous avons essayé!

A ce moment, cependant, ils entendirent un hurlement. Un hurlement strident, frénétique, comme si quelqu'un poussait des cris de joie. Ils se tournèrent et levèrent les yeux, et là-bas, survolant la vallée à la vitesse de l'éclair, apparut Xaxxa, les deux poings levés d'un air de triomphe. Il atterrit près d'eux et leur serra la main tour à tour, puis il admira le carnage autour d'eux.

– Mince alors! Comment avez-vous fait ça?

– Plus important, dit Kasyx, comment as-tu fait pour te débarrasser de ces lances?

– Un truc des pilotes de chasse de la Première Guerre mondiale, expliqua Xaxxa. J'avais vu ça dans ce film avec George Peppard, *Le Crépuscule des aigles*. Quand des avions ennemis te poursuivent, tu piques droit vers le sol... et tu redresses ton appareil au dernier moment, mais eux ne le peuvent pas!

– Mais pourquoi as-tu mis aussi longtemps pour revenir? voulut savoir Tebulot.

– Dans *Le Crépuscule des aigles*, ils ne se trompent pas dans l'estimation de la distance et ils ne sont pas commotionnés quand ils piquent, voilà pourquoi!

– Xaxxa, combien d'énergie te reste-t-il? demanda Kasyx.

– Je n'en sais rien. Pourquoi? fit-il en fronçant les sourcils.

– Donne-la-moi, lui dit Kasyx.

Xaxxa lança à Kasyx un regard étrange, déconcerté, mais plaça sa main sur l'épaule de Kasyx sans poser de questions. Kasyx sentit l'énergie s'écouler dans son corps et s'ajouter à la petite quantité d'énergie que Tebulot et Samena lui avaient donnée.

– Alors? demanda Tebulot avec inquiétude.

Le sol commença à se soulever et à s'abaisser sous leurs pieds. Ils reconnurent le rythme... c'était le rythme de la respiration du rêveur, tandis qu'il commençait à se réveiller lentement. Le monde se mit à frissonner et à tanguer, et ils comprirent que s'ils ne parvenaient pas à s'enfuir de ce rêve, ils allaient dans quelques instants sombrer vers le néant absolu, oubliés de tous, comme s'ils n'avaient jamais existé.

– Je n'en suis pas bien sûr, répondit Kasyx. Je n'en suis pas du tout sûr.

– Alors, essaie! le pressa Tebulot. Il faut que tu essaies!

– Entendu, fit Kasyx.

Il leva les mains et traça l'octogone dans l'air... un octogone qui luisait faiblement, mais suffisamment pour qu'ils le voient. Ils se tinrent par la main, et Kasyx fit s'élever l'octogone au-dessus de leurs têtes.

– Je prie pour que nous réussissions, dit Samena.

Le sol trembla sous leurs pieds, et tandis que l'octogone descendait lentement autour d'eux, ils dirent d'une seule voix :

– Ainsi soit-il!

20

John Lund flânait sur la promenade et passait devant le cottage d'Henry, lorsqu'il aperçut un jeune homme en pull gris à col roulé et pantalon assorti qui essayait manifestement d'enfoncer la porte d'entrée. John fit halte et observa le jeune homme pendant une minute ou deux, la brise du petit matin faisant voleter sa veste informe, puis il s'approcha de lui, ôta son panama, et dit :

– Excusez-moi, jeune homme, mais je ne pense pas que ce soit votre maison.

Le jeune homme se retourna vivement et posa son regard sur lui. John fut effrayé. Car les yeux du jeune homme brillaient d'une lueur jaune, comme une panthère, ou comme un démon, et ses lèvres étaient retroussées sur ses dents par le rictus le plus terrifiant que John ait jamais vu.

– Je... euh... je... j'ai dû me tromper, fit-il d'une voix mal assurée, et il remit son chapeau sur sa tête et commença à s'éloigner.

Au lieu de s'enfuir à toutes jambes, ou de continuer à enfoncer la porte du cottage d'Henry, le jeune homme suivit John au bas de l'allée menant à la promenade, et saisit son bras. Il était fort. Sa main ressemblait à une griffe d'acier. Il dit doucement :

– Vous savez qui habite ici, mon vieux?

John déglutit et sa pomme d'Adam tressauta vivement.

– Oui, je sais qui habite ici.

– Alors venez avec moi. J'aimerais lui rendre visite.

– Jeune homme, je ne crois pas que je...

– Venez! insista le jeune homme.

Il se pencha si près que John sentait son haleine. Elle

était fétide, comme s'il avait bu, ou mâché des gousses d'ail.

– Cela ne dérangera pas votre ami si vous lui rendez visite, hein? murmura-t-il.

– Il est encore un peu tôt, protesta John, tandis que le jeune homme le portait presque et remontait l'allée.

– Il est bientôt sept heures et demie. Ce n'est pas trop tôt. De plus, certaines personnes aiment être réveillées par leurs amis, non?

John ne sut pas quoi répondre à cela. Il put seulement regarder en spectateur impuissant, tandis que le jeune homme forçait la porte d'entrée avec la lame d'un long tournevis, puis donnait un grand coup de pied dans le battant afin de briser les montures qui maintenaient la chaîne de sûreté.

– Et voilà! Ce bon vieux Kasyx nous attend certainement, sourit le jeune homme.

– Ce bon vieux qui? dit John en se renfrognant. Vous devez vous tromper de maison. L'homme qui habite ici s'appelle Henry Watkins. Il est professeur de philosophie à l'université de Californie.

Le jeune homme émit un sifflement amusé.

– Henry Watkins! C'est un nom romantique, vous ne trouvez pas? Eh bien, il est peut-être Henry Watkins pour vous, mais il est Kasyx pour moi, et cette maison pue Kasyx!

– Vous n'avez pas l'intention de voler quelque chose, dites-moi? s'exclama John.

Les yeux du jeune homme brillèrent d'une lueur jaune.

– Je ne pense pas qu'il y ait quelque chose qui vaille la peine d'être volé, hein? Quelques livres, quelques photos sentimentales, deux ou trois bouteilles d'alcool. Un four à micro-ondes. Non, non, je ne crois pas que je vais voler quoi que ce soit.

Il fit signe à John de le suivre à travers le séjour vers le couloir qui conduisait à la chambre à coucher. A contrecœur, John fit ce que le jeune homme désirait, et encore plus à contrecœur, jeta un coup d'œil dans la chambre à coucher, où il entrevit Henry, couché et endormi.

– Je ne sais pas ce que vous avez en tête, dit-il au jeune homme d'une voix rauque, mais je pense vraiment que vous feriez mieux de partir maintenant, avant de vous attirer de gros ennuis.

Le jeune homme émit un autre sifflement amusé.

– De gros ennuis? Vous voulez rire! Une seule personne ici a de gros ennuis, et c'est Kasyx. Il dort, vous comprenez, son esprit se trouve très loin d'ici, ailleurs, et il rêve. Mais supposons que son esprit revienne et découvre qu'il n'a plus de corps où aller?

– Vous êtes l'un de ses étudiants? voulut savoir John. Je ne comprends absolument rien à cette histoire, mais cela me paraît absurde, et dangereux, qui plus est. Si j'étais vous, jeune homme, je partirais... parce que, si vous ne partez pas, je vais appeler la police, et alors vous serez obligé de partir!

Le jeune homme sortit brusquement un scalpel de sa poche et leva la lame de telle sorte que la pointe touchait presque le bout du nez de John. John le regarda de façon éloquente et le jeune homme soutint son regard.

– Vous êtes-vous jamais demandé ce que l'on ressent quand on est l'une de ces infortunées personnes qui sont gravement défigurées? demanda le jeune homme. L'une de ces infortunées personnes qui ne peuvent pas se montrer en public sans que les gens les regardent, tout à fait choqués, parce que leur visage est déformé d'une façon aussi affreuse? Plus de nez, peut-être, ou bien une horrible fente à la lèvre supérieure, ou bien une joue qui n'est plus que du cartilage?

John loucha sur la pointe du scalpel et dit, d'une voix quasiment inaudible :

– Bon, d'accord. Je ne préviendrai pas la police, puisque vous insistez.

– Vous êtes un homme très intelligent, sourit le jeune homme. Bien, entrons dans cette chambre et voyons de quelle façon nous pouvons nous amuser avec notre ami Henry Watkins. L'homme que *moi*, j'appelle Kasyx.

– Vous n'allez pas lui faire du mal? chuchota John avec inquiétude.

– Oh, non, répondit le jeune homme. Je ne vais pas lui faire du mal. On ne peut pas faire du mal à quelqu'un qui n'est pas là, d'accord? Et Henry Watkins n'est pas là, du moins pas encore. Ceci n'est que son corps matériel. Sa véritable personnalité se trouve très loin d'ici, plus loin que vous ne sauriez le concevoir, mon cher ami!

John dit, d'une voix désespérée :

– Je vous en prie, jeune homme, ne lui faites pas de mal. Je vous en prie. C'est un très vieil ami à moi, et c'est quelqu'un de bien.

– Quelqu'un de bien, selon vos critères, admit le jeune homme. Mais à mon sens, il est le pire des casse-pieds que l'on puisse imaginer ! Il se mêle de ce qui ne le regarde pas, il est suffisant, et il fait le petit saint. Il mérite de mourir pour sa seule hypocrisie.

– Non, je vous en prie, répéta John.

Mais le jeune homme brandit le scalpel à nouveau, et il n'avait pas besoin de donner un autre avertissement. John était courageux, à sa façon, mais il était également fataliste, et il savait parfaitement ce qui lui arriverait s'il essayait de jouer les héros. Plus de nez, peut-être, ou une horrible fente à la lèvre supérieure ? Ou même la mort.

Le jeune homme s'approcha du lit et se pencha vers Henry avec un large sourire de satisfaction. Il toucha le visage d'Henry, puis se retourna vers John et lui fit une grimace, comme Henry ne réagissait pas. Puis il rabattit les couvertures et découvrit la poitrine d'Henry, avec ses poils raides et grisonnants, et ses tétons légèrement renflés. Il tâta la peau d'Henry de la pointe de son scalpel comme s'il hésitait et se demandait où pratiquer la première incision.

Il se redressa.

– Je veux son cœur, vous comprenez, dit-il à John. Je veux lui arracher le cœur, et le tenir encore palpitant dans ma main. Ce ne sera que justice. Un seul cœur pour tous mes enfants ; personne ne saurait protester.

– Vous êtes complètement fou, dit John. Vous ne pouvez pas lui arracher le cœur.

– Vous ne m'en croyez pas capable ? sourit le jeune homme. Mais vous allez regarder pendant que je le fais ! Vous allez assister à cela, en personne ! Venez ici, approchez ! Je veux qu'un peu de sang gicle sur vous, afin que tout le monde sache avec certitude que vous étiez bien là et que vous avez regardé pendant que cela se produisait !

Le jeune homme saisit John par le bras, mais John cria :

– Lâchez-moi ! Vous êtes complètement fou ! Lâchez-moi !

Le jeune homme tordit le bras de John derrière son dos en une prise de catch douloureuse, et approcha le scalpel de sa gorge flétrie.

– Je pourrais mettre un terme à tout cela maintenant, murmura-t-il dans l'oreille de John. Je pourrais vous trancher la gorge, jusqu'aux vertèbres, et alors nous verrions qui était fou !

– Je vous en supplie, je vous fais toutes mes excuses, lâchez-moi, l'implora John.

Le jeune homme réfléchit un moment, puis le lâcha.

– Il va falloir que je trouve quelque chose pour vous, lui dit-il. Vous arracher le cœur serait trop théâtral. Trop héroïque pour vous. On arrache le cœur seulement aux guerriers. Cela montre que quelqu'un les respecte assez pour désirer en finir avec eux définitivement. Mais vous... vous méritez quelque chose de plus insultant. Vous méritez que je vous tranche un pied et que je vous l'enfonce dans la gorge.

John recula tandis que le jeune homme proférait ces menaces sanguinaires, tournant le dos au lit. C'est pourquoi John fut le seul à voir que Henry ouvrait les yeux, apercevait le dos du jeune homme, et soulevait sans bruit sa tête de l'oreiller.

Le jeune homme déclara :

– Tout bien réfléchi, je vais peut-être vous trancher les deux pieds, et...

Il s'interrompit brusquement. Ses yeux avaient surpris le regard de côté que John avait lancé vers Henry. Il se figea sur place, ses yeux jaunes brillèrent, puis il se retourna d'un bond et fit face à Henry, son scalpel levé.

Mais Henry s'était assis sur le lit maintenant, et il serrait dans son poing la petite sacoche contenant les neuf sceaux que le prêtre lui avait donnée à San Hipolito.

– Yaomauitl, dit-il, et il parvint à sourire. Tu sais ce que c'est ?

Le jeune homme regarda fixement la sacoche et se mit à respirer lentement et profondément. Son visage devint livide et son front se couvrit de gouttes de sueur.

– Qui t'a donné ceci ? demanda-t-il de sa voix rauque et grave.

– Les habitants de San Hipolito. Les gens qui croient que ta place est là-bas, non seulement maintenant mais pour l'éternité.

– Tu es stupide. Tu ne peux pas me renvoyer là-bas. Tu as eu l'occasion de voir mon pouvoir.

Henry se leva et se tint devant le jeune homme, brandissant la sacoche devant son visage.

– J'ai vu ton pouvoir, oui. Mais j'ai également vu le pouvoir d'Ashapola, et j'ai vu le pouvoir de la simple foi humaine. Tu n'as pas été vaincu par des cadavres ou des robots ou des vétérans couturés de cicatrices. Tu as été vaincu par des jeunes gens qui savent qu'ils sont capables de hauts faits, et de sacrifices héroïques.

Henry desserra le cordon de la sacoche et en sortit les sceaux, un à un, puis il les mit sous le nez du jeune homme.

– Tu penses que ces superstitions ridicules peuvent me faire peur? se moqua le jeune homme. Tu penses que ces reliques peuvent me faire ramper devant toi? Dis-moi, mon vieux, que sont vraiment ces reliques, à ton avis? Je vais te le dire : ce sont des foutaises, une mystification. Des souvenirs truqués du fils de Dieu. Et qui était le fils de Dieu, mon vieux? *Tu* crois au fils de Dieu? Tu crois qu'il a vraiment existé, et que ses disciples ont laissé ces fragments dérisoires, qui seraient restés intacts jusqu'à aujourd'hui?

Henry regarda les sceaux et sourit.

– Tu as entièrement raison, bien sûr, reconnut-il, ces objets sont dérisoires, hein? Mais, chose étrange, *j'y crois*. Je *crois* que le fils de Dieu a existé, et je *crois* que ces reliques viennent de ses apôtres. Certaines fois, tu sais, même un sceptique professionnel comme moi doit considérer comme admis certains articles de foi.

Il marqua un temps, puis il dit :

– Certaines choses, tu comprends, ne peuvent être prouvées que par ce que l'on ressent dans son cœur.

Sous les yeux d'Henry, le visage du jeune homme commença à changer et à se transformer. Ses cheveux se foncèrent et ses traits se modifièrent. En quelques instants, son visage devint celui de Salvador Ortega. Henry songea en lui-même : pas de doute, le Diable sait où trouver les pensées les plus faibles et les plus coupables d'un homme!

– Seigneur, il est quelqu'un d'autre, chuchota John. Mais regarde-le... Il est quelqu'un d'autre!

– Ne t'inquiète pas, John, dit Henry. Il ressemble à quelqu'un d'autre, c'est tout. Il fait cela à dessein, pour me bouleverser.

– Henry? dit Salvador. Écoute-moi, Henry.

– Tu n'es pas Salvador, répliqua Henry. N'essaie pas de me faire croire que tu es Salvador.

– Henry, tu fais une erreur, insista Salvador. Tu connaissais mes sentiments concernant la religion, Jésus et la Sainte Vierge. Mais maintenant j'ai vu le ciel par moi-même, Henry. Je l'ai vu de mes propres yeux, et il n'est absolument pas ce que les prêtres m'avaient dit qu'il serait. C'est merveilleux, Henry, il ne faut pas que tu te sentes coupable. Mais il n'y a pas de Dieu ici, pas de Jésus, pas d'anges, pas de Vierge Mère. C'est un endroit où tu peux faire, penser et être tout ce que tu veux. C'est la liberté, Henry, voilà ce qu'est le ciel. C'est la liberté totale. Jette ces objets sans valeur, Henry, et je te montrerai. Allez, jette-les!

Henry secoua la tête.

– Oh non! Je garde ces sceaux, espèce d'ordure, parce que ces sceaux vont t'emprisonner à l'endroit que tu n'aurais jamais dû quitter. John... je suis ravi que tu sois là. Tu veux bien aller dans mon bureau? Tu trouveras un numéro de téléphone inscrit sur mon bloc-notes, sur ma table de travail. C'est un numéro au Mexique. Appelle à ce numéro maintenant, et demande à parler au prêtre. Lorsque tu l'auras au bout du fil, dis-lui que tu téléphones de la part d'Henry Watkins, et qu'il doit me faire parvenir le coffre en bois d'orme. Dis-lui qu'il doit l'expédier tout de suite, aussi vite que possible.

– Un coffre en bois d'orme, répéta John, tout à fait déconcerté. Un coffre en bois d'orme. Compris, Henry.

Henry resta seul avec Yaomauitl. Ils s'affrontèrent du regard en silence pendant un moment ou deux. Henry sentait le froid du mal absolu s'écouler de Yaomauitl telle la vapeur de l'oxygène liquide.

– Peut-être puis-je te tenter? fit Yaomauitl d'une voix d'arrière-gorge.

Il eut un geste rapide de la main et fit apparaître, tel un prestigitateur, un grand verre de vodka glacée, avec une olive dedans.

– Juste un verre, Henry. Uniquement pour prouver que tu es guéri. Tu l'as bien mérité, après tout, maintenant que tu as vaincu le grand Yaomauitl.

Henry fixa le verre de vodka pendant un long moment. Puis il regarda le Démon. C'était très étrange, mais après la bataille de cette nuit, son besoin d'alcool semblait s'être calmé, et le fait d'être tenté d'une manière aussi flagrante avec sa principale faiblesse l'aidait de quelque façon à le surmonter encore plus complètement. Il était un homme, il était un Guerrier de la Nuit. Rien ne pouvait le détourner de son pouvoir et de ses principes... et surtout pas l'alcool.

Yaomauitl agita sa main, et le verre de vodka disparut.

– Des femmes, peut-être? proposa-t-il.

Durant une seconde voluptueuse, Henry entrevit des seins nus, des cuisses satinées et des lèvres sensuelles qui luisaient de rouge à lèvres.

– Tu *aimes* les femmes, non? sourit Yaomauitl.

– Tu peux essayer tout ce que tu voudras, Yaomauitl, déclara Henry. Mais tu retourneras à San Hipolito, et ils t'enfermeront dans ce coffre en bois d'orme, et tu y resteras jusqu'à la saint-glinglin, je te le promets!

Yaomauitl lui lança un regard furieux de ses yeux jaunes, et commença à siffler. De façon théâtrale, sa tête sembla exploser lentement, comme le film projeté en accéléré d'un chou-fleur en train de pousser. Ses joues devinrent grêlées et rugueuses, son front devint bombé, et des cornes poussèrent de ses cheveux. Sa poitrine se développa également, et ses mains se changèrent en des griffes velues aux longs ongles crochus qui semblaient capables d'éventrer un homme et de lui arracher le cœur et les poumons d'un seul coup de griffe. Ses jambes s'épaissirent et se couvrirent de longs poils rudes; ses pieds se rétrécirent et devinrent des sabots fourchus. C'était la véritable forme de Yaomauitl. C'était le Diable des légendes dont l'aspect avait été décrit maintes et maintes fois au cours des siècles par des sorcières, des magiciens et des prêtres terrifiés. Mais ce Diable-là était réel, et il puait la mort, et il se trouvait dans la chambre à coucher d'Henry.

– *Maintenant!* rugit Yaomauitl d'une voix rauque. *Maintenant je vais te tuer, vieux fou! Maintenant tu vas connaître l'enfer*!

Il cingla l'air et ses griffes firent un bruit comme un coup de tonnerre. Henry brandit les sceaux et cria :

– Au nom d'Ashapola! Au nom de Dieu!

Mais le Démon le saisit à deux mains, ses ongles transpercèrent le pyjama d'Henry et s'enfoncèrent dans sa peau, et il le souleva du sol.

Durant une seconde, Henry fixa des yeux qui flamboyaient comme des chalumeaux, et deux rangées de dents qui auraient pu lui déchiqueter sa pomme d'Adam d'un seul coup féroce. Puis il hurla :

– *Je crois en Dieu! Je crois au Père! Je crois au Fils! Je crois au Saint-Esprit! Je crois à la Vierge Marie! Et à la Résurrection! Et à la vie éternelle! Et je te répudie, Yaomauitl! Je te nie! Je t'ai vaincu!*

Le Démon le secoua jusqu'à ce qu'il sente son cerveau

cogner contre l'intérieur de son crâne, et les griffes de la bête traverser sa chair et lui érafler les côtes.

– Oh, mon Dieu ! s'écria-t-il, et il leva les neuf sceaux des disciples et les agita devant le visage de Yaomauitl, en proie à des douleurs atroces.

Yaomauitl poussa un cri strident... le bruit de wagons de marchandises que l'on aiguille sur une voie de garage, mais vingt fois plus fort. Il lâcha Henry et le laissa tomber par terre, puis il se couvrit les yeux des mains. Il frissonnait violemment, comme s'il faisait une crise d'épilepsie. Henry, contusionné et en sang, tenta de s'éloigner en rampant sur la moquette. Même le sol tremblait, et un tableau tomba du mur.

Puis Yaomauitl s'affaissa, mais sa chute fut douce et silencieuse, et lorsque Henry parvint finalement à se redresser, à s'appuyer sur le côté du lit et à se retourner, il vit seulement une forme pelotonnée sur le parquet, comme un chien mort, une forme velue et contrefaite. Yaomauitl eut un soubresaut, puis il ne bougea plus.

John apparut à l'entrée de la pièce ; son visage était de la même couleur que sa veste de toile.

– J'ai parlé au prêtre, dit-il d'une voix blanche. Apparemment, il savait ce que tout cela signifiait. Il a dit qu'il allait venir aussi vite que possible.

Il vit les taches de sang sur le pyjama d'Henry, s'avança dans la chambre et s'agenouilla à côté de lui.

– Tu es blessé, dit-il. Je ferais bien d'appeler une ambulance, également.

– Non, non, fit Henry. Je ne crois pas que les ambulanciers comprendraient ce qui s'est passé. Va dans la salle de bains, tu trouveras des pansements dans l'armoire à pharmacie. Ensuite va dans le séjour, ouvre le bar et apporte-moi une bouteille de vodka.

Lentement, douloureusement, Henry ôta son pyjama. Les blessures que Yaomauitl lui avait faites aux flancs étaient profondes, mais relativement étroites. Il les tamponna avec sa veste de pyjama roulée en boule. Puis, lorsque John revint avec les pansements et la bouteille, il les arrosa de Smirnoff, afin de les stériliser. Il grimaça de douleur et serra les dents, comme l'alcool lui brûlait la peau, mais la douleur cuisante s'estompa très vite, et il fut en mesure de bander ses flancs.

– Je suppose que tu ne peux pas m'expliquer tout ça ? fit John.

Henry montra de la tête la forme immobile de Yaomauitl.

– Je t'avais dit que je devais combattre le Diable. Tu ne m'as pas cru. Pourtant il est là. Et qui plus est, je l'ai vaincu.

– Mais pourquoi *toi*, Henry? Pourquoi devais-tu combattre le Diable?

– Je n'en sais rien, répondit doucement Henry. Je pense que, un jour ou l'autre, tout le monde doit le faire.

Épilogue

C'était le soir lorsque six paysans mexicains descendirent lentement l'énorme coffre en bois d'orme au fond de sa tombe dans le sol de l'église de San Hipolito. La trappe fut refermée, et le prêtre l'aspergea d'eau bénite, en faisant le signe de la croix. Henry, Gil, Susan et Lloyd se tenaient légèrement en retrait et regardaient la cérémonie avec un mélange étrange de fierté et de regret.

– Ô Seigneur, fais que ce Démon reste dans cette tombe jusqu'au jour du Jugement, lorsqu'il lui sera ordonné de se prosterner devant Toi et de reconnaître Ta sainte suprématie. Et protège tous ceux qui se sont attiré le courroux de ce Démon, et tous ces instruments innocents qui pourraient être utilisés afin d'accomplir sa vengeance. Et puisse le monde des hommes être délivré de sa souillure à tout jamais.

– Ainsi soit-il, dit Henry.

– Ainsi soit-il, dirent Gil, Susan et Lloyd.

Ils sortirent vers le portail éclairé par le soleil, serrèrent la main du prêtre, et donnèrent de l'argent et des cigarettes aux paysans. Ceux-ci se signèrent plusieurs fois, et s'éloignèrent rapidement pour être rentrés chez eux avant le coucher du soleil. L'un d'eux murmura « *Yaomauitl* » et cracha par terre.

– Vous avez sauvé de nombreuses vies, mes amis, dit le prêtre. Vous méritez tous nos remerciements.

Henry se frotta la nuque d'un geste las.

– Nous méritons un peu de repos, croyez-moi !

Ils quittèrent San Hipolito et s'éloignèrent sur la route poudreuse dans les dernières lueurs du couchant. Tandis qu'ils se dirigeaient vers le nord, Gil demanda :

– Qu'allons-nous faire maintenant? Nous sommes toujours des Guerriers de la Nuit, ou quoi?

Henry le regarda.

– Nous serons toujours des Guerriers de la Nuit, tu le sais très bien.

– Mais tous les Démons sont emprisonnés maintenant, en lieu sûr.

– Cela ne nous empêche pas d'être des Guerriers de la Nuit.

Gil et Henry raccompagnèrent Susan et Llyod, puis ils regagnèrent le cottage d'Henry pour prendre un café.

– Est-ce que tu vas recommencer à boire? demanda Gil à Henry.

Henry sortit de la cuisine, tout en s'essuyant les mains sur un torchon à vaisselle.

– Non, je ne crois pas. Je pense que je n'en ai plus besoin.

Ils veillèrent jusqu'à deux heures du matin. Finalement, Gil dit :

– Je ferais mieux de rentrer chez moi. Je dois travailler au Mini-Market demain matin.

Henry contempla leurs tasses de café vides et hocha la tête.

– Tu as l'air fatigué, fit remarquer Gil.

– Je le suis, reconnut Henry. Mais je n'ai pas envie d'aller me coucher, c'est tout.

Gil ne dit rien, mais il savait ce que Henry ressentait.

– Pour te dire la vérité, ajouta Henry, j'ai peur de rêver.

IMPRIMERIE BUSSIÈRE À SAINT-AMAND (VII-1996)
DÉPÔT LÉGAL : JUILLET 1995 N° 1317.